NOSFERATU

BAND 16

W0307217

In dieser Reihe bereits erschienen:

Die Jonathan Barrett-Saga

1401 P. N. Elrod	*Der rote Tod*
1407 P. N. Elrod	*Der endlose Tod*
1409 P. N. Elrod	*Der maskierte Tod*
1413 P. N. Elrod	*Der tanzende Tod*

Vampirdetektiv Jack Fleming

1402 P. N. Elrod	*Vampirdetektiv Jack Fleming*
1406 P. N. Elrod	*Blutjagd*
1410 P. N. Elrod	*Blutzirkel*

Die Saint Germain-Saga

1403 Chelsea Q. Yarbro	*Hotel Transylvania*
1412 Chelsea Q. Yarbro	*Palast der Vampire*

1404 HR Giger (Hg.)	*HR Gigers Vampirric*
1405 Nancy Kilpatrick	*Todessehnsucht*
1408 Richard Laymon	*Vampirjäger*
1411 Nancy A. Collins	*Der Todeskuss der Sonja Blue*
1414 Nancy Kilpatrick	*Kind der Nacht*
1415 Fred Saberhagen	*Die Geständnisse des Grafen Dracula*
1416 Frank Festa (Hg.)	*Denn das Blut ist Leben*
1417 Graham Masterton	*Bluterbe*

Besuchen Sie das Haus der Fantastik im Internet:

www.Festa-Verlag.de

Frank Festa (Hg.)

Denn das Blut ist Leben

Geschichten der Vampire

FESTA

1. Auflage November 2007
Originalausgabe
© dieser Ausgabe 2007 by Festa Verlag, Leipzig
Titelbild: Markus Mayer
Druck und Bindung: CPI Moravia Books s. r. o., Pohorelice
Alle Rechte vorbehalten

ISBN 978-3-86552-064-7

Inhalt

Bram Stoker
Draculas Gast

Als wir uns zu unserer Spazierfahrt anschickten, strahlte die Sonne hell über München, und die Luft war erfüllt von frühsommerlicher Wonne.

Kurz vor der Abfahrt eilte Herr Delbrück, der Direktor des Hotels ›Vier Jahreszeiten‹, in dem ich abgestiegen war, ohne Kopfbedeckung heraus zur Kutsche. Nachdem er mir einen angenehmen Ausflug gewünscht hatte, wandte er sich, die Hand noch immer am Griff der Wagentür, an den Kutscher: »Denke daran, bei Anbruch der Nacht wieder hier zu sein. Der Himmel ist zwar klar, aber der Nordwind scheint mir auf einen baldigen Sturm hinzudeuten. Ich darf wohl annehmen, dass du nicht zu spät kommen wirst.« Bei diesen Worten lächelte er und fügte hinzu: »Denn du weißt ja, welche Nacht heute anbricht.«

Johann antwortete mit einem eindringlichen »Ja, mein Herr«, tippte sich an die Hutkrempe und fuhr rasch los.

Als wir die Stadt verlassen hatten, gab ich ihm ein Zeichen zum Halten und fragte ihn: »Sagen Sie, Johann, was hat es denn mit der heutigen Nacht auf sich?«

Er bekreuzigte sich bei seiner lakonischen Antwort: »Walpurgisnacht.« Dann nahm er seine Taschenuhr zur Hand, ein riesiges, altmodisches deutsches Ding aus Silber von der Größe einer Zwiebel, und blickte mit zusammengezogenen Augenbrauen und einem ungeduldigen Achselzucken darauf. Ich spürte, dass dies seine Art war, höflich gegen die unnötige Verzögerung zu protestieren, und nachdem ich ihm bedeutet hatte, er könne nun weiterfahren, ließ ich mich wieder in die Polster fallen.

Er fuhr mit hoher Geschwindigkeit an, als wolle er die vergeudete Zeit wieder einholen. Dann und wann rissen die Pferde die Köpfe hoch und witterten argwöhnisch in die Luft. In diesen Momenten schaute ich mich oft voller Unruhe um. Die Umgebung war recht öd, da wir über eine hochgelegene, vom Wind gepeitschte Ebene fuhren. Als ich hinausblickte, sah ich einen Nebenweg, der nur wenig benutzt wirkte und durch ein kleines, gewundenes Tal zu führen schien. Dieses Tal wirkte so einladend, dass ich das Risiko einging, Johann zu verärgern: Ich rief ihm zu, er solle anhalten. Als wir standen, sagte ich ihm, dass ich gern auf dem anderen Weg weiterreisen würde.

Er reagierte auf meine Bitte mit allen möglichen Ausreden und Entschuldigungen und bekreuzigte sich häufig beim Sprechen. Dadurch reizte er meine Neugierde nur umso mehr. Ich stellte ihm einige Fragen, doch er antwortete nur ausweichend. Wiederholt sah er, um seinen Unmut zu verdeutlichen, auf die Taschenuhr.

Schließlich sagte ich: »Nun, Johann, ich möchte aber gern auf diesem Weg fahren. Ich will Sie nicht weiter darum ersuchen, wenn Sie es wirklich nicht wollen, aber dann erklären Sie mir doch wenigstens, weshalb Sie es ablehnen. Mehr verlange ich nicht von Ihnen.«

Zur Antwort schien er sich förmlich vom Kutschbock zu stürzen, so schnell stand er auf dem Boden. Dann streckte er mir beschwörend die Hände entgegen und ersuchte mich, nicht auf die andere Seite zu wechseln. Es mischten sich gerade genügend englische Worte in sein Deutsch, dass ich den Sinn seiner Rede verstehen konnte. Er schien mehrmals zu einer Erklärung anzusetzen – doch allein schon die Vorstellung verängstigte ihn offensichtlich. So richtete er sich jedes Mal nur auf, bekreuzigte sich und sagte: »Walpurgisnacht!«

Ich versuchte, mit ihm zu sprechen, doch es ist schwer, mit einem Mann zu diskutieren, dessen Sprache man nicht beherrscht. Er war mir gegenüber eindeutig im Vorteil, denn obwohl er jedes Mal auf Englisch anfing – wenn auch mit einem sehr kruden und gebrochenen Englisch –, regte er sich immer so sehr auf, dass er wieder in seine Muttersprache verfiel – und dauernd sah er auf die Uhr.

Die Pferde wurden nun unruhig und begannen zu schnauben. Daraufhin wurde er sehr blass und sah sich verängstigt um – und plötzlich sprang er vor, griff die Pferde an den Zügeln und führte sie ungefähr sechs Meter vorwärts.

Ich folgte ihm und fragte, was denn los sei. Zur Antwort schlug er ein Kreuz, wies auf die eben verlassene Stelle und zog die Kutsche in Richtung der anderen Straße. Dann machte er mit den Händen ein Kreuzzeichen und sagte erst auf Deutsch, dann auf Englisch: »Begruben ihn dort – der sich umgebracht hat.«

Ich erinnerte mich des alten Brauches, Selbstmörder an Kreuzwegen zu bestatten: »Ah, ich verstehe, ein Selbstmörder. Wie interessant!« Doch um nichts in der Welt konnte ich begreifen, weshalb die Pferde so verängstigt waren.

Mitten im Gespräch vernahmen wir ein Geräusch – einen Laut wie eine Mischung aus Heulen und Bellen. Es kam von ferne, doch die Pferde wurden wieder sehr nervös, und Johann vermochte sie nur mit Mühe und Not wieder zu beruhigen. Er war blass und sagte: »Das hörte sich an wie ein Wolf – doch um diese Zeit gibt es hier keine Wölfe.«

»Nein?«, fragte ich. »Trieben sich die Wölfe denn nicht unlängst noch in nächster Nähe der Stadt herum?«

»Im Frühjahr und Sommer kommen sie schon lange, lange nicht mehr her«, entgegnete er, »doch mit dem ersten Schnee gibt es hier oft Wölfe.«

Derweil er die Pferde streichelte und zu beruhigen suchte, zogen am Himmel rasch finstere Wolken auf. Die Sonne wurde verdeckt, und ein kalter Windhauch wehte uns an. Es war jedoch nur ein Lüftchen und diente wohl eher zur Warnung vor dem Kommenden, denn gleich darauf erstrahlte die Sonne wieder.

Johann beschirmte die Augen mit der Hand, spähte zum Horizont und sagte: »Der Schneesturm kommt viel zu früh.« Dann blickte er wieder auf die Taschenuhr und stieg unverzüglich auf den Kutschbock. Damit machte er deutlich, dass es an der Zeit sei, die Fahrt fortzusetzen. Er musste die Zügel fest in der Hand halten, denn die Pferde scharrten noch immer unruhig mit den Hufen und warfen die Köpfe hin und her.

Ich war an jenem Tag ein wenig halsstarrig und stieg nicht sofort wieder in die Kutsche. »Erzählen Sie mir doch, wohin dieser Weg führt«, bat ich ihn und deutete in die Richtung des Tals.

Erneut bekreuzigte er sich und murmelte ein Gebet, ehe er mir antwortete: »Es ist unheilig.«

»Was ist unheilig?«, fragte ich.

»Das Dorf.«

»Also existiert dort ein Dorf?«

»Nein, nein. Seit Hunderten von Jahren lebt dort kein Mensch mehr.«

Meine Neugierde war entfacht: »Aber Sie sagten doch gerade, dort sei ein Dorf?«

»Dort *war* früher eines.«

»Und was ist damit geschehen?«

Daraufhin sprudelte eine lange Geschichte auf Deutsch und Englisch aus ihm heraus, so verworren, dass ich ihn nicht genau verstehen konnte. Ich entnahm seiner Rede jedoch, dass vor langer Zeit, vor mehreren Hundert Jahren, Menschen dort gestorben und beerdigt worden seien. Danach habe man unter der Erde Geräusche gehört, und als man die Gräber wieder öffnete, fand man darin Männer und Frauen mit rosig frischer Gesichtsfarbe – ihre Münder verschmiert mit rotem Blut. Um ihr Leben zu retten (und ja, auch ihre Seelen! – bei diesen Worten bekreuzigte er sich wieder), flohen die restlichen Bewohner des Dorfes in aller Eile. Sie flohen dorthin, wo die Lebenden lebendig und die Toten tot sind und nicht – nicht irgendwie anders. Offensichtlich hatte er Furcht, die letzten Worte auszusprechen. Je weiter er mit seiner Erzählung kam, desto mehr erregte er sich. Es schien, als habe seine Fantasie von ihm Besitz ergriffen, und als er ans Ende gelangte, übermannte ihn die Angst vollends – sein Gesicht war inzwischen kalkweiß, er schwitzte und zitterte und sah sich um, als erwarte er hier auf der Hochebene, im strahlenden Sonnenschein, die Erscheinung von etwas Grauenhaftem. Schließlich rief er voller Qual und Verzweiflung »Walpurgisnacht!« und bedeutete mir energisch, wieder in die Kutsche zu steigen.

Mein englisches Blut geriet in Wallung, und ich trat zurück und sprach: »Sie haben ja Angst, Johann – Sie haben Angst. Fahren Sie nur nach Hause, ich werde alleine zurückkehren. Der Spaziergang wird mir guttun.«

Die Tür der Kutsche stand offen, ich nahm meinen Spazierstock aus Eichenholz, den ich bei Urlaubsausflügen immer bei mir trage, vom Sitz und schloss die Tür. Dann wies ich in Richtung München und sagte: »Fahren Sie nur heim, Johann – einen Engländer kann die Walpurgisnacht nicht erschrecken.«

Die Pferde waren nun nervöser als je zuvor, und Johann versuchte, sie im Zaum zu halten, während er mich bestürzt ersuchte, doch nicht eine solche Torheit zu begehen. Ich bedauerte den armen Kerl, dem es so tiefernst war, dennoch konnte ich ein Lachen nicht unterdrücken. Sein Englisch war ihm mittlerweile ganz entfallen, vor lauter Angst hatte er vergessen, dass er sich mir nur in meiner Heimatsprache verständlich machen konnte. Er plapperte aufgeregt auf Deutsch daher. Es fing an, mich zu langweilen. Nachdem ich ihn erneut aufgefordert hatte, nach Hause zu fahren, wandte ich mich ab und ging den Weg hinab ins Tal.

Mit einer Geste der Verzweiflung wandte Johann die Pferde in Richtung München. Ich lehnte mich auf meinen Stock und sah ihm nach. Eine Zeit lang fuhr er die Straße ziemlich langsam entlang, dann tauchte auf einem Hügelkamm ein großgewachsener und dürrer Mann auf. So viel konnte ich aus der Entfernung erkennen. Als dieser Mann sich den Pferden näherte, bäumten sie sich auf und traten um sich, dann wieherten sie laut vor Angst. Johann konnte sie kaum noch halten. Wie wahnsinnig schossen die Tiere die Straße entlang. Ich sah ihnen nach, bis sie außer Sichtweite waren, und suchte dann nach dem Fremden, doch er war auch verschwunden.

Leichten Herzens schritt ich den Weg durch das tiefer werdende Tal entlang, vor dem Johann sich so gefürchtet hatte. Es gab, soweit ich sah, nicht den geringsten Anlass zu dieser Haltung, und ich schlenderte wohl mehrere Stunden umher, ohne auf Zeit oder Entfernung zu achten, und ich sah weder Mensch noch Haus. Was die Umgebung an sich anging, so bot sie ein Bild vollkommener Isolation. Doch fiel mir das erst auf, als ich nach einer Biegung der Straße auf einen versprengten Waldausläufer stieß. Erst da wurde mir der tiefe Eindruck bewusst, den die Unwirtlichkeit jener Gegend in mir hinterlassen hatte.

Ich setzte mich, um etwas auszuruhen, und blickte mich um. Inzwischen war es erheblich kälter geworden als zu Beginn meines Spaziergangs – und eine Art von leisem Seufzen schien mich zu umgeben, und dann und wann vernahm ich hoch über mir so etwas wie ein gedämpftes Brausen. Als ich nach oben sah, bemerkte ich die mächtigen, dichten Wolken, die in großer Geschwindigkeit von Norden nach Süden zogen. In den höheren Luftschichten deutete alles auf einen aufkommenden Sturm hin. Mir war ein wenig kühl, und da ich glaubte, es läge am Stillsitzen nach dem langen Marsch, setzte ich meinen Weg fort.

Das Gelände, das ich nun durchquerte, war wesentlich anmutiger. Nichts ragte hervor, das dem Betrachter sogleich ins Auge gefallen wäre, doch lag über allem eine zauberhafte Schönheit. Ich gab kaum Acht auf die Zeit, und erst als die Abenddämmerung schon voranschritt, überlegte ich versonnen, wie ich nach Hause gelangen konnte. Das helle Tageslicht war vergangen, die Luft kühlte ab, und über mir zogen sich immer mehr Wolken zusammen. Begleitet wurde das von einem weit entfernten Geräusch, das klang wie ein Rascheln, durch das in regelmäßigen Abständen jener rätselhafte Schrei drang, den Johann einem Wolf zugeschrieben hatte. Einen Moment lang zögerte ich. Doch ich hatte mir geschworen, das verlassene Dorf zu besichtigen, und so ging ich weiter und gelangte alsbald auf ein offenes Feld, das in jeder Richtung von Hügeln umsäumt war. Ihre Hänge waren mit Bäumen bewachsen, die sich bis hinab in die Ebene erstreckten und sich in vereinzelten Senken zu dichten Hainen zusammenschlossen. Mein Blick folgte der Windung der Straße, und ich sah, dass sie sich einem der dichtesten Haine näherte und darin verlor.

Noch als ich mich umsah, wurde die Luft mit einem Mal eiskalt, und Schnee wirbelte herab. Ich dachte an die vielen Kilometer öder Landschaft, die ich durchquert hatte, und suchte eilends den Schutz der Bäume vor mir auf. Der Himmel verfinsterte sich immer mehr, schneller und schwerer fiel der Schnee, bis die Erde um mich her ein glitzernd weißer Teppich geworden war, dessen äußerster Saum wie Nebel verschwamm. Der Weg war hier sehr verwildert und es dauerte nicht lange, da war mir klar, dass ich vom Weg abgekommen sein musste, denn ich sank immer wieder tief ins Gras und ins Moos. Dann wurde auch der Wind stärker und blies mit immer größerer Heftigkeit. Die Luft wurde kalt wie Eis, und ungeachtet meiner körperlichen Ertüchtigung litt ich bald darunter. Der Schnee fiel nun so dicht und umwirbelte mich so heftig, dass ich kaum die Augen aufzuhalten vermochte. In regelmäßigen Abständen wurde der Himmel von wütenden Blitzen aufgerissen. In deren Licht erkannte ich die unzähligen Bäume vor mir, vorwiegend Eiben und Zypressen, alle dick mit Schnee bedeckt.

Bald trat ich unter das schützende Dach der Bäume und lauschte in der verhältnismäßigen Stille dem Rauschen des Windes hoch über mir. Alsbald verschmolz die Schwärze des Sturmes mit dem Dunkel der Nacht und ganz allmählich ließ der Sturm nach, bis nur noch einzelne heftige Böen durch die Äste fuhren. In diesen Momenten schien der sonderbare Ruf des Wolfes seinen Widerhall in vielen ähnlichen Lauten um mich her zu finden.

Durch die dahinjagende Masse schwarzer Wolken drang gelegentlich ein vereinzelter Strahl des Mondlichtes, der die Umgebung erhellte, und ich sah, dass ich mich am Rande eines dichten Zypressenwaldes befand.

Der Schneefall hatte nachgelassen, und so verließ ich meine Zuflucht und sah mich etwas genauer um. Mir kam der Gedanke, ich könnte nach einem noch stehenden Haus des alten Dorfes suchen, das mir, auch wenn es vielleicht nur eine Ruine war, für eine Weile Unterschlupf bieten mochte. Als ich den Rand des Wäldchens abschritt, entdeckte ich, dass es von einer niedrigen Mauer umgeben war, und deren Verlauf folgte ich, bis ich bald darauf auf eine Öffnung stieß. Hier bildeten die Zypressen eine Allee, die zu einem rechteckigen, klobigen Gebäude führte. Just in diesem Moment schoben sich Wolken vor den Mond, und ich musste den Pfad im Dunkeln zurücklegen. Der Wind musste kälter geworden sein, denn ich zitterte beim Gehen. Mich trieb jedoch die Hoffnung auf ein Dach über dem Kopf an, und so stapfte ich blindlings voran.

Ich hielt inne – mit einem Schlag war alles still geworden. Der Sturm hatte sich gelegt und, womöglich in Eintracht mit dem Schweigen der Natur, schien auch mein Herz stehen geblieben zu sein. Doch dies währte nur einen Augenblick, denn plötzlich brach das Mondlicht durch die Wolken, und ich sah, dass ich auf einem Friedhof stand. Das rechteckige Bauwerk vor mir war ein großes, massives Grabmal aus Marmor, so weiß wie der Schnee, der es bedeckte.

Mit dem Mondlicht erklang ein wildes, langes Heulen, als wolle der Sturm wieder sein Werk aufnehmen – es klang wie das Geheul von unzähligen Hunden oder Wölfen. Ich war entsetzt, erstarrt, die Kälte schien von mir Besitz zu ergreifen, mein Herz zu umklammern. Noch während das Licht des Mondes auf das marmorne Grab flutete, schickte der Sturm sich an, mit voller Wucht zurückzukehren.

Von einer unerklärlichen Faszination getrieben, näherte ich mich dem Grabmal. Ich wollte es mir anschauen und herausfinden, weshalb es so abseits an diesem Ort stand. Ich stapfte darum herum und las über der dorischen Pforte die deutsche Inschrift:

GRÄFIN DOLINGEN ZU GRAZ IN DER STEIERMARK
SIE SUCHTE DEN TOD UND FAND IHN.
1801

Oben auf dem Grab befand sich ein großer eiserner Stachel oder Pfahl, allem Anschein nach durch den festen Marmor getrieben – das Bauwerk bestand aus nur wenigen großen Steinblöcken. Als ich die Rückseite erreicht hatte, sah ich Folgendes in großen kyrillischen Lettern in den Stein geschnitten: *Die Toten reisen schnell.*

All das war derart eigenartig und unheimlich, dass ich erschrak und mich ganz benommen fühlte. Zum ersten Male wünschte ich, Johanns Ratschläge nicht verschmäht zu haben. Rätselhafterweise fiel mir wieder etwas ein, das mich nun zutiefst entsetzte: Heute begann ja die Walpurgisnacht!

Walpurgisnacht, dem Glauben vieler Millionen zufolge die Nacht, da der Teufel umgeht – und die Gräber sich öffnen und die Toten auf Erden wandeln. Die Nacht, in der alle bösen Wesen der Erde, der Luft und des Wassers ausgelassen feiern.

Der Kutscher hatte besonders diesen Ort gefürchtet, dieses vor Jahrhunderten entvölkerte Dorf. Hier lag eine Selbstmörderin begraben! Und an diesem Ort befand ich mich jetzt – allein und unbewaffnet, zitternd vor Kälte in einem Leichentuch aus Schnee! Es bedurfte all meiner philosophischen Grundsätze, all des Glaubens, den man mir beigebracht hatte, und all meiner Courage, um dem Ansturm der Angst nicht zu erliegen.

Jetzt brach auch noch ein regelrechter Wirbelsturm über mich herein. Der Boden bebte, als würden Tausende von Pferden darüber hinwegdonnern. Dieses Mal trug der Sturm auf seinen eisigen Schwingen nicht Schnee mit sich, sondern große Hagelkörner, die mit solcher Gewalt herabprasselten, dass sie aus Steinschleudern hätten stammen können – Hagelkörner, die Blätter und Zweige abschlugen und vor denen die Zypressen nicht mehr Schutz zu bieten vermochten als ein Getreidefeld.

Zuerst war ich zum nächsten Baum geeilt, sah mich aber bald gezwungen, zu der einzigen Stelle zu fliehen, die Schutz zu bieten schien: der tief gelegene dorische Türsturz des Marmorgrabes. Dort kauerte ich mich gegen die massive Bronzetür und fand ein wenig Schutz vor den einschlagenden Hagelkörnern, die mich jetzt nur noch als Querschläger vom Boden und von den Marmorwänden trafen.

Als ich mich gegen die Tür lehnte, gab sie ein Stück nach und öffnete sich nach innen. Angesichts dieses unbarmherzigen Sturms war mir sogar ein Grab als Schlupfwinkel willkommen. Ich wollte gerade eintreten, da erhellte ein gewaltiger Blitz das gesamte Himmelszelt. Bei meinem Leben schwöre ich, dass ich in diesem Augenblick in der Dunkelheit des Grabmals eine wunderschöne Frau mit frischen Wangen und roten Lippen sah. Sie lag auf einer Totenbahre, als schliefe sie.

Der Donner tobte und mir war, als packe mich die Hand eines Riesen und schleudere mich hinaus in den Sturm. Das geschah so plötzlich, dass die Hagelkörner auf mich niederprasselten, noch ehe ich reagieren konnte. Zugleich spürte ich auf seltsame, aber eindeutige Weise, dass ich nicht allein war.

Ich richtete den Blick auf das Grabmal. Im selben Moment blendete mich erneut ein Blitz, der in den Eisenstab auf dem Dach des Monuments einschlug und bis hinab in die Erde abgeleitet wurde. Eine flammende Explosion zerschmetterte den Marmor. Die vom Feuer umhüllte Tote richtete sich mit einem Ruf der Qual auf, und ihr trauriger Schmerzensschrei wurde vom Donnerschlag ertränkt. Das Letzte, was ich vernahm, war die Vermählung dieser zwei grausigen Laute, dann packte mich erneut der Griff des Riesen und riss mich fort, und der Hagel schlug auf mich nieder und die Luft ringsum vibrierte vom Heulen der Wölfe. Als Letztes sah ich eine nebelhafte weiße Masse, als hätten alle Gräber um mich her die Geister ihrer Toten ausgesandt, die mich nun im weißen Gewölk des Hagelschauers umzingelten.

Nach und nach stellte sich mein Bewusstsein wieder ein. Das Gefühl der Erschöpfung war furchtbar. Eine Zeit lang vermochte ich mich an nichts zu erinnern, doch allmählich kehrten meine Sinne zurück. Meine Füße schienen vor Schmerzen zu vergehen, doch war es mir nicht möglich, sie zu bewegen – sie schienen abgefroren zu sein. Mein Nacken und Rückgrat waren eisig kalt, und meine Ohren waren, gleich den Füßen, wie abgestorben, doch alles tat mir weh. In meiner Brust jedoch breitete sich ein Gefühl der Wärme aus, das im Vergleich dazu angenehm war. Es glich einem Alb – einem körperlichen Alb, wenn ich diesen Begriff verwenden darf, denn eine große Last auf der Brust machte mir das Atmen schwer.

Dieser Zustand zwischen Wachen und Dahindämmern schien eine ganze Weile anzudauern, dann muss ich eingeschlafen sein oder die Besinnung verloren haben. Dem folgte ein Gefühl des Ekels, gleich jenem, das die Seekrankheit einleitet, und ein unbändiges Verlangen, mich von etwas zu befreien – ich weiß nicht wovon. Absolute Stille hüllte mich ein, als sei die ganze Welt eingeschlafen oder tot. Diese Stille wurde nur gestört durch das leise Keuchen eines Tieres, ganz in meiner Nähe. Ich spürte etwas Warmes und Raues an meiner Kehle, und dann wurde mir die fürchterliche Wahrheit bewusst. Ich erschauerte bis ins Mark und das Blut stieg mir zu Kopf. Ein großes Tier lag auf mir und leckte an meiner Kehle. Ich hatte Angst davor, mich zu regen; eine instinktive Besonnenheit riet mir, still liegen zu bleiben. Die Bestie jedoch schien zu bemerken, dass eine Änderung in mir vorging, denn sie hob neugierig den Kopf. Durch meine leicht geöffneten Wimpern sah ich die großen, flammenden Augen eines riesigen Wolfes über mir. In seinem weit geöffneten, roten Maul schimmerten weiß die scharfen Zähne, und ich spürte heiß den beißenden Hauch seines Atems.

Ich muss wieder bewusstlos geworden sein. Ein leises Knurren, dem ein Heulen folgte, brachte mich wieder zu mir. Dann hörte ich aus einiger Entfernung ein »Hallo! Hallo!«, als würden viele Menschen im Einklang rufen.

Vorsichtig hob ich den Kopf und blickte in die Richtung, aus der die Rufe kamen, doch das Grabmal versperrte mir die Sicht. Der Wolf heulte noch immer seltsam, und rotglühende Augen schienen sich im Zypressenhain zu bewegen, als folgten sie dem Geräusch. Ich fürchtete mich zu sehr, um mich zu bewegen oder einen Laut von mir zu geben.

Das rote Glühen kam näher, schwebte über der weißen Schneedecke, die sich rings um mich her bis in die Dunkelheit erstreckte. Dann trat auf einmal eine Gruppe von Reitern mit Fackeln in den Händen aus den Bäumen heraus.

Der Wolf sprang von meiner Brust und raste über den Friedhof. Ich sah, wie einer der Reiter – den Mützen und langen Militärmänteln nach zu urteilen waren es Soldaten – einen Karabiner hob und zielte. Einer seiner Kameraden schlug ihm zum Glück den Arm nach oben, und ich hörte, wie die Kugel über meinen Kopf hinwegsauste. Der Schütze hatte offensichtlich meinen Körper mit dem des Wolfes verwechselt.

Ein anderer Soldat sah, wie das Tier sich gerade davonstahl, und schoss. Dann ritt der Trupp im Galopp los – einige von ihnen in meine Richtung, und die anderen folgten dem Wolf, der zwischen den schneebedeckten Zypressen verschwand.

Ich versuchte mich zu bewegen, was mir aber nicht gelang. Zwei oder drei der Soldaten sprangen von ihren Pferden und gingen neben mir in die Knie. Einer der Männer hob meinen Kopf an und legte die Hand auf mein Herz.

»Gute Nachricht, Kameraden!«, rief er. »Sein Herz schlägt noch!«

Daraufhin flößte er mir Branntwein ein. Das verlieh mir etwas Kraft und ich konnte die Augen ganz öffnen und mich umsehen. Zwischen den Bäumen bewegten sich Lichter und Schatten, und ich hörte Männer einander zurufen. Sie versammelten sich vor mir und flüsterten verängstigt, dann loderten die Fackeln auf, als einige Hals über Kopf wie von Dämonen verfolgt den Friedhof flohen.

Irgendwer fragte: »Na, habt ihr ihn gefunden?«

Die Antwort wurde überstürzt gegeben: »Nein, nein! Kommt rasch, fort von hier – schnell! Hier können wir nicht bleiben, und vor allem nicht heute Nacht!«

»Was ist denn los?«, lautete die Frage.

Mehrere Stimmen antworteten wild durcheinander und verstummten sofort, als würden die Männer plötzlich alle von der gleichen Angst abgehalten, sich mitzuteilen.

»Es – es – tatsächlich!«, stotterte einer, dem es für einen Moment völlig die Sprache verschlagen hatte.

»Ein Wolf – und plötzlich keiner mehr!«, fügte ein anderer erschaudernd hinzu.

»Ohne die geweihte Kugel brauchen wir ihm gar nicht nachzusetzen«, bemerkte ein Dritter mit ruhigerer Stimme.

»Geschieht uns ganz recht, wenn wir in dieser Nacht ausreiten! Die tausend Mark Belohnung haben wir uns wirklich verdient!«, gab ein Vierter von sich.

Nach einer Weile sagte jemand: »Auf den zerbrochenen Marmorblöcken klebt Blut, das kommt gewiss nicht vom Blitzschlag. Und er – wie geht es ihm? Seht euch bloß seine Kehle an! Seht, Kameraden, der Wolf hatte sich auf ihn gelegt und sein Blut warm gehalten.«

Der Offizier besah sich meine Kehle und entgegnete: »Er ist in Ordnung; die Haut ist nicht verletzt worden. Was mag das alles nur bedeuten? Ohne das Geheul des Wolfes hätten wir ihn niemals gefunden.«

»Wo ist das Tier denn hin?«, fragte der Mann, der mir den Kopf hielt und der vom ganzen Trupp am wenigsten der Panik erlegen war, denn seine Hände waren fest und zitterten nicht. An seinem Ärmel erkannte ich das Rangabzeichen eines Unteroffiziers.

»Es ist zurück in seinen Unterschlupf gekrochen«, antwortete der Mann, dessen langes Gesicht kreideweiß war und der vom Grauen geschüttelt schien. Er blickte sich ängstlich um. »Hier gibt es ja genug Gräber, in denen es ruhen kann. Kommt, Kameraden – kommt schnell! Lasst uns von diesem verfluchten Ort verschwinden.«

Der Offizier half mir beim Aufstehen, während er den anderen einen Befehl erteilte. Mehrere Männer hoben mich hoch auf ein Pferd und der Offizier nahm hinter mir auf dem Sattel Platz, schloss die Arme um mich und gab Befehl zum Aufbruch. Wir kehrten dem Zypressenwäldchen den Rücken und ritten schnell und in militärischer Ordnung davon.

Notgedrungen musste ich schweigen, da meine Zunge immer noch ihren Dienst versagte. Ich schlief während des Rittes ein und wachte erst auf, als man mich vom Pferd hob und ich aufrecht stand, zu jeder Seite von einem Soldaten gestützt. Es war schon fast helllichter Tag, und im Norden reflektierte der Schnee einen roten Streifen des

Sonnenlichtes – wie eine Blutspur. Der Offizier schärfte seinen Männern ein, nicht zu viel zu sagen, sie hätten den englischen Touristen gefunden und er sei von einem großen Hund bewacht worden.

»Hund! Das war doch kein Hund«, fiel ihm der Mann ins Wort, der zuvor solche Angst gezeigt hatte. »Ich erkenne doch wohl einen Wolf, wenn ich einen sehe.«

Der junge Offizier entgegnete mit ruhiger Stimme: »Ich habe gesagt, es war ein Hund.«

»Hund!«, wiederholte der andere ironisch. Offenbar kam mit der Sonne auch sein Mut wieder zum Vorschein. Er wies auf mich und sagte: »Sehen Sie sich doch seine Kehle an. Ist das etwa das Werk eines Hundes, Herr Offizier?«

Instinktiv fasste ich mir an die Kehle, und als ich sie berührte, schrie ich auf vor Schmerz. Die Männer scharrten sich um mich, um einen Blick darauf zu werfen, manche beugten sich sogar aus dem Sattel herab.

Wieder erklang die ruhige Stimme des jungen Offiziers: »Es war ein Hund, wie ich schon sagte. Falls wir irgendetwas anderes sagen, dann wird man uns nur auslachen.«

Dann wurde ich hinter einem Soldaten in den Sattel gesetzt, und wir ritten in einen Münchner Vorort. Dort fanden wir eine leere Kutsche, in die man mich setzte, und dann ging es weiter zum Hotel ›Vier Jahreszeiten‹ – der junge Offizier begleitete mich, und ein Reiter folgte uns, derweil die anderen zurück in ihre Kaserne ritten.

Bei der Ankunft eilte Herr Delbrück schleunigst die Treppe hinab und uns entgegen – er hatte wohl schon am Fenster gewartet. Er ergriff meine beiden Hände und geleitete mich mit übertriebenem Eifer hinein.

Der Offizier verabschiedete sich von mir und wollte schon davonreiten, als mir seine Hilfsbereitschaft bewusst wurde. Ich bestand darauf, dass er mich auf mein Zimmer begleitete. Bei einem Glas Wein dankte ich ihm und seinen tapferen Kameraden von ganzem Herzen für meine Rettung. Er erwiderte bloß, er habe es gern getan und Herr Delbrück habe von Anfang an dafür gesorgt, dass der Suchtrupp diesen Einsatz nicht bereuen würde. Bei dieser vieldeutigen Äußerung lächelte der Hoteldirektor, derweil der Offizier auf seine Pflicht verwies und sich verabschiedete.

»Aber, Herr Delbrück«, fragte ich, »wieso haben die Soldaten denn nach mir gesucht?«

Er zuckte die Achseln, als würde er die eigene Tat gering schätzen, und antwortete: »Ich hatte das Glück, den Befehlshaber des Regimentes, in dem ich selbst gedient habe, um Freiwillige bitten zu können.«

»Aber woher wussten Sie denn, dass ich mich verlaufen hatte?«, fragte ich.

»Der Kutscher kam mit den Resten seines Wagens hier an, der umgekippt war, als ihm die Pferde durchgingen.«

»Allein deswegen würden Sie doch wohl kaum einen Suchtrupp losschicken?«

»Nein, das nicht!«, antwortete er. »Aber noch ehe der Kutscher zurückkam, erhielt ich dieses Telegramm von dem Edelmann, dessen Gast Sie sind.« Er nahm aus seiner Tasche ein Telegramm, das er mir überreichte, und ich las:

> Bistritz.
> Geben Sie gut acht auf meinen Gast – seine Sicherheit ist mir überaus kostbar. Sollte ihm irgendetwas zustoßen, sollte er vermisst werden, lassen Sie nichts unversucht, um ihn zu finden und seine Sicherheit zu gewährleisten. Er ist Engländer und daher abenteuerlustig. Es gibt viele Gefahren in der Nacht – der Schnee und die Wölfe. Verlieren Sie keine Sekunde, sollten Sie ihn in Gefahr wähnen. Ich werde Ihren Eifer fürstlich entlohnen.
>
> – Dracula.

Das Zimmer schien sich um mich zu drehen, während ich das Telegramm in den Händen hielt. Hätte der aufmerksame Hoteldirektor mich nicht aufgefangen, wäre ich wohl zu Boden gestürzt. Diese ganze Geschichte war so überaus sonderbar, so unheimlich und unerhört, dass in mir das Gefühl erwuchs, der Spielball übernatürlicher Mächte zu sein – allein der Gedanke ließ mich erstarren. Ohne Zweifel stand ich unter einem geheimnisvollen Schutz. Zur rechten Zeit war aus einem fernen Land eine Botschaft gekommen, die mich vor dem Tod im Schnee bewahrt und den Zähnen des Wolfes entrissen hatte.

J. Wesley Rosenquist
Rückkehr in den Tod

Große Traurigkeit herrschte in dem kleinen transsilvanischen Dorf Rotfernberg – Herr Feldenpflanz war tot. Wenn man über die Kopfsteinpflasterstraßen lief, sah man hier und da in den Augen von Vorübergehenden plötzlich Feuchtigkeit aufsteigen, sobald sein Name erwähnt wurde. Jedermann sprach von ihm, lobte seine Tugenden, beklagte seinen frühen Tod; und in den Augen so manchen Fräuleins war mehr als nur eine Spur von Tränen zu erkennen. Er war in der Tat bei allen im Dorf sehr beliebt.

»Armer Herr Feldenpflanz«, sagte der Schneider traurig, »er war ein feiner Mann, und auch eine ehrliche Haut. Und außerdem ein gelehrter Mann. Er hat vier Jahre die Universität von Berlin besucht und wusste mehr als jeder andere in Rotfernberg. In der Tat ein sehr feiner Mann.«

Der Schneider schnäuzte sich nachdrücklich, und seine Zuhörer taten es ihm nach.

»Und das arme Fräulein Feldenpflanz! Die junge Frau liebte ihren Bruder von Herzen. Sie hat sonst niemanden auf der Welt. Was wird sie jetzt tun?«

Der Schneider und seine Zuhörer schüttelten alle traurig den Kopf.

»Gerade jetzt sitzt sie bei ihm. Zwei Tage schon hat sie bei ihm gewacht und für seine Seele gebetet. Wir alle wissen, wie er von Gott abfiel. Diese Zauberdinge, die er in seinem großen weißen Raum getan hat! Gläser voller fremdartiger Dämpfe und Lichter gab es da, und Blitze in Glaskugeln. Er behauptete immer, dass es sich dabei nicht um Magie handle – als ob wir nicht selbst Augen im Kopf hätten!«

»Ja«, meinte der Gemischtwarenhändler traurig, aber mit Schärfe, »als hätten wir keine Augen im Kopf!«

Der Dorfpfarrer saß ebenfalls dort, etwas außerhalb der Gruppe.

Die Sorge stand ihm ins Gesicht geschrieben, und jedes Mal, wenn einer der Leute von dem offensichtlichen Verkehr des armen Herrn Feldenpflanz mit Luzifer sprach, überzog ein Ausdruck tiefen Schmerzes sein sanftes und gütiges Antlitz. Er war ein kleiner, stämmiger, dunkelhaariger Mann und trug sein Messgewand. Sehr still saß er da. Doch schließlich konnte er nicht länger zuhören, ohne das auszusprechen, was er dachte.

»Bitte, bitte«, meinte er leise, »sagen Sie nichts weiter über unseren guten Freund. Er weilt nun, wie ich hoffe, unter den Heiligen, und wir dürfen nur gut über die Toten sprechen. Erinnern Sie sich, er war ein guter Mann. Vielleicht ist er vom rechten Pfad abgekommen, ohne zu wissen, dass er von den Gaukelspielen des Feindes verführt worden war. Falls es so sein mag, wird er erlöst werden. Lassen Sie uns nicht über Herrn Feldenpflanz reden, lassen Sie nicht unser menschliches Urteil sprechen. Lassen Sie uns lieber gemeinsam mit Fräulein Feldenpflanz beten, die gerade jetzt neben dem Sarg ihres Bruders betet.«

Mit diesen Worten stand er von seinem Stuhl auf und bedeutete den Männern, die dort in der Schneiderei versammelt waren, ihm zu folgen. Sie gehorchten: der Gemischtwarenhändler, der Schneider, der Hufschmied, der Metzger und der Bürgermeister. Die Männer erklommen den steilen Bergpfad schweigend, voller Tatkraft und schnaufend. Der Abendtau lag schwer auf den langen Halmen des wilden Grases und kühle Tropfen fielen von den Blättern der dicken alten Eichen herunter, die am Berghang wuchsen. Die kühle Stille der Berge hatte sich mit der Dämmerung herabgesenkt. Es war, als sei eine große blaue, mit Sternen besprenkelte Schüssel umgedreht und auf die Erde gesetzt worden, wobei der Gipfel des Berges ihre glitzernde Mitte berührte.

Plötzlich richtete der Pfarrer das Wort an seine Kameraden: »Sehen Sie, meine Freunde, da liegt das Feldenpflanz-Haus. Wenn wir eintreten, müssen wir uns schicklich benehmen, mit Würde und Anstand. Wir dürfen das trauernde Fräulein nicht ansprechen, wenn wir eintreten, sondern müssen uns um den Sarg versammeln und gemeinsam beten. Wir dürfen nicht stören.«

Und so wurde es gemacht. Das große Giebelhaus, das weiß gestrichen und von einer Gartenanlage umgeben war, lag direkt vor ihnen. Davon herab hing ein bedeutungsvolles schwarzes Band, das das reine Erscheinungsbild der Mauern und der großen Vordertür verunzierte. Die Stille war hier sehr ausgeprägt. In einem Fenster in der Nähe der Vordertür funkelte ein einzelnes elektrisches Licht, das einzige in Rotfernberg. Die einfachen Dorfbewohner hatten schon immer über die elektrische Beleuchtung und Geräte im Haus und Laboratorium des Herrn Feldenpflanz gestaunt.

Völlig lautlos erreichte die Gruppe der Männer das Ende des Weges und versuchte die Tür zu öffnen. Sie war unverschlossen und die Männer traten leise ein, Pater Josef an der Spitze. Sie durchquerten einen langen dunklen Gang, an dessen Ende es eine Tür gab, die in den Salon führte. Als sie sich dem Raum näherten, vernahmen sie den gedämpften Klang eines Gebetes, unterbrochen von Schluchzern.

Pater Josef öffnete die Tür und schlich auf Zehenspitzen ins Zimmer, gefolgt von den fünf anderen Dörflern. Die Männer bekreuzigten sich gleichzeitig.

An einem einfachen schwarzen Holzsarg kniete Fräulein Feldenpflanz. Unter ihren Knien lag ein Kissen, das lange Totenwachen ermöglichen sollte. Ihr Gesicht wurde von ihrem langen schwarzen Haar verdeckt, und ihren Kopf hielt sie dicht über die Totenbahre gebeugt. Ihre bleichen Lippen bewegten sich unablässig. Am Kopfende des Sarges brannte trotz des elektrischen Lichtes eine Kerze, und der gesamte Sarg selbst war mit Bergblüten bedeckt. Jedoch hing kein schwerer, süßlicher Geruch, der typische Todesgeruch, in der Luft. Die kniende Frau warf einen ausdruckslosen, tränenreichen Blick auf die eintretenden Männer und nahm dann wieder ihre frühere Haltung ein.

Die sechs Männer traten nahe an den Sarg heran und warfen einen Blick auf den Mann in dessen Inneren. Dort lag Herr Feldenpflanz, ruhig und gut aussehend und tatsächlich sehr lebendig wirkend. Er war mit einem Anzug bekleidet, den der Schneider selbst angefertigt hatte. Sie alle knieten sich um die Totenbahre herum und beteten ...

Während Feldenpflanz dort lag, verängstigt in seiner Notlage, konnte er nur an eines denken – Flucht. Und ein Wort hallte ständig in seinem Kopf wider – Katalepsie, Katalepsie! ...

Nun war er schon seit Stunden gezwungen gewesen, den Gebeten und Tränen seiner Schwester zuzuhören; zahlreiche Stunden hatte er zugehört, wie man seinen Tod betrauerte, und war nicht imstande, sich zu bewegen. Er spürte seinen eigenen Herzschlag, sehr langsam und sehr leise, sodass niemand in der Lage sein würde, ihn zu entdecken. Aber das leichte Pochen seines Herzens ließ das Blut durch sein betäubtes Gehirn fließen und erhielt sein Bewusstsein aufrecht, sodass er alle Dinge bemerkte, die geschahen, und imstande war, die schmerzlichen Gefühle der Todesangst und der bittersüßen schwachen Hoffnung zu erleben. »Hilfe! Hilfe!«, versuchte er zu schreien, aber die Worte wurden nur in seinem Kopf gebildet; seine Lippen versagten ihm den Dienst.

Als gebildeter Mann kannte er die Gefahr seines Zustandes. Es existierte die Möglichkeit, dass er die Kontrolle über seine Glieder wiedererlangte, bevor er begraben wurde – lebendig begraben wurde. Bewusstsein war ein gutes Zeichen, das wusste er. Wenn er nun seinen Körper dazu bringen konnte, seinem Willen zu gehorchen, was die Endphase der Genesung von dieser furchtbaren Krankheit bedeuten würde, so wäre er gerettet; er würde in die Welt zurückkehren, die er liebte, ins Leben und zu den Lebenden, zu seiner Schwester Maria.

Und dann zuckte ihm ein entsetzlicher Gedanke durch den Kopf. Ihm wurde klar, dass zwangsläufig, wenn nicht sogar bald, die Luft im Sarg verbraucht sein würde! Der Sauerstoff in der Luft wurde allmählich aufgebraucht; denn obwohl er seine Brust nicht bewegte, nicht atmete, strömte die Luft durch Diffusion in seine Lungen und wieder hinaus.

Wenn er sich nur bewegen könnte, würde ein Klopfen gegen die Sargwand Aufmerksamkeit bei den anderen erregen und seine Freilassung bewirken. War er dazu verdammt, hilflos herumzuliegen und lebendig begraben zu werden? Das arme abergläubische Volk von Rotfernberg, einschließlich seiner Schwester, würde wahrscheinlich vor Entsetzen fliehen. Dann wäre es hoffnungslos, selbst wenn er wieder in der Lage sein würde, seine Glieder zu benutzen. Sie würden ihn in seinem mit Blumen geschmückten Gefängnis seinen vergeblichen Bemühungen überlassen. Oh, warum nur waren diese Leute nicht gebildet? Warum mussten sie sich auf ein Haus und einen Berghang beschränken?

Unmerklich glitt er in einen Zustand der Träumereien und des

Nachdenkens hinüber, in dem die ersten schmerzhaften Qualen der Angst sich allein durch die Erschöpfung aufgelöst hatten. Nur zwei Hoffnungen blieben in seinem Verstand zurück, wie leuchtende Schmetterlinge, die einen Moment Rast auf einer vertrockneten Blume machten. Erstens musste er sich bewegen, und zweitens durfte seine Schwester keine Angst haben; sie musste ihn aus seinem engen Gefängnis befreien. Und diese beiden Hoffnungen, bitter durch ihre Unwahrscheinlichkeit und süß durch ihre Möglichkeit, waren alles, wofür er existierte ...

Noch immer drang die gedämpfte Stimme von Maria an sein Ohr, heiser und müde von langem Gebrauch, und durch seine Augenlider hindurch schien das Totenwachenlicht. Plötzlich hörte er in dem Raum, in dem er lag, das Geräusch von Schritten. Er horchte aufmerksam. Es waren Männer, wie er vermutete, etwa ein halbes Dutzend. Nun gab es neue Hoffnung! Wenn er sich bewegte oder einen Ton von sich gab, dann hatte vielleicht einer der Männer genügend Verstand und Mut, um ihn zu befreien. Dann vernahmen seine Ohren den Klang von Stimmen, die einstimmig beteten. Also beteten auch sie nun für ihn!

Mehrere Minuten wurden zu einer Stunde; dann verstummten die Stimmen, auch die seiner Schwester. Ein schmerzhafter Stich der Besorgnis durchdrang seinen Körper wie ein glühendes Schwert. Wollten sie ihn verlassen? Aber nein. Er hörte Lärm, der von kratzenden Stühlen herrührte, und das Rascheln von Kleidung. Man setzte sich hin. Als er aufmerksam lauschte, hörte er eine Stimme, die ihm vertraut war. Sie klang tief, wenn auch aus Respekt vor dem Toten, und gedämpft durch die hölzernen Wände, die ihn einschlossen. Es handelte sich um Pater Josef.

»Bitte, Fräulein Feldenpflanz«, sagte er sanft, aber bestimmt, »Sie müssen nun zu Bett gehen. Sie sind sehr erschöpft, und morgen müssen Sie für das Begräbnis Ihres Bruders früh aufstehen. Bitte gehen Sie schlafen.«

Es war keine Antwort zu vernehmen, aber Feldenpflanz hörte den Klang von Schritten auf der Treppe. Offenbar ging Maria nach oben.

»Lassen Sie uns hoffen«, sagte Pater Josef, »dass unser guter Freund unsere Gebete nicht braucht. Inzwischen befindet er sich im Himmel oder in der Hölle. Möge es nicht Letzteres sein.«

Die sechs Männer saßen schweigend da und nickten.

»Oder im Fegefeuer«, fügte der Schneider hinzu und blickte den Pfarrer an, um sich seiner Zustimmung zu versichern.

Der unbewegliche Mann im Sarg verspürte einen Anflug von Belustigung.

»Nach dem Begräbnis wird das Fräulein ohne Zweifel die unheiligen Dinge in dem großen weißen Raum ihres Bruders im Keller vernichten«, ergriff der Schmied das Wort, ein großer Mann, der nur selten sprach. »Ich glaube«, fuhr er fort, »dass Keller grundsätzlich nur Weine enthalten sollten.«

Also wollten sie sein Labor zerstört sehen! Und das, nachdem er beerdigt worden war ... Verzweifelt unternahm er jede Anstrengung, sich zu bewegen, aber er war nicht dazu imstande. Bildete er es sich nur ein, oder wurde die Luft wirklich schlechter? Ihn schwindelte, und er hatte das Gefühl, dass sein Herz ein wenig schneller schlug.

»Das ganze Dorf Rotfernberg wird herkommen, um der Beerdigung des Herrn Feldenpflanz beizuwohnen«, meinte der Bürgermeister, ein großer dünner Mann, »und ich werde die Prozession anführen. Er war einer meiner besten Freunde, folglich ist das nur angemessen. Ach, ich erinnere mich so gut an seinen fröhlichen Gutenmorgengruß und seine guten Weine. Außerdem war er ein großzügiger Mann, der immer Almosen gegeben hat, und er bezahlte die höchsten Steuern im Ort. Und niemand war ehrlicher. Er war ein sehr guter Mann.«

Der Bürgermeister schnäuzte sich, gedämpft wegen der Gegenwart des Toten. Alle nickten zustimmend, abgesehen von Pater Josef, der in ein Gebetbuch vertieft war. Seine blassen Hände hoben sich gegen seinen schwarzen Talar ab, und seine Lippen bewegten sich leicht. Es vergingen mehrere Minuten, bevor er aufblickte.

»Lieber Gott, lieber Gott«, betete Feldenpflanz wieder und wieder, als er den wahren Tod herannahen fühlte. Aber was war das? Er spürte, wie ein Zittern über seinen Körper lief. Sein Herz schlug schneller, und ein warmer Schauder durchströmte seine tauben Glieder. Er spürte, wie sein Wille allmählich seine schlafenden Nerven bezwang und in seine Glieder kroch. Nun hoffte er, dass er sehr bald wieder befreit sein würde.

»Lassen Sie uns jetzt gehen«, sagte der Pfarrer, und Entsetzen ergriff den Mann im Sarg. Er vernahm das Schaben von Stühlen und das Schlurfen von Füßen. Nun war der Moment gekommen! Nun musste er sich bewegen. Sein Herz pochte aufgeregt, seine Fingerspitzen kribbelten, sein Gesicht fühlte sich heiß an und sein Kopf war voller Blut. Er hörte, wie die Schritte aufhörten. Offensichtlich hatten sie bei ihm innegehalten. Er hörte das Rascheln von Kleidung. Dann ergriff der Metzger das Wort, und seine Stimme klang angestrengt.

»In der Tat, wie ungeheuer lebendig! Sein Gesicht wird rot!«

Feldenpflanz nahm all seine Kräfte zusammen. Die Dunkelheit schien zu erbeben – und seine Augen waren offen! Über sich sah er sechs Gesichter, die wie auf einem Gemälde erstarrt waren.

Pater Josef trug einen Ausdruck äußersten Entsetzens zur Schau.

Das Gesicht des Schneiders, das lang, bleich und abgespannt war, drückte Furcht und erschrockenes Misstrauen aus.

Der Metzger riss Augen und Mund weit auf.

Der Gemischtwarenhändler bekreuzigte sich immer wieder, indem sich seine Lippen hektisch im Gebet bewegten.

Der Hufschmied, der sich mehr vor dem Übernatürlichen fürchtete als der Rest, schloss die Augen, keuchte auf und taumelte zurück.

Der Bürgermeister starrte ihn einen Moment lang mit hervorquellenden Augen an. Dann schrie er ein einziges Wort: »Vampir!«

Und dann war Lärm zu hören, der vom Herumrennen und Schreien stammte, und Feldenpflanz sah, wie die Gesichter über seiner ausgestreckten Gestalt verschwanden, außer dem von Pater Josef, der ein lateinisches Bittgebet aus seinem Gebetbuch vorlas.

Das Opfer der Katalepsie hörte nun verzweifelt das Geräusch zahlreicher Füße, die in seine Richtung rannten. Dann tauchten unvermittelt die Gesichter des Schmiedes und des Metzgers über ihm auf. An der Seite des Sarges war ein tastendes Geräusch zu vernehmen, und dann – wurde der Deckel geöffnet. Er war gerettet!

Aber was war das? Der Metzger hielt ihm ein Messer gegen seine linke Körperseite, und der Hufschmied hob seinen Hammer hoch über den Kopf. Der monotone Vortrag von Pater Josefs lateinischem Gebet drang an sein Ohr.

Feldenpflanz gab unverständliche Laute von sich.

»Nein, n', Hilfe, nein!«

Der Hammer hob sich und sauste herab. Eins! Zwei! Drei!

Herr Feldenpflanz hörte auf, an Rettung zu denken.

Graham Masterton
Der Laird von Dunain

»Der Schneider fiel durch's Bett, mit Fingerhut und all',
Die Decken waren dünn, und die Laken waren schmal,
Der Schneider fiel durch's Bett, mit Fingerhut und all'.«

Im ersten goldenen Nebel des Morgens trat der Laird von Dunain auf den Rasen, gekleidet in Kilt mit Ledertasche und einen dicken, haferfarbenen Pullover, das Gesicht bleich, knochig und ästhetisch, der Bart rot wie eine Flamme, das Haar struppig wie Distelgestrüpp.

Ein archetypischer Schotte; die Art von Schotte, wie man sie auf Keksbüchsen und Flaschen von Single Malt Whisky sieht. Nur sah er so verhärmt und hager aus. Nur wirkte er so spirituell ausgehungert.

Es war das erste Mal seit ihrer Ankunft, dass Claire ihn sah, und sie tippte Duncan mit dem Griff ihres Pinsels auf den Arm und sagte: »Schau, da ist er! Sieht er nicht einfach fantastisch aus?«

Alle neun Teilnehmer des Malkurses drehten sich um und starrten den Laird an, wie er gewissenhaft den Kiesweg patrouillierte, der hinter Dunain Castle verlief. Zuerst schien er sie nicht zu bemerken, hielt die Hände hinterm Rücken verschränkt und den Kopf hoch, als atmete er die würzige Sommerluft ein und betrachtete seine Ländereien und dachte dabei an die Dinge, an die ein Highland-Laird nun einmal so denkt: wie viele Hirsche zu schießen seien und wie er das Highlands Development Board überzeugen könne, ihn mit einer Stromhauptleitung zu versorgen.

»Ich frage mich, ob er uns Modell stehen würde?«, sagte Margot, ein rundliches Mädchen aus Liverpool mit krausen Haaren. Margot hatte Claire gestanden, dass sie den Malkurs belegt hatte, weil der Kittel ihre Hüften verbarg.

»Wir könnten ihn ja mal fragen«, schlug Claire vor – Claire mit ihren zum Bubikopf frisierten, glatten, dunklen Haaren und dem ernsthaften, schön geschnittenen Gesicht. Ihr Mann, ihr *Ex*-Mann, hatte immer gesagt, sie sähe aus »wie eine sinnliche Schulleiterin«. Malkittel, Haarreif und eine mondrunde Brille verstärkten diesen Eindruck noch.

»Er sieht so furchtbar *romantisch* aus«, sagte Margot. »Wie Rob Roy. Oder Bonnie Prince Charlie.«

Duncan durchsuchte seinen Kasten mit den Wasserfarben, bis er eine halb abgebrannte Zigarette gefunden hatte. Die zündete er mit einem Feuerzeug aus Plastik an, auf dem ein verkratztes Bild von einem halb nackten Mädchen zu sehen war. »Das Problem mit der Malerei in Schottland ist«, sagte er, »dass *alles* so scheißromantisch aussieht. Du steckst Leib und Seele in ein Bild von Glenmoriston, und zu guter Letzt sieht es aus wie ein Platzset von Woolworth.«

»Trotzdem hätte ich ihn gern als Modell«, sagte Margot.

Die Teilnehmer des Malkurses hatten ihre Staffeleien auf dem abfallenden südlichen Rasen von Dunain Castle aufgestellt, in unmittelbarer Nähe zum Kräutergarten mit der Steinmauer. Jenseits des Kräutergartens erstreckte sich ein grasüberwachsenes Gelände bis zu den Ufern des Kaledonischen Kanals, der sich seinen Weg zwischen dem nordöstlichen Zipfel von Loch Ness und der Stadt Inverness bahnte und in die Nordsee mündete. Gestern waren während einer Regatta den ganzen Tag lang Segelschiffe über den Kanal geglitten, und es hatte so ausgesehen, als segelten sie wie Schiffe in einem surrealistischen Traum oder Albtraum durch die Felder und Hecken.

Mr Morrissey rief: »Achten Sie ganz besonders auf das Licht; es ist jetzt goldfarben und sehr gleichmäßig, aber es wird sich bald ändern.«

Mr Morrissey (kahlköpfig, rundschultrig, hektisch, pedantisch) war der Kursleiter, der Mann, der sie bei ihrer Ankunft auf Dunain Castle begrüßt und ihnen ihre Zimmer gezeigt hatte (»Sie werden es lieben, Mrs Bright ... eine wunderbare Aussicht in den Garten ...«) und der ihnen nun Lektionen in der Landschaftsmalerei erteilte. Auf seine Weise war er sehr gut. Seine Skizzen waren streng, er malte monochrom, und er duldete keinerlei Sentimentalitäten.

»Sie sind nicht in Schottland, um Landseers ›Monarch of the Glen‹ zu reproduzieren«, hatte er ihnen gesagt, als er sie am Bahnhof von Inverness abgeholt hatte. »Sie sind hier, um das Leben und die Landschaft festzuhalten, in einem unvergleichlich klaren Licht.«

Claire wandte sich wieder ihrer Kohleskizze zu, doch aus den Augenwinkeln sah sie, wie der Laird von Dunain langsam über den Rasen auf die Gruppe zukam. Aus irgendeinem Grund war sie aufgeregt und fing an, schneller und unruhiger zu zeichnen. Ehe sie sich versah, stand der Laird etwa einen halben Meter vor ihr, die Hände nach wie vor hinterm Rücken verschränkt. Seine Ausstrahlung war prickelnd und elektrisch, beinahe so, als würde er schon mit seinem dichten, ingwerfarbenen Bart über die Innenseite ihrer Schenkel streichen.

»Nun, nun«, sagte er endlich mit einem starken Inverness-Akzent. »Sie haben wirklich Talent, würde ich sagen. Sie sind nicht eine von Gordons üblichen Mädels.«

Claire wurde rot und bemerkte, dass sie nicht mehr weiterzeichnen konnte. Margot kicherte.

»Ach«, sagte der Laird, »das war nicht als Schmeichelei gemeint. Sie sind wirklich gut.«

»Nicht wirklich«, entgegnete Claire. »Ich male erst seit sieben Monaten.«

Der Laird kam näher. Claire roch Tweed und Tabak und Heide und noch etwas anderes, widerstrebend und süß, das sie noch nie zuvor gerochen hatte.

»Sie *sind* gut«, wiederholte er. »Sie können gut zeichnen; und ich wette darauf, dass Sie auch gut malen können. Mr Morrissey!«

Mr Morrissey blickte auf; sein Gesicht war ziemlich blass.

»Mr Morrissey, macht es Ihnen etwas aus, wenn ich dieses Fohlen aus Ihrem Stall entführe?«

Mr Morrissey blickte skeptisch drein. »Heute Morgen steht eigentlich Landschaft auf dem Plan.«

»Ja, aber ein klein wenig Portraitmalerei kann ihr auch nicht schaden, oder? Und ich hätte für mein Leben gern ein Portrait von mir.«

Sehr zögernd sagte Mr Morrissey: »Nein, ich glaube nicht, dass es ihr schadet.«

»Dann wären wir uns ja einig«, erklärte der Laird, und kurzerhand klappte er Claires Staffelei zusammen und ordnete ihre Wasserfarben.

»Moment mal –«, sagte Claire und lachte beinahe über seine Unverfrorenheit.

Der Laird von Dunain starrte sie an mit Augen, die so grün waren wie Smaragde, die man in einem Mörser zerstoßen hatte. »Tut mir leid. Es macht Ihnen doch nichts aus, oder?«

Claire konnte ein Lächeln nicht unterdrücken. »Nein. Es macht mir nichts aus.«

»Nun denn«, sagte der Laird von Dunain und ging ins Schloss voran.

»Hmph«, machte Margot entrüstet.

Er saß ihr Modell in einem trüben Zimmer in einem der oberen Stockwerke, mit hoher Decke und ganz mit dunklen Eichenpaneelen ausgestattet. Hauptlichtquelle war ein Oberlichtfenster aus Bleiglas, durch das das Licht fast wie durch einen Scheinwerfer fiel. Der Laird von Dunain saß auf einer großen, eisenbeschlagenen Truhe, den Kopf nach oben gerichtet; es gelang ihm, völlig bewegungslos zu bleiben, während Claire ihre Skizzen machte.

»Sie sind noch aus einem anderen Grund hier, nicht nur zum Malen und Zeichnen«, sagte er nach einer Weile.

Claire umriss mit ihrem Kohlestift rasch seine linke Schulter. »Ach ja?«, fragte sie. Sie wusste nicht, was er meinte.

»Sie suchen hier nach Seelenfrieden, nicht wahr, und nach einem Weg, um alles in Ordnung zu bringen?«

Sie dachte kurz an Alan und an Susan, an zugeschlagene Türen. Sie dachte daran, wie sie kilometerweit durch Shepherds Bush ging, im strömenden Aprilregen.

»Darum geht es in der Kunst doch, oder?«, entgegnete sie. »Alles in Ordnung zu bringen.«

Der Laird von Dunain lächelte schief. »Das pflegte mein Vater immer zu sagen. Mein Vater glaubte absolut daran.«

Irgendwas an seinem Tonfall brachte Claire dazu, ihre Zeichnung einen Moment lang zu unterbrechen. Etwas sehr Ernstes; etwas *Suggestives*; als wolle er ihr mitteilen, dass seine Worte mehr als nur eine Bedeutung haben.

»Ich glaube, ich mache besser morgen damit weiter«, sagte sie.

Der Laird von Dunain nickte. »In Ordnung. Wir haben alle Zeit der Welt.«

Am nächsten Tag fuhr der Rest der Kursteilnehmer mit einem Minibus nach Fort Augustus, um die Schleusen des Kaledonischen Kanals zu malen, während Claire mit dem Laird von Dunain in seinem hohen, finsteren Zimmer saß und begann, sein Portrait zu malen. Sie benutzte lieber Designfarben als Ölfarben, weil man damit schneller arbeiten konnte; zudem nahm sie am Laird von Dunain etwas Unstetes wahr, das sie mit Ölfarben nicht hätte einfangen können.

»Sie können sehr gut Modell sitzen«, sagte sie, als der Morgen schon halb verstrichen war. »Möchten Sie denn keine Pause machen? Vielleicht könnte ich Kaffee aufsetzen.«

Der Laird von Dunain rückte um keinen Zoll von seiner starren Pose ab. »Mir wäre es lieber, hiermit fertig zu werden, wenn es Ihnen nichts ausmacht.«

Sie fuhr mit dem Malen fort, drückte eine halbe Tube roter Farbe aus. Sie hatte Schwierigkeiten damit, seinem Gesicht Farbe zu verleihen. Für Gesichter verwendete sie normalerweise wenig mehr als eine Palette aus gelbem Ocker, Terra verte, Alizarinscharlach und Kobaltblau. Doch gleich wie viel Rot sie auch in die Farben mischen mochte, sein Gesicht schien immer blutarm zu bleiben – fast wie das eines Toten.

»Es ist sehr schwierig, Ihren Teint hinzubekommen«, gestand sie, als die Uhr in der Halle unten zwei schlug.

Der Laird von Dunain nickte. »Über die Dunains von Dunain wurde immer behauptet, wir seien eine blutleere Familie. Bei Culloden allerdings haben wir das Gegenteil bewiesen. Das war der Tag, als der Laird von Dunain von einem halben Dutzend Soldaten des Herzogs von Cumberland gefangen und umstellt wurde; sie fügten ihm so schlimme Schnittwunden zu, dass er einen Viertelmorgen des Bodens mit seinem Blut tränkte.«

»Das klingt ja furchtbar«, sagte Claire, während sie mehr von dem Alizarinscharlach aus der Tube drückte.

»Das ist lange her«, antwortete der Laird von Dunain. »Am 16. April 1746. Das ist fast 250 Jahre her, und wessen Erinnerungsvermögen reicht schon so weit zurück?«

»So wie Sie es erzählen, klingt es wie gestern«, sagte Claire, die mit Mischen beschäftigt war.

Der Laird von Dunain wandte zum allerersten Mal für heute den Kopf ab. »Als er an diesem Tag blutend auf dem Boden lag, schwor der Laird, er wolle für jeden Tropfen Blut Rache an den Engländern üben. Er würde es sich zurücknehmen, sagte er, und zwar in vieltausendfacher Menge.

Seine Leiche wurde nie gefunden, wissen Sie, obwohl es in den Glens viele Geschichten darüber gibt, dass die Dunains und Macduffs sie eilends entfernt hätten. Das war einer der Gründe, warum der Herzog von Cumberland die Highlands mit solcher Brutalität heimsuchte. Er hatte sich geschworen, nicht eher nach England heimzukehren, ehe er die Leiche des Dunain von Dunain mit eigenen Augen gesehen und an die Hunde verfüttert hätte.«

»Grausige Zeiten«, merkte Claire an. Sie lehnte sich zurück. Das Gesicht des Lairds war noch immer abstoßend weiß, obwohl sie beinahe zwei ganze Tuben Scharlachrot in die Gesichtsfarbe gemischt hatte. Sie konnte es einfach nicht begreifen. Sie strich sich mit der Hand durchs Haar und sagte: »Ich muss morgen daran weiterarbeiten.«

»Natürlich«, sagte der Laird von Dunain.

Auf dem Weg zum Abendessen traf sie im eichengetäfelten Gang auf Margot. Die wirkte ungewöhnlich hektisch und böse. »Du hast uns gestern nicht begleitet, und du hast uns heute nicht begleitet. Heute haben wir Schafe gezeichnet.«

»Ich habe –«, setzte Claire an und neigte den Kopf in Richtung der Zimmer des Laird von Dunain.

»Oh ja«, sagte Margot. »Das ist mir schon klar. Das ist uns *allen* klar.« Und dann stapfte sie mit hin- und herschwankendem Hinterteil davon.

Claire war entgeistert.

Aber dann kam ihr blitzartig der Gedanke: *Sie ist eifersüchtig. Sie ist wirklich eifersüchtig.*

Den ganzen nächsten Tag saß der Laird von Dunain gefasst und reglos vor Claire, die mit dem Portrait kämpfte. Sie brauchte sechs

Tuben helles Rot und acht Tuben Alizarinscharlach auf, und dennoch blieb sein Gesicht so bleich wie zuvor.

Sie wurde immer verzweifelter, weigerte sich aber, klein beizugeben. Auf eine sonderbare Weise, die sie nicht verstand, war ihr Gemälde ein Schlachtfeld, auf dem sie mit dem Laird von Dunain einen stummen Kampf auf Leben und Tod ausfocht. Vielleicht rang sie aber auch nur mit Alan und mit allen anderen Männern, die sie mit derartiger Verachtung behandelt hatten.

Der Nachmittag war halb verstrichen, das Licht im Oberlichtfenster erstarb nach und nach, und es fing an zu regnen. Sie hörte das Prasseln der Regentropfen auf dem Dach und das leise Glucksen in den Abflüssen.

»Sind Sie sicher, dass Sie noch gut genug sehen können?«, fragte der Laird.

»Ich sehe noch gut genug«, antwortete sie, während sie verbissen einen weiteren dicken, glänzenden Wurm roter Gouache aus der Tube presste.

»Sie können auch einfach aufgeben.« Seine Stimme klang fast hinterhältig.

»Ich sehe *gut genug*«, beharrte Claire. »Und ich bringe dieses verfluchte Portrait zu Ende, und wenn es das Letzte ist, was ich tue.«

Sie nahm ein Messerchen, um die Zellophanhülle einer weiteren Packung Designfarben zu öffnen.

»Es tut mir leid, dass ich ein so merkwürdiges Motiv bin«, lächelte der Laird. Es klang, als würde es ihn so recht amüsieren, merkwürdig zu sein.

»Kunst muss eine Herausforderung sein«, entgegnete Claire. Sie war immer noch damit beschäftigt, die Packung mit den neuen Farben zu öffnen. Ohne jede Warnung krachte ein ohrenbetäubender Donner so nahe am Dach des Schlosses, dass Claire fühlte, wie die Dachsparren bebten. Ihre Hand glitt an der Packung ab, und das Messerchen schnitt ihr in die Fingerspitze.

»Au!«, schrie sie, ließ die Packung fallen und hielt ihren Finger. Blut tropfte in schneller Folge auf das Gemälde, ein Tropfen nach dem andern.

»Stimmt etwas nicht?«, fragte der Laird, der aber keinerlei Regung zeigte, sich von seiner eisenbeschlagenen Truhe zu erheben.

Claire wimmerte leise, als sie das Blut aus der Wunde sprudeln sah. Sie wollte ihm gerade sagen, dass sie sich geschnitten habe und nicht weitermalen könne, als sie bemerkte, dass ihr Blut sich mit der nassen Farbe auf dem Gesicht des Lairds vermischt hatte *und diesem eine unnatürlich gesunde Röte verlieh.*

»Sie haben sich doch nicht etwa verletzt, oder?«, fragte der Laird.

»Oh, nein.« Claire drückte mehr Blut heraus und trug es mit ihrem Pinsel auf. Nach und nach wirkte das Gesicht des Lairds rosiger und wesentlich lebendiger. »Mir geht's gut, ganz wunderbar.« Und bei sich dachte sie: *Jetzt hab ich dich, du heimtückischer Hurensohn. Jetzt zeig ich dir, wie gut ich malen kann. Ich werde dich hier für alle Zeit einfangen – so wie ich dich gesehen habe; so wie ich dich haben will.*

Der Laird bewahrte seine Haltung und sagte nichts, sah ihr aber mit einem eigentümlichen Ausdruck der Befriedigung und Genugtuung zu, wie jemand, der gerade von einem ausgezeichneten Wein gekostet hat.

In dieser Nacht, in ihrem Zimmer mit Aussicht auf den Garten, träumte Claire von Männern in zerrissenen Umhängen und federgeschmückten Mützen; Männern mit hageren Gesichtern und hohlen Augen. Sie träumte von Rauch und Blut und Schreien. Sie hörte einen scharfen, aggressiven Trommelwirbel – Trommeln, die sie durch einen Traum in den nächsten verfolgten.

Als sie erwachte, war es erst fünf Uhr morgens, und es regnete, und der Fenstergriff klapperte und klapperte im gleichen Takt wie die Trommeln in ihren Träumen.

Sie zog ihre Jeans und ihre blaukarierte Bluse an und stieg dann leise die Treppe zu dem Zimmer hinauf, wo sie das Portrait des Lairds malte. Irgendwie wusste sie, was sie dort vorfinden würde, und doch war sie darüber schockiert.

Das Portrait war wieder so bleichgesichtig wie zuvor, ehe sie die Farben mit ihrem eigenen Blut vermischt hatte. Wenn irgend möglich, war es sogar noch weißer. Auch der ganze Gesichtsausdruck schien sich verändert zu haben – zu einem starren Blick voll stummer, ausgezehrter Wut.

Claire sah das Portrait mit einer Mischung aus Grauen und Faszination an. Dann setzte sie sich langsam hin, öffnete die Kiste mit den Farben und fing an, einen Hautton zu mischen. Weiße Flocken, Rot und gelber Ocker. Als sie damit fertig war, nahm sie ihr Messerchen und hielt ihr Handgelenk über die Palette. Sie zögerte nur einen Moment. Der Laird von Dunain starrte sie viel zu zornig, zu unversöhnlich an. Sie hatte nicht die Absicht, sich von einem solchen Mann übertrumpfen zu lassen.

Sie schnitt sich das Handgelenk in einer langen Diagonale auf, und sogleich pumpte die Arterie das Blut auf die Palette, wo das volle, klebrige Rot die Wasserfarben beinahe ertränkte.

Sobald die Palette von Blut gesättigt war, knotete sie ihren Farblappen so fest es ging um ihr Handgelenk, nahm dabei ihre Zähne zu Hilfe. Zitternd und atemlos ging sie daran, Blut und Farbe zu mischen, und dann fing sie an zu malen.

Sie arbeitete fast eine Stunde lang mit dem Pinsel, doch so schnell sie die Mischung aus Farbe und Blut auch auftrug, es schien umso schneller wieder aus dem kreideweißen Gesicht des Lairds zu verschwinden.

Schließlich lehnte sie sich, beinahe hysterisch vor Frustration, zurück und ließ den Pinsel fallen. Der Laird starrte sie an – höhnisch, anklagend, ihr Talent und ihre Weiblichkeit schmälernd. Genau wie Alan. Genau wie jeder andere Mann. Man gab ihnen alles, und sie behandelten einen dafür mit völliger Verachtung.

Aber nicht dieses Mal. Nicht dieses Mal. Sie erhob sich, knöpfte ihre Bluse auf und stellte sich mit nackter Brust vor das Portrait des Laird von Dunain. Dann nahm sie das Messerchen in die Faust und hielt die Klinge über das volle, fahle Fleisch direkt unter ihrem Nabel.

»Das schläfrige Mädchen, es fürchtet kein Unbill; das Wetter war kalt, und das Mädchen lag still. Es meinte, vom Schneider droht ihr kein Unbill.«

Sie schnitt sich in den Bauch. Ihre Hand zitterte, doch sie war ruhig und bei Sinnen. Sie schnitt durch die Haut und die Schichten weißen Fetts, und tiefer noch, bis ihre Eingeweide einen dunklen, süßen Duft ausatmeten. Sie war enttäuscht, dass kein Blut kam. Sie hätte gedacht, sie würde wie ein Schwein bluten. Stattdessen schimmerte die Wunde bloß feucht, und eine gelbliche Flüssigkeit folgte.

»Jemand ist's müde, allein zu liegen bei ihr; manche sind schlapp und, ich glaub, voller Gier ... dass der Schneider wieder hüpfen kommt hier.«

Claire schlitzte nach oben, bis hin zu ihrem Brustbein, und das Messerchen war so scharf, dass es in ihrer Rippe stecken blieb. Sie zog es heraus, und dieses Gefühl war schlimmer als der Schmerz. Sie wollte das Blut, doch sie hätte nicht geglaubt, dass es derart wehtun würde. Der Schmerz war so verheerend wie es der Donner gewesen war, überwältigend. Sie dachte daran zu schreien, war sich aber nicht sicher, ob das etwas helfen würde; außerdem hatte sie vergessen, wie man schreit.

Mit blutbesudelten Händen griff sie in ihren aufgeschlitzten Bauch und umfasste all die heißen, glitschigen, schweren Dinge, die sie dort fand. Sie zerrte sie hervor, auf das Gemälde des Laird von Dunain, und wischte mit ihnen immer wieder über die Leinwand, bis diese von Blut übertüncht und das Portrait des Lairds beinahe völlig unkenntlich war.

Dann fiel sie zur Seite, schlug mit dem Kopf auf den Eichendielen auf. Das Licht aus dem Oberlichtfenster wurde heller und schwächer, heller und schwächer, und dann verblasste es für immer.

Man brachte sie ins Riverside Medical Centre, doch sie war bereits tot. Massives Trauma, Blutverlust. Duncan stand auf dem Parkplatz, sog heftig an einer Zigarette und rieb sich die Arme. Margot saß auf einem Kunstledersitz im Wartezimmer und weinte.

Sie fuhren zurück nach Dunain Castle. Der Laird stand auf dem Rasen hinter dem Schloss und beobachtete das Spiel des Lichtes im Tal.

»Dann ist sie also tot«, sagte er, als Margot auf ihn zustapfte. »Schreckliche Sache, ganz ohne Zweifel.«

Margot wusste nicht, was sie darauf erwidern sollte. Sie konnte nur vor ihm stehen und vor Zorn zittern. Er schien so selbstgefällig, so ruhig, so zufrieden; die grünen Augen wie Smaragde, doch mit roten Sprenkeln.

»Sehen Sie«, sagte der Laird von Dunain und wies auf die Vögel, die über ihnen kreisten. »Die Nebelkrähen. Die wissen immer, wann der Tod kommt.«

Margot stürmte hinauf in das Zimmer, wo sie vor nur zwei Stunden die sterbende Claire gefunden hatte. Dort war es hell wie in einer Kirche. Und dort auf der Staffelei stand das Portrait des Laird von Dunain, strahlend sauber, ohne auch nur einen einzigen Blutflecken darauf. Der lächelnde, siegesgewisse Laird von Dunain mit seinen rosigen Wangen.

»Eingebildeter, chauvinistischer Dreckskerl«, sagte sie und ergriff die Leinwand, um sie entzweizureißen, von oben nach unten. Vor lauter Wut. Vor lauter zornigem Feminismus. Aber vor allem: vor lauter Eifersucht. Warum war *sie* nie einem Mann begegnet, für den sie sich hätte umbringen wollen?

Und draußen im Garten, auf dem abschüssigen Rasen, hörten die Teilnehmer des Malkurses einen Schrei. Es war ein so widerhallender und entsetzlicher Schrei, dass sie kaum glauben konnten, dass er von einem einzigen Mann kommen sollte.

Vor ihren Augen platzte der Laird von Dunain – im wahrsten Sinne des Wortes. Sein Gesicht explodierte, sein Unterkiefer fiel heraus, seine Brust sprengte in einer Detonation von Rippen und eimerweise Blut seinen Pullover. Es gab so viel Blut, dass es bis auf die Mauern von Dunain Castle spritzte und die Fenster hinunterrann.

Da saßen sie, mit weit offenen Mündern, die Pinsel in den Händen, während er auf dem Kiesweg zusammenbrach, zuckte und still dalag, während überall das Blut floss und die Nebelkrähen kreisten und schrien und wieder schrien, denn sie wissen immer, wann der Tod kommt.

»Gib mir den Groschen zurück, junger Mann;
der Tag ist kurz, die Nacht ist lang;
das liebste Silber, das ich je gewann.
Der Schneider fiel durchs Bett, mit Fingerhut und all'.«

Simon Clark
Vampir-Abschaum

›Du bist wie die Dunkelheit der Nacht,
berührt vom bleichen Licht des Mondes.‹
(aus *Skanda Purana*, Indien, um das Jahr 1000)

Die Kleinstadt Leppington lag schlafend im mitternächtlichen Mondschein. Zwanzig Stunden lang strömender Juliregen hatte auf den Straßen silbern glänzende Pfützen hinterlassen, und in jeder spiegelte sich der Mond. Eine harte, kalte Scheibe, weiß wie Knochen, auf der ganz schwach tote Mondmeere zu erkennen waren.

Barfuß lief das Mädchen die menschenleere Straße entlang, ihre Zehen tauchten in die Pfützen und zerstörten diese glitzernden Abbilder einer weit entfernten Welt.

Ich komme zu spät, sagte sie sich. *Ich komme VIEL zu spät. Sie sind sicher ohne mich fortgegangen.*

Diese hastigen Gedanken schossen ihr durch den Kopf. Sie beschleunigte ihre Schritte: eine einsame Gestalt in der Abgeschiedenheit einer Stadt in Yorkshire, die um diese Nachtzeit trostlos und furchterregend wirkte. Die Dächer schimmerten noch feucht, silberne Streifen des Mondlichts glommen darauf. Dahinter erspähte sie die dunkle, bedrohliche Hügelkette, die eine undurchdringliche Mauer bildete, so als wollte sie Leppington für immer und ewig gefangen halten.

Wild überstürzten sich ihre Gedanken, trieben sie an zu rennen. *Ich werde von hier weggehen. Ihr könnt mich nicht ewig hier festhalten. Wenn ich sie erst gefunden habe, werden sie mich mitnehmen. Dann werde ich nie wieder zu diesem gottverdammten Friedhof von einer Stadt zurückkommen müssen.*

Sie bog um eine Ecke und blieb dann stehen. Dort stand, wie ein riesiger Grabstein, der aus der feuchten Erde ragt, das Bahnhofshotel und ließ alle Gebäude in der Umgebung zwergenhaft erscheinen. Kein Lichtschein drang durch die Fenster in der gotischen Fassade. Es war unwahrscheinlich, dass sich Hotelgäste dort aufhielten … wer möchte schon gerne freiwillig in so einem düsteren Gebäude übernachten, mit all diesen morbid verzierten Wasserspeiern und den grimmigen Steingesichtern über dem Türsturz? Falls wider Erwarten doch Gäste im Hause waren, so hätten sie es vermutlich vorgezogen, sich dieser Umgebung durch den Schlaf zu entziehen.

Eine Gestalt erschien im Schatten einer Gasse zu ihrer Rechten. Sie sah blass schimmernde nackte Arme. Die Haut eisblau und von dicken schwarzen Venen durchzogen. Da war kein Gesicht – zumindest konnte sie keines erkennen, denn die Gestalt war tief in Dunkelheit gehüllt.

Wer auch immer dieser Fremde sein mochte, sie wurde von ihm beobachtet. In kalten Wellen strömte die Angst durch ihren Körper. Sie wich zurück, als die Gestalt auf sie zukam.

Das Hotel war nur etwa hundert Schritte entfernt. *Ich könnte hinrennen. Vielleicht könnte ich ihm entkommen …*

Während sie alle Muskeln für die Flucht anspannte, hörte sie den Mann sprechen. Die Stimme klang krank, so als seien die Stimmbänder verfault wie vom Wundbrand. »Geh zurück dahin, von wo du herkommst! Du gehörst nicht hierher. Geh … Geh …«

Als sie sich umdrehte um fortzulaufen, stolperte sie und fiel auf Hände und Knie in eine Regenpfütze, die die halbe Straße bedeckte. Für einen kurzen Augenblick erstarrte sie vor Schreck über den Sturz und den abscheulichen Fremden. Wie betäubt schaute sie ins Wasser. Die klare, schimmernde Mondscheibe spiegelte sich darin. Und sie sah noch ein anderes bleiches Ding, das daneben zu schweben schien. Sie sah ein Gesicht – ein fürchterliches Gesicht, das ihr den Atem stocken ließ. Die Haut sah aus wie Kerzenwachs, blaue Flecken sprenkelten die merkwürdig hohe Stirn. Und die Augen …

Dieses Starren ließ ihr das Blut in den Adern gefrieren. Sie riss sich aus der Umklammerung des hypnotischen Blickes los, sprang auf und rannte auf das Bahnhofshotel zu. Der raue Straßenbelag riss ihre nackten Fußsohlen auf, aber sie durfte nicht stehen bleiben.

Er folgt mir, dachte sie. *Ich weiß es. Ich darf mich nicht umdrehen.* Ein Zugang führte an dem bedrohlichen gotischen Gemäuer vorbei in den Hinterhof. Dort rannte sie entlang und ihre Füße traten entweder in aufspritzende Pfützen oder klatschten über Kopfsteinpflaster aus dem neunzehnten Jahrhundert. *Bitte lass sie da sein. Bitte geht nicht ohne mich* ... Erst als sie um die Ecke des Hotels bog, schaute sie zurück. Der Hof war leer. Die Pflastersteine glänzten im Mondlicht. Im Geiste sah sie sich über den schuppigen Rücken eines Urzeitmonsters laufen. Selbst als sie den Hof überquerte, hin zu einem beleuchteten Fenster auf der Rückseite des Hotels, hatte sie das Gefühl, dass es unter ihren Füßen zuckte, als würde das imaginäre Monster nur leicht schlummern und jeden Moment aufwachen, wild brüllend vor Zorn wegen ihrer Störung.

Der Mann aus der Gasse wird mich hier bald finden. Oh Gott, diese Augen ... Ihr Magen krampfte sich zusammen, als kröche eine Handvoll Würmer durch ihre Gedärme. Diese boshaften Augen. Ganz farblos waren sie – nur ein schimmerndes Weiß wie bei einem hart gekochten Ei. Und noch schlimmer, in der Mitte jeden Auges blitzte eine kleine schwarze Pupille mit solcher Bösartigkeit, dass ihre Beine fast versagt hätten. Sie spürte, wenn sie noch einmal in diese Augen blicken müsste, würde sie ihrer Gewalt nicht mehr entkommen.

Sie schaute sich in dem in Dunkelheit getauchten Hof um. Noch immer keine Spur von der Gestalt, die sie so sehr verängstigt hatte. Aber Schatten krochen über den Boden, wie sich ausbreitende Blutlachen kamen sie ihr immer näher. Entgegen jeder Vernunft dachte sie: *Diese Schatten dürfen mich nicht berühren. Sie sind Gift ... Nein* ... Sie taumelte benommen. *Nein, das ergibt keinen Sinn, das ist ein verrückter Gedanke. Aber* ... Sie drehte den finsteren Flächen, die über den gepflasterten Boden krochen und dabei helle Flecken reflektierten Mondlichts verschlangen, den Rücken zu. Schon allein der Anblick dieser Schatten beunruhigte sie. Wichtig war jetzt nur, ins Hotel zu gelangen. Welch eine wunderbare Vorstellung: Sie steht in der hell erleuchteten Hotelküche, die Tür fest hinter ihr verschlossen, überall vertraute Gesichter. NICHT MEHR ALLEIN. Das ALLEINSEIN konnte sie nicht mehr ertragen. Das ALLEINSEIN ist ein Krebsgeschwür für den Geist. Das

ALLEINSEIN zehrt an den Kräften … Einsamkeit hat die unbarmherzige, zersetzende Kraft, jegliche Zuversicht und körperliche Energie zunichtezumachen. Für einen Augenblick brach die Erinnerung an die Einsamkeit, die sie ertragen hatte, wie eine große schwarze Flutwelle über ihr zusammen. Ihr unerbittlicher Sog brachte einen diffusen, aber beständigen Schleier des Entsetzens mit sich. Bei jedem Erwachen befürchtete sie, von der grauenvollen Vorahnung verschlungen zu werden, dass ihr etwas Schreckliches drohe. Sie wäre dann völlig hilflos, und niemand stände ihr bei, wenn das Unheil über sie kommen würde.

Vielleicht habe ich mich gerade davor gefürchtet? Vielleicht sollte mich die Vorahnung vor dem Unbekannten warnen, der mir in der Gasse aufgelauert ist? Ich habe immer gewusst, dass ich mich eines Tages – eines Nachts! – ganz allein hier wiederfinden würde und dem Mann von Angesicht zu Angesicht gegenüberstehe, der mich töten wird.

Ein plötzliches, kratzendes Geräusch ließ sie zusammenfahren. Sie schaute hinter sich. Sah aber nichts außer den Schatten und der Finsternis im Durchgang, der von dem Hof zum Flussufer hinunterführte. Jetzt konnte sie das zischende Brausen des Flusses hören. Der ununterbrochene Regen hatte das Gewässer zu einer reißenden Flut anschwellen lassen. Aber jetzt klang das Rauschen des Flusses wie eine Stimme, die sie zu sich rief.

Nein. Nein! Sie hielt sich die Ohren zu. *Das ist diese merkwürdige kleine Stadt. Die wirkt so auf dich ein. Je länger du bleibst, desto mehr Hirngespinste pflanzt sie dir ein.* Aus unerfindlichen Gründen sah sie bei geschlossenen Augen ein Labyrinth von Tunneln vor sich, das sich unter den Häusern erstreckte. Und in diesen Tunneln wimmelte es von bleichen, madenartigen Männern und Frauen, die es nach menschlichem Blut gelüstete – und nach der Wärme eines menschlichen Körpers, um den sie ihre mit knotigen Venen durchzogenen Arme schlingen konnten. Blut und Körperwärme – unter der Haut sind sie wie Geschwister. Die konkrete Verkörperung dieser unfassbaren Sache, die wir Leben nennen … Nun hatte sie die Augen geschlossen und tastete sich vorwärts, bis sie an der Hotelmauer lehnte und das Gesicht gegen die kalten Ziegel drückte, die sich so feucht und klamm anfühlten wie die Berührung einer toten Hand. Bilder von bleichen, nackten Formen in tiefem Wasser schossen ihr durch den Kopf. Hinter der Hofmauer toste der Lepping River. Und sie stellte sich Hunderte von Gesichtern vor, die durch die wirbelnden Fluten trieben und sie anschrien. Wütende Stimmen, die sie aufforderten zu verschwinden, bevor es zu spät sei.

Nein. Ich werde nicht zulassen, dass mir diese Stadt solche Gedanken einflößt. Ich bin bei Verstand, ich bin vernünftig. Ich werde nicht an Vampire denken.

Vampire? Wenn sie nur an das Wort dachte, riss sie schon die Augen weit auf. VAMPIRE? *Warum habe ich dieses Wort verwendet?* Sie zitterte wie Espenlaub. Wenn sie nicht augenblicklich ein anderes menschliches Wesen zum Reden fände, verlöre sie ganz sicher bald den Verstand. Über ihr zogen die Wolken spinnwebenartige Fäden über einen gespenstischen Mond. Selbst das wenige Licht, das noch in den Hof geschienen hatte, erlosch jetzt. Sie musste ins Hotel gelangen. Sie musste menschliche Gesellschaft haben.

Sie tastete sich an der Wand entlang bis zu dem Fenster, das ein leuchtend gelbes Rechteck in die unnachgiebige Membran aus Ziegelstein schnitt. Und wieder brachte ihr Hirn seltsame Gedanken hervor: *Ja, die Wand ist eine Membran. Auf der einen Seite Licht, Leben, Geselligkeit und Sicherheit, auf der anderen dagegen …*

Dann war sie beim Fenster. Im ersten Moment wurde sie von dem grellen elektrischen Licht geblendet. Sie kniff die Augen zusammen, presste die Nase gegen die Scheibe und spähte hinein. Auf einer Anrichte stapelten sich blaue Teller. Ein antiker Ofen. Ein schwarzer gusseiserner Yorkshire-Herd. Einige Messingkessel. Ein Porzellan-Spülstein. Die Wanduhr zeigte eine halbe Stunde nach Mitternacht. Aber wo waren … ah dort!

Wenn sie den Kopf zur Seite neigte, konnte sie den riesigen Küchentisch sehen, der den Raum dominierte. An ihm saßen fünf Männer und Frauen. Sie waren sehr in ein Gespräch vertieft. Diejenigen, die gerade nicht sprachen, hörten aufmerksam zu. Dort drinnen war alles hell erleuchtet, ein wunderbares, leuchtendes Feiertagslicht. Es hielt die Schatten fern. Es beugte sich nicht den Dingen, die aus der Nacht herangekrochen kamen. Drinnen war es sicherlich warm, duftete es angenehm nach Seife und frisch zubereiteten Speisen. Sie sah Weinflaschen. Dann und wann nippten die Männer und Frauen an ihren Gläsern.

Es sah wundervoll aus. Sie wünschte, sie könnte in ihrer Gesellschaft sitzen und ebenfalls diesen Rotwein trinken – er war von einem herrlichen Rot. Sie konnte sich vorstellen, wie er wohl schmeckt: ein samtig weicher Geschmack. Sie fuhr mit der Zunge über ihre Oberlippe und ließ den Blick über die Menschen am Tisch schweifen. Eine elegante Dame in Schwarz. Sie hatte lange, schwarzblaue Haare. Ihre Haltung ließ auf adelige Herkunft schließen. Der Mann an ihrer Seite war in den Dreißigern. Sein Blick war gefühlvoll, besorgt und ein wenig melancholisch. Ihm gegenüber saßen drei andere Personen um die zwanzig.

Plötzlich hörte sie, wie sich Schritte näherten. Das musste der Unbekannte aus der Gasse sein. *Er muss es sein. Er ist mir hierher gefolgt.* Sie schaute zur Ecke des Gebäudes hinüber und rechnete damit, dass die abscheuliche Gestalt dort jeden Moment erschien. Noch war da nichts. Aber die langsamen Schritte kamen näher. Hastig klopfte sie mit den Fingernägeln gegen die Fensterscheibe. Die Gesellschaft drinnen redete immer noch. Ein ernstes Thema nahm sie sehr gefangen. Sie klopfte noch einmal.

Warum hören sie mich denn nicht?

Sie warf einen Blick zur Hausecke. Die Schritte wurden lauter. Oh nein, sie konnte schon einen merkwürdig gebückten Schatten erkennen, der sich auf dem Pflaster abzeichnete. Ihr Verfolger musste jetzt gerade den Zugang zum Hof passieren, die Straßenlaternen lagen also hinter ihm und warfen den grotesken Schatten voraus.

Mit rasendem Herzen klopfte sie ans Fenster. Diesmal laut genug, dass die Männer und Frauen herumfuhren und sie sahen. Sie rissen die Augen auf. Eine der Frauen schrie.

»Bitte lassen Sie mich rein. Ich werde verfolgt … bitte, er ist fast …«

Von hinten packten zwei Hände ihre Schultern. Als sie herabschaute, sah sie aufgequollene Finger, wie rohe Würste, die Haut war ekelerregend grau und blau gefleckt, die Fingernägel zersplittert, blutrot. Und sie waren so kalt … die Finger fühlten sich an wie rohes Fleisch aus dem Kühlschrank. Diese Kälte kroch durch ihre Kleider und ihre Haut, ließ das Blut in ihren Adern gefrieren und sickerte in jeden versteckten Winkel ihres Körpers. Sie wollte schreien, aber der Schreck hatte ihr die Kehle zugeschnürt. Ein heiseres Keuchen war alles, was sie hervorbrachte. Die starken Hände rissen sie vom Küchenfenster weg und in Sekundenschnelle wurde sie durch den Torweg zum Flussufer geschleift. Hier gab es kein Licht. Nur einen schmalen Streifen matschiger Erde, auf dem unförmige Büsche und Weidenbäume wuchsen und über das schwarze Wasser des Flusses ragten. Sie wehrte sich, aber es gelang ihr nicht, sich aus dem unnachgiebigen Griff an ihren Schultern zu befreien und in das Gesicht des Angreifers zu sehen.

Sie erinnerte sich noch sehr gut daran. Dieses tote weiße Gesicht. Mit den farblosen Augen, den wilden schwarzen Pupillen, die Löcher in ihr Herz zu brennen schienen ...

Trotz ihrer Panik bemerkte sie, dass die Tür des Hotels geöffnet wurde.

»Wer ist da?«, rief eine Stimme.

Wieder versuchte sie zu schreien, aber sie wurde so gewaltsam durch das wild wuchernde Astwerk in Richtung Ufer geschleift, dass es ihr vollkommen den Atem raubte. Der Lepping River brüllte nach ihr mit einem durchdringenden Tosen, das ihren Körper erschütterte.

Obwohl das Brausen in ihren Ohren dröhnte, verstand sie nur zu gut, was der Mann ihr mit seiner vergifteten Stimme ins Ohr keuchte.

»Warum hast du nicht auf mich gehört? Ich habe gesagt, du gehörst nicht hierher.«

»Bitte«, würgte sie hervor. »Töten Sie mich nicht ... bitte töten Sie mich nicht!«

»Jetzt hör gut zu, was ich dir zu sagen habe!« Der Mann drückte sie nach unten, sodass ihr Gesicht fast die dunkle Wasseroberfläche einer Pfütze berührte. Darin spiegelten sich zwei Gesichter. Beide blau-weiß, die Wangen von schwarzen Adern durchzogen. Zwei Gesichter mit weißen, starren Augen, punktiert von schwarzen, bösartigen Pupillen. »Verstehst du nicht?«, fauchte er. »Du bist längst tot.«

Das Wort TOT, TOT, TOT hallte in ihren Ohren, als er sie ins Wasser warf.

*

Zunächst kämpfte sie darum, den Kopf über Wasser zu halten und versuchte, ans Ufer zu schwimmen. Dann drangen ihr die Worte des Vampirs tief genug ins Bewusstsein, und sie akzeptierte schließlich die Wahrheit. »*Du bist bereits tot.*«

Die heftige Strömung drehte sie auf den Rücken. Sie trieb flussabwärts und sah durch die überhängenden Weidenzweige den Mond. Hoch am Himmel trieben silbern umrandete Wolken. Sie bewegten sich im Strom des Nachtwindes und sie selbst im Strom des Nachtflusses. Genau wie diese Wolken hatte auch sie keinen Einfluss auf die Richtung.

Ich bin schon tot, dachte sie. *Ich brauche nicht zu schwimmen.* Die Erkenntnis durchströmte sie kalt. *Ich brauche nicht zu atmen. Weil ich tot bin ...* Schließlich gab sie sich den Kräften des Flusses hin. Er trug sie an Felsen vorbei, schleuderte sie darüber, wirbelte sie durch seine tiefen Strudel, dann zog sein erbarmungsloser Sog sie hinab in die schwarzen Wasser, bis auf den Grund des Flussbettes aus glitschigem Schlamm. Es machte ihr nichts aus, dass sie nicht atmen konnte. Sie ertrank nicht. Konnte nicht ertrinken. Blasse Formen schwammen vor ihrem Gesicht. Einen Augenblick lang dachte sie, es wären aufgedunsene Fische, aber dann erkannte sie ihre eigenen Hände, die in diesem kalten Wasser vor- und zurückgetrieben wurden.

Es ist sinnlos, sich dagegen zu wehren, sagte sie sich. *Ich kann mich ebenso gut vom Fluss bis ins Meer spülen lassen. Jetzt bin ich endgültig verloren. Selbst wenn ich aus dem Wasser herauskäme, könnte ich niemals nach Hause zurück.*

Wieder einmal durchbrach ihr Gesicht die Wasseroberfläche. Kilometer um Kilometer trieb sie auf dem Rücken, unter Brücken hindurch, unter Bäumen her, die über das Wasser hingen, an Wiesen vorbei. Über ihr schien der Mond. Sie stellte ihn sich als hartes rundes Auge vor, das teilnahmslos auf die Frau im Wasser herabschaute, dabei genau wusste, dass sie dem Untergang geweiht war, und gelassen beobachtete, was ihr wohl noch zustoßen mochte. Sie war jetzt nicht mehr als ein Stück Treibholz. Unwiederbringlich verloren für ihre Familie, die Menschen und Gott. Einmal trieb der Fluss sie an einem Haus am Ufer vorbei. Licht drang aus einem Fenster im ersten Stock – ein kleines, gelb leuchtendes Rechteck. Auch Musik drang aus dem Haus. Ein trauriges Lied, das auf unheimliche Weise ihre Reise durch eine nächtliche Landschaft begleitete, die von den Geistern all dieser zukünftigen Tage heimgesucht wurde, die sie nun nie erleben würde.

Der Fluss trug sie fort von dem Haus und der Musik, und bald war sie in der Ferne verschwunden.

Sie schloss die Augen. Es war ihr nur wie ein kurzer Moment erschienen, aber dann spürte sie, dass sie auf festem Boden lag. Sie öffnete die Augen, setzte sich auf und sah sich um. Im Mondschein erkannte sie, dass sie ans Ufer gespült worden war. Seltsamerweise schien es verlockend, dort liegen zu bleiben und nicht einmal zu versuchen, jemals wieder einen Schritt zu gehen. Das Wasser wich zurück, als die Ebbe des Dutzende Kilometer weit entfernten Meeres den Wasserstand auch flussaufwärts senkte. Schlafwandlerisch stand sie auf. Dort, weiter oben, von Weißdornhecken fast zugewuchert, stand eine halb verfallene Hütte. Eigenartigerweise fühlte sie sich zu der Hütte hingezogen. *Vielleicht hat der Fluss mich hierher gebracht, damit ich das sehe*, dachte sie. *Vielleicht hat es einen Grund, dass ich hier bin.* Der Mond schien hell genug, um ihr einen Pfad durch hüfthohe Brennnesseln und Schierling zu zeigen. Er schien direkt zu der Hütte zu führen, die halb versteckt an diesem abgelegenen Flussabschnitt lag. Barfuß huschte sie zwischen den Pflanzen hindurch und glitt beinahe wie im Traum zu einem Tor, das in einen verwilderten Garten führte, in dem meterhohe Rosenbüsche mit üppigen rosaroten Knospen standen.

Wenig später kam sie zu einem der Fenster. Die Scheiben waren zerbrochen, manche davon mit einer grünen Moosschicht bewachsen. Langsam ... ganz langsam beugte sie sich nach vorne und lugte durch eine der Fensterscheiben, so als wüsste sie, dass in der Hütte irgendjemand – oder irgend*etwas* – auf sie wartete.

Drinnen erblickte sie die Küche eines längst verlassenen Hauses. Von Menschen verlassen, um genau zu sein.

Um einen kaputten Tisch saßen auf halb verfallenen Holzstühlen fünf Gestalten. Fünf Wesen, die einmal Männer und Frauen gewesen waren. Einige trugen zerfetzte Kleidung, ein Paar war fast nackt. Die Frauen hatten lange Mähnen, die in glänzend schwarzen zerzausten Locken über ihre Rücken fielen. Ihre Haut war leichenblass mit blauen Flecken. Eine kalte, kalte Farbe, die ihr einen Schauer über den Rücken jagte. Sie saßen reglos am Tisch. Die starken, muskelbepackten Arme der Männer waren mit schwarzen Adern überzogen. Die Gesichter der Männer wie der Frauen waren starr, wachspuppenartig und ließen keinerlei Regung erkennen. Nur ihre Augen offenbarten, was sie waren.

Wie die des Fremden, der sie in den Fluss geworfen hatte, besaßen auch diese Augen keine Iris, waren also gänzlich farblos. Allerdings hatten sie diese winzigen schwarzen Pupillen, die dem Blick eine derartige Boshaftigkeit verliehen. Während der gesamten Zeit, die sie die Versammlung in der heruntergekommenen Hütte beobachtete, bewegten die darin sich nicht. Sie blinzelten nicht einmal oder hoben den Blick von der leeren Tischplatte.

Sie erkannte, dass sie sich nur vorsichtig genug bewegen musste, um diesen verdammten und trostlosen Ort unbemerkt zu verlassen. Und dennoch sah sie sich – nur für einen Augenblick – bereits mit ihnen dort am Tisch sitzen ... und gemeinsam mit diesen modernden untoten Leichnamen auf das Ende der Zeit warten. Sie waren der zurückgelassene Abschaum ihrer Rasse, von allen anderen Vampiren verstoßen. Sie hatten kein Ziel. Vielleicht brannten auch die vampirischen Gelüste nur ganz schwach in dem eiskalten Muskel, den sie ihr Herz nannten. Bemitleidenswerte, hässliche, einsame Kreaturen, die sogar beim Sterben noch versagt hatten.

Sie trat einen Schritt zurück und blickte sich um. Die einzige Zuflucht wäre der Fluss. Zwar würde er sie jetzt nicht mehr umbringen können, aber wäre er ihr ein Trost? Was sie im Wasser erwartete, war lediglich ein Dahintreiben ohne jede Gesellschaft. Wieder einmal überrollte sie diese große schwarze Welle der Einsamkeit. Sie taumelte und verlor beinahe das Gleichgewicht. Würde sie das noch einmal ertragen können? Diese grausame Einsamkeit. Wie sie ihren Verstand zerfraß. Jeder Augenblick wurde durch sie zum erbärmlichsten, unerträglichsten und trostlosesten Moment aller Zeit. Und auf diesen Moment zäher Traurigkeit würde nur ein weiterer, ebenso übler folgen.

Kaum dreißig Schritte bis zum Fluss ... dann würde sie dieser Versammlung lebender Toter in der verfallenden Hütte entkommen sein. Nur dreißig Schritte ... diese Entfernung könnte sie in zwanzig Sekunden zurücklegen.

Diesmal zögerte sie nicht. Sie drehte sich um und klopfte an das Fenster.

»Bitte«, flüsterte sie, »bitte lasst mich rein. Ich will nicht mehr allein sein.«

Der nächtliche Wind trug ihre Worte davon in die Dunkelheit, und sie erstarben im kalten, eisigen Mondlicht.

E. A. Poe
Ligeia

... Und der Wille liegt darin, der nicht stirbt. Wer kennt die Geheimnisse des Willens und seine Macht? Denn Gott ist nur ein großer Wille, der alle Dinge mit der ihm eigenen Kraft durchdringt. Lediglich aus Willensschwäche überlässt sich der Mensch dem Tode. (Joseph Glanvill)

Ich kann mich bei meiner Seele nicht mehr erinnern, wie, wann, noch wo ich die Lady Ligeia kennenlernte. Lange Jahre sind seit der Zeit verflossen, und bittere Leiden haben mein Gedächtnis geschwächt. Vielleicht kann ich mich auch bloß jetzt nicht mehr daran erinnern, da der Charakter meiner Geliebten, ihre seltsamen Kenntnisse, die Art ihrer so eigentümlichen sanften Schönheit und die scharfsinnige und fesselnde Beredsamkeit ihrer tiefen, musikalischen Stimme sich mit so gleichmäßigen, friedlichen, beständigen Schritten den Weg zu meinem Herzen gebahnt haben, dass ich nicht darauf achtete und dass es mir nie zum Bewusstsein kam.

Doch kommt es mir vor, als habe ich sie zum ersten Mal und noch viele Male nachher in einer großen alten verfallenen Stadt am Ufer des Rheins gesehen. Ich glaube auch bestimmt, dass sie mir von ihrer Familie erzählte, und zweifle nicht, dass dieselbe außerordentlich alten Ursprungs war. – Ligeia! Ligeia! – In Studien vergraben, deren Natur mehr als alles andere geeignet ist, die Eindrücke der äußeren Welt abzuschwächen, genügt mir dies eine süße Wort: Ligeia, um das Bild der Verstorbenen vor meinen Augen wiedererstehen zu lassen. Und jetzt, während ich schreibe, durchfährt mich plötzlich wie ein Blitz die Gewissheit, dass ich ihren Familiennamen überhaupt nie gewusst habe – den Namen der Teuren, die mir Freundin und

Braut war, die mein Studiengenosse und endlich die Gattin meines Herzens wurde. War es auf irgendeinen liebestörichten Wunsch meiner Ligeia geschehen – war es ein Beweis der Kraft meiner Zuneigung, dass ich mir niemals Auskunft zu dieser Frage verschaffte? Oder war es vielleicht eine Laune meinerseits – ein bizarres, romantisches Opfer auf dem Altar meiner leidenschaftlichen Anbetung? Ich kann mich nur sehr dunkel der Tatsache selbst entsinnen – ist es also erstaunlich, dass ich die Umstände, die sie hervorriefen und begleiteten, vollständig vergessen habe? Und in der Tat, wenn jemals der Geist der Seltsamkeit, wenn jemals die bleiche Ashtophet des götzendienerischen Ägypten mit ihren finsteren Schwingen unheilverkündend bei einer Hochzeit zugegen war, so war sie es bei der meinigen.

Doch – was Ligeia selbst, was ihr Äußeres anbetrifft, da ist mir mein Gedächtnis vollkommen treu geblieben: Sie war hochgewachsen, schlank, ja, in ihren letzten Tagen sogar sehr abgemagert. Es wäre vergebliche Mühe, wollte ich die Majestät, die ruhige Gelassenheit ihrer Haltung, die unbegreifliche Leichtigkeit und Elastizität ihres Ganges beschreiben. Sie kam und ging wie ein Schatten. Ich bemerkte niemals, dass sie in mein Arbeitszimmer getreten war, wenn ich nicht die Musik ihrer sanften tiefen Stimme vernahm oder ihre marmorweiße Hand auf meiner Schulter fühlte. Die Schönheit ihres Antlitzes ließ sich mit nichts auf Erden vergleichen. Sie war wie die Blüte eines Opiumtraumes, wie eine unirdische, geisterhaft schöne, verzückte Vision, seltsamer und himmlischer als die Traumgebilde, die durch die schlummernden Seelen der Mädchen von Delos ziehen. Doch waren ihre Züge nicht von jener Regelmäßigkeit, die man uns in den Schöpfungen des Heidentums falscherweise zu bewundern gelehrt hat. ›Es gibt keine erlesene Schönheit‹, sagte Lord Verulam einmal, als er von allen Formen und Arten der Schönheit sprach, ›ohne eine gewisse *Seltsamkeit* in der Proportion.‹ Obwohl ich jedoch sah, dass die Züge Ligeias nicht von klassischer Regelmäßigkeit waren, obwohl ich fühlte, dass ihre Schönheit erlesen und von jener Seltsamkeit vollständig durchdrungen schien, bemühte ich mich vergebens, diese Unregelmäßigkeit zu entdecken und den Sitz jenes Seltsamen zu ergründen. Ich studierte die Umrisse ihrer hohen bleichen Stirn – sie war tadellos! Wie kalt klingt dies Wort, auf soviel göttliche Majestät angewandt –, ihre Hautfarbe, die mit dem reinsten Elfenbein wetteiferte, die imposante Breite, die Ruhe ihrer Schläfen, die graziösen Hügel über denselben, und dann jene rabenschwarze schimmernde, üppige Fülle natürlich gelockten Haares, auf welches das homerische Wort ›hyazinthenfarbenes Haar‹ eigens geprägt schien. Ich betrachtete die zarten Linien der Nase und entsann mich nicht, irgendwo, außer vielleicht in den Gesichtern auf alten hebräischen Medaillons, eine ähnliche Vollkommenheit gefunden zu haben. Sie hatte diese weiche köstliche Oberfläche, diese gleiche, kaum noch wahrnehmbare Neigung zu einer kleinen Biegung, diese gleichermaßen harmonisch gerundeten Nasenflügel, die auf einen freien Geist hindeuten. Ich betrachtete ihren Mund, der ein Triumph aller himmlischen Dinge zu sein schien, den glorreichen Bogen der kurzen Oberlippe, die sanfte üppige Ruhe der Unterlippe, die Grübchen, die spielten, und die Farbe, die sprach, die Zähne, die mit blendendem Glanze jeden Strahl des gesegneten Lichtes zurückwarfen, das ihr ruhiges, heiteres und zugleich strahlendes, triumphierendes Lächeln auf sie legte. Ich erforschte die Form ihres Kinns – und fand auch da Grazie in seiner Breite, Sanftheit in seiner Majestät, Fülle und griechische Geistigkeit – jene Linie, die der Gott Apollo nur im Traume dem Cleomenes, dem Sohne des Atheners, zeigte; und dann forschte ich in Ligeias großen Augen.

Für Augen finden wir im fernen Altertum kein Vorbild. Vielleicht barg Ligeias Schönheit gerade in ihnen jenen geheimen Reiz der Seltsamkeit, von der Lord Verulam spricht. Sie waren, glaube ich, größer als gewöhnlich die Augen der Menschen sind; und schöner geschnitten als die schönen Augen der Gazellen aus dem Tale Nourjahad. Aber nur hin und wieder, in den Momenten äußerster Erregung, wurde dies Besondere in ihnen deutlich wahrnehmbar. In diesem Augenblick war Ligeias Schönheit – es schien wenigstens meinen entflammten Blicken so – ganz unirdisch, wie die der erträumten Huris der Türken. Ihre Pupillen waren von strahlendstem Schwarz, von ebenholzfarbenen Wimpern tief überschattet, und die Brauen von leicht unregelmäßiger Zeichnung hatten die gleiche Farbe. Doch war das Seltsame, das ich in den Augen fand, unabhängig von ihrer Form, ihrer Farbe und ihrem Glanz – ich konnte es nur dem Ausdruck zuschreiben. Ach, ein Wort ohne Sinn! Eine große Leere, in die sich all unsere Unwissenheit auf dem Gebiete des Seelischen rettet. Der Ausdruck der Augen Ligeias! – Wie habe ich lange Stunden über ihn nachgegrübelt? Wie habe ich manche lange Sommernacht hindurch mich bemüht, ihn zu ergründen? Was war es, dies unbestimmte Etwas, das, tiefer als in den Brunnen des Demokritos, auf dem Grunde der Augen meiner Geliebten verborgen lag? Was war es? Ich war wie besessen von dem leidenschaftlichen Wunsch, es zu enträtseln. Diese Augen! Diese großen, strahlenden, himmlischen Pupillen! Sie wurden für mich das Zwillingsgestirn der Leda, und ich war ihr eifrigster Sterndeuter.

Unter den zahlreichen und unverständlichen Anomalien in der Wissenschaft der Psychologie gibt es wohl keinen Punkt, der uns mehr beschäftigen und erregen könnte als die Tatsache, dass wir, wenn wir uns auf etwas lang Vergessenes besinnen wollen, oft bis dicht an die Ufer der Erinnerung kommen, ohne uns tatsächlich und völlig erinnern zu können. Und wie oft fühlte ich, wenn ich so saß und über Ligeias Augen nachsann, wie die Erkenntnis der Bedeutung ihres Ausdrucks bis dicht an mich herankam! Ich fühlte, wie sie sich näherte, ohne mich jemals zu erreichen, wie sie vollständig entschwand, da ich sie eben zu erfassen glaubte! Und seltsames, oh, seltsamstes aller Geheimnisse: ich habe in den gewöhnlichsten Gegenständen auf der Welt eine ganze Reihe von Analogien für diesen Ausdruck gefunden. Ich meine damit, dass ich nach der Zeit, in der Ligeias Schönheit meinen Geist durchdrungen hatte und in diesem wie in einem Reliquienschrein ruhte, beim Anblick verschiedener Erscheinungen der äußeren Welt eine Empfindung verspürte, die der ähnlich war, die sich unter dem Einfluss ihrer großen leuchtenden Pupillen über mich und in mir verbreitete. Doch ist es mir ganz unmöglich, dies Gefühl zu definieren oder zu analysieren; ich kann nicht einmal behaupten, dass ich es genau empfunden habe. Ich glaubte es nur zuweilen in dem Anblick einer schnell emporgeschossenen Weinrebe wiederzuerkennen oder bei der Betrachtung eines Falters, einer Larve, eines schnell dahinschießenden Wassers. Ich fand es im Ozean wieder oder beim Fall eines Meteors, ich empfand es in den Blicken mancher außerordentlich alter Menschen. Am Firmament gibt es einen oder zwei Sterne (ich denke besonders an ein flackerndes

Doppelgestirn sechster Größe, das man am nördlichen Himmel nahe bei der Leier finden wird), die in mir, sooft ich sie durch das Teleskop betrachtete, eine gleiche Empfindung herstellten. Ich fühlte mich von ihr durchdrungen bei gewissen Tönen von Saiteninstrumenten und manchmal auch bei Stellen aus meiner Lektüre. Unter zahlreichen Beispielen erinnere ich mich besonders lebhaft einiger Sätze aus einem Buche Glanvills, die (vielleicht nur wegen ihrer Bizarrerie – wer weiß?) mit Sicherheit dies Gefühl in mir erweckten: ›... Und der Wille liegt darin, der nicht stirbt. Wer kennt die Geheimnisse des Willens und seine Macht? Denn Gott ist nur ein großer Wille, der alle Dinge mit der ihm eigenen Kraft durchdringt. Lediglich aus Willensschwäche überlässt sich der Mensch dem Tode.‹

Im Laufe der Zeit und durch langes Nachdenken gelangte ich dahin, gewisse entfernte Beziehungen zwischen diesem Ausspruch des englischen Philosophen und einem Teil von Ligeias Wesen zu entdecken. Eine besondere Intensität im Denken, Tun und Reden war bei ihr vielleicht das Ergebnis oder wenigstens das äußere Zeichen jener übermenschlichen Willenskraft, die während unseres langen Zusammenlebens noch andere und deutlichere Beweise ihres Daseins hätte geben können. Von allen Frauen, die ich je gekannt, war sie, die immer gelassene Ligeia mit dem ruhevollen Wesen, die schmerzzerrissene Beute der Geier wütendster Leidenschaftlichkeit. Ich ahnte diese Leidenschaftlichkeit nur aus der wunderbaren Ausstrahlung ihrer Augen, die mich zugleich entzückten und erschreckten, aus der zauberhaften Klangfarbe und Ruhe ihrer tiefen Stimme – ich folgerte sie aus der wilden Kraft der bizarren Worte, die sie oft aussprach und deren Wirkung durch den Kontrast zwischen ihrem Inhalt und ihrem Klang noch verdoppelt wurde.

Ich habe von den Kenntnissen Ligeias schon gesprochen: sie waren fast unbegrenzt – so wie ich sie ähnlich nie bei einer Frau gefunden habe. Sie beherrschte die klassischen Sprachen auf das Gründlichste, und, soweit mein Urteil über die modernen Sprachen Europas reicht, war sie auch ihrer so mächtig, dass sie nie eine Unrichtigkeit beging. Überhaupt, bei welchem Thema der so viel gerühmten akademischen Gelehrsamkeit habe ich jemals bei Ligeia einen Irrtum bemerkt? Wie sehr zog diese Seite im Wesen meiner Frau, besonders in der letzten Periode ihres Lebens, meine

Aufmerksamkeit auf sich! Ich sagte schon, dass ihr Wissen das jeder anderen Frau, die ich kennengelernt, weit übertraf, aber wo ist der Mann, der mit Erfolg das ganze ungeheure Feld der moralischen, physischen und mathematischen Wissenschaft bebaut hat? Damals sah ich noch nicht, was ich jetzt klar bemerke, dass Ligeias Gelehrsamkeit erstaunlich, geradezu beispiellos war; doch hatte ich schon ein genügendes Bewusstsein ihrer unendlichen Überlegenheit, um mich zu bescheiden und mich mit kindlichem Vertrauen von ihr durch die chaotische Welt der Erforschung des Übersinnlichen, mit der ich mich in den ersten Jahren unserer Verheiratung lebhaft beschäftigte, leiten zu lassen. Mit welch ungeheurem Triumph, mit welch innigem Entzücken, mit welch himmlischer Hoffnung fühlte ich – während Ligeia an meiner Seite an diesen so wenig gepflegten und gekannten Studien teilnahm –, wie sich mir allmählich jene wunderbare Fernsicht auftat, jener weite, kostbare, jungfräuliche Pfad, auf dem ich endlich zum Sitz einer Weisheit gelangte, die zu köstlich, zu göttlich ist, um nicht verboten zu sein!

Mit welch herzzerreißendem Schmerz sah ich nach einigen Jahren meine so fest begründeten Hoffnungen auf schnellen Schwingen entfliehen! Ohne Ligeia war ich nur ein Kind, das unsicher in finsterer Nacht umhertappt. Nur ihre Gegenwart, nur ihr Beistand konnte mir die dunklen Geheimnisse der übersinnlichen Welt, in die wir uns versenkt hatten, mit lebendigem Licht erhellen. Ohne den Strahlenglanz ihrer Augen wurde diese ganze Wissenschaft, die mir bis dahin goldene Flügel verliehen hatte, düster und eine drückende Last. Ihre schönen Blicke beglänzten immer seltener die Seiten, die ich mich emsig zu entziffern bemühte. Ligeia wurde krank. Ihre seltsamen Augen flammten in strahlendem Feuer, die bleichen Finger nahmen die wächserne Farbe des Grabes an, und bei der leisesten Erregung schlugen die blauen Adern ungestüm an ihre hohe, weiße Stirn. Ich sah, dass sie sterben musste, und kämpfte im Geiste verzweifelt mit dem düsteren Azrael.

Die Kämpfe dieses leidenschaftlichen Weibes waren zu meinem Erstaunen noch erbitterter als die meinigen. Etwas in ihrer starken Natur hatte mich glauben gemacht, der Tod werde sich ihr wohl ohne seine Schrecken nahen. Es war nicht so; Worte sind zu schwach, eine Vorstellung von der Wildheit und Zügellosigkeit des Widerstandes zu geben, den sie im Kampf mit dem Schatten entfaltete. Ich seufzte oft angstvoll auf bei diesem trauervollen Schauspiel. Ich wollte sie beruhigen, wollte ihr mit Vernunftgründen Trost zusprechen, aber bei der wilden Heftigkeit ihres Verlangens, zu leben – zu leben, nur zu leben! –, waren Vernunft und Tröstung äußerste Torheit. Doch bis zu ihrem letzten Augenblick und unter den Qualen und Willenskrämpfen ihres wilden Geistes verleugnete sich nie die äußere Ruhe ihres Wesens. Ihre Stimme wurde sanfter, tiefer; ich wollte den bizarren Sinn der Worte, die sie mit so viel Ruhe aussprach, nicht verstehen. Mein Herz drohte zu zerspringen, wenn ich einmal, hingerissen, dieser übermenschlichen Melodie lauschte – ihrem Lebensverlangen und ihrer Daseinssehnsucht, die die Menschheit ähnlich bis dahin noch nicht gekannt hat.

Dass sie mich liebte, bezweifelte ich nicht; auch wusste ich genau, dass in einem solchen Herzen die Liebe nicht wie eine gewöhnliche Leidenschaft thronen könne. Aber erst bei ihrem Tode empfand ich die ganze Macht ihrer Neigung. Manche Stunde lang, während ihre Hand in der meinen ruhte, goss sie die Überfülle ihres Herzens vor mir aus, des Herzens, dessen mehr als leidenschaftliche Liebe an göttliche Verehrung grenzte. Womit hatte ich die Seligkeit, solche Geständnisse zu hören, verdient? Womit die Verdammnis, die Geliebte in der Stunde, da ich sie vernahm, verlieren zu müssen? Doch hierüber zu reden, kann ich nicht ertragen. Ich will nur noch sagen, dass ich in der mehr als weiblichen Hingebung Ligeias an eine Liebe, die nicht verdient war und die sie ganz als Geschenk gewährte, endlich den Antrieb ihres ungezügelten Willens zu dem Dasein, das jetzt so schnell entfloh, entdeckte. Dies uferlose Verlangen, diesen wilden Wunsch nach Leben – nur nach Leben! – zu beschreiben, habe ich nicht die Macht und hat die Sprache keine Worte!

Mitten in der Nacht, in der sie starb, rief sie mich an ihr Lager und ließ mich einige Verse sprechen, die sie wenige Tage vorher verfasst hatte. Hier sind sie:

Seht! Diese Festesnacht!
In langer Jahre trübem Lauf!
Ein Engelchor, beschwingt, verhüllt,
Und tränenüberströmt

Sitzt in dem Schauspielhaus und lauscht
Dem Spiel voll Hoffnung und voll Furcht
Und das Orchester seufzt dazu
Die Melodie der Sphären.

Schauspieler nach des Höchsten Bild
Murmeln und flüstern leis
Und gehen nach rechts und gehen nach links;
Nur Puppen sind's. Sie stehn und wandeln
Nach körperloser Wesen Wunsch,
Die stets des Schauspiels Ort verändern.
Aus ihren Condorflügeln sinkt
Unsichtbar Weh.

Buntscheck'ges Drama! – Nimmermehr
Wird es vergessen werden!
Nie sein Phantom, dem eine wilde Menge
Seit Ewigkeit schon in den Kreis,
Der selbst sich wieder in sich schließt,
Nachjagt und es doch nie erreicht!
Nie all die Torheit, all die Sünde,
Der Schrecken nie, des Stückes Seele.

Doch sieh! Ein kriechend Wesen schleicht
Jetzt langsam auf die Menge zu –
Von Blut gerötet wand es sich
Aus einer Höhle Einsamkeit.
Es naht! – Es naht! Zum Fraße raubt's
Die angstzerquälten Spieler sich,
Die Seraph' seufzen, da des Wurmes Zahn
Des Menschen Leib benagt.

Die Lichter löschen alle – alle,
Und über jede schaudernde Gestalt
Sinkt mit des Sturmes Macht
Der Vorhang hin – ein endlos Leichentuch –
Die Engel, bleich und blass,

Erheben und entschleiern sich,
Und nennen dieses Drama ›Mensch‹,
Und seinen Held den ›Eroberer Wurm‹.

Als ich diese Verse beendet hatte, schrie Ligeia auf, sprang auf ihre Füße und reckte die Arme wie im Krampfe zum Himmel empor. »O Gott!«, rief sie aus, »O himmlischer Vater! Werden sich diese Dinge unabänderlich immer wieder erfüllen? – Wird dieser Eroberer niemals besiegt werden? Sind wir nicht ein Teil, ein Hauch von dir? Wer kennt die Geheimnisse des Willens und seine Macht? Lediglich aus Willensschwäche überlässt sich der Mensch dem Tode.«

Dann ließ sie, wie erschöpft von der Erregung, ihre weißen Arme sinken und begab sich feierlich auf ihr Todesbett. Und mit ihren letzten Zügen entrang sich ihren Lippen ein undeutliches Murmeln. Ich horchte hin und vernahm noch einmal den Schluss der Worte Glanvills: ›Nur aus Willensschwäche – überlässt sich der Mensch – dem Tode.‹ Sie starb; und ich, vernichtet, schmerzzermalmt, konnte die qualvolle Einsamkeit meiner Wohnung in der verlassenen Stadt am Rhein nicht länger ertragen. Ich hatte keinen Mangel an dem, was die Welt Glücksgüter nennt. Ligeia hatte mir viel hinterlassen, mehr als das Schicksal im Allgemeinen den Sterblichen zuteilt. Nach einigen Monaten müden ziellosen Umherirrens in der Welt erwarb ich mir in einem ganz unkultivierten, wenig besuchten Teil des schönen England eine Abtei, deren Namen ich nicht nennen will. Die finstere traurige Großartigkeit des Gebäudes, der Anblick der fast wilden Landschaft, die melancholischen und ehrwürdigen Erinnerungen, die sich an den Ort knüpften, passten gut zu dem Gefühl gänzlicher Verlassenheit, das mich in diese einsame, entlegene Gegend getrieben hatte. Während ich an dem fast unversehrten Äußeren der Abtei keinerlei Änderung vornahm, entfaltete ich im Inneren mit fast kindischer Krankhaftigkeit und vielleicht auch mit der schwachen Hoffnung, meine Gedanken etwas zu zerstreuen, eine mehr als königliche Pracht. Seit früher Kindheit hatte ich viel Geschmack an dergleichen Torheiten, jetzt tobte sich mein Schmerz in ihnen aus. Ach, ich weiß, man hätte einen Anfang von Wahnsinn in der Vorliebe für jene kostbaren fantastischen Draperien entdecken können – in dem Geschmack an feierlichen ägyptischen

Skulpturen, an bizarren Gesimsen und Möbeln, an den extravaganten Arabesken meiner golddurchwirkten Teppiche! Ich stand jetzt ganz unter der Herrschaft des Opiums, und alle meine Arbeiten und Pläne atmeten den Geist meiner Träume. Aber ich will nicht bei den Einzelheiten solcher Fantastereien verweilen. Nur von jenem auf ewig verfluchten Zimmer will ich noch sprechen, in das ich in einem Anfall von Wahnsinn die blonde blauäugige Lady Rowena Trevanion von Tremaine als meine Gattin – als die Nachfolgerin der unvergesslichen Ligeia – einführte.

Jede geringste Einzelheit in der Architektur oder der Ausschmückung des hochzeitlichen Gemaches steht mir noch klar vor Augen. Was eigentlich dachte sich nur die hochmütige Familie meiner Braut, als sie, von Goldgier gestachelt, ihrer geliebten Tochter gestattete, die Schwelle eines Zimmers zu überschreiten, das auf so seltsame Weise geschmückt war?

Ich sagte schon, die Einrichtung des Gemaches ist mir bis ins Kleinste vollständig gegenwärtig, obgleich mein trauriges Gedächtnis sehr oft Dinge von größerer Wichtigkeit nicht aufbewahrt hat. Und doch war in seiner fantastischen Pracht weder Harmonie noch ein System, das sich mir besonders hätte einprägen können. Das Zimmer lag in einem hohen Turm, welcher zu der wie eine Burg befestigten Abtei gehörte. Es war fünfeckig und äußerst geräumig. Die ganze südliche Seite des Fünfecks nahm ein großes Fenster ein, das aus einer einzigen riesigen, venezianischen Scheibe von dunkler Farbe bestand, sodass die Sonnen- und Mondstrahlen, die hindurchfielen, nur ein trübes, geisterhaftes Licht auf die Gegenstände im Inneren warfen. Die Decke aus fast schwarzem Eichenholz war außerordentlich hoch, gewölbt und von fantastischen, grotesken Ornamenten in halb gotischem, halb druidenhaftem Stil durchzogen. Aus der Mitte der melancholischen Wölbung hing an einer goldenen Ringkette eine große Lampe aus demselben Metall herab; sie erinnerte an ein Weihrauchfass, war nach sarazenischem Geschmack gearbeitet und vielfach durchbrochen, sodass das Licht in Schlangenlinien durch das kapriziöse Goldgeflecht hindurchkroch.

An verschiedenen Stellen waren kostbare Ottomanen und orientalische Kandelaber aufgestellt, und das Bett – das hochzeitliche Bett – war ebenfalls in indischem Stil gehalten, niedrig, aus massivem

Ebenholz geschnitzt und von einem dunklen Baldachin, der den Eindruck eines Leichentuches machte, überschattet. In den Winkeln des Zimmers erhoben sich mächtige Sarkophage; man hatte sie in uralten Königsgräbern gefunden, und in ihre Deckel waren unvergängliche Zeichen eingegraben. Doch den fantastischsten Anblick bot die Bekleidung der Wände. Sie waren ganz unverhältnismäßig hoch und von oben bis unten mit schweren Tapisserien behangen, die aus demselben Stoffe bestanden, aus dem auch die Bezüge der Ottomanen und des Ebenholzbettes, der Betthimmel, der Teppich und die schweren Vorhänge, die einen Teil des Fensters verhüllten, hergestellt waren – einem reichen Goldstoff, in den in unregelmäßigen Zwischenräumen arabeskenhafte Figuren von ungefähr einem Fuß Durchmesser hineingewebt waren, die sich tiefschwarz von dem goldenen Grunde abzeichneten. Aber die Figuren hatten nur dann arabeskenhaften Charakter, wenn man sie von einem einzigen Punkt aus betrachtete. Durch ein heute allgemein bekanntes Verfahren, dessen Spuren man jedoch bis ins fernste Altertum verfolgen kann, waren sie so geartet, dass sich ihr Äußeres veränderte. Trat jemand in das Zimmer ein, so erschienen sie ihm einfach als monströse Hässlichkeiten; ging er weiter vor, so verschwand die Starrheit nach und nach, und Schritt für Schritt sah er sich von einer endlosen Prozession grässlicher Wesen umgeben, wie sie der Aberglaube des Nordens erdacht oder wie sie in den sträflichen Träumen der Mönche erstehen mögen. Dieser spukhafte Eindruck wurde noch erhöht durch einen starken künstlichen Luftzug, den ich hinter die Wandbekleidung hatte einfahren lassen und der dem Ganzen eine schauderhafte, unruhige Lebendigkeit verlieh.

Dies also war die Wohnung, dies war das hochzeitliche Gemach, in dem ich mit der Lady Rowena die gottlosen Stunden des ersten Monats unserer Verheiratung verlebte – ohne zu viel Unruhe verlebte. Ich konnte mir nicht verhehlen, dass meine Frau sich vor meiner wilden Gemütsart fürchtete, dass sie mir auswich, dass sie mich nur sehr mäßig liebte – aber das freute mich fast. Ich hasste sie mit einem Hasse, der eher einem Dämon als einem Menschen zuzutrauen war. All meine Gedanken wandten sich – mit welch bohrendem Schmerz! – zu Ligeia zurück, zu der Geliebten, der Hohen, der Schönen, der Toten! Ich schwelgte in Erinnerungen an ihre Reinheit, ihre Weisheit, an ihr erhabenes himmlisches Wesen, an ihre leidenschaftliche anbetende Liebe. In meiner Seele brannten jetzt glühendere,verzehrendere Flammen als je in der ihren. In der Erregung meiner Opiumträume – ich war jetzt ganz und gar zum Sklaven des Giftes geworden – rief ich mit lauter Stimme ihren Namen durch das Schweigen der Nacht oder tags durch die einsamen Schattenwege des Tales, als hätte ich sie durch die wilde Kraft, die feierliche Leidenschaft und die verzehrende Sehnsucht meiner Liebe wieder auf die Pfade des Lebens zurückrufen können, die sie verlassen – für immer? War es möglich, für immer?

Zu Anfang des zweiten Monats unserer Verheiratung wurde Lady Rowena von einer plötzlichen Krankheit angefallen, von der sie sich nur langsam erholte. Ein verzehrendes Fieber bereitete ihr schlaflose Nächte, und in der Unruhe des Halbschlummers sprach sie von Tönen und Bewegungen, die sie in dem Turmzimmer wahrnähme und die ich nur ihrer kranken Fantasie oder vielleicht dem spukhaften Äußeren des Gemaches zuschreiben konnte. Nach längerer Zeit trat eine Besserung ein, und endlich schien sie ganz wiederhergestellt. Doch schon nach kurzen Wochen warf sie ein zweiter, heftiger Anfall, von dem sich ihre schwache Konstitution nie mehr erholte, von Neuem auf ihr Schmerzenslager. Seit dieser Zeit zeigte ihre Krankheit einen höchst beunruhigenden Charakter, und noch beunruhigendere Rückfälle machten die ganze Wissenschaft und alle Anstrengungen der Ärzte zunichte. In demselben Grade, in dem ihr Übel fortschritt, wuchs ihre nervöse Reizbarkeit. Die allergewöhnlichsten Gegenstände flößten ihr oft eine wilde Furcht ein, sie sprach immer häufiger und beharrlicher von leisen Geräuschen, von seltsamen Bewegungen der Vorhänge, die sie erschreckten, ängstigten. Eines Nachts, gegen Ende September, machte sie mich mit außergewöhnlicher Erregung auf solch unheimliche Vorgänge aufmerksam. Sie war eben aus einem unruhigen Schlummer aufgefahren. Ich saß am Kopfende des Ebenholzbettes auf einem indischen Diwan und hatte das Mienenspiel ihres abgemagerten Gesichtes mit Besorgnis und vagem Schreck beobachtet. Sie richtete sich halb auf und sprach in angstvollem Flüstern von allerlei Tönen, die sie vernähme – ich hörte sie nicht –, von Bewegungen, die sie bemerkte und die ich nicht sah. Der Luftzug strich lebhaft hinter den

Wandbekleidungen dahin, und ich bemühte mich, ihr begreiflich zu machen – ich muss gestehen, ich glaubte es selbst nicht ganz –, dass diese kaum hörbaren Seufzer, diese kaum wahrnehmbaren Veränderungen der Gestalten an der Wand nur die natürliche Wirkung des gewohnten Luftzuges seien. Aber eine tödliche Blässe, die über ihr Gesicht lief, sagte mir, dass alle meine Anstrengungen, sie zu beruhigen, fruchtlos sein würden. Sie schien in Ohnmacht zu sinken. Was war zu tun? Einen Dienstboten hatte ich nicht in der Nähe. Da entsann ich mich plötzlich, dass ich eine Flasche leichten Weines, den ihr die Ärzte einmal verschrieben hatten, aufbewahrt hatte, und durchschritt das Zimmer, um ihn zu holen. Aber gerade als ich unter dem Licht der Lampe stand, erregten zwei sonderbare Umstände meine Aufmerksamkeit. Ich fühlte, dass irgendetwas Greifbares wiewohl Unsichtbares meine Gestalt leicht streifte, und sah auf dem goldfarbenen Teppich, gerade inmitten der reichen Strahlen, die das Weihrauchfass entsandte, einen Schatten liegen – einen schwachen unbestimmten Schatten von engelhafter Schönheit –, so zart, wie man sich vielleicht den Schatten eines Schattens vorstellen kann. Aber da ich gerade an den Folgen einer übertrieben starken Dosis Opium litt, legte ich diesen Erscheinungen nur wenig Wichtigkeit bei und erwähnte sie Rowena gegenüber nicht.

Ich fand den Wein und durchschritt von Neuem das Zimmer, füllte ein Trinkgefäß und näherte es den Lippen meiner halb ohnmächtigen Gattin. Sie schien sich jedoch ein wenig erholt zu haben und ergriff das Glas selbst, während ich mich, die Blicke besorgt auf sie gerichtet, wieder auf die Ottomane niederließ.

Da vernahm ich ganz deutlich leise Schritte in der Nähe des Bettes, und eine Sekunde später, als Rowena den Becher an ihre Lippen erhob, sah ich – ich mag es auch geträumt haben –, wie drei oder vier Tropfen einer glänzenden rubinfarbenen Flüssigkeit, gleichsam aus einer unsichtbaren Quelle, die in der Luft des Zimmers zu entspringen schien, in den Wein fielen. Rowena bemerkte es jedenfalls nicht, denn sie trank ohne Zögern, und ich hütete mich wohl, ihr meine Beobachtung zu erzählen, die ja nur eine Vorspiegelung meiner Einbildungskraft sein konnte, deren krankhafte Tätigkeit durch das Opium, die späte Nachtstunde und die schreckhaften Worte meiner Frau aufs Höchste gesteigert worden war.

Doch konnte ich mir nicht verbergen, dass sich in Rowenas Krankheit unmittelbar nach dem Fall der Rubintropfen eine Wendung zum Schlimmen vollzog. In der übernächsten Nacht bereiteten die Hände meiner Bediensteten für sie das Grab, und in der dann folgenden saß ich allein in dem fantastischen Zimmer, das sie als Braut empfangen, neben ihrem in Totenschleier gehüllten Leichnam. Seltsame Visionen, die das Opium erzeugte, umschwebten mich wie Schatten. Mein unruhiger Blick schweifte über die Sarkophage, in die Ecken des Zimmers, über die bewegten Fratzen der Draperien und die schlangenförmigen Lichtstreifen der hängenden Lampe. Ich dachte an die Ereignisse jener kurz vergangenen Nacht, und meine Augen wandten sich dem glänzenden Lichtkreis zu, in dem ich den leichten Schatten bemerkt hatte. Jetzt war er nicht mehr zu erkennen; ich atmete tief auf und blickte auf die bleiche starre Gestalt, die auf dem Bett ausgestreckt lag. Da fühlte ich, wie tausend Erinnerungen an Ligeia in mir hochwogten; tobend wie eine Meeresflut stürzte der ganze unermessliche Schmerz, den ich empfunden, als ich *sie* im Leichentuch gesehen, über mein Herz. – Es wurde tiefe Nacht, und immer noch saß ich regungslos, die Blicke auf Rowena gerichtet, in Gedanken an Ligeia, die einzige, übermenschlich Geliebte.

Es mochte wohl Mitternacht gewesen sein, vielleicht etwas früher oder etwas später, ich hatte nicht auf die Zeit geachtet, als ein sehr leiser, sehr leichter, aber ganz deutlicher Seufzer mich aus meinen Träumereien auffahren ließ. Ich fühlte, er kam von dem Ebenholzbett, von dem Totenbett. Ich lauschte, in abergläubischer Angst, aber das Geräusch wiederholte sich nicht. Ich strengte meine Augen an, um irgendeine Bewegung in dem Leichnam zu entdecken, aber ich bemerkte nicht das Geringste. Und doch konnte ich mich unmöglich getäuscht haben – ich hatte das Geräusch deutlich gehört und war vollständig wach. Angestrengt und mit äußerster Spannung beobachtete ich den Körper, aber es verflossen mehrere Minuten ohne irgendein Ereignis, das Licht in dies Geheimnis hätte bringen können. Nach einiger Zeit jedoch bemerkte ich, dass eine leichte, kaum sichtbare Färbung in die Wangen gestiegen war und sich die kleinen Adern der Augendeckel entlangzog. Grauen und Entsetzen packte mich, ich fühlte, wie mein Herz zu schlagen aufhörte und meine Glieder vor Schreck erstarrten.

Doch gab mir endlich mein Pflichtgefühl die Kaltblütigkeit zurück. Ich konnte nicht länger zweifeln, dass unsere Anstalten zum Leichenbegängnis verfrüht gewesen waren, dass Rowena noch lebte. Wiederbelebungsversuche waren dringend geboten, doch war, wie gesagt, kein Dienstbote in der Nähe, da mein Turm von dem Teil der Abtei, den die Dienerschaft bewohnte, vollständig getrennt lag. Wollte ich jemanden herbeiholen, so musste ich das Zimmer auf mehrere Minuten verlassen; und das durfte ich nicht wagen. Ich bemühte mich also allein, die entschwebende Seele zurückzurufen und zu halten. Aber nach einigen Sekunden trat ein offenbarer Rückfall ein, die Farbe verschwand aus den Wangen und Lidern, sie wurden bleicher als Marmor, und die Lippen pressten sich mit verdoppelter Kraft aufeinander und nahmen wieder den gespenstisch zusammengeschrumpften Ausdruck des Todes an; eine grauenhafte Kälte und Feuchtigkeit verbreitete sich bald über die ganze Oberfläche des Körpers, vollständige Leichenstarre trat ein. Ich sank schaudernd auf mein Ruhebett, von dem ich so angstvoll aufgeschreckt war, zurück und überließ mich aufs Neue meinem leidenschaftlichen Gedenken an Ligeia.

So verfloss eine Stunde, als ich – großer Gott, wie war es nur möglich – von Neuem ein verwehendes Geräusch vom Bett her vernahm. In maßlosem Entsetzen horchte ich wieder hin und hörte den Ton zum zweiten Mal – es war ein Seufzer. Ich eilte auf den Leichnam zu und sah – sah deutlich –, dass seine Lippen zitterten. Eine Minute später teilten sie sich und entblößten eine glänzende Reihe perlmutterner Zähne. Ein grenzenloses Erstaunen kämpfte in meinem Geiste mit einem maßlosen Schreck. Ich fühlte meinen Blick sich verdunkeln und mein Bewusstsein schwinden, und nur durch eine gewaltige Willensanstrengung gelang es mir, mich zum Handeln aufzuraffen. Stirn, Wangen und Hals Rowenas zeigten eine schwache Lebensfarbe, eine fühlbare Wärme durchdrang den ganzen Körper, und in der Herzgegend machte sich ein leiser Pulsschlag bemerkbar. Sie lebte! Und mit verdoppeltem Eifer versuchte ich durch jedes Mittel, das mich die Erfahrung und meine ausgedehnte Lektüre medizinischer Schriften gelehrt hatte, sie zum Bewusstsein zu bringen. Plötzlich jedoch verschwand die Farbe wieder, der Puls stand still, die Lippen pressten sich wie im Todeskrampf aufeinander, und ein paar Sekunden später war der Körper eiskalt, feucht, leichenfarben und starr und zeigte all die grauenhaften Merkmale eines Leichnams, der schon seit Tagen das Grab bewohnt.

Und wieder versank ich in Träume, träumte von Ligeia, und von Neuem – ist es verwunderlich, dass ich zittere, da ich dies schreibe? – von Neuem tönte ein erstickter Seufzer vom Bett her an mein Ohr. Doch wozu soll ich die unbeschreiblichen Grässlichkeiten dieser Nacht aufzählen? Wozu soll ich erzählen, wie oft sich bis zur Dämmerung dies grauenhafte Schauspiel des Wiederauferstehens erneuerte; wie jeder der erschreckenden Rückfälle einen starreren, tieferen Tod zur Folge hatte; dass jedem neuen Todeskampf ein neuer, grausigerer Verfall des Körpers folgte? Ich beeile mich, zum Ende zu kommen.

Der größte Teil der Schreckensnacht war vergangen, und die, die tot war, bewegte sich wieder einmal, und zwar jäher, heftiger denn zuvor. Ich hatte schon seit Langem jeden Versuch, ihr zu helfen, aufgegeben und blieb wie gebannt auf meiner Ottomane sitzen, von einem Wirbelsturm qualvollen Entsetzens gefasst. Der Körper bewegte sich wieder – mit seltsamer Schnelle schoss Farbe in das Antlitz, die Starre der Glieder löste sich, und wären die Totenbinden und Leichentücher nicht gewesen, ich hätte geglaubt, dass Rowena zum Leben erwacht sei. Und nun musste auch mein letzter Zweifel schwinden, als das leichentuchumhüllte Wesen sich vom Bett erhob und schwankend, mit schwachen Schritten, mit geschlossenen Augen, wie jemand, der im Schlafe wandelt – aber gerade und entschlossen – in die Mitte des Zimmers schritt.

Ich zitterte nicht, ich rührte mich nicht, denn eine Flut unausdenkbarer Gedanken, die das Aussehen, die Gestalt und der Gang des Phantoms in mir erweckten, stürzte über mich. Eine wahnsinnige Verwirrung, ein nicht zu bändigender Tumult rang in meinem Hirn. War das *die lebendige* Rowena, die ich da sah? War es Rowena *überhaupt* – die blondhaarige, blauäugige Lady Rowena Trevanion von Tremaine? Weshalb, ja, *weshalb* zweifelte ich daran? Eine schwere Binde verhüllte ihren Mund – weshalb sollte das nicht der Mund der Lady von Tremaine sein? Und die Wangen? Ja, sicher waren es die Rosenwangen Rowenas. Und das Kinn, mit den Grübchen voll Gesundheit, sollte es nicht das ihre sein? – Aber: *War sie denn während ihrer Krankheit gewachsen?* Wie Wahnsinn durchschoss es mich bei diesem Gedanken. Mit einem Sprung lag ich zu ihren Füßen. Sie wich meiner Berührung aus und befreite ihr Haupt aus dem entsetzlichen Leichentuch, und in die schaudernde Atmosphäre des Zimmers strömte eine üppige Fülle langer ungeordneter Haare – *sie waren schwärzer als die Rabenflügel der Mitternacht.* Und dann sah ich, wie sich langsam die Augen in dem Antlitz öffneten. »Endlich! Da sind sie!«, rief ich laut. »Wie sollte ich sie nicht erkennen, die großen schwarzen, seltsamen Augen meiner verlorenen Liebe – die Augen der Lady – der Lady Ligeia?«

Edmond Hamilton
(als Hugh Davidson)
Das Vampirdorf

»Klopfen Sie noch einmal«, sagte ich zu Croft. »In diesen Dorfgasthäusern ist immer jemand auf den Beinen, und es ist noch nicht einmal Mitternacht.«

»Ich habe die Tür schon beinahe eingeschlagen«, erwiderte er. »Entweder schlafen diese Transsilvanier wie die Toten oder – was zum Teufel?«

»Was ist los?«, erkundigte ich mich.

Er schüttelte reumütig seine Hand.

»Ich habe mir die Knöchel verletzt. Da hängt etwas an der Tür«, erwiderte er gereizt.

Er nahm den Gegenstand ab und reichte ihn mir. Ich erkannte, dass es sich um ein kleines hölzernes Kreuz handelte.

»Was für eine ungünstige Art, religiösen Eifer auszudrücken!«, rief Croft aus und klopfte erneut.

Ich blickte in beide Richtungen der weißen Straße, die im Sternenlicht leuchtete. An ihr entlang waren etwa zwanzig spitz zulaufende Hütten aufgereiht, die das Dorf Kranzak bildeten. Als Croft und ich den ganzen Tag und den ganzen Abend durch die transsilvanischen Berge gewandert waren, hatten wir damit gerechnet, rechtzeitig hier anzukommen, um noch ein spätes Abendessen und eine Unterkunft für die Nacht zu erhalten.

Aber nun schien es uns, als ob Kranzak wenig Aussicht auf ein Abendessen oder ein Bett bot, denn durch die Fensterläden seiner Häuser leuchtete kein Licht, und auf unser Hämmern gegen die Tür des Gasthauses erfolgte keine Reaktion. Wir hatten Stimmen im Inneren des Gasthauses gehört, als wir uns dem Gebäude genähert hatten, aber als wir zum ersten Mal geklopft hatten, waren sie abrupt verstummt.

Croft, der wütend war, weil er sich die Hand an dem Kreuz verletzt hatte, rief nun in unserem fehlerhaften Rumänisch: »Lassen Sie uns herein! Das hier ist ein Gasthaus, oder nicht?«

Jemand antwortete, und die Stimme ließ erkennen, dass es sich um eine ältere Person handelte. »Ja, dies ist das Gasthaus von Kranzak, aber heute Nacht wird die Tür für niemanden geöffnet.«

»Warum nicht?«, verlangte mein Kamerad zu wissen.

Dieselbe Stimme antwortete. »Weil dies die Nacht der Vampire ist, meine Herren! Die Nacht des heiligen Georg, in der alle, die zu Lebzeiten Vampire und Diener des Bösen waren, sich wieder aus ihren Gräbern erheben, um bis zum Morgengrauen Böses zu tun. Keine Tür hier in Kranzak öffnet sich vor der Morgendämmerung.«

»Die Nacht des Teufels!«, rief ich aus. »Was für eine Verrücktheit ist das?«

Croft lachte und wandte sich von der Tür ab. »Es hat keinen Sinn, Barton. Wir sind unter abergläubische Menschen geraten, und es sieht so aus, als ob wir heute Nacht keine Unterkunft finden werden.«

Eine andere, schrillere Stimme rief uns aus dem Inneren des Hauses zu: »Wenn Sie eine Unterkunft möchten, gehen Sie nach Wieslant!« Nach diesem Satz ertönte ein von mehreren Leuten stammendes Stimmengewirr.

Wir traten verwirrt wieder auf die Straße und blickten an den dunklen Häusern des Dorfes entlang. An jeder ihrer Türen war ein Kreuz zu erkennen.

»Nun, es sieht so aus, als müssen wir nach Wieslant weitergehen, um was auch immer es sich dabei handeln mag«, meinte ich.

»Wieslant – ich erinnere mich nicht, es auf der Karte gesehen zu haben. Aber diese Dörfer liegen alle ziemlich dicht beieinander. Daher kann es nicht weit sein.«

»Marschieren wir also weiter.« Wir gingen im Sternenlicht die Straße entlang.

»Die Nacht des heiligen Georg – die Nacht der Vampire«, wiederholte ich, als wir das Dorf verließen und den finsteren Kiefernwald betraten. »Hat sich dieses ganze Dorf hinter verriegelten Türen verbarrikadiert, weil es sich vor diesem alten Vampiraberglauben fürchtet, Croft?«

Er nickte. »Hier in Transsilvanien sitzt dieser Glaube sehr tief. Diese Transsilvanier glauben vorbehaltlos, dass Menschen, die sich dem Bösen verschrieben haben und dann sterben, hinterher nicht tot, sondern untot sind – dass sie zu Vampiren werden, die sich bei Nacht aus ihren Gräbern erheben, um anderen Blut und Leben auszusaugen.«

»Natürlich habe ich über diesen Glauben gelesen, aber ich dachte, Vampire könnten in jeder beliebigen Nacht zwischen Sonnenuntergang und Morgengrauen aus ihren Gräbern steigen. Ich wusste nicht, dass diese Nacht des heiligen Georg die einzige Nacht im Jahr sein soll, in der sie auferstehen können.«

Croft lachte. »Es gibt einen Unterschied zwischen Vampiren, Barton. Alle Vampire können in jeder Nacht aus ihren Gräbern steigen, bis Priester über ihren Gräbern die Binde- und Exorzismusrituale durchgeführt haben, die dafür sorgen, dass sie dort eingesperrt sind. Aber jedes Jahr in dieser einen Nacht können selbst die gefangenen Vampire, deren Anzahl weitaus höher ist als die der anderen, auferstehen und bis zum Morgengrauen Böses tun.«

»Und aus diesem Grund verbarrikadieren sich die Leute in Kranzak in der Nacht des heiligen Georg«, meinte ich kopfschüttelnd. »Und was sollen diese Kreuze an den Türen?«, fragte ich, mit dem Daumen auf das kleine Holzkreuz deutend, das Croft mir gegeben hatte und das ich in meine Brusttasche gesteckt hatte.

Er lächelte. »Sie sind natürlich dazu gedacht, die Leute heute Nacht vor den Vampiren zu schützen. Ein Kreuz ist die einzige verlässliche Waffe gegen Vampire, müssen Sie wissen, das Einzige, wovor sich diese fürchten. Das ist alles sehr interessant, diese Aspekte des Vampiraberglaubens.«

»Und für uns sehr ungünstig«, fügte ich hinzu. »Wenn die Leute aus Wieslant heute Nacht ebenso von den Vampiren in Angst und Schrecken versetzt werden wie die aus Kranzak, dann haben wir ganz sicher kein Glück.«

Wir schulterten unsere Rucksäcke höher und widmeten uns unserer Aufgabe, unbeirrt weiterzugehen. Die weiße Straße schlängelte sich durch dichte Wälder einen langen Hang hinauf, der ein Pass zwischen den großen Bergen vor uns und zu unserer Rechten zu sein schien. Kein Mond stand am Himmel, aber das spärliche Licht der Sterne zeigte die Silhouette der Straße in ihren Windungen durch den finsteren Kiefernwald.

Als wir stetig einen Kilometer nach dem anderen hinter uns brachten, kam mir der Gedanke, dass wohl ebenjene Finsternis dieser düsteren transsilvanischen Landschaft der Grund für den furchtsamen Glauben ihres Volkes war. Vermutlich war es leicht zu glauben, dass sich in der mitternächtlichen Dunkelheit der Hügel, die uns überragten, übernatürliche böse Wesen herumtrieben, die in dieser einzigen Nacht aus ihrem Grab befreit waren.

Ein- oder zweimal konnten wir fliegende schwarze Kreaturen von beträchtlicher Größe sehen, die in geringer Höhe über die weit entfernten Wälder hinwegflogen. Und während es für Croft und mich offensichtlich war, dass es Falken oder Eulen sein mussten, die die nächtlichen Wälder nach Beute absuchten, konnte ich mir gut vorstellen, dass Transsilvanier, die sie zu Gesicht bekämen, glauben würden, dass es sich bei ihnen um Vampire handelte, die in dieser, ihrer Nacht unterwegs waren.

Schließlich unterbrach Crofts Stimme meine Spekulationen. »Da unten sind die Lichter eines Dorfes zu sehen«, verkündete er. »Ich nehme an, es handelt sich um Wieslant.«

Wir hatten den Rand eines kesselförmigen Tales erreicht, dessen Durchmesser einige Kilometer betrug und das von den Bergen umschlossen war. Unten in der Finsternis, die in der Mitte dieses Kessels herrschte, glomm ein kleines Muster aus Lichtern, wobei an einer Stelle der rötliche Schein von Feuern zu erkennen war.

»Offensichtlich ist Wieslant nicht verschlossen und verriegelt«, meinte ich, und meine Stimmung hob sich. »Vielleicht ergattern wir doch noch ein Nachtessen und ein Bett.«

»Es sieht jedenfalls so aus, als bestünde die Möglichkeit«, stimmte Croft zu.

Wir wanderten in das Tal hinunter und auf die Lichter des Dorfes zu. Als wir Wieslant erreichten, wurde deutlich, dass es sich dabei um einen ungewöhnlich alten Ort handelte, denn die Häuser, die an den kleinen Straßen standen, wirkten altertümlicher als alle anderen, die wir bisher zu Gesicht bekommen hatten. Sie verfügten über die grotesken gemeißelten Ornamentformen und die eigenartig gestalteten Türen und Fenster, die bei den Häusern dieser Gegend vor einigen hundert Jahren üblich gewesen waren.

Diese Häuser wurden von gelbem Kerzenschein erleuchtet, aber wir konnten keine Bewohner erkennen, als wir an ihnen vorbeikamen. Der Grund dafür zeigte sich, als wir uns der offenen Dorfwiese im Zentrum des Dorfes näherten. Dort nämlich brannten große Feuer, schnelle und heitere Musik war zu hören, und um die vom Feuerschein erleuchtete Wiese war das Volk aus Wieslant versammelt und tanzte zur Musik.

Als Croft und ich näher kamen, konnten wir diese Leute nur als schwarze Gestalten erkennen, die zwischen uns und den glühenden Feuern tanzten. Diese schwarzen Gestalten drehten sich mit einer solchen Geschwindigkeit, dass es auf uns, die wir vom Licht geblendet waren, so wirkte, als höben sie vom Erdboden ab und wirbelten in dem wahnsinnigen Gebrodel des Tanzes durch die Luft.

Croft und ich traten näher heran und hielten in den Schatten außerhalb der vom Feuerschein erhellten runden Dorfwiese an, um mit Erstaunen zuzusehen. Ein halbes Dutzend Feuer warf ein rötliches Licht auf die Dorfwiese, und um jedes Feuer fand einer dieser absonderlichen Tänze statt. Die Tänzerinnen und Tänzer trugen die festliche Kleidung transsilvanischer Bauern, wobei die Männer mit eigentümlich leuchtenden Jacken und engen Hosen, die Frauen mit hellen Röcken und Miedern bekleidet waren. Allerdings wirkten diese Trachten älter und seltsamer als alle anderen, die wir bis dahin gesehen hatten.

Um den Rand der Dorfwiese waren im Feuerschein ein- oder zweihundert Dorfbewohner versammelt, die dem Tanz zusahen und applaudierten. Sie waren wie die Tanzenden gekleidet. Ein Bauernorchester spielte auf Saiteninstrumenten, aus denen die wilde, rasche Musik erklang. Daneben rief ein großer alter Mann mit weißem Schnurrbart und einem groben Gesicht über den Lärm hinweg den Tanzenden etwas zu, während sie sich drehten und herumwirbelten.

Noch nie zuvor hatte ich ein dermaßen eigentümliches Bild wahnsinnigen Frohsinns erblickt; Croft und ich beobachteten die Szene staunend aus den Schatten heraus. Diese altertümlich gekleideten Leute des Dorfes stürzten sich mit Hingabe in den ausgelassenen Tanz – die Augen der Tanzenden und der Zuschauenden glühten gleichermaßen karmesinrot, offenbar durch das in ihnen widergespiegelte Licht des Feuers.

Plötzlich entdeckte einer der Zuschauer Croft und mich in der Dunkelheit. Er stieß einen durchdringenden Schrei aus, und augenblicklich eilten alle auf uns zu.

In unserer augenblicklichen Verblüffung schien es uns, als ob sie durch die Luft schössen, um uns anzugreifen, ein Getümmel aus roten Augen und weiß glänzenden Zähnen. Aber als sie Croft und mich beinahe erreicht hatten, hielten sie plötzlich an, als seien sie zurückgeschlagen worden. Sie umringten uns und stießen in einem rumänischen Dialekt, der beinahe über unser Verständnis hinausging, aufgeregte Schreie aus, während ihre aufgeregten Blicke aus leuchtenden Augen auf uns gerichtet waren. Der Lärm war enorm.

»Ein leicht erregbarer Menschenschlag, nicht wahr?«, sagte Croft. »Können Sie verstehen, was sie schreien?«

»Nicht solange sie alle durcheinander rufen. Was ist denn los mit ihnen? Einen Moment lang dachte ich, sie wollten uns angreifen.«

»Diese Transsilvanier sind ein reizbarer Haufen. Da kommt jemand, der aussieht, als handle es sich bei ihm um das Oberhaupt des Dorfes. Er sollte imstande sein, sie zu beruhigen.«

Dieser Mann stellte sich als der große Alte mit dem weißen Schnurrbart heraus, der die Tänzerinnen und Tänzer angefeuert hatte. Nun drängte er sich durch die Menge und kam auf uns zu. Wie der Rest der Leute war er mit einer altertümlichen leuchtenden Festtracht bekleidet, die seine große Gestalt sehr gut zur Geltung brachte. Er verbeugte sich vor uns, und der Blick aus seinen scharfen Augen war fest auf uns gerichtet.

»Seien Sie willkommen in Wieslant, meine Herren«, sprach er uns in der merkwürdig verzerrten Mundart an, die auch die anderen sprachen. »Wir haben heute Nacht keine Fremden erwartet.«

»Es tut mir leid, wenn wir Ihre Feierlichkeiten gestört haben«, erwiderte Croft. »Das war nicht unsere Absicht.«

Der Alte tat die Entschuldigung lächelnd mit einer Handbewegung ab. »Mein Volk hier – ich bin Mihai Hallos, Bürgermeister von Wieslant – bekommt nur wenige Fremde zu Gesicht und ist daher aufgeregt, wenn diese unser kleines Dorf besuchen.«

»Nun, wir kamen nicht absichtlich hierher«, erklärte Croft. »Im letzten Dorf, Kranzak, versteckten sich alle Leute aus Furcht vor Vampiren in ihren verriegelten Häusern. Sie müssen wohl Angst gehabt haben, dass wir Vampire seien, denn sie wollten uns nicht hereinlassen, sondern sagten zu uns, wir sollten weitergehen, bis wir nach Wieslant kämen.«

Hallos' Lächeln vertiefte sich, und ein Lachen ertönte aus den Reihen der Menge. »Die Leute aus Kranzak haben in dieser Nacht große Angst vor Vampiren, das ist wahr«, sagte der Anführer, »denn nicht weit von Kranzak entfernt lag das Vampirdorf.«

»Vampirdorf?«, wiederholte Croft fragend, aber Hallos winkte ab. »Das ist ein Glaube, der in diesem Teil von Transsilvanien herrscht – ich werde Ihnen die Geschichte später erzählen. Er sorgt dafür, dass viele Dorfbewohner sich in dieser Nacht fürchten.«

»Nun, ich bin jedenfalls froh, dass er nicht dafür sorgt, dass die Leute aus Wieslant sich in ihren Häusern verbarrikadieren«, bemerkte ich. »Wir wären nicht gerne die ganze Nacht gewandert.«

»Sie werden hier in Wieslant hervorragende Unterkünfte vorfinden«, versicherte Hallos mir. »In der Tat hätten Sie zu keiner besseren Zeit als heute Nacht herkommen können.«

Wieder ertönte in der Menschenmenge das leise Lachen, obwohl ich nichts Lustiges in den Worten entdecken konnte.

Diese Dorfbewohner mit den glühenden Augen und der sonderbaren Kleidung gaben sowohl Croft als auch mir ein recht unbehagliches Gefühl, indem sie uns von allen Seiten anstarrten. Offenbar war Hallos das auch aufgefallen. »Unser Gasthaus befindet sich dort drüben am Rande der Dorfwiese«, erklärte er. »Darf ich Sie hinführen?«

Wir protestierten dagegen, dass er diese Mühe auf sich nahm, aber mit wahrhafter transsilvanischer Höflichkeit tat er unsere Proteste mit einer Handbewegung ab. Hallos bedeutete den Leuten aus dem Dorf, uns Platz zu machen, und wandte sich dann wieder uns zu, als ich ungeschickt taumelte und gegen ihn stieß.

Zu meiner Überraschung stolperte er und fiel auf die Knie, die Hand auf sein Herz gelegt, sein Gesicht schmerzverzerrt. Aber dann kam er wieder auf die Beine, bevor wir Zeit hatten, ihm aufzuhelfen, und ich entschuldigte mich, so gut wie ich konnte, für meine Unbeholfenheit.

»Es war nicht Ihre Schuld«, entgegnete er, die Hand noch immer gegen seine Brust gedrückt. »Ich habe mich an dem Ding in Ihrer Brusttasche gestoßen, als wir zusammenprallten.«

Ich blickte nach unten und sah, dass aus meiner Brusttasche das kleine Holzkreuz ragte, das Croft mir in Kranzak gegeben hatte und das ich vergessen hatte. »Es tut mir sehr leid. Es war ungeschickt von mir.«

Hallos lächelte und schüttelte den Kopf, aber als wir uns einen Weg durch die Menge bahnten, bemerkte ich, dass er dafür sorgte, dass Croft zwischen ihm und mir ging. Offenbar hatte er nicht die Absicht, sich meiner Ungeschicklichkeit noch einmal auszuliefern.

Und als wir uns durch die in fröhlichen Farben gekleidete Menge der Dorfbewohner bewegten, die sich teilte, um uns Durchgang zu gewähren, hatte ich sogar den Eindruck, dass sie vor mir weiter zurückwichen als vor Croft. Das bereitete mir ein wenig Unbehagen.

Hallos sprach weltgewandt weiter, während er uns zum Gasthaus führte. Die Musik hatte hinter uns neu eingesetzt, und die Leute aus dem Dorf tanzten bereits wieder, als wir das altertümlich wirkende Gasthaus am Rande der Wiese erreichten.

Wir folgten dem Bürgermeister in den gemauerten, breiten Schankraum. Ein großes Feuer flackerte in einem Kamin, und hinter dem kleinen Tresen am Ende des Raumes tischte der dicke, weißhaarige Gastwirt einem Dutzend Männer und Frauen, deren Kleidung in leuchtenden Farben gehalten war, Flaschen in einer eigenartigen verdrehten Form auf.

Sie hatten ein heftiges Gespräch geführt und gelacht, doch als wir den Raum betraten, wurden sie beim Anblick von Hallos und uns totenstill und starrten uns an. Erneut war ich beeindruckt davon, wie der Feuerschein auf die Gesichter dieser Leute fiel und damit ihren Augen scheinbar ein karmesinrotes Glühen verlieh.

Der dicke Wirt trat zu uns, und Hallos stellte uns einander vor.

»Dies ist Kallant, der Gastwirt von Wieslant, und er ist ein hervorragender Wirt, wie man ihn in Transsilvanien nur finden kann«, teilte er uns lächelnd mit. »Er wird sich freuen, Sie zu sehen, denn es kommt nicht oft vor, dass er Fremde beherbergt.«

»Nicht oft«, gab der dicke Kallant zu und lachte sonderbar. »Nein, überhaupt nicht oft. Sie werden zwei Zimmer wünschen, meine Herren, nicht wahr?«

»Oh, ein Zimmer wird für uns beide reichen«, antwortete Croft. »Wir machen uns im Augenblick mehr Sorgen um ein Nachtessen als um das Zimmer.«

»Wenn Sie uns einen Gefallen erweisen würden«, unterbrach ihn Hallos, »die Feierlichkeiten hier in Wieslant dauern noch die ganze Nacht an, und einige der führenden Dorfbewohner speisen hier um zwei Uhr. Es wäre eine Ehre für uns, wenn Sie uns Gesellschaft leisteten.«

»Wir fühlen uns geehrt«, erwiderte Croft. »Es ist schon beinahe zwei Uhr. Also sollten Barton und ich uns besser etwas frisch machen.«

»Ich werde Ihnen das Zimmer zeigen, meine Herren«, sagte Kallant und wandte sich mit einer Kerze in der Hand der schmalen Stiege zu, die tief im Schatten lag.

Wir waren bereits im Begriff, mit ihm die düstere Treppe hinaufzusteigen, als Hallos uns aufhielt. Er deutete mit einem amüsierten Lächeln auf das hölzerne Kreuz, das noch immer aus meiner Brusttasche ragte: »Dieses Symbol der Frömmigkeit lassen Sie besser in Ihrem Zimmer, mein Herr«, teilte er mir lächelnd mit. »In dieser Nacht ist die Frömmigkeit hier vergessen, und wir denken nur an das Vergnügen.«

Croft und ich lachten. »Es gehört eigentlich nicht mir«, erklärte ich, »aber natürlich werde ich es im Zimmer lassen. Ich möchte auf Ihrem Fest kein Spielverderber sein.«

Als wir hinter dem dicken Kallant die düstere enge Treppe hinaufstiegen, vernahm ich, wie im Schankraum plötzlich wildes Stimmengewirr losbrach. Die scharfe Stimme des Bürgermeisters unterbrach die Leute und brachte sie zum Schweigen. Ich lächelte angesichts dieses Beweises, dass unser galanter Gastgeber den Tyrannen über seine einfachen Untertanen spielen konnte, wenn er sich so einsetzte.

Die Treppe führte nach oben und endete in einem langen Gang, der nur von zwei Kerzen schwach erleuchtet wurde, die in an der Wand befestigten Kerzenhaltern steckten. In den Schatten waren die Türen nur sehr schlecht zu erkennen. Kallant führte uns zu einer von ihnen und öffnete sie. Mit einer Handbewegung forderte er uns auf einzutreten, indem er seine Kerze in einen Halter steckte, der sich im Zimmer befand.

»Dieser Raum wird Ihnen zusagen, meine Herren. Er ist ein wenig muffig – wir haben hier nicht oft Gäste – aber die Bequemlichkeit sollte für Ihre Bedürfnisse ausreichen.«

»Es ist in Ordnung«, versicherten wir ihm. »Sagen Sie Hallos, wir werden in einigen Augenblicken herunterkommen.« Er machte eine Verbeugung und zog sich zurück. Wir sahen uns um.

»Muffig entspricht der Wahrheit«, bemerkte ich. »Es sieht aus, als sei es seit Jahrhunderten nicht benutzt worden.«

Tatsächlich war das Zimmer dick mit Staub bedeckt. Er lag überall auf dem Boden, den Möbeln und dem altmodischen Holzbett. Durch die seltsam geformten Fenster konnten wir einen Blick auf die Dorfwiese draußen erhaschen, wo die Feuer noch immer brannten und die dunklen Schatten der Tanzenden zu der wilden Musik herumwirbelten.

Croft und ich machten uns so gut wie möglich zurecht und verließen dann den Raum. Als wir von der dunklen Treppe kamen und wieder den Schankraum betraten, fanden wir dort den Anführer Hallos mit mehr als zwei Dutzend Männern und Frauen vor. Alle ohne Ausnahme trugen die altertümliche Festtracht, an die wir uns mittlerweile gewöhnt hatten.

Hallos stürmte beinahe auf uns zu, als wir in den Schankraum kamen, und seine Augen blitzten.

Aber ein Stück vor uns hielt er an und starrte auf meine Brust.

Ich blickte an mir hinunter und sah, dass ich vergessen hatte, das kleine Holzkreuz aus der Tasche zu nehmen. »Oh, es tut mir leid. Aber ich nehme an, es spielt keine Rolle, dass ich dieses Ding bei mir trage?«

»Natürlich nicht«, erwiderte er höflich. »Möchten Sie ein paar von unseren Leuten kennenlernen? Dies sind meine beiden Töchter.«

Er machte uns miteinander bekannt, und wir plauderten so gut wie es uns möglich war in unserem holperigen Rumänisch mit den fröhlichen Gruppen. Ich muss zugeben, dass ich ein wenig traurig war, als ich feststellte, dass diese eher dazu neigten, sich um Croft zu scharen, und mich mieden. Mir die Worte des Bürgermeisters wieder in Erinnerung rufend, nahm ich an, dass sie aus dem Kreuz, das aus meiner Tasche ragte, schlossen, ich sei ein überzeugter und ernsthafter Christ.

Croft erkannte meine Isolation und warf mir hin und wieder belustigte Blicke zu, da er selbst große Fortschritte bei den beiden Schönheiten mit den leuchtenden Wangen machte, die Hallos uns als seine Töchter vorgestellt hatte. Hallos selbst unterhielt sich mit mir, wenn auch aus einiger Entfernung, bis der dicke Kallant aus einem anderen Raum auftauchte, um zu verkünden, dass das Essen fertig sei.

Wir betraten den von Kerzen erleuchteten Speisesaal, in dem uns eine lange Tafel erwartete, die mit transsilvanischen Speisen und Weinen überreichlich gedeckt war. Hallos setzte sich ans Tischende. Croft und die jüngere Tochter nahmen zu seiner Rechten Platz, ich und die ältere Tochter zu seiner Linken. Doch bevor ich auch nur ein Wort an die ältere Schwester richten konnte, rückte sie ihren Stuhl so weit wie möglich von mir fort und drehte mir den Rücken zu, um mit ihrem anderen Tischnachbarn zu sprechen.

Das Mahl fand in fröhlicher Stimmung statt, und Croft sowie die jüngere Schwester, die mir gegenübersaßen, gehörten zu den fröhlichsten Leuten, während ich ein wenig unglücklich über die kühle Behandlung war, die diese Leute mir zuteil werden ließen. Ich entschädigte mich dafür, indem ich mit großem Eifer über die würzigen Speisen und die starken Weine herfiel. Croft stand mir in nichts nach, da wir ein Dutzend Stunden nichts mehr zu uns genommen hatten.

Noch nie zuvor hatte ich dermaßen köstliche Speisen und Weine gekostet, aber seltsamerweise stillten sie nicht den Hunger oder Durst. Tatsächlich fühlte ich mich, nachdem ich ein halbes Dutzend Speisen und mehrere Gläser Wein zu mir genommen hatte, noch ebenso hungrig wie zu Beginn der Mahlzeit. Doch obwohl Croft ebenfalls ein wenig verwirrt aussah, schienen die anderen Leute am Tisch das nicht zu bemerken.

Der Raum war von Gelächter, Geplauder und dem Klirren von Gläsern erfüllt, und ab und zu hörten wir auch einige Töne der Tanzmusik, die von draußen hereindrang. Kallant wich nicht von unserer Seite, um dafür zu sorgen, dass alle Leute bedient wurden, und am Tischende war Hallos der Inbegriff des höflichen Gastgebers.

Während einer Gesprächspause sprach Croft ihn an. »Sie sagten,

Sie würden uns von dem Vampirdorf in der Nähe von Kranzak erzählen«, erinnerte er ihn. »Ich würde die Geschichte gerne hören, falls die anderen keine Einwände haben.«

Hallos lächelte, und ich entdeckte unterdrückte Heiterkeit auf den Gesichtern unserer Begleiterinnen und Begleiter. Kallant grinste im Hintergrund. »Nun, alle Anwesenden kennen sie gut«, sagte der Anführer des Dorfes, »aber wenn es Sie interessiert –«

Nachdem wir ihm das rasch versichert hatten, fuhr er fort. »Wir in Transsilvanien wissen seit mehreren Jahrhunderten, dass Vampire tatsächlich existieren. Wir wissen, dass Männer und Frauen, die sich zu Lebzeiten den Mächten des Bösen verschreiben, nicht tot, sondern untot sind, nachdem sie gestorben sind, also zu Vampiren werden. Tagsüber liegen Vampire wie tot in ihren Gräbern, aber in der Nacht erheben sie sich, als lebten sie, und saugen jedem schutzlosen Menschen, dem sie begegnen, das Blut und das Leben aus.

Wir Transsilvanier wissen auch, dass Vampire gegen das Kreuz machtlos sind. Wann immer also in diesem Lande das Grab eines Vampirs entdeckt wird, führen Priester über ihm Zeremonien des Kreuzes durch, die den Vampir in seinem Grabe fesseln. Doch selbst Vampire, die auf diese Weise gebunden und gefangen wurden, können in einer Nacht des Jahres, der Nacht des heiligen Georg, aus dem Grab steigen und bis zum Morgengrauen Böses tun.

Vor beinahe zweihundertfünfzig Jahren gab es in dieser Gegend von Transsilvanien ein Dorf, das nicht weit von Kranzak entfernt lag. Und dieses Dorf wurde von Vampiren heimgesucht, wie es noch nie in einem anderen Dorf der Fall gewesen war. Die Mächte des Bösen herrschten dort, bis in den Gräbern jenes Dorfes mehrere Hundert Vampire lagen, die jede Nacht herausstiegen! Und so war es zu einem Vampirdorf geworden. Die Lebenden, die dort noch übrig waren, flohen nach Kranzak und in andere Orte, doch die Vampire blieben. Jeden Tag lag das Dorf im Tageslicht verlassen und unbewohnt da. Aber jede Nacht stiegen die Vampire aus den Gräbern, um im Dorf umherzuziehen und es zu bewohnen, als lebten sie. Oftmals wagten sie sich in andere Dörfer vor, die sich in der Nähe befanden, um die Menschen dort anzugreifen.

Also kamen die Leute der Umgebung mit zahlreichen Priestern

herbei, um diesem Vampirdorf ein Ende zu bereiten. Über jedem Grab führten die Priester ihre Binderiten aus und sperrten jeden Vampir damit ein. Von da an kamen die Vampire, obgleich keine lebenden Menschen je wieder dort wohnten, nicht mehr in der Nacht hervor, abgesehen von dieser einzigen Nacht im Jahr, der Nacht des heiligen Georg, wenn alle Vampire befreit werden. In dieser Nacht wimmelt das Vampirdorf wieder bis zum Morgengrauen von seinen untoten Einwohnern.«

»Und da heute die Nacht des heiligen Georg ist«, fragte Croft lächelnd, »fürchten die Leute in Kranzak, dass wir beide aus dem Vampirdorf kämen?«

»Das ist wohl der Fall«, antwortete Hallos, der ebenfalls lächelte, »denn trotz der Jahrhunderte, die vergangen sind, fürchten die Leute aus Kranzak und den anderen Dörfern noch immer diese Nacht des Jahres, in der das Vampirdorf wieder zum Leben erwacht.«

»Aber Sie hier in Wieslant scheinen sich nicht sehr vor dem Vampirdorf zu fürchten?«, fragte ich. Alle lachten über meine Worte.

»Der Grund liegt in der Tatsache, dass der heilige Georg unser Schutzpatron ist und wir daher in dieser Festnacht seinen Schutz genießen«, erklärte Hallos. »So können wir uns ohne Furcht der ausgelassenen Stimmung hingeben.«

Croft schüttelte den Kopf. »Merkwürdig, wie groß die Macht einiger dieser Überzeugungen ist. Doch irgendwie passen sie zu Ihren altertümlichen Häusern und Trachten.«

Die ältere Tochter von Hallos lachte. »Diese Trachten, die wir alle in dieser Festnacht tragen, müssen Ihnen wohl sehr absonderlich erscheinen«, sagte sie zu Croft.

»Sie sehen wunderschön aus«, erwiderte er. »Aber sie geben mir das Gefühl, als hätten Barton und ich uns irgendwie in die Vergangenheit verirrt.«

»Auch unsere Tänze sind in dieser Nacht altertümlich«, erklärte die junge Frau. »Möchten Sie meine Schwester und mich nicht begleiten und sie sich ansehen?«

Es war deutlich, dass sie mich in ihre Einladung absichtlich nicht einbezogen hatte. Croft warf mir grinsend einen Blick zu, als er sie annahm. »Kommen Sie mit, Barton?«, fragte er mich, während wir alle aufstanden.

Ich schüttelte den Kopf. »Ich gehe nach oben und werde versuchen, etwas Schlaf zu bekommen«, teilte ich ihm mit. »Es ist beinahe Morgen, wissen Sie, und ich muss unbedingt ein paar Stunden schlafen.«

Unsere Gesellschaft begab sich wieder in den Schankraum, Croft zwischen den beiden Schwestern, und ich neben Hallos. Es war für mich klar zu erkennen, dass Croft auf die beiden in fröhliche Farben gekleideten Schönheiten Eindruck gemacht hatte, denn ihre Augen und ihre kleinen weißen Zähne glänzten gleichermaßen, als sie zu ihm hinauflachten, und ihre Hände schlossen sich fest um seine Arme, in einer schmeichelnden und fast schon besitzergreifenden Art und Weise.

»Ich komme in Kürze nach oben, Barton«, sagte Croft zu mir, als sie sich zur Tür wandten. »Zweifellos könnte ich ebenfalls etwas Schlaf vertragen.«

»Schlaf – es gibt genügend Schlaf auf der Welt!«, rief die jüngere Schwester aus. »Heute Nacht wird gefeiert, und zwar nicht der Schlaf, sondern das Leben – das Leben!«

Sie sprach mit einer erstaunlichen Vehemenz und mit glühenden Augen, womit sie Croft und auch mich ziemlich erschreckte. Hallos, dessen Augen ebenfalls karmesinrot leuchteten, warf ihr einen zornigen Blick zu, woraufhin sie schüchtern die Augen niederschlug.

Als Croft und ich mit ihnen hinausgingen, warf ich ihm einen vielsagenden Blick zu, um ihm zu signalisieren, er solle sich vor den beiden transsilvanischen Schönheiten nicht lächerlich machen. Der größte Teil der Gesellschaft folgte ihnen, und ich wünschte allen Leuten gemeinsam eine gute Nacht. Gegenüber Hallos und Kallant, die übrig blieben, drückte ich darüber hinaus noch meinen Dank aus, bevor ich mich zur Treppe wandte.

Als ich die dunkle Stiege hinaufstieg, hatte ich den Eindruck, schnelle Schritte hinter mir zu hören, und drehte mich um – doch niemand befand sich hinter mir. Ich hörte, wie Hallos jemandem etwas zuzischte, offenbar Kallant: »Noch nicht, du Dummkopf, er hat es noch immer bei sich!«

Kallants gemurmelte Antwort war nicht zu verstehen, aber der Streit zwischen den beiden Männern ging mich nichts an. So begab ich mich nach oben in unser Zimmer. In dem schwachen Kerzenlicht wirkte das muffige Bett nicht sonderlich anziehend, aber ich setzte mich gähnend hin und warf einen kurzen Blick aus dem staubigen Fenster. Die Feuer auf der Dorfwiese glühten noch immer rot, aber die Musik hatte aufgehört, und die dunklen Gestalten der Dorfbewohner schienen sich um irgendeinen Gegenstand des Interesses zu scharen.

Ich knöpfte meinen Kragen auf und warf mit einem Lächeln das hölzerne Kreuz auf den Tisch, dessen fromme Bedeutung den Dorfbewohnern einen solchen Abscheu vor mir eingeflößt hatte. Schon war ich im Begriff, unseren kleinen, blauen Reiseführer hinterherzuwerfen, als mir plötzlich der Gedanke kam, die genaue Lage von Wieslant darin nachzuschlagen.

Croft hatte gesagt, Wieslant befände sich nicht auf der Karte, und ich stellte fest, dass er damit Recht hatte. Es gab überhaupt kein Dorf, das zwischen Kranzak und dem weit entfernten Holf eingezeichnet war. Ein wenig überrascht wandte ich mich dem Text in dem Buch zu, aber auch dort fand ich keine Beschreibung von Wieslant. Schon wollte ich, empört über die Unfähigkeit von Reiseführerherstellern, mein Vorhaben aufgeben, als der Name »Wieslant« in einer Fußnote meine Aufmerksamkeit auf sich zog.

Als ich begann, die Worte zu lesen, bemerkte ich unterbewusst zwei Dinge: erstens Gedränge und Aufregung in der dunklen Menge draußen auf der Wiese des Dorfes, und zweitens ein Rascheln, verursacht von jemandem, der sich auf dem Gang vor meiner Zimmertür bewegte. Doch selbst wenn direkt über mir der Blitz eingeschlagen wäre, so hätte er dennoch nicht das unsägliche Entsetzen in mir hervorrufen können, das in mir aufstieg, als ich die kleine Schrift der Fußnote las.

Die Worte schienen vor meinen Augen zu tanzen –

Wieslant ... etwa in der Mitte zwischen Kranzak und Holf gelegen ... im Jahre 1683 aus Angst vor Vampiren völlig verlassen ... in dieser Gegend noch immer ›Vampirdorf‹ genannt ... nun fast völlig –

Und noch während die unglaubliche Wahrheit sich ihren Weg in mein benommenes Gehirn bahnte, schrie Croft draußen auf der Wiese schmerzerfüllt auf.

Ich stürzte durch das Zimmer und riss die Tür auf. Hallos und Kallant standen davor. Ihre Augen leuchteten in ihren Dämonengesichtern in einem höllischen Karmesinrot. Wie ein Mann schossen die beiden auf mich zu, und als sie mich zurückrissen, spürte ich ihre scharfen Vampirzähne an meiner Kehle, fühlte ihren Atem in meinem Gesicht wie kalte Fäulnis aus dem Grab.

Doch als sich diese beiden Höllenvampire auf mich stürzten und ich nach hinten taumelte, berührte meine ausgestreckte Hand den Tisch. Dort lag etwas, worum sich meine Finger instinktiv schlossen und das ich ihnen heftig entgegenstreckte. Es handelte sich um das kleine Kreuz. Als es sie berührte, wurden beide Männer rückwärts durch den Raum und gegen die Wand geschleudert, als hätten gigantische Kräfte sie getroffen.

Mit Augen, die wie rote Flammen aus der Hölle wirkten, starrten mich Hallos und Kallant an, während ich zur Tür taumelte. Crofts durchdringender Schrei erklang erneut, nun schwächer. Ich stürzte die dunkle Treppe hinab, während die beiden schwarzen Gestalten von Hallos und Kallant mir folgten. Noch immer hielt ich das Kreuz fest umklammert. Ich stolperte hinaus zu der Dorfwiese, wo ich wieder Crofts erstickten Schrei vernahm.

Croft lag auf dem Boden, und die wie wild herumwirbelnde Vampirmenge mit den scharlachroten Augen umringte ihn und saugte mit weißen Zähnen an seinem Hals. Die Hälfte davon eilte auf mich zu, schwarze Dämonengestalten vor den Feuern, deren Glühen schwächer wurde, als sich im Osten ein verheißungsvoller Lichtschimmer zeigte, schwarze Vampirgestalten, die sich auf mich stürzten um mich von Croft zu trennen.

Sie wichen zurück und liefen auseinander, als ich mit dem ausgestreckten Kreuz vorwärtswankte. Wie wahnsinnige Schattengestalten aus der Hölle wüteten sie um mich herum, und ihr gedämpftes Winseln klang mir in den Ohren. Dann stand ich neben Croft, und diejenigen, die an ihm saugten, wichen zurück, als ich mich mit dem Kreuz neben ihm niederließ. Er schien besinnungslos zu sein, und ich spürte, wie auch mir selbst die Sinne schwanden. Das Kreuz fiel mir aus meinen geschwächten Fingern, als um uns die schreckliche Vampirhorde wütete.

Sie schloss sich um uns, als mir das Kreuz aus der kraftlosen Hand glitt – die Dämonengesichter von Hallos, seinen Töchtern und allen anderen trudelten in einer wahnsinnigen Erscheinung aus roten Augen, gierigen Lippen und scharfen weißen Zähnen näher – und dann brach im heller werdenden Osten mit einem grauen Lichtstrahl der Morgen an. Augenblicklich schien es, als hülle grauer Nebel die Vampirmenge und das gesamte Dorf um uns ein, ein Nebel, der sich in meinem Geist verfinsterte, als ich das Bewusstsein verlor.

Die Morgendämmerung im Osten hatte längst einen goldenen Farbton angenommen, als ich wieder zu mir kam. Croft regte sich leicht, und als er sich aufsetzte, erblickte ich auf dem Boden neben mir das kleine Holzkreuz. Automatisch hob ich es auf.

Wir kamen taumelnd auf die Beine und blickten uns benommen um. Uralte, mit Unkraut bewachsene Ruinen erstreckten sich in dem goldenen Licht um uns herum. Da war morsches Mauerwerk von Gebäudefundamenten zu sehen, und an einer Stelle erhoben sich halb sichtbar verfallene Grabsteine, aber es gab kein noch stehendes Haus oder Bauwerk, keinerlei Lebenszeichen.

Croft und ich sahen uns wortlos und mit wildem Blick im Licht der Morgensonne um, und die ganze Welt um uns herum war still.

F. Marion Crawford
Denn das Blut ist Leben

Wir hatten bei Sonnenuntergang auf dem weiten Dach des alten Turms zu Abend gegessen, weil es dort während der drückenden Sommerhitze etwas kühler war. Außerdem befand sich die kleine Küche an einer Ecke der großen quadratischen Terrasse. Dies war bequemer, als das Geschirr die steilen, teils geborstenen und von der Zeit ausgetretenen Steinstufen hinuntertragen zu müssen.

Der Turm war einer von vielen, die man Anfang des sechzehnten Jahrhunderts unter Kaiser Karl V. zum Schutz vor den barbarischen Piraten an der Küste Kalabriens errichtet hatte, zu jener Zeit, als sich die Ungläubigen mit Franz I. von Frankreich gegen Kaiser und Kirche verbündet hatten. Die meisten dieser Türme waren mittlerweile verfallen, aber einige sind noch immer erhalten. Meiner gehört zu den größten. Wie ich zehn Jahre zuvor in den Besitz des Turmes gekommen bin und warum ich jedes Jahr einige Zeit darin verbringe, ist für diese Geschichte nicht von Belang.

Der Turm steht in einer der entlegensten Gegenden Süditaliens, an der äußersten Spitze eines zerklüfteten Vorgebirges, das einen kleinen, aber geschützten natürlichen Hafen am südlichen Ende des Golfs von Policastro bildet. Er befindet sich nur wenig nördlich von Kap Scalea, wo einer alten lokalen Legende nach Judas Ischariot geboren wurde. Ganz abgelegen steht der Turm auf diesem gekrümmten Gebirgsvorsprung, und es findet sich kein Haus im Umkreis von drei Meilen.

Wenn ich dort hinfahre, bringe ich ein paar Seeleute mit, von denen einer recht ordentlich kochen kann. Während meiner Abwesenheit kümmert sich ein gnomenhafter kleiner Kerl um den Turm, ein ehemaliger Bergarbeiter, der sich bereits vor Jahren in meinen Dienst begeben hat.

Mein Freund, der mich manchmal in meiner sommerlichen Abgeschiedenheit besucht, ist von Beruf Künstler, von Geburt Skandinavier und, durch die Umstände gezwungen, Kosmopolit. Wir hatten bei Sonnenuntergang zu Abend gegessen und zugesehen, wie sich die Sonnenglut zunächst rötete, dann verblasste, und wie die gewaltige Bergkette, die den Golf im Osten umschließt und sich im Süden immer höher auftürmt, in abendliches Purpur getaucht wurde. Es war heiß, und wir hatten uns auf der dem Land zugewandten Seite der Terasse niedergelassen und warteten dort auf eine nächtliche Brise aus den niedrigen Hügeln. Die Farben schwanden und dunkelgraues Zwielicht breitete sich aus, eine Lampe warf ihren gelben Lichtkegel durch die offene Küchentür, wo die Männer zu Abend aßen.

Da ging der Mond über dem Kamm des Vorgebirges auf, überflutete die Terasse mit Licht und erhellte jeden Felsen und jeden Grashügel unter uns bis hin zum Ufer des reglosen Meeres. Mein Freund zündete sich eine Pfeife an und betrachtete etwas am Abhang. Ich hatte mir schon gedacht, dass er es entdeckt. Schon seit Längerem hatte ich mich gefragt, ob es nicht bald seine Aufmerksamkeit erregen würde. Diese Stelle dort kannte ich gut.

Wie die meisten Maler vertraute er seinen Augen, so wie auch der Löwe seiner Stärke vertraut und der Hirsch seiner Schnelligkeit, und er ist immer irritiert, wenn das Gesehene nicht mit dem übereinstimmt, was er glaubt, sehen zu müssen.

»Das ist seltsam«, sagte er. »Siehst du den kleinen Erdhügel dort auf dieser Seite des Felsens?«

»Ja«, antwortete ich und konnte mir schon denken, was nun folgen würde.

»Sieht aus wie ein Grab«, meinte Holger.

»Ganz recht, es sieht aus wie ein Grab.«

»Ja«, fuhr mein Freund fort und starrte dorthin, »aber das Merkwürdige ist, dass ich den Leichnam darauf liegen sehen kann.« Er neigte den Kopf zur Seite wie Künstler es häufig tun. »Natürlich muss es sich dabei um einen Lichteffekt handeln. Zum einen ist es gar kein Grab. Und zum anderen, wäre es eins, läge die Leiche sonst wohl darin, nicht darauf. Also ist es ein Effekt des Mondlichts. Kannst du es auch sehen?«

»Klar und deutlich, ich sehe es immer in mondhellen Nächten.«

»Es scheint dich ja nicht sonderlich zu interessieren«, bemerkte Holger.

»Im Gegenteil, es interessiert mich sogar sehr, obwohl ich den Anblick gewohnt bin. Übrigens liegst du gar nicht so falsch. Der Hügel ist tatsächlich ein Grab.«

»Unsinn!«, rief Holger ungläubig. »Und als Nächstes erzählst du mir wahrscheinlich, dass darauf wirklich eine Leiche liegt!«

»Nein, es ist keine«, antwortete ich. »Ich bin mir sicher, weil ich mir einmal die Mühe gemacht habe, nachzusehen.«

»Was ist es dann?«, fragte Holger.

»Nichts.«

»Du meinst, dass es sich um einen Lichteffekt handelt, oder?«

»Vielleicht. Das Unerklärliche an der Sache ist, dass es gleichgültig zu sein scheint, ob der Mond auf- oder untergeht, ob er zu- oder abnimmt. Sobald nur der Mond auf das Grab scheint, von Osten, von Westen oder senkrecht von oben, dann ist der Umriss des Körpers dort zu sehen.«

Holger stocherte mit der Messerspitze in seiner Pfeife und schloss sie dann mit dem Zeigefinger. Als der Tabak gut brannte, stand er von seinem Stuhl auf.

»Wenn es dir nichts ausmacht, gehe ich mal hin und sehe nach.«

Er stand auf, überquerte das Dach und verschwand im dunklen Treppenhaus. Ich rührte mich nicht, schaute aber herab, bis ich ihn dort aus dem Turm kommen sah. Während er im hellen Mondlicht geradewegs auf den geheimnisvollen Hügel zuging, hörte ich ihn ein altes dänisches Volkslied summen. Als er noch etwa zehn Schritte entfernt war, blieb Holger kurz stehen, machte zwei Schritte vorwärts und drei oder vier zurück und blieb wieder stehen. Ich wusste, was das bedeutete. Er hatte den Punkt erreicht, an dem das Ding nicht mehr sichtbar war, wo, wie er sagen würde, der Lichteffekt sich veränderte.

Dann ging er weiter bis zum Hügel und blieb darauf stehen. Ich konnte das Ding noch immer sehen, nur lag es jetzt nicht mehr, sondern kniete, die weißen Arme um Holgers Körper geschlungen, und sah zu ihm auf. In diesem Augenblick streifte ein kühler Windhauch mein Haar, der Nachtwind kam herab von den Hügeln, aber es fühlte sich an wie ein Atemhauch aus einer anderen Welt.

Das Wesen schien sich aufrichten zu wollen und zog sich dabei an Holger hoch, der es nicht bemerkte, aufrecht dastand und offensichtlich zum Turm schaute, der sehr malerisch aussieht, wenn das Mondlicht von dieser Seite darauf fällt.

»Komm her, steh nicht die ganze Nacht da rum!«, rief ich.

Ich hatte den Eindruck, dass er nur zögernd den Hügel verließ, zögernd, oder doch mit Mühe. Das war es. Das Wesen umklammerte noch immer seine Taille, es konnte aber die Füße nicht vom Grab lösen. Während Holger langsam vorankam, wurde es gedehnt und in die Länge gezogen wie eine Nebelschwade, ganz dünn und weiß, bis ich deutlich sah, wie Holger sich schüttelte, als fröstelte er. Gleichzeitig trug der Wind ein leises Wehklagen zu mir – es mochte der Schrei einer Eule, die zwischen den Felsen lebt, gewesen sein –, und die nebelhafte Erscheinung ließ schnell von Holgers voranschreitender Gestalt ab und lag wiederum lang ausgestreckt auf dem Grabhügel.

Wieder spürte ich die kühle Brise im Haar, aber diesmal lief mir ein eisiger Angstschauer über den Rücken. Nur zu gut konnte ich mich erinnern, wie ich einmal im Mondschein allein dorthin gegangen war und nichts gesehen hatte. Ich stand genau wie Holger auf dem Hügel, und ich weiß noch, dass ich auf dem Rückweg – obwohl ich überzeugt war, dass sich dort nichts befand – das Gefühl nicht loswurde, etwas sei hinter mir, ich bräuchte mich nur umzudrehen. Ich erinnerte mich an das starke Verlangen, genau das zu tun. Diesem Verlangen habe ich nicht nachgegeben, weil ich es eines rational denkenden Menschen nicht würdig fand, aber versuchte dann, das Gefühl abzuschütteln – genau wie nun Holger.

Jetzt wusste ich, dass die weißen, nebelartigen Arme auch mich umschlungen hatten. Urplötzlich wurde mir dies klar und ich schauderte bei dem Gedanken, dass ich auch damals schon den Eulenschrei gehört habe. Aber es war keine Eule. Es war der Schrei dieses Wesens.

Nochmals stopfte ich meine Pfeife, leerte ein Glas starken Weins, und kaum eine Minute später saß Holger wieder neben mir.

»Natürlich ist da nichts«, sagte er, »aber es ist trotzdem unheimlich. Weißt du, auf dem Rückweg hatte ich das Gefühl, dass hinter mir etwas wäre, und ich wollte mich umdrehen und nachsehen. Es hat mich richtig Überwindung gekostet, es nicht zu tun.«

Er lachte verhalten, klopfte die Asche aus und schenkte sich etwas von dem Wein ein. Eine Zeit lang schwiegen wir, und während der Mond am Himmel höherstieg, sahen wir beide zu dem Ding hinüber, das auf dem Hügel lag.

»Du könntest eine Geschichte darüber schreiben«, sagte Holger endlich.

»Es gibt eine«, entgegnete ich. »Wenn du noch nicht zu müde bist, erzähle ich sie dir.«

»Aber sicher«, sagte Holger, der gerne Geschichten hört.

Im Dorf hinter dem Hügel lag der alte Alario im Sterben. Sicher erinnerst du dich noch an ihn. Man sagt, er habe in Südamerika ein Vermögen mit gefälschtem Schmuck gemacht und sei mit seinen Reichtümern getürmt, als sie ihm auf die Schliche kamen. Wie all diese Kerle, die mit einem bisschen Geld zurückkommen, hat er gleich angefangen, sein Haus auszubauen; und da es in der Gegend keine Maurer gab, ließ er extra zwei Arbeiter aus Paola kommen. Die beiden waren ein derbes Halunkengespann – ein Neapolitaner, der ein Auge verloren hatte, und ein Sizilianer mit einer tiefen alten Narbe auf seiner rechten Wange. Der vereinbarte Lohn beinhaltete auch Kost und Logis, deshalb brachte Alario sie in seinem Haus unter. Ich habe sie oft gesehen, denn sonntags kamen sie zum Angeln hierher auf die Felsen.

Als sich Alario das tödliche Fieber einfing, waren die Maurer noch immer bei der Arbeit. Seine Frau war gestorben und er hatte nur einen Sohn namens Angelo, der aus besserem Holz geschnitzt war als sein Vater. Angelo sollte die Tochter des reichsten Mannes im Ort heiraten, und obwohl die Hochzeit von den Eltern arrangiert worden war, erzählte man sich, dass die jungen Leute merkwürdigerweise wirklich ineinander verliebt waren.

In der Tat liebten alle im Dorf Angelo, unter ihnen auch ein wildes, gut aussehendes Mädchen namens Christina, die mehr von einer Zigeunerin hatte als jedes andere Mädchen, das ich hier in der Gegend gesehen habe. Ihre Lippen waren blutrot, ihre Augen tiefschwarz, sie war schlank wie ein Windhund und schlagfertig wie ein kleiner Teufel. Aber Angelo scherte sich nicht im Geringsten um sie. Er war ein recht einfältiger Geselle – ganz im Gegensatz zu seinem gewieften Vater –, und ich bin mir sicher, dass er unter normalen Umständen wohl nie ein anderes Mädchen angesehen hätte außer dem netten kleinen, pummeligen Geschöpf mit der beträchtlichen Mitgift, die sein Vater für ihn ausgesucht hatte. Aber es geschahen Dinge, die weder normal noch natürlich waren.

Ein sehr hübscher junger Hirte aus den Hügeln oberhalb von Maratea war wiederum in Christina verliebt, aber er schien ihr ziemlich gleichgültig gewesen zu sein. Christina hatte keine regelmäßigen Einkünfte, aber sie war ein gutes Mädchen und sie war bereit, jede Arbeit anzunehmen und weite Botengänge zu machen, um sich einen Laib Brot, einen Teller Bohnen und ein Dach über dem Kopf für die Nacht zu verdienen. Besonders froh war sie, wenn es etwas am Haus von Angelos Vater zu tun gab.

Hier im Dorf gibt es keinen Arzt, und als die Nachbarn sahen, dass es mit dem alten Alario zu Ende ging, schickten sie Christina nach Scalea, um einen herbeizuholen. Das war am späten Nachmittag. So lange hatten sie abgewartet, denn der alte Geizkragen hätte derlei Extravaganzen strikt untersagt, solange er noch ein Wort von sich geben konnte. Während Christina fort war, verschlimmerte sich sein Zustand rapide. Der Priester wurde ans Krankenbett gerufen und nachdem er getan hatte, was er konnte, erklärte er den Anwesenden, der alte Mann sei nun wohl tot, und verließ das Haus.

Man kennt ja diesen Menschenschlag. Sie haben panische Angst vor dem Tod. Während der Priester sprach, war der Raum voller Menschen. Doch kaum hatte er den Satz beendet, waren alle verschwunden. Sie eilten die finstere Treppe hinunter, auf die Straße und in die Nacht hinaus.

Wie ich bereits sagte, war Angelo nicht da und Christina noch nicht zurück – die einfache Hausangestellte, die den Kranken gepflegt hatte, war mit den anderen geflüchtet, und so lag der Leichnam allein im flackernden Licht einer irdenen Öllampe.

Kurz darauf spähten zwei Männer vorsichtig in den Raum und schlichen ans Bett. Es waren der einäugige Maurer aus Neapel und sein sizilianischer Gefährte. Sie wussten genau, wonach sie suchten. In Windeseile zogen sie unter dem Bett eine kleine, aber massive, eisenbeschlagene Kassette hervor, und lange bevor irgendjemand auch nur daran dachte, zu dem Verstorbenen zurückzukehren, waren sie im Schutz der Dunkelheit aus dem Haus und aus dem Dorf verschwunden. Das war nicht weiter schwierig, denn Alarios Haus war am Ortsrand das letzte vor der Schlucht, die hierher führt. Die Diebe gingen einfach zur Hintertür hinaus, kletterten über die Mauer und hatten dann kaum mehr zu befürchten, als einem verspäteten Bauern zu begegnen, was ziemlich unwahrscheinlich war, da kaum jemand diesen Pfad benutzt. Mit Schaufel und Hacke bewaffnet, machten sie sich ohne Zwischenfall aus dem Staub.

Ich gebe diese Geschichte so wieder, wie sie sich wohl zugetragen haben muss, denn natürlich gab es keine Zeugen. Die Männer trugen die Kassette in die Schlucht, um sie dort zu vergraben und später auf einem Boot fortzuschaffen. Sie waren wohl schlau genug, um zu vermuten, dass ein Teil des Inhalts aus Papiergeld bestehen könnte, denn sonst hätten sie die Kiste im nassen Sand am Strand vergraben, wo sie viel sicherer gewesen wäre. Aber Papiergeld könnte verrotten, wenn es länger dort liegen würde. Also gruben sie ihr Loch bei diesem Felsblock. Genau dort, wo jetzt der Erdhügel ist.

Christina hatte den Arzt in Scalea nicht angetroffen, weil er in einen Ort weiter talaufwärts gerufen worden war, auf halbem Weg nach San Domenico. Hätte sie ihn gefunden, dann wäre er auf seinem Maultier über die obere Straße gekommen, die zwar ebener, dafür aber viel länger ist. Aber Christina nahm die Abkürzung über die Felsen, die etwa fünfzehn Meter oberhalb des Erdhügels entlangführt und dort abbiegt.

Als sie vorbeikam, gruben die Männer gerade das Loch, und sie hörte sie arbeiten. Es sieht ihr ganz ähnlich, dass sie nicht vorübergehen konnte, ohne nachzuschauen, was da los war, denn nichts konnte ihr Angst machen. Außerdem gehen die Fischer hier manchmal nachts an Land, um einen Stein zum Beschweren des Holzankers zu brechen, oder sie sammeln Feuerholz. Es war eine dunkle Nacht, und wahrscheinlich musste Christina nahe an die beiden Männer herangehen, bevor sie erkennen konnte, was diese trieben. Natürlich kannte sie die Männer und die kannten sie, deshalb wussten sie sofort, dass Christina sie in der Hand hatte. Es gab nur eine Möglichkeit, hier sicherzugehen, und sie taten, was zu tun war. Sie schlugen ihr den Schädel ein, hoben das Loch noch tiefer aus und begruben sie rasch zusammen mit der eisenbeschlagenen Kassette.

Ihnen war wohl klar, dass der Verdacht nur dann nicht auf sie fallen würde, wenn sie wieder im Dorf auftauchten, bevor man sie vermisste, denn sie kehrten sofort um. Etwa eine halbe Stunde später sah man sie leise mit dem Mann tuscheln, der dabei war, den Sarg für Alario zu zimmern. Der war ihr Kumpel und hatte im Haus des alten Mannes Reparaturen durchgeführt.

Soweit mir bekannt ist, wussten nur Angelo und die bereits erwähnte Hausangestellte, wo Alario seine Schätze versteckt hielt. Angelo war nicht da, folglich entdeckte die Frau den Diebstahl. Es ist kein Wunder, dass außer ihnen niemand wusste, wo sich das Geld befand. Wenn er ausging, schloss der alte Mann die Haustür ab und verwahrte den Schlüssel in der Hosentasche. Die Frau durfte nur zum Putzen kommen, wenn er daheim war. Das ganze Dorf wusste jedenfalls, dass er irgendwo Geld versteckte, und vielleicht entdeckten die beiden Maurer die Kiste, als sie während seiner Abwesenheit durch ein Fenster einstiegen. Der alte Mann fantasierte im Fieber, bevor er das Bewusstsein ganz verlor, sonst wäre er sicherlich in schrecklicher Angst um seine Schätze gewesen.

Die treue Angestellte hatte das Geld nur für einen kurzen Augenblick vergessen, als sie aus Angst vor dem Tod mit den anderen die Flucht ergriff. Keine zwanzig Minuten später kehrte sie mit den beiden scheußlichen alten Weibern zurück, die immer geholt werden, um die Verstorbenen für die Bestattung herzurichten. Aber selbst dann traute sie sich noch nicht, mit ihnen ans Bett zu treten; stattdessen tat sie so, als sei ihr etwas zu Boden gefallen, kniete sich hin und spähte unter die Bettstatt. Die Wände des Raumes waren bis zum Boden neu geweißt, und so erkannte sie trotz des Dunkels mit einem Blick, dass die Kiste fehlte. Am Nachmittag war sie noch dort, also musste sie in der kurzen Zeit gestohlen worden sein, in der die Frau fort gewesen war.

Im Ort gibt es keine Carabiniere. Nicht einmal einen Ortswächter, da keine Ortsverwaltung existiert. Es hat auch noch nie eine gegeben, glaube ich. Scalea soll sich irgendwie darum kümmern, auch wenn es Stunden dauert bis jemand von dort eintrifft.

Die alte Frau hatte ihr ganzes Leben in dem Dorf verbracht, und so kam es ihr überhaupt nicht in den Sinn, eine offizielle Stelle um Hilfe zu bitten. Sie stimmte einfach ein lautes Gebrüll an, rannte in der Dunkelheit durch den Ort und schrie, das Haus ihres verstorbenen Herrn sei ausgeraubt worden. Eine Menge Leute bekamen es mit, aber zunächst schien niemand ihr helfen zu wollen. Die meisten dachten sich ihren Teil und verbreiteten flüsternd, dass sie das Geld wahrscheinlich selbst gestohlen habe.

Der Vater des Mädchens, das Angelo heiraten sollte, reagierte zuerst. Er scharte seine Angehörigen um sich, die alle ein persönliches Interesse am Vermögen des alten Mannes hatten, das schließlich in ihre eigene Familie einfließen sollte. Seiner Meinung nach, erklärte er, hätten die beiden Maurergesellen, die im Haus wohnten, die Kiste gestohlen. Er veranlasste eine Suchaktion, die natürlich in Alarios Haus begann und in der Schreinerwerkstatt endete. Dort fand man die Diebe zusammen mit dem Zimmermann, wie sie über einem halbfertigen Sarg, im Licht einer mit Öl und Talg gefüllten Tonlampe, eine Flasche Wein leerten.

Der Suchtrupp beschuldigte die Verbrecher sofort der Tat und drohte, sie bis zur Ankunft der Carabiniere aus Scalea in den Keller zu sperren. Daraufhin wechselten die beiden Männer einen kurzen Blick, löschten dann ohne zu zögern die einzige Lampe, packten den halbfertigen Sarg, und indem sie ihn als eine Art Rammbock benutzten, brachen sie durch die Reihe ihrer Ankläger und flohen in die Dunkelheit. In wenigen Augenblicken waren sie über alle Berge.

So endet der erste Teil der Geschichte. Der Schatz war verschwunden, und da niemand eine Spur davon entdeckte, nahm man an, dass es den Dieben gelungen war, ihn mitzunehmen. Der alte Mann wurde beerdigt, und als Angelo schließlich zurückkehrte, musste er sich Geld leihen, um das armselige Begräbnis zu bezahlen – und das war gar nicht so einfach. Niemand brauchte ihm zu sagen, dass er mit dem Erbe auch seine Braut verloren hatte.

In diesem Teil der Welt werden Ehen nach strikt wirtschaftlichen Gesichtspunkten geschlossen. Ist der ausgehandelte Betrag nicht zum vereinbarten Termin verfügbar, können Braut oder Bräutigam, deren Eltern das Geld nicht aufbringen konnten, sehen, wo sie bleiben, denn eine Hochzeit wird es dann nicht geben. Der arme Angelo wusste das genau.

Sein Vater hatte nur sehr wenig Land besessen, und jetzt, da das Bargeld verschwunden war, blieb ihm nichts als Schulden wegen des

Materials, das zum Ausbau und der Renovierung des alten Hauses verwendet worden war. Angelo war bettelarm, und das nette kleine pummelige Geschöpf, das man ihm versprochen hatte, trug die Nase so hoch es eben ging.

Was Christina angeht, so dauerte es einige Tage bis sie vermisst wurde. Es war vollkommen in Vergessenheit geraten, dass man sie nach Scalea geschickt hatte, um den Arzt zu holen, der nie gekommen war. Es war nicht ungewöhnlich, dass sie für einige Tage verschwand, wenn sie auf einem entlegenen Hof irgendwo in den Hügeln ein wenig Arbeit fand. Aber als sie überhaupt nicht zurückkam, wunderten sich die Leute und vermuteten letzten Endes, dass sie mit den Maurern gemeinsame Sache gemacht und das Weite gesucht hatte.

Ich machte eine Pause und leerte mein Glas.

»So etwas kann nur hier geschehen«, bemerkte Holger und stopfte erneut seine ewig brennende Pfeife. »Dieser natürliche Reiz, der in diesem romantischen Land sogar von Mord und Totschlag ausgeht, ist einfach wunderbar. Hier erscheinen Verbrechen, die überall sonst auf der Welt schlicht brutal und abstoßend wären, dramatisch und mysteriös, und das nur, weil wir in Italien sind. Und noch dazu in einem echten Turm aus der Zeit Karls V. leben, gebaut zur Verteidigung gegen echte barbarische Piraten.«

»Da ist was dran«, stimmte ich zu. Holger ist der romantischste Mensch der Welt, aber er meint immer, sich erklären zu müssen.

»Ich nehme an, sie haben die Leiche des armen Mädchens zusammen mit der Kiste entdeckt«, sagte er nun.

»Anscheinend interessiert dich die Geschichte«, antwortete ich, »also werde ich dir den Rest auch noch erzählen.«

Der Mond stand mittlerweile hoch am Himmel, und die Umrisse dieses Dings auf dem Erdhügel waren deutlicher zu erkennen als je zuvor.

Bald kehrte jeder zu seinem beschaulichen, trägen Dorfleben zurück. Niemand vermisste den alten Alario, der ja einen Großteil seines Lebens auf Reisen in Südamerika verbracht hatte und in seinem Heimatort eine unvertraute Erscheinung gewesen war. Angelo lebte allein in dem halb fertig gestellten Haus. Weil er die alte Hausangestellte nicht bezahlen konnte, musste sie gehen; sie kam aber von Zeit zu Zeit vorbei und wusch ihm aus alter Verbundenheit ein Hemd.

Abgesehen von dem Haus hatte er noch ein kleines Stück Land etwas außerhalb des Dorfes geerbt. Das versuchte er zu bewirtschaften, war aber nicht mit Leib und Seele bei der Sache, denn er wusste, dass er die Steuern auf Haus und Grund niemals würde aufbringen können. Das Haus würde daher sicher vom Staat konfisziert werden oder wegen der Bauschulden gepfändet. Der Mann, der die Baumaterialien geliefert hatte, weigerte sich, sie zurückzunehmen.

Angelo war sehr unglücklich. Solange sein Vater noch lebte und reichlich Geld besessen hatte, waren alle Mädchen im Ort in ihn verliebt gewesen, aber nun war alles anders. Wie schön war es, von allen angehimmelt und umworben zu werden; die Väter mit heiratsfähigen Töchtern hatten ihn zu einem Glas Wein eingeladen. Jetzt war es ihm unerträglich, kalt angestarrt und manchmal sogar ausgelacht zu werden, weil man ihn seines Erbes beraubt hatte. Er kochte sich seine kargen Mahlzeiten selbst und war zunächst traurig, wurde dann melancholisch und schließlich verbittert.

In der Dämmerung, wenn das Tagwerk verrichtet war, trieb er sich nicht wie die anderen jungen Männer seines Alters auf dem Kirchplatz herum, sondern begann, bis zum Einbruch der Dunkelheit in abgelegenen Gegenden am Ortsrand umherzustreifen. Wenn er dann nach Hause schlich, ging er direkt zu Bett, um Lichtkosten zu sparen.

Aber in diesen einsamen Dämmerstunden überkamen ihn seltsame Wachträume. Er schien nicht allein zu sein, denn oft, wenn er auf dem Baumstumpf saß, wo der schmale Pfad in die Schlucht mündet, war er sicher, dass sich ihm eine Frau über den rauen Felsen hinweg näherte, lautlos, wie auf nackten Sohlen. Sie stand unter einer Gruppe von Kastanienbäumen kaum fünf Meter entfernt am Pfad und winkte ihm wortlos zu. Obwohl sie im Schatten stand, wusste er, dass ihre Lippen rot waren, und dass sie ihn anlächelte und dabei zwei kleine spitze Zähne entblößte. Er spürte es mehr, als dass er es sah, und wusste, es war Christina – und sie war tot. Dennoch hatte er keine Angst. Er fragte sich nur, ob es sich wirklich um einen Traum handelte, denn wäre es keiner, hätte er sich fürchten müssen.

Abgesehen davon hatte die tote Frau rote Lippen, und das konnte nur im Traum so sein.

Wenn er nach Sonnenuntergang zur Schlucht ging, war sie bereits dort und erwartete ihn, oder aber sie erschien sehr bald darauf. Mit jedem Tag, so hatte er den Eindruck, kam sie ihm ein Stückchen näher. Zuerst war nur ihr roter Mund zu erkennen gewesen, aber jetzt wurde jeder ihrer Züge deutlicher sichtbar, und das bleiche Gesicht schaute ihn mit tiefen, hungrigen Augen an. Dunkler und dunkler wurden diese Augen.

Mit der Zeit begriff er, dass der Traum eines Tages nicht mehr enden würde, wenn er sich auf den Heimweg machte, sondern ihn stattdessen hinab in die Schlucht führen würde, aus der die Erscheinung aufstieg. Sie war jetzt näher bei ihm, wenn sie ihm zuwinkte. Ihre Wangen waren nicht fahl wie die einer Toten, sie waren blass vor Hunger, es war wilder, ungezähmter körperlicher Hunger in ihren Augen, die ihn verschlangen. Sie taten sich an seiner Seele gütlich und belegten ihn mit einem Zauber, zuletzt waren sie dicht vor den seinen und hielten ihn gefangen.

Er hätte nicht zu sagen vermocht, ob ihr Atem heiß wie Feuer oder kalt wie Eis war. Er wusste nicht, ob ihre roten Lippen die seinen versengten oder gefrieren ließen, ob ihre Finger in sein Handgelenk brennende Wunden rissen oder eisig in sein Fleisch stachen. Er konnte nicht unterscheiden, ob er wach war oder träumte, ob sie lebendig sei oder tot, aber er wusste, dass sie ihn liebte. Sie ganz allein unter allen Geschöpfen dieser oder einer anderen Welt, und ihr Zauber hatte Macht über ihn.

Wenn der Mond in diesen Nächten aufging, war der Schatten des Wesens nicht allein dort oben auf dem Hügel.

Angelo erwachte im kühlen Morgengrauen, durchnässt vom Tau, die Kälte war ihm durch Mark und Bein gedrungen. Als er die Augen aufschlug, standen im schwachen grauen Licht noch immer die Sterne am Himmel. Er war sehr schwach und sein Herz schlug so langsam, dass er einer Ohnmacht nahe war. Langsam drehte er den Kopf auf dem Erdhügel, wie auf einem Kopfkissen, aber das andere Gesicht war nicht mehr da. Plötzlich packte ihn die Angst, eine unaussprechliche, nie gekannte Angst. Er sprang auf, floh aus der Schlucht und blickte nicht zurück, bis er seine Haustür am Ortseingang erreicht hatte. An diesem Tag ging er erschöpft seiner Arbeit nach, die Stunden schleppten sich träge der wandernden Sonne hinterher, bis diese schließlich untergehend das Meer berührte und die großen, scharfkantigen Berge über Maratea sich purpurrot gegen den taubengrauen Himmel im Osten abzeichneten.

Angelo schulterte die schwere Hacke und verließ das Feld. Er fühlte sich jetzt nicht mehr so müde wie zu Beginn des Arbeitstages, aber er nahm sich vor, direkt nach Hause zu gehen, ohne in der Schlucht zu verweilen, sich dann ein möglichst gutes Abendessen zu gönnen und wie jeder gute Christ die ganze Nacht über in seinem Bett zu schlafen. Kein weiteres Mal würde ihn ein Schatten mit roten Lippen und eisigem Atem den schmalen Pfad hinablocken; diesen Traum des Schreckens und der Lust würde er nicht noch einmal träumen.

Es war bereits eine halbe Stunde nach Sonnenuntergang, als er sich dem Dorf näherte. Leise und misstönend hallte die gesprungene Kirchenglocke über Felsen und Abgründe, verkündete allen braven Leuten, dass der Tag zu Ende ging. Einen Augenblick blieb Angelo stehen, wo der Weg linker Hand zum Dorf und rechter Hand in die Schlucht führt, und eine Gruppe Kastanienbäume den Weg beschattet. Eine Minute lang stand er da, nahm seinen schäbigen Hut ab und starrte auf das rasch verblassende Meer im Westen. Seine Lippen bewegten sich, als er leise das vertraute Abendgebet sprach. Seine Lippen bewegten sich, aber die Bedeutung der Worte verlor sich in seinen Gedanken, sie verwandelten sich in andere, formten schließlich einen Namen, den er laut aussprach – Christina! Mit diesem Namen war sein Wille gebrochen. Die Realität verschwamm und der Traum ergriff Besitz von ihm, zog ihn schnell und zielstrebig wie einen Schlafwandler hinab, den steilen Pfad hinunter in die einbrechende Dunkelheit. Als sie an seine Seite glitt, flüsterte ihm Christina sonderbare, süße Worte ins Ohr, und er ahnte, dass er sie nicht verstanden hätte, wäre er wach gewesen; aber jetzt waren es ihm die wundervollsten Worte, die er je in seinem Leben gehört hatte. Sie küsste ihn auch, aber nicht auf den Mund. Er spürte ihre heftigen Küsse an seiner Kehle, und er wusste, ihre Lippen waren rot.

Der wilde Traum raste durch Dämmerung und Dunkelheit, den Mondaufgang, durch den Glanz der Sommernacht. Aber im kühlen

Morgengrauen lag er halbtot und fast blutleer auf dem Erdhügel, kämpfte mit der Erinnerung und sehnte sich trotzdem auf unerklärliche Weise nach jenen roten Lippen. Dann erst kam die Angst, die furchtbare namenlose Panik, das tödliche Entsetzen, das die Grenze zur unsichtbaren und unfassbaren Welt kennzeichnet; die Angst, die uns überkommt, wenn eisige Kälte das Blut in den Adern gefrieren lässt und sich unsere Nackenhaare wie von Geisterhand berührt aufrichten.

Wieder sprang Angelo vom Hügel und floh aus der Schlucht in den anbrechenden Tag, aber dieses Mal waren seine Schritte unsicher, und er rang nach Luft, während er rannte. Als er auf halbem Weg durch die Hügel zur Trinkwasserquelle gelangte, fiel er auf Knie und Hände nieder, tauchte das ganze Gesicht ein und trank, wie er nie zuvor getrunken hatte – es war der Durst eines verwundeten Mannes, der die ganze Nacht blutend auf dem Schlachtfeld lag.

Jetzt gehörte er ihr vollkommen, und es gab kein Entrinnen mehr. Er wusste, dass er jeden Abend bei Sonnenuntergang zu ihr kommen würde, bis sie ihm den letzten Blutstropfen geraubt hätte. Es half auch nichts, dass er abends versuchte, einen anderen Heimweg einzuschlagen, der nicht an der Schlucht vorbeiführte. Es nützte nichts, sich jeden Morgen aufs Neue gute Vorsätze zu machen, wenn er den einsamen Weg vom Strand ins Dorf hinaufstieg. Alles war vergebens, denn sobald die Sonne glühend im Meer versank und die Kühle des Abends sich aus ihrem Versteck wagte, um die müde Welt zu erfrischen, schlug er den gewohnten Weg ein, und sie erwartete ihn im Schatten der Kastanien. Dann wiederholte sich alles, sie beugte sich hinab und küsste seinen weißen Hals, sogar während sie federleicht den Weg entlanghuschte, einen Arm um ihn gelegt. Während sein Blut zur Neige ging, wurde sie mit jedem Tag hungriger und durstiger, und mit jedem Tag fiel es ihm schwerer, aufzustehen und den anstrengenden, steilen Weg zum Dorf zu bewältigen. Mit schmerzenden Füßen schleppte er sich zur Arbeit, und seine Arme waren so kraftlos, dass er kaum die schwere Hacke halten konnte. Er sprach wenig. Die Leute sagten, er ›verzehre‹ sich nach der Liebe des Mädchens, mit dem er verlobt gewesen war, bevor er sein Erbe verlor, und sie lachten herzhaft bei diesem Gedanken, denn hier in der Gegend ist man nicht sehr romantisch.

Zu dieser Zeit kehrte Antonio, der Mann, der hier lebt und sich um den Turm kümmert, von einem Besuch bei Verwandten in der Nähe von Salerno zurück. Er war bereits vor Alarios Tod abgereist und wusste nichts von all diesen Ereignissen. Er erzählte mir, er sei am späten Nachmittag zurückgekommen und habe sich dann erschöpft zum Essen und Schlafen in den Turm zurückgezogen.

Es war bereits nach Mitternacht, als er erwachte. Draußen stieg der abnehmende Mond gerade über der Bergkuppe auf. Er schaute zu dem Erdhügel, und dort sah er etwas, das ihn die ganze Nacht kein Auge mehr zutun ließ.

Als er am Morgen bei hellem Tageslicht wieder nach draußen ging, war auf dem Erdhügel nichts zu sehen außer losen Steinen und angewehtem Sand. Trotzdem wagte er sich nicht sehr nahe heran. Er ging geradewegs ins Dorf und zum Haus des alten Priesters.

»Heute Nacht habe ich das Böse gesehen«, sagte er.

»Ich sah, wie die Toten das Blut der Lebenden trinken. Und das Blut ist das Leben!«

»Erzähl mir, was du gesehen hast!«, drängte der Priester.

Antonio beschrieb alles ganz genau.

»Heute Nacht werden Sie Ihre Bibel und das Weihwasser brauchen«, fügte er hinzu. »Ich werde noch vor Sonnenuntergang herkommen und mit Ihnen dort hingehen. Wenn es Hochwürden beliebt, mit mir zu Abend zu essen, solange wir warten, werde ich etwas vorbereiten.«

»Ich werde da sein«, antwortete der Priester, »denn ich habe in alten Büchern von diesen sonderbaren Wesen gelesen, die nicht tot und nicht lebendig sind, die für immer in ihren Gräbern warten und bei Sonnenuntergang hervorkommen, um Blut und Leben zu kosten.«

Antonio kann zwar nicht lesen, aber er war erleichtert, dass der Priester etwas von der Sache verstand. Ganz sicher hatten ihn die Bücher aufs Beste darauf vorbereitet, dieses untote Wesen endgültig zur Ruhe zu bringen.

Also ging Antonio wieder an die Arbeit, die im Wesentlichen darin bestand, auf der schattigen Seite des Turmes zu sitzen, sofern er nicht gerade mit einer Angel auf dem Felsen hockte und nichts fing. Aber an diesem Tag ging er zweimal zu dem Erdhügel, um im hellen Sonnenschein ringsherum nach einer Art Loch zu suchen, durch das

das Wesen heraus- und wieder hereinkommen konnte, aber er wurde nicht fündig. Als die Sonne langsam unterging und die Luft sich im Schatten abkühlte, stieg er mit einem kleinen Weidenkorb ins Dorf, um den alten Priester abzuholen. In den Korb legten sie eine Flasche Weihwasser, eine Schale, den Weihwedel und die Stola, die der Priester benötigen würde. Dann gingen sie hinunter und warteten am Fuß des Turmes auf die Dunkelheit. Aber noch während es ein wenig hell war, sahen sie, wie sich im schwachen grauen Licht etwas bewegte, genau dort – zwei Gestalten: da ging ein Mann, und eine Frau, die neben ihm her zu gleiten schien, küsste seinen Hals, während ihr Kopf an seiner Schulter ruhte. So hat es mir der Priester erzählt, und auch, dass er zähneklappernd nach Antonios Arm gegriffen habe.

Die Erscheinung ging vorüber und verschwand im Schatten. Antonio zog die Lederflasche mit starkem Branntwein hervor, die er für besondere Gelegenheiten aufhob, und nahm einen ordentlichen Schluck, sodass sich der alte Mann beinahe wieder jung fühlte. Er holte die Laterne, Hacke und Schaufel, reichte dem Priester die Stola zum Umlegen und drückte ihm die Schale mit dem Weihwasser in die Hand, und gemeinsam machten sie sich auf den Weg zu der Stelle, wo die Arbeit auf sie wartete.

Antonio erzählte, dass seine Knie trotz des Rums schlotterten und der Priester sich mit seinem Latein verhaspelte. Denn einige Meter vom Erdhügel entfernt fiel das flackernde Licht der Laterne auf Angelos bleiches Gesicht, regungslos lag er da, als schliefe er, und sie sahen einen schmalen Blutfaden, der von seiner bloßen Kehle in den Kragen rann. Das flackernde Laternenlicht umspielte noch ein zweites Gesicht, das von seinem Festschmaus aus tiefen, toten Augen aufschaute, die noch im Tode sehen konnten, mit geöffneten Lippen, roter als das Leben selbst, und zwei schimmernden Zähnen, an denen ein rosiger Tropfen funkelte.

Daraufhin kniff der brave alte Priester die Augen fest zusammen und versprengte das Weihwasser vor sich, dabei schwoll seine gebrochene Stimme beinahe zu einem Kreischen an. Antonio, der schließlich kein Hasenfuß war, sprang vor, die Hacke in der einen und die Laterne in der anderen Hand, ohne zu wissen, wohin das führen würde. Er schwor, dass er den Schrei einer Frau hörte. Das

Wesen war verschwunden und hatte Angelo allein und bewusstlos auf dem Grabhügel zurückgelassen, mit dem roten Rinnsal am Hals und Schweißperlen des Todes auf der kalten Stirn.

Sie hoben ihn auf, halb tot wie er war, und legten ihn etwas abseits auf den Boden. Dann begann Antonio mit der Arbeit. Der Priester half dabei, obwohl er alt war und nicht viel beitragen konnte. Sie gruben tief, und schließlich beugte sich Antonio, im Grab stehend, mit der Laterne in das Loch, um zu schauen, was da wäre.

Einst waren seine Haare dunkelbraun, mit wenigen grauen Strähnen an den Schläfen, aber innerhalb eines Monats nach diesem Tag wurden sie so grau wie die eines Dachses. In seiner Jugend war er Bergarbeiter gewesen, und die meisten von diesen Jungs hatten bei Unfällen schon schreckliche Dinge mit ansehen müssen, aber was er in dieser Nacht sah, hatte er noch nie zuvor gesehen – dieses Ding, das nicht tot und nicht lebendig ist, dieses Wesen, das es weder auf der Erde noch im Grabe hält.

Antonio hatte etwas mitgebracht, von dem der Priester nichts wusste. Er hatte es am Nachmittag aus einem Stück altem harten Treibholz gefertigt – ein spitzer Pfahl. Jetzt trug er ihn bei sich, zusammen mit der schweren Hacke und der Laterne, die er mit ins Grab genommen hatte. Ich glaube, für kein Geld der Welt würde er erzählen, was nun geschah, und der alte Priester hatte einfach zuviel Angst, um hinzusehen. Der sagte, Antonio habe wie ein Tier gekeucht und mit etwas gekämpft, das beinahe so stark war wie er selbst. Er hörte ein fürchterliches Geräusch und Schläge, als würde etwas mit Gewalt durch Fleisch und Knochen gerammt.

Das entsetzlichste aller Geräusche war – der Schrei einer Frau. Der unmenschliche Schrei einer Frau, die weder tot noch lebendig war, aber viele Tage tief unter der Erde begraben. Der arme alte Priester konnte nichts weiter tun, als im Sand zu knien, sich hin und her zu wiegen und dabei laut seine Gebete und Exorzismen zu rufen, um diese grausamen Geräusche zu übertönen. Dann wurde plötzlich eine kleine eisenbeschlagene Kiste nach oben geschleudert und fiel scheppernd gegen das Knie des alten Mannes. Einen Augenblick später war auch Antonio bei ihm, kreideweiß sein Gesicht im Laternenlicht, und schaufelte in wilder Hast Sand und Steine zurück ins Grab, wobei er wachsam über den Rand schaute, bis die Grube halb voll war. Der Priester erzählte, an Antonios Händen und Kleidern habe viel frisches Blut geklebt.

Ich war am Ende meiner Geschichte angelangt. Holger trank seinen Wein aus und lehnte sich im Stuhl zurück.

»Und so kam Angelo doch noch zu seinem Erbe«, sagte er. »Hat er diese affektierte und pummelige junge Person, mit der er verlobt gewesen war, geheiratet?«

»Nein, er war völlig verängstigt. Er ist nach Südamerika gegangen und seitdem hat man nichts mehr von ihm gehört.«

»Und der Leichnam von diesem armen Ding ist noch immer dort, nehme ich an«, sagte Holger. »Sie ist jetzt wirklich tot, oder?«

»Das frage ich mich auch. Aber ob sie nun tot oder lebendig ist, ich möchte ihr auf keinen Fall begegnen, nicht einmal bei Tag. Antonio ist so grau wie ein Dachs, und seit jener Nacht ist er nicht mehr derselbe.«

Brian Hodge

Die Alchemie der Stimme

Ich wurde verstümmelt, als ich ein Kind von sieben Jahren war. Ich kann mich nicht mehr erinnern, jemals anders gewesen zu sein. Die Erinnerung an eine solche Tat muss tief in mir begraben liegen, doch außerhalb meines Zugriffes, so benebelt wie ich durch die Drogen war. Dennoch: Wenn ich darüber nachdenke, erscheint mir dieses Ereignis in den lebhaftesten Farben der Vorstellungskraft.

Ungefähr so muss es geschehen sein: Jene, an die meine Eltern mich verkauft hatten, machten mich mit Süßigkeiten und anderen Kinkerlitzchen gefügig und gewannen mein Vertrauen, bis sie mich zu dem Konservatorium brachten, das im ländlichen Sizilien versteckt lag. Bis sie mich in das Schneidezimmer brachten. Nachdem sie mich betäubt hatten, zogen sie meine Hosen runter zu den Knöcheln und legten mich flach auf einen Tisch, der so steril war wie irgend möglich. Ein Paar Hände hielt für einen Augenblick den Penis des kleinen Jungen an den Bauch, während ein anderes Paar das Messer an die weichen Teile darunter legte. Mein Hodenbeutel wurde flink geöffnet, wie eine kleine Pflaume aufgeschnitten, und der Inhalt wie unerwünschter Müll entfernt.

Ich stelle mir vor, wie einem zähnefletschenden Mischling diese warmen und blutigen Früchte vorgeworfen wurden, obwohl es keinen Grund zur Annahme gibt, dass so etwas wirklich geschah. Es macht das Ganze für mich jedoch zu etwas Besonderem, und das ist Grund genug.

Nachdem sie fertig waren, nähten sie meinen leeren Sack zu oder brannten den Schnitt einfach aus. Als ich größer wurde, verdorrte der nutzlose und tote Hodensack und wurde von meinem Körper absorbiert, um nichts zu hinterlassen als die Furche meiner Narbe, die sich zwischen meinen Schenkeln hinzieht.

All das geschah natürlich im Namen der Musik, wie schon Jahrhunderte zuvor. In Italien sind manche Traditionen so alt, dass sie mit Eigenleben erfüllt sind, und sich gegen sie zu wenden, wäre so, als wende man sich gegen Gott.

Und wenn Traditionen in den Untergrund verschwinden müssen, um zu überleben, dann werden sie in Stein gemeißelt, der härter ist als Granit.

Die Welt hält Kastratensänger für eine Sache der Vergangenheit. Ich weiß es besser und kann eine andere Geschichte singen, mit einer Stimme, von der jene, die mich lehrten, behaupteten, sie würde sogar die eines Engels übertreffen. Und diese Lehrer sehen es als ihren Lebenszweck, das zu bewahren, was den meisten in der Vergangenheit verloren scheint.

Einer der Maestros, die mir die Sangeskunst beibrachten, sagte einst voll Überzeugung, dass ein wahrer Kastrat geboren und nicht gemacht wird.

Es dauerte einige Jahre, bis ich wusste, was er damit gemeint hatte.

Ich war zwanzig, als ich aus dem Konservatorium ausschied. Meine Ausbildung war beendet, meine Erziehung jenseits der Künste umfassend und meine Stimme seit dreizehn Jahren geschliffen und verfeinert worden; ein Instrument, für das ein kleines Vermögen geopfert worden war.

Ein noch größeres Vermögen erwarb dieses Instrument vom Fleck weg.

Während für uns unsere Stimmen und Lieder Teil des Alltags waren, öffneten die Maestros einmal im Jahr die Pforten des Konservatoriums für jene, deren Reichtum so groß war, dass ihnen nichts versagt blieb. Aus der ganzen Welt flogen sie nach Palermo, und von dort aus brachte sie eine kleine Flotte von Mietwagen über Land zu unserem uralten Gebäude aus Stein und Ziegeln. Nachdem sie geruht und gespeist hatten, ließen sie sich in den violetten Samtsitzen im Festsaal nieder, und wir beschritten die Bühne – wir, die Kastraten, denen man das Leben schon in frühester Jugend gestohlen und die man dafür mit einer Ausbildung bedacht hatte, für die wir später dankbar waren, weil es für uns keine andere Möglichkeit gab. Die Welt dort draußen war für uns nicht mehr existent, da wir nicht länger für sie geschaffen waren. Unsere Zuhörer warteten, also nahm das kleine Orchester seine Instrumente, und wir sangen in hohen süßen und kraftvollen Stimmen, Stimmen, die selbst die Engel vor Neid verzweifeln lassen würden. Opern von Scarlatti, Arien von Verdi, Liturgien, die einst in der Sixtinischen Kapelle zum Genuss der Päpste erklungen waren – Musik, die für unsere Kehlen geschrieben worden war. Stimmen, deren Schönheit schon immer unirdisch gewesen war – der Umfang eines Soprans, getrieben von der Kraft einer männlichen Brust –, doch nie so unirdisch wie jetzt, da nur einige wenige ihr lauschen durften.

Bei unserer Darbietung sangen einige der älteren Kastraten, die auf die zwanzig zugingen und deren Tage am Konservatorium gezählt waren, Soli. Libretti waren an die Zuhörer verteilt worden, sodass man wusste, wer was sang, mit genug Platz am Rande, um sich Notizen zu machen.

Nach der Darbietung mischten wir uns zu Wein und barocker Kammermusik unter unsere potenziellen Wohltäter, damit sie uns näher kennenlernen und uns die Verehrung zukommen lassen konnten, auf die wir schon so lange warteten. Wir gierten danach wie ausgehungerte Hündchen und genossen sie für Stunden. Danach flogen sie nach Hause.

Und nach ein oder zwei Tagen begann die stumme Auktion.

Sein Name war Julius, und als ich hörte, dass er für mich die höchste Summe geboten hatte, erinnerte ich mich an ihn: ein Mann von schlanker Gestalt und – wenn er saß – mit einer lässigen Anmut, mit den verfeinerten und hellhäutigen Zügen Norditaliens. Sein blondes Haar trug er in einem kurzen Pferdeschwanz, und an seine Augen erinnerte ich mich besonders wegen ihrer Wachsamkeit und der rauchgrauen Farbe.

Ich spürte eine deutliche Erleichterung: Julius war sehr höflich, sogar respektvoll gewesen. Viele der Jungen, mit denen ich aufgewachsen war, fanden ihr neues Heim bei geifernden alten Männern, die mit ihrem Geld nur den äußeren Anschein von Kultiviertheit kaufen konnten. Ich erinnere mich daran, dass ich mich in der Woche, in der alle Finanz- und Reiseangelegenheiten erledigt wurden, recht glücklich fühlte.

Er schickte Männer, die mich in seinem Auftrag in Palermo abholen und von der Eskorte des Konservatoriums übernehmen sollten, um mich nach Süditalien in die Nähe von Capua zu bringen. Er lebte in einer großen alten Villa, einer weitläufigen Festung aus kühlem Marmor, den die Jahrhunderte geglättet und mit Efeu geschmückt hatten. Die Gärten waren wild überwuchert mit Blumen, die bessere Pflege brauchten, ein Irrenhaus der Farben, aus dem sich zerfallende alte Standbilder römischer Götter und Göttinnen, Helden und Heldinnen, erhoben. Aus den Brunnen sprang grünliches Wasser, in dem sich steinerne Nymphen und Satyrn vergnügten.

All das besaß eine zeitlose Schönheit, und ich, der Kastrat Giovanni, war nur ein neues Schmuckstück.

»Es gehörte ursprünglich einem römischen Senator, der es als Zweitwohnsitz verwendete«, erklärte Julius, als er mir das Haus zeigte. »Ich habe es restaurieren und moderne Annehmlichkeiten einbauen lassen, dabei habe ich versucht, die Atmosphäre dieses Ortes nicht zu verändern. Ich bin schon zufrieden mit dem Wissen, dass *er* hier wandelte … wer immer dieser fette alte Weichling auch war. Es ist ein Scherz, den ich mir mit ihm erlaube, und das muss reichen. Mittlerweile muss ich mir eingestehen, dass es nicht gerade ein großer Triumph ist.«

Ich fand das, was er sagte, äußerst seltsam und runzelte die Stirn, als würde er mir etwas verschweigen. Ich bemerkte, dass Julius älter war, als ich im Konservatorium gedacht hatte, denn dünne Linien waren um seinen Mund und seine Augen eingefurcht. Vielleicht lag das auch am starken Licht der Sonne. Als er meine Verwirrung bemerkte, winkte Julius nur ab.

»Du wirst es schon begreifen, wenn es an der Zeit ist.«

Ich nickte, als hätte das alles seinen Sinn. Etwas, was man mir und meinesgleichen beigebracht hatte. Wir kannten nur wenig von der Welt außerhalb des Konservatoriums. Unsere Erziehung war umfassend, sodass wir dafür gerüstet waren, mit unseren Wohltätern Konversation zu pflegen. Doch was hatten wir schon wahrhaft gesehen und erlebt? So wenig nur.

Jeder einzelne von uns war in Armut geboren worden, sodass unser frühreifes Gesangstalent das Heil unserer Eltern war. Doch wir hatten nur die Einschränkungen der Armut gegen ein klösterliches

Leben als verschnittene Überbleibsel eines früheren Jahrhunderts eingetauscht.

Capua und das Leben mit einem neuen Herrn waren eine gänzlich fremde Welt für mich. In meiner ersten Nacht unter Julius' Dach kauerte ich mich in eine Ecke meines Zimmers, schlang meine Arme um mich und zitterte und weinte freimütig. Und wo waren die Freunde meiner Jugend in jener Nacht, meine Brüder, meine Liebhaber, die von der gleichen grausamen Klinge beschnitten worden waren? Vermissten sie mich so wie ich sie vermisste? Ich würde sie nie wiedersehen, nie etwas über ihr Schicksal erfahren. Das schien mir ein weit größerer Verlust als der zwischen meinen Beinen. Ich hatte mich nicht mehr als Waise gefühlt seit ich sieben Jahre alt war, doch in jener Nacht schien es, als ob meine Familie ein zweites Mal gestorben sei. Spät in der Nacht wurde ich von einem Klopfen an der Tür geweckt. Ich bespritzte mein Gesicht mit Wasser aus einer Schüssel, bevor ich antwortete. Im Türrahmen stand Francesca, die kleine und kompakte alte Frau, die sich, soweit ich das mitbekommen hatte, für Julius um den Haushalt kümmerte. Sie kochte für ihn, überwachte die Putzfrauen, die aus der Stadt kamen, und war mir furchtbar unfreundlich erschienen, als wir uns vorgestellt worden waren. Heute Nacht sah sie keinen Deut freundlicher aus. Ihr fast weißes Haar trug sie in einem strengen Knoten, und ihre Augen waren so ruhig, aber nicht annähernd so warm wie die eines Scharfrichters. »Er ist nun bereit für dich.«

Ich blinzelte dümmlich. Es war mir nicht gesagt worden, dass ich eine Aufforderung zu erwarten hätte. »In seinem Schlafzimmer.« Francesca starrte mich ungeduldig an. »Zum *Singen!* Oder haben dir die Maestros auch einen Teil vom Hirn weggeschnitten?«

»Es tut mir leid«, sagte ich. »Ich – ich ...«

Oh, was für einen schrecklichen Eindruck ich an meinem ersten Tag hinterlassen haben muss! Ich griff nach einem Handtuch, um mein Gesicht abzutrocknen, und ließ mich dann zu Julius führen, der mein Wiegenlied erwartete.

Als ich über den kalten Steinboden schritt, dachte ich an jene, die in vergangenen Zeiten ähnlichen Pflichten nachgekommen waren. Der berühmteste Kastrat der Geschichte, ein Neapolitaner des achtzehnten Jahrhunderts, bekannt als Farinelli, hatte die Bühnen

Europas erobert, gab jedoch im Alter von zweiunddreißig seine Karriere auf, um am Hofe des spanischen Königs Philipp V. als Nachtigall zu dienen. Die Königin hatte ihn gerufen, um den König aus einer tiefen Niedergeschlagenheit zu reißen, die ihn ans Bett fesselte. Farinelli tat, wie ihm geheißen, und über zehn Jahre hinweg sang er jede Nacht die gleichen vier Arien, wenn Philipp zu Bett ging.

Unsere Stimmen können Zauberkraft entfalten, auch das ist eine alte Tradition.

Francesca klopfte einmal leicht an Julius' Tür, öffnete sie und schloss sie hinter mir, ohne zu folgen. Es schien mir ein weitläufiges Zimmer zu sein, das von einem Bett beherrscht wurde, in dem Julius' schlanke Gestalt sich fast verlor. Sanftes Mondlicht fiel durch die Fenster und sprenkelte den Raum mit Schatten und blauem Glanz. Als ich mich dem Bett näherte, fühlte ich, wie eine merkwürdige Macht von mir Besitz nahm. Dies war der Grund, warum ich hier war. Mochte Julius auch der Herr sein – würde ich den Mund öffnen, wäre *ich* der Meister.

Unsere Blicke trafen sich in der Dunkelheit, beide voller Erwartung. Wie er so dalag, schien er mir vieles zu sein, am meisten jedoch widersprüchlich. Julius war alterslos und uralt, ein Kind und ein altes Weib, ein grausamer Sodomit und ein zärtlicher Heiliger.

»Schwebt Ihnen ein besonderes Lied vor?«, fragte ich. Er schüttelte den Kopf auf dem Kissen, sein seidiges, blondes Haar offen und glänzend im Mondlicht. »Was immer du möchtest.«

Ich verwarf alle Musik, die ich für die Bühne kannte; gewiss war sie schön genug, doch nicht geeignet als Wiegenlied. Stattdessen erhob ich meine Stimme mit Tönen, die etwas Höheres verherrlichen sollten und für die Kehlen junger Knaben, für Stimmen voll süßer Unschuld geschrieben worden waren. Was mir an Unschuld fehlte, konnte ich mit Gefühl mehr als wettmachen. Während ›L'Abon dance Cibavit‹ und ›Alleluia‹, ›Pange Lingua‹ und ›Ave Verum‹ erscholl meine Stimme warm von den Steinwänden, hüllte uns in ihre seltsame Anwesenheit und verwandelte Julius' Raum in ein Heiligtum.

Ich blickte ihn an, als sich die Noten hoben und emporschwebten, und sah zu, wie er mit geschlossenen Augen dalag und jede Nuance in sich aufsog. Er war ein Gefäß, das alles in sich aufnahm, was sich aus meiner Stimme und meiner Seele ergoss. Seine Stirn runzelte und glättete sich; unter den Laken spannte sein Körper sich an und sank dann in erschöpftem Wohlbehagen zurück.

Jeder Sänger hofft auf ein solches Publikum; auf jemanden, der so verzückt lauscht und den Gipfel jeder Note erklimmt, sodass schließlich nicht länger der Sänger das Lied formt. Vielmehr schien es, als ob die Musik in mir lag, vollkommen und vollendet, so rein wie der Komponist sie sich nur vorstellen konnte, als er sie zu Papier brachte, und Julius zog sie wie an einem Strick aus mir heraus. Ich verlor mich selbst und trieb in den Noten, bis die Musik beendet war.

Stille, für viele Augenblicke.

Dann: »Prachtvoll, Giovanni«, flüsterte er. »Absolut prachtvoll.«

Ich lächelte und fragte mich, ob er es sehen konnte. Mein ganzer Wert hing von seiner Antwort ab. »Mehr?«

»Bald. Würdest du dich bitte setzen?« Er wies mit seinem Fuß unter der Decke auf einen Fleck am unteren Ende des Bettes.

Ich setzte mich hin und fragte mich, ob Julius von mir nicht nur musikalische, sondern auch körperliche Gefälligkeiten erwartete, und wenn dem so sei, ob die Verführung heute Nacht beginnen würde. Kastraten sind in der Tat seltsame Geschöpfe, verführerisch für viele Frauen und nicht wenige Männer, auch für jene, die bislang noch nie einen anderen Mann geliebt haben. Unser Haar ist dicht und glänzend, unsere Haut weich und glatt, unser Gesicht unberührt vom Rasiermesser. Wir sind Androgyne, deren Nützlichkeit für beide Geschlechter nur durch unsere eigenen Neigungen begrenzt wird, und ich mit meinen dunklen Locken, die mir auf die Schultern reichten, den braunen Augen und der olivfarbenen Haut eines Bauernmädchens brach diese Tradition gewiss nicht.

»Wenn du diese Art Musik singst«, sagte Julius, »kann ich meine Augen schließen und eine Kathedrale sehen voller Knaben in Roben, die ihren Priestern vertrauen und jedes Wort glauben, das über ihre eigenen jungen Lippen kommt. Ihr Glaube ist noch – *heil.* Dann öffne ich die Augen und sehe dich, und dann weiß ich, dass *heil* nicht zwangsläufig *unverletzlich* heißen muss. Ist ihr Glaube der deine, Giovanni?«

Das hatte ich nicht erwartet, zog es aber verzweifelten Annäherungsversuchen vor. »Als ich so alt war wie sie, vermutlich. Aber ich bin nun älter und weiß, wie viele Lügen den Kindern erzählt werden. Und so liegt mein Glaube in der Schönheit der Noten und nicht in der Bedeutung der Worte. Die Worte sind für mich nun ohne Belang. Ich könnte von Erniedrigung singen, und die Musik würde sich immer noch genauso schön anhören.«

»Latein hat diesen isolierenden Effekt, nicht wahr?«, sagte Julius, und wir beide lachten. »Bewahre dir deinen Glauben an die Schönheit, denn dort ist er gut aufgehoben. Ich glaube, dass die Schönheit eines der wenigen Dinge ist, die immer da sind, um uns mit dem zu versorgen, was wir brauchen.«

Ich nickte und dachte an die jungen Kastraten, deren Opfer unwiderruflich war und die trotzdem im Stimmbruch ihre Stimmen verloren hatten, denen nichts blieb. Das Messer war keine Garantie. In der alten Zeit wurden sie Gesangslehrer, Komponisten, Musiker, oder sie ließen sich von ihrer eigenen Verzweiflung zugrunde richten. Und heute? Sie verschwanden still aus dem Konservatorium; man sah sie noch beim Abendessen, und beim Frühstück waren sie fort. Keiner der Maestros hatte je erzählt, was aus ihnen wurde. Keiner von uns wagte es zu fragen. *Dank der Gnade Gottes bin ich noch hier,* dachte so mancher von uns, wenn er auf den leeren Stuhl eines Knaben blickte, doch niemand von uns glaubte ernsthaft, dass die Gnade Gottes irgendetwas damit zu tun hatte. Wie konnte die unermessliche Gnade derart – willkürlich sein?

»Ich glaube, ich möchte noch mehr hören«, sagte Julius und wies mir, mich zu erheben.

Und so sang ich wieder, und ich war mir sicher, dass in dem Moment, als ich für diese Nacht zum Ende kam, die Furchen in Julius' Gesicht, die sich zuvor noch so deutlich abgezeichnet hatten, nun nicht mehr zu erkennen waren.

Ich gewöhnte mich ein in den nächsten Wochen und fühlte mich wie zu Hause, zumindest so, wie ich mich im Konservatorium zu Hause gefühlt hatte. Francesca wurde keineswegs freundlicher, doch zu Julius entwickelte ich eine immer größere Zuneigung. Ich hätte mir kein besseres Publikum wünschen können, und nach dem Morgen, wenn er seinen Ämtern nachgekommen war, warf er oft den Mantel seiner Verpflichtungen ab, um mit mir stundenlang über zeitlosere Dinge wie Musik und Kunst, Schönheit und Seele zu sprechen. Er war unendlich wissbegierig über die Ausbildung meiner Stimme und überglücklich, sich über meine Schulter zu beugen, wenn ich am Cembalo saß, um ihm die Etüden vorzuführen, mit denen die Maestros unsere Stimmen geformt hatten. Manchmal war es, als würde Julius sich in mich graben, um wie ein Jagdhund nach Antworten zu suchen, die sich ihm schon seit Langem entzogen. »Wollten Sie einmal Sänger werden?«, fragte ich ihn.

»Nein, oh nein. Es gibt Stimmen und es gibt Ohren. Ich war mir immer über meinen Platz in dieser Ordnung bewusst. Und doch«, er zuckte mit den Schultern, als sich hinter seinem Blick Erinnerungen wie vergessenes Leid aufzubauen schienen, »eine jener wenigen Stimmen zu haben, die es verdienen, gehört zu werden, scheint mir wie etwas Heiliges. Du sprichst dich selbst heilig durch das, was du mit deiner Stimme tust. Und der Rest von uns? Wir saugen in uns auf und wissen, dass aus uns nie etwas derart Reines hervorkommen wird.«

»Sie stellen Ihr Licht unter den Scheffel.« Doch warum wollte ich ihn trösten? Schließlich hatte er Geld für mich und mein Leben bezahlt. »Stimmen brauchen solche Ohren. Ihr mögt uns lieben, aber wir *brauchen* euch. Welcher Chor singt nur für sich selbst?«

»Also steht jeder von uns in der Macht des anderen.« Er schien mit diesem Kompromiss glücklich, doch vielleicht hätte ich nicht so schnell ein Bedürfnis nach etwas zugeben dürfen, was er mir so leicht vorenthalten konnte. Ein zugewandter Rücken, ein taubes Ohr, all das konnte mein Leben ins Elend stürzen.

»Nächste Woche kommen einige Freunde hierher, und ich möchte, dass du für sie einen Vortrag einstudierst.« Julius' Augen verschwammen zu einem tieferen Grau, und er schien willentlich geheimnisvoll, als er mir ein dünnes Lächeln schenkte, ein Lächeln, das all die Dinge andeutete, die ich noch nicht von ihm wusste. Er hätte ganze Lebensalter hinter diesem Lächeln verbergen können. »Oh, sie werden dich lieben.«

Die Tage vergingen in den Vorbereitungen für ein Ereignis, über das ich nichts wusste, und Julius lehnte es ab, mir mehr zu sagen. Ich glaube, er spürte meine Anspannung und versuchte, mich mit einem drallen Mädchen zu zerstreuen, das er vom Land mitgebracht hatte. Die Lust mit Frauen war mir bislang unbekannt gewesen, und während sie mein Bett wärmte, ohne von meiner Narbe Notiz zu nehmen, war ich nicht wirklich mit dem Herzen dabei. Dann war sie fort, und am gleichen Tag gab Julius Francesca für den Rest der Woche frei. Er schickte sie mit dem Zug zu ihrer Familie, und wenn es überhaupt möglich war, irgendeine Gefühlsregung an ihrer ernsten Erscheinung abzulesen, war sie froh darüber. Ich hatte nicht gedacht, dass sie eine Familie besaß, und mir stattdessen vorgestellt, wie sie eines Tages lebendig aus den Reihen der alten Statuen in Julius' Gärten mit steinernem Antlitz und unnachgiebigem Blick herausgeschritten war.

Ich fing an, mich davor zu fürchten, was Julius vorhatte. Was konnte derart großartig oder gespenstisch sein, dass noch nicht einmal Francesca ihre strengen Augen darauf richten durfte? Meine Geheimnisse kannte sie natürlich, und sie erwies sich als vertrauenswürdig in dieser Hinsicht. Warum reiste sie ab mit diesem Ausdruck der Erleichterung? Und hatte sie mich beim Abschied mit einem ganz knappen Blick voller Mitleid bedacht, oder hatte ich mir das nur eingebildet?

Wieder lernte ich die Schweißausbrüche aus meinem ersten Jahr am Konservatorium kennen, die ich dann hatte, wenn ich in der Nacht Schritte hörte, die auf mein Zimmer zukamen, und ich mich fragte, was sie mir *noch* wegschneiden wollten. Die Villa schien riesig; ein totes Museum, in dem meine eitlen Versuche, es mit dem Leben der Musik zu erfüllen, kalt widerhallten.

Und dann, beim nächsten Anbruch der Nacht, war es plötzlich Heim für zwei Dutzend anderer Menschen. Sie überrannten es wie eine Horde von Mongolen und vergossen dabei Wein und Blut, und woher sie auch immer kamen, es konnte nicht weit genug entfernt sein, wenn sie wieder fort waren.

Es waren allem Anschein nach Männer und Frauen, doch alle schienen sie Masken zu tragen. Sie waren nichts als niedrige Bedürfnisse, die in Fleisch gehüllt waren, Münder zum Verzehren, Kehlen zum Schlucken. Sie konnten nicht alle vom gleichen Ort stammen, so verschieden wie sie waren. Einige kamen vielleicht aus

Rom, andere aus Paris, wieder andere aus London … und von noch weiter. Ein braunhäutiger Mann hatte die breiten Gesichtszüge und staubigen Locken eines australischen Ureinwohners; er lachte über meinen Gesichtsausdruck, nachdem er mir erzählt hatte, er sei schnell gerannt, um rechtzeitig anzukommen.

»Sie erlauben sich einen Scherz mit mir«, sagte ich verzweifelt, »nicht wahr?«

»Schnell zu reisen, mein Junge« – er zwinkerte – »ist eine Frage des Geistes ebenso wie des Raumes.« Dann lachte er noch schallender.

Sie trugen Spitze oder Leder oder Pelz, in Schwarz und Scharlach, in königlichem Purpur und tiefstem Blau. Sie räkelten sich hochnäsig wie betrunkene Aristokraten oder jagten sich im Wahn der Wollust; einige der Enthusiastischsten fingen sofort mit der Paarung an, schlugen ihre Leiber aneinander in verzehrender Gier, bis sie ihre Kleider zerrissen hatten. Der Krach dauerte an, und ihr Getöse wurde unterstrichen von einem Kammerorchester, dessen Musiker blind waren und ohne Dirigent aus dem Gedächtnis spielten. Die Geigen kreischten, als würde der vom Teufel besessene Paganini sie spielen, und die schrecklichen Saitenläufe brachten die Finger fast zum Bluten, und der Schweiß floss, als die Bögen in fieberhafter Intensität sägten. Sie spielten, als müssten sie sterben, wenn sie langsamer werden.

Ich beobachtete das alles aus einer Ecke und wagte mich nicht einmal zu bewegen, bis Julius mit einem zugleich strahlenden und finsteren Lächeln auf mich zukam.

»Du hast Angst«, sagte er.

»Sie vielleicht nicht, wenn Sie an meiner Stelle wären?«

Ich schloss die Augen, doch die Bilder, die meine Vorstellungskraft allein aus den Geräuschen beschwor, waren noch schrecklicher. »Wer sind sie? Woher kennen Sie solche Leute? Ich weiß, dass ich ziemlich behütet aufgewachsen bin, aber … aber *das* hier …?«

»Es gibt mehr Dinge zwischen Himmel und Erde als deine Schulweisheit sich erträumt.« Julius legte seine Hände auf meine Schultern, bis ich aufhörte zu zittern. Ich starrte in sein glattes Gesicht, starrte mit tausend Fragen, und er blickte zurück mit Augen, die während nur eines Lebens niemals eine solche Tiefe hätten erreichen können. In diesem Augenblick war er mir alles – Wohltäter und Vater, Bruder und Beschützer. »Nichts wird dir geschehen, das verspreche ich dir. Gleich, was hier auch passieren mag, nichts wird dir geschehen.«

Ich wollte ihm in die Arme fallen, mich von ihm umfassen lassen und dieses Versprechen wieder und wieder hören. Welch traurigen Geschöpfe wir modernen Kastraten doch sind, so abhängig von anderen. Und wenn sie sterben, wird man uns lebendig mit ihnen begraben wie die Diener, die man mit ihrem Pharao in der Pyramide einschloss?

Ich sah über Julius' Schulter auf ein Fresko, das die ganze Wand bedeckte und einen Weinberg zeigte, wo die Bauern des alten Italiens pralle Trauben zu Wein kelterten. Davor hielten zwei dunkelhäutige Männer einen dünnen schmutzigen Kerl – ich habe keine Ahnung, wo er herkam – an den Fußknöcheln hoch. Als er einen schwachen Schrei von sich gab, öffneten sie seine Kehle mit ihren Fingernägeln. Ein halbes Dutzend der Gäste balgte sich unter dem Strom, den sie mit lachenden Mündern auffingen, die auf obszöne Art gierig schienen.

»Das sind zwei alte Freunde aus dem Libanon«, sagte Julius. »Ich kenne sie seit langer, langer Zeit. Und sie da?« Er wies in eine andere Richtung auf eine geschmeidige Frau mit durchscheinender Haut und geschlängeltem Haar, das ihr bis zur Hüfte ging. Sie lag verdreht auf dem Boden, und ihr Mund war weit geöffnet, um den Samen von vier Männern aufzunehmen, die in schneller Folge abspritzten. Sie wand sich, schluckte und verrieb die Spritzer auf ihrem Gesicht, bis ihre Zunge sie ablecken konnte.

»Sie ist eine der Schwestern der Dreifaltigkeit. Die Spermatrinkerin.«

Julius zeigte zurück zu dem sterbenden Mann, wo eine Frau, die fast genauso aussah wie die andere, sich mit nackten Brüsten im Blut suhlte und ihr eigenes Festmahl einnahm. »Und sie ist auch eine von ihnen. Die dritte muss ebenfalls hier irgendwo sein, die Fleischfresserin. Wenn sie sich eine Zeit lang nicht genährt haben, so heißt es, dass von einem Mann nichts übrig bleibt als seine Knochen, aufgebrochen und leergesaugt.«

Ich wollte weinen, zur Küste kriechen und den restlichen Weg zum Konservatorium zurückschwimmen. Dort hatte ich eine Welt der sicheren Routine gekannt und gewusst, was ich zu erwarten hatte. Doch hier, außerhalb von Capua, mit Julius? Ich fühlte mich, als sei ich in einer Hölle erwacht, die selbst Dante gemieden hätte.

»Diese Leute dort«, flüsterte ich. »Sind Sie einer von denen?«

Er wirkte für einen Augenblick verletzt, nahm mich dann sanft an der Hand, als gäbe es so vieles, was er mir sagen wollte, als ob er Furcht hätte, dass ich mir das nicht alles anhören würde. Niemals hinnehmen würde. »In vielerlei Hinsicht … bin ich das. Doch denke für einen Moment an dich selbst. Du kommst aus einer geheimen Schule für Knaben, die ihre Männlichkeit verloren haben. Ihr alle tragt dieselbe Narbe. Doch seid ihr alle gleich?«

Ich schüttelte den Kopf – natürlich waren wir das nicht.

Julius ergriff meine Hand fester. »Und das sind wir auch nicht.«

»Aber *was* seid ihr dann wirklich?«

Er lächelte ein Lächeln aus Eis und grauen Himmeln. »Wir sind die Verdammten. Zumindest ein paar davon. Doch wir haben uns entschlossen, das Beste daraus zu machen.«

Ich ließ meinen Blick wandern über dieses groteske Fest. Geschöpfe, die Menschenfleisch fraßen, Blut und Sperma tranken; unersättliche Satyrn, deren Erregung die Statuen ihrer mythischen Brüder im Garten als Muster der Enthaltsamkeit erscheinen ließ; Kannibalen von Leib und Seele. Sie waren Bestien, und in ihnen konnte ich eine schreckliche Schönheit sehen. Sie suhlten sich in ihrem Bacchanal und erkannten kein Gesetz an außer ihrer eigenen Gier. Als jemand, der seit dreizehn Jahren das Gesetz des Messers und das, was es mir angetan hatte, für gegeben erachtete, konnte ich nicht anders, als mich nach einer solchen Freiheit zu sehnen.

Doch was war mit Julius? Er schien mit ihnen eins zu sein, doch in all meinen Wochen hier hatte ich nie erlebt, wie er sich in einer solchen Zügellosigkeit erging. Was war seine Ambrosia?

»Habe keine Furcht vor ihnen. Nun, einige möchten vielleicht an dir schnuppern oder lecken, aber das machen sie nur zum Spaß. Sie würden es nicht wagen weiterzugehen.« Julius kniff mir in die Wange. »Vielleicht kannst du noch ein oder zwei Dinge von ihnen lernen.« Er zwinkerte verschmitzt. »In diesem Haus sind schon weitaus seltsamere Dinge geschehen.«

Er überließ mich mir selbst und ihrer fragwürdigen Gnade, für eine furchtbar lange Zeit. Ich wanderte von Raum zu Raum, doch ich sprach mit niemandem, denn ich glaubte, sie alle müssten schon ewig gelebt haben und viel weiser sein als ich, auf ihre Art zumindest. In ihrer Gegenwart fühlte ich mich wie ein Dummkopf, der gerade Grips genug besitzt, seine eigene Beschränktheit zu erkennen, wenn er durch eine Halle schreitet, die mit Leuten wie Mozart und Einstein, Tesla und Shakespeare bevölkert ist.

Julius rief alle zusammen und ließ mich singen, und ich hielt es für ein Wunder, dass es mir in dem kleinen Amphitheater neben dem Garten länger als zwei Stunden gelang, ihre Aufmerksamkeit zu fesseln. Mit Vivaldi ließ ich meine Stimme steigen, treiben und fallen, mit Trillern und Melismen, die über eine Minute währten.

Beim Finale erging sich die Menge in Beifall und einem Ruf, der in alter Zeit dem Liebling des Publikums galt: *»Viva il coltello!«*, schrien sie. *»Viva il coltello!«*

Es lebe das Messerchen.

Mit gierigem Lächeln stürzten sie sich auf mich und auch auf Julius, meinen Wohltäter. Er strahlte mit geröteten Wangen wie ein Kind; ich hatte ihn nie zuvor so zittern gesehen. Er riss mich an sich und erzählte mir, wie glücklich er über meine Darbietung sei. Vielleicht morgen Nacht noch eine? Ich konnte nicht nein sagen. Sie schienen mich als einen der ihren zu akzeptieren, die selbsternannten Verdammten, und für mich machte es Sinn. Denn war ich nicht auch dazu verdammt, nie ein gewöhnliches Leben zu führen, in eine Zeit geboren, in welcher ich meine Stimme nicht einer Welt voller Anbetung mitteilen konnte? Ich war in dieser Zeit so fehl am Platz wie sie.

Der Rausch hielt vor, als wäre er einzig vom Klang meiner Stimme hervorgerufen worden. Ich gab mich Lilah hin, der dritten Schwester der Dreifaltigkeit mit den dunklen Augen, die sich an mich drückte und murmelte, welch eine Schande es sei, dass sie bei meiner Kastration nicht anwesend gewesen war, um von meinen Früchten zu essen.

»Sie wurden einem Hund vorgeworfen«, sagte ich ihr, als sie mir die Hosen herunterzog, um ihre weiche und beharrliche Hand an der leeren Stelle zwischen meinen Schenkeln zu reiben.

»Welche Köstlichkeit – welch ein glücklicher Hund.« Sie legte mich zurück und senkte ihren Kopf, dessen Zunge mich zu hypnotisieren schien. »Ich kann noch immer riechen, wo sie waren. Ich liebe so sehr den Geschmack von Narben.«

Sie nahm kleine Bisse. Winzige Häppchen, die mich fast verzehrten, und als ich einmal die Augen öffnete, sah ich Julius, wie er uns von oben betrachtete. Welche Überraschung sein glattes Gesicht zeigte; dann, bevor sein Ausdruck sich änderte, wandte er uns den Rücken zu.

Ich fragte mich, welchen Ausdruck sein Gesicht als Nächstes gezeigt hätte.

Und so ging die Orgie weiter, den Rest der Nacht und einen weiteren Tag.

Am Morgen des dritten Tages strahlte der große Hauptsaal in einem Blitz auf, der Hitze und Licht in alle anliegenden Räume sandte. Ein grausiger Jubel erhob sich im Herzen der Villa, und ich erhob mich von meinem Nachtlager auf dem Boden. Klebrig von Wein und besudelt mit Samen, glaube ich nicht, dass ich genug bei mir war, um mich zu wundern, als ich lostaumelte, um mir den neuesten Höhepunkt der Feier anzusehen. Ich konnte das Klappern von Ketten und aufgeregte Stimmen hören.

Ich stand wankend in der Tür und blinzelte in ein vergehendes Licht. Die meisten von Julius' Gästen waren bereits hier und versammelten sich vor den Fresken oder befestigten Ketten, die man, wie jemand mir erklärte, aus einem eisernen Spalier geschmiedet hatte, das aus der Bastille gestohlen worden war. Hatte all das Leid, das es gehört hatte, dieses Metall gesättigt? Ketten aus solchem Eisen konnten alles halten. Eine weise Voraussicht.

Denn was diese Ketten hielten, war mit nichts zu vergleichen, was ich je gesehen hatte.

»Was *ist* das?«, fragte ich.

»Die Beschwörung, mein Junge, sie hat *gewirkt*«, sagte der Australier. »Hast du sie letzte Nacht nicht mitbekommen?«

»Nein …«

»Wirklich harte Arbeit. Verdamm mich, ich hätte nicht gedacht, dass ihnen das gelingt.« Als er lachte, wirbelten seine langen staubigen Locken umher.

Was sie da gefangen hielten, musste aus einer anderen Welt stammen. Seine Erscheinung schien menschlich, doch vollkommener, idealisiert, wie ein meisterliches Original, von dem alle Menschen nur Abzüge waren.

Das Fleisch war wie ein durchsichtiger Schleier und jenseits der Geschlechter. Sowohl männliche wie auch weibliche Züge konnte ich in einem Gesicht erkennen, das mir wegen seiner offensichtlichen Furcht leid tat. Unter den Ketten zitterten zerfetzte Membrane, die vielleicht Schwingen glichen, die in einer Flüssigkeit schwammen.

Es gab Geräusche von sich, die keiner Sprache ähnelten, die ich je gehört hatte, doch ach, diese Stimme. Ich fragte mich, wie sich wohl seine Gesänge anhörten.

»Ein Engel?«, riet ich. Julius hatte mich gehört und ließ seine Gefährten die letzten Ketten sichern. Er sah an mir auf und ab und erkannte meinen Zustand. Welche Verworfenheit ich doch dargestellt haben muss.

»Höher als ein Engel, wenn du an den Mythos der Rangordnung glaubst«, sagte Julius. »Wir haben das schon früher gemacht, doch es ist das erste Mal, dass wir einen Ophanim erwischt haben. Es heißt, dass sie eine Region bewohnen, die kurz davor steht, Substanz und Form, wie wir sie kennen, anzunehmen. Wo der Himmel auf die Erde trifft – und verdorben werden kann.«

Julius wischte sich Haare und Schweiß aus der Stirn. Welch ein Sinnbild von bitterem Sieg er darbot. »Doch ich glaube, sie sind dort ebenso verwirrt wie die meisten hier. Warum auch sollten die Jahrhunderte und Jahrtausende sie nicht ebenso in den Wahnsinn getrieben haben, und das lange bevor man an uns überhaupt dachte. Wenn es einen Himmel gibt, so muss er mittlerweile wohl das Irrenhaus des Weltalls sein.«

Der Australier klopfte Julius auf die Schulter. »Wir versuchen's weiter, Kumpel. Eines Tages erwischen wir einen Seraphim, und vielleicht wissen wir dann mehr.«

Julius sagte nichts, als er zu dem Platz zurückging, wo der Ophanim mit gebundenen und gespreizten Gliedmaßen und der einen Wange seines glorreichen Gesichtes zu Boden gedrückt lag. Seine Flanken hoben und senkten sich wie die eines Hundes, der in seinen letzten Zügen liegt, während das Auto, das ihn überfahren hatte, überstürzt das Weite suchte. Seine kobaltfarbenen Augen blickten weiter, als wir jemals träumen konnten, und trotz des Mitleids, das ich für ihn fühlte, musste ich mir die Frage stellen, ob Julius nicht recht hatte: *Stell dir vor, er ist wirklich wahnsinnig.* War er ein Schutzengel? Oder hatte er zu anderer Zeit aus Spaß mit unserem Leben gespielt?

Julius ließ seine zerschlissenen und schmutzigen Kleider auf einem Haufen und näherte sich dem Ophanim. Als Herr des Hauses hatte er, wie ich vermutete, wohl das Recht, der Erste zu sein. Schleier aus Fleisch und Membran wurden geteilt, und die Menge johlte, als Julius den Ophanim von hinten bestieg. Er stieß in ihn hinein wie ein Mann, der den Zorn eines ganzen Lebens in sich geballt hat.

Ich wandte mich ab und fragte mich, ob jeder einmal das göttliche Wesen, oder was man dafür hielt, vergewaltigen durfte.

»Wenn wir einwilligen, dich zurückzuschicken«, sagte Julius dem Ophanim durch zusammengebissene Zähne, »dann teile mit deinem Chef deine neugelernten Freuden ... und ich wage zu behaupten, dass du ihm darin weit überlegen sein wirst.«

Da fing das Wesen an zu weinen – aus Schmerz oder aus Erkenntnis? –, und endlich kannte ich den Klang seines Liedes.

Die Feier neigte sich wie alle Feiern dem Ende zu, die Gäste gingen und nur Schmutz bezeugte noch ihre frühere Anwesenheit. Die neue Stille in der Villa schien gespenstisch und fremd. Als Julius sich erholte, indem er den nächsten Tag durchschlief, wanderte ich von Raum zu Raum und fühlte den Widerhall, den seine Freunde hinterlassen hatten. Auch der Ophanim war fort, und dort, wo er gelegen hatte, war der Boden mit einem Film wie Perlmutt bedeckt, den ich mit den Fingern nicht ganz abkratzen konnte.

Ich ließ mir ein Bad ein und weichte mich im siedend heißen Wasser ein, bis ich einschlummerte und durch Träume trieb, in denen ich nicht wusste, was ich als nächstes tun sollte: den endgültigen Tod meiner Unschuld beklagen oder meine Wiedergeburt als wollüstiger *décadent* feiern. Zorn, Zorn über den Verlust von etwas, das ich nie hätte bewahren können.

Als ich erwachte, war das Wasser in der Wanne immer noch warm, und Julius saß auf dem Porzellanrand. Zerzaustes blondes Haar wucherte auf seinem Kinn, und er lächelte in erschöpfter Dankbarkeit.

»Du bist noch hier«, sagte er. »Als ich zu Bett ging, habe ich mich gefragt, ob du noch hier wärst oder fort, wenn ich aufwache.«

»Wie weit wäre ich schon gekommen? Ich besitze nichts. Du hättest mich ohne größere Schwierigkeiten einfangen können.« Ich zuckte mit den Schultern. »Und die einzigen Leute, die ich kenne, hätten mir keinen Unterschlupf gewährt. Sie hätten mich zu dir zurückgebracht.«

Er wollte nichts davon hören. »Du hättest gehen können, wenn du gewollt hättest. Die Welt ist groß genug für jemanden, der ein neues Leben anfangen will.«

Ich atmete tief ein und ließ einige Tropfen Wasser von meinen Händen über meine Brust laufen. »Dann muss ich es wohl nicht gewollt haben.«

Julius lächelte. »Es ist mir wichtig, dass du dich nicht als meinen Gefangenen siehst.«

»Als Gefangenen? Nein.« Ich schüttelte den Kopf. »Aber ich sehe mich als einen Ignoranten. In den letzten vier Tagen habe ich mehr gesehen als in meinem ganzen Leben. Doch ich verstehe es noch immer nicht.«

Julius ließ eine Hand in die Wanne und wühlte das Wasser an meinen Füßen auf. »Nein, das habe ich auch nicht erwartet.«

Seine Hand griff nach meinem Fuß, der vom Bad aufgeweicht war. Meine Zehen streichelten seine Handfläche. »Meine Freunde, jene, die ich am längsten kenne ... wir sind nicht sehr häufig in der Lage, uns erklären zu müssen.«

Ich fegte den Badeschaum beiseite und zeigte mich Julius – die große Narbe zwischen meinen Beinen, die mich zu dem machte, was ich war. »Ich bin nicht wie andere Männer, Julius, doch ich wurde von den Händen anderer geformt, von ihrem Messer. Und jetzt sage mir: Was hat *dich* gemacht?«

Nach einem kurzen Kampf mit sich selbst schien Julius bereit dazu, es mir zu sagen. Er wich meinem Blick aus und starrte stattdessen ins Wasser. »Ich war wohl so wie du, als ich geboren wurde. Ich hatte nichts, weniger als nichts, nichts als Pflichten. Ich wurde als Sklave geboren, fünfundvierzig Jahre nach der Geburt von Jesus von Nazareth, wie manche glauben. Zwölf Jahre nach seinem Tod. Ich fühle mit ihm, weißt du. Ich kann persönlich für die Grausamkeit der alten Römer bürgen.

Ich war vielleicht einige Jahre älter als du, als ich mich mit Leib und Leben dem Kampf unter der Führung eines Mannes verschrieb, den ich nur aus weiter Entfernung gesehen hatte. Ein Mann, den ich nie kennengelernt hatte. Ein Mann, dessen Aufstand gegen Rom mit ihm und einigen weiteren Gladiatoren seinen Anfang nahm und bald Zehntausende von uns mit sich riss.«

»Spartacus«, flüsterte ich und fühlte einen Stich im Herz. Die Revolte des Spartacus war ein edles Unterfangen gewesen, doch von Anfang an zum Scheitern verurteilt. Wer konnte schon gegen die Macht des kaiserlichen Rom aufbegehren?

»Ich wurde in der letzten Schlacht gegen die Legionäre gefangen genommen – sie hoben sich genug von uns auf, um ein Exempel zu statuieren für jene, die unserem Vorbild folgen mochten. Aufständischen Sklaven und politischen Aufrührern stand die gleiche Strafe zu, und wir waren beides. Wir waren sechstausend, und sie kreuzigten uns alle und säumten die ganze Via Appia mit uns, von Rom bis hierher, bis Capua. Stell dir das vor – ein Spalier von geschlagenen, gekreuzigten Männern, das sich über zweihundert Kilometer erstreckte. Stell dir vor, wie es ist, zwischen Himmel und Erde zu hängen, ans Kreuz geschlagen, und du kannst hören, wie die Männer, an deren Seite du gekämpft hast, in der Ferne in Todesqualen stöhnen. Du kannst den Klang des Todes im Wind hören. Du kannst es *hören.* Zuerst Stunde um Stunde. Dann Tag für Tag.

Ich weiß nicht, wie es mir geschah. Ich weiß nur, je tiefer meine Verzweiflung mich riss, desto mehr Stärke schien ich aus den Seufzern derer zu ziehen, die ich überlebte. Ich weiß, dass ich betete, doch der Glaube an den Gott, unter dessen Schutz wir siegen wollten, war fort, und so betete ich zu allem, was mich hören mochte, und es war mir gleich, wer oder was es war. Vielleicht hatte mich etwas erhört. Vielleicht war es auch etwas in mir, in mir allein, das so tief hasste und so verzweifelt leben wollte, dass es das Einzige nahm, was mir noch Leben spenden konnte: die Dinge, die ich hörte. Das Schöne wie auch das Schreckliche. Ich nährte mich vom Tod der anderen Sklaven, bis sie alle so weit fort waren, wie das Ohr reichte. Danach nährte ich mich vom Gesang der Vögel. Ich hing da neun Tage lang und verfluchte und verlachte die Römer, bis sie solche Angst bekamen, dass ein Zenturio befahl, mich vom Kreuz zu nehmen und freizulassen. Er flehte mich an, ihnen zu vergeben. Sie glaubten, sie hätten aus Versehen einen Halbgott gekreuzigt. Die Ironie darin finde ich immer noch sehr belustigend.«

»Du musst große Macht auf sie ausgeübt haben«, sagte ich.

»Ich sagte dem Zenturio, dass ihm Vergebung gewährt würde, wenn er sich zur Buße in sein Schwert stürzt.« Julius lächelte. »Was er auch sofort tat. Ich lauschte dem Rasseln des Todes in seiner Brust, und es war so belebend wie der Schlaf einer ganzen Nacht.

Doch danach war ich ein anderer. Etwas in mir hatte sich unwiderruflich verändert. Ob es ein Gewinn oder ein Verlust war, konnte ich nie entscheiden. Doch von nun an war ich dazu gezwungen, die Welt zu *hören,* anstatt sie zu betrachten. Ich kann so tief aus allem schöpfen, vom Klang eines Krieges zu dem einer Geige, dass es ein Teil meiner selbst wird und mich nährt. Ich höre Farben und ich höre Gerüche. Ich höre das Verlangen in einem Vogel, der zur Paarungszeit singt, und ich höre die sanfte und böse Eintönigkeit der Maschinen in einer Fabrik. Ich höre Dinge, welche die meisten Menschen hören *könnten,* wenn sie sich nur genug Zeit nähmen, ihre Augen zu schließen und einfach zu lauschen.«

Ich fragte mich, was das wohl für ein Leben war, aus dem tickenden Uhrwerk der Welt seine Nahrung zu ziehen und nicht zu unterscheiden zwischen dem Hässlichen und dem Schönen. Im Konservatorium hatte man uns beigebracht, dass es nichts Großartigeres gebe als das, was unsere Ohren hören können – selbst der Anblick eines himmlischen Chores würde verblassen im Vergleich mit seinen Liedern –, und das sei der Grund, warum wir Kastraten etwas Besonderes seien, etwas Heiliges. Ebenso hatte Julius gesagt, dass wir uns durch unsere Stimmen selbst heilig sprächen. Nahm er beim Zuhören einen Teil dieser Gnade in sich auf?

Vielleicht war das der Grund, warum Julius mich hergebracht hatte. Die Klänge eines Krieges, von schreienden Kindern in einem Inferno, hätten ihn am Leben gehalten, doch hätten sie ihn nicht vielleicht auch langsam vergiftet, ohne ein Gegengift zu ihrem destillierten Elend zu bieten?

Julius' Hand glitt höher zu meinem Knie. »Du hattest unrecht mit dem, was du vor Kurzem gesagt hast. Dass jene von uns, die glücklich genug sind, euch zu lauschen, den Klang eurer Stimmen lieben, aber dass das *Verlangen* euer sei. Das Verlangen, gehört zu werden. Doch ich habe ein größeres Verlangen nach dir als du dir vorstellen kannst. Du hältst mich jung. Seit du da bist, fühle ich mich glücklicher als seit sehr langer Zeit. Gegen die Jahre bist *du* mein Elixier.«

»Doch warum hast du es dann riskiert, mich mit den letzten vier Tagen zu vertreiben?«

»Bevor ich mich völlig von dir abhängig machen wollte, musste ich wissen, ob du bleiben würdest. Und ich musste wissen, was ich ertragen könnte, um dich zu behalten. Als ich dich mit Lilah sah – ich wusste bis zu diesem Zeitpunkt nicht, dass ich immer noch Eifersucht empfinden kann.«

Seine Augen schlossen sich langsam. »Vielleicht wollte ich dich auch nur beschmutzen, dich zu etwas machen, was mir und den anderen nähersteht.«

Er lachte.

»Seltsam, wie wir alle zusammenkommen. Doch es beweist, dass, wenn man nur lange genug lebt, gleich wie abseitig man auch sein mag, man am Ende nicht ganz allein ist.«

Allein. Ich sinnierte über das Wort, und seine Bedeutungen erschollen wie der Klang einer Totenglocke. War irgendjemand einsamer als ein Kastrat, der unter seinesgleichen aufgewachsen ist, nur um dann für immer von ihnen getrennt zu werden? Wie ausgestoßen musste man sein, um Dankbarkeit für die Gesellschaft derer zu spüren, die sich von Blut und Milch der Schwächeren nährten und Engel in den Arsch fickten?

Doch wenn Teil der gewöhnlichen Welt zu sein hieß, dass ich meine Tage mit jenen zubringen musste, die mit dem Finger auf mich wiesen und mich verspotteten, die mich für minderwertig hielten, weil ich etwas verloren hatte, dann wollte ich kein Teil davon sein.

War es diese Ablehnung der Konvention, die den Verdammten ihre herausfordernde Lust gab? *Wenn die Welt mich zu dem gemacht hat, was ich bin,* so schienen sie zu sagen, *dann soll sie mit den Folgen leben.*

Ich lächelte Julius an und reichte ihm ein glitschiges Stück Seife.

»Du riechst wie ein Haufen schmutziger Laken in einem Bordell«, sagte ich.

Sein Gelächter schallte von den Kacheln wider. »Woher willst *du* diesen Geruch kennen?«

»Ich habe eben Fantasie, oder?«

Er stieg zu mir in die Wanne, und wir füllten sie bis zum Überlaufen mit frischem heißen Wasser. Wir räkelten uns in den Tiefen und umarmten uns. Wir seiften uns gegenseitig ein mit dem Badeschaum, und als wir uns zum ersten Mal küssten, da war es für mich, wie von einem Geschöpf verschlungen zu werden, das von der Zeit und jenseits der Zeit geschaffen worden war. Sein Mund hätte mich auf eine Art umfassen können, zu der Lilah nie fähig gewesen wäre.

Und als er mich wies, auf die Knie zu gehen und meine Ellbogen am Rand der Wanne abzustützen, und mich nahm, wie er den Ophanim genommen hatte, ein feuchter bebender Druck, der sich durch meinen Rücken zog, da entdeckte ich, dass Julius sich auf Zärtlichkeit ebenso verstand wie auf die Kniffe höllischer Schmerzen.

Ich musste mich fragen, was Francesca dachte, als sie zurückkam. Ihr klarer Blick musste das erkennen, was mir schon im Spiegel deutlich geworden war: Ich war anders, und man musste es mir ansehen. Ich hatte Julius' Leben so gesehen wie es war, ich hatte davon gekostet – und hatte mich von dem exotischen Geschmack verführen lassen.

Manchmal ertappte ich Francesca dabei, wie sie mich während der folgenden Monate beobachtete, wenn sie nicht wieder, wie es hieß, ihre Familie besuchte. In jenen Monaten war ich glücklich und sicher unter Julius' Fittichen. Er wurde emporgetragen von meinen Liedern, und die Stunden schienen uns zu kurz, so voll waren sie mit Wein und Musik, Kunst und Gespräch, dem Heiligen und dem Profanen. Und stets mit den Freuden des Fleisches. Ich dachte an jene ersten und unbeholfenen erotischen Begegnungen im Konservatorium, wo viele von uns sich dem eigenen Geschlecht zuwandten, weil es keine Mädchen gab.

Ein Mund war ein Mund, und die Stimme eines Liebhabers im Ohr nicht weniger willkommen wegen ihres männlichen Timbres. Doch das waren Knaben gewesen; ich hatte Knaben geliebt. Julius hatten Jahrhunderte zur Verfügung gestanden, um die Kunst zu vervollkommnen, der Mann zu sein, der er war.

Vielleicht nahm Francesca es mir übel, dass ich nicht länger nur eine einfache Errungenschaft ihres Herrn war, sondern stattdessen jemand, den er wahrhaft schätzte. Jemand, der ihr ebenfalls Befehle erteilen konnte.

Doch als ich eines Tages aufwachte und meine Kehle vom vielen Singen nunmehr noch ein raues Kratzen war und ich schwach und fiebrig unter meiner Decke lag, war Francesca da, um mich mit warmer Brühe und einer Mixtur aus Zitronen und Honig zu füttern. Ihr ernstes Gesicht hieß mich, jeden einzelnen Tropfen zu schlucken, und ihre geäderten Hände schienen stärker als Eisen, die Hände einer Frau, die zahllose Bürden getragen hatte und durch all diese Lasten und Schmerzen nur stärker geworden war.

»Er hat Furcht, dass du deine Stimme verlierst, weißt du«, sagte sie zu mir. »Ich glaube, das wäre mehr als er ertragen kann.«

»Es ist nur eine Grippe.« Meine Stimme war ein leises Flüstern. »In einer Woche bin ich so gut wie neu.«

Sie zwang mir mehr Brühe auf. »Da bin ich mir sicher. Doch eines Tages wirst du sie verlieren. Die Jahre fordern ihren Tribut.«

Da wir nur für die Musik leben, ist dies die einzige Tragödie, an die wir Kastraten nicht denken wollen. Im Konservatorium hatten wir eine Aufnahme des letzten großen Kastraten gehört, dem noch die ganze Welt hatte lauschen dürfen. Alessandro Moreschi hatte als alter Mann am Morgen des zwanzigsten Jahrhunderts noch immer gesungen, als die Aufnahmetechnik in ihren Kinderschuhen steckte. Er war der einzige Kastrat alter Schule, von dem es eine Aufnahme gab, und beim Zuhören erkannten wir, seine Enkel unter dem Messer, die Verheerungen der Zeit. Wir konnten die Zukunft unserer eigenen Stimmen hören.

»Ich werde dann schon tot sein«, sagte Francesca. »Aber was wird dann aus Julius werden? Es ist ihm schon zu oft, viel zu oft, widerfahren.«

»Aber er lebt doch schon so lange«, flüsterte ich. »Kann man in zweitausend Jahren nicht lernen, damit umzugehen?«

Francesca knallte den Löffel in die leere Schüssel. »Natürlich wird Julius mit deinem Verlust umgehen können. Er hat dich gefunden, als er dich gebraucht hat, nicht wahr? Er kann einen anderen finden. Aber es wird ihm wehtun. Sehr wehtun.«

»Nach so langer Zeit, steht er da nicht über dem Schmerz?«

»Er lebt«, sagte Francesca ganz einfach. »Und das Leben ist Schmerz. Du hast diese Lektion gelernt, als du ein Junge warst.«

Und dann tat sie etwas, was ich von ihr nie und nimmer erwartet hatte. Sie lächelte so entwaffnend, dass ich sie in Capua auf der Straße wohl nicht erkannt hätte. »Genug geredet. Erhole dich jetzt. Schone deine wunderbare Stimme. Und wenn es dir wieder besser geht, gibt es etwas, das ich dir zeigen möchte.«

Julius lenkte mich ab in den Tagen meiner Genesung und saß ständig an meinem Bett. Er plauderte liebenswürdig, doch mehr war es nicht: Gefälligkeiten, um die Zeit zu vertreiben und eine Mauer um die Verlustängste zu bauen, die zum ersten Mal begründet schienen. Die Flitterwochen waren vorbei. Seine unsterblichen Freunde würden mich wohl akzeptieren, doch ich konnte nie einer von ihnen werden. Vielleicht war es das, was den größten Zorn in ihnen erweckte, dass sie so trotzig gegen einen sterilen Himmel wüteten, der sie nie aufnehmen würde. Sie wussten, dass sie bis ans Ende der Zeiten aneinander kleben würden, dass sterbliche Freunde und Liebhaber, deren Lebensspanne so kurz war wie die des Goldfisches, immer vor ihren Augen sterben mussten.

»Wie viele gab es vor mir?«, fragte ich ihn eines Nachmittags, als der Himmel vor dem Fenster das kalte und regnerische Grau des frühen Winters trug.

Diese Frage überraschte ihn aufrichtig. »Was zählt das?«

»Für mich zählt es.«

Julius nickte. »Viele. Es hat viele gegeben. Aber wenn du Zahlen hören willst ...«

»Nein.« Ich schüttelte den Kopf. »Gab es andere Kastraten?«

»Nur einen, vor vielen Jahren. Es fing in den späten Dreißigern an.« Seine Stirn furchte sich leicht. »Ich traf Mussolini bei diesem Vortrag. Er holte sich seinen eigenen Kastraten ab, stell dir das vor.« Julius traf meinen Blick, und in ihm las er die Frage, die für mich so wichtig schien, wie sie in Wirklichkeit sinnlos war. »Von euch beiden hast du die bessere Stimme.«

»Hast du ihn geliebt?«

»Ich habe ihn gebraucht, wie ich sie alle gebraucht habe. Männer und Frauen und Kastraten. Welch einen Chor hättet ihr abgegeben, wenn ihr zur gleichen Zeit gelebt hättet.« Julius' Hände fanden mein

Bettlaken, und er fing an, es in sinnlose Knoten zu binden, als seine Stimme immer rauer wurde. »Ich habe sie gebraucht, wie ich dich brauche … denn die Welt, die ich höre, ist eine Welt der Schreie, und jene Schreie sind mein Fleisch … und wenn ich nicht eine Stimme wie die deine in meiner Nähe habe, verliere ich auch noch den letzten Rest meines Verstandes. Also benutze ich dich, bis deine Stimme ausgetrocknet und heiser ist, und dann lasse ich dich fallen und suche mir einen anderen. Und nun sag' du mir, Vanni: Wo, glaubst du, ist in diesem Vorgang Platz für Liebe?«

»Wo?«, wiederholte ich mit dem Lächeln der Mona Lisa. Als ausgebildeter Musiker wusste ich, dass die Schönheit der Musik nicht in ihren Noten, sondern in ihren Pausen liegt. »In der Stille.«

Doch ich war mir sicher, dass Julius das bereits wusste.

Viren verbrennen sich selbst, Fieber kühlt ab, Rachen verlieren ihre Rauheit. Ich war wieder auf den Füßen und glücklich, am Leben zu sein.

Francesca hielt Wort und wartete eines Morgens, bis Julius ganz vertieft in einen Stapel Papiere und eine Konferenzschaltung war, die sich um den riesigen Besitz drehte, den er im Laufe der Jahrhunderte angehäuft hatte. Sie führte mich aus der Villa am Amphitheater vorbei und durch die Gärten, wo die Statuen nun wie Herrscher über verwelkte Blumen mit spröden Stängeln und braunen Blüten standen. Ich zerdrückte eine Blüte in meiner Hand, zermahlte sie zu einem pulvrigen Gewürz aus süßer Verwesung und ließ es zu Boden rieseln – und die steinernen Götter der Alten billigten es mit stummen Augen.

»Eigentlich geht dich das ja nichts an«, sagte sie mir, »doch es hat schon immer eine Francesca in Julius' Haus gegeben.«

»Schon immer? Seit zweitausend …«

»Nun, seit vielen Generationen. Für mich *heißt* das immer – ganz besonders in meinem Alter. Vor mir meine Mutter, vor ihr meine Großmutter, und ihre Mutter davor … seit vielen Generationen Francesca. Eine Erbschaft von Mutter zu Tochter, weitergegeben mit dem Namen. In Kriegen und in guten wie in schlechten Zeiten ist es unserer Familie dank Julius' Großzügigkeit stets gut ergangen, und wir sind stolz darauf, ihm zu dienen.«

Sie sah hinauf zum kalten Himmel mit solcher Traurigkeit, dass ich sie in den Arm nehmen wollte, obwohl ich mir noch immer nicht sicher war, ob ich sie überhaupt mochte. »Doch das ist vorbei. Es geht dem Ende zu. Ich habe keine Töchter geboren. Auch keine Söhne. Ich werde die letzte Francesca sein.«

Unsere langen Mäntel wehten im Wind, als sie mich zu einem Gebäude führte, das jenseits der Gärten lag: eine flache Marmorhalle, halb verschluckt vom Efeu. Diese hatte schon von Anfang an mein Interesse geweckt, doch sie schien völlig unbenutzt, so vergessen wie die Götter, die man passieren musste, um zur Halle zu kommen. Francesca öffnete die schwere Tür mit einem eisernen Schlüssel, und wir schritten ins trübe Innere. Es sah innen genauso öde aus wie außen, einfach eine längliche Halle mit modriger Luft und spröde von der Kälte, die nur Marmorwände halten können.

Als meine Augen sich an die Dunkelheit gewöhnt hatten, erkannte ich die Reihe von Grüften, die sich an der Wand hinzog. Die älteren waren mit gravierten Steintafeln versiegelt, die neueren mit beschrifteten Messingplatten geschmückt. Hier schliefen die Toten, Dutzende davon, und ich hatte nichts davon gewusst.

»Seine Nachtigallen«, sagte Francesca. »Julius behauptet, sie noch immer hören zu können, wenn er sich anstrengt, aber ich habe nie auch nur einen Laut gehört. Doch wenn es ihn tröstet ...«

Ich ging an den uns nächsten Steintafeln entlang und fuhr mit meinen Fingern Namen und Daten nach, berührte sie, als könnte auch ich ihre Lieder hören, die aus den steinigen Lagern stiegen. Diese Sänger, die so wundervoll gewesen sein mussten.

Francesca nahm mich an der Hand und führte mich zum Ende der Reihe, wo wir bei einem Grab hielten, dessen Namensschild ich zuerst für frisch poliert hielt, so glänzend war das Messing. Erst als ich den Namen sah, wusste ich, dass es daran lag, dass es ganz neu war:

GIOVANNI PETRELLI

Dass da keine Daten standen, hieß nichts. Auch so war es erschreckend genug, mein eigenes Grab zu sehen.

»Meines Wissens ist dies das erste Mal, dass Julius eine Gruft vorbereitet hat, lange bevor sie benötigt wird«, sagte Francesca. »*Er* braucht sie. Er kommt oft hierher, um sich daran zu erinnern, dass du ihn eines Tages verlassen wirst. So … wie ich sehr bald.«

Ich wandte mich langsam vom Anblick meines Namens ab, um sie anzusehen.

»Ich sterbe, Vanni. Bald. Zu bald. In mir wachsen Dinge.« Für meine bestürzte Miene hatte sie nur ein dünnes Lächeln übrig. »All meine ›Familienreisen‹ führten mich zu Ärzten. Julius braucht das jetzt noch nicht zu wissen, und ich erwarte, dass er von dir auch nichts erfährt. Und um noch etwas will ich dich bitten, denn ich kann mir denken, was du von mir denkst. Aber halte mich nicht für eine kaltherzige alte Frau, weil ich dich nicht näher kennenlernen wollte. Es ging nicht um dich … nur um die Angst, eines Tages Abschied nehmen zu müssen.«

»Zu spät«, sagte ich zu ihr. Wir standen in der kalten Finsternis in unsere Mäntel gehüllt und forderten uns gegenseitig auf, sich um den anderen zu sorgen, mit ihm zu fühlen, etwas Wärme zu verspüren, die uns vor dem, was uns erwartete, schützen würde. Ich musste noch einmal auf meinen Namen auf dem Messing blicken. »Warum? Warum hast du mir das gezeigt?«

Sie seufzte und richtete sich auf, so weit sie nur konnte. Ihr Blick verharrte auf der Wand der Gruft, und ich bemerkte, dass ihr enger Haarknoten sich zu lösen begann.

»Alle Dinge enden«, sagte sie. »Mein Leben, deines, deine Stimme … meine Familie … Königreiche. Alles. Außer Julius. Er besteht weiter. Doch ich glaube, dass er nur weitermacht, weil er fürchtet, was als nächstes kommt. Wenn es schmerzhaft ist, wird er es hassen. Und wenn es *zu* lieblich ist, wird er es umso mehr hassen. Trotzdem glaube ich, dass er es gerne herausfinden würde, wenn er mutig genug wäre. Und wenn er jemanden hätte, der mit ihm ginge. Mit dem er alt werden und sterben könnte. Wir können vieles ertragen, wenn wir nicht allein sind.«

So allein, wie sie sicher gewesen war. Arme Francesca – gewiss hatte sie nie so sehr aus eigener Erfahrung gesprochen.

»Was würdest du opfern, um den Rest deiner Tage als normaler Mann zu verbringen?«, fragte sie.

»Die Frage kann ich nicht beantworten. Auch wenn etwas

Wundervolles dabei herausgekommen ist – was man mir genommen hat, ist für immer weg.« *Und an einen Hund verfüttert, nicht wahr?*

Ihr dünnes Lächeln erschien wieder. »Aber *wenn* du deine Stimme gegen das eintauschen könntest, was sie dir weggeschnitten haben, würdest du es tun?«

Diese Frage zwang mich zum Nachdenken. Würde ich diese seraphische Stimme für die Möglichkeit hingeben, all das zu sein, was mir die Erschaffung dieser Stimme verwehrt hatte? Ein Ehemann und Vater, ein Großvater? Ein Großteil von mir lehnte diese Vorstellung eines allzu gewöhnlichen Lebens ab. Und doch schien es mir auch fremdartig, denn es war etwas, das ich nie und nimmer erleben konnte. »Ich weiß nicht«, sagte ich zu ihr.

»Ich glaube, Julius weiß es. Ich glaube, er ist bereit. Seit Langem ist er bereit.«

»Doch wie? Julius ist, was er ist. Wie du gesagt hast, er besteht weiter.«

»Alle Dinge enden«, sagte sie erneut. »Und wenn sie das nicht wollen, dann muss man das Opfer finden. Und« – ihr Lächeln wurde breiter – »ein liebendes Herz, das nach ihm sucht.«

Sie starb zwei Monate später, als der Winter am kältesten und feuchtesten schien. Sie starb, als wir ihr beistanden, und sie war noch so bei sich, dass sie wusste, wer wir waren. Aber ich ließ mich nicht täuschen.

Trotz allem starb Francesca allein. Doch sie starb gut, und ihre Augen waren bis zur letzten Minute offen und ihr Geist wach genug, um dem, was sie hinter dem schwarzen Schleier des Lebens erwartete, eine offene Hand oder eine geballte Faust entgegenzuhalten, je nachdem, ob sie es mochte oder nicht.

Ich hoffte, sie eines Tages wiederzusehen, wenn ich an der Reihe war. Doch nicht allzu bald.

»Keine Francesca«, sagte Julius am Tag nach der Beerdigung. Er stand am Eingang zur Küche, die in nichts mehr der ihren glich, angefüllt mit schmutzigem Geschirr und dem starken Geruch von lange verdorbenem Essen. »Ich hatte vergessen, wie das ist. Es gab immer eine Francesca.«

»Immer?«

Er stand mit dem Rücken zu mir, sein Pferdeschwanz ringelte sich auf einer Schulter, und er nickte. »So gut wie immer.« Als er sich umdrehte, sah ich, dass er weinte, dass langsam Tränen an Wangen herabrollten, die nie ausgezehrter schienen. »Ich habe ihren Vorfahrinnen nie gesagt, diesen Namen weiterzugeben. Sie haben es einfach getan, ganz von sich aus. Ich glaube, sie taten es aus Güte zu mir, sodass ich mich leichter an die Nächste gewöhnen konnte, wenn die eine starb oder zu krank war, um weiterzuarbeiten. Ich wusste immer, wen ich zu erwarten hatte.«

»Ist das eine so gute Sache?«

Julius biss sich auf die Lippe, bevor er mit den schlaffen Schultern zuckte. »Ich weiß nicht mehr. Francescas kamen und Francescas gingen. Ich wusste ihren Namen, hundert Jahre bevor sie zu mir kamen; das und die andere Sache: dass sie eines Tages sterben. Ich habe es immer erwartet und war doch nie bereit, wenn es dann so weit war.«

Wir verlebten den Rest des Tages in Stille, abgesehen von jenen einsamen Momenten, wenn der Winterwind besonders stark wehte und seine Bahn im spröden Garten und der Gruft jenseits davon änderte. Der Wind schien die Lieder alter Zeiten mit sich zu tragen, gesungen von toten Stimmen, und wir sahen uns an, Julius und ich, als ob wir nicht wollten, dass der andere es hört.

Und ich wusste, dass jene Dinge, die wir am schönsten finden, uns durch ihre kurze Lebensspanne so erscheinen.

Er ließ mich singen diese Nacht, wie in fast allen Nächten zuvor. Kaum ein Unterschied zu meiner ersten Nacht in diesem Haus, nur dass ich nun nicht mehr nach dem letzten Lied in mein eigenes Zimmer ging. Julius legte sich hin. In der ganzen Villa waren die Lichter erloschen, und das Zimmer war in sanftes Kerzenlicht getaucht, auf dem unser Bett wie ein Floß zu treiben schien.

Ich kletterte aufs Bett, kniete mich hinter ihn und nahm seinen Kopf in meinen Schoß. Wir zogen die Schlaflieder in dieser Haltung vor, denn so konnte ich herabschauen und die ganze Wirkung sehen, die meine Stimme auf seinen Leib hatte, und ebenso konnte Julius aufschauen, um zu sehen, wie ich mich über ihm erhob wie ein Engel oder ein Wasserspeier.

Ich hielt meine Fäuste geballt, wie die ganzen letzten Minuten.

Und hatte ich bei Francescas Tod gewusst, dass ich einige Nächte später ein letztes Schlaflied für Julius singen würde?

Ich muss es gewusst haben. Ich wünschte mir nur, auch für sie eines gesungen zu haben, als sie im Sterben lag, dass sie so etwas hätte mitnehmen können in jene schwärzeste Nacht.

Und ich würde sie nun nicht enttäuschen, denn auch sie hatte Julius geliebt, als wäre sie die Mutter eines uralten Sohnes, eines Sohnes, der durch Generationen von Müttern gereicht worden war.

Eines Sohnes, den sie schließlich seinem Liebhaber anvertraut hatte.

»Lass es schön klingen«, flüsterte Julius unter mir, und seine grauen Augen waren traurig und vertrauensvoll im Licht der Kerzen. »Und lass es alle Toten beklagen.«

»Ja«, flüsterte ich und leerte meine Hand einen Moment, um das seidige blonde Haar aus seiner Stirn zu streichen. Mein Handrücken fing eine Träne in ihrem Fall – doch warum sollte ich dann nicht auch um mich selbst klagen? Wir beide würden diese Nacht ein Opfer bringen.

Dann sang ich, wie ich nie zuvor gesungen hatte, und jede Note balancierte am Rand eines gebrochenen Herzens. Lange, langsame Noten von unendlicher Trauer, Cherubinis *Requiem in c-moll.* Musik, um den Verlust von allem und jedem zu beklagen, von dem eines Freundes bis zu dem eines ganzen Zeitalters. Alle Dinge enden, denn das müssen sie, und vor allem die schönen.

Und als das Requiem zu Ende war, öffnete ich meine Hände und ergriff ihren Inhalt mit bebenden Fingern. Ich beugte meinen Kopf tief, sodass ich Julius auf überraschte Lippen küssen konnte.

»Ich liebe dich«, sagte ich, sodass er in den Jahren, die kommen würden, daran denken konnte als das Letzte, was er gehört hatte.

Und dann stieß ich die Nadeln in seine Ohren, eine durch jedes Trommelfell. Ich weinte in der Gewissheit, dass dies das Einzige war, was ich tun konnte. Er schrie und zuckte, doch ich ließ die Stahlstifte nicht los und drehte sie heftig um, sodass nichts von den Membranen übrig bleiben konnte, um wieder zusammenzuwachsen. Erst als ich mir sicher war, dass die Taubheit beständig sein würde, zog ich die Nadeln heraus und warf sie durchs Zimmer. Nur ich konnte das Klirren hören, als sie an der Wand abprallten.

Julius wand sich in Qualen, und sein Körper war vollkommen im gelben Zwielicht, und ich betrachtete ihn, sodass ich ihn nie im Leben vergessen würde – denn nie mehr würde ich ihn so jung wie in dieser Nacht sehen. Wann würde er beginnen, sein Abstieg in die Jahre, die man nicht mehr zurückdrehen könnte? Wann würde ich ihn anschauen und die nadelfeinen Stiche des Alters in seinem Fleisch sehen, wie eine Inschrift auf altem Elfenbein?

Ich wusste es nicht. Doch ich würde da sein.

Ich fiel neben ihn und legte meine Hand auf seine harte Schulter, während ich Entschuldigungen stammelte, die er nicht mehr hören konnte, und er stieß mich weg. Ich zog mich in eine Ecke dieses großen Bettes zurück und kauerte mich zur Seite – und hätte Francesca mir zugesehen, wäre sie stolz?

Nach einer Weile legte Julius sich über meinen nackten Rücken; ich spürte das stete Tropfen seines Blutes auf meinem Rückgrat. Bald ging unser Atem gleichmäßig, und ich blickte in die Zukunft mit der Furcht, dass er mich vielleicht hassen würde, wenn er es nicht schon tat. Ich stellte mir vor, wie Julius mich im Schlaf erwürgen würde, und im gleichen Moment griffen seine Hände nach mir, verharrten seine Finger an meinen Lippen, bevor sie sich sanft um meine Kehle schlossen. Doch er drückte nicht zu, als wollte er nur das halten, was er über alles geliebt hatte und was ihm nun für immer verwehrt blieb.

Ich kannte dieses Gefühl.

Ich hatte meinen einzigen Zuhörer verloren.

Doch wenn er mich schon nicht hören konnte, so gab es noch immer die Liebe, und in jener Nacht schien mir die Liebe weitaus gewisser zu sein.

H. P. Lovecraft
Das gemiedene Haus

1

Selbst das größte Grauen entbehrt selten der Ironie. Manchmal mischt sie sich unmittelbar in den Gang der Ereignisse, manchmal aber auch entspringt sie lediglich den Verbindungen, die zwischen Menschen und Orten geknüpft werden. Als Paradebeispiel für die letztere Spielart mag ein Fall aus der alten Stadt Providence dienen, wo in den späten vierziger Jahren des neunzehnten Jahrhunderts Edgar Allan Poe während seiner vergeblichen Werbung um die begabte Dichterin Mrs Whitman häufig Aufenthalt nahm. Für gewöhnlich stieg Poe im Mansion House an der Benefit Street ab – dem früheren Golden Ball Inn, unter dessen Dach Washington, Jefferson und Lafayette geweilt haben – und sein Lieblingsspaziergang führte über ebendiese Straße in nördlicher Richtung zu Mrs Whitmans Haus und dem benachbart am Hügel ruhenden St. John's Friedhof, dessen versteckt gelegene Ansammlung von Grabsteinen aus dem achtzehnten Jahrhundert eine eigentümliche Anziehungskraft auf ihn ausübte.

Folgendes ist nun die Ironie dabei. Auf diesem Spazierweg, den er so oft zurücklegte, war der weltgrößte Meister des Grauenvollen und Bizarren genötigt, an einem bestimmten Haus an der Ostseite der Straße vorüberzugehen; ein heruntergekommenes, altertümliches Bauwerk, das auf dem steil ansteigenden Seitenhügel kauerte, mit einem weitläufigen, ungepflegten Hof aus Tagen, als diese Gegend zum Teil noch freies Feld gewesen war. Es hat nicht den Anschein, als habe er jemals davon gesprochen oder darüber geschrieben, kein Anhaltspunkt spricht dafür, dass er überhaupt davon

Notiz nahm. Für die beiden Menschen, die gewisse Informationen besitzen, erreicht oder überbietet dieses Haus an Grauenhaftigkeit dennoch die kühnsten Fantasien dieses Genies, das so häufig unwissentlich daran vorbeispazierte – und düster lauernd steht es als ein Sinnbild all dessen, das unsagbar schrecklich ist.

Dem Haus haftete – und haftet übrigens noch immer – etwas an, das bei Neugierigen Interesse weckt. Ursprünglich ein Bauernhof oder ein teilweise landwirtschaftlich genutztes Gebäude, spiegelte es die durchschnittliche koloniale Architektur Neu-Englands aus der Mitte des achtzehnten Jahrhunderts wider – ein stattlicher Bau mit Spitzdach, zwei Stockwerken und gaubenloser Mansarde, mit dem georgianischen Hauseingang und der hölzernen Innentäfelung, die der geschmackliche Fortschritt jener Zeit verlangte. Es blickte mit einem Giebel nach Norden, wobei es bis zu den unteren Fenstern im östlich aufragenden Hügel begraben war, während die andere Giebelseite frei bis zum Fundament zur Straße hin lag. Man hatte es errichtet, nachdem die Straße in jener Gegend planiert und begradigt worden war, denn die Benefit Street – die zunächst noch Back Street geheißen hatte – war einst als Feldweg angelegt worden, der sich zwischen den Begräbnisplätzen der ersten Siedler hindurchgeschlängelt hatte und dessen Begradigung erst erfolgte, als die Umbettung der Toten in den Nordfriedhof es ohne Verletzung der Pietät gestattete, eine Schneise durch die alten Familiengrabstätten zu legen.

Anfangs hatte sich die westliche Hausmauer gut sechs Meter von der Straße entfernt auf einer abschüssigen Rasenfläche erhoben; doch eine Verbreiterung der Straße, etwa zur Zeit der Revolution, hatte den größten Teil des trennenden Zwischenraums abgeschnitten und die Fundamente bloßgelegt, sodass eine Grundmauer aus Backstein hochgezogen werden musste, die dem tiefen Keller eine Straßenfront mit einer Tür und zwei Fenstern oberhalb des Bodenniveaus verlieh, dicht an der neuen Streckenführung des öffentlichen Verkehrs. Als vor hundert Jahren der Gehsteig angefügt wurde, fielen auch die letzten trennenden Meter weg; und Poe muss auf seinen Spaziergängen nichts als eine bloße Auftürmung öden grauen Ziegelwerks erblickt haben, direkt an den Gehsteig stoßend und in drei Metern Höhe überragt von der uralten, schindelbedeckten Masse des eigentlichen Hauses.

Das farmähnliche Anwesen reichte rückwärtig weit den Hang hinauf bis fast zur Wheaton Street. Das Gelände südlich des Hauses, das an die Benefit Street grenzte, lag natürlich deutlich oberhalb des Bürgersteigniveaus und bildete eine Terrasse, die von einer hohen Stützmauer aus feuchten, moosgrünen Steinen befestigt wurde, durch die sich eine steile Flucht schmaler Stufen ihren Weg bahnte und zwischen schluchtartigen Begrenzungsflächen einwärts zum oberen Bezirk mit welkem Rasen, schiefen Backsteinmauern und ungepflegten Gärten führte. Mit den umgestoßenen Zementvasen, rostzerfressenen Kesseln, die von ihren Dreifüßen aus Knotenstöcken heruntergefallen waren, und ähnlichem Plunder bildete dies eine passende Kulisse für die verwitterte Eingangstür mit dem zersplitterten Fächerfenster, den bröckelnden ionischen Säulen und dem wurmzernagten dreieckigen Ziergiebel.

Was ich in meiner Jugend über das gemiedene Haus hörte, war lediglich, dass darin Menschen in erschreckend großer Zahl starben. Dies, so erfuhr ich, sei der Grund gewesen, warum die Erbauer und Erstbesitzer des Anwesens gut zwanzig Jahre nach seiner Fertigstellung ausgezogen waren. Es war einfach ungesund, vielleicht wegen der Feuchtigkeit und des Schwammbefalls im Keller, des *durchdringenden* üblen Geruchs, des Luftzugs in den Gängen und Fluren oder der Ungenießbarkeit des Wassers aus dem Pumpbrunnen. Diese Dinge waren schlimm genug, und sie waren alles, was bei meinem Bekannten Glauben fand. Erst die Notizbücher meines Onkels, des Altertumsforschers Dr. Elihu Whipple, enthüllten mir *in extenso* die dunkleren, vageren Vermutungen, die einen verstohlenen Strom volkstümlicher Überlieferungen unter den Dienstboten und dem einfachen Volk früherer Tage bildeten, Vermutungen, die niemals weit kursierten und die größtenteils schon vergessen waren, als Providence zu einer Metropole mit hektischen, modernen Einwohnern anwuchs.

Unumstößliche Tatsache ist, dass das Gebäude von den gediegeneren Gesellschaftskreisen niemals wirklich als ›Spukhaus‹ angesehen wurde. Geschwätz über rasselnde Ketten, eisige Luftzüge, ausgeblasene Lichter oder Gesichter an den Fenstern kursierte nicht. Zum Extrem neigende Menschen behaupteten manchmal, das Haus sei »vom Unglück heimgesucht«, aber mehr sagten sogar sie nicht. Was tatsächlich außer Frage stand, ist, dass eine beängstigende Anzahl von Menschen dort starb; oder genauer gesagt: gestorben *war,* denn seit einigen seltsamen Vorkommnissen vor über sechzig Jahren stand das Gebäude leer, weil es sich einfach nicht mehr vermieten ließ. Alle diese Menschen waren dem Leben nicht plötzlich durch irgendeine akute Todesursache entrissen worden. Vielmehr hatte es den Anschein, als litten sie unter einem schleichenden Entzug der Lebensenergie, sodass jeder von ihnen früher als vorherbestimmt an irgendeiner, scheinbar natürlichen Krankheit verschied. Und jene, die nicht starben, offenbarten mehr oder weniger stark eine Art Blutarmut oder Schwindsucht, und manchmal auch einen Verfall der geistigen Kräfte, was nicht gerade für die Bekömmlichkeit des Gebäudes sprach. Es muss hinzugefügt werden, dass die Häuser in der Nachbarschaft vollkommen frei von solchen abträglichen Eigenschaften waren.

So viel war mir bekannt, ehe meine beharrlichen Fragen meinen Onkel dazu brachten, mir die Notizbücher zu zeigen, die uns beide schließlich zu unserer schrecklichen Nachforschung veranlassten. In meiner Kindheit war das gemiedene Haus unbewohnt gewesen, mit kahlen, knorrigen und grässlich alten Bäumen, unnatürlich bleichem Gras und albtraumhaft missgeformtem Unkraut auf dem hochgelegenen Terrassengarten, wo sich niemals Vögel niederließen. Wir Jungen trieben uns häufig dort herum, und ich erinnere mich noch gut meines kindlichen Schreckens nicht nur angesichts der morbiden Fremdartigkeit der unheimlichen Vegetation, sondern auch wegen der schaurigen Atmosphäre und dem Geruch des baufälligen Hauses, durch dessen unverschlossene Eingangstür wir uns häufig vorwagten, um uns zu gruseln. Die Scheiben der kleinen Fenster waren zum größten Teil zerbrochen, und eine unbeschreibliche Aura der Verlassenheit lastete auf den rissigen Wandvertäfelungen, den wackligen Rollläden, der sich abschälenden Tapete, dem bröckelnden Verputz, den morschen Treppen und den Überresten der kaputten Möbel, die noch vorhanden waren. Staub und Spinnweben verstärkten die gespenstische Stimmung; und als wirklich mutig galt der Junge, der freiwillig die Leiter zum Speicher erklomm, ein riesiger, von Dachsparren gerippter Schlauch, erhellt nur durch winzige blinzelnde Fenster an den Giebelenden und angefüllt mit einem

Haufen zertrümmerter Truhen, Stühle und Spinnräder, die unter den Staub- und Schmutzschichten endloser Jahre der Lagerung monströse und höllische Formen angenommen hatten.

Doch im Grunde war der Dachspeicher gar nicht mal der gruseligste Teil des Hauses. Der dumpfe, feuchte Keller war am schaurigsten. Auf unbestimmte Art weckte er den allerstärksten Abscheu in uns, obwohl er zur Straße hin ganz offen lag, mit einer von Fenstern durchbrochenen Ziegelmauer und einer dünnen Tür, die ihn vom belebten Gehsteig abgrenzte. Wir wussten nicht recht, ob wir ihn um des unheimlichen Kitzels willen aufsuchen oder unseren Seelen und unserer geistigen Gesundheit zuliebe meiden sollten. Zum einen war der üble Geruch des Hauses dort am stärksten; und zum anderen gefielen uns die weißen Pilzgewächse nicht, die zuweilen bei regnerischem Sommerwetter aus dem festgestampften erdenen Kellerboden sprossen. Diese Gewächse, ebenso grotesk wie die Pflanzenwelt des Außenhofs, waren wirklich widerwärtig anzuschauen: ekelhafte Parodien von Fliegenpilz und Fichtenspargel, wir hatten dergleichen nie zuvor gesehen. Sie verfaulten schnell und begannen ab einem bestimmten Entwicklungsstadium, schwach zu phosphoreszieren, deshalb sprachen nächtliche Passanten manchmal von Irrlichtern, die hinter den zerbrochenen Scheiben der Gestank verströmenden Fenster glommen.

Niemals – auch nicht in unserer übermütigsten Halloweenlaune – gingen wir bei Nacht in diesen Keller, doch konnten wir während einiger unserer Besuche bei Tageslicht die erwähnte Phosphoreszenz beobachten, vor allem an trüben und nassen Tagen. Es gab auch ein weniger fassliches Phänomen, das wir oftmals zu beobachten meinten – es handelte sich in der Tat um eine überaus seltsame, uneindeutige Sache. Ich meine ein verschwommenes weißes Muster auf dem schmutzigen Boden, eine sich bewegende Ablagerung von Schimmel oder Salpeter, deren Ursprung wir manchmal zwischen den spärlichen Pilzgewächsen nahe der großen Feuerstelle des Kellergeschosses vage auszumachen glaubten. Zeitweilig erinnerte uns dieser Fleck in unheimlicher Weise an eine zusammengekrümmte menschliche Gestalt, obwohl eigentlich keine derartige Ähnlichkeit existierte, und oftmals gab es überhaupt keine weißliche Ablagerung.

An einem regnerischen Nachmittag, als dieses Trugbild erstaunlich deutlich auftrat, und als ich darüber hinaus glaubte, den Anblick einer dünnen, gelblichen, schimmernden Ausdünstung erhascht zu haben, die von dem Salpetermuster in den gähnenden Kamin aufstieg, sprach ich meinen Onkel auf die Sache an. Er lächelte über diese sonderbare Einbildung, doch schien er sich mit diesem Lächeln auch an etwas zu erinnern. Später hörte ich, dass eine vergleichbare Beobachtung Eingang in einige der überspannten alten Geschichten des einfachen Volkes gefunden hatte – eine Beobachtung, die in entsprechender Weise auf ghoulische, wölfische Formen anspielte, die im Rauch aus dem großen Schornstein erkennbar sein sollten, und auf absonderliche Umrisse, die der verschlungene Wuchs einiger Baumwurzeln anzudeuten schien, die sich durch die losen Steine des Fundaments einen Weg in den Keller gesucht hatten.

2

Erst als ich erwachsen war, machte mein Onkel mir die Aufzeichnungen und Unterlagen zugänglich, die er über das gemiedene Haus gesammelt hatte. Dr. Whipple war ein sachlich denkender, konservativer Arzt der alten Schule, und trotz seines Interesses an diesem Ort strebte er nicht danach, die Gedanken eines jungen Menschen auf das Anormale zu lenken. Seine eigene Ansicht, die einfach von einem Gebäude und Grundstück mit auffällig ungesunden Eigenschaften ausging, hatte nichts mit dem Anormalen zu tun; und doch erkannte er, dass der romantische Aspekt des Ganzen, der sein eigenes Interesse geweckt hatte, die rege Fantasie eines jungen Mannes zu allerlei schauerlichen Gedankenverknüpfungen anstiften würde.

Der Doktor war Junggeselle; ein weißhaariger glatt rasierter altmodischer Gentleman und ein Lokalhistoriker von Ruf, der oftmals eine Lanze mit solch streitbaren Hütern der Tradition wie Sidney S. Rider und Thomas W. Bicknell gebrochen hatte. Er und sein einziger Diener bewohnten ein georgianisches Heim mit Türklopfer und eisernen Treppengeländern, das am steilen Gefälle der North Street beunruhigend um Gleichgewicht rang, direkt neben dem alten Gerichts- und Verwaltungsgebäude, in dem sein Großvater – ein Cousin jenes gefeierten Kaperfahrers Captain Whipple, der 1772

Seiner Majestät bewaffneten Schoner *Gaspee* in Brand setzte – bei der gesetzgebenden Versammlung vom 4. Mai 1776 für die Unabhängigkeit der Kolonie Rhode Island gestimmt hatte. In der klammen Bibliothek mit der niedrigen Decke, den modrigen weißen Paneelen, dem schweren, geschnitzen Kaminaufsatz und den kleinen, von Weinlaub beschatteten Fenstern umgaben ihn die Erinnerungsstücke und schriftlichen Zeugnisse seiner alteingesessenen Familie, darunter zahlreiche Andeutungen bezüglich des gemiedenen Hauses in der Benefit Street. Dieser verseuchte Ort liegt nicht weit von dort entfernt – denn die Benefit Street verläuft wie ein Gesims direkt oberhalb des Gerichtsgebäudes entlang der steilen Hügelflanke, an der die erste Ansiedlung emporwuchs.

Als mein ständiges Drängen zu guter Letzt meinem Onkel die sorgsam gehüteten Informationen entlockten, die ich haben wollte, lag eine wirklich sonderbare Chronik vor mir. Umständlich, statistisch und ermüdend genealogisch wie manches von den Dokumenten war, durchzog sie doch ein roter Faden von beharrlich brütendem Grauen und unnatürlicher Bosheit, die mich noch mehr als den guten Doktor beeindruckte. Einzelne Vorfälle standen auf einmal in einem unheimlichen Zusammenhang und vermeintlich unbedeutende Einzelheiten bargen einen Fundus abscheulicher Möglichkeiten.

Eine neue und brennende Neugier erwachte in mir, verglichen mit der meine jungenhafte Neugierde vergangener Tage matt und einfältig anmutete. Die ersten Enthüllungen führten zu einer erschöpfenden Recherche und letzten Endes zu der grauengetränkten Nachforschung, die sich als so verhängnisvoll für mich und die Meinen erwies. Denn mein Onkel bestand darauf, an der Untersuchung mitzuwirken, die ich in Angriff genommen hatte, und nach einer gewissen Nacht in jenem Haus verließ er es nicht mehr mit mir. Ich bin einsam ohne diese gütige Seele, deren lange Lebensjahre nur von Anstand, Tugend, Taktgefühl, Wohlwollen und Gelehrsamkeit bestimmt gewesen waren. Ich habe zu seinem Gedenken eine Marmor-Urne für den St. John's Friedhof gestiftet – dem Ort, den Poe liebte – jenem verborgenen Hain gewaltiger Weiden an der Hügelseite, wo Gräber und Grabsteine sich still unter der altersgrauen Steinmasse der Kirche und der Häuser und der Stützmauern der Benefit Street drängen.

Die Geschichte des Hauses, die mit einem Durcheinander an Daten beginnt, offenbarte keine Spur des Unheilvollen, weder in Bezug auf seine Errichtung noch bezüglich der wohlhabenden und ehrbaren Familie, die es erbaute. Und doch zeigte sich von Beginn an ein Anflug des Verhängnisvollen, der schnell eine unheilvolle Kraft gewann. Die gewissenhaft zusammengestellten Aufzeichnungen meines Onkels begannen mit der Grundsteinlegung im Jahre 1763 und verfolgten das Thema ungewöhnlich detailreich. Das gemiedene Haus, so scheint es, wurde zuerst von William Harris und seiner Frau Rhoby Dexter bewohnt, sowie deren Kindern Elkanah, geboren 1755, Abigail, geboren 1757, William jr., geboren 1759, und Ruth, geboren 1761. Harris war ein achtbarer Kaufmann und Seefahrer im Westindienhandel und geschäftlich verbunden mit der Firma von Obadiah Brown und Neffen. Nach Browns Tod im Jahre 1761 ernannte ihn die neue Firma von Nicholas Brown & Co. zum Kapitän der 120-Tonnen-Brigg *Prudence,* die aus einer Werft in Providence stammte, was ihm ermöglichte, den neuen Familienwohnsitz zu bauen, von dem er seit seiner Heirat stets geträumt hatte.

Die von ihm erwählte Lage – ein vor Kurzem begradigter Abschnitt der neuen und vornehmen Back Street, die entlang der Hügelflanke oberhalb der dichtbesiedelten Cheapside verlief – konnte wünschenswerter nicht sein, und das fertige Bauwerk wurde dem Standort gerecht. Es war das Beste, was sich mit seinen bescheidenen Mitteln erreichen ließ, und Harris beeilte sich einzuziehen, ehe seine Frau das von der ganzen Familie erwartete fünfte Kind zur Welt brachte. Dieses Kind, ein Knabe, wurde im Dezember geboren; er war tot – ganze anderthalb Jahrhunderte lang sollte in diesem Haus kein einziges Kind lebend entbunden werden.

Im folgenden April erkrankten die Kinder und noch vor Monatsende starben Abigail und Ruth. Dr. Job Ives' Diagnose lautete Kindfieber, obwohl andere behaupteten, es habe sich eher um schlichtes körperliches Siechtum oder Dahinschwinden gehandelt. Die Sache schien auf jeden Fall ansteckend; denn Hannah Bowen, eine von zwei Bediensteten, starb im folgenden Juni auf die gleiche Weise. Eli Lideason, der andere Dienstbote, klagte ständig, dass er erschöpft sei – und er wäre auf die Farm seines Vaters in Rehoboth zurückgekehrt, hätte er nicht unverhofft eine zärtliche Neigung zu

Mehitabel Pierce gefasst, die als Hannahs Nachfolgerin eingestellt worden war. Er starb im Jahr darauf: wahrlich ein trauriges Jahr, denn es brachte auch den Tod von William Harris, dessen Konstitution im Klima von Martinique angegriffen worden war, wo berufliche Pflichten ihn während der zurückliegenden Dekade über längere Zeiträume festgehalten hatten.

Die verwitwete Rhoby Harris erholte sich nie von dem Schock, den sie durch den Verlust ihres Mannes erlitten hatte, und als ihr Erstgeborener Elkanah zwei Jahre später starb, versetzte dies ihrem Verstand den Todesstoß. Anno 1768 fiel sie einer milden Form des Wahnsinns anheim, worauf man sie in den oberen Teil des Hauses verbannte.

Inzwischen war ihre ältere, unverheiratete Schwester, Mercy Dexter, eingezogen, um die Familie zu versorgen. Mercy war eine einfache, grobknochige Frau und sehr kräftig – und doch verschlechterte sich ihre Gesundheit seit dem Tag ihrer Ankunft sichtlich. Sie hing sehr an ihrer unglücklichen Schwester und hegte zu ihrem einzigen überlebenden Neffen William eine besondere Neigung, der sich von einem kräftigen Kind in einen kränkelnden, spindeldürren Knaben verwandelt hatte. In diesem Jahr starb die Dienstmagd Mehitabel, und der zweite Diener, Preserved Smith, kündigte ohne vernünftige Erklärung – er erzählte allerdings einige wüste Geschichten und beschwerte sich über den Geruch des Hauses, den er nicht gut vertrage.

Es dauerte einige Zeit, bis Mercy endlich neue Dienstboten fand, denn die sieben Todesfälle und der eine Fall von Wahnsinn, die alle innerhalb eines Zeitraums von fünf Jahren eingetreten waren, hatten die Welle von Klatschgeschichten ausgelöst, die später so bizarre Formen annahmen. Schließlich jedoch warb sie Personal von außerhalb der Stadt an; Ann White, eine mürrische Frau aus jenem Teil North Kingstowns, der nun den Amtsbezirk Exeter bildet, sowie einen tüchtigen Mann aus Boston namens Zenas Low.

Es war Ann White, mit der das düstere Getratsche erstmals greifbare Züge gewann. Mercy hätte es besser wissen sollen, als jemanden aus der Gegend um Nooseneck Hill in Dienst zu nehmen, denn jener abgelegene, rückständige Landesteil war damals, wie auch heute, die Brutstätte des unerfreulichsten Aberglaubens. Noch im Jahre 1892 exhumierte eine Gemeinde in Exeter einen Leichnam und verbrannte feierlich das Herz, um vermeintliche, der öffentlichen Gesundheit und dem allgemeinen Frieden abträgliche Heimsuchungen zu unterbinden, und man kann sich unschwer die vorherrschende Geisteshaltung jenes Landstrichs im Jahre 1768 ausmalen. Anns Zunge war in unheilvoller Bewegung, und nach wenigen Monaten setzte Mercy sie vor die Tür und vergab ihre Stelle an eine treue und liebenswerte Amazone aus Newport, Maria Robbins.

Inzwischen verlieh die bedauernswerte Rhoby Harris in ihrem Wahnsinn Träumen und Trugbildern der scheußlichsten Sorte hörbaren Ausdruck. Zuweilen waren ihre Schreie unerträglich und lange Zeit formten ihre Stimmbänder kreischende Schrecken, die ihren Sohn manchmal zwangen, bei seinem Cousin Peleg Harris in der Presbyterian Lane nahe dem neuen Universitätsgebäude Unterkunft zu suchen. Nach diesen Gastaufenthalten schien der Junge immer sichtlich gekräftigt, und wäre Mercy so klug gewesen, wie sie wohlmeinend war, hätte sie ihn dauerhaft bei Peleg einquartiert.

Was genau Mrs Harris während ihrer Tobsuchtsanfälle hinausschrie, hält die Überlieferung vornehm zurück – oder verbreitet vielmehr derart übertriebene Darstellungen, dass sie sich dank ihrer schieren Absurdität von selbst erledigen. Es kann ja nur absurd klingen, wenn man hört, dass eine Frau, die nur bruchstückhafte Kenntnisse des Französischen besitzt, oftmals stundenlang in einem vulgären Dialekt dieser Sprache brüllte, oder dass dieselbe Person, allein im Zimmer, aber unter Beobachtung, heftig über ein Etwas klagte, das sie anstarrte, sie beiße und an ihr kaue.

Im Jahre 1772 starb der Diener Zenas, und als Mrs Harris davon hörte, lachte sie mit einer schockierenden Begeisterung, die überhaupt nicht zu ihr passte. Im folgenden Jahr starb sie selbst und wurde auf dem North Burial Ground neben ihrem Gatten beerdigt.

Als 1775 der Krieg gegen Großbritannien ausbrach, gelang es William Harris trotz seiner jungen sechzehn Jahre und schwachen körperlichen Verfassung, in die Erkundungstruppen unter General Greene einzutreten; und von da an erfreute er sich stets zunehmender Gesundheit und wachsenden Ansehens. Anno 1780, er war Hauptmann der Rhode-Island-Truppen unter Colonel Angell, heiratete er Phebe Hetfield aus Elisabethtown, die er nach seiner ehrenhaften Entlassung im folgenden Jahr nach Providence brachte.

Die Heimkehr des jungen Soldaten war kein Ereignis von ungetrübter Freude. Das Haus, zugegeben, war noch immer in gutem Zustand; und die Straße war verbreitert und von Back Street in Benefit Street umbenannt worden. Doch Mercy Dexters ehedem robuste Natur hatte einen schmerzlichen und unerklärlichen Verfall durchlaufen, sodass sie nunmehr eine gebeugte und traurige Frau mit tonloser Stimme und erschreckend blass war – Symptome, die in unnatürlichem Ausmaß auch die einzige verbliebene Dienerin Maria aufwies. Im Herbst 1782 gebar Phebe Harris ein totes Mädchen und am fünfzehnten Mai des folgenden Jahres schied Mercy Dexter aus einem hilfsbereiten, anspruchslosen und rechtschaffenen Leben.

William Harris, nun endlich überzeugt von der durch und durch gesundheitsschädlichen Natur seines Heims, bereitete sich auf den Auszug vor und wollte das Haus für immer aufgeben. Während er mit seiner Frau ein Ausweichquartier im jüngst eröffneten Golden Ball Inn bezog, gab er den Bau eines neuen und schöneren Hauses in der Westminster Street in Auftrag, die zum wachsenden Teil der Stadt am anderen Ende der Great Bridge gehörte. Dort wurde 1785 sein Sohn Dutee geboren; und dort wohnte die Familie, bis der vordringende Handel sie wieder über den Fluss und den Hügel zurück in die Angell Street trieb, ins neuere Wohnviertel der East Side, wo der verstorbene Archer Harris 1876 seine teure, aber geschmacklose Mansardendach-Villa errichtete. William und Phebe erlagen beide der Gelbfieber-Epidemie von 1797, Dutee wurde indessen von seinem Cousin Rathbone Harris, Pelegs Sohn, aufgezogen.

Rathbone war ein praktisch veranlagter Mann und vermietete das Haus in der Benefit Street, entgegen Williams Wunsch, es leerstehen zu lassen. Er betrachtete es als Verpflichtung seinem Mündel gegenüber, aus dem Besitztum des Jungen das Beste herauszuholen, und er kümmerte sich wenig um die Todes- und Krankheitsfälle, die einen so häufigen Wechsel der Bewohner bewirkt hatten, oder die beständig zunehmende Abneigung, mit der das Haus allgemein betrachtet wurde. Vermutlich empfand er nur Verdruss, als der

Stadtrat ihm im Jahre 1804 auferlegte, wegen der vieldiskutierten Tode von vier Menschen, mutmaßlich verursacht von der inzwischen abklingenden Fieberepidemie, das Anwesen mit Schwefel, Teer und Kampfer auszuräuchern. Es hieß, dem Ort hafte ein Fiebergeruch an.

Dutee selbst dachte wenig an das Haus, denn er fühlte sich zum Kapermatrosen berufen und diente im Krieg von 1812 mit Auszeichnung auf der *Vigilant* unter Captain Cahoone. Er kehrte unverletzt zurück, heiratete im Jahr 1814 und wurde in jener denkwürdigen Nacht des 23. September 1815 zum Vater, als ein mächtiger Sturm das Wasser der Bucht über die halbe Stadt peitschte und eine große Schaluppe weit die Westminster Street hinauftrieb, sodass ihre Masten fast an die Fenster des Harris-Hauses pochten, gleichsam als symbolische Bestätigung, dass der neugeborene Knabe, Welcome, der Sohn eines Seemanns war.

Welcome überlebte seinen Vater nicht, stattdessen war es ihm bestimmt, im Jahre 1862 bei Fredericksburg ruhmreich zu sterben. Weder ihm noch seinem Sohn Archer bedeutete das gemiedene Haus etwas anderes als ein Ärgernis, das sich um nahezu keinen Preis vermieten ließ – vielleicht aufgrund der Muffigkeit und des unerträglichen Gestanks verwahrlosten Alters. Es wurde tatsächlich nie mehr vermietet, nachdem sich eine Reihe von Todesfällen ereignet hatte, die ihren Höhepunkt 1861 erreichte und in den Kriegswirren nahezu ohne Echo blieb. Carrington Harris, letzter Spross der männlichen Linie, kannte das Haus lediglich als verlassenen und geradezu malerischen Kern lokaler Legenden, bis ich ihm von meinem Erlebnis erzählte. Er hatte vorgehabt, das Haus abzureißen und an seiner statt ein Apartmenthaus hochzuziehen, doch nach meinem Bericht entschied er sich nun, es stehen zu lassen, mit Wasserleitungen auszustatten und zu vermieten. Bislang hat er auch keine Schwierigkeiten gehabt, Mieter zu finden. Das Grauen ist verschwunden.

3

Es lässt sich leicht ermessen, welch starken Eindruck die Annalen der Harris-Sippe auf mich machten. In diesem fortlaufenden Bericht schien mir eine nachhaltige böse Macht zu brüten, die alles in den

Schatten stellte, was die Natur, wie ich sie kannte, aufzubieten hatte; eine böse Macht, die klar ersichtlich mit dem Haus verknüpft war und nicht mit der Familie.

Dieser Eindruck wurde durch die ungeordnete Sammlung unterschiedlichster Hinweise meines Onkels bestärkt – Berichte, die beim Anhören von Dienstbotenklatsch niedergeschrieben wurden, Zeitungsausschnitte, Kopien von Sterbeurkunden aus dem Archiv von Arztkollegen und dergleichen mehr. Dieses Material hier vollständig vorzulegen, ist nicht möglich, denn mein Onkel war ein unermüdlicher Altertumskundler und hegte ein tiefes Interesse an dem gemiedenen Haus. Doch möchte ich verschiedene wichtige Fakten anführen, die wegen ihrer Wiederholung in zahlreichen Berichten aus unterschiedlichen Quellen Aufmerksamkeit verdienen. So schrieb zum Beispiel der Dienstbotenklatsch dem pilzbefallenen und übelriechenden *Keller* des Hauses einmütig einen herausragenden Anteil des bösen Einflusses zu. Es hatte Hausangestellte gegeben – vor allem Ann White –, die sich weigerten, die Küche im Keller zu benutzen, und mindestens drei Aussagen bezogen sich konkret auf die gleichsam menschlichen oder teuflischen Umrisse, die Baumwurzeln oder Schimmelflecken in diesem Bereich bildeten. Besonders die letzteren Erzählungen interessierten mich aufgrund dessen, was ich in meiner Kindheit gesehen hatte, doch schien es mir, dass in jedem einzelnen Fall ihre Bedeutung durch Hinzufügungen aus dem üblichen Fundus lokaler Gespenstersagen stark beeinträchtigt worden war.

Ann White mit ihrem Exeter-Aberglauben hatte die überspannteste und zugleich in sich schlüssigste Geschichte ausgestreut; sie deutete an, dass unter dem Haus ein Vampir begraben liegen müsse – einer jener Toten, die ihre körperliche Gestalt beibehalten und sich vom Blut oder Atem der Lebenden nähren und deren grausige Legionen ihre Spukgestalten oder Geisterscheinungen bei Nacht nach Opfern aussenden. Um einen Vampir zu vernichten, so raten die Großmütter, müsse man ihn aus dem Grab zerren und sein Herz verbrennen, oder zumindest einen Pflock durch dieses Organ stoßen. Anns penetrante Forderung, unter dem Kellerboden nachzuforschen, war der Hauptgrund für ihre Entlassung gewesen.

Dennoch fanden ihre Geschichten breites Gehör und weil das

Haus tatsächlich auf einem Grundstück stand, das früher zu Begräbniszwecken gedient hatte, desto bereitwilligeren Glauben. Für mich waren sie weniger wegen dieses Umstandes von Interesse als aufgrund der merkwürdig passenden Art und Weise, in der sie sich zu gewissen anderen Aspekten fügten – der Beschwerde des scheidenden Dieners Preserved Smith, der vor Ann angestellt gewesen war und nie von ihr gehört hatte, dass ihm etwas bei Nacht den »Atem saugte«; den Sterbeurkunden der Fiebertoten des Jahres 1804 aus dem Archiv von Dr. Chad Hopkins, laut denen alle vier Verstorbenen einen unerklärlichen Blutmangel aufwiesen; und den rätselhaften Verbindungen in den Delirien der armen Rhoby Harris, als sie sich vor den scharfen Zähnen einer starräugigen, halb sichtbaren Erscheinung fürchtete.

Obzwar ich frei von törichtem Aberglauben bin, lösten diese Dinge einen sonderbaren Aufruhr in mir aus, noch verstärkt durch zwei weit auseinanderdatierende Zeitungsausschnitte, die von Todesfällen im gemiedenen Haus handelten – einer aus der *Providence Gazette and Country Journal* vom 12. April 1815, und der andere aus dem *Daily Transcript and Chronicle* vom 27. Oktober 1845. Beide gingen ausführlich auf einen außerordentlich grauenerregenden Umstand ein, dessen Übereinstimmung erstaunlich war. Wie es scheint, durchliefen in beiden Fällen die Sterbenden eine Verwandlung – 1815 eine liebenswürdige alte Dame namens Stafford und 1845 ein Schullehrer mittleren Alters namens Eleazar Durfee – auf eine grauenvolle Art und Weise; ihr Augen blickten starr und glasig und sie versuchten, die betreuenden Ärzte in den Hals zu beißen.

Noch verwirrender jedoch waren die letzten Ereignisse, die der Vermietung des Hauses ein Ende setzten – eine Reihe von Todesfällen, verursacht durch Blutarmut. Allen waren Symptome fortschreitenden Wahnsinns vorangegangen, in dessen Verlauf die Patienten durchtrieben ausgeführte Mordanschläge auf ihre Verwandten verübten, indem sie sie an deren Hälsen oder Handgelenken verwundeten.

Dies geschah in den Jahren 1860 und 1861, als mein Onkel gerade seine Arztpraxis eröffnet hatte; und ehe er an die Front ging, hörte er viel darüber von seinen älteren Berufskollegen. Das wirklich Unerklärliche war die Art, in der die Opfer – ungebildete Menschen, denn an andere konnte das übel riechende und weithin gemiedene

Haus nicht mehr vermietet werden – Verwünschungen auf Französisch brabbelten, eine Sprache, die sie unmöglich in nennenswertem Umfang erlernt haben konnten. Es erinnerte an die arme Rhoby Harris fast ein Jahrhundert zuvor und berührte meinen Onkel so sehr, dass er, nachdem er einige Zeit nach seiner Heimkehr aus dem Krieg von den Ärzten Dr. Chase und Dr. Whitmarsh einen Bericht aus erster Hand über die Ereignisse vernahm, damit begann, historische Informationen über das Haus zu sammeln.

Ich erkannte, dass mein Onkel gründlich über diese Sache nachgedacht hatte und sich nun über mein eigenes Interesse daran freute – ein aufgeschlossenes und gleichgesinntes Interesse, das es ihm ermöglichte, Dinge mit mir zu erörtern, über die andere nur gelacht hätten. Seine Fantasie war nicht so weit vorausgeprescht wie meine, doch fühlte er, dass dieser Ort der Einbildungskraft ein selten weites Feld eröffnete und als Inspirationsquell auf dem Gebiet des Grotesken und Makabren Beachtung verdiente.

Ich für meinen Teil war geneigt, die ganze Angelegenheit verbissen ernst zu nehmen und begann sofort, nicht nur die Zeugenaussagen zu prüfen, sondern so viel davon zu sammeln, wie ich konnte. Ich befragte den alten Archer Harris, dem das Haus inzwischen gehörte, viele Male, bevor er 1916 starb. Von ihm und seiner noch immer lebenden unverheirateten Schwester Alice erhielt ich eine authentische Bestätigung all der Informationen über die Familie, die mein Onkel dokumentiert hatte. Als ich sie allerdings fragte, welche Verbindung zu Frankreich oder dessen Landessprache das Haus wohl haben könnte, bekannten sie sich ebenso erstaunt und ahnungslos, wie ich es war. Archer wusste nichts, und alles, was Miss Harris beisteuern konnte, war, dass eine alte Andeutung, die ihr Großvater Dutee Harris gehört hatte, vielleicht etwas Licht in die Angelegenheit bringen könne. Der alte Seemann, der den Soldatentod seines Sohnes Welcome um zwei Jahre überlebte, hatte die Geschichte selbst nicht gekannt; doch erinnerte er sich noch an seine frühe Amme, jene Maria Robbins längst vergangener Tage – sie hatte eine dunkle Ahnung von etwas besessen, das den französischsprachigen Wahnausbrüchen von Rhoby Harris, die sie während der letzten Tage jener unglücklichen Frau so oft vernommen hatte, eine unheimliche Bedeutung verliehen. Maria war im gemiedenen Haus von 1769 bis zum Auszug der Familie im Jahre 1783 beschäftigt gewesen und hatte Mercy Dexter sterben sehen. Einmal hatte sie dem kleinen Dutee gegenüber einen reichlich merkwürdigen Umstand während Mercys letzter Augenblicke erwähnt, doch hatte der Junge bald alles darüber vergessen, außer dass es etwas Merkwürdiges gewesen war. Und die Enkelin entsann sich dieses Wenigen nur unter Mühen. Sie und ihr Bruder waren nicht so stark an dem Haus interessiert wie Archers Sohn Carrington, der gegenwärtige Eigentümer, mit dem ich nach meinem Erlebnis sprach.

Nachdem ich der Familie Harris alle verfügbaren Informationen entlockt hatte, wandte ich meine Aufmerksamkeit frühen städtischen Chroniken und Dokumenten zu, wobei ich einen gründlicheren Eifer an den Tag legte, als mein Onkel ihn zuvor bei derselben Tätigkeit gezeigt hatte. Mein Ziel war eine lückenlose Übersicht der Grundstücksgeschichte, beginnend mit seiner Besiedelung im Jahre 1636 – oder sogar noch früher, falls sich irgendeine Legende der Narragansett-Indianer aufstöbern ließ, die die Daten ergänzte. Gleich zu Beginn fand ich heraus, dass das Land zu der langgezogenen Parzelle gehört hatte, die ursprünglich an John Throckmorton übertragen worden war; einer von zahlreichen ähnlichen Landstreifen, die an der Town Street neben dem Fluss beginnen und sich über den Hügel hinauf bis zu einer Linie erstrecken, die in groben Zügen der heutigen Hope Street entspricht. Throckmortons Parzelle ist erwartungsgemäß später mehrfach unterteilt worden und ich bemühte mich sehr, jenen Abschnitt zu ermitteln, durch den später die Back beziehungsweise Benefit Street verlief. Es war, so besagte ein Gerücht, tatsächlich der Friedhof der Throckmortons. Doch als ich die alten Dokumente eingehender durchforschte, fand ich heraus, dass die Gräber schon früher alle zum North Burial Ground an der Pawtucket West Road verlegt worden waren.

Dann stieß ich unverhofft – dank eines glücklichen Zufalls, da das Fundstück sich nicht im Hauptbestand der Dokumente befand und leicht hätte übersehen werden können – auf etwas, das mich in äußerste Spannung versetzte, da es mit verschiedenen der seltsamsten Phasen der Angelegenheit zusammenpasste. Es war der Nachweis der Verpachtung eines kleinen Grundstücks an einen Etienne Roulet und seiner Frau im Jahre 1697. Nun endlich war das französische Element zum Vorschein gekommen – dies und ein weiteres, bedeutsameres Element des Schreckens, das dieser Name aus den dunkelsten Winkeln meines Geistes und meines weit gestreuten Aktenstudiums heraufbeschwor – und ich suchte fieberhaft, welchen Grundriss und welche Lage das Grundstück gehabt hatte, bevor zwischen 1747 und 1758 die Back Street hindurch verlegt und dann verbreitert worden war. Ich entdeckte, was ich nahezu erwartet hatte: Dort, wo nun das gemiedene Haus stand, hatten die Roulets hinter einem einstöckigen Wohnhaus mit Dachboden einst ihren eigenen Friedhof unterhalten – und nirgends ließ sich eine Verlegung der Gräber nachweisen.

Das betreffende Dokument endete allerdings etwas wirr; ich war genötigt, sowohl die Rhode Island Historical Society als auch die Shepley Library zu durchforsten, ehe ich, bildlich gesprochen, vor Ort eine Tür fand, zu der der Name Etienne Roulet als Schlüssel passte. Letztendlich entdeckte ich etwas, und dies war von solch unbestimmter, aber monströser Tragweite, dass ich auf der Stelle daranging, den Keller des gemiedenen Hauses erneut mit angespannter Gründlichkeit zu erforschen.

Die Roulets, so schien es, waren 1696 über die Westküste der Narragansett-Bucht aus East Greenwich hergekommen. Sie waren Hugenotten aus Caude und hatten beträchtliche Widerstände überwinden müssen, ehe der Magistrat von Providence ihnen erlaubte, sich in der Stadt niederzulassen. In East Greenwich, wohin sie 1686 nach dem Widerruf des Ediktes von Nantes gezogen waren, waren sie unbeliebt gewesen und gerüchteweise ging der Anlass der Abneigung über schlichte rassische oder nationale Vorurteile hinaus, wie auch über die Grenzstreitigkeiten, deretwegen sich andere französische Siedler mit den Engländern befehdeten, was selbst Gouverneur Andros nicht zu unterbinden vermochte. Doch wegen ihrem glühenden Protestantismus – zu glühend, raunten einige – und ihrem offensichtlichen Unglück, nachdem man sie förmlich aus dem Dorf geprügelt hatte, gewährte man ihnen Zuflucht. Der dunkelhäutige Etienne Roulet, weniger versiert im Ackerbau als im Lesen seltsamer Bücher und im Anfertigen seltsamer Diagramme, erhielt einen Posten als Schreiber im Lagerhaus an Pardon Tillinghasts Pier, das weit südlich in der Town Street lag. Dort ereignete sich jedoch später eine Art Aufruhr – ungefähr vierzig Jahre später, nach dem Tod des alten Roulet – und danach hat niemand noch etwas von der Familie gehört.

Mehr als ein Jahrhundert lang, so hat es den Anschein, blieben die Roulets als auffälliges Phänomen im ansonsten ruhigen Leben einer neuenglischen Hafenstadt deutlich in Erinnerung und Gegenstand häufiger Gespräche. Etiennes Sohn Paul, ein mürrischer Bursche, dessen unmögliches Benehmen vermutlich den Aufruhr herausforderte, der die Familie auslöschte, war der besondere Gegenstand von Mutmaßungen; und obwohl Providence nie den Hexenwahn seiner puritanischen Nachbarn teilte, wurde von alten Frauen offen angedeutet, dass seine Gebete weder zur rechten Zeit gesprochen, noch an den rechten Empfänger gerichtet waren. All dies hat zweifellos die Grundlage zu der Geschichte abgegeben, von der Maria Robbins wusste. In welcher Beziehung es zu den französisch gesprochenen irren Reden von Rhoby Harris und denen anderer Bewohner des gemiedenen Hauses stand, das herauszufinden bleibt allein der Fantasie oder zukünftigen Nachforschungen überlassen.

Ich fragte mich, wie viele von jenen, die diese Legenden kannten, sich der zusätzlichen Verknüpfung mit dem Grauenvollen bewusst waren, die meine ausgedehnte Lektüre mir noch erschloss: jenes unheilvolle Schriftstück in den Annalen morbiden Schreckens, das von der Kreatur *Jacques Roulet aus Caude* berichtet, der anno 1598 als vom Teufel besessen zum Tode verurteilt, jedoch nachträglich vom Pariser Parlament vor dem Scheiterhaufen bewahrt und in ein Irrenhaus gesperrt wurde. Man fand ihn mit Blut und Fleischfetzen bedeckt im Wald auf, kurz nachdem zwei Wölfe einen Knaben getötet und zerrissen hatten. Einen der Wölfe sah man noch unverletzt davonhetzen. Dies war fraglos eine nette Geschichte für Abende am Kamin, und sonderbar bedeutungsvoll bezüglich des Namens und Ortes; doch ich gelangte zu dem Schluss, dass die Klatschmäuler aus Providence wohl nichts davon gewusst haben konnten. Hätten sie es gewusst, so hätte die Übereinstimmung des Namens zu handfesten und furchtgetriebenen Aktionen geführt – aber könnten nicht doch einige verstohlene Andeutungen darüber den Tumult ausgelöst haben, der die Roulets aus der Stadt fegte?

Ich besuchte den verfluchten Ort inzwischen immer häufiger, studierte die ungesunde Vegetation des Gartens, untersuchte sämtliche Mauern des Gebäudes und brütete über jedem Quadratzentimeter des Kellerbodens aus gestampfter Erde. Schließlich ließ ich mit Carrington Harris' Erlaubnis einen passenden Schlüssel zu der unbenutzten Tür anfertigen, die vom Keller unmittelbar auf die Benefit Street hinausging, denn ich bevorzugte einen direkteren Zugang zur Außenwelt als ihn die dunkle Stiege, die Eingangshalle und die Haustür bieten konnten. Dort unten, wo das Üble am dichtesten lauerte, suchte und stöberte ich lange Nachmittage herum, während das Sonnenlicht durch die Ritzen der spinnwebenverhangenen, ebenerdigen Tür sickerte, die mich wenige Meter entfernt mit der ruhigen Straße verband. Meine Mühen wurden nicht belohnt, ich fand nichts Neues – nur dieselbe Muffigkeit und vage Anflüge von widerlichen Gerüchen und salpetrige Umrisse auf dem Boden – und ich stelle mir vor, dass zahlreiche Fußgänger mir neugierig durch die zerbrochenen Scheiben zugeschaut haben müssen.

Schließlich entschied ich auf Anregung meines Onkels, den Ort während der Nacht zu besuchen. In einer stürmischen Mitternacht ließ ich den Strahl einer elektrischen Taschenlampe über den modrigen Boden mit seinen unheimlichen Konturen und missgebildeten, halb phosphoreszierenden Pilzgewächsen wandern. Die Stätte bedrückte mich an jenem Abend auf seltsame Weise und eine Vorahnung beschlich mich, als ich inmitten der weißlichen Ablagerungen eine besonders scharfe Abbildung der ›zusammengekauerten Gestalt‹ sah oder zu sehen glaubte, an die ich mich aus meiner Kindheit erinnerte. Ihre Deutlichkeit war überraschend und unerhört – und während ich sie betrachtete, vermeinte ich, wieder die dünne, gelbliche, schimmernde Ausdünstung zu beobachten, die mich an jenem regnerischen Nachmittag vor so vielen Jahren mit Angst erfüllt hatte.

Sie stieg über dem menschenförmigen Schimmelfleck am Kamin auf: eine feine, kränkliche, beinahe durchscheinende Schwade, die, während sie zitternd in der klammen Luft hing, vage und schockierend Andeutungen einer Gestalt bildete, die allmählich in nebulöser Fäulnis verwehte und, einen ekligen Gestank hinter sich herziehend, in die Schwärze des großen Kamins abzog. Es war wirklich grausig, umso mehr im Lichte dessen, was ich über den Ort wusste. Meinen Fluchtimpuls unterdrückend, beobachtete ich, wie der Schwaden verschwand – und während ich hinsah, fühlte ich, dass er mich seinerseits gierig aus Augen beobachtete, die eher erahnbar als sichtbar waren.

Als ich meinem Onkel davon erzählte, war er äußerst aufgewühlt, und nach einer nervösen Stunde des Nachdenkens traf er einen endgültigen und folgenschweren Entschluss. Indem er die Bedeutung der Angelegenheit und unsere Beziehung dazu abgewogen hatte, forderte er, dass wir den Schrecken des Hauses während einer oder mehrerer gemeinsamer mühevoller Nachtwachen in jenem modrigen und pilzverseuchten Keller stellen und, falls möglich, vernichten sollten.

4

Nachdem wir Carrington Harris gebührend verständigt hatten, ohne jedoch Andeutungen darüber zu verlieren, was wir zu finden erwarteten, trugen mein Onkel und ich am Mittwoch, dem 25. Juni 1919, zwei Campingstühle und ein zusammenklappbares Feldbett in das gemiedene Haus, außerdem einige wissenschaftliche Geräte, die schwer und kompliziert waren. Diese stellten wir tagsüber im Keller auf, klebten die Fenster mit Papier ab und planten, am Abend zu unserer ersten Nachtwache zurückzukehren. Wir hatten die Tür zwischen Keller und Erdgeschoss abgesperrt; und da wir einen Schlüssel zur Außentür des Kellers besaßen, waren wir bereit, unsere teure und empfindliche Apparatur – die wir heimlich und unter großen Kosten beschafft hatten – so viele Tage lang dort zu lassen, wie wir unsere Nachtwachen würden fortsetzen müssen. Gemeinsam wollten wir bis spät in die Nacht wach bleiben und dann einzeln im Zwei-Stunden-Turnus aufpassen, zuerst ich und dann mein Gefährte; der Pausierende sollte auf dem Feldbett ruhen.

Die Selbstverständlichkeit, mit der mein Onkel die Instrumente aus den Laboren der Brown University und aus der Cranston Street Armory besorgt hatte und die Leitung unseres Unterfangens übernahm, veranschaulichte deutlich die Vitalität und Energie des einundachtzigjährigen Mannes. Elihu Whipple hatte selbst immer nach den Gesundheitsvorschriften gelebt, die er als Arzt gepredigt hatte, und wäre es nicht zu den späteren Vorfällen gekommen, so würde er noch heute im Vollbesitz seiner Kräfte unter uns weilen. Nur zwei Menschen ahnten etwas davon, was geschehen würde – Carrington Harris und ich selbst. Ich musste Harris einweihen, denn er war der Eigentümer des Hauses und er besaß ein Recht, zu wissen, was sich daraus verflüchtigt hatte. Außerdem hatten wir vor unserer Untersuchung mit ihm gesprochen, und nach dem Tod meines Onkels spürte ich, dass er Verständnis aufbringen und mir bei einigen notwendigen öffentlichen Erklärungen zur Seite stehen würde. Er wurde sehr blass, erklärte sich jedoch bereit, mir zu helfen, und entschied, dass es nunmehr nicht länger gefährlich sei, das Haus zu vermieten.

Zu behaupten, wir seien in jener regnerischen Nacht des Wachehaltens nicht nervös gewesen, wäre eine ebenso schamlose wie lächerliche Untertreibung. Wie schon gesagt, kindisch abergläubisch waren wir ganz und gar nicht, doch wissenschaftliche Studien und Überlegungen hatten uns gelehrt, dass das bekannte Universum der drei Dimensionen nur einen Bruchteil des gesamten Kosmos aus Materie und Energie umfasst. In diesem Fall verwies das erdrückende Gewicht des Beweismaterials aus zahlreichen authentischen Quellen auf die zählebige Existenz gewisser Kräfte von großer Macht und unfassbarer Bösartigkeit. Zu sagen, dass wir tatsächlich an Vampire oder Werwölfe glaubten, wäre zu einfach. Eher müsste es heißen, dass wir die Existenz unbekannter Varianten von Lebensenergie und flüchtiger Materie nicht ausschlossen, die zwar im dreidimensionalen Raum höchst selten vorkommen, jedoch der Grenze zu unserer eigenen Welt nahe genug sind, um sich manchmal zu manifestieren – wir dürfen aber, in Ermangelung des geeigneten Überblicks, wohl niemals hoffen, sie je zu verstehen.

Kurzum, mein Onkel und ich glaubten an einen schleichend tätigen Einfluss im gemiedenen Haus, der auf den einen oder anderen der missliebigen französischen Siedler zwei Jahrhunderte zuvor zurückging und infolge seltener und unbekannter Bewegungsgesetze von Atomen und Elektronen noch immer aktiv war. Dass die Familie Roulet eine eigentümliche Neigung zu äußeren Bezirken des Daseins besaß – dunklen Sphären, die gewöhnlichen Menschen nur Abscheu und Schrecken einflößen –, schien ihre schriftlich überlieferte Geschichte zu belegen. Konnte es dann nicht sein, dass die Tumulte jener längst vergangenen 1730er Jahre im krankhaften Hirn eines oder mehrerer von ihnen – besonders dem des finsteren Paul Roulet – gewisse kinetische Abläufe ausgelöst hatten, die in den ermordeten Körpern überlebten und in irgendeinem vieldimensionalen Raum entlang der ursprünglichen Kraftlinie weiterhin wirkten, in Gang gesetzt von einem rasenden Hass auf die Gemeinschaft, die ihren Tod verursacht hatte?

Ein solcher Vorgang war sicherlich keine Unmöglichkeit, wenn man ihn im Licht der neueren Wissenschaft betrachtete, zu der die Relativitätstheorie und die Quantenmechanik gehören. Man könnte sich ohne Weiteres einen fremden Materie- oder Energiekern vorstellen, der sich durch langsame, unstoffliche Aneignung von der Lebenskraft und den Leibessäften anderer, fassbarerer Daseinsformen am Leben erhält, in sie eindringt und mit deren stofflicher Struktur bisweilen vollkommen verschmilzt. Er könnte aktiv feindselig sein oder lediglich gesteuert von blinden Selbsterhaltungstrieben. In jedem Fall müsste solch ein Ungeheuer in unserem System der Dinge notwendigerweise eine Anomalie und ein Eindringling sein, dessen Zerstörung die wichtigste Pflicht eines jeden Menschen darstellt, der kein Feind allen Lebens dieser Welt und ihres geistigen Heils ist.

Uns verunsicherte, dass wir absolut nicht wussten, wie wir uns des Dings erwehren konnten. Kein geistig gesunder Mensch hatte es jemals gesehen, und nur wenige es deutlich gespürt. Es konnte reine Energie sein – eine ätherische Existenz außerhalb der materiellen Welt – oder teilweise fassbar; irgendeine unbekannte und konturlose, veränderliche Masse mit der Fähigkeit, sich nach Belieben den festen, flüssigen oder gasförmigen Aggregatzuständen zu nähern. Der menschenförmige Schimmelfleck auf dem Boden, die Form des gelblichen Dunstes und die Krümmung der Baumwurzeln in den alten Geschichten, all dies sprach für eine zumindest entfernte Verbindung zur menschlichen Gestalt; doch wie groß oder unveränderlich diese Ähnlichkeit sein mochte, das konnte niemand auch nur halbwegs sicher sagen.

Wir hatten zwei Waffen gewählt, um es zu bekämpfen; eine große und eigens modifizierte Crookes'sche Röhre, die von starken Akkumulatoren gespeist wurde und mit besonderen Schirmen und Reflektoren ausgestattet war, für den Fall, dass es sich als unstofflich erwies und nur mit hochzerstörerischer Ätherwellenbestrahlung vernichtet werden konnte, sowie zwei Armeeflammenwerfer, wie sie im Weltkrieg eingesetzt worden waren, falls es teilweise stofflich war und es sich mechanisch zerstören ließ – denn gleich den abergläubischen Bauern aus Exeter waren wir gerüstet, dem Ding das Herz auszubrennen, sofern es ein Herz zum Verbrennen besaß.

Diese Angriffsapparate bauten wir im Keller auf und berücksichtigten besonders jene Stelle vor dem Kamin, wo der Schimmel sonderbare Formen hervorgebracht hatte – doch dieser Fleck war nur schwach sichtbar, auch als wir am selben Abend zurückkehrten, um unsere Nachtwache anzutreten. Einen Moment lang zweifelte ich daran, dass ich ihn überhaupt jemals in der deutlicher gezeichneten Form gesehen hatte – doch dann erinnerte ich mich an die Legenden.

Unsere Wacht im Keller begann um zehn Uhr abends, und während sie sich hinzog, geschah nichts Besonderes. Ein schwaches Glimmen der regenumpeitschten Straßenlaternen, das von draußen hereinsickerte, und eine schwächliche Phosphoreszenz der widerwärtigen Schwämme im Kellerinneren enthüllten die tropfenden Mauersteine, deren Kalkanstrich völlig verschwunden war, ebenso den klammen, stinkenden und mehltaubedeckten Erdboden mit seinen obszönen Pilzgewächsen, die vor sich hin modernden Überreste von Hockern, Stühlen und Tischen und weiteres formloses Mobiliar, die schweren Bodendielen und massiven Balken des Erdgeschosses über uns, die altersschwache Brettertür, die zu Verschlägen und Kammern unterhalb weiterer Abschnitte des Hauses führte, die zerbröckelnde Steintreppe mit ihrem morschen Holzgeländer und dem klobigen grottenartigen Kamin aus geschwärzten Ziegeln, wo rostige Eisenfragmente das einstmalige Vorhandensein von Haken, Kaminböcken, Bratspieß, Kesselhalterung und einer Ofentür bezeugten – all diese Dinge sowie unser nüchternes Feldbett mit den Stühlen und die komplizierten Vernichtungsinstrumente, die wir hergebracht hatten.

Ebenso wie ich es bereits bei meinen früheren Untersuchungen getan hatte, ließen wir die Tür zur Straße unverschlossen, damit uns ein schneller Fluchtweg offenstand, falls sich etwas manifestieren sollte, gegen das wir nicht ankamen. Wir bauten darauf, dass unser anhaltender nächtlicher Besuch die übelwollende, lauernde Präsenz hervorlocken würde und dass wir dieses Etwas mit dem einen oder anderen von uns vorgesehenen Mittel unschädlich machen könnten, sobald wir es erst erkannt und genügend beobachtet hätten. Wie lange es dauern würde, das Ding heraufzubeschwören und zu vernichten, wussten wir jedoch nicht. Uns war ebenso bewusst, dass unser Abenteuer alles andere als ungefährlich war; denn welche Kräfte das Ding gegen uns aufzubieten vermochte, konnte niemand vorhersagen. Doch wir glaubten, das Spiel sei den Einsatz wert, und ließen uns ohne zu zögern darauf ein: im vollen Bewusstsein, dass die Inanspruchnahme fremder Hilfe uns nur der Lächerlichkeit preisgeben und womöglich unser gesamtes Vorhaben vereiteln würde. Dementsprechend war unsere Stimmung, während wir uns bis tief in die Nacht unterhielten und als ich die wachsende Müdigkeit meines Onkels bemerkte, forderte ich ihn auf, sich zu seinem zweistündigen Schlaf niederzulegen.

So etwas wie Furcht beschlich mich, als ich während der frühen Morgenstunden einsam dort saß – Ich sage einsam, denn wer neben einem Schlafenden sitzt, ist in der Tat einsam; vielleicht einsamer, als ihm bewusst ist. Mein Onkel atmete mühsam, seine tiefen Atemzüge wurden vom rauschenden Regen draußen begleitet und untermalt von dem nervenzermürbenden Geräusch tropfenden Wassers irgendwo in den Eingeweiden des Hauses – dies war selbst bei trockenem Wetter widerlich feucht, bei diesem Sturm wurde es jedoch regelrecht zu einem Sumpf. Ich studierte das lockere, alte Mauerwerk im Schein der Schwämme und des schwachen Lichtschimmers, der sich von der Straße durch die zugeklebten Fenster hereinstahl. Einmal, als die ungesunde Atmosphäre meiner Umgebung mich zu ersticken drohte, zog ich die Tür auf und schaute die Straße hinauf und hinab und ließ meine Augen sich an vertrauten Anblicken und meine Nase an der frischen Luft erholen. Noch immer geschah nichts, das mein Wachen belohnte, und ich gähnte ein ums andere Mal, die Müdigkeit verdrängte die Furcht.

Dann fiel mir der unruhige Schlaf meines Onkels auf. Er hatte sich mehrmals ruhelos auf seinem Feldbett hin und her gewälzt, nun jedoch atmete er äußerst unregelmäßig und stieß gelegentlich einen tiefen Seufzer aus, der in mehr als nur einer Hinsicht an ein ersticktes Stöhnen gemahnte. Ich richtete das Licht der Taschenlampe auf ihn und fand sein Gesicht abgewandt, deshalb erhob ich mich und ging auf die andere Seite des Feldbettes. Abermals richtete ich das Licht auf ihn, um zu schauen, ob er vielleicht irgendwelche Schmerzen habe.

Was ich sah, ging mir unerwartet stark an die Nerven, wenn man bedenkt, wie banal es eigentlich war. Wahrscheinlich war es bloß die Verknüpfung einer ungewöhnlichen Beobachtung mit dem düsteren Gepräge der Umgebung und unserer Aufgabe, denn was ich sah, war an sich nicht furchterregend oder unnatürlich. Es war nur, dass der Gesichtsausdruck meines Onkels – von sonderbaren Träumen gezeichnet, die fraglos durch unsere Situation hervorgerufen wurden – starke Aufgewühltheit verriet und so gar nicht zu ihm passte. Gewöhnlich wirkte sein Gesicht freundlich, höflich gelassen, doch nun schienen eine Vielzahl unterschiedlichster Gefühle in ihm zu kämpfen. Ich glaube, alles in allem war es diese *Unterschiedlichkeit,* die mich am meisten verstörte. Während er immer unruhiger keuchte und sich herumwarf, jetzt mit offenen Augen, schien mein Onkel nicht nur eine einzige, sondern viele Personen gleichzeitig zu sein, was eine sonderbare Selbstentfremdung vermuten ließ.

Unvermittelt murmelte er, und während er sprach, behagte mir das Aussehen seines Mundes und seiner Zähne ganz und gar nicht. Zuerst waren die Worte nicht unterscheidbar, doch dann verstand ich einige von ihnen. Eiskalte Furcht erfüllte mich, bis ich mich der umfassenden Bildung meines Onkels entsann und seiner zahllosen Übersetzungen anthropologischer und archäologischer Artikel aus der *Revue des Deux Mondes*. Denn der ehrwürdige Elihu Whipple murmelte auf Französisch, und die wenigen Sätze, die ich heraushörte, schienen mit den finstersten Mythen zusammenzuhängen, die in der berühmten Pariser Zeitschrift jemals abgehandelt worden waren.

Plötzlich trat Schweiß auf die Stirn des Schläfers und er fuhr unvermittelt hoch, halb erwacht. Das französische Kauderwelsch mündete in einen Aufschrei auf Englisch: »Ich ersticke, ich ersticke!«

Dann erwachte er völlig und die verzerrte Miene entspannte sich zu seinem gewohnten Gesichtsausdruck. Mein Onkel ergriff meine

Hand und begann, einen Traum zu erzählen, dessen verborgenen Sinn ich allenfalls ehrfürchtig erahnen konnte.

Er sei, berichtete er, aus einer gewöhnlichen Folge von Traumbildern in eine Szenerie hinübergedriftet, deren Fremdartigkeit mit nichts in Verbindung stand, worüber er je gelesen hatte. Sie war von dieser Welt, und auch wieder nicht – ein schattenhaftes geometrisches Durcheinander, in dem sich Bestandteile vertrauter Dinge in neuen und verstörenden Zusammenstellungen abzeichneten. Andeutungen merkwürdig verschobener Bilder, die einander überlagerten; eine Anordnung, in der die Grundbedingungen von Zeit und Raum aufgelöst und widersinnig vermengt schienen. In diesem kaleidoskopischen Strudel irrealer Anblicke blitzten gelegentliche Schnappschüsse auf, falls man diesen Ausdruck anwenden kann, von gestochener Schärfe und rätselhafter Mischung.

Einmal glaubte mein Onkel, er liege in einer flüchtig ausgehobenen Grube und eine Ansammlung wütender, von zottigen Locken und Dreispitzhüten umrahmter Gesichter starre auf ihn herab. Dann wieder schien er sich im Inneren eines Hauses zu befinden – ein offenbar altes Haus –, aber die Einzelheiten und die Bewohner verwandelten sich ständig, und er konnte sich der Gesichter und der Einrichtung nie sicher sein, ja sogar kaum der ihn umgebenden vier Wände, da Türen und Fenster sich ebenso im Fluss befanden wie die beweglichen Gegenstände.

Es war seltsam – verdammt seltsam – und mein Onkel wurde fast verlegen, als fürchtete er, ich glaube ihm nicht, als er erklärte, dass viele der fremden Gesichter unverkennbar die Züge der Harris-Familie aufgewiesen hätten. Und die ganze Zeit über würgte ihn ein Gefühl des Erstickens, so als habe sich eine allgegenwärtige Präsenz in seinem Körper ausgebreitet und danach getrachtet, sich seiner Lebensfunktionen zu bemächtigen. Ich schauderte bei dem Gedanken, wie diese Lebensfunktionen gegen unbekannte Kräfte ankämpften, die nach einundachtzig Jahren ununterbrochener Tätigkeit zwar abgenutzt waren, und die dennoch selbst der jüngste und stärkste Organismus fürchten musste – doch im nächsten Augenblick bedachte ich, dass Träume eben nur Träume sind und dass diese beunruhigenden Visionen wohl nicht mehr als die Reaktion meines Onkels auf die Erfahrungen sein konnten, die in letzter

Zeit unsere Gemüter erfüllt und alles andere daraus verdrängt hatten.

Der Verlauf unserer Unterhaltung trug dazu bei, meine Beklemmung zu zerstreuen und kurz darauf gab ich meiner Müdigkeit nach und legte mich schlafen. Mein Onkel schien jetzt völlig munter zu sein und trat seinen Teil der Wache bereitwillig an, obwohl der Albtraum ihn weit vor Ablauf der ihm zustehenden zwei Stunden aus dem Schlummer gerissen hatte.

Der Schlaf umfing mich schnell und ich wurde sofort von verstörenden Träumen heimgesucht. Ich verspürte eine kosmische und abgrundtiefe Einsamkeit, und Hass gegen mich drang von allen Seiten auf das Gefängnis ein, in dem ich festgehalten wurde. Ich schien gefesselt und geknebelt zu sein und wurde verhöhnt mit gellenden Schreien einer fernen Menschenmenge, die mein Blut wollte. Das Gesicht meines Onkels erschien vor meinen Augen, löste jedoch weniger angenehme Empfindungen in mir aus als in meinen wachen Stunden, und ich entsinne mich vieler vergeblicher Versuche, meine Fesseln abzustreifen und zu schreien. Es war kein angenehmer Schlaf und im ersten Moment bedauerte ich den widerhallenden Schrei nicht, der die Schranken dieses Schlummers durchbrach und mich in einen kristallklaren und überraschten Wachzustand riss, in dem jeder mir vor Augen stehende Gegenstand sich mit unnatürlicher Schärfe und Wirklichkeitstreue abzeichnete.

5

Ich hatte mit dem Gesicht vom Sitzplatz meines Onkels abgekehrt gelegen, sodass ich beim abrupten Erwachen erst nur die Tür zur Straße sah, das weiter nördlich gelegene Fenster und die Mauer, den Boden und die Decke im nördlichen Teil des Raumes, alles mit krankhafter Deutlichkeit von einem Licht in mein Hirn gebrannt, das heller war als das Glühen der Schimmelpilze oder die von draußen hereinfallende Straßenbeleuchtung. Es war kein helles Licht, mit Sicherheit nicht annähernd hell genug, um in einem Buch zu lesen. Doch es warf meinen Schatten und den des Feldbettes auf den Boden und besaß eine gelbliche, durchdringende Intensität, die auf Dinge schließen ließ, die machtvoller waren als bloßes Licht.

Dies nahm ich mit ungesunder Schärfe wahr, obwohl zwei meiner übrigen Sinne stark angegriffen wurden. Denn in meinen Ohren wütete noch der Nachklang jenes erschreckenden Schreis, während meine Nase sich gegen den Gestank empörte, der auf mich eindrang. Mein Geist, so wach wie meine Sinne, erkannte die ungewohnte Bedrohung und nahezu automatisch sprang ich auf und griff nach den Vernichtungsgeräten, die wir auf den Schimmelfleck vor dem Kamin gerichtet hatten. Als ich mich umwandt, fürchtete ich den Anblick, der sich mir bieten mochte, denn der Schrei war von meinem Onkel ausgestoßen worden und ich wusste nicht, gegen welche Bedrohung ich ihn und mich selbst würde verteidigen müssen.

Dennoch war der Anblick schlimmer, als ich befürchtet hatte. Es gibt Schrecken jenseits aller Schrecken, und dieser zählte zum innersten Mark aller nur erträumbaren Abscheulichkeit, die sich der Kosmos vorbehält, um einige wenige Glücklose und Verfluchte dem Verderben zu weihen. Aus der schimmelverseuchten Erde quoll ein dampfendes Leichenlicht hervor, gelb und krankhaft, das zu immenser Höhe emporbrodelte. Vage formten sich halb menschliche, halb monströse Umrisse, durch die ich den Kamin und den Rauchabzug dahinter erkennen konnte. Er bestand ganz aus Augen – wölfisch und hämisch – und der runzlige insektenhafte Kopf löste sich an der Spitze in einer dünnen Nebelschwade auf, die sich stinkend kräuselte und schließlich den Kamin hinaufzog und im Rauchfang verschwand.

Ich sage, dass ich das Ding sah, doch erst jetzt in der Erinnerung erkenne ich seine verteufelte Annäherung an eine Gestalt. In jenen Minuten war es für mich nur eine wabernde, trüb phosphoreszierende Wolke modriger Abscheulichkeit, die das einzige Objekt, dem meine Aufmerksamkeit galt, einhüllte und zu einer widerlichen Teigigkeit auflöste. Dieses Objekt war mein Onkel – der ehrwürdige Elihu Whipple. Mit schwarz verwesenden Gesichtszügen stierte er mich an und redete geifernd auf mich ein – während er triefende Klauen nach mir ausstreckte, um mich in den Wahnwitz hineinzuzerren, den dieses Grauen entfesselt hatte.

Es war eine unbewusste Reaktion, die mich vor dem Irrewerden bewahrte. Ich hatte mich auf den kritischen Augenblick intensiv vorbereitet und blindes Training kam mir nun zur Rettung. Indem ich erkannte, dass dem wallenden Übel weder Materie noch stoffliche

Chemie etwas anhaben konnte, ignorierte ich den Flammenwerfer, der zu meiner Rechten stand, aktivierte stattdessen den Apparat mit der Crookes'schen Röhre und lenkte die stärksten Ätherwellen, die menschliche Erfindungsgabe aus den Räumen der Natur gewinnen kann, auf jenes unvergesslich blasphemische Schauspiel. Es entstand ein bläulicher Nebel und ein irrwitziges Gezisch, und die gelbliche Phosphoreszenz trübte sich vor meinen Augen. Doch ich bemerkte, die Trübung war nur ein Kontrasteffekt und die Wellen aus der Maschine erzielten nicht die geringste Wirkung.

Und dann, im Zentrum dieses dämonischen Spektakels, erblickte ich einen neuerlichen Schrecken, der Schreie auf meine Lippen riss und mich tastend und taumelnd zur unversperrten Tür jagte, die auf die ruhige Straße führte, nicht achtend, welch abnorme Furchtbarkeiten ich auf die Menschheit losließ. Inmitten des trüben blaugelben Gewölks begann sich die Gestalt meines Onkels abscheulich zu verflüssigen, eine Merkwürdigkeit, die sich jeder Beschreibung entzieht. Über sein vergehendes Gesicht huschte ein solcher Reigen wechselnder Physiognomien, wie ihn nur Wahnsinn ausbrüten kann. Er war zugleich ein Teufel und mehrere Menschen, ein Leichenhaus und eine Herrlichkeit. Erhellt von den vermischten und unsteten Lichtstrahlen, wechselte jenes glibberige Antlitz den Ausdruck dutzendmal – vierzigmal – hundertmal, und grinsend sank es auf einen Menschenkörper nieder, der dahinschmolz wie Talg, das groteske Ebenbild ganzer Heerscharen, die mir fremd und doch bekannt waren.

Ich erblickte die Gesichtszüge der Harris-Sippe, männlich und weiblich, erwachsen und kindlich, sowie weitere alte und junge Gesichter, ordinäre und kultivierte, vertraute und unvertraute. Eine Sekunde lang blitzte die entartete Kopie eines Portraits der armen Rhoby Harris auf, die ich im Museum der School of Design gesehen hatte, und ein anderes Mal glaubte ich, das grobknochige Antlitz von Mercy Dexter zu sehen, wie ich es von einem Gemälde in Carrington Harris' Haus her in Erinnerung hatte. Es war grässlich, jenseits aller Vorstellung.

Am Ende, als sich auf dem verpilzten Boden eine Lache aus grünlichem Fett ausbreitete und dicht darüber eine absonderliche Mischung aus Dienstboten- und Säuglingsgesichtern aufflackerte, schien es, als ob die wechselnden Fratzen darum kämpften, Züge zu formen, die dem gütigen Gesicht meines Onkels glichen. Ich möchte gern glauben, dass er in jenem Moment noch gegenwärtig war und dass er versuchte, von mir Abschied zu nehmen. Es scheint mir, als habe ich selbst ein »Lebewohl« aus meiner trockenen Kehle gewürgt, während ich auf die Straße hinaustaumelte und mir ein dünner Faden aus geschmolzenem Fett durch die Tür auf den regenüberfluteten Gehsteig nachlief.

Der Rest ist schattenhaft und monströs. Niemand ließ sich auf der nassen Straße blicken und es gab niemanden, dem ich mich um welchen Preis auch immer hätte anvertrauen mögen. Ziellos ging ich in südliche Richtung, vorbei am College Hill und am Athenäum, die Hopkins Street hinab und über die Brücke hinweg bis in das Geschäftsviertel, wo hohe Gebäude mich zu bewachen schienen, ganz so wie die modernen materiellen Dinge die Welt vor uraltem und ungesundem Aberglauben beschützen.

Inzwischen dämmerte im Osten diesig der graue Morgen herauf, schälte den archaischen Hügel und die ehrwürdigen Kirchtürme aus dem Zwielicht und winkte mich zu dem Ort, wo meine schreckliche Aufgabe noch der Vollendung harrte. Schließlich ging ich im frühen Licht des neuen Tages zurück, durchnässt, ohne Hut und benommen, und durchschritt jene entsetzliche Tür in der Benefit Street, die ich angelehnt gelassen hatte – sie schwang noch immer geheimnisvoll hin und her, direkt vor den Augen der Frühaufsteher unter den Anwohnern, mit denen ich kein Wort zu wechseln wagte.

Das Fett war verschwunden, versickert im porösen Schimmelboden. Vor dem Kamin fand sich keinerlei Überrest der großen, zusammengekauerten Silhouette aus Salpeter. Ich blickte auf das Feldbett, die Stühle, die Instrumente, meinen liegengelassenen Hut und den gelben Strohhut meines Onkels. Ich war völlig benommen und konnte mich kaum entsinnen, was Traum gewesen war und was Wirklichkeit. Dann tröpfelte die Erinnerung in meine Gedanken und ich wusste, dass ich Dinge gesehen hatte, die grauenerregender waren, als ich es mir jemals erträumt hätte.

Ich setzte mich hin und versuchte mir zusammenzureimen, was nun eigentlich passiert war und wie ich dem Schrecken ein Ende bereiten könne, falls er denn tatsächlich real gewesen war. Es schien weder aus Materie noch aus Äther oder sonst irgendetwas zu bestehen, das ein sterbliches Hirn sich vorzustellen vermag. Was aber konnte es sonst sein außer irgendeiner nichtweltlichen Ausdünstung – ein vampirischer Dunst, wie er laut den Erzählungen der Exeter-Bauern bestimmte Kirchhöfe heimsucht?

Dies, das fühlte ich, war der Schlüssel. Wieder sah ich auf den Boden vor dem Kamin, wo Schimmel und Salpeter zuvor diese absonderliche Form angenommen hatten. Nach zehn Minuten gelangte ich zu einem Entschluss, ergriff meinen Hut und trat den Weg nach Hause an. Nachdem ich gebadet und etwas gegessen hatte, bestellte ich per Telefon eine Spitzhacke, einen Spaten, eine Militärgasmaske und sechs Ballonflaschen mit Schwefelsäure, die alle am kommenden Morgen vor die Kellertür des gemiedenen Hauses in der Benefit Street gebracht werden sollten. Anschließend versuchte ich zu schlafen, doch da dies misslang, verbrachte ich die Stunden mit Lesen und dem Verfassen sinnloser Verse, um meine gedrückte Stimmung zu vertreiben.

Um elf Uhr am Vormittag des nächsten Tages begann ich zu graben. Die Sonne schien hell, und darüber war ich froh. Ich war immer noch allein, denn sosehr ich das unbekannte Grauen fürchtete, das ich aufspüren wollte, mehr Angst empfand ich bei dem Gedanken, jemandem davon zu erzählen. Später weihte ich Harris ein, doch nur weil es unumgänglich war und weil er von den alten Leuten seltsame Geschichten gehört hatte, was seine Bereitschaft, mir zu glauben, zumindest minimal erhöhte.

Als ich die stinkende schwarze Erde vor dem Kamin aushob und mein Spaten den weißen Pilzgeschwüren, die er zerschnitt, ein zähes, eitergelbes Sekret entlockte, zitterte ich bei der dunklen Vorstellung, was ich zutage fördern mochte. Manche Geheimnisse unter der Erdoberfläche sind der Menschheit nicht zuträglich, und dies schien eines davon zu sein.

Meine Hand zitterte merklich, doch ich grub weiter. Nicht lange, und ich stand in einem großen Loch, das ich ausgehoben hatte. Mit der stetigen Vertiefung der Grube, die knapp zwei Meter im Quadrat maß, verdichtete sich der üble Geruch und ich verlor jeglichen Zweifel an meiner bevorstehenden Berührung mit dem höllischen Ding, dessen Ausdünstungen das Haus anderthalb Jahrhunderte lang mit seinem Fluch durchtränkt hatten. Ich fragte mich, wie es wohl aussah. Welche Gestalt und Substanz wies es auf? Und welche Größe mochte es erreicht haben, nachdem es sich Generationen lang an fremden Leben gemästet hatte?

Zuletzt kletterte ich aus der Grube heraus und verteilte die aufgeschüttete Erde, ehe ich die großen Ballonflaschen voll Säure an zwei Seiten des Lochs aufstellte, sodass ich sie bei Bedarf schnell nacheinander über den Grubenrand hinweg entleeren konnte. Anschließend häufte ich an den anderen beiden Seiten Erde an, jetzt arbeitete ich langsamer und setzte die Gasmaske auf, da der Gestank beständig zunahm. Meine Nähe zu dem namenlosen Ding am Grund dieses Erdlochs raubte mir beinahe die Nerven.

Plötzlich traf mein Spaten auf etwas Weicheres als Erde. Ich schauderte und wollte schon aus der Grube steigen, in der ich jetzt tief bis zum Hals stand. Doch dann kehrte mein Mut zurück und ich scharrte im Schein der Stablampe, die ich besorgt hatte, weiter. Die Oberfläche, die ich freilegte, war fischartig und glasig – eine Art halb verwesten, geronnenen Gallerts von schwacher Durchsichtigkeit. Ich scharrte weiter und erkannte, dass sie eine Form besaß. Ein Teil der Substanz war ineinandergefaltet und legte eine längliche Öffnung bloß. Diese ließ ein großes und ungefähr zylindrisches Objekt erkennen, das wirkte wie ein mammutgleiches, leicht blau-weißes, gekrümmtes Ofenrohr mit einem Durchmesser, der an seiner dicksten Stelle deutlich mehr als einen halben Meter betrug.

Ich grub zuerst weiter, doch plötzlich sprang ich aus der Grube, nur weg von dem obszönen Wesen. Wie besessen entstöpselte ich die schweren Ballonflaschen und kippte sie um und ließ ihren ätzenden Inhalt Flasche für Flasche jenen Kadaverschacht hinabfluten, auf die unvorstellbare Abnormität, deren titanischen *Ellbogen* ich erblickt hatte.

Den blendenden Mahlstrom grünlich gelben Qualms, der taifunartig aus dem Loch emporwirbelte, als die Säureströme abwärtsschäumten, werde ich nie vergessen. Den ganzen Hügel hinauf und hinab erzählen die Anwohner vom Gelben Tag, als giftige und grauenvolle Dämpfe von dem Fabrikmüll aufstiegen, der in den Providence River entsorgt wurde, doch ich weiß wie gründlich sie sich in Bezug auf deren Ursprung irren. Auch erzählen sie von dem abscheulichen

Brüllen, das zur selben Zeit von einer defekten unterirdischen Wasser- oder Gasleitung ausging – ich könnte sie auch darin berichtigen, falls ich es wagte.

Es war unsagbar schockierend, und ich weiß nicht, wie ich es überhaupt überlebte. Ich verlor die Besinnung, nachdem die vierte Ballonflasche geleert war und die Dünste durch meine Maske eindrangen, doch als ich wieder zu mir kam, sah ich, dass dem Loch keine frischen Dampfschwaden mehr entquollen.

Die beiden noch übrigen Flaschen goss ich ohne spürbare Wirkung aus, und nach einer Weile hielt ich es für vertretbar, die Erde zurück in die Grube zu schippen. Es dämmerte bereits, ehe es vollbracht war, doch die Angst hatte den Ort verlassen. Die Feuchtigkeit stank weniger und die seltsamen Pilzgewächse waren alle zu einer Art grauen Pulvers verdorrt, das wie Asche über den Boden wehte.

Einer der verborgenen Schrecken aus den Tiefen der Erde war für immer vernichtet und falls es eine Hölle gibt, so hat sie endlich die dämonische Seele eines unheiligen Wesens verschlungen. Als ich die letzte Schaufel voll Erde festklopfte, vergoss ich die ersten von vielen Tränen, mit denen ich dem Andenken meines geliebten Onkels Tribut zollte.

Im folgenden Frühling spross im Terrassengarten des gemiedenen Hauses kein bleiches Gras und kein bizarres Unkraut mehr, und wenig später vermietete Carrington Harris das Anwesen. Es wirkt noch immer gespenstisch, doch seine Fremdartigkeit fasziniert mich. Wird es einmal abgerissen werden, um einem Laden für billigen Schnickschnack oder einem tristen Mietshaus zu weichen, wird sich ein seltsames Bedauern in meine Erleichterung stehlen. Die kahlen alten Bäume im Hof tragen jetzt kleine, süße Äpfel und letztes Jahr nisteten die Vögel in ihren knorrigen Zweigen.

Simon Clark
Hotel Midnight

Hier ist Elektra, liebe Freunde. Diese Website möchte jeden einladen, seine Begegnungen mit Vampiren oder dem schlicht und einfach Unerklärlichen anderen zugänglich zu machen. Es folgt eine weitere Geschichte, die ich dem Archiv hinzugefügt habe. Sicher werdet ihr mir Recht geben, dass sie zum Bizarrsten gehört, was euch je vorgekommen ist:

Ich lebe in den Mauern, wisst ihr. Schon tausend Jahre, seitdem mich der Seefahrer aus dem Heiligen Land gebissen hat. Der Master sagte, der hätte mich sicher vergewaltigt. Dass ich vielleicht vorm Michaelistag ein Baby kriegen würde. Aber nein. Ich wurde gebissen. Und der Biss war alles. Genau hier, zwischen Daumen und Zeigefinger. Und ich erinnere mich an ein kräftiges Saugen, das alles Blut aus meinem Arm holte. Der Seefahrer aus dem Heiligen Land lächelte die ganze Zeit und er trug einen Goldring im Ohr, der einmal, sagte er, einer ägyptischen Prinzessin gehörte. Und er hatte die leuchtendsten grünen Augen, die ich je gesehen habe. Und sein Haar duftete nach Orangen.

Nein, ich bekam kein Kind. Dann habe ich aufgehört zu essen. Ich wurde ein Beißer wie der Seemann. Ich biss die Katzen, und wenn die Hahnenkämpfe von meinem Master im großen Raum zu Ende waren, habe ich all das Blut vom Boden aufgeleckt. Die Freunde meines Masters lachten darüber. Sie schlachteten ein Zicklein, sammelten das Blut in einer Schüssel und ließen es mich trinken. Sie lachten, als sie sahen, wie gierig ich den warmen roten Schaum herunterstürzte, als wäre ich das durstigste Kind der ganzen Christenheit. Aber sie hörten auf zu lachen, als ich mehr wollte. Als sie gingen, bin ich hinter ihnen hergerannt und habe eines der

Pferde gebissen, obwohl der Reiter mit dem Schwert nach mir schlug. Es tat nicht weh. Ich wollte nur das Pferdeblut kosten. Ich wollte wissen, ob es schmeckt wie das von Hähnen und Ziegen. Das fanden die Männer gar nicht lustig. Sie schrien meinen Master an, dass man mich töten sollte. Sie hörten sich wütend an, aber in ihren Augen war Angst.

Auch mein Master war wütend, weil ich das Pferd seines Gastes gebissen hatte. Er schickte mich zur Getreidemühle, wo ich warten sollte. Dort saugte ich eine Katze und vier Mäuse aus. Als er dann zur Mühle kam, starrte er ungläubig auf die ganz leer gesaugten kleinen Viecher.

»Warum machst du das mit den Tieren, Kind?«, fragte er mich.

»Seit mich der Seemann aus dem Heiligen Land gebissen hat, mag ich kein Brot mehr«, sagte ich. »Ich denk immer nur an das Blut in den Adern.«

Dann sprach mein Master ein Gebet, steckte mich in eine Regentonne und drückte meinen Kopf unter Wasser. Das tat er die ganze Nacht und er begann, dabei zu schwitzen und zu keuchen und seine Augen wurden immer größer und er flehte Gott an, dass er mich sterben lassen soll. Aber vielleicht habe ich die Lunge von einem Fisch oder Frosch, denn ich bin nicht ertrunken. Als sein Dolch in meine Kehle fuhr, schrie er etwas, das ich nicht verstand. »Herrgott, warum hast Du mich mit einem Vampir gestraft!«

Er trug mich zum Haus, weinte, und seine Tränen tropften auf mein Gesicht. Ich leckte die Tränen auf und fand, sie hätten auch etwas vom Blut. Ich wollte ihn in den Arm beißen, aber mir wurde ja beigebracht, Respekt vor meinem Master zu haben.

Mein Master legte mich in diesen Raum zwischen den Wänden. Dann rührte er mit seinem Freibauern eine ordentliche Menge Mörtel mit Pferdehaar an. Sie befahlen mir, am Ende des Gangs zu bleiben, während sie große Steine in den alten Durchgang legten und mich so einmauerten. Ich dachte, sie machen das, weil ich respektlos gegenüber den Freunden des Masters gewesen bin. Ich dachte, sie würden mich am Morgen wieder aus der Mauer rauslassen.

Aber nein. Sie kamen nie wieder. Ich konnte durch kleine Risse im Mörtel erkennen, wie die Türen in den Angeln vermoderten und der Winterwind hindurchzog und wie Vögel im Kamin nisteten und wie allerlei Tiere in den Räumen herumstreunten. Aber ich konnte nicht aus diesem Durchgang herauskommen, der zwischen den Mauern nirgendwohin führte. Ratten kommen durch das kleine Loch hier zu meinen Füßen, sodass ich nicht hungern muss (aus großen ausgewachsenen Ratten hole ich fünf Schluck heraus, aus kleinen Babys nur einen).

Neue Bewohner sind in das Haus meines Masters gezogen. Ich beobachte sie durch die Risse in den Mauern. Ich sehe zu, wie aus Kindern feine Leute werden, ich habe mit angesehen, wie sich die Kleidung geändert hat und wie die Räume mit ›Leck-tri-zittert‹ beleuchtet wurden und das ›Fern-Sehen‹ Einzug hielt. Ich höre die Leute sprechen, deshalb weiß ich Bescheid über die neuen Wunder. Während all dieser Zeit bin ich nicht faul gewesen. Mit den Fingernägeln vergrößerte ich das Rattenloch. Jetzt kann ich nachts im Haus rumlaufen. Ganz allein habe ich mir ›Komm-Puter‹ beigebracht, deshalb kann ich euch jetzt diese ›Imehl‹ schreiben. Wenn ich fertig bin mit Schreiben, werde ich nach oben gehen, wo der Master und die Mistress schlafen. Und ich frage mich: *Wie viele Schluck werde ich brauchen, die Adern meines neuen Masters zu leeren?*

Théophile Gautier
Die verliebte Tote

DU FRAGST MICH, MEIN BRUDER, ob ich schon einmal geliebt habe? Ja! – Es ist dies eine seltsame, schreckliche Geschichte, und wiewohl ich heute 66 Jahre alt bin, wage ich kaum, die Asche jener Erinnerung aufzurühren. Auch vermöchte ein weniger erprobtes Herz als das deine nicht ohne Gefahr, diese Geschichte mit anzuhören, die mir selbst so fremd erscheint, als hätte ich sie nur geträumt. Drei Jahre lang war ich das Opfer einer unbegreiflichen, teuflischen Vorspiegelung. Ich, der arme Landpfarrer, habe im Traume jede Nacht – Gott gebe, dass es nur ein Traum war – ein Leben der Verdammnis, ein weltliches, sardanapalisches Leben geführt! Ein einziger teilnahmsvoller Blick, auf eine Frau gerichtet, hat meine Seele mit ewiger Verdammnis bedroht, bis endlich es mit Gottes und meines Schutzheiligen Hilfe gelang, den Dämon zu besiegen, der sich meiner bemächtigt hatte. Mein Leben war durch das nächtliche, ganz entgegengesetzte Dasein, das zu führen ich gezwungen wurde, furchtbar verwirrt. Tagsüber war ich der Priester meines Gottes, keusch und gänzlich nur dem Gebete und der Betrachtung heiliger Dinge hingegeben. Nachts aber, kaum dass ich meine Augen schloss, verwandelte ich mich in einen Lebemann, in einen feinen Kenner von Frauen, Hunden und Pferden, in einen Würfelspieler, einen Trinker und Gotteslästerer, und wenn ich beim Morgengrauen die Augen öffnete, war mir, im Gegenteil, als sänke ich in Schlaf und träumte Priester zu sein.

Aus diesem Traumdasein sind mir Erinnerungen an Gegenstände und Worte geblieben, derer ich mich nicht erwehren kann. Und wiewohl ich niemals über mein Kirchspiel hinausgekommen bin, so könnte man mich, hörte man meine Erzählung an, eher für einen Weltmann halten, der sich der Religion anheimgab, um seine allzu stürmischen Jugendjahre im Schoß der Kirche ruhig zu beschließen, als für den bescheidenen Seminaristen, der am Saum des Waldes, ohne Erfahrung und Verbindungen mit den Dingen dieser Welt, in einer unbekannten Pfarrei zu Jahren gekommen ist.

Ja, ich habe geliebt, wie kein Weltlicher je geliebt hat; mit einer unsinnigen, rasenden und so wilden Leidenschaft, dass ich nicht begreifen kann, wie mein Herz nicht darüber zersprungen ist! Ach, welche Nächte, welche Nächte!

Von frühester Jugend an fühlte ich mich zum Priester berufen, und alle meine Studien richteten sich einzig auf dieses Ziel. Mein Leben war bis zum vierundzwanzigsten Jahr nichts anderes als ein langes Noviziat. Nachdem ich meine theologischen Studien beendet hatte, durchlief ich alle niederen Grade, bis meine Vorgesetzten mich, trotz meiner großen Jugend, für würdig hielten, den letzten, entscheidenden Schritt zu tun. Der Tag meiner Prämiss wurde auf die Osterwoche festgelegt.

Ich hatte nie einen Schritt in die Welt hinaus getan. Welt war für mich der Raum zwischen Gymnasium und Seminar. Wohl hatte ich eine unbestimmte Ahnung, dass es etwas gab, was man Frau nennt, aber ich erlaubte meinen Gedanken nicht, dabei zu verweilen: ich war vollkommen unschuldig. Meine alte Mutter sah ich nur zweimal im Jahr; sie war die einzige Bindung zwischen dem Draußen und mir. Es gab für mich nichts, von dem ich mich mit Bedauern losreißen musste, ohne Zögern näherte ich mich dem unwiderruflichen Gelübde. Ich war erfüllt von Freude und Ungeduld, und nie hat ein Bräutigam die Stunden bis zur Hochzeit mit solchem Fieber gezählt. Ich verlor darüber den Schlaf, ich träumte und sah mich im Traum eine Messe lesen. Nichts Schöneres gab es für mich in der Welt als Priester zu sein. Eine Königskrone oder den Dichterlorbeer hätte ich ohne Besinnen verschmäht, mein Ehrgeiz kannte nur das eine Ziel.

Ich sage dir dies alles, um dir zu beweisen, dass gerade mir nicht hätte begegnen dürfen, was mir begegnet ist, und dass ein unerklärlicher Zauber sein Spiel mit mir getrieben haben muss.

Als der große Tag gekommen war, begab ich mich so leichten Schrittes zur Kirche, dass mir war, als trüge mich die Luft oder als wüchsen mir Flügel an den Schultern. Ich glaubte, ein Engel zu sein, und wunderte mich über die finsteren, gedankenschweren Mienen meiner Gefährten; denn es waren unserer mehrere, das Gelübde abzulegen. Ich hatte die Nacht in Betrachtung und Gebet zugebracht und befand mich in einem Zustand, der an Ekstase grenzte. Der Bischof, ein würdiger Greis, erschien mir wie Gottvater selber, der sich über die Ewigkeit neigt, und mir war, als sähe ich den Himmel zwischen den Kirchenbogen hindurchschimmern.

Du kennst die Einzelheiten der Zeremonie: den Segen, die Kommunion in beiden Formen, die Salbung der Handflächen mit dem chatumenischen Öl und zuletzt das Heilige Amt in Gemeinschaft mit dem Bischof.

Ich brauche also nicht dabei zu verweilen. O! Wie recht hat doch Job! Und wie töricht ist, wer mit verbundenen Augen einen Pakt unterzeichnet! Der Zufall wollte es, dass ich den Blick, den ich bisher gesenkt hielt, erhob: da sah ich vor mir, zum Greifen nahe, obschon es in Wirklichkeit in einiger Entfernung, am äußersten Ende der Kirchenbalustrade war, ein junges Weib von ungewöhnlicher Schönheit, in königliche Pracht gekleidet. Da war mir, als fielen Schuppen von meinen Augen. So mag einem Blinden zumute sein, der plötzlich sehend wird! Der Bischof, der mir soeben noch in Glorie erschienen war, verblasste mit einem Schlag, die Kerzen verdüsterten sich auf ihren goldenen Haltern wie die Sterne beim einbrechenden Tag, die ganze Kirche versank in vollkommener Finsternis. Von diesem schattenhaften Hintergrund aber hob sich das reizende Geschöpf ab wie eine Engelserscheinung. Sie schien von eigenem Licht zu glänzen; statt sie zu empfangen, strahlte sie Helle aus!

Ich senkte die Lider, fest entschlossen, sie nicht wieder zu heben und mich gegen alle äußeren Eindrücke zu verschließen. Aber die Zerstreuung nahm mehr und mehr Besitz von mir, und kaum wusste ich mehr, was ich tat.

Schon eine Minute später hatte ich die Augen wieder geöffnet, denn durch die geschlossenen Lider hindurch sah ich die Schöne strahlend in allen Farben des Prismas, umgeben von einem Purpurnebel, als blickte ich in die Sonne selbst.

Oh, wie war sie schön! Der größte Meister, und mag er sich vom Himmel herab die Madonna selber holen, ahnt nicht einmal diese unbegreifliche Wirklichkeit, und weder die Verse der Poeten noch die Palette des Malers vermögen auch nur einen Schimmer davon wiederzugeben. Sie war von mittlerer Größe und besaß die Würde einer Göttin. Ihr feines blondes Haar war in der Mitte gescheitelt und rieselte zu beiden Seiten der Schläfen wie eine goldene Quelle nieder. Sie war wie eine Königin mit ihrem Diadem. Ihre durchsichtig weiße Stirn wölbte sich in reiner Klarheit über den Bogen der fast schwarzen Augenbrauen; eine Eigentümlichkeit, die die Wirkung der meergrünen Augen mit ihrem eindringlichen Blick, dessen Glanz kaum zu ertragen war, noch erhöhte. Welche Augen! Ein einziger ihrer Blitze entschied über menschliches Geschick. Die Lebhaftigkeit, Durchsichtigkeit, das Feuer und der feuchte Glanz, war wie in keinen menschlichen Augen! Ich glaubte deutlich wahrzunehmen, dass Strahlen davon ausgingen und in mein Herz eindrangen. Ob die Flamme, die sie belebte, dem Himmel oder der Hölle angehörte, das wagte ich nicht zu entscheiden, dass sie aber nur dem einen oder dem andern entstammen konnte, war mir gewiss. Diese Frau musste ein Engel oder ein Dämon sein, vielleicht beides zugleich. Sicherlich war sie nicht von Eva, unserer gemeinsamen Mutter geboren. Zähne, weiß wie Perlen, schimmerten zwischen roten, lächelnden Lippen, und bei jeder Bewegung des Mundes bildeten sich kleine Grübchen in ihren Wangen, die sich seidenweich rundeten. Ihre Nase war fein und stolz gezogen und verriet die edelste Abkunft. Auf der marmorglatten Haut ihrer halb entblößten Schultern spielten perlmuttfarbene Lichter, und schwere Perlenschnüre, hellschimmernd wie ihre Haut, fielen auf ihre Brust herab. Von Zeit zu Zeit bewegte sie das Köpfchen mit einer weich wiegenden Bewegung, gleich einem Schlänglein, oder einem Pfau, der sich in die Brust wirft; dann raschelte die hohe, gestickte Krause, die ihren Hals wie ein silbernes Gitter umschloss. Sie trug ein Kleid aus orangerotem Sammetbrokat, und aus den langen, mit Hermelin besetzten Ärmeln wurden zwei adelige Hände mit langen, weichgerundeten Fingern von unendlicher Zartheit sichtbar. Ja, so durchsichtig waren sie, dass, wie bei Ambra, das Tageslicht hindurchschimmerte.

Alle diese Einzelheiten sind noch so frisch in meiner Erinnerung, als hätte ich sie gestern erst erlebt, denn trotz der unbeschreiblichen Erregung, in der ich mich befand, entging mir nicht das Geringste: nicht die leiseste Bewegung, nicht der kleine schwarze Punkt auf dem Kinn, der kaum wahrnehmbare Flaum über den Mundwinkeln, der zitternde Schatten der Wimpern auf ihren Wangen, alles prägte sich mir mit wunderlicher Deutlichkeit ein.

Während ich sie also betrachtete, fühlte ich in meinem Innern Tore aufspringen, die bis dahin verschlossen waren. Verschüttete Wege öffneten sich nach allen Seiten und wiesen in unbekannte Fernen. Das ganze Leben erschien mir unter einem ungeahnten Gesichtspunkt; ich erwachte in diesem Augenblick zu einer neuen Ordnung der Dinge. Gleichzeitig schnürte eine furchtbare Angst mir die Kehle zusammen, und jede verrinnende Minute wurde mir zur Ewigkeit.

Während alles dies geschah, nahm die Zeremonie ihren Verlauf.

Ich aber war plötzlich meiner Welt entrückt. Ihr Zutritt wurde von den wachsenden Begierden in meiner Brust wütend belagert. Und dennoch sagte ich: »ja«, wo ich »nein« hätte sagen sollen, obgleich mein ganzes Wesen sich auflehnte gegen die Gewalt, die meine eigene Zunge meiner Seele antat. Eine dunkle Macht riss mir gegen meinen Willen die Worte aus der Kehle. Es ist dies vielleicht dieselbe Macht, die so manches junge Mädchen beherrscht, das mit dem festen Entschluss zum Altare tritt, dem aufgezwungenen Gatten sich mit lauter, entschiedener Stimme zu verweigern, und aus demselben dunklen Grunde vielleicht nimmt so manche arme Novize den Schleier, den zu zerreißen sie doch fest entschlossen war. Ihnen allen fehlt der Mut, der Welt ein Schauspiel zu geben; die Erwartung so vieler Menschen zu täuschen! Die Blicke aller liegen auf ihnen wie Blei. Alles ist schon des Langen vorbereitet, in Voraus festgelegt, sodass der Impuls vom Gewicht der äußeren Formen erdrückt wird und kraftlos in sich zusammensinkt.

Im Verlauf der Zeremonie wechselten die Blicke der schönen Unbekannten von zärtlicher Weichheit zu Missfallen und sogar Verachtung; als zürnte sie darüber, nicht verstanden zu werden. Ich nahm alle Kraft meines Herzens zusammen, sie hätte ausgereicht, einen Berg zu entwurzeln, um laut auszurufen, dass ich nicht Priester werden wollte. Aber ich brachte keinen Laut hervor. Meine Zunge klebte am Gaumen, ja ich war unfähig, auch nur durch das geringste Zeichen meinen ablehnenden Willen kundzutun. Und wiewohl vollkommen wach und gegenwärtig, befand ich mich doch in demselben Zustand, als wenn ein Alp uns bedrückt und wir vergebens das Wort herausschreien möchten, von dem unser Leben abhängt.

Die schöne Unbekannte schien das Martyrium mitzufühlen, das ich litt. Und wie um mich zu trösten, warf sie mir Blicke voll der himmlischsten Verheißung zu. Ihre Augen waren ein Gedicht, jeder ihrer Blicke eine Strophe. So sprach sie zu mir:

»Wenn du dich mir angelobst, so werde ich dich glücklicher machen als Gott selber in seinem Paradiese es vermöge. Ja, seine Engel sollen dich beneiden! Zerreiße das trübselige Leichentuch, in das zu hüllen du dich anschickst! Ich bin die Schönheit; ich bin die Jugend; ich bin das Leben! Komm zu mir, wir werden nichts als Liebe sein! Was könnte Jehova dir als Ersatz bieten? Unser beider Leben wird wie ein Traum dahingleiten in einem einzigen Kuss. Verschütte den Wein in diesem Kelche, und du bist frei! Ich werde dich zu unbekannten Inseln führen, du wirst an meinem Busen ruhn, in einem Bett aus gediegenem Golde, unter einem Baldachin von Silber; denn ich liebe dich und werde dich deinem Gott abspenstig machen, in dessen Namen so viele Herzen Fluten der Liebe verströmten, die doch nie zu ihm gelangten.«

Mir war, als vernähme ich alle diese Worte in einer unendlich süßen Versmelodie. Denn ihre Blicke wurden zu Tönen, und die Worte, die ihre Augen mir zusandten, hallten wider in den Tiefen meiner Seele, als hauchten unsichtbare Lippen sie mir ein. Ich fühlte Mut, meinem Gott abzuschwören, aber mein Mund murmelte mechanisch die Formeln des Heiligen Amtes. Die Schöne warf mir so flehende, so verzweifelte Blicke zu, dass es wie scharfe Messer in meine Seele drang und ich mein Herz von Schwertern ganz durchbohrt fühlte, wie das der schmerzhaften Mutter. Und so geschah, was geschehen musste: ich wurde Priester!

Nie wieder hat der Schmerz sich so schneidend in ein Antlitz eingegraben! Die Jungfrau, die den Bräutigam von einem jähen Tode hingerafft zu ihren Füßen sieht, die Mutter an der leeren Wiege ihres Kindes, Eva auf der Schwelle des Paradieses kauernd, der Geizhals, der anstelle seines verborgenen Schatzes einen Stein findet, der Dichter, dessen einziges, höchstes Werk ein Raub der Flammen wurde, sie alle können nicht so vernichtet, so ganz verzweifelt blicken wie sie! Aus ihren lieblichen Zügen war jeder

Blutstropfen gewichen, sie hatten sich mit Marmorblässe bedeckt, ihre schönen Arme, ganz als wären die Muskelbänder durchschnitten worden, hingen zu beiden Seiten des Leibes leblos herab. Sie lehnte an einem Pfeiler, denn ihre Knie wankten und trugen sie nicht länger. Was mich betrifft, so lenkte ich, die Stirn mit blutigem Schweiß bedeckt, die strauchelnden Schritte dem Kirchenausgang zu. Mir war, als müsste ich ersticken, das Kirchengewölbe schien sich mir auf die Schultern zu legen, und mein Haupt musste ganz allein das ungeheure Gewicht der Kuppel tragen.

Im Augenblick, als ich eben die Schwelle überschreiten wollte, fühlte ich meine Hand aufs Heftigste von einer andern ergriffen: es war die Hand einer Frau! Nie zuvor hatte ich eine Frauenhand berührt. Sie fühlte sich so kühl an wie eine Schlangenhaut, und doch brannte mich ihr Druck wie glühendes Eisen.

»Unseliger, Unseliger, was hast du getan?«, hörte ich die Unbekannte flüstern, dann war sie in der Menge verschwunden.

Der alte Bischof ging vorüber. Er maß mich mit strengem Blick. Mein Benehmen war das sonderbarste, das sich denken lässt. Ich erblasste und errötete abwechselnd; Schwindel ergriff mich. Einer meiner Gefährten fühlte Mitleid mit mir; er nahm mich bei der Hand und führte mich fort; niemals hätte ich allein den Weg zum Seminar zurückgefunden. Bei einer Straßenbiegung, während mein Begleiter den Kopf nach einer anderen Seite wandte, trat ein fremdartig gekleideter Neger auf mich zu und, ohne seine Schritte zu verzögern, steckte er mir im Vorübergehen ein Portefeuille zu, dessen Ecken mit Gold beschlagen waren, indem er mir bedeutete, es vor fremden Blicken zu verbergen. Ich ließ es in meinen Ärmel gleiten und hielt es dort verwahrt bis ich mich allein in meiner Zelle befand. Dort brach ich den Verschluss. Ein Blatt fiel heraus, darauf stand geschrieben: »Clarimonde, im Palais Concini«. Ich war zu jener Zeit so unkundig aller Dinge in der großen Welt, dass ich trotz ihrer Berühmtheit nicht wusste, wer Clarimonde war und wo das Palais Concini liegen mochte. Ich stellte tausend Vermutungen darüber auf, eine unmöglicher als die andere. Aber um die Wahrheit zu sagen, kümmerte es mich wenig, wer sie war noch wohin sie gehörte, ob sie eine Dame von Stand oder eine Kurtisane war, wenn es mir nur vergönnt wäre, sie wiederzusehen.

Diese Leidenschaft, obschon eben erst geboren, hatte schon unausrottbare Wurzeln in meinem Herzen geschlagen, und ich dachte nicht einmal daran, sie auszureißen, so sehr war ich von der Unmöglichkeit eines solchen Unterfangens überzeugt. Diese Frau hatte sich meiner vollkommen bemächtigt; ein einziger Blick von ihr hatte genügt, mich ganz zu verwandeln; sie hatte mir ihren Willen eingehaucht. Ich lebte nicht mehr aus mir heraus, sondern ganz in ihr und durch sie. Es kamen mir die unsinnigsten Einfälle: ich küsste auf meiner Hand die Stelle, die sie berührt hatte; ich wiederholte stundenlang ihren Namen. Ich brauchte nur die Augen zu schließen, um sie leibhaftig zu sehen, wie sie vor mir gestanden hatte, und ich wiederholte die Worte, die sie unter dem Kirchenportal gesprochen hatte: »Unseliger, Unseliger, was hast du getan?« Ich begriff das Entsetzliche meiner Lage, und die verhängnisvollen, schrecklichen Folgen dieses Zustandes, dem ich verfallen war, offenbarten sich mir mit aller Deutlichkeit. Priester sein! Das hieß keusch sein; hieß die Liebe nicht kennen; weder Geschlecht noch Alter unterscheiden; hieß Abkehr von aller Schönheit; hieß die Augen abtöten und sich in den eisigen Schatten einer Kirchen- oder Klostermauer vergraben; hieß sterben sehen, neben fremden Leichen Wache halten, hieß im schwarzen Priesterrock, der zuletzt als eigenes Bahrtuch dienen musste, um sich selber Trauer tragen.

Und ich fühlte, wie das Leben selber gleich einer Flut innerlich stieg und wuchs und überlief; das Blut klopfte mächtig in meinen Adern, und meine Jugend, die so lange niedergehalten war, erschloss sich mit einem Schlag, wie die Aloe, die hundert Jahre an einer Blüte treibt, um sich dann plötzlich mit einem Donnerschlag zu erschließen.

Was konnte ich nur tun, um Clarimonde wiederzusehen? Es fehlte mir jeglicher Vorwand, das Seminar zu verlassen, denn ich hatte keinen Bekannten in der Stadt. Ja, ich würde nicht einmal an diesem Orte bleiben dürfen und hatte nur noch den Befehl abzuwarten, der mich in irgendeine entlegene Pfarrei verweisen würde! Ich versuchte, die Gitterstäbe an meinem Fenster zu lockern, sie waren so hoch, dass es einer Leiter bedurft hätte. Außerdem konnte ich nur bei Nacht hinabsteigen; und wie sollte ich mich in dem unübersehbaren Labyrinth der Straßen zurechtfinden? Alle diese Dinge, die für einen andern bedeutungslos gewesen, waren für mich armen Seminaristen und neugeborenen Liebhaber ohne Erfahrung, ohne Geld und passende Kleidung unüberwindliche Hindernisse. Wäre ich nur nicht Priester; ich hätte mich doch ihres Anblicks tagtäglich freuen können! Ich wäre ihr Liebhaber, ihr Gatte geworden! So sprach ich bei mir selber. Statt dieses traurigen Leichentuches hätten Kleider aus Sammet und Seide, goldene Ketten, Federn und Waffen mich geziert, gleich den anderen schönen jungen Kavalieren. Mein Haar, durch keine Tonsur gebrandmarkt, fiele in anmutigen Locken auf meine Schultern. Ein schöner, gewichster Schnurrbart würde meine Lippen schmücken, kurz, ich wäre ein schmucker Bursch! Nun hatte die eine Stunde vor dem Altar mich aus der Liste der Lebendigen gestrichen. Ich selbst hatte das Siegel an mein Grab gelegt, mit eigenen Händen den Riegel vor meine Gruft gestoßen!

Ich trat zum Fenster. Der Himmel strahlte in wunderbarem Blau. Die Bäume standen im Frühlingsschmuck; die Natur prunkte mit einer Daseinslust, die mich zu verhöhnen schien. Der Platz war von vielen Menschen belebt, die kamen und gingen. Modische Stutzer mit ihren Schönen, Paar um Paar lenkte die Schritte zum Park mit seinen verborgenen Lauben und Gängen. Frohe Gesellen zogen, ein Trinklied auf den Lippen, vorüber. Das Leben und Treiben in Lust und Bewegung machten mir meine traurige Lage nur umso empfindlicher. Auf der Schwelle ihres Hauses spielte eine junge Mutter mit ihrem Kinde. Sie küsste den kleinen rosigen Mund, an dem noch ein paar Tropfen Milch perlten; sie führte neckend tausend jener kleinen Spiele mit ihm auf, die nur eine Mutter kennt. Der Vater stand ein paar Schritte entfernt und sah mit glücklichem Lächeln auf die reizende Szene, und seine auf der Brust gekreuzten Arme schienen die Freude zu bändigen, die ihm den Busen hob. Ich konnte den Anblick nicht länger ertragen, das Fenster schließend, warf ich mich auf mein Lager, Hass und wilde Eifersucht im Herzen. Meine Zähne gruben sich in meine Hände und Decken, so lag ich wie ein Tiger, der eine Woche gehungert hat.

Ich weiß nicht, wie viele Tage in dieser Weise vergingen. Als ich einmal von einem solchen Verzweiflungsausbruch aufsah, erblickte ich den Pater Serapion, der mitten in meiner Zelle stand und mich aufmerksam beobachtete. Ich schämte mich, ließ den Kopf auf die Brust fallen und bedeckte mein Gesicht mit den Händen.

»Romuald, mein Freund, in dir gehen besondere Dinge vor«, sagte Serapion nach ein paar Minuten des Schweigens. »Dein Betragen ist seltsam genug! Du, sonst so fromm, so sanft und gut, du rasest in deiner Zelle gleich einem wilden Tier. Hüte dich, mein Bruder, vor den Fallstricken des Teufels! Der böse Geist zürnt, weil du dich unserem Herrn verschrieben hast und umlauert dich wie ein reißender Wolf, um dich zu verschlingen. Aber statt dich von ihm packen zu lassen, mein lieber Romuald, schaffe dir lieber einen Harnisch aus deinen Gebeten, einen Schild aus deinen Kasteiungen, bekämpfe wacker den Feind, und du wirst obsiegen. Die Tugend muss durch Prüfungen hindurchgehen, und das Gold ersteht nur reiner im feurigen Ofen! Fürchte dich nicht und lass den Mut nicht sinken! Gerade die zumeist behüteten Seelen und die festesten haben solche Zeiten gekannt. Bete, faste, versenke dich in fromme Betrachtungen und der böse Geist wird sich von dir heben.«

Diese Worte des Bruders Serapion brachten mich zu mir selber zurück, und ich wurde ruhiger. Er fuhr fort:

»Ich bin gekommen, um dir deine Versetzung in die Pfarrei von C... mitzuteilen. Der dortige Pfarrer ist kürzlich verstorben. Unser Bischof will, dass ich dich hinbegleite. Halte dich also für morgen bereit.« Ich antwortete mit einem Kopfnicken, und der Bruder zog sich zurück. Ich nahm mein Messbuch zur Hand und begann, Gebete zu lesen, aber die Zeilen verschwammen bald vor meinen Augen, der Gedankenfaden verwickelte sich in meinem Gehirn, und das Buch entglitt meinen Händen, ohne dass ich dessen gewahr wurde.

Abreisen! Morgen! Ohne sie wiedergesehen zu haben! Ein Hindernis mehr zu den anderen hinzu, die sich zwischen uns legten. Auf alle Zeit der Hoffnung entsagen, sie wiederzusehen, wenn nicht ein Wunder zu Hilfe kommen würde! Wenn ich an sie schriebe? Wer aber würde ihr meinen Brief bestellen? Und wem konnte ich mich anvertrauen, auf wen mich verlassen, bei der geheiligten Würde, die mich von allem abschnitt! Eine unaussprechliche Angst lastete auf mir. Ich dachte an die Worte, die der Bruder Serapion von den Fallstricken Satans gesprochen hatte. Die Fremdartigkeit des Erlebnisses; Clarimondes übernatürliche Schönheit; der phosphoreszierende Glanz ihrer Augen; der brennende Druck ihrer Hand; die Verwirrung, in die sie mich gebracht hatte; die jähe Verwandlung, die mit mir vorgegangen war, das plötzliche Versiegen meiner Frömmigkeit, das alles bewies mir klar genug die satanische Hand, die hier im Spiel war. Ja, das seidenweiche Pfötchen war vielleicht nur der Handschuh, der seine Krallen verdeckte. Diese Vorstellung erschütterte mich im tiefsten Herzen. Ich nahm das Gebetbuch wieder auf, das zur Erde gefallen war, und begann aufs Neue, mich ins Gebet zu vertiefen.

Am nächsten Tag holte mich Serapion. Zwei Maulesel, die unser bescheidenes Reisegepäck tragen sollten, hielten vor der Tür. Serapion bestieg den einen, ich den andern so gut es ging. Auf unserem Weg durch die Straßen der Stadt spähte ich zu jedem Fenster, nach jedem Balkon, ob ich nicht Clarimonde entdecken würde. Aber es war zu früh am Tage, die Stadt hatte die Augen noch nicht aufgeschlagen. Mein Blick versuchte, hinter Läden und Vorhänge der vornehmen Häuser zu dringen, an denen uns der Weg vorüberführte. Serapion mochte denken, dass mein Interesse der Besonderheit der Architektur galt, denn er verlangsamte den Schritt seines Reittieres, um meiner Betrachtung Zeit zu lassen. Endlich erreichten wir das Tor der Stadt; nun begannen wir, einen Hügel emporzuklimmen. Oben angelangt, betrachtete ich noch einmal den Ort, in dem Clarimonde lebte. Der Schatten einer Wolke lagerte über der Stadt. Das Blau und Rot der Dächer verschwamm in einem allgemeinen Mischton, über dem da und dort wie weiße Flocken der morgendliche Rauch aus den Kaminen wogte. Einer eigentümlichen Lichtwirkung zufolge erschien in einem breiten Sonnenstreifen weiß und golden ein Gebäude, das die umstehenden Häuser, die ganz im Dunst lagen, überragte. Obschon wir über eine Meile weit davon entfernt waren, erschien es mir ganz nahe. Ich konnte deutlich alle seine Einzelheiten unterscheiden: die Türmchen und Fenster bis zu der Windfahne in Gestalt eines Schwalbenschwanzes. »Welches ist doch das Schloss dort drüben, auf das der Lichtstrahl fällt?«, fragte ich meinen Begleiter.

»Das ist der alte Palast, den der Prinz Concini der Kurtisane Clarimonde geschenkt hat. Schreckliche Dinge sollen sich dort zutragen!« In diesem Augenblick – ich weiß heute noch nicht, ob es Wirklichkeit oder ein Trugbild meiner Fantasie war – glaubte ich, eine schlanke, weiße Gestalt auf der Terrasse zu erblicken. Sekundenlang leuchtete sie auf und erlosch. Es war Clarimonde! Ach, ahnte sie wohl, dass ich zur selben Stunde von der Höhe dieses kargen Pfades, der mich von ihr fortführte, glühend und angstvoll das Haus mit den Blicken verschlang, das sie beherbergte und das ein trügerisches Licht mir näher zu tragen schien, als wollte es mich auffordern, bei seiner Gebieterin einzutreten? Zweifellos hat sie darum gewusst. Denn ihre Seele war der meinen zu mystisch verbunden, um nicht von der leisesten Erschütterung getroffen zu werden, die mich bewegte. Dieses Gefühl musste es auch gewesen sein, das sie, nur eingehüllt in ein leichtes Nachtgewand, im eisigen Morgentau des erwachenden Tages zur Terrasse emporsteigen hieß.

Die dunkle Wolke verschlang nun auch den Palast; es war von der Stadt nichts mehr zu sehen als ein lebloses Meer mit seinen erstarrten Wogen von Dächern und Giebeln. Serapion trieb sein Maultier an; das meine folgte, und dic nächste Wegeskrümmung nahm mir auf immer den Anblick von S., denn ich sollte nie mehr dahin zurückkehren.

Nach dreitägiger Reise durch ziemlich ödes Land sahen wir zwischen Bäumen hindurch den Turm der Kirche hervorschauen, der ich zugeteilt war, und nachdem wir noch ein paar gewundenen Wegen gefolgt waren, zu deren beiden Seiten sich Scheunen und kleine Gärten reihten, fanden wir uns schließlich der Kirchenfassade gegenüber, die sich keineswegs durch besondere Pracht auszeichnete. Ein Portal, das zwei, drei Pfeiler in roher Steinmetzarbeit schmückten; ein Ziegeldach und Strebemauern aus demselben Sandstein wie die Pfeiler, das war alles. Zur Linken lag der Kirchhof, ganz von hohem Gras überwuchert. In seiner Mitte stand ein großes eisernes Kreuz. Zu seiner Rechten, im Schatten der Kirche, lag das Pfarrhaus. Es war ein armseliges Gebäude von nüchterner Sauberkeit, in das wir traten. Ein paar Hühner pickten Körner vom Erdboden auf. Sie schienen an den schwarzen Priesterrock gewöhnt zu sein, denn unser Kommen verscheuchte sie keineswegs; ja, sie gaben uns kaum den Weg frei. Jetzt ließ sich ein raues, heiseres Bellen vernehmen, und alsbald kam ein alter Hund auf uns zugelaufen. Es war der Hund meines Vorgängers. Sein Blick war stumpf; sein Borstenhaar ergraut, und überhaupt zeigte er alle Merkmale des höchsten Alters, das ein Hund nur erreichen kann. Ich streichelte ihn sanft, und gleich gesellte er sich mir zutraulich bei, mit dem Ausdruck höchsten Wohlbehagens. Eine ebenfalls sehr bejahrte Frau, die Haushälterin meines Vorgängers, kam uns entgegen, und nachdem sie uns in den niedrigen Wohnraum geführt hatte, fragte sie mich, ob es meine Absicht sei, sie in meinen Dienst zu nehmen. Ich entgegnete ihr, dass ich sie und den Hund und die Hühner samt dem ganzen Hausrat, den ihr Herr ihr bei Lebzeiten noch verschrieben hatte, übernehmen würde, welche Versicherung sie in freudige Erregung versetzte, die noch wuchs, als Bruder Serapion ihr sogleich den Preis, den sie dafür verlangte, aushändigte.

Nachdem ich dergestalt meinen Einzug gehalten hatte, kehrte Serapion in das Seminar zurück. Ich blieb allein und ohne einen anderen Halt, als mein eigenes Gewissen. Der Gedanke an Clarimonde ergriff aufs Neue Besitz von mir, und wie sehr ich mich bemühte, ihn zu verscheuchen, es wollte mir nur selten gelingen.

Eines Abends, als ich die schmalen, mit Buchs eingefassten Pfade meines Gärtchens entlangwandelte, glaubte ich, zwischen dem Gebüsch hindurch eine weibliche Gestalt zu erblicken, die alle meine Bewegungen zu beobachten schien, und zwischen Blättern blitzten ein paar meergrüne Augen auf. Aber es musste eine Sinnestäuschung gewesen sein; denn als ich auf der andern Seite der Buchsrabatte zurückkehrte, entdeckte ich nichts als eine Fußspur, die jedoch so klein war, dass sie nur von einem Kinde herrühren konnte. Der Garten war von hohen Mauern umgeben; ich durchforschte alle Winkel und Ecken, nichts war zu finden. Auch späterhin ist es mir nicht gelungen, diesen Umstand zu erklären, der überdies belanglos ist, gemessen an den Erlebnissen, die mir noch bevorstanden.

So verging mir ein Jahr in gewissenhafter Pflichterfüllung. Ich betete, fastete, ich ermahnte und tröstete die Kranken. Bis auf den dringendsten Notbedarf gab ich all mein spärliches Gut den Armen. Aber in meinem Innern fühlte ich eine unheimliche Dürre; der Quell der Gnade war versiegt. Die Befriedigung, die aus der Übung einer heiligen Sendung quellen soll, blieb mir versagt. Mein Sinn lebte meinem Tun abgewandt, und Clarimondes Worte traten oft auf meine Lippen wie ein unwillkürlicher Kehrreim.

Oh, mein Bruder, präge dir dies alles tief ins Gemüt! Um eines einzigen Blickes willen, den ich auf eine Frau geworfen hatte; um eines scheinbar so leichten Vergehens willen, sollte ich jahrelang das Opfer einer furchtbaren Gemütserschütterung werden und mein Leben für alle Zeiten des Friedens verlustig gehen.

Ich werde dich nicht lange mit diesen meinen Niederlagen und gelegentlichen Siegen, die jedes Mal von den schlimmsten Rückfällen gefolgt waren, aufhalten, sondern gleich zu dem entscheidenden Ereignis kommen.

Eines Nachts wurde heftig an der Hausglocke geläutet. Meine alte Barbara ging, um zu öffnen, als sich ihr im Schein ihrer Laterne ein fremdartig gekleideter Mann, von dunkler Hautfarbe, mit einem Dolch bewaffnet, zeigte. Ihre erste Regung war Grauen; aber der Mann beruhigte sie und äußerte, dass er mich auf der Stelle sprechen müsse, es handle sich um eine dringende Amtshandlung.

Barbara führte ihn zu mir. Ich war eben dabei, mich zu Bett zu begeben. Der Mann teilte mir mit, dass seine Herrin, eine Dame von Welt, im Sterben liege und nach einem Priester verlange. Ich versprach, ihm sogleich zu folgen.

Vor dem Haus standen zwei ungeduldig schnaubende Pferde. Sie waren schwarz wie die Nacht, und aus ihren Nüstern schossen mächtige Dampfwolken. Der Fremde hielt mir den Steigbügel und half mir in den Sattel, er selbst schwang sich auf das zweite Ross, indem er sich nur leicht auf die Handfläche stützte. Rasch legte er die Schenkel an, und wie ein Pfeil stob sein Tier davon. Das meine, dessen Zügel er in der Hand behalten hatte, fiel sogleich in Galopp und blieb mit seinem Führer in vollkommenem Gleichtakt. Wir verschlangen gleichsam unsern Weg. Unter uns flog der Boden vorüber, grau und gestreift; und die jagenden Silhouetten der Bäume glichen einer Armee auf der Flucht. Wir ritten durch einen Wald; der war so schwarz und eiseskalt, dass sich mir in abergläubischer Furcht die Haare sträubten. Der Funkenregen, der von den Hufen unserer Pferde sprühte, ließ eine feurige Spur auf dem Weg zurück. Wären wir einem Wanderer zu dieser nächtlichen Stunde begegnet, er hätte uns für zwei reitende Gespenster halten müssen. Irrlichter kreuzten von Zeit zu Zeit unsern Weg. Aus dem Dickicht des Waldes, wo hin und wieder die Phosphoraugen einer Wildkatze aufleuchteten, heulte jammervoll der Kauz. Die Mähnen unserer Pferde flatterten im Winde; Schweiß rieselte von ihren Flanken, und ihr Atem ging stoßweise aus den geweiteten Nüstern hervor. Aber wenn mein Begleiter sie ermatten sah, stieß er einen gurgelnden Laut hervor, der nichts Menschliches hatte, und weiter stob die Jagd in wütender Hast. Endlich kam der Wirbel zum Stehen; denn plötzlich erhob sich vor uns eine große dunkle Masse, von hellen Punkten durchbrochen. Die Hufe unserer Pferde hallten lauter auf gepflastertem Boden, und wir hielten vor einem Torbogen, der seinen schwarzen Rachen zwischen zwei riesigen Türmen öffnete. Große Aufregung herrschte in dem schlossartigen Gebäude. Diener mit Fackeln liefen in allen Richtungen über den Hof; auf den Treppenwindungen sah man eilende Lichter steigen und fallen. Ich vermochte, in der Verwirrung undeutlich riesenhafte Baulichkeiten, Säulen, Arkaden, Galerien und Terrassen, kurz einen feenhaften Reichtum an Architektur zu unterscheiden. Ein Negerknabe, der mir damals das Briefchen Clarimondes zugesteckt hatte und den ich sogleich wiedererkannte, half mir vom Pferde, und ein Majordomus in schwarzen Sammet gekleidet, mit einem Elfenbeinstab und einer goldenen Kette um den Hals, kam mir entgegen. Seine Augen liefen über von schweren Tränen, die langsam in seinen weißen Bart rollten.

»Zu spät«, sagte er und schüttelte den Kopf, »zu spät, mein Herr Geistlicher! Aber wenn Sie schon die arme Seele nicht retten konnten, so mögen Sie jetzt bei der Leiche Wache halten!«

Er nahm meinen Arm und führte mich in das Totengemach. Ich weinte so bitterlich wie er selber; denn ich hatte begriffen, dass die Tote niemand anderes sein konnte als meine bis zum Wahnsinn geliebte Clarimonde. Ein Gebetstuhl war neben das Bett gerückt; eine bläuliche Flamme zitterte über der bronzenen Schale des ewigen Lichtes, einen blassen, trüben Schimmer verbreitend, und hob da und dort die Kanten und Vorsprünge eines Möbels deutlicher hervor. Auf dem Tisch stand eine ziselierte Schale, in der eine verwelkte, weiße Rose hing. Ein einziges Blatt haftete noch; die übrigen lagen alle gleich duftenden Tränen rings um die Urne verstreut. Eine zerfetzte, schwarze Maske, ein Fächer und Maskenkleider aller Art lagen auf den Sesseln umher und ließen erraten, dass der Tod diese prunkvolle Behausung unerwartet und unangemeldet betreten hatte.

Ich kniete nieder, wagte aber nicht, einen Blick auf das Bett zu werfen. Inbrünstig begann ich, die Psalmen zu beten und dankte Gott dafür, dass er zwischen mich und diese Frau das Grab aufgeworfen hatte, sodass ich hinfort ihren gereinigten Namen in mein Gebet einschließen konnte. Allmählich aber begann der Aufschwung meiner Seele zu ermatten, und ich verfiel in Träumerei. Der Raum hatte nichts von einem Sterbezimmer. Anstelle faden Leichengeruches, wie ich ihn von meinen Totenwachen her kannte, atmete ich hier das laue und sehnsüchtig weiche Aroma orientalischer Essenzen, einen verliebten Duft von Frauen. Das schwache Licht mahnte eher an ein künstlich hervorgerufenes Zwielicht für wollüstige Stunden als an den gelblich flackernden Docht der Totenlampe, wie er sonst zu Häupten einer Leiche glimmt. Ich bedachte den sonderbaren Zufall, der mich Clarimonde in dem Augenblick wiederfinden ließ, in dem ich sie auf ewig verlor, und ein Seufzer der Wehmut entrang sich meiner Brust. Da war mir, als antwortete ein ebensolcher Seufzer hinter meinem Rücken, und unwillkürlich wandte ich mich um. Es war nichts als das Echo. Aber bei dieser Wendung fiel mein Blick auf das Totenlager, das ich bisher gemieden hatte. Die von schweren, goldenen Tressen gehaltenen Vorhänge aus rotem Damast zeigten mir die Tote, die mit über der Brust gefalteten Händen ausgestreckt dalag. Von dem dunklen Purpur der Vorhänge hob sich leuchtend der weiße Schleier ab, der sie ganz bedeckte und so zart war, dass er die holden Linien ihres Leibes nirgends verletzte; und der Blick folgte ungehindert den biegsamen Kurven, die selbst der Tod nicht zu zerstören vermocht hatte. Man musste an eine Alabasterstatue von Künstlerhand denken, bestimmt, das Grab einer Königin zu schmücken, oder an eine Jungfrau, die im Schnee eingeschlafen war. Meine Standhaftigkeit war gebrochen. Die laue, duftgeschwängerte Luft berauschte mich; der Fieberhauch der halb verwelkten Rose stieg mir zu Kopf. Mit großen Schritten begann ich, den Raum zu durchmessen, wobei ich jedesmal vor der liebreizenden Gestalt unter dem durchsichtigen Bahrtuch stehen blieb. Wirre Gedanken flatterten mir durch den Sinn. Ich stellte mir vor, dass sie nicht wirklich gestorben sei, sondern sich nur dieser Täuschung bedient habe, um mich in ihr Schloss zu locken und mir von ihrer Liebe zu sprechen. Einen Augenblick lang war mir, als bewegten sich unter dem Schleier ihre Füße und als verschöben sich die starren Falten des Leichentuches.

Dann wieder sagte ich zu mir selber: Ist dies auch wirklich Clarimonde? Und welchen Beweis habe ich dafür? Vielleicht ist der Negerknabe schon längst in den Dienst einer anderen Dame getreten! Wie töricht von mir, gleich das Schlimmste anzunehmen! Aber mein Herz antwortete mir mit wildem Klopfen: Sie ist es und keine andere!

Ich näherte mich dem Bett und betrachtete mit verdoppelter Aufmerksamkeit den Gegenstand meiner Ungewissheit.

Soll ich Ihnen gestehen, dass diese Ruhe der Vollkommenheit, obgleich geheiligt durch die Schatten des Todes, mich unbegreiflich wollüstig bewegte! Denn diese Ruhe glich zum Verwechseln dem bloßen Schlummer. Ich vergaß, dass ich hergekommen war, um Totenwache zu halten; vielmehr kam ich mir vor wie ein junger Gatte, der das Schlafgemach seiner Geliebten betritt, die sich schamhaft vor seinen Blicken geflüchtet hat. Von Schmerz zerrissen und in überfließendem Glück, zitternd vor Angst und Wonne, beugte ich mich über die Ruhende und ergriff einen Zipfel des Schleiers. Langsam und mit angehaltenem Atem, aus Furcht, sie zu wecken, hob ich ihn empor. Mein Blut klopfte mit solcher Gewalt, dass ich es in den Schläfen sausen hörte, während der Schweiß mir von der Stirne rann, als höbe ich eine schwere Grabesplatte.

Es war in der Tat Clarimonde, so wie ich sie in der Kirche bei meiner Einkleidung gesehen. Sie hatte nichts von ihrer Schönheit eingebüßt. Ja, der Tod verlieh ihr noch einen besonderen Reiz! Die Blässe ihrer Wangen, die sterbenden Rosen ihrer Lippen, die langen gesenkten Wimpern, die sich dunkel von dem weißen Antlitz abzeichneten; alles dies gab ihr einen Ausdruck von Keuschheit und gedankenschwerem Leid und übte einen verführerischen Zauber auf mich aus. Sie lag auf ihrem gelösten Haar, in dem vereinzelte blaue Blümchen schimmerten, wie auf einem Kissen. Die Blöße ihrer Schultern deckten die Locken zu. Ihre weißen Hände waren mit dem Ausdruck frommer Ruhe und schweigenden Gebetes auf der Brust gekreuzt und ließen vergessen, was vielleicht die Reinheit des Todes hätte verletzen können: die makellosen, nackten Arme, die wie poliertes Elfenbein glänzten und noch von Perlenschnüren umwunden waren.

Lange blieb ich so in stummer Andacht versunken. Je mehr ich sie betrachtete, desto unbegreiflicher erschien es mir, dass das Leben auf immer aus diesem schönen Körper gewichen sein sollte. Ich weiß nicht, ob meine Sinne mich äfften, oder ob es der Widerschein der roten Ampel war, aber mir schien plötzlich, als strömte langsam das Blut in ihre Wangen zurück, obgleich sie in völliger Unbeweglichkeit verharrte. Ich berührte leicht ihren Arm: er war kalt! Und dennoch – nicht kälter als die Hand, mit der sie damals unter dem Kirchenportal die meinige gefasst hatte.

Ich kehrte an meinen früheren Platz zurück, neigte mein Gesicht über das ihre und netzte ihre Wangen mit dem warmen Tau meiner Tränen. Ach, welch unbeschreibliche Bitterkeit und Verzweiflung, welche tödlichen Qualen in dieser Nacht der Totenwache! Hätte ich mein ganzes Leben in einen einzigen Atemzug zusammenpressen können, um ihn ihr einzuhauchen und in diesem armen, kalten Leib die Flamme zu entfachen, die mich verzehrte!

Die Nacht rückte vor; und als ich mir bewusst wurde, dass der Augenblick der ewigen Trennung nicht mehr fern sein konnte, vermochte ich, mir die traurige und höchste Wonne nicht zu versagen: einen Kuss auf die toten Lippen zu drücken, denen mein ganzes Herz gehört hatte!

Aber, o Wunder! Ein schwacher Atemzug vermischte sich mit dem meinen. Clarimondes Lippen erwiderten den Druck meines Mundes! Ihre Augen öffneten sich und gewannen einen schwachen Glanz. Sie seufzte leise und indem sie ihre Arme auseinanderfaltete und sie um meinen Hals schlang mit dem Ausdruck inbrünstiger Verzückung, sagte sie mit einer sehnsüchtig süßen Stimme, die wie Seufzer einer Harfe an mein Ohr drang: »Ah, du bist es, Romuald! Was hast du getan? Wo bliebst du so lange, dass ich darüber sterben musste? Jetzt aber hast du dich mir angelobt! Ich kann dich von nun an immer sehen und zu dir kommen. Lebwohl mein Romuald, Lebwohl! Ich liebe dich, das ist alles, was ich dir sagen wollte! Und ich werde dir das Leben schenken, das du mir mit deinem Kusse einen Augenblick lang zurückgegeben hast. Auf Wiedersehen!«

Ihr Haupt sank zurück, aber noch hielten mich ihre Arme umschlungen, als wollten sie mich festhalten. Zu gleicher Zeit stieß ein rasender Wirbelsturm das Fenster auf. Das letzte Blatt der weißen Rose bebte wie ein Schmetterlingsflügel, löste sich ab und wehte zum Fenster hinaus, Clarimondes Seele mit sich nehmend. Die Lampe erlosch, und ich sank bewusstlos über den Körper der schönen Toten.

Als ich wieder zu mir kam, befand ich mich in meinem Bett in der schmalen Kammer meines Pfarrhauses, und der alte Hund des ehemaligen Bewohners leckte meine Hand, die über die Bettkante herabhing. Barbara machte sich in der Stube mit altersschwachen, zitternden Bewegungen zu schaffen. Sie öffnete und schloss die Schubladen und rührte ein Pulver in ein Glas. Als sie bemerkte, dass ich die Augen geöffnet hatte, stieß sie einen kleinen Freudenschrei aus, der Hund bellte und wedelte mit dem Schwanz, aber ich fühlte mich so schwach, dass ich weder ein Wort noch eine Bewegung zustande brachte.

Später erfuhr ich, dass ich drei Tage so gelegen hatte ohne ein anderes Lebenszeichen als einen kaum wahrnehmbaren Atemzug. Diese drei Tage zählen nicht in meinem Leben, und ich weiß nicht, wo mein Geist sich in dieser Zeit aufgehalten hat! Nicht die geringste Erinnerung daran ist mir geblieben. Barbara erzählte mir, dass derselbe Mann, mit der dunklen Gesichtsfarbe, der mich in jener Nacht abgeholt, mich am Morgen auf einer Bahre vor meinem Haus abgesetzt hatte, um sich sogleich wieder zu entfernen. Sobald ich fähig war, meine Gedanken zusammenzufassen, kehrten mir alle Erlebnisse jener bedeutsamen Nacht zurück. Erst wollte mir scheinen, als sei ich die Beute eines Zauberspiels gewesen, bald aber zerstörten wirkliche, ja greifbare Umstände diese Vermutung. Ich konnte nicht länger glauben, dass ein Traum mich genarrt habe, da Barbara, wie ich, den Mann mit den beiden Pferden gesehen hatte! Ihre Beschreibung seiner Erscheinung deckte sich mit meiner Erinnerung. Niemand aber in der ganzen Gegend wusste von einem Schloss, das auf die Beschreibung des Schlosses passen wollte, in dem ich Clarimonde wiedergefunden hatte.

Eines Morgens trat Bruder Serapion bei mir ein. Barbara hatte ihm Botschaft von meiner Erkrankung geschickt, und er war ohne Verzug herbeigeeilt. Obgleich dieser Eifer für ein warmes Gefühl und Anteilnahme an meiner Person sprach, löste sein Besuch nicht die Freude in mir aus, die er mir hätte machen müssen. Des Priesters Blicke ruhten auf mir mit einer durchdringenden Prüfung, vor der ich Scheu empfand. Ich fühlte mich verlegen und schuldig in seiner Gegenwart. Er hatte damals als Erster meine Unrast entdeckt, und ich trug ihm seine Hellsicht nach. Während er sich in einem allzu freundlichen Ton nach meinem Befinden erkundigte, hielt er seine gelben Löwenaugen, die wie eine Sonde in mein Herz drangen, auf mich gerichtet. Er stellte einige Fragen, die Führung meines Amtes betreffend; wollte wissen, ob ich mich wohl darin fühlte; womit ich mir die freien Stunden vertrieb; und ob ich unter den Bewohnern des Ortes schon Freunde gewonnen hätte; welches meine Lieblingslektüre sei und andere Dinge mehr. Ich antwortete auf alle Fragen so knapp als möglich, und er selber wartete das Ende meiner Antwort gar nicht ab, sondern ging zu etwas anderem über. Das anfängliche Gespräch hatte offenbar nichts mit dem zu tun, was er eigentlich auf dem Herzen trug. Denn ohne Vorbereitung, und als entsänne er sich plötzlich einer Nachricht, die er wieder zu vergessen fürchtete, sagte er mit klarer Stimme, die mich traf wie die Posaune des letzten Gerichtes:

»Die große Kurtisane Clarimonde ist vor Kurzem gestorben, infolge einer Orgie, die acht Tage und Nächte gedauert hat. Es war ein Fest von höllischer Pracht und Üppigkeit. Die Gräuel von Belsazars und der Kleopatra Gelagen sind neu erstanden. In welcher Zeit leben wir, mein Gott! Die Gäste wurden von dunkelfarbigen Sklaven bedient, die eine fremde Sprache redeten und Dämonen glichen. Die Livree auch der Geringsten unter ihnen hätte einem kaiserlichen Hofstaat nicht zur Schande gereicht. Zu allen Zeiten sind über diese Clarimonde die seltsamsten Gerüchte im Umlauf gewesen, und alle ihre Liebhaber sind eines elenden Todes gestorben. Man sagt, sie sei nichts anderes als eines jener blutsaugenden Gespenster, die man Vampir nennt. Ich aber glaube, es war Beelzebub selber!«

Der Priester schwieg und blickte mich aufmerksamer an denn je, um die Wirkung zu prüfen, die seine Worte auf mich machten. Bei dem Namen Clarimonde hatte ich ein leises Erbeben nicht zu unterdrücken vermocht, und die Nachricht ihres Todes, die durch das Zusammenstimmen mit meinem jüngsten, nächtlichen Erlebnis mich umso tiefer traf und in einen Aufruhr des Schmerzes versetzte, mochte in meinen Mienen deutlich zu lesen sein, wie sehr ich mich auch bemühte, die Herrschaft über mich selber nicht zu verlieren.

Serapion maß mich mit besorgtem, strengem Blick und sagte: »Mein Sohn, es ist meine Pflicht, dich zu warnen. Du schwebst mit einem Fuß schon über dem Abgrund! Hüte dich davor, ganz hineinzustürzen! Satans Arme reichen weit, und auch das Grab bewahrt nicht immer treu, was ihm anvertraut wurde. Der Stein, der Clarimonde deckt, müsste dreifach versiegelt werden, denn, wie man sagt, ist es nicht das erste Mal, dass sie gestorben ist. Gott nehme dich in seine Obhut, mein Romuald!«

Nach diesen Worten wandte sich Serapion mit langsamen Schritten dem Ausgang zu, und ich sah ihn lange nicht mehr; denn bald darauf siedelte er nach S. über.

Ich war nun völlig wiederhergestellt und hatte meine täglichen Obliegenheiten wieder aufgenommen. Sowohl die Erinnerung an Clarimonde als auch des alten Priesters Worte hafteten lebendig in meinem Innern. Aber nichts Ungewöhnliches geschah, was die düsteren Prophezeiungen Serapions gerechtfertigt hätte, und schon begann ich zu glauben, dass seine Befürchtungen und meine Angst übertrieben gewesen. Da überfiel mich nächtlicherweile ein Traum:

Ich hatte kaum ein paar tiefe Züge des Schlafes getan, als ich vernahm, wie die Vorhänge meines Bettes zur Seite gezogen wurden, sodass sich die Ringe an den Stangen mit vernehmlichen Klingeln verschoben. Mit einem Ruck fuhr ich auf, mich auf beide Ellenbogen stützend. Da gewahrte ich den Schatten einer Frau, der neben meinem Bett aufgerichtet stand. In der Hand hielt sie eines jener Lämpchen, wie man es auf Gräbern sieht. In seinem schwachen Glimmen schimmerten ihre langen, schlanken Finger in rosenroter Durchsichtigkeit, die bis in die milchweiße Substanz ihrer bloßen Arme ausstrahlte. Sie war nur mit dem Leichenhemd bekleidet, das sie damals auf dem Prunkbett getragen hatte; und als schäme sie sich der mangelhaften Bedeckung, hielten ihre kleinen Hände die dünnen Falten über der Brust zusammen. Sie war so bleich, dass ihre Hautfarbe mit ihrer Umhüllung im trüben Schein des Lämpchens zu verschwimmen schien. So glich sie in dem feinen Gewebe, das die Linien ihres Körpers verriet, der antiken Marmorstatue einer Badenden weit eher als einer Frau von Fleisch und Blut. Aber, tot oder lebendig, Statue oder Wirklichkeit, Schatten oder Körper – ihre

Schönheit war dieselbe; nur dass der Glanz ihrer Augen matter war und ihr sonst so purpurroter Mund nur noch die blassen Tinten einer Rose hatte. Die kleinen blauen Blumen, die ich damals in ihren Locken entdeckt hatte, waren ganz vertrocknet und hatten fast alle Blättchen verloren, aber alles das verminderte nicht ihren Liebreiz, einen Liebreiz, der so groß war, dass ich trotz der unheimlichen Art, mit der sie in mein Zimmer eingedrungen war, nicht einen Augenblick Furcht empfand.

Sie stellte das Lämpchen auf den Tisch, setzte sich auf das Fußende meines Bettes, und über mich gebeugt, sprach sie mit einer silberhellen, sammetweichen Stimme, wie ich sie bei keinem andern Menschen je wieder gehört habe: »Ich habe lange auf mich warten lassen, mein Romuald, und gewiss hast du gedacht, ich hätte dich vergessen! Aber ich komme von weit her, von einem Ort, von dem kein anderer je wiederkehrte! Weder Mond noch Sonne scheinen in dem Land, aus dem ich komme. Dort ist nur die Weite und Schatten, weder Weg noch Steg, weder Erde für den Fuß noch Luft für den Flügel, und doch bin ich gekommen! Denn die Liebe ist stärker als der Tod und wird zuletzt obsiegen. Ah, welch düsteren Gesichtern, welch schauerlichen Dingen musste ich begegnen auf meiner Reise! Wie mühselig hat meine Seele, die durch Trieb und Willen in diese Welt zurückgekehrt ist, ihren Leib suchen müssen, um sich aufs Neue darin zu betten! Und welche Anstrengung, die schwere Grabesplatte zu heben, die sie auf mich gelegt haben! Sieh her, meine armen Hände sind ganz wund von schwerer Arbeit! Küsse sie, damit sie heilen, geliebtes Herz!« Sie legte nacheinander die Flächen ihrer kalten Hände auf meinen Mund, und ich küsste sie wirklich mehrere Male, wobei sie mich mit dem Ausdruck innigster Zufriedenheit anblickte.

Zu meiner Schande muss ich gestehen, dass ich die Ermahnungen des Bruders Serapion und meinen geistlichen Stand vollkommen vergessen hatte. Ich fiel beim ersten Angriff und ohne Widerstand. Ja, es kam mir nicht einmal der Gedanke, die Versucherin von mir zu stoßen! Die Kühle von Clarimondes Haut durchdrang mein Fleisch mit wollüstigen Schauern. Das arme Geschöpf! Ja, selbst nach allem, was ich bisher gesehen und des Weiteren mit ihr erleben sollte, fällt es mir heute noch schwer, in ihr den Dämon zu erkennen. Denn einem Dämon glich sie nicht, und niemals ist es Satan gelungen, seine Hörner und Krallen besser zu verstecken!

Sie hatte die Füße unter sich gezogen und kauerte auf meinem Bett in einer anmutig natürlichen Stellung. Ihre kleinen Hände spielten mit meinem Haar und rollten es zu Locken, als wollte sie es auf eine neue Art frisieren. Ich ließ sie gewähren mit einem schuldbeladenen Wohlbehagen, denn sie begleitete all ihr Tun mit dem entzückendsten Geplauder. Verwunderlich bleibt, dass ich nicht das geringste Erstaunen empfand über ein so außerordentliches Abenteuer, sondern es mit der Selbstverständlichkeit hinnahm, mit der man im Traum die kuriosesten Ereignisse als ganz natürlich betrachtet.

»Ich liebte dich lange, bevor ich dich zum ersten Mal sah, mein Romuald! Überall suchte ich nach dir! Du warst mein Traum, und als ich dich in jenem schicksalsschweren Augenblick in der Kirche endlich fand, rief es in mir: er ist es! Ich warf dir einen Blick zu, in den ich die ganze Liebe legte, die ich für dich empfand. Es war ein Blick, der selbst einen Kardinal in die Verdammnis gelockt hätte; der einen König gezwungen hätte, sich mir vor versammeltem Hofe zu Füßen zu werfen! Du aber bliebst unbewegt und zogst meiner Liebe deinen Gott vor! Ah! Eifersucht auf deinen Gott verzehrt mich! Den du geliebt hast, den du jetzt noch mehr liebst als mich! Unseliger, ich werde nie dein Herz ungeteilt besitzen! Die du mit deinem Kuss ins Leben zurückgebannt hast, Clarimonde, die Tote, sprengte um deinetwillen die Pforten des Grabes, um dir ein Leben zu weihen, das sie einzig wieder auf sich nahm, um dich glücklich zu machen!«

Alle diese Worte begleitete sie mit verführerischen Zärtlichkeiten, die mir die Sinne berauschten und meine Vernunft derart verwirrten, dass ich, um ihr zu gefallen, selbst eine Gotteslästerung nicht scheute und ihr schwor, sie nicht weniger lieben zu wollen als Gott selber. Ihre Augen belebten sich und glänzten wie Chrysoprase. »Wirklich, wirklich? Wie Gott?«, rief sie, mich mit den Armen umschlingend. »Wenn das wahr ist, so wirst du auch mit mir gehen; du wirst mir folgen, wohin ich will! Du wirst diesen hässlichen schwarzen Rock von dir werfen und der stolzeste, meistbeneidete Kavalier werden! Ich erwähle dich zu meinem Geliebten! Der erklärte Liebhaber Clarimondes zu sein, die sogar einen Papst abgewiesen hat, ist das nicht beneidenswert? Ach, wir werden ein herrliches Leben führen, ein goldenes Leben! Wann brechen wir auf, mein Ritter?«

»Morgen! Morgen!«, rief ich aus, im Rausch meiner Sinne.

»Morgen also! Bis dahin werde ich Zeit haben mich umzukleiden; denn dieses Gewand taugt schlecht für eine Reise. Auch muss ich meine Leute benachrichtigen, die mich für gründlich tot halten und sich die Augen aus dem Kopf weinen! Geld, Kleider, Wagen, alles wird bereit sein! Morgen, zur selben Stunde, hole ich dich ab! Leb wohl, geliebtes Herz!«

Sie berührte meine Stirn mit den Lippen. Die Ampel erlosch, die Vorhänge schlossen sich – ich sah nichts mehr. Ein bleierner Schlaf senkte sich auf meinen Geist und hielt mich bis zum Morgen gefangen.

Ich erwachte spät, und die Erinnerung an die seltsame Vision hielt mich den ganzen Tag im Bann. Bald war ich geneigt, das Ganze nur für ein Trugbild meiner überhitzten Fantasie zu halten. Und doch war meine Erinnerung so lebhaft, dass es schwer fiel, sie in den Bereich der bloßen Einbildung zu verweisen. Nicht ohne aufs Höchste gespannt zu sein auf das, was kommen würde, begab ich mich am folgenden Abend zu Bett, nachdem ich zu Gott gebetet hatte, er möge alle schlimmen Gedanken von mir fernehalten und mir die Reinheit meines Schlummers bewahren.

Bald war ich in tiefen Schlaf gesunken, und wirklich nahm der Traum von gestern seinen Fortgang. Die Vorhänge teilten sich, und Clarimonde erschien, nicht wie das erste Mal im bleichen Bahrtuch und mit violetten Schatten des Todes auf den Wangen! Nein, fröhlich, lebhaft und ungestüm, in einem prächtigen Reitkleid aus grünem Sammet, das mit goldenen Tressen geziert und an der Seite gerafft war, sodass ein seidenes Unterkleid sichtbar wurde. Unter einem breiten, schwarzen Filzhut, der auf anmutige Weise mit weißen Federn geschmückt war, ringelte sich ihr blondes Haar in üppigen Locken; in der Hand hielt sie eine kleine Reitgerte, deren Griff aus einem goldenen Pfeifchen bestand. Sie berührte mich damit, und sagte: »Nun, mein schöner Schläfer, nennst du das vorbereitet sein? Ich glaubte dich schon auf zu finden! Geschwind, geschwind, wir haben keine Zeit zu verlieren!«

Ich sprang aus dem Bett. »Hier sind deine Kleider«, sagte sie, »zieh dich rasch an, und dann fort mit uns!« Damit wies sie auf ein Bündel, das sie mitgebracht hatte. »Die Pferde werden ungeduldig und beißen die Stangen. Wir sollten schon zehn Meilen weit entfernt sein!«

Ich kleidete mich in größter Eile an, und sie selbst reichte mir die einzelnen Stücke meines neuen Anzuges und brach ob der Ungeschicklichkeit, mit der ich die ungewohnten Dinge in die Hand nahm, in helles Lachen aus, indem sie mir den richtigen Gebrauch davon erklärte. Dann brachte sie mein Haar in Ordnung, und als auch dies geschehen war, hielt sie mir einen kleinen Spiegel aus venezianischem Kristall vor die Augen, mit den Worten: »Nun, wie bist du zufrieden mit mir? Darf ich auch künftighin deine Kammerdienerin sein?«

Ich war nicht länger derselbe! Ja, ich erkannte mich selbst nicht mehr! So wenig glich ich meinem früheren Selbst, wie ein Marmorblock der fertigen Statue. Mein früheres Gesicht erschien mir nun wie ein grober Entwurf zu dem, welches mir jetzt aus dem Spiegel entgegenblickte. Ich war schön, und meine Eitelkeit wurde durch diese Metamorphose nicht wenig gekitzelt. Die eleganten Kleider, der reich gestickte Mantel hatten einen anderen Menschen aus mir gemacht; ich bewunderte die Zauberkraft, die in ein paar gut geschnittenen Ellen Zeug verborgen liegt. Der Geist meiner Umhüllung drang alsbald in mich ein. Nach zehn Minuten war ich schon ein ganz passabler Elegant. Ich schritt etliche Male in meiner Kammer auf und nieder, um meinen neuen Stand auszukosten, wobei Clarimonde mich mit mütterlichem Wohlgefallen betrachtete, offenkundig zufrieden mit ihrem Werk.

»Jetzt aber genug, mein lieber Romuald! Wir haben ein weites Ziel vor uns!« Sie nahm meine Hand und zog mich fort. Alle Türen öffneten sich, sobald sie sie nur berührte; wir gelangten auch an dem Hund vorüber, ohne dass er erwachte. An der Türe stand Margheritone; das war der Reitknecht, der mich schon einmal geführt hatte. Er hielt drei schwarze Pferde am Zügel, für jeden von uns eines. Die Pferde mochten spanischer Zucht entstammen, und der Zephir selbst schien die Stelle des Hengstes vertreten zu haben, denn sie stoben dahin wie die Windsbraut; und der Mond, der unserem Aufbruch leuchtete, rollte wie ein von seiner Nabe gelöstes Rad durch den Himmelsraum. Wir sahen ihn zu unserer Rechten in atemlosem Wettlauf von Baum zu Baum hüpfen. Bald hatten wir eine weite

Ebene erreicht. In der Nähe einer Baumgruppe harrte unser eine mit vier starken Pferden bespannte Kutsche. Kaum waren wir eingestiegen, als auch schon die Postillione einen unsinnigen Galopp einschlugen. Ich hatte den Arm um Clarimondes Taille gelegt, meine andere Hand ruhte in der ihren. Sie lehnte ihr Haupt an meine Schulter, und ich fühlte ihre halb entblößte Brust an meinem Arm. Nie hatte ich ein ähnliches Glück empfunden! Alles andere war in diesem Augenblick vergessen; und dass ich Priester war, daran erinnerte ich mich ebenso wenig wie an das, was ich in meiner Mutter Schoß gedacht haben mochte. So stark war der Zauber, mit dem der böse Geist mich gefangen hielt.

Seit dieser Nacht wurde mein Dasein gespalten. Es lebten von nun an zwei Wesen, einander völlig fremd und entgegengesetzt, in meinem Innern. Bald hielt ich mich für einen Priester, der träumte, ein Kavalier zu sein. Bald war ich ein Kavalier, der sich im Traum als Priester sah. Ja, es wurde mir unmöglich, Schlaf und Traum zu unterscheiden, ich wusste nicht länger, wo die Wirklichkeit, wo die Traumwelt begann. Der junge, zügellose Edelmann verhöhnte den Priester; der Priester hasste die Ausschweifungen des jungen Edelmannes. Zwei Spiralen, eine in die andere geschlungen und verwirkt, ohne sich doch jemals zu berühren: dieses Bild mag am deutlichsten das Doppeldasein anschaulich machen, das ich führte. Aber trotz der Ungewöhnlichkeit meines Zustandes war mein Geist doch keinen Augenblick von Wahnsinn bedroht. Das Bewusstsein meiner beiden Daseinsformen zeichnete sich vollkommen deutlich und getrennt in meinem Geiste ab.

Nur einen Punkt gab es, den ich mir nicht zu erklären vermochte. Wie war es möglich, dass das Gefühl meines persönlichen »Ich« in zwei so verschiedenen Wesen sich unverändert erhalten konnte? Dieser Unnatur kam ich nicht auf den Grund, weder als armer Pfarrer des kleinen Dorfes S..., noch als Signor Romualdo, erklärter Liebhaber der schönen Clarimonde.

Während der ganzen Zeit befand ich mich, oder glaubte es wenigstens, in Venedig. Es ist mir bis heute nicht gelungen, festzustellen, wie Trug und Wahrheit sich in diesem bizarren Abenteuer mischten.

Wir bewohnten ein großes Palais am Canaletto, geschmückt mit

Fresken und Statuen. Im Schlafgemach Clarimondes prangten zwei echte Tizian aus seiner besten Zeit. Jeder von uns verfügte über eine eigene Gondel, Gondoliere, eine Musikkapelle und Poeten. Clarimonde nahm das Leben von der üppigen Seite; ihre Natur hatte eine gewisse Ähnlichkeit mit der Kleopatras. Ich selber war von einem Hofstaat umgeben wie ein Prinz, und machte von mir reden, als gehörte ich mit zur Familie einer der zehn Apostel oder der vier Evangelisten der erlauchten Republik. Ich wäre selbst dem Dogen keinen Zollbreit aus dem Wege gegangen, und seit Luzifer seinen Himmelssturz zur Erde getan, hat es keinen stolzeren Menschen hiernieden gegeben als mich. Ich spielte auf dem Riotte mit höllischen Einsätzen. Ich bewegte mich in der ausgesuchtesten Gesellschaft, zwischen Söhnen ruinierter Familien, Theaterdamen, Gaunern, Schmarotzern und Raufbolden. Aber trotz aller Ausschweifungen blieb ich Clarimonde treu. Ich liebte sie ohne Maß und Ziel. Sie hätte selbst der Gottheit noch einen Wunsch entlockt und die Unbeständigsten zur Treue bekehrt. Clarimonde sein Eigen nennen, hieß zwanzig Mätressen besitzen; so beweglich, so veränderlich, so verschieden war sie; das reinste Chamäleon! Sie betrog Clarimonde mit Clarimonde, indem sie Wesen, Art und Schönheit der Frau annahm, die ihrem Geliebten zu gefallen schien. Meine Liebe gab sie mir hundertfach zurück, und vergeblich bemühten die jungen Edelleute sich um sie. Ja, Greise aus dem Rat der Zehne bestürmten sie mit den glänzendsten Versprechungen, ein Foscarini begehrte sie zur Ehe, sie wies sie allesamt zurück. Sie war reich genug und begehrte nichts als Liebe; eine junge, reine, von ihr zum Leben erweckte, erste und einzige Liebe!

Mein Glück wäre vollkommen gewesen ohne den verfluchten Albtraum, der sich in jeder Nacht wiederholte, in dem ich Pfarrer in einem kleinen Dorf zu sein glaubte und mich kasteite und Buße übte für die Ausschweifungen, die ich mir tagsüber hatte zuschulden kommen lassen. Durch das stete Zusammensein mit Clarimonde sicher gemacht, hatte ich ganz vergessen, auf welche Weise ich sie kennengelernt hatte. Immerhin regten sich die Worte, die Bruder Serapion zu mir gesprochen hatte, zuweilen in meiner Erinnerung und versetzten mich in furchtbare Unruhe.

Nach einiger Zeit begann Clarimondes Gesundheit nachzulassen.

Ihre Wangen wurden blasser von Tag zu Tag. Die Ärzte vermochten, die Ursache ihrer zunehmenden Schwäche nicht zu entdecken und waren ratlos. Sie schrieben ein paar nutzlose Mixturen auf und ließen sich nicht mehr blicken. Währenddessen aber verlöschte Clarimonde zusehends, und ihr Körper wurde immer kälter. Schon war sie fast so weiß und tot wie in jener denkwürdigen Nacht in dem unbekannten Schloss, und mich ergriff Verzweiflung, sie solchermaßen ohne Hilfe hinschwinden zu sehen. Sie bemerkte meinen Schmerz und lächelte süß und traurig jenes Lächeln, das denen eigen ist, die den Tod nahe fühlen.

Eines Morgens saß ich neben ihrem Bett, um keinen Augenblick ihrer kostbaren Nähe zu verlieren, und nahm mein Morgenfrühstück an einem kleinen Tischchen ein. Beim Schälen einer Frucht entglitt mir das Messer und ritzte einen ziemlich tiefen Schnitt in meinen Finger. Das Blut sprang alsbald aus der Wunde hervor, und einige Tropfen davon netzten Clarimonde. Da leuchteten ihre Augen auf mit einem Ausdruck wilder und gieriger Lust, wie ich ihn nie zuvor an ihr bemerkt hatte. Mit katzenhafter Behendigkeit stürzte sie sich auf die Wunde, die sie mit dem Ausdruck unbeschreiblicher Wollust auszusaugen begann. Sie schluckte das Blut in kleinen Zügen wie ein Schlemmer seinen Wein aus Xeres oder Syrakus. Sie zwinkerte mit den Augen, und ihre grünen Pupillen waren nicht mehr rund, sondern lang und schmal zusammengekniffen. Zuweilen hielt sie inne, um meine Hand zu küssen, aber gleich darauf presste sie ihre Lippen wieder gierig auf die kleine Wunde, um ihr den letzten roten Tropfen abzuzapfen! Als sie merkte, dass der Quell versiegt war, richtete sie sich auf. Ihre Augen hatten einen feuchten Glanz gewonnen; ihre Wangen leuchteten rosiger als ein Maientag; ihr Körper war voll und straff, die Hand warm und feucht, kurz, sie war schöner und frischer als ich sie je gesehen hatte!

»Ich werde nicht sterben, ich werde nicht sterben!«, jubelte sie halb wahnsinnig vor Freude, indem sie sich an meinen Hals hing.

»Noch lange werde ich dich lieben können! Mein Leben ist in deinem enthalten, und alles, was ich bin, kommt von dir! Einige Tropfen deines edlen, reinen Blutes, kostbarer und wirksamer als alle Arznei und Elixiere der Erde, haben mir das Dasein zurückgegeben.«

Dieses Erlebnis beschäftigte mich lange Zeit und flößte mir seltsame Zweifel an der Natur Clarimondes ein; und in selbiger Nacht, als der Schlaf mich in mein Pfarrhaus versetzte, erschien Serapion, ernster und besorgter denn je bei mir. Er sah mich prüfend an und sagte: »Unglücklicher, junger Mensch! Ist es nicht genug, dass du deine Seele verdirbst? Willst du auch deinen Körper zugrunde richten? In welchen Abgrund bist du geraten!«

Der Ton, in dem diese Worte gesprochen waren, bewegte mich tief, aber trotz aller Eindringlichkeit verflüchtigte sich der Eindruck bald unter tausend neuen Erlebnissen. Da wollte es der Zufall, dass ich eines Abends im Spiegel, dessen verräterische Rolle Clarimonde nicht bedachte, sah, wie sie in den Trank, den sie mir jeden Abend zu bereiten pflegte, ein Pulver mischte. Ich nahm das Glas und tat, als führte ich es an die Lippen, setzte es aber wieder ab, wie um später nach Lust daraus zu trinken; und einen Augenblick nutzend, in dem Clarimonde mir den Rücken zuwandte, goss ich den Inhalt des Glases unter den Tisch. Dann zog ich mich in mein Zimmer zurück und legte mich zu Bett, fest entschlossen, wach zu bleiben und genau zu beobachten, was sich zutragen würde. Nicht lange musste ich warten: Clarimonde betrat im Schlafgewand mein Zimmer, und nachdem sie sich ihrer Schleier entledigt hatte, legte sie sich zu mir auf das Lager. Nachdem sie sich vergewissert hatte, dass ich fest schlief, entblößte sie meinen Arm und zog eine goldene Nadel aus ihrem Haar, indem sie mit murmelnder Stimme also sprach: »Einen Tropfen nur, ein kleines rotes Tröpfchen, einen roten Punkt auf meine Nadel! Da du mich liebst, darf ich nicht sterben! Ach, armer Geliebter! Sein herrliches, purpurrotes, schimmerndes Blut, ich werde es trinken! Schlaf, mein einziges Gut! Schlafe mein Gott, mein Kind! Ich werde dir nicht wehetun! Ich nehme dir von deinem Leben nur gerade so viel, wie ich brauche, um das meine zu fristen. Liebte ich dich nicht so sehr, so würde ich mir andere Liebhaber nehmen und ihnen die Adern austrocknen! Aber seitdem ich dich kenne, verabscheue ich die andern! ... Ach, wie schön ist dein Arm, wie rund und weiß! Nie werde ich den Mut finden, in diese volle blaue Ader zu stechen!« Und bei diesen Worten weinte sie, und ich fühlte ihre Tränen auf meinem Arm, den sie mit den Händen umklammert hielt. Endlich entschloss sie sich und versetzte mir mit ihrer Nadel einen kleinen Stich, den sie sogleich auszusaugen begann; und obschon sie kaum ein paar Tropfen getrunken hatte, wurde sie von Furcht ergriffen, mir zu schaden. Sie hielt inne und umwickelte meinen Arm sorgsam mit einem Streifen Leinwand, nachdem sie die Wunde mit einer Salbe bestrichen hatte, die die Stelle sogleich vernarben ließ.

Ich konnte nicht länger zweifeln. Bruder Serapion hatte recht! Aber trotz dieser Gewissheit konnte ich nicht aufhören, Clarimonde zu lieben; und gern hätte ich ihr all das Blut gegeben, dessen sie bedurfte, um ihr künstliches Dasein weiterzufristen. Auch fühlte ich um meinetwillen keinerlei Besorgnis. Die Frau in ihr war stärker als der Vampir; und was ich gesehen und gehört hatte, bestärkte mein Vertrauen. Damals waren meine Adern rund und voll und nicht leicht zu erschöpfen, damals lebte ich noch nicht von jedem einzelnen Tropfen! Ich hätte mir für sie eigenhändig den Arm geritzt und gesprochen: Trinke dich satt, auf dass mit meinem Blut auch meine Liebe dein ganzes Wesen durchdringe!

Ich vermied es jedoch, die geringste Anspielung auf den Schlaftrunk zu machen, den sie mir vor jeder Szene mit der Nadel bereitet hatte, und wir lebten in völligem Einklang.

Hingegen quälten mich meine priesterlichen Gewissensbisse mehr denn je, und ich wusste schon keine neuen Kasteiungen mehr zu ersinnen, um mein rebellisches Fleisch zu züchtigen und abzutöten. Obgleich diese Erlebnisse völlig ungewollt waren, und ich keinen tätigen Anteil daran hatte, wagte ich nicht mehr, den Leib des Herrn mit diesen meinen unreinen Händen zu berühren und mit einem Geist aufzunehmen, der durch wirkliche oder geträumte Ausschweifungen so arg besudelt war. Um den erschöpfenden Halluzinationen zu entgehen, versuchte ich den Schlaf von mir abzuhalten. Mit den Fingern hielt ich meine Augenlider geöffnet und stellte mich aufrecht gegen die Wand. Aber die Erschöpfung streute mir nur zu bald Sand in die Augen, und im Gefühl ohnmächtiger Hilflosigkeit ließ ich die Arme sinken, und Schlaf riss mich wie gewöhnlich an die verderblichen Gestade.

Indessen verfolgte mich Serapion mit den heftigsten Vorstellungen und tadelte mich hart für meine Weichlichkeit und meinen Mangel an heiliger Inbrunst. Eines Tages, als ich noch verzweifelter als sonst mich quälte, sagte er: »Es gibt nur ein einziges Mittel, dich von dieser Besessenheit zu heilen, wir müssen es gebrauchen: für schwere Gebrechen starke Tränke! Ich weiß, wo Clarimonde begraben liegt: wir müssen sie ausgraben, und du musst mit eigenen Augen sehen, in welch elendem Zustand sich der Gegenstand deiner Anbetung befindet, auf dass es dich hinfort nicht mehr gelüste, deine reine, ewige Seele um eines so scheußlichen, von eklen Würmern zerfressenen Leichnams willen zu verlieren! Gewiss wird dich ein solcher Anblick dir selber zurückgeben!«

Ich war meines Doppellebens so sehr überdrüssig, dass ich seinen schauerlichen Vorschlag annahm. Auch wollte ich nun ein für allemal erfahren, welcher von uns beiden, ob der Priester oder der Edelmann das Opfer dieses satanischen Zaubers war, und den einen oder den anderen, vielleicht gleich alle beiden Wesen, die sich in mir bekämpften, vernichten. Serapion verschaffte sich also Spaten, Stemmeisen und eine Laterne, und eines Nachts begaben wir uns um die mitternächtliche Stunde auf den Kirchhof von X. Nachdem er mit Hilfe seiner Laterne die Inschriften auf verschiedenen Grabsteinen entziffert hatte, gelangten wir schließlich an einen Stein, der halb von hohen Grasstauden überwachsen und von Moos und Flechten ganz überzogen war. Nur mit Mühe gelang es uns, den Anfang einer Inschrift zu entziffern.

»Wir sind am rechten Ort«, sagte Serapion, und seine Laterne auf die Erde setzend, begann er, das Stemmeisen zwischen Stein und Erdboden zu klemmen und schließlich hochzuheben. Die Platte gab nach, und nun machte er sich mit dem Spaten ans Werk.

Ich, düster und schweigender noch als die Nacht, die uns umgab, sah seinem Tun zu: Schweiß lief ihm von der Stirn, er keuchte und sein gepresster Atem klang wie das Röcheln eines Sterbenden. Wir mochten einen höchst seltsamen Anblick bieten; ein heimlicher Beobachter hätte uns eher für Grabschänder und Leichenräuber als für fromme Diener der Kirche gehalten. Serapions Eifer hatte etwas Hartes und Wildes und gab ihm eher das Aussehen eines Dämons als eines Engels. Sein Gesicht mit den großen herben Zügen, die sich im Widerschein der Lampe scharf abhoben, war durchaus nicht vertrauenerweckend. Ich fühlte kalten Schweiß aus meinen Poren brechen, und mein Haar sträubte sich schmerzend. Im innersten

Herzen empfand ich Serapions Beginnen als schreckliches Sakrilegium. Ja, ich ertappte mich bei dem Wunsch: dass aus den finsteren Wolken, die schwer zu unsern Häuptern hingen, der Dreizack des Blitzes auf ihn niederfahren und ihn zu Asche verbrennen möchte! Die Eulen in den Zypressen, aufgescheucht durch den Lichtschein, schlugen mit verstaubten Flügeln unter klagendem Geheul. Von fernher hörte man das Bellen der Füchse und tausend andere unheimliche Geräusche, wie sie dieser nächtlichen Stunde angehören. Endlich stieß der Spaten mit dumpf hallendem Ton an die Bretter des Sarges. Es war der schreckliche Laut, den das Nichts von sich gibt, wenn man es anrührt.

Serapion hob den Deckel, und ich erblickte Clarimonde, weiß wie Marmorstein, mit gefalteten Händen. Ihr Leichentuch spannte sich glatt, ohne die geringste Falte, vom Kopf bis zu den Füßen. Ein roter Tropfen schimmerte wie eine Rose in einem Winkel ihrer ganz verblassten Lippen.

Bei diesem Anblick bemächtigte sich des Priesters eine furchtbare Wut: »Da haben wir dich also, Dämon! Schamlose Kurtisane! Blut- und Goldsauger!« Mit diesen Worten schwenkte er wild seinen Weihwasserwedel über Körper und Sarg der Toten und machte das Zeichen des Kreuzes über der Gruft. Kaum aber netzte der heilige Tau die arme Clarimonde, als auch schon ihr schöner Leib in Staub zerfiel und nichts übrig blieb als ein graues Gemisch von Asche und halbverkohlten Knochen.

»Da hast du deine Mätresse!«, sagte der unerbittliche Priester auf die jämmerlichen Reste deutend. »Lockt es dich jetzt noch, mit deiner Schönen auf dem Lido oder in Fusine zu promenieren?« Ich senkte das Haupt: In meinem Innern war etwas zusammengebrochen.

Ich kehrte in mein Pfarrhaus zurück. Der Kavalier Romualdo, Liebhaber der schönen Clarimonde, war endgültig von dem Priester geschieden, mit dem er so lange in sonderbarster Gemeinschaft gelebt hatte.

Nur einmal noch, und zwar gleich in der folgenden Nacht, sah ich Clarimonde. Sie erschien mir wie beim ersten Mal unter dem Kirchenportal und sprach zu mir: »Unglücklicher, Unglücklicher, was hast du getan! Warum hast du dem törichten Priester geglaubt! Warst du nicht glücklich? Was tat ich dir, dass du mein armes Grab erzwangst und die Schande meiner armseligen Nichtigkeit ans Licht zerrtest? Jedwede Verbindung von Leib und Seele zwischen uns ist nun auf immer zerrissen. Lebwohl, du wirst mich nie verschmerzen!«

Ach, sie sollte recht behalten! Mehr als einmal habe ich ihren Verlust beklagt. – Ja, ich beklage ihn noch! Der Friede meiner Seele musste teuer bezahlt werden, und meine Liebe zu Gott ist nicht groß genug, um mich die ihre vergessen zu machen. Da hast du, Bruder, die Geschichte meiner Jugend! Sieh niemals ein Weib an! Geh deines Weges mit gesenktem Blick! Denn, wie keusch und sicher du dich auch wähnen magst: ein einziger Blick genügt, dich auf ewig zu verderben!

Alice Olsen
Winternacht

Ich komme gerade nach Hause, nachdem ich meine Freundin Carma Millard besucht habe. Schon seit Wochen suche ich sie täglich auf und versuche, ihr zu helfen, sich wieder der Realität zu stellen, nachdem sie eine so unglaubliche, abstruse, ja unheimliche Erfahrung machen musste, dass alles, was sie bisher über das Leben (und den Tod) geglaubt hatte, in sich zusammenfiel wie ein Kartenhaus.

Es war Anfang Dezember 1939, als Carma zum ersten Mal auffiel, dass sich ihr Ehemann, Evan Millard, ein 28-jähriger Buchhalter, sonderbar benahm. Jeden Abend, wenn er nach Hause kam, wirkte er bleich und besorgt. Anstatt fröhlich und heiter wie sonst, war er mürrisch und schweigsam. Sobald das Abendessen vorüber war, verließ er das Haus ohne ein Wort der Erklärung und kehrte erst im Morgengrauen wieder zurück.

Eines Abends stand Carma, nachdem sie das Baby ins Bett gebracht hatte, still an der Wohnungstür. »Was ist los mit dir, Evan?«, fragte sie ihren Mann. »Sprich doch mit mir.« Er blickte sie abwesend an, machte auf dem Absatz kehrt, ging hinaus und schlug die Tür hinter sich zu.

Sie sollte ihn nie wiedersehen, jedenfalls nicht lebend. In jener Nacht kehrte er nicht heim. Auch nicht in der nächsten, und auch später nicht. Sein Vater, seine Freunde im Büro und die Polizei suchten unermüdlich nach Evan Millard.

Zehn Tage nach Evans merkwürdigem Verschwinden fand ein Wanderer seine Leiche an einem bewaldeten Hang außerhalb der Stadt. Der Körper zeigte keinerlei Anzeichen von Gewalteinwirkung – man fand nicht den geringsten Hinweis auf die Todesursache. Eine gewissenhafte Obduktion förderte weder Spuren von Gift noch tödlicher Drogen zutage. Entsprechend unverbindlich stellte der Gerichtsmediziner fest: »Evan Millard starb aus unbekannten Gründen.«

Unbekannte Gründe! Der Medizin unbekannt und den detaillierten, minutiösen Nachforschungen der Kriminalisten ebenfalls. Jedem unzugänglich, der nicht in der Lage war, hinter den Schleier der materiellen Welt zu blicken.

Wenige Tage nach der Beerdigung fand Carma das Tagebuch ihres Mannes. Ich war bei ihr, als sie darauf stieß, ganz hinten in einer Schublade seines Sekretärs.

Hastig blätterte Carma durch die Seiten. Plötzlich wurde sie blass und begann zu zittern. Ich legte meinen Arm um ihre Schultern und führte sie zu einem Sessel vor dem Kamin.

Während das Feuer hinter uns loderte und der helle Schein der Lampe auf das Tagebuch fiel, umgeben von völlig alltäglichen Dingen, lasen wir die wohl sonderbarste Geschichte, die mir und auch ihr je zu Ohren gekommen ist.

Der erste Eintrag, der Licht auf den mysteriösen Tod von Evan Millard warf, war auf den 9. Dezember datiert. In Evans sorgfältiger Handschrift stand dort Unglaubliches:

> Gestern Abend so gegen zehn Uhr ging ich die Main Street entlang. Im *Cocoanut Grove* spielte das neue Tanzorchester, man hörte es bis nach draußen. Ich fand, ich könnte es mir mal ansehen, und ging rein. Am Eingang blieb ich eine Weile stehen und schaute den Tanzpaaren zu. Schließlich fiel mir ein Mädchen auf, das abseits in einer Ecke stand. Sie war allein, und ich schlenderte hinüber zu ihr. Sie war vielleicht zwanzig Jahre alt, schlank, sehr blasse Haut, und hatte weiches, seidiges, strohblondes Haar. Sie trug ein weißes, enges Kleid aus hauchdünnem Stoff.
>
> Ich sprach sie an. Langsam wandte sie sich zu mir um und sah mich an. Sie hatte die merkwürdigsten Augen, die ich jemals gesehen habe. Ich hatte das unheimliche Gefühl, durch ihre dunklen Augen *hindurch* an einen hell erleuchteten Ort dahinter zu blicken. Irgendwo hatte ich dieses Mädchen schon einmal gesehen, aber mir fiel beim besten Willen nicht

ein, wann oder wo. Ihre Stimme war so leise, dass ich kaum verstand, was sie sagte, aber sie klang so vertraut, als hätte ich ihr jeden Tag meines Leben gelauscht.
Sie sagte, niemand wolle mit ihr tanzen oder sich mit ihr unterhalten. Sie kenne zwar viele der Leute auf der Tanzfläche, aber sie nickten ihr noch nicht einmal zu und ließen sich auch sonst durch nichts anmerken, dass sie sie kannten. Ich fragte sie, ob sie gerne tanzen wolle, aber sie lehnte ab. Schließlich gingen wir zu einem Erkerfenster und blickten hinaus auf die Lichter der Stadt. Wir redeten nicht viel ... Ich habe noch nie eine so schöne, unwirkliche Frau gesehen, so fremd und so fürchterlich einsam ...

16. Dezember
Gestern Abend war ich wieder im *Cocoanut Grove*. Das fremde Mädchen in Weiß war ebenfalls da, und sie erzählte mir dasselbe wie zuvor. Niemand wolle mit ihr tanzen. Keiner wolle sie kennen. Wir setzten uns auf eine Bank in der Ecke und unterhielten uns lange. Sie war furchtbar blass und sah nicht gesund aus, flüchtig wie ein Schatten. Mir fielen ihre schmalen und totenbleichen Hände auf. Ihre Lippen waren bar jeder Farbe. Lediglich in ihren Augen glomm jenes unheimliche, ferne Licht. Ich bot ihr an, sie nach Hause zu bringen, doch sie schüttelte nur den Kopf.

23. Dezember
Ich muss wohl wahnsinnig werden. Ich kann einfach nicht glauben, was ich doch weiß, und vermag es auch nicht zu erklären. Wie soll ich etwas begreifen, was niemand begreifen kann? Allem Anschein nach kenne ich dieses Mädchen aus einem anderen Leben. Sie muss mir einst viel bedeutet haben. Vor langer, langer Zeit waren wir Seelenverwandte. Sie empfindet genauso. Wo? Wann? Oder wie? Weder sie noch ich vermag, dies zu sagen.
Gestern Abend war sie wieder beim Tanz. Sie wirkte zerbrechlicher denn je, wie ein Schatten ihrer selbst, und doch ging sie umher und unterhielt sich mit mir. Aber niemand

sonst schien sie wahrzunehmen. Sie wollte nicht tanzen, deshalb ging ich mit ihr nach draußen zum Wagen, und wir fuhren durch die Stadt. Stundenlang. Irgendwann sagte sie mir, sie müsse nach Hause. Ich fragte sie, wo sie wohne. Sie nannte mir eine Adresse in den Avenues im Süden der Stadt, in der Nähe des *Wasatch Lawn Burial Park*, des städtischen Friedhofs. Aber sie bat mich, sie nicht bis ganz nach Hause zu bringen. Ich solle sie am Eingang zum Park absetzen. Da sie keine Jacke trug, legte ich ihr meinen Mantel um die Schultern.
»Ist alles in Ordnung?«
»Ja«, erwiderte sie leise. »Aber ich glaube, wir sollten uns nicht wiedersehen. Wir dürfen uns nicht mehr treffen. Für eine lange Zeit nicht.«
Ich blieb stehen und sah sie an. Es war recht mild für eine Winternacht, dennoch umspielte eine Brise die Falten ihres langen weißen Kleides. Ich wusste nicht, was ich sagen sollte – was ich sagen durfte.
Schließlich murmelte ich bloß: »Leben Sie wohl!« Ich berührte sie nicht zum Abschied, ließ sie einfach im Schein der Straßenlaternen stehen.
Ich wollte nach Hause fahren, fuhr jedoch sehr langsam. Ich machte mir Sorgen um sie; würde sie unbehelligt heimgelangen? Schließlich kam mir eine Idee – ich wendete und fuhr zu der Adresse, die sie mir genannt hatte, einem großen weißen, von hohen, kahlen Pappeln umstandenen Haus.
Dort läutete ich und wartete ab. Nach einer Weile öffnete eine ältere, ganz in Schwarz gekleidete Frau die Tür. Ich fragte sie, ob ich hier richtig sei. »Ich habe Ihre Tochter im *Cocoanut Grove* kennengelernt und wollte sie nach Hause bringen. Aber sie bat mich, sie am Eingang des *Wasatch Lawn Parks* abzusetzen. Ist sie schon nach Hause gekommen?«
»Meine Tochter?« Im ungewissen Schein der Außenbeleuchtung wurde die Frau kreidebleich. »Meine Tochter? Sind Sie verrückt, junger Mann?«
Ich erklärte ihr die Sache in knappen Worten. Zu guter Letzt machte sie die Tür ein bisschen weiter auf und ließ mich herein. Wir gingen die Diele entlang ins Wohnzimmer, wo sie das

Licht einschaltete. Auf dem Kaminsims stand eine Fotografie. Die Frau deutete darauf. »Ist dies das Mädchen, das Sie heute Abend getroffen haben?«

Ich nickte. Es war das Mädchen, ihr genaues Ebenbild, nur dass auf dem Foto ihre Wangen runder und die Lippen voller waren. Die Frau blickte mich merkwürdig an und kam auf mich zu, baute sich dicht vor mir auf. »Junger Mann, jetzt weiß ich, dass Sie nicht ganz bei Trost sein können. Meine Tochter ist vor einem Monat gestorben!«

Ich weiß nicht, was sie sonst noch sagte oder was ich darauf erwiderte. Ich weiß gar nichts mehr. Nichts, nur dass ich wieder zurück zum Friedhof fuhr und dort den Hauptweg entlangging und an einem Baum meinen Mantel fand ... Ich habe keine Ahnung, wie ich nach Hause gelangte ...

Ich muss dieses Mädchen wiederfinden und mich vergewissern, dass es ihr gut geht. Heute Nacht werde ich mich wieder auf die Suche nach ihr machen und ich höre erst auf, wenn ich sie gefunden habe ...

Das war der letzte Eintrag. Carmas Schultern bebten. Sie schlug die Hände vors Gesicht und schluchzte laut auf. Ich nahm das Tagebuch an mich. »Du solltest vergessen, was darin steht«, sagte ich. »Jedes Wort!«

Doch Carma wird nichts davon vergessen. Sie wird sich an jedes einzelne Wort erinnern, so lange, bis sie selbst eines Tages die Augen schließt.

Sie wird mit niemandem darüber sprechen. Sie wird nicht zu der Adresse im Süden der Stadt fahren, niemals mit der grauhaarigen, älteren Frau reden und sich auch nicht auf die Suche nach einem ganz bestimmten Grab im *Wasatch Lawn Burial Park* machen.

Doch ihr Leben lang wird Carma sich den Kopf darüber zerbrechen, wie das Mädchen wohl hieß und was für ein seltsames Rendezvous es wohl gewesen sein mag, das Evan Millard auf den einsamen, verschneiten Hügeln über der Stadt das Leben kostete. Nichts, was eine Freundin ihr sagen könnte, wird ihren Schmerz je lindern oder sie davon abhalten, unentwegt über das Abenteuer ihres Mannes mit jenem Mädchen in Weiß nachzugrübeln.

Raymond Whetstone
Die durstigen Toten

Ich hatte ihn schon vorher einige Male gesehen, diesen kleinen, spinnenartigen alten Mann, aber noch nie von so nahe. Zuvor hatte ich mich damit zufrieden gegeben, durch ein Fernglas auf sein Haus zu spähen, in der Hocke wie eine aussätzige Kröte in der Umgebung aus verdorrten, sterbenden Ahornbäumen. Manchmal trat er auf die Veranda heraus, eine winzige schwarze Gestalt, und lief rastlos herum, als wüsste er, dass ich ihn beobachtete. Bei diesen Gelegenheiten erweckte seine Erscheinung jedes Mal ein seltsames, unheimliches Gefühl der Angst in mir. Aber dieses Gefühl lag nicht nur in den geradezu furchteinflößenden Gerüchten über ihn begründet, in den geflüsterten Bemerkungen, deren Andeutungen schrecklicher waren als ihre tatsächliche Bedeutung. Selbst aus einiger Entfernung konnte ich erkennen, dass mit ihm etwas nicht stimmte – etwas beinahe Unvorstellbares. Konnte es sein, dass das grässliche Gerede über ihn der Wahrheit entsprach?

Obwohl er nur einen Steinwurf von Willoughby entfernt wohnte, kam er nie ins Dorf. Einmal in der Woche hinkte Helga, seine Haushälterin, in den Gemischtwarenladen, um Vorräte zu kaufen. Sie war ein hässliches altes Weib, das ständig ein höhnisches Grinsen auf dem pockennarbigen Gesicht trug, mit einem Körper, der gekrümmt und verdreht war wie ein allein stehender, windgepeitschter Baum. Überflüssig zu erwähnen, dass die Dorfbewohner sie fast genauso fürchteten wie ihren Herrn. »Auch sie hat den bösen Blick«, murmelten sie düster. »Auch sie hat ihre Seele dem Teufel verschrieben!« Und hastig bekreuzigten sie sich jedes Mal, wenn sie sie zu Gesicht bekamen.

Ich hatte an jenem Nachmittag früh eine Pause eingelegt und war zu einem Spaziergang aufgebrochen, um mich etwas von dem

Roman, an dem ich schrieb, zu erholen. In dem Wald, durch den ich lief, begannen die Herbstfeuer zu lodern – purpurrote Eichen wetteiferten mit gelben Ahornbäumen um die leuchtendsten Farben. Am Flussufer, dem ich folgte, leuchtete eine scharlachrote Reihe von Stechwindengewächsen, während in der Ferne eine einzelne weiße Esche aufragte, deren Blätter allmählich einen Goldbronzeton annahmen. Ich wanderte durch den Wald und erfreute mich an dieser verschwenderischen Vorführung von Schönheit, meine Lungen mit der reinen, schneidend kalten Luft füllend, ohne an die Zeit zu denken.

Unmerklich verging eine Stunde nach der anderen. Die Sonne sank immer tiefer und verschwand hinter einer violetten Hügelkette. Dunkelheit, die so ungreifbar war wie feiner Staub, senkte sich über mich. Als mir bewusst wurde, wie spät es bereits war, machte ich mich auf den Rückweg nach Willoughby. Ich wusste, dass meine Hauswirtin, ein mütterliches altes Wesen, anfangen würde, sich Sorgen zu machen, wenn ich zu lange wegbliebe.

Er konnte unmöglich gewusst haben, dass ich mich näherte. Ich hatte kein Geräusch gemacht, als ich aus dem Wald aufgetaucht war. Und trotzdem wartete er am Rande der Straße auf mich, eine staubige Laterne an seinem Arm baumelnd. Ein kalter Hauch schien mich zu durchdringen, als ich diese missgebildete Gestalt zu Gesicht bekam und in diese blitzenden Augen blickte.

»Nun?« Das Wort schien mir wie von selbst über die Lippen zu sprudeln.

»Mein Name ist Moore – Philip Moore. Wahrscheinlich haben Sie schon von mir gehört.« Seine Stimme hatte den grellen Ton von Senilität. Sie klang unangenehm und dennoch mitleiderregend. »Ich – ich habe mich gefragt, ob Sie mich vielleicht heute Abend besuchen möchten. Mein Haus liegt ganz in der Nähe.«

»Es tut mir leid, aber ich kann nicht, Mr Moore. Es wird langsam spät, und ich muss jetzt in meine Pension zurück. Vielleicht ein anderes Mal.«

Ich war abrupt zurückgewichen, als er sich mir genähert hatte. Eigentlich bin ich nicht gerade zimperlich, aber die Luft um ihn herum schien nach Verseuchung zu stinken. Außerdem war da dieses sonderbare, unerklärliche Gefühl, dass er auf schreckliche Weise abnorm war – irgendwie unmenschlich – was mein Unbehagen intensivierte. Ich begann, mich zu entfernen.

»Gehen Sie nicht. Bitte gehen Sie nicht.« Seine knochigen Finger zupften an meinem Ärmel, und sein hageres Gesicht schob sich dicht vor meines. »Glauben Sie die furchtbaren Dinge nicht, die über mich gesagt werden«, sagte er mit zitternder Stimme. »Das sind Lügen! Ungeheuerliche Lügen! Sie wissen, dass ich Ihnen keinen Schaden zufügen könnte, selbst wenn ich wollte. Sehen Sie nur, wie schwach und alt ich bin. Seien Sie mein Gast, und sei es nur für eine Stunde. Ich bin so einsam – ich habe niemanden zum Reden außer dieser dummen Haushälterin. Die Gefälligkeit, um die ich Sie bitte, ist so winzig – nur eine Stunde Ihrer Gesellschaft. Sie – Sie werden es tun, nicht wahr?«

Ich zögerte. Mitleid und Neugier kämpften mit meinem Gefühl der Angst und des Abscheus. Aber wovor sollte ich Angst haben? Der Mann sah nicht so aus, als könne er einer Fliege etwas zuleide tun. Und er war so erpicht auf meine Gesellschaft, dass er mir leidtat. Ich wusste, was für schreckliche Dinge Einsamkeit einem Menschen antun konnte. Außerdem war ich gespannt darauf zu sehen, wie sein Haus von innen aussah. Darüber gab es nämlich ebenso viele Geschichten wie über seinen Besitzer.

»Nun gut«, stimmte ich widerwillig zu. »Aber ich warne Sie, ich kann nicht länger bleiben als eine Stunde.«

Ein Leuchten schien über sein Gesicht zu huschen und ließ einen Ausdruck der Erleichterung auf seinen scharfen Gesichtszügen entstehen. Ich erhaschte einen flüchtigen Blick auf zwei glühende, hypnotisierende Augen, eine Adlernase mit geblähten Nasenlöchern und zurückgezogene Lippen, dünn wie Pergament ... Die Wirkung war nur vorübergehend, aber sie ließ mir das Blut in den Adern gefrieren.

»Dann kommen Sie also?«, gab er triumphierend in einem schrillen Ton von sich wie ein entstelltes, unglaublich altes Kind. »Sie kommen? Ach, mein Freund, wie gut Sie doch zu mir sind! Sie sind jung. Sie haben Lebensfreude in sich – eine Freude, die ich beinahe vergessen habe. Vielleicht können Sie mir dabei helfen, wieder Lebenslust zu kosten – wieder jung zu sein ... Möglicherweise.«

Und selbst da wusste ich es immer noch nicht, verstand nicht, was er meinte. Ich folgte ihm blind, dumm – wie ein Schaf einem Metzger zur Schlachtbank folgt.

Wir gingen einen gewundenen Pfad hinauf und durch einen mit Unkraut bewachsenen Vorgarten hindurch. Vor uns ragte das Haus auf, düster und abschreckend, und seine dunklen Fenster starrten wie blinde Augen ins Leere. Rasch führte mich mein Gastgeber durch den verrottenden Vorbau und stieß die Tür auf. Luft strömte feucht und kalt heraus und hüllte mich ein wie eine erstickende Decke. Ich hustete und ärgerte mich, als der alte Mann freudlos kicherte.

Durch das Licht der Laterne war zu erkennen, dass das Zimmer, das wir betraten, düster war und es schien außergewöhnlich groß zu sein. Zahlreiche Stühle und Tische füllten den Raum, während ein riesiger Kamin eine ganze Wand einnahm, flankiert von leeren Regalen, die früher vielleicht Bücher enthalten hatten. Alles war mit einer Staubschicht bedeckt, und Spinnweben hingen in Girlanden von den Fenstern und der Decke herunter. Der Geruch nach Verfall stach mir in die Nase.

»Ich nutze es nur selten«, flüsterte der alte Mann. Offensichtlich erriet er, was in meinem Kopf vorging. »Ich halte es geschlossen, außer wenn ich Gäste einlade.«

»Und Sie haben sicher viele Gäste?« Ich konnte nicht anders, als ihn das zu fragen.

»Sie sind der Erste ... seit langer Zeit.« Erneut durchlief sein Gesicht die Metamorphose, die mich so erschreckt hatte, als wir noch an der Straße gestanden hatten. Ich spürte seine Hand auf meinem Arm, und ich zuckte zurück wie vor der Berührung von Reptilienschuppen.

»Aber ich vergesse meine Gastgeberpflichten.« Langsam verschwand der Schimmer obszönen Triumphes aus seinen Augen. Abgesehen von einem leichten Zucken seines Mundes waren seine Gesichtszüge nun wieder ruhig. »Machen Sie es sich bequem, während ich etwas Holz hole«, sagte er leise zu mir. »Es ist hier zu kühl ohne Feuer.«

Ich sank in einen Sessel, da ich erst in diesem Moment meine überwältigende Erschöpfung spürte. Er setzte die Laterne auf einem Tisch in der Nähe ab, glitt über den Boden und verschwand durch eine Tür am anderen Ende des Zimmers. Ich hörte eine weibliche Stimme, die von dem alten Mann mit einem Murmeln rasch zum Schweigen gebracht wurde. Dann klappte die Tür zu.

Ich befand mich allein in dem düsteren Raum. – und plötzlich erfüllte mich eine grässliche Angst, die mir den Atem im Halse stocken ließ und mein Herz mit ihren Knochenhänden zerquetschte. Unwillkürlich wusste ich, dass ich mich in schrecklicher Gefahr befand, wusste, dass ich eigentlich fliehen sollte, solange mir noch die Zeit dazu blieb. Warum ich dermaßen vor Angst zitterte, versuchte ich nicht einmal zu ergründen. Ich wusste nur, dass diese Angst real war, beinahe körperlich. Und doch vermochte ich es nicht. Irgendeine Macht – dieses seltsame Gefühl der Erschöpfung –, die stärker war als mein eigener Wille, fesselte mich mit unsichtbaren Ketten an den Sessel, in dem ich saß. Nicht imstande, mir selbst zu helfen, erwartete ich das, was kommen würde.

Der alte Mann kehrte zurück, den Arm voller Holzscheite. Geschickt ordnete er das Brennholz im Kamin und zündete ein Streichholz an. Bald züngelten Flammen den schwarzen Schornstein hinauf und ließen Hitzewellen ins Zimmer strömen. Ich beugte mich nach vorn und vergaß meine Furcht, die seltsame, lähmende Energielosigkeit. Mein ausgekühlter Körper sog die Wärme begierig auf. Ich spürte, dass der alte Mann mich beobachtete, und wusste, er lächelte, auch wenn sein Gesicht im Schatten lag.

Eine Weile bewegte sich keiner von uns, niemand sagte ein Wort. Dann ging der alte Mann zu einem großen Schrank hinüber, der in einer Ecke des Zimmers stand, und nahm einen abgenutzten Geigenkasten heraus. Er trug ihn zum Kamin und öffnete ehrfürchtig den Deckel. Im Inneren lag auf einem Futter aus blauem Samt eine herrliche Stradivari, deren glänzendes Holz im Feuerschein aufleuchtete. Ich keuchte auf, als mir ihr Wert bewusst wurde.

»Das war das Instrument von Paganini – Paganini, der größte Geiger aller Zeiten!« Der alte Mann sprach verträumt, indem er den Blick auf den unbezahlbaren Gegenstand in seinen Händen gerichtet hielt. »Er selbst gab es mir, bevor er starb.«

»Bevor er starb?«, wiederholte ich verwundert. »Aber Paganini ist doch schon beinahe hundert Jahre tot!«

Er schenkte meinen Worten keine Beachtung. »Manche Leute sagen, dass Paganini seine Technik vom Teufel gelernt hat«, fuhr er fort, wobei er die Worte mehr an sich selbst als an mich richtete. »Aber wer sollte das besser wissen als ich? Hat der Meister uns etwa nicht beide unterrichtet?«

Es bestand kein Zweifel. Der Mann war verrückt. Vollkommen wahnsinnig. Schaudernd versuchte ich, mich aus meinem Sessel zu erheben. Aber er bedeutete mir, still sitzen zu bleiben.

»Ich werde für Sie spielen!«, schrie er wild. »Ich werde spielen wie Paganini spielen würde – wäre er heute Abend am Leben!«

Wie kann ich von seiner Musik erzählen? Wie beschreibt man einem Blinden die Farben? Die Glut seiner Genialität hauchte dem Instrument in seinen Händen pulsierendes Leben ein. Er ließ den Bogen über die Saiten gleiten und eine langsame verführerische Melodie erfüllte den schattenreichen Raum. Da lag etwas Betörendes in seinem gleichmäßigen, unveränderlichen Rhythmus – etwas, das mir ein falsches Gefühl von Frieden und Sicherheit verlieh. Gebannt von diesem klaren Strom aus Klängen lehnte ich mich zurück und gab mich der überwältigenden Energielosigkeit hin. Eine herrliche Bilderflut strömte durch meine Gedanken.

Allmählich und fast unmerklich veränderte sich die Musik. Eine Melodie in Moll schlich sich ein und besudelte ihre Reinheit. Nun war sie unheilvoll und bedrohlich geworden, eine reißende Flut von Disharmonien. Auch die Bilder hatten sich verändert. Furchtbare Gesichter grinsten mich an, griffen mit fleischlosen Händen nach mir. Grinsende Schädel schwebten um mich herum und flüsterten lautlos fürchterliche Obszönitäten. Eine kreischende Horde kämpfte um ein verrottendes Leichentuch. Der klare Strom war zu einem verpesteten, schlammigen Sturzbach aus der Hölle geworden.

Der alte Mann hatte die Geige sinken lassen und näherte sich mir langsam. Noch immer stand ich unter dem Bann seiner diabolischen Musik und war nicht in der Lage, auch nur einen Muskel zu bewegen. Ich sah den hämischen Ausdruck in seinen Augen, sah, wie er seine Lippen fletschte, um seine scharfen Zähne zu entblößen. Speichel tropfte ihm aus einem Mundwinkel.

»Ich habe lange gewartet ... so lange!«, murmelte er und beugte sich über mich. »Aber jetzt ... jetzt kann ich trinken bis mein Durst gestillt ist!«

Und dann riss er wie ein wildes Tier mein Hemd auseinander. Feuchtkalte Lippen hefteten sich an meine Kehle. Spitze Zähne suchten nach meiner Blutader.

Mir brach der Schweiß aus, als ich darum kämpfte, mich von der schrecklichen Lähmung zu befreien, die mich ergriffen hatte. Es war zwecklos. Ich konnte nicht einmal einen Finger rühren, um meinen Körper – meine *Seele* – vor dem bösartigen Ungeheuer zu schützen, das mich angriff.

Plötzlich stand Helga, die hexenartige Haushälterin, im Zimmer. In ihren Augen war ein wahnsinniges Glühen zu erkennen, und ihre magere Faust umklammerte ein glänzendes Messer. »Du Kind der Hölle!«, kreischte sie. »Hast du mir nicht versprochen, ihn mit mir zu teilen?« Und ein Schwall abscheulicher Flüche sprudelte aus ihrem verzerrten Mund.

Das Monster hob den Kopf mit seinem tropfenden Maul und stürzte sich auf sie. Beißend und kratzend sanken die beiden in einem wütenden Knäuel aus sich windenden Körpern zu Boden. Immer wieder stach Helga auf den alten Mann ein. Aber entweder erwischte sie keine lebenswichtigen Stellen, oder er konnte durch eine gewöhnliche Waffe nicht verletzt werden, denn die Messerstiche schienen auf ihn keine Wirkung zu haben. Der Kampf tobte weiter und wurde noch furchtbarer durch Akte sadistischen Hasses.

Und dann – es war die Krönung des Entsetzens – begann sich der Raum mit seltsamen und schrecklichen Gestalten zu füllen! Ich wusste, dass die Höllenmusik sie herbeigerufen hatte, und kannte den Grund für ihr Erscheinen. Sie waren verschwommen und gestaltlos, sie drehten sich und waren kaum greifbarer als Rauch oder Dampf. Aber sie alle besaßen einen grausamen, hungrigen Mund und Augen, die vor Blutgier funkelten. Langsam, unaufhaltsam, kamen sie näher ... immer näher.

Und da muss wohl pure Angst die unsichtbare Fessel in meinem Gehirn zerrissen haben. Ich war frei, wie durch ein Wunder befreit von dem hypnotisierenden Zauber, der mich gefangengehalten hatte. Kreischend wie eine verlorene Seele rannte ich zur Tür und riss sie auf. Hinter mir erhob sich ein unmenschlicher Lärm. Ich taumelte die Treppe hinab, und das Rudel der Höllenhunde war mir dicht auf den Fersen. Etwa zehn Meter entfernt plätscherte der kleine Fluss, an dem ich an diesem Nachmittag entlanggegangen war. Verzweifelt bemühte ich mich, ihn zu erreichen und zu überqueren, um meine Verfolger in dem reinen, dunklen, freundlichen Wald abzuschütteln, der hinter ihm lag.

Fast hatte ich ihn erreicht, als sich mein Fuß in einer Wurzel verfing und ich heftig zu Boden stürzte. Bevor ich aufstehen konnte, drängten sie sich um mich, und ihre sabbernden eiskalten Lippen hefteten sich auf mein zitterndes Fleisch. Erlösende Besinnungslosigkeit überkam mich und löschte mein Entsetzen und meine unerträglichen Qualen aus ...

Ich bin nun schon lange hier. Der Arzt stattet mir jeden Tag einen Besuch ab. Er ist sehr geduldig und freundlich, aber er beharrt darauf, dass ich dort oben im Wald einen Anfall von Hirnhautentzündung hatte. Wenn ich ihm erzähle, was tatsächlich passiert ist, lacht er mich aus. Der Teufel soll ihn holen! Denkt er, er kann mich täuschen? Warum hat er keine Erklärung dafür, dass meine Eckzähne sich auf rätselhafte Weise verlängert und geschärft haben? Warum wendet er den Kopf ab, wenn ich ihn frage, was diese Wunden an meinem Hals verursacht hat?

Auch die Krankenschwester ist freundlich. Sie ist ein hübsches Mädchen mit einem langen glatten Hals, in dem ein winziger Puls schlägt. Dieser Puls fasziniert mich. Ich habe das wahnsinnige Verlangen, meinen Mund dagegen zu pressen, zu reißen und zerren – O Gott! O mitleidloser Gott! Gibt es denn keine Hoffnung? Gibt es nichts, was mich retten kann? Bin ich bereits einer von ihnen?

Mir wurde erzählt, dass der alte Mann und seine Haushälterin verschwunden sind. Jetzt wohnt niemand mehr in dem Haus. Das glaube ich wohl, denn jede Nacht kann ich ihre bösartigen Gesichter vor dem Fenster sehen. Sie ergötzen sich an mir. Jede Nacht höre ich die höllischen Melodien der Geige, die nach mir rufen, mir befehlen herzukommen.

Wie kann ich sie noch länger bekämpfen? Ich bin so müde – so ungeheuer müde. Wie lange muss ich warten, bevor ich zu einem von ihnen werde?

Clark Ashton Smith

Ilalothas Tod

Wie es der Sitte im alten Tasuun entsprach, war das Leichenbegängnis der Ilalotha, einer Hofdame der verwitweten Königin Xantlicha, zum Anlass für ausgiebige Lustbarkeiten und langanhaltende Festlichkeiten geworden. Drei Tage lang hatte sie, gehüllt in prachtvolle Gewänder, inmitten des prächtigen Feiersaales im königlichen Palast zu Miraab auf einer Bahre gelegen, die mit bunten Seidenmetern aus dem Orient ausgelegt war und über der sich ein rosenfarbener Baldachin wölbte, der wohl ein Hochzeitslager hätte überschirmen mögen. Um sie herum hatten vom Morgendämmern bis zum Sonnenuntergang, vom kühlen Abend bis zum grell dräuenden Tageslicht die fiebrigen Gezeiten der Begräbnisorgien gewogt, ohne in ihrer Kraft nachzulassen. Edle, Höflinge, Wachmannen, Küchenjungen, Astrologen, Eunuchen und alle hochgeborenen Frauen, Hofdamen und Sklavinnen der Xantlicha hatten an den verschwenderischen Ausschweifungen teilgenommen, mit denen man die Verstorbene am angemessensten zu ehren glaubte. Wahnwitzige Lieder und schlüpfrige Reime wurden zum Besten gegeben, und zum schwülen Locken unermüdlicher Lautenklänge wirbelten die Tanzenden in schwindelerregender Raserei. Aus ungeheuren Amphoren ergossen sich sturzbachgleich Weine und Schnäpse; die Tische dampften unter gewaltigen Fleischbergen, deren gewürzte Flanken immer wieder erneuert wurden.

Die Trinker prosteten Ilalotha so lange zu, bis das Stoffgewebe ihrer Bahre durch den vergossenen Rebensaft eine dunklere Färbung angenommen hatte. Um sie herum lagen in erschlaffter Haltung oder schierer Bewusstlosigkeit jene, die sich durch ausgelebte Fleischeslust oder allzu viele der vollen Becher selbst des weiteren Fortgangs beraubt hatten. Da ihre Augen halb geschlossen und die

Lippen halb geöffnet standen und der Katafalk einen rosigen Schatten auf sie warf, wies sie keinerlei Anzeichen des Todes auf, sondern wirkte wie eine schlafende Kaiserin, die gleichsam über Lebende und Tote herrschte. Viele wiesen auf diese Erscheinung hin, die mit einer sonderbaren Betonung jener Schönheit einherging, die ihr im Leben zu eigen gewesen war: Und einige sagten, dass sie statt des Kusses der Würmer eher den eines Liebhabers zu erwarten schien.

Als am dritten Abend die vielarmigen Messinglampen entzündet wurden und die Totenfeier sich dem Ende zuneigte, kehrte der Edelmann Thulos an den Hof zurück, der anerkannte Liebhaber der Königin Xantlicha, welcher eine Woche zuvor sein Anwesen an der westlichen Grenze aufgesucht und noch nichts von Ilalothas Tod erfahren hatte. Ahnungslos betrat er also den Saal zu jener Stunde, da die Orgie schon verflaute und die bewusstlos hingerafften Zecher jene an Zahl übertrafen, welche sich noch regten und tranken und lärmten.

Den verheerten Saal musterte er ohne großes Erstaunen, denn solcherlei Anblick war ihm seit Kindesbeinen vertraut. Doch dann näherte er sich der Bahre und erkannte mit einem gewissen Erschrecken die darauf Liegende. Unter den zahlreichen Edelfrauen von Miraab, die sich seiner freizügigen Aufmerksamkeit erfreut hatten, war Ilalotha länger als die meisten anderen in seiner Gunst gewesen; und, so sagte man, sie hatte sich wegen seines Fortgangs weit stärker gegrämt als jede andere. Vor einem Monat war sie von Königin Xantlicha verdrängt worden, die sich Thulos in eindeutiger Weise genähert hatte; und vielleicht hatte Thulos sich auch nicht ohne Bedauern von ihr getrennt: Denn die Rolle eines königlichen Liebhabers, wiewohl mit Vorteilen gesegnet und nicht gänzlich unangenehm, wies gewisse Fährnisse auf. Allgemein herrschte die Ansicht, dass sich Xantlicha des verstorbenen Königs Archain mittels einer ausgegrabenen Phiole voll eines Giftes entledigt hatte, das seine besondere Unaufspürbarkeit und Wirksamkeit uralter Zauberkunst verdankte. Nach dieser klärenden Handlung hatte sie sich mannigfache Liebhaber genommen, und jene, die ihr Missfallen erregten, fanden ausnahmslos ein gleichermaßen gewaltsames Ende wie es Archain zugestoßen war. Fordernd und maßlos war sie und verlangte von Thulos eine nicht minder strenge Treue, die ihm doch recht zuwider war. Als er dringliche Angelegenheiten auf seinem abgelegenen Gut geltend machte, war er recht froh gewesen, sich eine Woche lang vom Hof entfernen zu können.

Als er nun neben der Toten stand, vergaß Thulos die Königin und besann sich auf gewisse Sommernächte, die vom Duft des Jasmin und der jasminweißen Schönheit der Ilalotha versüßt worden waren. Er konnte noch weniger als die anderen daran glauben, dass sie tot war: denn ihr gegenwärtiges Aussehen unterschied sich in nichts von jenem, das sie oft während ihres früheren Kontakts angenommen hatte. Ihm zum Gefallen hatte sie die Reglosigkeit und Schlaffheit des Schlummers oder des Todes vorgetäuscht; und bei jenen Gelegenheiten hatte er sie mit einem Eifer geliebt, der unbeeinträchtigt war von jener pantherhaften Wildheit, mit der sie zu anderen Zeiten seine Zärtlichkeiten zu erwidern oder anzustacheln pflegte.

Und als ob er unter dem Bann einer machtvollen Totenbeschwörung stand, erwachte in ihm nach und nach eine sonderbare Sinnestäuschung, und er wähnte, dass er erneut der Liebhaber aus jenen verronnenen Nächten sei und wieder jene Laube in den Palastgärten beträte, in der Ilalotha ihn auf einem Lager erwartete, das mit reifen Blütenblättern bedeckt war, und ihr Busen regte sich ebensowenig wie ihr Gesicht oder ihre Hände. Der überfüllte Saal war ihm nicht länger bewusst: Die hochflackernden Lampen, die weingedunsenen Gesichter – sie waren zu einem mondbeschienenen Feld aus träge wippenden Blüten geworden, und das Stimmengewirr der Höflinge war nicht mehr als ein schwaches Säuseln des Windes zwischen Zypresse und Jasmin. Die warmen liebesbefeuernden Düfte der Juninacht umschmeichelten ihn, und wieder kam es ihm wie einst vor, dass sie von Ilalotha selbst ebenso aufstiegen wie von den Blumen. Unter dem Zwang eines starken Begehrens beugte er sich herab und spürte ihren kalten Arm unter seinem Kuss erbeben.

Dann hörte er mit jener Verwirrung, die den rüde erweckten Schlafwandler überkommt, eine Stimme wie sanftes Gift in sein Ohr zischeln. »Habt Ihr Euch vergessen, mein edler Herr Thulos? Doch wundert es mich nur wenig, denn viele meiner Schmeichler behaupten, dass sie im Tode noch schöner denn zu Lebzeiten ist.« Und während sich der sonderbare Bann noch von ihm löste und er sich von Ilalotha abwandte, wurde er gewahr, dass Xantlicha an seiner

Seite stand. Ihr Gewand befand sich in Unordnung, ihr offenes Haar war zerzaust, und sie schwankte leicht und packte ihn mit scharfen Krallenfingern an der Schulter. Ihre vollen mohnroten Lippen kräuselten sich unter füchsischem Zorn, und ihre schwerlidrigen gelben Augen blitzten vor Eifersucht wie die einer läufigen Katze.

Thulos wurde von einer sonderbaren Verwirrung übermannt, er erinnerte sich nur zum Teil an den Bann, der ihn befallen hatte, und er war sich nicht sicher, ob er Ilalotha tatsächlich geküsst und erspürt hatte, wie ihr Fleisch unter seinem Mund erschauerte. Wohlan, dachte er, das konnte so nicht gewesen sein, und ein Wachtraum hatte ihn auf kurze Zeit im Griff gehalten. Doch Xantlichas Worte und ihre Wut beunruhigten ihn ebenso wie das kaum verhohlene trunkene Gelächter und die geflüsterten Anzüglichkeiten, die er hörte, als er an den Menschen im Saal vorbeischritt.

»Nehmt Euch in Acht, mein Thulos«, raunte die Königin, deren seltsamer Zorn sich offenbar legte; »denn man sagt, sie sei eine Hexe gewesen.«

»Woran starb sie?«, fragte Thulos.

»An keinem anderen Fieber als dem, das die Liebe bringt, so besagt das Gerücht.«

»Dann war sie ganz sicher keine Hexe«, versetzte Thulos mit einer Überzeugung, die er sonst weder in Gedanken noch im Gefühl empfand; »denn wahre Zauberkunst hätte dafür das Heilmittel gefunden.«

»Jenes Fieber entsprang der Liebe zu Euch«, sagte Xantlicha finster. »Und wie alle Frauen wissen, ist Euer Herz schwärzer und härter als schwarzer Diamant. Keine Hexenkunst, wie mächtig sie auch sei, könnte darüber Macht gewinnen.« Noch während sie sprach, schien ihre Stimmung plötzlich milder zu werden. »Lange seid Ihr fort gewesen, edler Herr. Kommt um Mitternacht zu mir: ich erwarte Euch im Südpavillon.« Einen Atemzug lang sah sie ihn unter schweren Lidern mit schwülem Blick an und drückte seinen Arm derart, dass ihre Nägel wie einer Katze Krallen durch Stoff und Haut drangen. Dann wandte sie sich ab von Thulos und rief einige Haremseunuchen zu sich.

Derweil die Aufmerksamkeit der Königin nun von ihm gewichen, wagte Thulos einen weiteren Blick auf Ilalotha zu werfen, während er über die sonderbaren Bemerkungen Xantlichas nachdachte. Er wusste, dass Ilalotha wie viele andere Hofdamen sich an Zaubersprüchen und Liebestränken versucht hatte; doch um ihre Hexenkunst hatte er sich nie gekümmert, da er doch kein Interesse empfand an anderen Zaubersprüchen und Bannwirkungen als jenen, mit denen die Natur die Körper der Frauen ausgestattet hatte. Und für ihn war es schier unmöglich zu glauben, dass Ilalotha an einer tödlichen Leidenschaft gestorben sei: denn seiner Erfahrung nach war Leidenschaft niemals tödlich. Und wahrlich, als er sie mit aufgewühlten Empfindungen betrachtete, beschlich ihn erneut der Eindruck, dass sie gar nicht gestorben war. Die sonderbare halb vergessene Sinnestäuschung von einer anderen Zeit und einem anderen Ort wiederholte sich nicht; aber es kam ihm so vor, als habe sie sich aus ihrer vorherigen Lage auf der weinbefleckten Bahre geregt und ihr Antlitz ihm zugewandt; als habe jener Arm, den er geküsst (im Traum oder im Wachen), nicht mehr ganz so nahe bei ihrer Hüfte geruht.

Fasziniert von diesem Mysterium und angezogen von einer noch stärkeren Kraft, die er nicht hätte benennen können, beugte Thulos sich tiefer hinab. Gewiss hatte er erneut geträumt oder sich getäuscht. Doch während der Zweifel noch wuchs, schien es, als ob der Busen der Ilalotha sich unter schwachem Odem regte, und er hörte ein fast unvernehmliches, jedoch erregendes Raunen: »Kommt um Mitternacht zu mir. In die Gruft ... dort will ich Euch erwarten.«

In diesem Augenblick traten an den Katafalk bestimmte Personen im nüchtern rostroten Aufzug der Totengräber heran, die den Saal unbemerkt von Thulos oder den anderen Feiernden betreten hatten. Sie trugen einen dünnwandigen Sarkophag aus frischgelöteter, schimmernder Bronze bei sich. Ihnen oblag es, die Tote davonzutragen und in die Grabgewölbe ihrer Familie zu bringen, die in der alten Nekropole nördlich der Palastgärten lag.

Thulos wollte aufschreien, um sie an ihrem Tun zu hindern; doch klebte ihm die Zunge am Gaumen, und kein Glied konnte er rühren. Er wusste nicht, ob er wachte oder schlief. Er sah den Totengräbern zu, wie sie Ilalotha in den Sarkophag legten und sie rasch aus dem Saal trugen, ohne dass einer der benebelten Schwelger auf sie achtete oder ihnen folgte. Erst als der düstere Zug den Saal verlassen hatte, konnte er sich von seinem Platz neben der leeren Bahre rühren. Träge waren seine Gedanken und mit Finsternis und Zauderei gefüllt. Eine gewaltige Müdigkeit befiel ihn, die ihn nach seiner tagelangen Reise nicht unnatürlich dünkte. Er zog sich in sein Gemach zurück und fiel sogleich in totengleichen Schlummer.

Als Thulos erwachte, trat langsam ein abnehmender und missgestalteter Mond zwischen den Zypressenzweigen hervor, die wie lange Hexenfinger nach ihm zu greifen schienen. Der Mond sandte grelle Strahlen waagerecht durch das ostwärts gewandte Fenster. Daran erkannte Thulos, dass es auf Mitternacht zuging, und erinnerte sich an das Stelldichein, das Königin Xantlicha mit ihm vereinbart hatte: ein Stelldichein, dem er sich nicht zu entziehen vermochte, wollte er sich nicht das todbringende Missfallen der Königin zuziehen. Auch entsann er sich mit einzigartiger Klarheit eines anderen Rendezvous ... zur selben Zeit, jedoch an einem anderen Ort.

Die Ereignisse und Eindrücke von Ilalothas Totenfeier, die zu ihrer Zeit so zweifelhaft und traumgleich erschienen waren, kehrten nun mit der Überzeugung von ihrer Wirklichkeit in sein Gedächtnis zurück, als ob sie eine ätzende Alchemie des Schlafes in seinen Geist eingebrannt hätte ... oder auch wie das Erstarken eines Zauberbannes. Er spürte, dass Ilalotha sich wirklich auf ihrer Bahre geregt und mit ihm gesprochen hatte; dass die Totengräber sie lebendig noch zur Gruft gebracht hatten. Vielleicht war ihr vermeintliches Ableben nichts weiter als eine Art Todesschlaf gewesen; oder sie hatte absichtlich ihren Tod vorgetäuscht als letztes Mittel, um seine Leidenschaft aufs Neue zu entfachen. Diese Gedanken erweckten ein wütendes Fieber der Neugier und des Verlangens; und vor sich sah er ihre blasse, reglose üppige Schönheit wie von Zauber dargeboten.

Zutiefst verstört durchschritt er die lampenlosen Treppenfluchten und Flure bis zum mondbeschienenen Labyrinth des Gartens. Er verfluchte das Drängen Xantlichas, das zur Unzeit an ihn ergangen war. Allerdings, so sagte er sich, war es mehr als nur wahrscheinlich, dass die Königin in fortschreitendem Genuss der Schnäpse von Tasuun sich lange schon in einem Zustand befand, in dem sie ihre Verabredung weder einhalten noch sich ihrer entsinnen konnte.

Diese Vorstellung machte ihn zuversichtlich: in seinem sonderbar verwirrten Geist wurde er zur Gewissheit; und so eilte er nicht zum südlichen Pavillon, sondern schlenderte ohne bestimmtes Ziel durch die fahlen, düsteren Sträucher.

Immer unwahrscheinlicher kam es ihm vor, dass außer ihm noch jemand unterwegs war: denn die langen, unbeleuchteten Flügel des Palastes erstreckten sich wie in geistloser Starre, und in den Gärten fanden sich nur tote Schatten und stille duftende Teiche, in denen jeder Luftzug ertrank. Und wie eine ungeheuerliche weiße Mohnblüte goss der Mond sein totenblasses Schlummerlicht aus.

Thulos dachte nicht mehr an sein Rendezvous mit Xantlicha, sondern gab ohne weiteres Sträuben dem Drängen nach, das ihn einem anderen Ziel zutrieb ...

Wahrlich, es war nichts Geringeres als seine Pflicht, dass er die Grabgewölbe aufsuchte, um dort zu erfahren, ob er in seiner Ansicht über Ilalotha getäuscht worden war oder nicht. Denn wenn er nicht ging, dann würde sie vielleicht in dem verschlossenen Sarkophag ersticken, und ihr vorgetäuschter Tod würde rasch zur Tatsache sich wandeln. Und als ob sie im Mondlicht ausgesprochen würden, hörte er wieder die Worte, die sie auf der Bahre geraunt oder es zumindest scheinbar getan hatte: »Kommt um Mitternacht zu mir ... ich will Euch erwarten ... in der Gruft.«

Mit jenen rascher werdenden Schritten und Pulsschlägen, die jemandem zu eigen sind, der zum warmen blütensüßen Lager einer angebeteten Geliebten eilt, verließ er die Palastanlage durch eine unbewachte Seitenpforte im Norden und überquerte den krautbewachsenen Grund zwischen den königlichen Gärten und dem alten Friedhof.

Ohne Erschauern und ohne Zagen trat er durch die stets offenen Portale der Toten, vor deren zerfallenden Säulen ghoulköpfige Ungeheuer aus schwarzem Marmor in steinerner Erstarrung aufragten.

Die Stille der flachgewölbten Gräber, die Starre und Blässe der aufragenden Säulen, die Schwärze der Zypressenschatten, die auf den Gräbern lagen, die Unversehrbarkeit des Todes, der alles durchdrang, waren dazu angetan, die einzigartige Erregung noch zu steigern, die Thulos' Blut erhitzte. Ihm war, als hätte er einen Zaubertrank geschlürft, der mit Mumienstaub versetzt gewesen. Die leichenhafte Stille schien um ihn zu brennen und zu beben mit tausenderlei Erinnerungen an Ilalotha, die sich mit jenen Erwartungen mengten, denen er noch kein Bild beigeordnet hatte ...

Einst hatten er und Ilalotha die unterirdische Gruft ihrer Vorfahren aufgesucht; und da er sich genau auf ihre Lage besann, gelangte er ohne Irrlauf zu dem niedrig gewölbten und zedernbeschatteten Eingang. Die üppigen Nesseln und die stinkenden Rautengewächse, die den selten benutzten Zugang umwucherten, waren von den Fußstapfen jener heruntergetreten, die vor Thulos eingetreten waren; und die rostige schmiedeeiserne Tür hing in losen Angeln schwer nach innen. Ihm zu Füßen lag eine erloschene Fackel, die zweifellos ein Totengräber im Fortgehen verloren hatte. Bei ihrem Anblick fiel ihm ein, dass er weder Kerze noch Laterne zur Erforschung der Gewölbe bei sich führte, und so sah er in dieser günstig abgelegten Lichtquelle ein gutes Vorzeichen.

Er steckte die Fackel an und begann mit seiner Untersuchung. Auf die hoch gestapelten staubigen Sarkophage im vorderen Bereich der unterirdischen Anlage achtete er nicht: denn bei ihrem vorherigen Besuch hatte Ilalotha ihm eine Nische am innersten Ende gezeigt, in der sie einmal selbst ihre Ruhe unter den Angehörigen dieser modernden Reihe finden sollte.

Wie auf dem Hauch eines blühenden Gartens trieb absonderlich und heimtückisch, durch die stickige Luft inmitten der aufgestapelten Toten, der matte, satte Geruch von Jasmin heran und wehte ihm in die Nase; und der Duft zog ihn zu dem einen Sarkophag, der unter den anderen, die fest verschlossen, offenstand. Darin erblickte er Ilalotha in ihrem bunten Totenfeierkleid; ihre Augen waren halb geschlossen und ihr Mund stand leicht offen; und auf ihr lag jene fremdartige und strahlende Schönheit, jene üppige Blässe und Stille, die Thulos in einen nekromantischen Bann gezogen hatte.

»Ich wusste, dass du kommen würdest, o Thulos«, raunte sie und regte sich wie unwillkürlich unter der wachsenden Glut seiner Küsse, die rasch von der Kehle zu den Brüsten hinabwanderten ...

Im dicken Staub erlosch die Fackel, die Thulos aus der Hand gefallen war ...

Xantlicha, die sich beizeiten in ihr Schlafgemach zurückgezogen, hatte übel geschlafen. Vielleicht hatte sie von den dunklen feurigen Weinen zu viel oder auch zu wenig getrunken; vielleicht war ihr Blut von Thulos' Rückkehr aufgereizt, und ihre Eifersucht immer noch aufgewühlt durch den heißen Kuss, den er während des Leichenbegängnisses auf Ilalothas Arm gedrückt. Unruhe trieb sie an; und weit vor der Stunde ihres Treffens mit Thulos erhob sie sich und blieb am Fenster ihres Gemaches stehen, um die Kühle, die mit der Nachtluft kommen mochte, auszukosten.

Doch erschien ihr die Luft wie von den Bränden verborgener Schmelzöfen erhitzt; ihr Herz wollte ihr im Busen schwellen und sie ersticken; und ihre Unruhe und Erregung wurden durch den Anblick der mondbeschienenen Gärten eher vergrößert denn gedämpft. Sie wollte schon zur Verabredung im Pavillon eilen; aber trotz ihrer Ungeduld hielt sie es für besser, Thulos warten zu lassen. Als sie sich auf das Sims lehnte, sah sie plötzlich Thulos, der durch die Grünflächen und Baumreihen schritt. Die ungewöhnliche Hast und Zielstrebigkeit seiner Schritte verdutzte sie; auch wunderte sie sich über die Richtung, die er einschlug, denn diese konnte ihn nur an Orte bringen, die weitab vom verabredeten Treffpunkt lagen. Auf der zypressengesäumten Allee, die zum nördlichen Gartentor führte, entschwand er ihren Blicken; und ihr Erstaunen mischte sich bald mit Schrecken und Ärger, als er nicht zurückkehrte.

Für Königin Xantlicha war es unbegreiflich, dass Thulos, oder auch jeder andere Mann, es wagen konnte, bei klarem Verstand das Stelldichein zu vergessen; und während sie nach einer Erklärung suchte, mutmaßte sie, dass wahrscheinlich finsteres und machtvolles Zauberwerk im Gange war. In Anbetracht gewisser Ereignisse, derer sie gewahr geworden, und vielerlei anderer Dinge, von denen sie gerüchteweise erfahren, fiel es ihr auch nicht schwer, die mögliche Zauberin festzulegen. Die Königin wusste, dass Ilalotha den Thulos bis zur Raserei geliebt und sich bei seinem Fortgang untröstlich gegrämt hatte. Die Leute erzählten sich, dass sie verschiedene unwirksame Bannsprüche gewirkt hatte, um ihn zu ihr zurückzubringen; dass sie umsonst Dämonen beschworen und ihnen Opfer dargebracht und vergebliche Zwangsbanne und Todeszauber gegen Xantlicha ausgesprochen hatte. Letztlich war sie aus schierem

Kummer und aus Verzweiflung gestorben, oder vielleicht hatte sie sich auch selbst mit einem unentdeckten Gift getötet ... Allerdings hing man in Tasuun allgemein dem Glauben an, dass eine Hexe, die solcherart starb und deren Begierden ungestillt und deren Bannsprüche wirkungslos geblieben waren, sich in eine Lamia oder eine Vampirin verwandeln und dadurch die Vollendung all ihrer Zaubersprüche bewirken konnte ...

Während die Königin sich dieser Dinge entsann, erschauerte sie; und sie gedachte auch der grässlichen und verderblichen Umwandlung, die angeblich mit der Ausführung dieser Zwecke einherging, denn jene, die sich auf diese Weise der Macht der Hölle bedienten, mussten die nämliche Wesensart und das tatsächliche Erscheinungsbild der infernalischen Wesenheiten annehmen. Nur zu gut erahnte sie Thulos' Ziel und die Gefahr, in die er sich begab, sofern ihr Verdacht zutraf. Und in dem Bewusstsein, dass ihr eine gleichartige Gefahr entgegentreten mochte, beschloss Xantlicha, ihm zu folgen.

Sie traf keine aufwendigen Vorbereitungen, denn es galt, keine Zeit zu vergeuden; doch holte sie unter ihrem seidenen Kopfkissen einen kleinen Dolch mit gerader Klinge hervor, den sie stets in Reichweite hielt. Von der Spitze bis zum Heft war der Dolch mit einem Gift gesalbt, das angeblich gleichermaßen wirksam war gegen die Lebenden wie auch die Toten. Mit dem Dolch in der Rechten und einer Blendlaterne, die sie vielleicht brauchen mochte, in der Linken, stahl sich Xantlicha mit raschen Schritten aus dem Palast.

Des Weines letzte Neige wich vollends aus ihrem Hirn, und schwache grässliche Ängste stiegen in ihr auf und warnten sie wie die Geister dahingeschiedener Ahnen. Jedoch folgte sie fest entschlossen dem Pfad, den Thulos eingeschlagen hatte; jenem Pfad, der zuvor von den Totengräbern beschritten worden war, die Ilalotha zu ihrer Ruhestätte gebracht. Von Baum zu Baum glitt der Mond und begleitete sie wie ein wurmgehöhltes Antlitz. Das leise, rasche Klappern ihrer Kothurne, das die weiße Stille durchdrang, schien das hauchdünne, leichenblasse Spinngewebe zu zerreißen, das sie vor einer Welt gespenstischer Abscheulichkeiten bewahrte. Und immer neue Dinge fielen ihr ein über jene Sagen, die von Wesen wie Ilalotha handelten; und ihr Herz erbebte in ihrer Brust, denn sie wusste, dass sie keiner sterblichen Frau gegenübertreten würde, sondern einem Wesen, das die siebente Hölle hinaufgeschickt und beseelt hatte. Doch unter all diesem kältestarren Schrecken war der Gedanke an Thulos in den Armen der Lamia wie ein rot glühendes Brandeisen, das ihr die Brust versengte.

Schon breitete sich gähnend die Nekropole vor Xantlicha aus, und ihr Weg führte sie in die höhlenhafte Düsternis zwischen weitbekronten Friedhofsbäumen, als ob sie in monströse und schattenhafte Mäuler schritt, in denen weiße Grabmäler wie Zähne aufragten. Feucht wurde die Luft und widerlich, als ob die Dünste offener Grüfte sie erfüllten.

Jetzt blieb die Königin stehen, denn es hatte den Anschein, als ob schwarze, unsichtbare Geister um sie herum aus der Friedhofserde aufstiegen und höher ragten als die Säulen und Stämme der Bäume, bereit, sich auf sie zu stürzen, so sie denn weiterginge.

Dennoch erreichte sie alsbald den finsteren Zugang, nach dem sie gesucht. Mit zitternder Hand entflammte sie den Docht der Blendlaterne, und indem sie den gebündelten Strahl auf die grausige unterirdische Düsternis vor ihr richtete, trat sie mit schlecht bezähmtem Grauen und Widerwillen in jenes Reich der Toten ... und vielleicht sogar das Reich von Untoten.

Doch als sie die ersten vorderen Gänge der Katakombe durchmaß, schien es so, als sollte sie nichts Fürchterlicherem begegnen als Knochenmoder und jahrhundertealtem Staub, nichts Beachtlicherem als den eng gereihten Sarkophagen in den tief eingelassenen Nischen; jenen Sarkophagen, die still und unberührt seit ihrer Ablage hier gestanden hatten. An diesem Ort blieb der Schlummer der Toten ganz sicher ungestört, und die Nichtigkeit des Todes blieb unversehrt. Fast begann die Königin, Zweifel zu hegen, dass Thulos ihr vorangeschritten war; doch als sie den Strahl ihrer Lampe auf den Boden richtete, entdeckte sie im tiefen Staub den Abdruck seiner Schnabelschuhe, lang und schlank inmitten der Fußstapfen der grobbeschuhten Totengräber. Und sie sah, dass die Fußabdrücke des Thulos nur in eine Richtung wiesen, während die der anderen ganz klar gekommen und gegangen waren.

Dann vernahm Xantlicha aus einer nicht deutbaren Entfernung aus den Schatten vor ihr ein Geräusch, in dem sich das sehnende Stöhnen eines Weibes in Hitze mischte mit dem Knurren von

Schakalen, die sich um ein Aas streiten. Eiskalt schien ihr das Blut durchs Herz zu fließen, als sie langsam Schritt um Schritt weiterging, dabei den Dolch stoßbereit umklammerte und die Laterne hocherhoben hielt. Der Klang wurde lauter und deutlicher; und nun kam ihr ein Duft entgegen, der an Blumen in einer Juninacht gemahnte, doch als sie weiter vordrang, mischte sich ein erstickender Gestank, den sie noch nie gerochen, unter den Duft – Blutgeruch.

Sie tat noch wenige Schritte, und dann erstarrte Xantlicha, als ob der Arm eines Dämons sie gefangenhielt. Das Licht ihrer Lampe hatte das umgekehrte Antlitz und den Oberkörper des Thulos enthüllt, der vom Ende eines neugeschmiedeten Sarkophags herunterhing, welcher einen schmalen Raum zwischen anderen einnahm, auf denen der Grünspan wucherte. Eine Hand des Thulos umklammerte mit aller Gewalt den Rand des Sarkophags, während die andere Hand mit schwachen Regungen eine undeutliche Gestalt zu kosen schien, die sich über ihn neigte.

Jasminweiße Arme wurden vom dünnen Laternenstrahl erfasst, und dunkle Finger wühlten in seiner Brust. Sein Kopf und sein Leib schienen einer leeren Hülle gleich, und seine Hand hielt sich skeletthaft am bronzenen Sargrand fest, und sein ganzes fahles Aussehen wirkte wie zur Ader gelassen, als ob er mehr Blut verloren hätte als seine zerfetzte Kehle, sein entstelltes Antlitz, sein blutnasses Gewand oder sein triefendes Haar hätten vermuten lassen.

Das Wesen jedoch, das über Thulos kauerte, gab unaufhörlich jenen Laut von sich, der halb Stöhnen und halb Knurren war. Und als Xantlicha vor Angst und Abscheu erstarrte, vermeinte sie, von Thulos Lippen ein undeutliches Raunen zu hören, das eher von lustvoller Vergessenheit denn von Todesqualen zeugte. Das Geraune erstarb, und sein Haupt hing schlaffer hernieder denn zuvor, sodass die Königin ihn nun wirklich für tot hielt. Bei diesem Anblick stieg hinreichend der Mut des Zorns in ihr auf, sodass sie nähertreten und die Laterne zu heben vermochte; denn trotz ihrer panischen Furcht fiel ihr ein, dass sie mittels des zaubervergifteten Dolches vielleicht doch noch jenes Wesen vernichten könne, das Thulos getötet hatte.

Unstet glitt der Lampenstrahl hinauf und enthüllte Zoll um Zoll jene Schandbarkeit, die Thulos im Finstern liebkost hatte ... Sogar auf den karmesinrot verschmierten Bauch fiel der Schein und auf das zahnbewehrte rotfleckige Loch, das halb Maul, halb Schnabel war ... bis Xantlicha erkannte, warum des Thulos Leib nurmehr eine eingeschrumpfte Hülle war ... In dem, was die Königin sah, war nichts von Ilalotha mehr zu finden bis auf die weißen üppigen Arme und einen schwachen Umriss menschlicher Brüste, die sich sogleich in Zitzen verformten, die nichts Menschliches mehr an sich hatten, wie Lehm unter den Klauen eines dämonischen Bildners. Auch verdunkelten sich die Arme und streckten sich; und während sie sich wandelten, regte die sterbende Hand des Thulos sich erneut und näherte sich kosend dem Grauen. Doch das Wesen schien seiner nicht zu achten, sondern zog seine Finger aus der zerfleischten Brust und streckte sie über die Leiche mit gewaltig verlängerten Gliedmaßen der Königin entgegen, als ob es mit triefenden Krallen die Königin zerreißen oder sie streicheln wolle.

Das war der Augenblick, in dem Xantlicha Laterne und Dolch fallen ließ und unter unaufhörlichem Kreischen und Gelächter, das von unheilbarem Wahnsinn kündete, aus dem Gewölbe stürzte.

Graham Masterton
Verkehrstote

Er schlief, und er träumte … Er erinnerte sich an all das Blut und die Schlachten. Das außergewöhnliche Klirren der Schwerter gleich geborstenen Kirchenglocken und das tiefe nervenzerfetzende Stöhnen der Männer, die bis zum Tode kämpfen. Er erinnerte sich, wie durch die zuckenden Leiber weinender Männer scharfe Holzpfähle getrieben und diese dann aufgestellt wurden, sodass die Pfähle immer tiefer in sie eindrangen, und wie die Männer schrien und um sich schlugen und voller Entsetzen mit den Armen ruderten. Er erinnerte sich, wie er zu ihnen aufgeblickt hatte, wie er ihnen in die Augen gesehen und über ihre Qualen gelächelt hatte.

Er erinnerte sich seines eigenen Todes – es war, wie wenn ein Eulenauge sich schloss – und an seine eigene Auferstehung. Die sonderbare Verwirrung darüber, was aus ihm geworden war – und was er jetzt noch war. Er erinnerte sich, wie er im strömenden Regen durch die Wälder streifte. Er erinnerte sich, wie er schließlich ein Dorf erreichte. Er erinnerte sich der Frauen, die er begehrt, und des Blutes, von dem er gekostet hatte, und der heulenden Wölfe in den dunklen Bergen der Karpaten.

Er erinnerte sich der Tage und Nächte, die so schnell verstrichen wie die Bilder eines Daumenkinos. Sonne und Regen, und Wolken und Gewitter. Er erinnerte sich an Küsse voller Leidenschaft. Brüste, über die kleine Rinnsale von Blut liefen. Er erinnerte sich an Brighton im Sonnenschein und an Warschau im Nebel. Er erinnerte sich an schwere, verführerische Parfums und an die Schenkel von Frauen. Kutschen, Autos, Züge, Flugzeuge. Gespräche, Streits. Telegramme. Anrufe.

Das ging immer so weiter, und zuweilen verlor er jegliches Zeitgefühl. Manchmal hatte er Briefe an einige seiner engsten Freunde geschrieben und sich erst mittendrin daran erinnert, dass sie schon seit zweihundert Jahren tot sein mussten. Dann hatte er den Kopf auf den Schreibtisch gelegt, so heftig von der Trauer gepackt, dass er fast daran erstickte. Er hatte damit aufgehört, Briefe zu schreiben – und wenn er selbst welche erhielt, was nur selten passierte, öffnete er sie nicht mehr.

Doch jeden Morgen dämmerte ein neuer Tag heran, und jede Nacht ging die Sonne unter; und beinahe zu jeder Abenddämmerung öffnete er seinen Sarg und erhob sich von seinem Lager aus mürber Erde, um sich von denen zu nähren, die seinen Weg kreuzten.

Eines Nachts, Anfang Oktober, hob er die Falltür, die aus dem Keller führte, und sah, dass die Diele leer war. Das gesamte Mobiliar war verschwunden. Die Garderobe mit den Haken für die Hüte und den Spiegeln; der chinesische Schirmständer neben der Tür. Selbst die Teppiche waren fort. Mit seinen schwarzen, auf Hochglanz polierten Schuhen trat er auf die bloßen Holzdielen und drehte sich immer wieder um. Die Gemälde waren auch verschwunden. Die Landschaften von Sibiu und der Somesu Mic. Sogar das Portrait von Lucy in ihrem weißen, weißen Kleid mit ihrem weißen, weißen Gesicht.

Immer ungläubiger ging er von Zimmer zu Zimmer. Das gesamte Haus war leer geräumt worden. Die Speisetafel und die Stühle waren fort, die Anrichte war fort, die Samtvorhänge waren fort. Sein ganzer Besitz – seine Stühle, seine Uhren, seine Bücher, sein Dresdner Porzellan, selbst seine Kleider – alles war verschwunden.

Er konnte es nicht fassen. Zum ersten Mal während seiner gesamten Existenz fühlte er sich ernsthaft beunruhigt. Zum ersten Mal in seinem Leben fühlte er sich *verletzlich*.

Es war alles soviel einfacher gewesen, als er noch Dienstboten hatte anstellen können – Leute, die sich tagsüber um das Haus kümmerten. Aber in den letzten zwanzig Jahren war es immer schwieriger geworden, Dienstboten zu finden, und selbst wenn es ihm gelungen war, stellten sie sich als geldgierig, unzuverlässig und unehrlich heraus. Sobald sie bemerkt hatten, dass er tagsüber nie anzutreffen war, hatten sie sich nach Lust und Laune freigenommen und einige der schönsten Stücke seines antiken Tafelsilbers mitgehen lassen.

Eines Abends hatte er in einer Kneipe einen Bauarbeiter kennengelernt, einen melancholischen Waliser namens Parry, und er hatte mit ihm einige Reparaturen des Dachs und ein neues Eingangstor aushandeln können, doch es war Jahre her, dass er einen Gärtner gefunden hatte; in der Folge war das Haus von Disteln, Wegerich und Gras umgeben, das bis ans Wohnzimmerfenster reichte. Er verabscheute ungepflegte Gärten ebenso sehr wie ungepflegte Friedhöfe, doch je mehr Zeit verstrich, desto mehr genoss er die Abgeschiedenheit. Das Unkraut schirmte ihn nicht nur von der Außenwelt ab, es verscheuchte auch ungebetene Besucher.

Doch nun war seine Abgeschiedenheit mit verheerenden Folgen gestört worden, und er hatte seinen ganzen Besitz verloren. Trotz allem war er dankbar, dass die Falltür zum Keller nicht entdeckt worden war. Diese war so sehr dem Parkettboden angepasst, dass man sie kaum erkennen konnte. Er lebte in ständiger Furcht, dass tagsüber jemand seinen schlafenden Leib entdecken könnte – Furcht nicht vor einem Priester oder einem dieser Wissenschaftler, die auf Untote Jagd machten. Wenn der wirkliche Tod kam, würde er ihm nicht unwillkommen sein. Nein, er hatte Furcht vor Verletzungen oder Verstümmelungen. Dieser einst so elegante Stadtteil wurde mittlerweile von Jugendbanden durchstreift, zu deren bevorzugten Abendvergnügungen etwa zählte, schlafende Penner mit Benzin zu übergießen und anzuzünden oder ihnen mit Betonblöcken die Beine zu zerschmettern. Den Tod konnte er hinnehmen – nicht aber die Vorstellung, für alle Zeiten verbrannt oder verkrüppelt weiterzuleben.

Er ging nach oben. Auch die Schlafzimmer waren leer. Er berührte die dunklere Stelle an der Wand, wo ein Bildnis von Mina gehangen hatte. Dann warf er den Kopf in den Nacken und gab einen Zornesschrei von sich, der die Fenster in den Rahmen erzittern ließ und die Hunde in der Nachbarschaft zum Bellen brachte.

Kurz nach elf Uhr sah er ein Mädchen an der Bushaltestelle, das an einer Zigarette zog und gleichzeitig ein Kaugummi kaute. Sie schien kaum älter als sechzehn oder siebzehn zu sein, und sie besaß noch einen Rest von Babyspeck, was er besonders mochte. Ihr Haar war lang und blond, und sie trug eine schwarze Lederjacke über ihrem kurzen roten Kleid.

Er ging über die Straße. Es regnete – ein feiner Nieselregen –, und auf der Oberfläche der Straße spiegelten sich die Straßenlaternen und die Schaufenster wie im Wasser eines dunklen Hafens. Er ging geradewegs auf das Mädchen zu und sah sie an, während er sich mit einer Hand den Mantelkragen zuhielt.

»Beim nächsten Mal wirst du dich gleich an mich erinnern, was, Kumpel?«, forderte sie ihn heraus.

»Es tut mir leid«, sagte er. »Sie erinnern mich sehr an eine Person, die ich einst kannte.«

»Oh, wie originell. Als nächstes fragst du mich wahrscheinlich, ob ich öfters hier bin.«

»Ich – ich suche nach ein wenig Gesellschaft, das ist alles«, antwortete er. Selbst nach all den Jahren ging es ihm noch gegen den Strich, Frauen so unverblümt anzusprechen.

»Ich weiß nicht, Kumpel. Ich muss um zwölf zu Hause sein, sonst reißt meine Mutter den Bau ab.«

»Und wenn wir schnell was trinken?«

»Ich weiß nicht. Ich will den Bus nicht verpassen.«

»Ich habe eine Menge Geld. Wir könnten es uns schön machen.« Innerlich zuckte er zusammen bei dem, was er da zu sagen hatte.

Das Mädchen musterte ihn von oben bis unten, rauchte noch immer, kaute noch immer. »Du siehst aus wie ein großer, starker Bursche. Wir können's ja hier machen. Dafür brauchst du bloß deinen Willi.«

Er sah sich um. Die Straße wirkte verlassen, auch wenn gelegentlich ein Auto vorbeifuhr und mit den Reifen auf dem nassen Asphalt zischte. »Nun ...«, sagte er unsicher. »Ich hatte eigentlich an einen etwas weniger öffentlichen Ort gedacht.«

»Es liegt an dir. Mein Bus kommt in fünf Minuten.«

Er wollte gerade ihr Angebot ausschlagen und weggehen, als sie sich mit der Hand durchs Haar strich und dabei ihre linke Halsflanke offenbarte. Die war strahlend weiß, so weiß, dass er die Adern blau hindurchschimmern sehen konnte. Er vermochte, den Blick nicht davon abzuwenden.

»In Ordnung«, sagte er gepresst. »Wir tun es hier.«

»Zwanzig Kröten«, verlangte sie und hielt die Hand auf.

Er öffnete seine dünne schwarze Brieftasche und gab ihr zwei

Zehn-Pfund-Scheine. Sie zog noch einmal an ihrer Zigarette, schnippte sie dann auf die Straße, raffte ihr Kleid bis zur Taille hoch und zog das weiße Höschen von Marks & Spencer runter. Irgendwo in seinem Hinterkopf blitzten kurz Lucys bauschige Unterröcke auf, feinste weiße Baumwolle mit Spitzenbesatz aus Nottingham, und er sah vor sich, wie sie ihre Schenkel züchtig zusammengepresst hielt.

Er küsste das Mädchen auf die Stirn, atmete den Geruch nach Zigarettenrauch und Shampoo ein. Er küsste ihr Augenlider und Wangen. Dann versuchte er, sie auf den Mund zu küssen, doch sie schlug ihn weg. »Was soll das werden? Willst du mir mein Kaugummi klauen? Ich dachte, wir wollen's miteinander treiben und nicht rumknutschen.«

Er packte sie an der Schulter und starrte ihr geradewegs in die Augen. An ihrem Gesichtsausdruck konnte er erkennen, dass ihr schlagartig klar wurde, dass dies hier keine ihrer üblichen Begegnungen war, zwanzig Pfund für einen Quicky. »Was?«, fragte sie ihn. »Was ist denn?«

»Einen Kuss«, sagte er. »Nur einen, nicht mehr. Ich verspreche es.«

»Ich mag Küssen nicht. Dadurch werden Bakterien übertragen.«

»Dieser Kuss wird dir besser gefallen als jeder andere deines Lebens.«

»Nein, ich will nicht.« Sie griff nach unten und versuchte, ihr Höschen hochzuziehen.

»Willst du etwa aus unserem kleinen Handel aussteigen?«, fragte er sie.

»Ich hab dir gesagt, dass ich nicht küsse. Nicht Männer wie dich. Ich küsse nur Typen, in die ich verliebt bin.«

»Aber es macht dir nichts aus, mit mir Sex zu haben, hier auf offener Straße, mit jemandem, den du überhaupt nicht kennst?«

»Das ist etwas anderes.«

Er ließ sie los und senkte die Arme. »Ja«, sagte er mit Bedauern in der Stimme. »Das ist etwas anderes. Es gab aber mal eine Zeit, da war es das größte Geschenk, das eine Frau einem Mann machen konnte.«

Sie lachte ein albernes kleines Minnie-Maus-Lachen. Da packte er sie an den Haaren und schlug ihren Kopf so fest er konnte gegen die Wand des Wartehäuschens. Der Glasrahmen des Fahrplans ging zu Bruch, und der Fahrplan selbst war mit Blutspritzern bedeckt.

Als sie in sich zusammensackte, hielt er sie fest und verhinderte, dass sie zu Boden fiel. Dann sah er sich um und vergewisserte sich, dass die Straße nach wie vor leer war. Er zog sie hoch, trug sie um die Haltestelle herum und in die Büsche dahinter. Halb kletterte, halb rutschte er einen steilen Hang voller alter Zeitungen, leeren Bierbüchsen und Milchkisten aus Plastik hinab. Das Mädchen lag schlaff in seinen Armen, ihr Kopf hing zurück, die Augen waren geschlossen, doch an den Speichelblasen, die aus ihrem Mund kamen, konnte er erkennen, dass sie noch lebte.

Er trug sie in einen feuchten, dunklen Kanalschacht, der nach vermodertem Laub roch. Er legte sie hin, und mit zitternden Händen öffnete er ihre Jacke und zog sie ihr aus. Dann zerriss er ihr Kleid und legte ihre linke Brust frei. Er kniete sich über sie, senkte den Kopf, und mit hörbarem Krachen schlug er ihr die Zähne in den Hals, wobei er ihre Halsschlagader durchtrennte.

Der erste Spritzer traf ihn an der Schulter und besudelte seinen Mantel. Der zweite traf seine Wange und durchnässte seinen Kragen. Doch dann machte er den Mund weit auf, und der nächste Spritzer landete direkt auf seiner Zunge. Er schluckte und schluckte mit einem erstickten, kichernden Laut, während das Herz des Mädchens pflichtbewusst das Blut geradewegs seine Kehle hinabpumpte.

Ob nun aus Wut über seine verlorene Habe oder aus Ekel vor der Welt, in der er sich wiederfand, oder aber aus schierer Gier – in dieser Nacht veranstaltete er eine wahre Orgie des Bluttrinkens. Er schlüpfte in ein Schlafzimmer in der Vorstadt und trank von einer jungen Ehefrau, derweil ihr Mann daneben schlief. Er fand einen jungen Obdachlosen unter einer Eisenbahnbrücke und ließ ihn bleich und leblos in seinem Verschlag aus Kartons zurück, das Gesicht dem neonfarbenen Himmel zugewandt. Er hasste die Farbe dieses Himmels und sehnte sich zurück nach der Zeit, da die Nächte noch schwarz gewesen waren und nicht orangefarben.

Als die Nacht zu Ende ging, hatte er neun Menschen tot zurückgelassen. Er war so übersättigt von Blut, dass sein Magen angeschwollen war, und er musste vor dem Eingang einer Apotheke anhalten und einiges davon erbrechen; an der Stelle befand sich ohnehin schon ein ausgekotztes Curry.

Er kehrte in sein leeres Haus zurück. Er wäre gern noch etwas aufgeblieben und in den Zimmern umhergegangen, aber die Sonne streifte bereits den Gartenzaun, und der Frost glitzerte wie Streuzucker. Er öffnete die Falltür zum Keller und verschwand nach unten.

Er schlief, und er träumte …

Er träumte von Schlachten und von den Schreien verstümmelter Männer. Er träumte von Bergen und von Wäldern, die so finster waren wie Albträume. Er glaubte sich zurück in seinem Schloss, doch sein Schloss fiel um ihn herum in sich zusammen. Steinquader lösten sich aus den Mauerzinnen. Türme brachen ein. Ganze Wandteppiche stürzten wie Lawinen herab.

Die Erde bebte, aber er war so vollgesogen mit Blut, dass er sich kaum regen konnte. Er flüsterte nur ein Wort: »*Lucy* …«

Es dauerte den Großteil des Tages, das Haus abzureißen. Die Abrissbirne flog hin und zurück, reduzierte die Mauern zu Staub und warf die hohen edwardianischen Schornsteine um. Gegen vier Uhr nachmittags arbeiteten die Bauarbeiter mit Flutlicht. Ein Bulldozer riss den überwachsenen Garten aus und ebnete den Schutt einigermaßen ein, danach planierte eine Straßenwalze die Stelle völlig platt.

Im Laufe der nächsten Woche brachten Laster Tonnen von Sand, um die Grundlage zu bilden, gefolgt von noch mehr Tonnen von flüssigem Zementbeton, gefolgt von einer dicken Schwarzdecke aus Bitumen und zum Abschluss schließlich eine Schicht heißen Asphalts.

Tief unter dem Boden schlief er weiter, bemerkte nichts von dem Grab, das man ihm bereitete. Er hatte indessen einen Großteil seines Festmahles verdaut, und sein Schlaf wurde unruhiger, und seine Augen begannen zu flackern.

Die neue Verbindungsstraße zwischen Leeds und Roundhay wurde Mitte Januar fertiggestellt, eine Woche früher als geplant. In derselben Woche wurde sein Eigentum bei einer Auktion in Dewsbury versteigert und brachte einen Erlös von über 780.000 Pfund ein. Das viktorianische Portrait einer blassen Frau in weißem Kleid erregte besondere Bewunderung und wurde sogar in einer Sendung der BBC über Antiquitäten gezeigt. Zu den anderen interessanten Gegenständen zählte ein Sekretär im Chippendale-Stil. Der neue Besitzer war ein Antiquitätenhändler namens Abrahams. Als er die Schubladen durchsuchte, fand er Dutzende ungeöffneter Briefe, einige aus Frankreich, viele aus Rumänien und Polen, und manche aus der näheren Umgebung. Einige davon reichten zurück bis ins Jahr 1926. Unter den jüngeren Schreiben befanden sich sieben Briefe von der Kreisverwaltung, die den Besitzer des Hauses von einem Zwangsverkauf unterrichteten, sodass eine neue Straße gebaut werden konnte, um Verkehrsstaus zu verhindern und einen Gefahrenschwerpunkt zu eliminieren.

Er lag in seinem Sarg, hellwach und von brennendem Hunger erfüllt – doch er konnte sich nicht bewegen, konnte nicht aufstehen, konnte nicht sterben. Er hatte geschrien, doch es war absolut sinnlos zu schreien. Er konnte nur eines tun: in der klaustrophobischen Dunkelheit darauf warten, dass der Verkehr und das Wetter und die verstreichenden Jahrhunderte die Straße abtragen würden.

Karl Hans Strobl
Das Aderlassmännchen

Die Glasscherben, mit denen die Vorsicht des Totengräbers die Kirchhofmauer gespickt hatte, knirschten unter genagelten Schuhsohlen. Drei Kerle stiegen auf Leitersprossen aus dem Schatten und tanzten im Mondschein, der in die Flaschenscherben grüne Funken warf. Dann langte der eine nach rückwärts und half einer gepuderten Perücke über den Mauerrand. Unter der Perücke schnaufte der hochgelehrte und ehrbare Doktor Eusebius Hofmayer auf die knirschenden Mauerzinnen. Er hatte über Kniehosen und Seidenstrümpfe und Schnallenschuhe weitläufige Reiterstiefel gezogen, in deren Röhren dünne Schenkel verzweifelten. Nun schwankte er in den Armen eines schwarzen Kerls, dessen Tritt hier oben so sicher war wie auf Landstraßen und dessen Blut nichts vom Schwindel kannte.

Die beiden anderen sprangen vom Mauerrand ins Brombeergebüsch, dass die Ranken um sich schlugen und mit hundert Häkchen nach den Hosen der Eindringlinge griffen. Der dritte kam langsam, unter des Doktors Verzagtheit seufzend, mit ihm den sicheren Weg der Leiter herab, der nun hier in das Hügelland des Todes führte. Aus dem niedrigen Gehölz der Kreuze kroch das schwarze Dach des Totengräberhäuschens in die beredsame Nacht, und der Turm der kleinen Kirche spitzte sich gerade auf eine silberne Wolke zu, als ob er sie aufspießen wollte. Vor der Tür des Totengräbers brannte ein rotes Flämmchen über dem kleinen Weihbrunnkessel aus Zinn, ein doppelter Schutz vor Geistern und Gespenstern, und das ewige Licht warf die Schatten der Männer auf Grabhügel, wo sie vom Gestrüpp zerzaust wurden.

Eusebius Hofmayer stolperte inmitten seiner Begleiter, die nun wieder die Finsternis mit den sicheren Tritten von Raubtieren überwanden. Aus den Reihen uralter Grabsteine kamen sie in jüngere

Felder des Todes und endlich suchten sie zwischen den Hügeln der letzten Tage, deren Weichheit die Schmerzen von gestern verriet.

»Hier muss es sein«, sagte der Doktor und schlenkerte seinen Reiterstiefel gegen ein Hindernis. Die drei anderen aber hielten bessere Richtung und zogen ihn noch ein Stück weiter in die Finsternis unter den schweren Ästen der alten Lebensbäume. Aus Stahl und Stein sprang ein Funken und wuchs zum Schein einer kleinen Laterne. Der Doktor verwünschte das grelle Geklirr der Spaten und Schaufeln, die sich wie in Angst vor der Nacht und ihrem Handwerk zusammendrängten. Nun keuchte die Arbeit der drei Kerle und warf den Hügel auseinander.

»War ein braves Mädel, die Veronika Huber«, brummte der eine und trat den Spaten kräftig in den weichen Boden.

»Eine ehrsame und saubere Jungfer.«

»Der Bräutigam will in den Krieg ziehen. Seine Mutter weint, aber er ist des Schmerzes so voll, dass er vom Leben genug hat.«

Die silberne Schnupftabakdose des Doktors klapperte laut, als ob mit dem Deckel die Reden der Burschen niedergeschlagen werden sollten. Eusebius Hofmayer war ungeduldig, denn die Arbeit stieg ihm zu langsam zum Grunde des Grabes. Unwillig murrten die Bäume ringsum, und von ihren Gipfeln flatterten Schatten wie schwarze Vögel, deren Flügel das Licht löschen wollen. Irgendwo stach ein verlorener Mondschein, ein verwegener Schimmer durch zähe Wolkenbänke hindurch, gerade stark genug, um die Finsternis mit Ahnungen zu erfüllen, die wie Masken starrten.

Die Kerle unterhielten sich und kamen nicht recht voran.

»Aber, meine Lieben, welche Verzögerung! Welche Vergeudung kostbarer Minuten! *Mon dieu,* Er will wohl, dass wir alle zusammen abgefasst werden, Michel! Steh Er doch nicht und spuck Er nicht so oft in die Hände. Wenn ich drei Maulwürfe für diese Affäre engagiert hätte, so wäre ich ohne Zweifel schon weiter als mit eurer Langsamkeit. Das ist ja schon wirklich etwas ...«

»Uninspiriert!«, sagte einer, der neben Eusebius Hofmayer stand und so aussah wie ein Herr im Schlafrock. Eine kalte Schlange kroch über den Rücken des Doktors und legte ihre Ringel um seinen Hals, während die Schäfte seiner Reitstiefel gegen die dünnen Schenkel klappten.

Den drei Kerlen fielen die Werkzeuge aus den schmutzigen Händen. Der fremde Herr aber lächelte freundlich, dass zwei Reihen von spitzen Zähnen wie Sägen zwischen die verzogenen Lippen kamen. »Bitte, lassen Sie sich nicht stören, *mon cher.* Ich freue mich zu sehen, dass auch Sie sich für frische Gräber interessieren und bin, wie soll ich sagen ... selbstlos genug, Ihnen besten Erfolg zu wünschen.«

»Sie sind sehr liebenswürdig«, erwiderte der Doktor und konnte seine Blicke nicht vom Rücken des fremden Herrn losmachen, von dem zwei spitze, zackige Schatten niederfielen, als ob ihm dort Flügel an den Schultern säßen.

»Die verewigte Jungfer Veronika Huber hat sicher ihre ganz besonderen Qualitäten. Aber ich gönne sie Ihnen, wahrhaftig, ich gönne sie Ihnen. Die Wissenschaft, mein Herr, die Wissenschaft! Sie verdient alle Unterstützung. Und die Kurzsichtigkeit der Behörden ist das größte Hindernis einer ernsthaft betriebenen Anatomie.«

»Sie sind zu gütig. Also auch vom Fach?«

»Gewissermaßen ... gewissermaßen! Nicht ganz, aber doch so gewissermaßen.« Unter dem Schlafrock schnurrte ein Uhrwerk und der Herr zeigte seine beiden blanken Sägen. Und über das sonderbare Lachen stolperten seine Worte weiter: »Gewissermaßen ... gewissermaßen. Aber die Behörden schützen die Verwesung, mein Herr. Sie lassen die Leichen einscharren und verbieten der Wissenschaft, sie zu belästigen. Die Verwesung, jawohl, die Verwesung ist behördlich geschützt. Aber ich will Ihnen keine Konkurrenz machen. Sie sollen die verewigte Jungfer Veronika Huber haben.«

»Sehr freundlich, sehr freundlich. Ich danke Ihnen. Aber darf ich fragen, was ...«

Eine Hand hob sich in Richtung des Doktors. Fünf schwarze Klauen krümmten sich gegen den verwegenen Mund. »Nein, mein Bester, Sie dürfen nicht fragen. Oder Sie sollen nicht fragen. Ich weiß, es ist die Gepflogenheit ernsthafter Wissenschaft, überall zu fragen. Aber diese Gepflogenheit muss auf Kirchhöfen schweigen. Sie sehen, ich frage nicht.«

Der Mond hatte die Wolkenbänke überwunden, indem er sie nahe am Horizont durchbrach. Die Nacht wurde blasser und zwischen den Lebensbäumen glomm der kahle Schädel des fremden Herrn, auf dem zackige Nähte die Grenzlinien der Knochen zeichneten; ein Kranz von vergilbten Haaren saß wie eine Krause zwischen Genick und Schlafrockkragen. Die beiden Herren sahen sich an. Dem Doktor Eusebius Hofmayer wackelten die Zähne im Mund, wenn er die Sägen des andern glitzern sah, und er stellte mit Verwunderung fest, dass zwischen diesen Sägen und den beiden Augenlöchern, in denen kein Blick zu sein schien, die aufgestülpte Nase einer Fledermaus saß.

Eine Bewegung des fremden Herrn schien zur Fortsetzung der Arbeit aufzufordern. Die drei Kerle griffen zu den Spaten, aber unter dem Schlafrock knarrte ein rostiges Uhrwerk. »Nein, mein Bester, Ihre Methode ist wirklich uninspiriert. Das wäre etwas langwierig. Ich will Ihnen zeigen, wie ich derlei zu behandeln pflege. Aber Sie müssen mir vorher versprechen, mir eine Entschädigung für meine Mühe nicht vorzuenthalten.«

Der Doktor nahm mit Erleichterung wahr, dass seine Besinnung aus Fernen zurückkehrte und dass sein Atem wieder keuchend durch freie Kanäle fegte. Es löste sich alles im Begreiflichen auf: ein armseliger Betrüger, der sein Stillschweigen bezahlt wünschte, ein Mann, der einen Zufall zu Geld zu machen verstand. Seiner Frage, die nach festen Bestimmungen angeln wollte, kam der Herr im Schlafrock zuvor. »Nein, nein. Im Heiligen Römischen Reich gilt das römische Recht. Ich vertraue, dass Ihre Rechtlichkeit meiner Leistung die Gegenleistung nicht versagen wird. Wir schließen einen Innominatkontrakt, und Sie sollen sehen, dass der Vorteil bei Ihnen ist. Jetzt also die Leistung.«

Aus dem Schlafrock kamen zwei Hände, und zehn schwarze Klauen streckten sich gegen das Grab wie Magneteisenstäbe gegen tote Massen, denen sie Leben geben wollen, und es schien, als ob die Erde unter den Wundern einer sonderbaren Anziehung sich bewegte. Die Schollen folgten und hoben sich in ihrem Schacht, die Erde kroch an den Rändern mit dem Brodeln einer kochenden Flüssigkeit empor und warf Blasen auf, die sich ausdehnten, anschwollen, über die Grenze drängten. Die ganze Masse begann zu leben, warf die drei Kerle aus dem Loch, bäumte sich auf, quoll wic unter dem Druck von Gasen aus ihrem Behältnis, wölbte sich zu einem Hügel und zerbarst mit dem Knall einer Explosion. Das Grab war frei und auf seinem Grunde lag unter einem Knäuel von zerdrückten Kränzen und Blumen der Sarg der verewigten Jungfrau Veronika Huber.

Da warfen die drei Kerle ihre Werkzeuge hin, liefen schreiend in die Büsche und ließen ihren Verdienst im Rachen des Grauens.

Der Doktor schaute ihnen stumm nach. Seine Zunge war plötzlich klebrig und schwer und konnte die Worte nicht bewegen. Er quälte sich mit einer Frage: »Und die Gegenleistung ...«

»Sie sollen nicht fragen, *mon cher.* Darüber sprechen wir in Ihrem Studio. Gehen Sie jetzt ruhig nach Hause. Sie werden mich und die verewigte Jungfer Huberin dort finden. Gehen Sie!«

Eine höfliche Verbeugung und die Geste einer Hand zwang den Doktor unter den Lebensbäumen hervor. Der fremde Herr im Schlafrock ging zwischen Gräbern neben ihm. Zackige Schatten klappten in seinem Rücken und auf den nun erhellten Wegen schleiften die Quasten des Schlafrockes nach wie Blutspuren. Das plötzliche Alleinsein zerriss des Doktors Entsetzen mit einem noch furchtbareren Grausen. Der Herr im Schlafrock war fort. Und zur Seite stand ein alter Grabstein im Mondlicht, hoch und schmal und nachdrücklich wie ein Wort des Schreckens, und in der grausamen Helle rief er den Namen eines längst Verstorbenen aus, des Chevaliers de Saint Simon ...

Der Doktor begann, in seinen schweren Reiterstiefeln zu laufen, ließ sich von Zweigen peitschen, von Glasscherben zerreißen und überwand Hindernisse wie in schweren Träumen.

Vor seinem Hause besann er sich. Die lange, schmale Gasse mit den hohen Giebeln verschwieg in ihrem faltigen Dunkel eine Drohung. Zwischen den Giebelschatten fraß sich das Licht des sinkenden Mondes tief in verschlafene Häusergesichter. Auf einem Gesims flatterte eine Schar von steinernen Vögeln zwischen den verwirrten Ranken eines in Stein gemeißelten Abenteuers, und daneben stand die Butterhanne über dem Studierzimmerfenster und trieb den Stößel kräftig in den Zuber. Die Gelehrsamkeit, die dieses Haus durch eine Reihe von Besitzern bis auf den Doktor Eusebius Hofmayer hinab erfüllt hatte, maskierte sich gegen die Straße noch immer durch den ein wenig fratzenhaften und allem Seltsamen geneigten Humor des Erbauers.

Der Doktor hob den Kopf nach Vogelart schief zu den Fenstern.

Unter der Butterhanne war's still, und der Mondschein sickerte über leblose Butzenscheiben. Nun zögerte der Schlüssel, in die mit einer Eberjagd beschlagene Haustür einzudringen und fand ein wohlversperrtes Schloss. Zuversichtlicher und von böser Furcht sich lösend, stieg der Doktor zu seinem Studierzimmer, und als er es betrat, sah er auf dem Seziertisch den nackten Leichnam der verewigten Jungfer Veronika Huber und in seinem Sorgenstuhl, die harten, schwarzen Klauen über die Armlehnen gelegt, den kahlen, von Knochennähten gezeichneten Schädel zurückgebeugt, den Herrn im Schlafrock. In einer Ecke verkrochen sich schwarze Bretter. Der Mond schickte sich an, das Zimmer zu verlassen.

»Willkommen zu Hause«, sagte der Herr im Schlafrock von seinem Armstuhl aus, als ob er der Hausherr sei, und der Doktor konnte nicht anders, als zu stammeln. »Willkommen!«

»So, mein lieber Freund, Sie dürfen nun fragen, was beliebt.«

»So frage ich, wie Sie hier hereingekommen sind?«

»Ich kenne dieses Haus besser als Sie, denn ich kenne es etwas länger und darum weiß ich Wege, die Ihnen nicht bekannt sind. Ich erwarte eine andere Frage.«

Der Mond schlich am oberen Rand des Fensters aus dem Zimmer, aber die Stube blieb in einem fahlen Licht, das von der Jungfrau Huberin auf dem Seziertisch auszustrahlen schien wie eine Art von Phosphoreszenz, in der die bunten Blumen des türkischen Schlafrockes farbig zu blühen begannen. Der fremde Herr nahm eine von ihnen aus dem Stoff, roch daran und steckte sie wieder an ihren Platz. Er wartete auf eine Frage, die sich nicht hervorwagte. Es war so still, dass man hörte, wie die Butterhanne draußen den Stößel in den Zuber stieß und wie die steinernen Vögel nebenan zwitscherten. In der dunklen Ecke knackten feuchte Bretter. Die Frage duckte sich unter einem Berg von Angst, bis sich der fremde Herr erhob und mit seinem buntblühenden Schlafrock, dessen Quasten auf dem Fußboden Blutspuren nachzogen, zur Jungfrau Huberin trat. Er griff ihr ins Fleisch und spannte die Haut an: »Sehen Sie, Herr Kollege, sie ist gut und brauchbar zu *experimentis, demonstrationibus* und *studiis*. Ihre Spezialia in der Wissenschaft von Niere und Galle werden erhebliche Fortschritte machen. Meine Leistung ist nicht zu tadeln, sauber und prompt ausgeführt.«

»Und meine Gegenleistung? ...«

Der Herr im Schlafrock stürzte seine Antwort über den Nachhall der Frage: »Ist einfach und leicht, fast lächerlich im Vergleich zu meiner Arbeit. Will ich doch nichts weiter, als dass der Herr Kollege sich morgen nicht ins Stift hinüberbemüht und es mir überträgt, die Schwestern zur Ader zu lassen.«

»Wie kann das sein? Ist der Herr ein Doktor? Und versteht er denn mit der Lanzette umzugehen, sodass gerade so viel Blut abgezogen wird wie zur Erhaltung des Wohlbefindens und der Frömmigkeit der Schwestern dienlich ist.«

»Sie können sich darauf verlassen, dass ich Ihrer Gelehrsamkeit keine Schande machen und mich wie ein Mann der Wissenschaft und nicht wie ein Kurpfuscher aufführen werde.«

»Ist der Herr ein Doktor?«

»Zum Mindesten etwas Ähnliches. Und was das Aderlassen und Blutabzapfen betrifft, so hab' ich in diesen heiklen Fächern Übung wie keiner.«

Die Überlegung des Doktors taumelte zwischen zwei Entschlüssen. Der nackte Leichnam der verewigten Huberin zeigte im eigenen Licht alle Eigenschaften, die am Seziertisch schätzbar sind, und der Doktor zuckte nach dem Instrumentenkasten, um die Antworten auf jene brennenden Fragen weiter zu umwerben, die seine letzten Jahre durchaus erfüllt hatten.

»Aber – aber. Die Unmöglichkeit, Herr ... Herr ... ist zu offenbar. Wenn ich Ihnen alles Vertrauen schenke, wenn ich Ihre Kenntnisse für fest fundiert genug halte, wenn ich glaube, dass der Herr Kollege diese kleinen, die Gesundheit fördernden Operationen glatt und anstandslos vollziehen werde, so zweifle ich doch anderseits auch nicht daran, dass die Damen des Stiftes den Unbekannten mit Protest zurückweisen werden. Ich bin der erwählte und durch die Obrigkeit bestätigte Arzt, dem der monatliche Aderlass übertragen und dem von allen männlichen Individuen einzig der Eintritt in das Stift gestattet ist. Ich sehe nicht, wie der Herr Kollege in die Pforten dieser jungfräulichen Burg eindringen und, wenn schon eingedrungen, wie er seine Absicht durchsetzen könnte.«

»Die Schwierigkeiten, *mon cher,* sind ganz und einzig nur bei Ihnen und der Schwerfälligkeit im Ablauf unserer Vorstellungen.«

Eine schwarze Klaue erhob sich mit dozierendem Finger zu einer seltsamen Geste der Belehrung, hier an einem Seziertisch, auf dem der nackte Leichnam der Jungfer Veronika phosphoreszierte. Der Doktor hielt sich an diese Gebärde der Disputationen und wollte mit einer Replik antworten, die sich für die tadellose Gesetzmäßigkeit menschlicher Vorstellungen erwärmen sollte, als der fremde Herr alle keimenden Einwände abschnitt.

»Sie können sich das nicht ›vorstellen‹, nicht wahr, mein Bester. Sie halten es für unmöglich und das will sagen: Sie haben dies eben noch nicht gesehen. Darum will ich es Ihnen nun zeigen. Ich bitte Sie, mich gefälligst etwas genauer zu betrachten.«

Gefälligkeiten erweisen sich schwer, wenn die Blicke sich vor irgendeiner monströsen Absurdität fürchten, dachte der Doktor, indem er sich zwang, der Aufforderung zu folgen. Er war allein in seinem Studio, in einer furchtbaren Einsamkeit, die umso furchtbarer war, weil er sie mit einem zweiten Ich teilen musste. Doktor Eusebius Hofmayer stand sich selbst gegenüber, von einer plötzlichen fantastischen Eingebung einer schöpferischen Macht verdoppelt, und unterschied sich von dem andern Doktor Eusebius Hofmayer nur dadurch, dass er zitterte, während jener lächelte, dass er zwei schlaffe Reiterstiefel unter den Armen trug, während jener den silbernen Knopf eines Stockes an das Kinn hielt.

»Ich glaube«, sagte Eusebius Hofmayer der Zweite, »dass die Schwestern mir in diesem Aufzug den Eintritt nicht verwehren werden, sie müssten sich denn entschlossen haben, den erwählten und durch die Obrigkeit bestätigten Arzt überhaupt nicht mehr ins Stift einzulassen, was wohl aller Gepflogenheit und auch ihren eigenen Bedürfnissen widersprechen dürfte.«

Die vollständige Ratlosigkeit Hofmayers des Ersten versteckte sich schlecht hinter einem flauen Gemurmel. Bis auf den behaglichen Bauch und die etwas von Schnupftabak befleckten Spitzen des Hemdes, bis auf die Kniehosen, Schnallenschuhe und die Fleischlosigkeit der Waden, bis auf die Warze über der linken Braue und den Leberfleck auf der Wange darunter ging diese verruchte Doppelgängerei, die den wohlverankerten Verstand des Doktors bedrohte. Das Vergnügen, sich in dialektischer Ausbeutung der Situation über sie zu erheben, wurde von diesem grausam ähnlichen Spiegelbild abgeschnitten, als wüsste es, wann der Doktor sich so weit gesammelt hatte, um wieder sprechen zu können.

»Sie halten mich nun wohl für ähnlich genug, um mit Ihrer gütigen Erlaubnis morgen Ihre Stelle im Stift zu versehen – wohl zu versehen, wage ich in aller Bescheidenheit hinzuzufügen – und geben mir *plenam potestatem,* Vollmacht, um Ihres Amtes bei den Schwestern zu walten. Sollten Sie zögern, so wollen Sie nur in Ihr Gedächtnis zurückrufen, dass Sie zugleich mit der Annahme der Leistung nach geltendem Recht die Verpflichtung zur Gegenleistung übernommen haben und dieser Anerkennung kaum werden ausweichen können.«

Doktor Eusebius Hofmayer der Erste fühlte sich zu stumpf, um nach Auswegen zu suchen, und gab Doktor Eusebius Hofmayer dem Zweiten alle Vollmachten, die er wünschen konnte.

»Ihren Handschlag, Herr Kollege«, forderte der Zweite.

Der Erste schob eine zitternde Hand hin, aber bevor der Zweite einschlagen konnte, geschah etwas höchst Unerwartetes. Die verewigte Jungfer Huberin setzte sich auf dem Seziertisch auf, ließ die Beine vom Rand gleiten, und während sie mit der einen Hand die Gebärde der Schamhaftigkeit machte, hob sie den andern steifen Arm zu einer Warnung. Die lautlosen Bewegungen lösten einen Sprühregen geifernden Zornes bei Hofmayer dem Zweiten aus. »Leg' Sie sich, Jungfer Naseweis, und meng' Sie sich nicht in Dinge, die Sie nichts angehen. Ich verbitte mir solche Unverschämtheiten, Sie wird schon auch noch drankommen.« Der Ausbruch schleifte ein Grollen nach: »Gesindel! Und da verlangt das Zeug noch: *de mortuis nil nisi bene.* Leg dich!«, schrie er noch einmal und stieß den Leichnam mit dem Kopf seines Stockes zwischen die Brüste, dass er hinfiel und wieder seine Starrheit annahm.

Doktor Hofmayer der Erste schlug in die hingehaltene Hand des Zweiten; er hätte die Hand jetzt in glühendes Eisen gehalten, ohne sich zu besinnen.

Ein Lachen zerbarst im Zimmer wie ein Meteor in schlimmen Finsternissen, und ein Schweigen folgte, in dem man das Rumoren der Butterhanne hören konnte: Eusebius Hofmayer der Zweite war verschwunden, als ob ihn das Lachen in Stäubchen zerrissen und das Schweigen in seine dunklen Trichter verschlungen hätte.

Zwischen Adam und Eva am Tor des Stiftes öffnete sich an diesem Morgen das Guckloch der Pförtnerin schon zum dritten Male. Im runden Ausschnitt saß der krumme Schuster und zeigte der Gasse seinen Fleiß, der Bäcker genoss die Pause zwischen Früh- und Nachmittagsgebäck, indem er, von den Stufen seiner Haustür über das Pflaster erhoben, tiefsinnig mit Daumen und Zeigefinger seine Nase bearbeitete, der Fleischerhund lag mit weggestreckten Pfoten mitten im Weg und regte sich nicht, wenn der Verkehr dieser stillen Gasse über ihn wegging.

Zwischen Adam und Eva, den von einer gläubigen Einfalt und einem kindlichen Willen an die beiden Seiten des Stiftstores gestellten Stammeltern, ging der Weg in das Heim der Stiftsdamen. Adam und Eva standen gerade aufgerichtet, in ihren Leibern – die augenfälligsten Merkmale ausgenommen – kaum zu unterscheiden, unter den Bäumen eines versteinerten Paradieses, dessen Laub sich über dem Tor vereinigte und verschlang, bis Blätter, Früchte und die Tiere dieser Wirrnis wie Hieroglyphen, Buchstaben eines einfachen und unbefangenen Textes erschienen. Hier war die Unschuld des Genusses zu lesen, das Vertrauen der Gottgefälligkeit, des Behagens, das dem Bauherrn, dem Baumeister und dem Bildhauer dieses alten Patrizierhauses gemeinsam gewesen war.

Schwester Ursula sagte zur Schwester Barbara, die im Gang hinter ihr stand: »Er kommt noch immer nicht. Wenn man einmal an Pünktlichkeit gewöhnt ist, so wird diese unverzeihliche Nachlässigkeit ...«

»Jawohl, jawohl«, keuchte Schwester Barbara und versuchte, sich in dem engen Flur umzudrehen, blieb aber nach einer kurzen Wendung hilflos stecken. Ihre ruhige Seele hatte mit der Zeit den Tempel des Leibes auf den dreifachen Umfang des Normalen erweitert und fand sich keuchend mit den kleinen Unbequemlichkeiten des Ungeheuerlichen ab. Sie hatte es vorgezogen, sich mit dicken Wänden gegen die unbehaglich unruhige Welt abzuschließen und lag zwischen den monströsen Polstern ihres Fettes wie ein asthmatischer Schoßhund. Die Schwester Ursula entsann sich ihrer Pflicht, stemmte sich kräftig gegen die Rückwand und schob Barbara den Gang entlang in den kleinen Garten hinaus. Zwischen den etwas kümmerlichen Gebüschen, die aussahen, als ob sie sich in diesen

Mauern schämten, Samen zu tragen und die Befruchtung zu vollziehen, lebten sich die Schwestern aus. Der fantastischen Dorothea wurden diese Johannisbeersträucher zu den Gärten der Armida und der sparsame Schatten einiger krüppelhafter Birnbäume zu dem Dunkel der Urwälder auf Ceylon. Der boshaften Agathe gaben alle Ereignisse dieses kleinen Fleckchens, die armseligen Zufälligkeiten, die sich aus der Welt hierher verirrten, Lust zu nadelspitzen Bemerkungen, denen sich die ergebene Anastasia aus irgendeinem Bedürfnis nach Demütigung unaufhörlich mit Absicht aussetzte. Zwischen ihnen vermittelte die geschäftige Thekla, die den Wunsch nach Betätigung wie einen glühenden Stein in sich fühlte. Die melancholische Angela wandelte mit geschwollenen Tränendrüsen zwischen den Schwestern wie der Gedanke an ein unabwendbares Unglück und liebte es, in einem Gelüst von Bußfertigkeit mit nackten Füßen den scharfen Kies der Wege zu treten. Der Geist der vollständigen Zwecklosigkeit erfüllte alle Zimmer und den Garten des ehemaligen Patrizierhauses und kochte das Blut dieser Frauen, bis es nach der Lanzette des Arztes schrie. Noch immer, noch immer war da irgendwo in versteckten Winkeln des Hauses, in den geheimen Abteilungen dieser Seelen ein blasses, abgekehrtes Gespenst, das man fast nicht Hoffnung zu nennen wagen konnte, die Hoffnung auf irgendetwas jenseits der Mauern, von oben herab aus den gleißenden Wolken des Sommers oder von unten aus der murmelnden Erde, eine ganz verschüchterte Erwartung, die sich vergeblich auf ihre Nennung besann.

In der Vorsteherin Basilia schien der Geist der Zwecklosigkeit seine ganze Kraft vereinigt zu haben, und seine nüchterne Gleichgültigkeit hielt den Schild vor sie, als ihre Erwiderung die Aufregung der Schwester Ursula mit einer ihrer sonderbaren Redensarten dämpfte: »Du legst diese Dinge auf eine allzu hastige Waage, mein Kind; er wird kommen, denn es ist seine Pflicht, und in der Erfüllung seiner Pflichten ward er nie ohne Grund lässig befunden.«

Die geschäftige Schwester Thekla brach zwischen zwei Johannisbeersträuchern hervor und ermahnte, ihm vielleicht dennoch eine Botschaft zu senden, und die melancholische Angela gab einen Orakelspruch von sich, der auf den Tod des Doktor Eusebius Hofmayer gedeutet werden konnte. Eine nur wenig verhüllte Erregung führte alle Schwestern um die Vorsteherin zu einer Beratung zusammen und brachte selbst Dorothea aus den dunklen Urwäldern Ceylons herbei. Alle zitterten um dies kleine Ereignis, in dem das Leben eines ganzen Monats seinen Höhepunkt erreichte, und fühlten sich durch denselben Wunsch zu seltener Einmütigkeit geführt. Die Seufzer der ergebenen Anastasia und das Keuchen der phlegmatischen Barbara sagten dasselbe wie das Verstummen der boshaften Agathe.

Das Gebell der Glocke, deren Klingel von der steinernen Hand Adams getragen wurde, kündigte eine Veränderung der Szene an und bereitete den Auftritt des Doktor Eusebius Hofmayer für die Heuchelei der Gleichgültigkeit vor.

»Gott sei Dank«, flüsterte Ursula der Thekla zu und ergänzte: »Unser Aderlassmännchen kommt doch«, mit zufriedenem Kopfnicken; dann empfing die Ruhe der Wunschlosigkeit den Erwarteten.

Der Doktor schritt lächelnd auf die Vorsteherin zu und verneigte sich vor ihr, indem er sie um Verzeihung für seine Verspätung bat: »Ich wurde von dringenden Geschäften ...«

»Geschäften!«, seufzte Thekla in ihren Tiefen.

»... abgehalten und brauche meiner ehrwürdigen Gönnerin und ihren hochwürdigen Schwestern wohl nicht besonders und ausdrücklich zu versichern, dass wirklich nur schwierige und unaufschiebbare Notfälle mich daran verhinderten, eine Pflicht zu erfüllen, die mir in meinem recht unangenehmen Geschäfte als die wahre Oase in der Wüste erscheint.«

»Oh – wir haben Geduld und können warten, es drängt nicht«, sagte die Vorsteherin und griff mit spitzen Fingern nach dem Rosenkranz an ihrem Gürtel.

»Im Übrigen halte ich es – in aller Bescheidenheit sei mir das zu sagen vergönnt – aufgrund meiner exakten Forschungen sogar für durchaus zweckmäßig und förderlich, das Blut durch ein wenig Verzögerung erst – wie soll ich sagen – noch ein wenig mehr zu erhitzen, quasi – mit Verlaub – zu kochen, damit sich aller Schaum an der Oberfläche absondere und alle Unreinlichkeit mit einem Mal abfließe.«

Das war einleuchtend für die Schwestern, von denen alle Wochen eine andere den Dienst in der Küche versah.

Doktor Eusebius Hofmayer nahm die Tabaksdose hervor und,

indem er die Anerkennung seiner profunden Weisheit ringsum aus den Blicken einsog, genoss umständlich eine Prise.

»Wenn's gefällig ist, Herr Doktor«, sagte die Vorsteherin und ging voran, von dem Doktor wie immer in einem halben Schritt Entfernung gefolgt. Die Schwestern schlossen sich an, und zwischen den Büschen des Gartens rauschten die schwarzen, hässlichen Kleider wie ein Gemurmel der Ungeduld. Am Eingang zum Refektorium ließ der Doktor mit tiefer Verbeugung den Zug an sich vorüber. Dann trat er als Letzter ein und verschloss die Tür, indem er lächelnd zählte, ob alle versammelt seien.

In dem kahlen, nüchternen, von weiß getünchten Wänden hart umschlossenen Speisesaal machten sich die Vorbereitungen zum Aderlass breit. Der weich gepolsterte Operationsstuhl streckte seine Arme aus, Becken rundeten sich zum Empfang von Blut, und blasse Tücher sehnten sich nach dem Leben der roten Farbe. Das Wasser in den großen Zubern zitterte an der Oberfläche in Ringeln der Erwartung, und im Kreis dieser Dinge und der Schwestern legte Eusebius Hofmayer seine blanken Instrumente auf den kleinen Tisch.

»Wie sonderbar er mit den Messern klirrt«, wagte die fantastische Dorothea zu flüstern, und die boshafte Agathe erwiderte: »Die Musik der Ärzte.«

Eusebius Hofmayer nickte ihr so heftig zu, dass ihre Bosheit gefror, und wiederholte: »Die Musik der Ärzte, hochwürdige Schwestern! Warum sollen die Ärzte keine Musik machen. Meine Forschungen sind tiefer gedrungen als die meiner Kollegen und haben den Zusammenhang der Musik mit der Medizin erkannt; die Musik ist Bewegung und der Prozess des Lebens ist Bewegung, und Verwandtes wirkt auf das Verwandte.«

Den Schwestern gefiel es, dass seine Worte wie ein seltsamer Gesang in die Ecken des Saales zu dringen schienen und von dort schwebend als Töne wiederkehrten. Über diesen Harmonien flackerte aufreizend das Geklirr der Messer, bis ein Schrei der Vorsteherin in die Versunkenheit der Schwestern brach.

»Das Bild ... wer hat das Bild gegen die Wand gekehrt?«

Das Bildnis des gekreuzigten Heilands, des Bräutigams der Frauen in diesem Zufluchtsort vor dem Lärm der Welt, das, von Meister Burgkmeiers kunstreicher Hand gemalt, hier im Refektorium über die Mahlzeiten der Frauen wachte, hing mit abgewendetem Antlitz an der Wand. Eusebius Hofmayer stand mit einem stählernen Lächeln unter den erschrockenen Schwestern, während die Vorsteherin auf das Bild schritt und den Heiland dem Saal zukehrte. Dann ging sie, wie von einer schweren Anstrengung erschöpft, zu ihrem Platz zurück und wankte unter der Last eines Entsetzens, da sich ihr das Gesicht des Arztes seltsam verändert zeigte. Seine Kinnladen schoben sich vor, und knirschend entblößten sich zwei Reihen von spitzen Zähnen wie Sägen zwischen den schmalen, verzogenen Lippen. Die Hand mit der Prise stand vor einer Nase still, die der einer Fledermaus glich. Und in den Höhlen über den knochigen Wangen suchte die Vorsteherin umsonst nach dem Leben eines Blickes. Sie sah wie in unheimlichen langen Nächten voll wimmernder Stimmen in die Augen der Finsternis.

Die Schwestern waren gewohnt, der Vorsteherin zu folgen, und, leicht vorgeneigt, erstarrten sie, da sie Basilia erstarren sahen. Plötzlich saßen ihnen die schleimigen Kröten der Furcht im Hals und quollen an, dass der Atem sich rasselnd vorbeiquälte. Und alle Gespenster ihrer begehrlichen Wünsche standen hinter ihnen und peitschten ihre Seelen mit den Geißeln der Sünde.

Eusebius Hofmayer entfernte sich immer mehr von den gewohnten Merkmalen seines zimperlichen Gelehrtentums, wuchs wie ein Schatten unter ihnen und schien alles Licht aus diesem hohen Raum zu verdrängen. Die hellen Zeichnungen der Sonne auf Fußboden und Wänden verließen die klare Gesetzmäßigkeit ihrer Linien, bewegten sich wie in Qual und zogen sich verzerrt und unruhig ineinander zurück, krochen wie gepeinigte Missgestalten über die roten und weißen Platten des Fußbodens und flohen endlich durch die Fenster ins Freie, wo sie von einer Gallerte eingesogen wurden. Die Luft des Gartens vor den Fenstern schien getrübt und rann dickflüssig um Bäume und Sträucher, dass sie wie in einer zähen Masse eingeschlossen schienen, jeder Ast und jedes Blatt von einer erstarrten, gleichsam unwahrscheinlichen Natürlichkeit.

»Blut gibt Macht über Blut«, sagte Hofmayer, fasste die Schwester Thekla beim Hals und stieß seine eisernen Klauen spielend mit kurzem Druck in ihre Haut, dass kleine dünne Strahlen von Blut aus den Löchern spritzten.

Sie schrie. Laut und grell und verzweifelt.

»Das Bild ... das Bild!«

Der Heiland hing wieder mit abgewendetem Antlitz an der Wand. Da fühlten die Schwestern, dass sie verlassen und einem andern grausamen Herrn preisgegeben waren. Basilia und einige andere rannten zur Tür, aber die Türklinke bäumte sich der Vorsteherin entgegen und biss sie mit Natterzähnen in den Arm. Alle Schnörkel und Zierrate sträubten sich zu Schlangenbuckel, erhoben kleine, rauchende Mäuler und zischten. Die Schwestern, die zu den Fenstern flohen und den Garten erreichen wollten, wurden von der geronnenen, klebrigen Luft wie Fliegen festgehalten.

Der Saal war ein Gefängnis, in dem ein verruchter Wille das Leben vernichtete. Der furchtbar veränderte Eusebius Hofmayer verfolgte die irrsinnigen Bemühungen der Schwestern mit schmalen, über knirschenden Sägen hochgezogenen Lippen. Unter seinen spielenden Klauen verlängerte sich der Hals der geschäftigen Thekla. Bei einer boshaft kichernden Musik ordneten sich die Messer und Lanzetten auf dem Instrumententisch zu Paaren und schritten ein zierlich klirrendes Menuett nach bester Ordnung.

»Meine Damen, ich bitte Sie um ein wenig Gehör. Was ich Ihnen zu sagen habe, ist ganz kurz und wird uns von dem eigentlichen Zweck meines Besuches nicht allzu lange abhalten.«

Die Schwestern kehrten unter dem Zwang des Arztes zu dem Kreis von Stühlen zurück und schlangen einen Kranz von halb Gestorbenen um ihn. Aber noch ein anderer Schein von Bewegung folgte seinen einladenden Gebärden. Die getünchten Wände und die Decke des Gemaches wurden dunkel und zitterten wie von begrabenen und nun zu Leben erwachenden Farben. Formen regten sich unter der gleichmäßigen Fessel einer nüchternen Tünche. Das Weiß zerbarst, und zwischen seinen verschwindenden Fetzen stieg die lebendige Malerei des Grundes hervor, die Bilder der Heiterkeit und des Genusses, mit denen eine vergessene Zeit einst diesen Saal geschmückt hatte. Alle fröhlichen Nacktheiten, alle übermütigen Scherze, die aus den Gruppen an den Wänden klangen, strahlten auf den Kreis der halb toten Frauen. Auf Wolken hingestreckte Weiber hoben lachend und neugierig die Köpfe, schadenfrohe Putten zeigten mit Fingern auf die Verurteilten, und trunkene Jünglinge umfassten die Hüften der Bacchantinnen, um ihre goldenen Becher höhnisch gegen die Schwestern zu schwingen. Das Lachen dieser Fröhlichen klingelte zwischen die Musik der Instrumente. Und wie ein Regen von Duft und Licht erneuerte sich die lange unter die weißen Decken gebannte Welt in einem Ausbruch von Kraft und Lärm.

»Wir grüßen dich, Saint-Simon«, schrien die Wände und die Decke.

»Ich lade euch ein, herabzusteigen.«

»Wir kommen, wir kommen.«

Die harmlose Lust der Sinne, die sich am Tor dieses seltsamen Hauses in Adam und Eva behutsam ausgedrückt hatte, war hier zur Üppigkeit ausgegoren, vielfältig und reizvoll wie die Sünde, und widerrief die Heuchelei paradiesischer Einfalt am Eingang. Die Lust der Sinne stieg hier in hundert Gestalten herab und stellte sich zu einem Kreis wilder Zuschauer um die verurteilten Schwestern. Gruppen verschlangen sich zu den Stellungen des Theaters und schienen auf geheime Stichworte zu warten, um sich in neue Verschlingungen hinüberzuschwingen, während die losgewundenen Blumenketten, die aufgedrehten Rankenornamente lose von der Decke zwischen dem blühenden Fleisch herabbaumelten.

Von diesem Reigen der lebensfrohen Tollheit umschlossen, saßen die Schwestern, ein Kreis von Leichen, deren Augen noch den Glanz der Furcht zeigten. In ihrer Mitte stand der falsche Eusebius Hofmayer, stäubte ein Schnupftabakskorn vom Hemd und begann, indem er die bekannten Bewegungen des Arztes mit affenartigen Griffen an dem verlängerten Hals der Schwester Thekla, mit einem überraschenden Gefuchtel eiserner Klauen, mit einem trockenen Knirschen der sägeförmigen Kinnladen furchtbar unterbrach, wie ein Anwalt, der eine Klage führt: »Meine Damen, hochverehrte Schwester Basilia und ihr anderen hochverehrten Schwestern! Der Mühe, mich Ihnen vorzustellen, haben mich diese liebenswürdigen Herrschaften enthoben, indem sie mich gleich bei der Begrüßung mit Namen nannten. Sie werden sich, wenn Sie sich des Grabsteines, der meinen Namen trägt, entsinnen, ein wenig wundern, mich noch immer bei so guter Laune und verhältnismäßigem Wohlbefinden anzutreffen. Ich bin wirklich bei bester Gesundheit und habe mich mit dem Herrn, den meine Freunde, die Ärzte, den Tod nennen, recht gut abgefunden. Gegen kleine Gefälligkeiten meinerseits liefert er mir von seiner Tafel die besten Gerichte und hat mir sogar gewisse Hoheitsrechte auf die Grenzgebiete diesseits der Verwesung eingeräumt. Sie fragen sich, meine hochehrwürdigen Schwestern, mit welchem Recht ich diese Hoheiten über Sie ausdehne. Bei der Kraft meiner Kinnladen! Mit dem Recht, das mir über alle Leichen diesseits der Verwesung eingeräumt wurde.«

»Evoe, evoe«, kreischten die Weiber in der Runde, und die Schwestern sanken noch tiefer in ihre Sessel, als ob der letzte Halt der Hoffnung aus ihren Körpern entflohen wäre.

»Saint-Simon! Saint-Simon!«

Der Hass jauchzte und warf Worte der Wut wie flackernde Peitschenriemen über die Leiber der Verurteilten. Die Scheußlichkeit einer Orgie der Grausamkeit bewaffnete die gemalten Leben und trieb sie gegen die lebendigen Toten. Die Nacktheit und die lüsterne, triefende Gier rückten in Schlachtreihen vor.

Aber ein Wink des Herrschers scheuchte sie zurück: »Das Fest ist mein. Und wer mehr will, als im Zuschauen sich zu erwärmen, muss an die Wand zurück.«

Dann verneigte er sich in dem Kreis der Todesangst, die ihm Heiterkeit und Behagen zu geben schien, und sagte im Stil des Eusebius Hofmayer: »Den hochehrwürdigen Schwestern zur Kenntnis, dass ich mit Vergnügen der ganz hochgnädigen Schwester Basilia nun zu dem gewünschten, diesmal recht gründlichen Aderlass zu schreiten, mir gestatten werde.«

Er ließ die geschäftige Thekla los, deren Kopf mit geschlossenen Augen von einem ungemein verlängerten und wie eine Flöte durchlöcherten Hals baumelte und trat über ihren zusammenklappenden Körper auf die Vorsteherin zu. Drei zierliche Menuettschrittchen vorwärts, einen zurück, dann wieder vorwärts, bis er mit einer höflichen Verbeugung die eisernen Klauen in ihre Schultern grub und mit den Sägen seines klaffenden Maules ihren Hals fasste, während die tobenden Zuschauer mit Tamburinen und Becken rasselten, heulten, brünstigen Leibes übereinander herfielen und das Blut, nach dem sie lechzten, vergebens aus den Wunden ihrer eigenen gemalten Körper zu locken suchten.

Das schmale Gässchen vor den Figuren Adams und Evas belebte sich durch die Unruhe ungewohnter Geräusche. Aus dem Stift drang ein Lärm, ein wüstes Geschrei und – ganz deutlich – das Gellen von hart angeschlagenen Becken. Der Schuster und der Hund hoben die Köpfe, sahen sich an und versuchten, ihren Gleichmut wiederzugewinnen. Aber es war etwas so Drohendes und Beunruhigendes in diesem Lärm, dass sich der Hund mit eingeklemmtem Schwanz davonschlich und der Schuster mit dem Bäcker zum Mittelpunkt einer kleinen Ansammlung wurde. Mit breitem Flügel flog die Botschaft durch die Stadt, weckte Lachen und Angst, Neugier und Besorgnis und fegte einen Aufruhr vor das Tor, dessen Seiten von Adam und Eva bewacht waren.

»Den Schwestern ist wohl der Teufel eingefahren«, sagte ein Spötter.

»Aber, dass sie sich tapfer wehren, ist deutlich wahrzunehmen«, erwiderte ein Frommer.

Die Masse geriet ins Brodeln und schien kochend an den Häusern aufquellen zu wollen, sie drängte auf einen Mann zu, der mitten unter den Leuten mit den Händen fuchtelte und schrie. Dem Schuster war es unbegreiflich, wie der Dr. Eusebius Hofmayer, den er aus dem Stift noch nicht zurückkehren gesehen, nun mit verschobener Perücke und geschwungenem Stock hier auftauchen konnte.

Die Hände des Doktors klopften gegen das Tor. Aber niemand öffnete. Unter den steinernen Bäumen des Paradieses lächelten Adam und Eva, ein erstarrendes Lächeln, das so furchtbar wissend und grausam schien. Das Lächeln von Adepten eines Mysteriums, in dem Leben und Tod nur die Personen eines Maskenspieles sind.

Die Erregung schlug schäumend gegen das Tor, aber das Wagnis eines Sturmes war fern und unbegreiflich, und als sich die Torflügel jetzt endlich breit aufmachten, schlug sich eine Gasse in die Menge. Das Gebäude öffnete den Mund, um sein Geheimnis zu verraten, der Herr im Schlafrock kam hervor und ging langsam davon, indem er dem Volk zunickte. Auf dem kahlen Schädel zickzackten die Zeichnungen der Knochennähte, lederne Lefzen zogen sich von blanken Sägen zurück, und aus den Mundwinkeln rieselten zwei dünne, hellrote Blutstrahlen. Im Staub schleiften die Quasten des geblümten Schlafrockes nach und hinterließen rote, feuchte Furchen auf dem buckligen Pflaster der Straße. Dazu schien die Mittagssonne. Kein Mensch wagte einen Laut; nur ein Uhrwerk unter dem Schlafrock des fremden Herrn schnurrte laut und kräftig, ein Spott auf diese Stille und die entfliehende Zeit.

Dem Verschwundenen schwang sich ein Geschrei nach, und die Masse erhitzte sich zu neuem Mut, der sie in den langen Gang warf, nach allen Seiten auseinanderpresste und einen Haufen mit Eusebius Hofmayer in den Speisesaal riss.

Da saßen die Schwestern im Kreis, noch immer von einem unsichtbaren Mittelpunkt festgehalten, in ihren Sesseln zusammengeschrumpft, als Hüllen ihrer einstigen Leiblichkeit, Bündel von Häuten und Kleidern. Aus ihren Körpern war der Inhalt ausgesogen und ohne eine Spur von vergossenem Blut war an ihnen ein furchtbarer Aderlass vollzogen. Seltsam verwandelt waren die Wände; statt der weißen glatten Tünche wild bewegte, bunte Szenen ausgelassener Fröhlichkeit, bacchantischer Taumel, Raserei der Sinne, von einem starken und kühnen Pinsel in strahlende Sonnenlandschaften gesetzt.

Das Bild des Heilands aber hing zwischen zwei üppigen, gemalten Weibern und sah aus dunklen Höhlen, denen die Augen ausgeschnitten waren, auf den Kreis der toten Schwestern. In sein Gesicht, seinen Hals, seine Brust waren eine Unzahl von kleinen Messerchen, Lanzetten und Nadeln eingedrungen, als ob man den Gekreuzigten als Scheibe benutzt habe. Und Eusebius Hofmayer, der das Bild genau kannte, bemerkte die furchtbare Veränderung der Züge, die Verzerrung des zerschnittenen Gesichtes und sah, dass der früher fest geschlossene Mund wie zu einem Schrei des Entsetzens weit offen stand.

Anonymus
Die Vampirkatze von Nabéshima

Michel Parry informiert über folgende Geschichte: »Manch einer lässt sich von zart kolorierten Grußkarten und Drucken mit Katzenmotiven, wie man sie in Asien findet, zu der Annahme verleiten, in Japan liebe, ja verehre man Katzen geradezu. Doch dem ist keineswegs so; und die Ursache für die Aversion, die man in Fernost gegen Katzen hegt, liegt in grauer Vorzeit. Der Legende zufolge tötete, als Buddha todkrank war und im Sterben lag, eine Katze die Ratte, die ausgesandt war, die Medizin zu holen, die Buddha so dringend benötigte. Sie fraß sie einfach auf. Und als sei dies nicht bereits schlimm genug, stellte die Katze ihren schlechten Charakter erneut unter Beweis, indem sie bei seiner Bestattung als einzige Kreatur außer der Giftnatter nicht eine Träne um ihn vergoss. Folgerichtig sind japanische Märchen und Überlieferungen voll von Geschichten über Wer-Katzen, Hexen, die Katzengestalt annehmen, und sonstige Katzendämonen. Die weithin bekannte Erzählung von der Vampirkatze von Nabéshima dürfte die beste davon sein.«

Vor vielen Jahren, erzählt die Legende, erlag einer der Fürsten von Hizen, aus dem edlen Hause Nabéshima, dem furchtbaren Zauber einer dürstenden Vampirkatze.

Im ganzen Haushalt des Fürsten gab es keine schönere Frau als die Dame O Toyo. Sie war so zart und schön und so voller Anmut, dass sie ihm unter seinen zahlreichen Konkubinen die liebste war. Eines Nachmittags lustwandelte der Fürst Arm in Arm mit der Dame O Toyo in den Palastgärten, und unter den rosafarbenen Blüten vergaßen die beiden völlig die Zeit. Erst als die Sonne bereits sank und die Finsternis der Nacht sich ankündigte, spürte das Paar den kühlen Wind, der mit einem Mal aufkam. Sie schlenderten zurück zum Palast, und O Toyos Gesellschaft nahm den Fürsten so sehr gefangen, dass er die ungeheure Katze, die ihnen in den sich allmählich ausbreitenden Schatten lautlos folgte, nicht bemerkte.

Nach zahllosen zärtlichen Küssen verabschiedete O Toyo sich von dem Prinzen und begab sich in ihre Gemächer, die etwas abseits in einem reizvollen, dafür jedoch abgeschiedenen Teil des Palastes lagen. Vergebens suchte sie Schlaf zu finden. Sobald sie einschlummerte, schreckten entsetzliche, nur allzu lebhafte Albträume sie wieder auf. Als von fern ein Glockenschlag leise die Mitternacht verkündete, fuhr O Toyo aus dem Schlaf. Verängstigt lag sie da und wagte kaum, Luft zu holen, denn der ganze Raum schien von einem grässlichen *Schnurren* zu vibrieren.

O Toyo setzte sich auf, um festzustellen, was diesen schrecklichen Laut verursachte, und hielt vor Schreck den Atem an, als sie in ein Paar riesiger, böser, gelber Augen starrte, das sie aus geringer Entfernung belustigt anblickte. Mit unentrinnbarer Gewissheit zeichnete sich am Fußende ihres Bettes der Umriss einer ungeheuren, zum Sprung geduckten Katze ab. O Toyo wollte schreien, doch das Untier sprang sie an und grub seine Fänge in ihren weißen Hals und schüttelte sie, wie eine Katze eine Maus schütteln mag, bis O Toyo tot war. Nachdem die Vampirkatze das Blut aufgeleckt hatte, das aus den durchtrennten Adern schoss, grub sie mit ihren Klauen ein Grab im Erdreich unter der Veranda. Dorthin schleppte sie den zerfetzten, blutleeren Leichnam, damit niemand ihn finden möge. Und nachdem O Toyo begraben war, nahm die Katze die Gestalt des unglücklichen Mädchens an. Die Verwandlung war so vollkommen, dass noch nicht einmal dem Fürsten etwas auffiel.

Nacht für Nacht umwarb er seine schöne Geliebte, ohne auch nur im Geringsten zu ahnen, dass das Geschöpf, das seine Zärtlichkeiten so leidenschaftlich erwiderte, ein abscheulicher Sukkubus war, der seine Mätresse auf grauenhafte Weise getötet hatte. Während der Fürst ihr seine Liebesworte ins Ohr flüsterte, hing die falsche O Toyo wie ein Egel an ihm und tat sich an seinem Blut gütlich. So kam es, dass der edle Fürst in dem Maß, in dem sein Lebenssaft schwand, schwächer und schwächer wurde, bis sein Eheweib und seine Minister schließlich fürchteten, ein seltenes, bösartiges Fieber raffe ihn dahin, und nach gelehrten Ärzten sandten, die ihn behandeln sollten. Doch keine ihrer Arzneien, weder Tränke noch Amulette, zeigte auch nur die leiseste Wirkung, und der unglückliche Fürst, sein Gesicht bleich und ausgezehrt, verfiel zusehends. Ihm blieb nur noch eine einzige Freude – die allnächtlichen Besuche seiner geliebten O Toyo.

Ein merkwürdiger, beunruhigender Aspekt seiner Krankheit waren die grässlichen Albträume, die ihn Nacht für Nacht heimsuchten, Traumgesichte, in denen ihm O Toyos wunderschönes Antlitz wurmzerfressen und im Grab vermodernd erschien. Andere Male sah er Kobolde mit langen Reißzähnen, die aus der tiefsten Hölle emporstiegen, um ihn zu quälen. Ruhelos warf der Fürst sich im Schlaf hin und her und stieß schreckliche Schreie aus. Dies dauerte seine Minister und sie beschlossen, eine Wache von einhundert handverlesenen Samurai rings um sein Bett zu postieren, damit er sehe, dass er sicher sei und endlich ruhig schlafen könne. Doch jede Nacht, kurz bevor es zehn Uhr schlug, überkam die Wachen eine große Müdigkeit und sie sanken in einen tiefen, traumlosen Schlaf, tiefer selbst als die Dämpfe des Mohns ihn hervorrufen. Anschließend schlich O Toyo sich verstohlen durch ihre Mitte, und für eine kurze Zeitspanne wich das Albdrücken aus des Fürsten Träumen, in denen er in Ekstase schwelgte, während sein erhitztes Blut die Kehle des Dämons hinab rann.

Wenn die Posten am Morgen erwachten, stellten sie jedes Mal fest, dass sich der Zustand ihres Gebieters verschlimmert hatte. Dennoch vermochten sie, so sehr sie sich auch bemühten, dem merkwürdigen Schlummer, der ihnen allnächtlich die Augen schloss, nicht zu widerstehen. Aus allergrößter Sorge um das Leben des Fürsten versuchten drei seiner ergebensten Minister, gemeinsam mit den Posten die Nacht zu durchwachen, fest entschlossen, dem Schlaf zu entgehen. Doch als es zehn Uhr schlug, übermannte die Müdigkeit auch sie und der Vampir kroch lautlos an ihnen vorbei zu seinem grausigen Mahl, und als sie am nächsten Morgen wieder zu sich kamen, hatte sich der Zustand des Fürsten erneut verschlechtert.

Niedergeschlagen setzten sich die drei zusammen, um über die Lage zu beraten, und alle stimmten sie mit ihrem Anführer, Isahaya Buzen, überein, als dieser sagte: »Es kann sich nicht bloß um Zufall handeln, wenn einhundert wachsamen Posten Nacht für Nacht um die gleiche Stunde die Augen zufallen. Ohne Zweifel ist hier ein böser Geist am Werk, der den Fürsten behext hat und gegen dessen teuflische Kräfte wir machtlos sind. Daher sollten wir den weisen Ruiten fragen, den Oberpriester des Tempels von Miyo. Vielleicht kennt er wirksame Gesänge und Gebete, die unseren noch jungen Fürsten trotz allem zu retten vermögen.«

Nachdem die Minister ihm ihr Anliegen vorgetragen hatten, willigte Ruiten ein, alles in seiner Macht Stehende zu tun, damit der Fürst wieder gesund werde, und begann sofort mit strengen Fastenübungen, die auch Gebete und geistliche Lieder einschlossen. Mehrere Tage lang erhielt er seine Anstrengungen aufrecht, ohne dass die Verfassung des Fürsten sich merklich besserte. Eines Nachts jedoch, nachdem er das letzte Gebet des Tages gesprochen hatte und sich anschickte, zu Bett zu gehen, war dem alten Priester, als vernehme er von draußen ein ungewöhnliches Geräusch. Als er aus dem Fenster schaute, sah er einen jungen Soldaten, kaum älter als zwanzig, der im Wasser aus dem nahe gelegenen Brunnen ein Bad nahm. Derart gereinigt, legte der junge Mann seine Rüstung wieder an und wandte sich fromm an das Standbild des Buddha, dessen Antlitz gelassen über allem thronte, und bat ihn um die baldige Genesung des Fürsten.

Nachdem der Soldat seine Andacht beendet hatte, wollte er gehen, doch Ruiten hielt ihn auf, indem er ihn anrief: »Halte ein, junger Krieger, ich möchte mit dir reden!«

Der Soldat blickte zu dem Priester hoch und erwiderte: »Aber gerne! Wenn du es wünschst, Heiliger Mann!«

»Tu mir den Gefallen und tritt ein, damit wir uns in Ruhe unterhalten können.«

»Mit Vergnügen«, erwiderte der Soldat und trat wie geheißen in den Tempel.

Nachdem die beiden, Priester und Soldat, einander gegenüber Platz genommen hatten, meinte Ruiten freundlich: »Es erfreut mein Herz, einen so jungen Soldaten zu sehen, der so treu zu seinem Herrn steht. Auch ich bete um die Genesung Seiner Hoheit, denn ich bin Ruiten, der Hohepriester dieses Tempels, und wurde mit dieser Aufgabe betraut. Doch, sag mir, wie nennt man dich?«

»Herr, mein Name ist Ito Soda. Ich bin bloß ein einfacher Fußsoldat im Dienst des Fürsten. Seit Seine Hoheit erkrankt ist, besteht mein einziger Wunsch darin, alles zu tun, um ihn wieder gesund zu sehen. Aber unglücklicherweise wird jemand von so niedrigem Rang wie ich niemals in die Nähe Seiner Hoheit vorgelassen. Darum muss ich mich damit zufriedengeben, Buddha um seine Genesung zu bitten.«

Ruiten traten die Tränen in die Augen, als er dieses selbstlose Treuebekenntnis vernahm. Im Anschluss daran erzählte er Ito Soda alles, was ihm über die Krankheit des Fürsten bekannt war, von den schrecklichen Albträumen, die Seine Hoheit plagten, bis zu dem heillosen Schlaf, der seine Wachen Nacht für Nacht übermannte. Ito Sodas Blick verfinsterte sich, während er dem Priester zuhörte.

»Dabei kann es sich nur um Teufelswerk handeln«, pflichtete er ihm bei. »Könnte ich doch nur eine Nacht im Gemach des Fürsten verbringen. Dann würde ich jenem unheimlichen Schlaf schon widerstehen und könnte herausfinden, was hinter all dem steckt.«

Ruiten blickte ihn einen Moment lang forschend an. Dann eröffnete er ihm: »Ich verstehe mich gut mit Isahaya Buzen, dem Ersten Minister unseres Fürsten. Wenn ich ihm davon erzähle, wie sehr dein Herz darauf brennt, dem Fürsten zu helfen, wird dein Wunsch vielleicht schon bald gewährt.«

Der junge Soldat dankte dem Hohepriester vielmals für seinen Vorschlag und betonte immer wieder, dass es ihm keineswegs darum gehe, befördert zu werden oder sonst irgendwelche Vergünstigungen zu erhalten. Angesichts von so viel Hingabe musste der alte Priester insgeheim lächeln, und nachdem die beiden übereingekommen waren, sich am folgenden Abend zu treffen und Isahaya Buzen aufzusuchen, trennten sie sich.

Zur verabredeten Zeit kam Ito Soda zu Ruiten und begleitete ihn zu Isahaya Buzens Haus, wo er in einem Vorzimmer wartete, während der Priester mit dem Ersten Minister sprach.

»Sagt mir, Herr, was gibt es Neues vom Fürsten?«, fragte Ruiten. »Haben die bescheidenen Gebete, die ich für ihn gesprochen habe, ein bisschen geholfen?«

»Wenn überhaupt, ist es *schlimmer* geworden«, erwiderte Isahaya Buzen verzweifelt. »Gewiss ist er das Opfer eines bösen Geistes, doch da die Wachtposten es nicht schaffen, sich wach zu halten, haben wir keine Ahnung, auf welche Art der Dämon ihn heimsucht.«

Ruiten lächelte. »Ich glaube, ich habe genau den richtigen Mann gefunden, um dieses Übel ein für alle Mal zu bannen.«

»Wer ist es?«, rief der Minister. Er ging davon aus, der Priester habe sich der Dienste eines berühmten Samurai oder sonstigen Helden versichert.

»Bloß ein junger Fußsoldat mit dem Namen Ito Soda. Aber in ganz Nabéshima, dessen bin ich gewiss, gibt es keinen ergebeneren und mutigeren Soldaten als ihn! Ich bitte Euch, gewährt ihm die Erlaubnis, sich den Kriegern anzuschließen, die über Seine Hoheit wachen.«

Isahaya Buzen schwieg einen Augenblick. »Es ist erfreulich«, sagte er schließlich, »ein solches Lob über einen einfachen Infanteristen zu hören – aber so jemanden in das königliche Schlafgemach vorzulassen, kommt nicht infrage.«

»Er hat keinen klangvollen Titel«, räumte der alte Mann ein. »Aber warum befördert Ihr ihn nicht einfach? Dann könnte er sich ohne Weiteres zu den anderen Offizieren gesellen, die seine Hoheit beschützen.«

»Eine Beförderung gewährt man nach einer Großtat und nicht im Vorhinein«, entgegnete der Minister steif. Doch in seinen Augen blitzte so etwas wie Hoffnung auf. »Aber wie dem auch sein mag, ich will diesen großartigen Burschen sehen, damit ich mir selbst ein Bild von ihm machen und ein Urteil über seine Bitte fällen kann.«

Daraufhin wurde Ito Soda hereingeführt, und Isahaya Buzen zeigte sich so beeindruckt von seiner freundlichen Erscheinung, seiner Loyalität und Bescheidenheit, dass noch am selben Abend der einfache Fußsoldat seinen Platz neben den einhundert adligen Offizieren einnahm, die einen Kreis um das Krankenbett des Fürsten bildeten.

Um sich die Zeit zu vertreiben, prahlten die Samurai mit den Schlachten, die sie geschlagen hatten, und redeten großspurig davon, dass sie *heute Nacht* ganz gewiss wach bleiben würden. Ito Soda beteiligte sich nicht an diesen Gesprächen. Er saß nur schweigend da und wachte über den schlafenden Fürsten, dessen blutleere Züge sich immer wieder wie im Schmerz verzerrten.

Es wurde später und später, doch kein einziges Mal wandte Ito

Soda die Augen von dem kranken Fürsten, bis er mit einem Mal gewahr wurde, dass in dem Gemach Totenstille einkehrte. Als er aufblickte, sah er, dass ringsum ihn seine Gefährten einer nach dem anderen in einen tiefen, widernatürlichen Schlaf fielen. Auch ihm wurden die Glieder schwer, so als umschlösse ihn eine gewaltige Rüstung, und er verspürte nur noch den Wunsch, die Augen zu schließen.

Ito Soda nahm all seine Willenskraft zusammen, um dem Drang, einzuschlafen, zu widerstehen – was ihm plötzlich als der wunderbarste und einzig erstrebenswerte Zustand erschien. Er kniff und zwickte sich, spürte jedoch kaum etwas, so taub war sein Körper mittlerweile geworden. Der junge Soldat erkannte, dass ihm nichts anderes übrig blieb, als auf die härtere Methode zurückzugreifen, auf die er sich vorbereitet hatte. In einer verzweifelten Anstrengung breitete er eine Bahn Ölpapier auf dem prächtigen Teppich aus, auf dem er saß. Indem er sich auf das Papier niederkauerte, zog er ein kurzes, scharfes Messer aus der Scheide und stieß es sich, ohne zu zögern, ins Bein. Die Woge des Schmerzes, die ihn durchfuhr, zerschnitt die betäubende Schläfrigkeit. Doch wenige Minuten später wollte ihn der Schlaf erneut übermannen. Trotz der durchdringenden Pein drehte Ito Soda das Messer in der Wunde herum, wieder und wieder, bis jedes Verlangen nach Schlaf geschwunden war. Das Ölpapier, das er unter sich ausgebreitet hatte, verhinderte, dass das Blut eines Bauern den königlichen Teppich beschmutzte.

Derart blieb Ito Soda wach, während ringsum alles schlief, und schon bald wurde er dafür belohnt, als er von fern eine Glocke Mitternacht schlagen hörte – ein Klang, den seit zahllosen Nächten niemand sonst in diesem Raum vernommen hatte. Prompt glitten die Türen zum fürstlichen Gemach auseinander, und eine dunkle Gestalt schlüpfte hindurch und schlich lautlos auf den schlafenden Fürsten zu. Als die Erscheinung näher kam, stellte Ito Soda erstaunt fest, dass es sich um eine wunderschöne Frau handelte, die schönste, die er jemals gesehen hatte. Vor Vorfreude lächelnd trat sie neben den hilflosen Fürsten und ... wich überrascht zurück, als ihr auffiel, dass Ito Soda wach war und jede ihrer Bewegungen beobachtete.

»Wer bist du?«, kreischte sie. »Dich habe ich hier noch nie gesehen.«

»Mein Name ist Ito Soda, und dies ist die erste Nacht, in der ich hier Dienst tue.«

»Warum bist du als Einziger wach, wo doch alle anderen schlafen?«

»Ich kann nichts dafür«, erwiderte der junge Soldat, während er die Besucherin misstrauisch musterte. »Ich schlafe schlecht, das war schon immer so.«

In diesem Moment bemerkte O Toyo – oder vielmehr der Dämon, der ihre Gestalt angenommen hatte – das Blut, das auf das Ölpapier tropfte und dort eine Pfütze bildete. In ihre Augen trat ein merkwürdiger Glanz, und Ito Soda vermeinte wahrzunehmen, wie sie sich mit der Zungenspitze über die Lippen leckte.

»Du blutest ja!«, rief sie aus. »Was ist dir geschehen?«

»Ach, nichts«, erwiderte Ito Soda beiläufig. »Ich fühlte mich bloß auf einmal so müde, deshalb stach ich mir das Messer ins Bein, um wach zu bleiben.«

»Wie tapfer!«, meinte der Dämon wütend.

»Der Kratzer ist nicht der Rede wert«, entgegnete Ito Soda. Darauf wandte sich die falsche O Toyo dem Fürsten zu und beugte sich, scheinbar besorgt, über ihn.

»Wie fühlt mein Gebieter sich heute Nacht?«

Der Fürst regte sich, war jedoch zu schwach, ihr eine Antwort zu geben. Ohne die schöne Frau aus den Augen zu lassen, legte Ito Soda die Hand auf das Heft seines geschwungenen, todbringenden Schwertes; denn er war überzeugt davon, dass sie etwas mit dem Bann zu tun hatte, unter dem der Fürst stand, und fest entschlossen, sie beim ersten Anzeichen ihrer Hexenkraft sofort zu töten.

Mehrmals näherte O Toyo sich hungrig dem Fürsten, doch jedes Mal, wenn sie der Versuchung erliegen wollte, sich an seinem Blut gütlich zu tun, spürte sie Ito Sodas brennenden Blick auf sich ruhen, und wandte sie sich um, las sie seine Absicht in seiner Miene. Darum begab sie sich nach einer Weile hochmütig aus dem Gemach und ließ den Fürsten unter Ito Sodas wachsamem Blick in Frieden schlafen.

Am Morgen erwachten die einhundert Offiziere wie sonst auch, und als sie feststellten, dass ein gemeiner Soldat sie allesamt in den Schatten gestellt hatte, indem er sich eine Stichwunde zufügte, um nicht einzuschlafen, fürchteten sie, das Gesicht zu verlieren, und gingen bestürzt nach Hause. Die Minister hingegen zeigten sich hocherfreut über eine so mutige Tat und stimmten bereitwillig zu, dass Ito Soda auch in der folgenden Nacht Wache halten sollte.

Erwartungsgemäß schliefen die Wächter gegen zehn Uhr tief und fest, lediglich Ito Soda blieb als Einziger auf dem Posten. Wie in der Nacht zuvor betrat der Dämon das Gemach und näherte sich seinem hilflosen Opfer, sah sich wegen Ito Sodas Wachsamkeit jedoch nicht in der Lage, seinen obszönen Durst am Hals des Fürsten zu stillen.

Mehrere Tage vergingen, und da der Fürst keinem Angriff mehr ausgesetzt war, seit sein treuer Fußsoldat zur Wache zählte, genas er zusehends, und im Palast herrschte große Freude. Ito Soda wurde befördert und mit Ehren überhäuft und erhielt einen hübschen Grundbesitz mitsamt einem Schloss als Zuhause.

Während dieser ganzen Zeit blieben O Toyos mitternächtliche Besuche beim Fürsten für den Dämon völlig ergebnislos, bis er schließlich überhaupt nicht mehr kam. Von jener Nacht an wurden die königlichen Wachen nicht länger von einem geheimnisvollen Schlaf übermannt. Dies fiel Ito Soda natürlich auf und bestärkte ihn in seiner Vermutung, dass O Toyo die Ursache für die Erschöpfung des Fürsten sei. Er trug seinen Verdacht Isahaya Buzen vor, der ihm nachdenklich zuhörte und schließlich fragte: »Wie sollen wir uns von diesem so wunderschön aussehenden Ungeheuer befreien?«

Ito Soda hatte sich bereits einen Plan zurechtgelegt.

»Heute Abend werde ich sie in ihrem Gemach aufsuchen«, erklärte er, »und alles daransetzen, sie zu töten. Ich schlage jedoch in aller Bescheidenheit vor, dass Ihr für den Fall, dass es mir misslingt und sie zu fliehen versucht, vor den Türen und Fenstern acht kräftige Männer postiert.«

Nachdem sie sich auf diese Vorgehensweise geeinigt hatten, wartete Ito Soda bis zum Anbruch der Nacht. Dann sprach er unter dem Vorwand, ihr einen Brief des Fürsten zu bringen, in O Toyos Gemächern vor.

Die falsche O Toyo bat ihn herein und fragte: »Was für eine Nachricht sendet er mir?«

»Nur dies, zum Zeichen seiner Liebe. Hier ...«

Während Ito Soda dies sagte, trat er näher und langte in seinen

Umhang, als wolle er einen Brief herausholen – doch stattdessen zog er einen schmalen, glänzenden Dolch und stieß zu. Der Dämon kreischte auf, sprang geschmeidig wie eine Katze zurück, griff nach einer Lanze und richtete sie auf den Soldaten.

»Du wagst es, die Favoritin des Fürsten anzugreifen!«, knurrte der Dämon mit einer Stimme, die nicht länger wie die von O Toyo klang. Die Kreatur stieß zu, doch geschickt wehrte der zum Opfer Erkorene den Stoß mit seinem Dolch ab. Wieder und wieder drang das Scheusal mit seinem Spieß auf Ito Soda ein, aber der junge Soldat parierte Hieb um Hieb.

Als der Dämon erkannte, dass er einem ebenbürtigen Gegner gegenüberstand, ließ er die Lanze fallen und verwandelte sich vor den Augen des überraschten Soldaten von einer begehrenswerten Frau in eine riesige, zottige Katze.

Der Vampir fauchte Ito Soda hasserfüllt an, und noch ehe dieser sich von seiner Verblüffung erholte, war das Geschöpf mit seinen Klauen bereits an der Wand empor und hinaus aufs Dach geklettert. Völlig überrascht feuerten Isahaya Buzen und seine acht Männer ihre Musketen auf das Ungeheuer ab. Ihre Kugeln gingen jedoch fehl, und die Vampirkatze verschwand in der Dunkelheit.

Sie entkam ins Gebirge, wo sie ihr übles Treiben fortsetzte und die Landbevölkerung jener Region heimsuchte. Schließlich organisierte der Fürst von Hizen, der dank Ito Soda wieder völlig genas, eine große Jagd; und so wurde das Ungeheuer aufgespürt und vernichtet.

Hugh B. Cave
Stragella

Erfüllt vom dumpfen Tosen des Windes versank die pechschwarze Nacht wie ein körperloses Gespenst in den öligen Wassern des Indischen Ozeans.

Zurück blieb die weite graue Fläche des trüben Meeres, vollkommen leer bis auf einen einsamen Punkt, der sich mit der Dünung hob und wieder senkte.

Was da so verloren herumtrieb, war das Beiboot eines Schiffes. Sieben Tage und Nächte trug es nun schon seine jämmerliche Fracht. Unbeholfen richtete sich einer der beiden Überlebenden auf die Knie, um nach Osten zu starren, wo sich allmählich das erste Licht einer roten Sonne über den Rand der Welt schob.

Keine Armeslänge entfernt lag mit dem Gesicht nach unten eine zweite Gestalt im Kiel des Bootes. Die ganze Nacht lang hatte sie so dagelegen, ohne sich zu rühren, selbst als es im Morgengrauen in Strömen zu regnen begann und das Leben spendende Nass die Planken überflutete.

Der Mann kroch nach vorn. Mit einer zerbeulten Blechtasse schöpfte er Wasser aus der Persenning, drehte seinen Gefährten auf den Rücken und flößte es ihm durch die verdorrten Lippen.

»Miggs?« Seine Stimme war ein heiseres Flüstern. »Miggs? Guter Gott, du bist doch nicht tot, Miggs? Du kannst mich hier draußen doch nicht allein lassen ...«

John Miggs schlug erschöpft die Augen auf.

»Was ... was ist?«, murmelte er.

»Wir haben Wasser, Miggs! Wasser!«

»Du fantasierst wieder, Yancy. Es ... Das kann man nicht trinken. Das iss bloß Salzwa...«

»Es hat geregnet!«, kreischte Yancy. »Letzte Nacht hat es geregnet. Ich hab die Plane aufgespannt. Die ganze Nacht lang hab ich den Mund aufgesperrt und es mir reinregnen lassen!«

Miggs führte den Becher an seine Zunge und leckte argwöhnisch daran, ehe er mit einem unterdrückten Aufschrei den Inhalt hinunterstürzte. Anschließend krabbelte er stammelnd auf die Persenning zu.

Knurrend schleuderte Yancy ihn zurück.

»Nein«, krächzte er. »Wir müssen es aufsparen, verstehst du? Wir müssen hier doch wieder rauskommen!«

Vom anderen Ende des Bootes warf Miggs ihm einen finsteren Blick zu. Erneut ließ Yancy sich neben der Persenning nieder und starrte aufs Meer hinaus. Angestrengt ließ er sich alles noch einmal durch den Kopf gehen.

Sie befanden sich irgendwo im Golf von Bengalen. Noch vor einer Woche waren sie an Bord der *Cardigan* gewesen, eines kleinen Trampfrachters, der eine Handvoll Passagiere von Maulmain nach Georgetown brachte. In einem Taifun vor den Myeik-Inseln war die *Cardigan* gesunken. Zwölf Stunden lang hatte sie sich ächzend durch die aufgewühlte See gekämpft. Dann war sie untergegangen.

Yancys Erinnerung an das, was darauf folgte, war eine verzerrte, unwirkliche Aneinanderreihung von Schrecknissen. Anfangs waren sie zu fünft in dem kleinen Boot gewesen. Vier Tage unerträglicher Hitze ohne Wasser und Nahrung hatten den kleinen persischen Priester in den Wahnsinn getrieben. Er war einfach über Bord gesprungen. Die beiden anderen hatten Salzwasser getrunken und waren qualvoll zugrunde gegangen. Nun war er mit Miggs allein.

Gleißend hell stand die Sonne an einem weiß glühenden Himmel. Die See war ruhig, eine glatte, unberührte Fläche, aufgewühlt lediglich von den schwarzen Flossen, die dem Boot bereits seit Tagen geduldig folgten. Doch noch etwas anderes hatte sich im Lauf der Nacht zu den Haien gesellt, die ihnen auflauerten. Seeschlangen, die aus dem Nichts mit einem Mal um das Boot wimmelten. Giftig und angriffslustig glitten sie hin und her und umkreisten sie unablässig. Und über ihnen kreisten die Möwen, hin und wieder einen Bogen beschreibend, um mit dämonischem Kichern herabzustoßen. Die ganze Zeit über ließen sie die beiden Männer nicht aus den Augen.

Yancy blickte zu ihnen auf. Möwen und Schlangen konnten nur

eines bedeuten – Land! Er nahm an, dass sie von den Andamanen stammten, den Gefängnisinseln Indiens. Doch das spielte keine Rolle. Sie waren hier, und das zählte. Grässliche, furchtbare Boten der Hoffnung!

Sein schmutziges, zerrissenes Hemd hing bis zum Gürtel offen an ihm herab und entblößte eine magere Brust, auf die groteske Zeichen tätowiert waren. Vor langer Zeit – zu lange her, als dass er sich noch daran erinnerte – war er in Goa einmal auf Sauftour gegangen. Der Japsenrum hatte ihm den Rest gegeben. Mit noch zwei anderen aus der Crew der *Cardigan* war er in einem Tätowierladen gelandet und hatte dem Japs lallend gesagt, er solle »irgendwas malen, was dir gefällt, Professor! Ganz egal, was!« Dummerweise hatte der Japs einen Hang zum Religiösen gehabt und zum Kitsch. Also schmückte er Yancys Brust mit einem wunderschön riesigen, bunten, prachtvoll verzierten Kruzifix.

Ein grimmiges Lächeln spielte um Yancys Lippen, als er darauf hinabblickte. Im Augenblick allerdings beanspruchte etwas anderes seine Aufmerksamkeit – etwas am Horizont. Etwas Ungewöhnliches, das ihn zutiefst verwirrte: eine kleine Nebelbank dicht über dem Wasser, wie eine völlig verformte, vom Himmel herabgesunkene Wolke, die nun schwerfällig und halb untergetaucht auf dem Meer schwamm. Und das winzige Boot trieb direkt darauf zu.

Wenig später waren sie von dichtem Nebel umgeben. Tastend kam Yancy auf die Beine. John Miggs murmelte leise etwas vor sich hin und schlug das Kreuzzeichen.

Der Dunst war klamm, gestaltlos, von einem weißlichen Grau. Er stank – und zwar nicht nach der feuchten See. Es war eher der stechende, widerliche Geruch eines begrabenen Urwaldes. Oder nach Pilzen, die in einem unterirdischen Gewölbe wachsen. Die Sonne vermochte den Nebel nicht zu durchdringen. Yancy sah das rote Rund über sich als nur schwach erkennbares feuriges Auge, vor das sich immer wieder Dunstschwaden schoben.

»Die Möwen«, murmelte Miggs. »Sie sind verschwunden.«

»Ich weiß. Die Haie auch – und die Schlangen ebenfalls. Hier gibt es nichts außer uns, Miggs.«

Eine Ewigkeit verstrich, während der das Boot immer tiefer in die Nebelbank trieb. Und mit einem Mal waren sie nicht mehr allein –

inmitten des Nebels erscholl etwas, das sich anhörte wie das Stöhnen einer verdammten Seele. Ein gedämpftes unregelmäßiges Scheppern, der monotone Klang einer Schiffsglocke!

»Hör doch!«, kicherte Miggs. »Das ist ...«

Doch Yancy hob bereits seinen Arm. Bebend deutete er nach vorn. »Bei Gott, Miggs! Sieh nur!«

Mühsam richtete Miggs sich auf, sodass das Boot ins Schaukeln geriet. Seine knochigen Finger schlossen sich um Yancys Arm. Zu zweit standen sie da und starrten den gewaltigen schwarzen Umriss an, der sich geisterhaft gut dreißig Meter vor ihnen aus dem Meer erhob.

»Das ist unsere Rettung«, sagte Miggs ohne ersichtlichen Anlass. »Gott sei Dank, Nels ...«

Yancy stieß einen gellenden Ruf aus. Seine Stimme klang heiser, wie das Brüllen eines Tigers im Käfig. Er verstummte, ohne eine Antwort zu erhalten. Sein Rufen wurde nicht erwidert – noch nicht einmal mit einem Flüstern.

Das Boot glitt näher. Kein Laut kam über die Lippen der beiden Männer, als sie längsseits gingen. Nichts war zu hören – nichts als das gedämpfte, immer wieder von Pausen unterbrochene Läuten jener geheimnisvollen Glocke.

Und dann erkannten sie, was los war. Miggs' Lippen entrang sich ein Stöhnen. Was ihnen da so düster und leblos, in den unirdischen Nebel gehüllt wie in ein Leichentuch, entgegenstarrte, war ein Wrack. Das Heck ragte aus dem Wasser und entblößte eine rostig rote, von Tang und Seegras umwundene Schraube. Quer über den Bug verliefen, kaum noch erkennbar, die Worte: *Golconda – Cardiff.*

»Yancy, das ist ein Geisterschiff! Es ist nicht von dieser Welt ...«

Mit einem Knurren bückte Yancy sich nach dem Ruder im Kiel des Bootes. Ein Seil baumelte in Reichweite. Wie eine schwarze Schlange hing es an dem nackten Rumpf herab. Mit unbeholfenen Schlägen manövrierte er die Jolle direkt darunter, griff, indem er den Arm ausstreckte, nach der Leine und vertäute das Boot.

»Du willst doch nicht etwa ... an Bord gehen?«, fragte Miggs ängstlich.

Yancy zögerte. Aus müden Augen blickte er hinauf. Er hatte ein ungutes Gefühl, ohne zu wissen, weshalb. Die *Golconda* jagte ihm Angst ein. Der Nebel wollte nicht von ihr weichen. Schwerfällig schlingerte sie in der heftigen Dünung, und noch immer läutete irgendwo in dem aufgegebenen Schiff leise die Glocke vor sich hin.

»Und warum nicht?«, brummte Yancy. »Vielleicht gibt es an Bord was zu essen. Wovor sollte ich Angst haben?«

Miggs erwiderte nichts darauf. Yancy packte die Taue und kletterte hinauf. Wie der Leichnam eines Gehenkten schwang sein Körper gegen den Schiffsrumpf. Oben umklammerte er die Reling und zog sich hinüber. Dann stand er da und versuchte, die dichten Nebelschwaden zu durchdringen, während Miggs ebenfalls hochgeklettert kam und sich neben ihm niedersinken ließ.

»Das ... das gefällt mir nicht«, flüsterte Miggs. »Das ist nicht ...«

Langsam tastete Yancy sich vorwärts. Die Deckplanken knarrten fürchterlich unter seinen Schritten. Dicht gefolgt von Miggs ging er voran, erst mittschiffs und dann zum Bug. Hier schien der kalte Nebel sich, von irgendetwas angezogen, wie eine zähe Masse zu sammeln. Wie ein Blinder schob Yancy sich, die Arme weit vor sich ausgestreckt, Schritt für Schritt hindurch.

Plötzlich blieb er stehen, so abrupt, dass Miggs gegen ihn prallte. Stocksteif stand Yancy da und starrte aus weit aufgerissenen Augen auf das Deck vor sich. Ein dumpfer, unverständlicher Laut drang über seine Lippen.

Mit einem matten Aufschrei zuckte Miggs zurück und klammerte sich an Yancys Schulter.

»Was ... was ist los?«, fragte er mit belegter Stimme.

Zu ihren Füßen lagen Knochen, Skelette, die Yancy durch die Nebelschleier hindurch ausmachte. Schaudernd nahm er sie näher in Augenschein. Sie waren tot und konnten nicht beißen, und doch wirkten sie in dem wabernden Dunst von Leben erfüllt. Sie schienen sich hin- und herzuwinden, auf ihn zuzukriechen und langsam wieder von ihm wegzugleiten.

Es befanden sich Teile darunter, die eindeutig menschlich waren, bei anderen hingegen vermochte er nicht zu sagen, woher sie stammten. Der Schädel eines Tigers grinste ihm entgegen, die Kiefer schienen hungrig auseinanderzuklaffen. In verschlungenen Windungen lagen die Wirbel einer riesigen Python, im Todeskampf verzerrt, auf den Planken. Er konnte die Überreste von Tigern, Tapiren und anderen Dschungeltieren ausmachen, die er nicht kannte. Und menschliche Köpfe, eine ganze Anzahl davon, ringsum verstreut, die ihn spöttisch, gierig anblickten, als könnten sie es kaum noch erwarten, über ihn herzufallen. Überall Leichen – dies war ein Totenschiff!

Stolpernd wich Yancy zurück. Da war sie wieder, seine Angst, dreimal so groß wie zuvor. Er spürte, wie ihm der kalte Schweiß auf die Stirn trat, über seine Brust und das darauf tätowierte Kreuz rann.

Hektisch machte er kehrt, um aufs Achterdeck zu gelangen, nur um festzustellen, dass Miggs sich verzweifelt an seinen Arm klammerte.

»Ich will hier raus, Nels! Diese verdammte Glocke ... und die Dinger hier ...«

Yancy schüttelte ihn ab, versuchte, seiner Panik Herr zu werden. Dieses Schiff – die *Golconda* – war bloß ein Frachter, der für eine Dschungelexpedition Tiere geladen hatte. In einem Sturm waren die Viecher freigekommen und hatten durchgedreht. Daran gab es nichts, was unheimlich war!

Wie zur Antwort erscholl irgendwo unter Deck das Läuten der Glocke und das leise Rauschen, mit dem das Wasser sich seinen Weg durch den dichten Tangbewuchs des Kiels bahnte, um gegen den Rumpf zu klatschen.

»Reiß dich zusammen!«, sagte Yancy grimmig. »Ich muss mich hier umsehen. Wir brauchen etwas zu essen.«

Entschlossen ging er zurück durchs Schiff, ängstlich gefolgt von Miggs, und ertastete sich seinen Weg, bis das Heck vor ihm aufragte. Hier kam ihm der Nebel nicht mehr so dicht vor und der Geruch auch nicht mehr so schlimm.

Die Luke, die hinab zum Heckladeraum führte, stand offen. Wie eine hoch erhobene, aufgedunsene Narbenhand hing sie in stummer Warnung vor seinem Gesicht. Aus der Öffnung darunter wucherte ein vielfach verzweigtes Gewächs, das hier, auf diesem verlassenen Wrack, merkwürdig fehl am Platz schien – eine eigenartige, bedrohlich wirkende Ranke mit fleckigen, dreieckigen Blättern und riesigen orangefarbenen Blüten. Schlangengleich kroch sie in zahllosen Windungen aus dem Laderaum und schob sich über das Deck.

Zögernd trat Yancy näher, beugte sich hinab und streckte die Hand aus, um nach einer der Blüten zu greifen. Doch mit einem unwillkürlichen Fluch wandte er das Gesicht ab und wich zurück. Die Blumen verströmten einen widerlich süßen, ekelerregenden Geruch, der ihn abstieß.

»Da ist etwas ...«, zischte Miggs flüsternd. »Wir werden beobachtet, Nels! Ich kann es spüren!«

Yancy ließ seinen Blick ringsum schweifen. Auch er spürte eine Präsenz ganz in der Nähe. Etwas Bösartiges, Gemeines, Gespenstisches. Aber er vermochte nicht zu sagen, was es war.

»Sei still!«, fuhr er Miggs an. » Das bildest du dir nur ein.«

»Wir sind nicht allein, Nels. Und das ist auch gar kein Schiff!«

»Halt den Mund!«

»Aber die Blumen da – die gehören nicht hierher. Auf einem christlichen Schiff wachsen keine Blumen, Nels!«

»Dieses Wrack liegt schon so lange hier, dass sogar Bäume darauf wachsen könnten«, entgegnete Yancy schroff. »Wahrscheinlich hat irgendein Same in dem Schmutz da unten Wurzeln geschlagen.«

»Trotzdem, das gefällt mir nicht!«

»Geh schon und sieh zu, ob du etwas findest. Ich werde mich unter Deck umsehen.«

Miggs zuckte hilflos die Achseln und setzte sich in Bewegung. Allein machte Yancy sich an den Abstieg. Es war dunkel hier unten, voller Schatten und riesiger, karger Umrisse, die in den dichten, wabernden Schwaden kaum auszumachen waren.

Mit beiden Händen an der Wand tastete er sich den Gang entlang, tiefer und tiefer hinein in das Labyrinth, bis er schließlich die Kombüse fand.

Die Bordküche war nicht größer als eine Gefängniszelle, und es roch nach verdorbenem Essen. Bestimmt hing der Geruch schon eine Ewigkeit hier drin, und allem Anschein nach hatte sich hier nie ein Luftzug geregt. Es war stickig wie in einem Grab, beinahe so, als umgebe das Schiff eine eigene Atmosphäre, welche die reine Luft von außen niemals durchbrach.

Aber immerhin gab es hier etwas zu essen, Konservendosen, die ihm von den verrotteten Regalen entgegenstarrten. Die Etiketten waren völlig verwischt und unleserlich. Ein paar der Dosen zerfielen Yancy zwischen den Fingern, als er nach ihnen griff, lösten sich in ihre Bestandteile auf und rieselten als brauner trockener Staub zu Boden. Andere waren luftdicht verschlossen und befanden sich in einem noch recht akzeptablen Zustand. Vier davon stopfte er sich in die Taschen und wandte sich ab.

Auf einmal hatte er es eilig. Hastig stolperte er durch den Gang zurück. Die Aussicht auf etwas Essbares vertrieb die düsteren Gedanken, und als er zu guter Letzt auf die Kapitänskajüte stieß, war seine Stimmung schon wesentlich besser.

Auch hier fiel ihm sofort ins Auge, dass alles recht alt sein musste. Grauer Schimmel zog sich über die Wände, die in einen kaputten Fußboden mit verzogenen Planken übergingen. Am gegenüberliegenden Ende des Raumes stand ein einsamer rauchgeschwärzter Tisch neben der Koje. Er war schmutzig, und nur eine Petroleumlampe stand darauf, neben der ein schwarzes Buch lag, sonst nichts.

Zaghaft nahm er die Lampe in die Hand und schüttelte sie. Der kreisrunde Sockel war noch halb voll. Behutsam setzte er sie wieder ab. Vielleicht könnte sie sich später noch als nützlich erweisen. Mit einem Stirnrunzeln betrachtete er das Buch daneben.

Es war eine kleine Seemannsbibel. Von einer rissigen Staubschicht überzogen lag sie da und sah reichlich mitgenommen aus. Ringsum zog sich eine merkwürdige, unregelmäßige, aber durchgängige Linie aus schwarzem Pech, so als sei eine Schnecke ringsherum gekrochen, um es von allen Seiten zu inspizieren und dabei ihre Ausscheidungen zu hinterlassen.

Yancy griff nach dem Buch, schlug es auf und blätterte es durch. Dabei flatterte ein loses Blatt Papier zu Boden. Als er sich bückte, um es aufzuheben, sah er, dass jemand mit Bleistift eine Zeile darauf geschrieben hatte, und nahm es näher in Augenschein.

Anscheinend handelte es sich um eine flüchtig hingeworfene Kritzelei – eine nichtssagende, ungelenke Notiz, auf der stand:

> Es sind die Fledermäuse und die Kisten. Soviel ist mir
> jetzt klar, aber es ist zu spät. Gott helfe mir!

Achselzuckend legte er das Blatt wieder zurück und schob die Bibel in seinen Gürtel, wo sie sich beruhigend an seinen Körper schmiegte. Dann setzte er seine Erkundung fort.

Im Wandschrank stieß er auf zwei Flaschen Schnaps, die sich als

Brandy entpuppten. Er ließ sie stehen und tastete sich zum Ausgang der Kajüte, um aufs Oberdeck zurückzukehren und nach Miggs zu suchen.

Miggs lehnte an der Reling und betrachtete etwas tief unter sich. Yancy watete durch den Nebel auf ihn zu. Seine Worte durchschnitten die Stille.

»He, Miggs, ich habe etwas zu essen«, rief er mit schriller Stimme. »Etwas zu essen und Brannt...«

Er führte den Satz nicht zu Ende. Automatisch wanderte sein Blick in die Richtung, in die Miggs starrte, und er wich unwillkürlich zurück und verstummte. In dem trüben Wasser unter ihnen klatschten gewaltige, riesige Leiber gegen den Schiffsrumpf – durcheinanderwimmelnde, widerliche, mit schwarzen, roten und gelben Streifen gezeichnete scheußliche Seeschlangen.

»Sie sind wieder da«, sagte Miggs rasch. »Sie wissen, dass dies kein richtiges Schiff ist. Sie sind aus ihrem Höllenloch gekrochen und warten auf uns.«

Yancy warf ihm einen überraschten Blick zu. Miggs' Stimme war irgendwie eigenartig – keineswegs mehr das phlegmatische, kehlige Brummen, mit dem dieser kleine Mann für gewöhnlich sprach. Es klang beinahe erwartungsvoll.

»Was hast du gefunden?«, stammelte Yancy.

»Nichts! Alle Beiboote hängen noch an den Kränen. Kein Mensch hat sich je daran zu schaffen gemacht.«

»Ich hab was zu essen«, sagte Yancy unvermittelt und ergriff ihn am Arm. »Wir essen, dann geht es uns gleich wieder besser. Zur Hölle, wir sind doch nicht blöd! Und wenn wir gegessen haben, schaffen wir die Vorräte ins Ruderboot und machen, dass wir von diesem verdammten Totenschiff runterkommen und diesen stinkenden Nebel hinter uns lassen. In der Persenning haben wir noch Wasser.«

»Wir kommen hier wieder raus? Das werden wir doch, Nels?«

»Ja. Komm, lass uns was essen.«

Abermals ging Yancy unter Deck voran zur Kombüse. Dort bereiteten er und Miggs sich ein Mahl zu, nachdem sie sich zwanzig Minuten lang abgemüht hatten, in dem verrosteten Herd ein Feuer zu entfachen. Das fertige Essen trugen sie in die Kapitänskajüte, wo Yancy die Lampe entzündete.

Sie aßen langsam, bedächtig, und ließen jeden Bissen auf der Zunge zergehen, damit es nicht zu schnell vorüber war. Im flackernden Schein der Lampe wirkten ihre ohnehin hageren angespannten Gesichter wie ausgezehrte Grimassen.

Der Branntwein, den Yancy aus dem Schrank holte, brachte ihren Mut und ihre Lebensgeister zurück – und auch den unnatürlichen Glanz in Miggs' unstet hin und her huschenden Augen.

»Wir wären verdammte Narren, wenn wir sofort von hier abhauen würden«, sagte Miggs plötzlich. »Früher oder später muss sich der Nebel doch lichten. Ich werde nicht noch mal in so eine Nussschale steigen, Nels – nicht solange wir nicht wissen, wo wir überhaupt sind!«

Yancy sah ihn durchdringend an. Mit einem schuldbewussten Achselzucken wandte der kleinere Mann sich ab. »Mir ... irgendwie gefällt es mir hier, Nels«, meinte er zögernd.

Yancy entging nicht das merkwürdige Leuchten in seinen Augen. Rasch beugte er sich vor.

»Wo warst du, nachdem ich dich allein gelassen habe?«, wollte er wissen.

»Ich? Nirgends. Ich ... ich habe mich nur ein bisschen umgesehen und ein paar von den Blumen gepflückt. Hier!«

Miggs fummelte in seiner Hemdentasche herum und brachte eine jener fahlen orangefarbenen Blüten zum Vorschein. Auf seinem Gesicht breitete sich ein unheiliger Glanz aus, als er sich das Ding dicht vor die Lippen hielt und den grauenhaften Duft einsog. Seine Augen funkelten über den Tisch hinweg und erstrahlten auf einmal in einer fanatischen Gier.

Im ersten Moment rührte Yancy sich nicht. Dann sprang er mit einem wilden Fluch auf und riss Miggs die Blume aus der Hand. Er wirbelte herum, warf sie auf den Boden und zertrat sie mit dem Stiefel.

»Du dämlicher Vollidiot!«, kreischte er. »Du ... Gott helfe dir!«

Danach sank er kraftlos zusammen und murmelte nur noch zusammenhanglos vor sich hin. Mit stockenden Schritten stolperte er aus der Kajüte durch den finsteren Gang und hinauf auf das verlassene Deck. Er wankte an die Reling und blieb dort stehen. Mit Händen, aus denen jede Kraft gewichen war, hielt er sich aufrecht.

»Mein Gott!«, flüsterte er heiser. »Mein Gott – weshalb habe ich das getan? Werde ich allmählich verrückt?«

Aus der Stille erscholl keine Antwort. Doch er kannte sie ohnehin bereits. Was er unten in der Kapitänskajüte gesagt, die zornigen Worte, die er ausgesprochen hatte, waren keine Absicht gewesen. Es hatte ihn einfach überkommen. Etwas in seinem Innern, das Gefühl, von einer Bedrohung umgeben zu sein, hatte ihm dies über die Lippen gebracht, noch ehe er nachdenken konnte, was er da sagte. Auch er war aufs Äußerste angespannt. Er stand kurz davor, durchzudrehen.

Doch instinktiv wusste er, dass Miggs einen schrecklichen Fehler begangen hatte. Jenen süßlich duftenden Blumen haftete etwas Gespenstisches, Böses an. An Bord eines Schiffes wuchsen keine Blumen. Zumindest keine echten. Richtige Blumen mussten irgendwo Wurzeln schlagen, außerdem verströmten sie keinen betäubenden Äthergeruch. Miggs hätte das Gewächs nicht anrühren sollen. Dies *wusste* Yancy einfach, während er sich so an die Reling klammerte, ohne zu wissen, woher.

Lange stand Yancy so da und versuchte, nachzudenken und sich wieder zu beruhigen. Nach einer Weile begann er, sich unwohl zu fühlen, weil er allein war, und kehrte unter Deck in die Kajüte zurück.

In der Tür blieb er stehen und machte große Augen.

Miggs befand sich noch dort, grotesk über dem Tisch zusammengesunken. Die Flasche war leer. Miggs war bis zur Bewusstlosigkeit betrunken und nahm zum Glück nichts mehr von seiner Umgebung wahr.

Einen Augenblick lang sah Yancy ihn finster an. Und eine neue Furcht machte sich in ihm breit – die Furcht davor, die kommende Nacht allein durchstehen zu müssen. Er zog Miggs am Arm und schüttelte heftig. Doch er erhielt keine Reaktion. Es würde Stunden dauern, lange, endlose, düstere Stunden, bis Miggs wieder zu sich kam.

Verbittert nahm Yancy die Lampe und machte sich daran, den restlichen Teil des Schiffes zu erkunden. Wenn er die Schiffspapiere fand, dachte er sich, würde dies vielleicht seine Angst zerstreuen. Dann würde er die Wahrheit erfahren.

Dies im Hinterkopf, begab er sich auf die Suche nach dem Quartier des Steuermanns. Die Papiere befanden sich nicht in der Kapitänskajüte, wo sie hingehörten; möglicherweise fand er sie dort.

Aber dort waren sie auch nicht. Nichts befand sich dort – außer einem Chronometer, einem Sextanten und anderen, hoffnungslos verrosteten nautischen Instrumenten, die in merkwürdigen Positionen auf dem Tisch des Maates herumlagen. Außerdem Flaggen, Signalflaggen, hingeworfen, als habe sie jemand im letzten Moment noch benutzen wollen. Und auf dem Boden lag zusammengesunken ein verrenktes Skelett.

Indem er Letzteres mied, durchsuchte Yancy den Raum gründlich. Er kam zu dem Schluss, dass der Kapitän offensichtlich als einer der Ersten jener unbekannten Heimsuchung der *Golconda* zum Opfer gefallen war. Der Maat hatte die Instrumente und Flaggen wohl in seine eigene Kajüte geschafft, nur um ebenfalls zu sterben, ehe er sich ihrer bedienen konnte.

Nur eines nahm Yancy mit, als er schließlich die Kajüte verließ – eine verrostete, reichlich mitgenommene Laterne, die ihm aber immer noch von Nutzen sein konnte. Sie war leer, doch er kippte etwas Öl aus der Lampe hinein. Anschließend brachte er die Lampe in die Kapitänskajüte zurück, in der Miggs noch immer besinnungslos lag, und ging an Deck.

Er erklomm die Brücke und stellte die Laterne neben sich ab. Es wurde bereits Nacht. Der Nebel hob sich allmählich, um der Finsternis zu weichen. So stand Yancy da, einsam und hilflos, während die Dunkelheit sich mit beinahe unheimlicher Geschwindigkeit über das Schiff breitete.

Er wurde beobachtet. Das konnte er spüren. Unsichtbare Augen folgten, hungrig und bedrohlich, jeder seiner Bewegungen. Auf dem Deck unter ihm rankten sich jene unerklärlichen Blumen aus dem Frachtraum, den er noch nicht erkundet hatte. In der Düsternis leuchteten sie wie phosphoreszierende Gesichter.

»Bei Gott!«, murmelte Yancy. »Ich muss weg von hier!«

Er erschrak vor dem Klang seiner eigenen Stimme. Stocksteif stand er da und blickte sich suchend um, so als habe jemand anders die Worte gesprochen. Plötzlich blieb sein Blick am Horizont auf der Steuerbordseite haften. Ein Zucken lief um seinen Mund und ihm entfuhr ein gellender Schrei.

»Miggs! Miggs! Ein Licht! Miggs, das musst du sehen ...«

Wie ein Wilder stolperte er von der Brücke hinab und bahnte sich, unter Deck mit den Händen an der Wand entlangtastend, seinen Weg zur Steuermannskajüte. Fieberhaft griff er nach den Signalflaggen. Doch als er sie in der Hand hielt, stöhnte er hilflos auf und ließ sie wieder fallen, weil er erkannte, dass sie ihm nichts nützen würden. Nicht im Dunkeln. Sinnlos vor sich hin stammelnd suchte er nach Raketen. Aber es waren keine da.

Mit einem Mal entsann er sich der Laterne. Er raste durch den Gang zurück, wieder auf Deck und hoch auf die Brücke. Eine Sekunde später kletterte er höher und höher hinauf in die dunklen Spieren des Hauptmastes. Die Laterne baumelte von seinem Arm. Immer wieder rutschte er ab und musste sich mit beiden Händen festhalten, um nicht abzustürzen. Zu guter Letzt stand er breitbeinig hoch über dem Deck und schwenkte die Laterne ...

Weit unter ihm schien das Deck keineswegs mehr leer und verlassen. Vom Bug bis zum Heck ächzte und stöhnte, wisperte und pisperte es. Ängstlich spähte er hinab. Schemenhafte, aus dem Nichts kommende Gestalten schienen das Dunkel zu durchstreifen und trübsinnig auf und ab zu gehen. Verstohlen beobachteten sie ihn.

Mit schwacher Stimme rief er in die Nacht. Gedämpft schallte das Echo zu ihm hinauf. Ihm fiel auf, dass die Glocke wieder läutete und das Rauschen des Meeres lauter geworden war, eindringlicher.

Mühsam riss er sich zusammen.

»Verdammter Narr«, krächzte er. »Du machst dich doch bloß selbst verrückt ...«

Der Mond ging auf und durchdrang die Dunkelheit wie ein fahler gelber Finger. In seinem Glanz war das blinkende Licht am Horizont nur noch undeutlich zu erkennen. Mit einem Aufschluchzen senkte Yancy die Laterne. Es war zwecklos. Im hellen Mondschein würde niemand an Bord jenes anderen Schiffes seine mickrige Laterne sehen. Langsam, vorsichtig kletterte er wieder hinab an Deck.

Er überlegte, was er tun könnte, um sich von seiner Angst abzulenken. Entschlossen trat er an die Reling und hievte die Wasserfässer aus dem Ruderboot an Bord. Anschließend spannte er die Persenning auf, um den nächtlichen Tau einzufangen. Schließlich konnte niemand sagen, wie lange er und Miggs noch auf diesem Wrack ausharren mussten.

Danach machte er kehrt, um das Vorderdeck zu erkunden. Als er das Deck überquerte, blieb er stehen und hielt die Laterne über das kriechende Gewächs. Die sonderbaren Blüten verströmten auf einmal einen berauschenden Duft, der einen benommen machte wie eine Droge. Er folgte den Ranken bis zu der Stelle, an der sie im Frachtraum verschwanden, und blickte hinab. Er sah ein einziges Durcheinander aus Kisten und Kästen – Kästen mit Gitterstäben, die einstmals wohl als Käfige gedient hatten.

Er wandte sich ab. Das Schiff versuchte, ihm etwas mitzuteilen, so viel spürte er. Er fühlte die Bewegung der Planken unter seinen Füßen. Und das Mondlicht ließ aus den im Bug verstreuten Knochen grässliche bleiche Wesen erstehen. Schaudernd starrte Yancy sie an. Als er erneut hinsah, kam ihm ein grotesker Gedanke. Die Knochen bewegten sich. Sie glitten, krochen über das Deck zueinander und fügten sich zu regelrechten Gestalten zusammen. Das hätte er schwören können!

Fluchend riss er seinen Blick davon los. Verdammter Narr, so ein Blödsinn! Die Hände zu Fäusten geballt, ging er weiter aufs Vorderdeck zu. Doch noch ehe er es erreichte, verhielt er erneut.

Das Geräusch von Schwingenschlägen ließ ihn verharren. Er fuhr herum und stellte fest, dass es aus dem offenen Frachtraum drang. Zögernd machte er einen Schritt darauf zu – und blieb mit einem unwillkürlichen Aufschrei stocksteif stehen.

In der Öffnung erschienen zwei grässliche, eindeutig nicht menschliche Gestalten mit gewaltigen, auf und ab schlagenden Flügeln und funkelnden Augen. Grauenhafte, riesige *Fledermäuse!*

Instinktiv riss er die Arme hoch, um sich zu schützen. Doch die Kreaturen griffen nicht an. Einen Augenblick lang verharrten sie schwebend über der Luke und musterten ihn mit einer Art teuflischer Intelligenz. Dann flatterten sie über das Deck, über die Reling und in die Nacht hinaus. Wie zwei Hexen jagten sie, wild entschlossen, um jeden Preis Böses zu wirken, nebeneinander her Richtung Westen, wo er das Licht des anderen Schiffes aufblitzen gesehen hatte. Unter ihnen zogen riesige, gold schimmernde Schlangen ihre Kreise in der angeschwollenen See – und warteten ...

Reglos blieb er stehen und sah den beiden Fledermäusen nach, wie sie kleiner und kleiner wurden, bis sie nur noch winzige Punkte im Mondlicht waren und schließlich verschwanden. Noch immer rührte er sich nicht vom Fleck. Sein Mund war trocken, sein Körper in einer unnatürlichen Starre gefangen. Er fuhr sich mit der Zunge über die Lippen – und merkte, dass da noch etwas anderes war. Irgendwo hinter ihm erschollen leise pulsierende Töne, eine liebliche, süße Melodie, die ihn in ihren Bann schlug.

Mit einem Mal pochte ihm das Herz bis zum Hals. Langsam wandte er sich um, und seine Augen weiteten sich.

Dort, kaum anderthalb Meter von ihm entfernt, stand eine menschliche Gestalt. Und diesmal war es keine Einbildung, sondern Wirklichkeit!

Ein Mädchen wie sie hatte er noch nie gesehen. Ihre Schönheit war umwerfend. Mit ihren großen, dunklen Augen, die ihn durchbohrten, wirkte sie ungezähmt, beinahe wild. Ihre Haut war glatt und weiß wie Alabaster, ihr Haar tiefschwarz, das Gesicht von widerspenstigen Locken umrahmt. Riesige Goldreifen baumelten von ihren Ohren. In ihrem Haar schimmerten zwei jener düsteren Blüten aus dem Rankengewächs.

Mit offenem Mund stand er da und brachte kein Wort über die Lippen. Das Mädchen war barfuß und hatte bloße Beine. Ein kurzer dunkler Rock bedeckte die schlanken Schenkel. Ihre ausgefranste weiße Bluse war am Hals offen und enthüllte die schwellende Rundung ihrer Brust. In der Hand hielt sie ein längliches, aus unbehandeltem Holz geschnitztes Musikinstrument, einer Flöte nicht unähnlich. Ihre Taille umschlang eine Seidenschärpe, die fast bis aufs Deck herabhing. Die Schärpe war leuchtend rot, aber bei Weitem nicht so rot wie ihre Lippen, die sich zu einem leisen verlockenden Lächeln öffneten und ihre makellos weißen Zähne entblößten.

»Wer ... wer bist du?«, stammelte Yancy.

Sie schüttelte den Kopf. Aber ihre Augen lächelten, und irgendwie hatte er das Gefühl, dass sie ihn trotzdem verstand. Er versuchte es erneut, in allen Sprachen, die er kannte. Jedes Mal schüttelte sie nur den Kopf, und jedes Mal aufs Neue hatte er den Eindruck, sie mache sich über ihn lustig. Erst als er seine spärlichen Serbischkenntnisse zusammenkratzte und einen stockenden Gruß hervorbrachte, senkte sie den Kopf zu einem Nicken.

»Dobra!«, entgegnete sie mit rauchiger, voller Stimme. Sie klang irgendwie so, als würde sie nur selten sprechen.

Er trat näher. Offensichtlich war sie Zigeunerin, eine Zigan aus dem serbischen Hügelland. In einer gleitenden, beinahe ätherischen Bewegung kam sie dicht an ihn heran. Indem sie ihm in die Augen blickte, schenkte sie ihm ein unwiderstehliches Lächeln, hob das flötenartige Instrument und begann, als sei es die normalste Sache der Welt und nicht im Mindesten unangebracht, erneut die Weise zu spielen, die seine Aufmerksamkeit erregt hatte.

Schweigend lauschte er, bis sie fertig war. Mit einem listigen Lächeln legte sie die Hand an den Mund und flüsterte leise: »Du – mein. Ja?«

Er begriff nicht, was sie meinte. Sie packte seinen Arm und blickte ängstlich nach Westen, aufs Meer hinaus.

»Du – mein!«, wiederholte sie, heftiger diesmal. »Papa Bocito – Seraphino – nicht dich kriegen. Du nicht – zu ihnen – gehen!«

Nun glaubte er zu verstehen. Sie wandte sich von ihm ab und ging lautlos über das Deck. Er sah zu, wie sie im vorderen Frachtraum verschwand, und wollte ihr folgen, doch abermals schien das Schiff – das ganze Schiff – ihm eine Warnung zuzuraunen.

Wenig später kehrte sie zurück, in der bleichen Hand einen uralten zerbeulten, von Patina überzogenen Silberkelch, der bis zum Rand mit einer dunkelroten Flüssigkeit gefüllt war. Schweigend nahm er ihn entgegen. Es war ihm unmöglich, ihr dies abzuschlagen. Ihre Augen waren nachtschwarze Seen, in denen sich der Glanz des Mondes spiegelte. Ihre Lippen so weich, so forschend, unwiderstehlich.

»Wer bist du?«, flüsterte er.

»Stragella«, erwiderte sie mit einem Lächeln.

»Stragella ... Stragella ...«

Allein der Name war wie Musik. Er trank, ganz langsam, ohne den Blick von ihrem Gesicht zu wenden. Es schmeckte nach Wein – gutem kräftigem Wein. Er stieg einem zu Kopf und hatte dieselbe unheimliche Wirkung wie die orangefarbenen Blüten, die sie im Haar trug und die hinter ihr übers Deck krochen.

Tastend, kraftlos hob Yancy die Hände. Er rieb sich die Augen. Auf einmal fühlte er sich matt, so schwach, als hätte ihm jemand das Blut aus den Adern gesaugt. Er versuchte, dagegen anzukämpfen, doch es half nichts. Mit einem kaum hörbaren Stöhnen wankte er einen Schritt zurück.

Stragellas Arme umfingen ihn, liebkosten ihn geradezu in einer sinnlichen Umarmung. Er spürte, wie kräftig sie war, und hatte ihrem Griff nichts entgegenzusetzen. Das Lächeln des Mädchens raubte ihm beinahe den Verstand. Ihre purpurnen Lippen befanden sich direkt vor seinem Gesicht, kamen spöttisch immer näher. Plötzlich, ohne Vorwarnung, suchten sie seinen Hals. Diese warmen, leidenschaftlichen, bezaubernden Lippen wollten ihn berühren.

Er fühlte die Bedrohung. Verzweifelt mühte er sich ab, die Arme zu heben, um sie wegzuschieben. Ein nur halb bewusster Gedanke keimte auf. Tief in seinem Innern mahnte ihn eine Stimme, dass er sich in schrecklicher Gefahr befand. Dieses Mädchen, Stragella, war anders als er; sie war ein Geschöpf der Nacht und entstammte einer fremden, völlig andersartigen, furchtbaren Welt. Diese glutvollen Lippen, die sein Fleisch suchten, waren alles andere als menschlich ...

Plötzlich stieß sie ihn von sich und wich vor ihm zurück. Ihrer Kehle entrang sich ein tierhaftes Knurren. Ihre Hand ruckte vor. Die Finger zu Klauen gekrümmt, deutete sie auf seinen Gürtel und die Bibel, die darin steckte!

Doch die dunkelrote Flüssigkeit zeigte Wirkung. Yancy sackte zusammen, unfähig, auch nur einen Schrei auszustoßen. Zusammengesunken lag er da, wie gelähmt, und vermochte sich nicht zu rühren.

Er wusste, dass sie ihm einen Befehl erteilte. Sie befahl ihm, aufzustehen. Den funkelnden, hypnotischen Blick starr auf ihn gerichtet, bewegte sie die Lippen und formte lautlose Worte. Die Bibel – sie wollte, dass er sie über die Reling warf! Sie wollte, dass er sich erhob und zu ihr, in ihre Arme kam, damit ihre Lippen ...

Doch er konnte ihr nicht gehorchen. Er vermochte noch nicht einmal die Arme zu heben, um sich aufzustützen. Sie wiederum blieb in sicherem Abstand stehen und hatte nicht vor, näher zu kommen. Die Lippen zu einem teuflischen Lächeln verzogen, bezaubernd schön und doch eine Bestie, wirbelte sie mit einem Mal herum und rauschte von dannen. Er sah ihr zu, wie sie davonstürzte und allmählich verschwand. Die leuchtend rote Schärpe wehte hinter ihr her, während sie über das Deck jagte.

Yancy schloss die Augen. Als er sie wieder öffnete, sah er sich einem neuen, noch entsetzlicheren Grauen gegenüber. Auf dem Deck der *Golconda* lief Stragella scheinbar ziellos zwischen den bleichen Knochenhaufen umher. Aber es waren nicht länger bloß Knochen. Sie hatten sich zu körperhaften Schemen aus Fleisch und Blut zusammengefunden. Vor Yancys Augen nahmen sie Gestalt an, Mensch wie Tier gleichermaßen. Und dann begann eine Orgie, wie Nels Yancy sie noch niemals erlebt hatte – ein Tanz der Untoten.

Riesenhafte Affen sprangen in weiten Sätzen übers Deck. Eine gewaltige Python hob geschmeidig den Kopf, um ihn wütend anzufunkeln. Auf dem Lukendeckel duckte sich ein wild fauchender Schneeleopard zum Sprung. Vorn, am Bug, fielen Tiger, Tapire und Krokodile übereinander her. Ein großer Braunbär, von der Art, wie man sie in den Hochebenen des Pamirgebirges findet, hieb seine Krallen in die Reling.

Und erst die Menschen! Die meisten von ihnen waren dunkelhäutig. Wahrscheinlich stammten sie alle aus ein- und derselben Region – aus Madras. Unter ihnen befanden sich aber auch Chinesen und ein paar Angelsachsen. Allesamt waren sie dürr und ausgemergelt und wahnsinnig vor Hunger!

Dann brach die Hölle los! Die Männer hatten sich um die Ladeluke Nummer zwei zusammengedrängt und wehrten sich verzweifelt. Sie trugen Schusswaffen und feuerten aus nächster Nähe in das Gewühl der sich auf sie stürzenden Bestien. Und mittendrin das Mädchen, das sich Stragella nannte!

Die geisterhaften Gestalten warfen keine Schatten. Auch das Mädchen nicht, dessen Arme ihn noch vor einem Augenblick umfangen hatten. Die ganze Szenerie hatte etwas Unwirkliches an sich. Die Schreie der in die Enge getriebenen Männer und das fauchende Brüllen der Raubkatzen, selbst die Schüsse klangen gedämpft, so als würden sie aus einer verschlossenen Kammer durch dickes Fensterglas zu ihm dringen.

Reglos lag er da, unfähig, sich zu rühren, wie gelähmt, und bekam das Schauspiel mit, jedoch außerstande, davor zu fliehen. Seine

Sinne waren aufs Äußerste gespannt, so sehr, dass sein Blick instinktiv nach oben ruckte, als er die beiden riesigen Fledermäuse ausmachte, die hinaus aufs Meer geflogen waren und nun zurückkehrten. Unwillkürlich zuckte er zusammen, von einer neuen Furcht erfüllt ...

Über ihm kreisend, senkten sie sich schwingenschlagend nacheinander hinab und landeten mit dumpfem Aufschlag schwerfällig auf der Luke bei dem unheimlichen Rankengewächs. Ihre Umrisse schienen zu zerfließen; ein gespenstisches bläuliches Leuchten umgab diese nächtlichen Ungeheuer, Yancy nahm ihre Konturen nur noch verschwommen wahr. Noch während er hinstarrte, verschwanden sie für einen Augenblick völlig. Dann verzog sich der eigenartige Dunst und enthüllte die beiden Kreaturen, die dort standen.

Es waren beileibe keine Fledermäuse, sondern Menschen. Zumindest der Gestalt nach! Zigeuner, und zwar vom Balkan, wie die schäbige, abgerissene Kleidung eindeutig bewies! Ein Mann und eine Frau. Er hager und ausgezehrt, ein uralter Mann mit einem buschigen, weißen Schnurrbart, sie eine dickliche alte Frau mit schwarzen Rattenaugen, die nicht so aussahen, als seien sie das Tageslicht gewohnt. Eifrig redeten sie auf Stragella ein, die mit wutentbranntem Gesicht herumfuhr, um auf die Bibel in Yancys Gürtel zu deuten.

Doch das Schauspiel war noch nicht vorüber. Schluchzend und stöhnend lagen Mensch und Tier auf dem Deck. Lautlos wandte Stragella sich wieder um und rief den beiden Alten zu, sie sollten ihr folgen.

»Papa Bocito, Seraphino – kommt mit!«

Die Tragödie des Geisterschiffes wurde vor ihm neu aufgeführt. So viel war Yancy klar, und ihm schauderte bei diesem Gedanken. Hunger und Cholera hatten die Crew der *Golconda* in den Wahnsinn getrieben. Die lange nicht gefütterten, rasenden Dschungelbestien waren aus ihren Käfigen entkommen. Und nun, wo alles entschieden war, machten Stragella, Papa Bocito und Seraphino sich an ihr grässliches Werk.

Stragella ging voran. Mit ihrer Schönheit und Anmut hatte sie die Männer im Griff. Sie waren in sie verliebt – bis zum Wahnsinn, jenseits aller Vernunft. Sie *zwang* sie dazu, ging von einem zum andern, liebkoste ihn und drückte ihn eng an sich. Wenn sie von einem Mann wegtrat, sackte dieser ohnmächtig zusammen, während sie furchterregend lachte und zum Nächsten ging. Ihre Lippen waren leicht geöffnet. Gierig fuhr sie mit der spitzen roten Zunge darüber, um das Blut abzulecken.

Yancy vermochte nicht zu sagen, wie lange es andauerte. Endlose Stunden. Irgendwann fiel ihm auf, dass hoch oben ein heulender, klagender Wind um das Schiff brauste; und als er aufblickte, sah er, dass die Rundhölzer keineswegs mehr altersmorsch und bloß vom Mast ragten. Gigantische graue Segel ohne eindeutig bestimmbare Formen oder Umrisse zeichneten sich vor dem dunklen Himmel ab. Und der Mond war verschwunden. Der jaulende Wind trug einen Sturm heran, der die Segel blähte. Unter Deck ächzte das Schiff wie ein Tier im Todeskampf. Die Wellen schlugen gegen den Rumpf. Vom Meer gepeitscht, schoss die *Golconda* mit unglaublicher Geschwindigkeit vorwärts.

Plötzlich erscholl ein gewaltiges Knirschen. Ein Ruck durchfuhr die *Golconda*, und sie wurde zurückgeschleudert, als sei sie auf ein Riff gelaufen, als habe sich unter der Wasserlinie ein ungeheurer, zerklüfteter Felsen in ihren Kiel gebohrt. Sie bekam Schlagseite, und ihr Heck erhob sich hoch in die Luft. Vorn am Bug stand Stragella mit ihren dämonischen Gefährten und kreischte, im Angesicht des Sturmes wie eine Wahnsinnige lachend, auf. Die beiden anderen fielen ein.

Yancy sah, wie sie sich zu ihm umwandten, doch sie hörten nicht auf zu lachen. Irgendwie hatte er auch nicht damit gerechnet. Was sich da vor ihm abspielte, dieses irrsinnige Schauspiel, fand nicht in der Gegenwart statt. Es war die Vergangenheit. Er befand sich überhaupt nicht hier. All dies war bereits vor Jahren geschehen und seit Langem vorbei und vergessen!

Aber er hörte sie in einem mit serbischen Wörtern gespickten Mischmasch miteinander reden.

»Es ist vollbracht, Papa Bocito! Jetzt können wir für immer hier bleiben. Wir müssen nur eine Stunde fliegen, dann bekommen wir Blut in Hülle und Fülle, das nie versiegen wird. Und hier, auf diesem erbärmlichen Wrack, wird niemals jemand unsere Gräber entdecken, um uns zu vernichten!«

Das grässliche Trio kam dicht an ihm vorüber. Stragella wandte sich um, ließ ihren Blick übers Wasser schweifen und hob die Hand zu einer stummen Warnung. Erschöpft schaute Yancy in dieselbe Richtung und sah, dass sich am Horizont bereits das erste Tageslicht abzeichnete.

In einer eigentümlich fließenden Bewegung glitten die drei Untoten auf die offene Luke zu und verschwanden. Mit einem Ruck setzte Yancy sich auf und stellte zu seiner Überraschung fest, dass die Wirkung der Droge mit Anbruch der Dämmerung nachließ. Langsam kroch er auf die Luke zu und spähte hinab – gerade noch rechtzeitig, um mitzubekommen, wie die dämonischen Wesen wieder in ihre Särge stiegen. Nun wusste er, wozu die Kisten gut waren. Wie er im trüben Zwielicht des Morgengrauens so in die Öffnung hinabstarrte, bemerkte er etwas, was ihm bislang nicht aufgefallen war: Drei der länglichen Kisten waren mit feuchter Graberde gefüllt!

Damit lag auch das Geheimnis jener unnatürlichen Blüten offen vor ihm. Sie hatten in der Tat Wurzeln! Und zwar in der Erde, die jene untoten Leiber barg!

Zaghaft erhob sich die Dämmerung aus dem Meer. Noch völlig benommen trat Yancy an die Reling. Es war vorbei – alles! Die Orgie war zu Ende und die *Golconda* nichts weiter als ein verlassenes, verfallenes Wrack.

Eine geschlagene Stunde lang stand er an der Reling und sog begierig die Wärme und den Glanz der Sonne in sich ein. Und wieder erhob sich ringsum die undurchdringliche Nebelwand aus dem Wasser. Nicht mehr lange, und sie würde das Schiff ganz einschließen. Yancy lief ein Schauder über den Rücken.

Miggs fiel ihm ein. Mit raschen Schritten durchmaß er den Weg bis zur Stiege und eilte hinab in den unteren Korridor. Zögernd schritt er durch die immer dichter werdenden Nebelschwaden. Ihn beschlich eine dunkle Vorahnung.

Noch ehe er die Kajüte erreichte, rief er nach seinem Gefährten. Er erhielt keine Antwort. Er stieß die Tür auf, trat über die Schwelle und – erstarrte. Ein heiserer Aufschrei entrang sich seinen Lippen.

Mit weit ausgebreiteten Armen lag Miggs halb über dem Tisch und starrte, den Kopf grotesk verdreht, an die Decke.

»Miggs! Miggs!«, rief Yancy mit erstickter Stimme. »Oh, mein Gott, Miggs – was ist denn los?«

Benommen machte er einen Schritt nach vorn. Miggs war kalt und steif. Tot. Das Blut war ihm aus Gesicht und Armen gewichen, die Augen weit aufgerissen, sein Blick glasig. Er war kreideweiß und entsetzlich zusammengeschrumpft. An seinem Hals befanden sich dicht nebeneinander zwei kleine Wunden, so als habe ihm jemand eine Krampe ins Fleisch gehauen und dann wieder herausgezogen. Die Bissmale eines Vampirs.

Eine ganze Weile blieb Yancy einfach nur stehen, ohne sich zu rühren. Der ganze Raum schwankte, alles drehte sich um ihn. Er war allein. Allein! Das Grässliche geschah zu plötzlich, zu unerwartet.

Mit einem Mal stolperte er vorwärts und sank auf die Knie, krallte sich an Miggs' herabbaumelnden Arm.

»Oh Gott, Miggs!«, stammelte er. »Du musst mir helfen. Das stehe ich nicht durch!«

Bleich wie eine Wand klammerte er sich an ihn und sank heftig schluchzend, die Augen weit aufgerissen, zu einem Häufchen Elend zusammen, während er Miggs mit sich zog.

Erst am späten Nachmittag gewann er das Bewusstsein zurück und erhob sich, gegen die Angst ankämpfend, die ihn zu überwältigen drohte. Er musste weg von hier, einfach nur weg! Der Gedanke ließ ihn nicht mehr los. Weg von hier!

Irgendwie schaffte er es aufs Oberdeck. Es gab nichts mehr, was er für Miggs tun konnte. Er musste ihn wohl oder übel zurücklassen. Stolpernd tastete er sich an der Reling entlang und langte hinunter, um das Beiboot näher zu ziehen, damit er es mit Vorräten beladen und klarmachen konnte.

Doch seine Finger griffen ins Leere. Die Taue waren verschwunden, und das Boot ebenfalls. Reglos stand er da und starrte hinab auf die unbewegte, glatte Fläche des Meeres.

Eine ganze Stunde lang rührte Yancy sich nicht. Angestrengt bemühte er sich, seine Furcht wenigstens so lange zu unterdrücken, bis er auf einen Ausweg sinnen konnte. Doch mit einem Mal zuckte er zusammen, wurde stocksteif und stieß sich von der Reling ab.

Die Boote! Sie waren seine einzige Chance. Er tastete sich zu dem ihm nächstgelegenen vor und machte sich hektisch daran zu schaffen.

Aber es war aussichtslos. Die Rettungsboote bestanden aus Metall und waren an ihren Kränen festgerostet, die Stahlseile völlig verheddert und ließen sich nicht bewegen. Er riss sich nur die Hände auf, bis seine wunden Finger bluteten. Noch während er an den Booten herumnestelte, wurde ihm klar, dass sie niemals schwimmen würden. Sie waren verfault und durchgerostet.

Schließlich gab er es erschöpft auf.

Nun, da ihm klar war, dass es keinen Ausweg mehr gab, musste er irgendetwas tun, um nicht den Verstand zu verlieren. Als Erstes würde er diese widerlichen Knochen vom Deck räumen und danach den Rest des Schiffes erkunden ...

Es war eine grässliche Arbeit, doch er zwang sich dazu. Wenn er die Knochen wegschaffte, würden Stragella und die beiden anderen Kreaturen vielleicht nicht wiederkommen. Vielleicht. Er wusste es nicht. Es war lediglich eine vage Hoffnung, an die er sich klammerte.

Die Lippen grimmig zusammengepresst, zerrte er die bleichen Skelette übers Deck, beförderte sie mit Fußtritten über Bord und blieb so lange stehen bis sie versanken und nicht mehr zu sehen waren. Dann ging er zum Laderaum und stieg, seine Angst unterdrückend, hinab in den düsteren Bauch des Schiffes. Schaudernd schlug er einen großen Bogen um die Kisten und riss das üble Rankengewächs mitsamt der Wurzel aus, trug es an die Reling und warf es hinüber. Die schimmlige Graberde haftete noch immer daran.

Anschließend durchsuchte er das ganze Schiff von vorne bis hinten, fand jedoch nichts.

Darauf löste er die Ankerketten, in der Hoffnung, das Schiff werde von der zähen Nebelbank wegtreiben. Leise vor sich hin murmelnd schritt er auf und ab, bemüht, all seinen Mut für die eine, grässlichste Aufgabe zusammenzunehmen, die ihm noch bevorstand.

Allmählich senkte sich wieder die Dunkelheit über das Wasser, und mit der Dämmerung wuchs auch seine Angst. Die *Golconda* schwamm führerlos auf dem Meer, so viel war ihm klar. Und ihm war ebenfalls klar, dass die untoten Bewohner des Schiffes wütend auf ihn waren, weil er zuließ, dass das Boot von ihrer Nahrungsquelle wegtrieb. Oder vielmehr, sie würden wohl wütend auf ihn sein, wenn sie aus ihrer erzwungenen Schlafpause wieder erwachten.

Es gab nur eine einzige Möglichkeit, sie endgültig zu besiegen. Die Methode war grauenhaft, und er fürchtete sich schon jetzt davor. Dennoch suchte er auf Deck nach einem Marlspieker und wurde auch fündig. Schweren Schrittes wandte er sich wieder um und kehrte zurück zum Laderaum.

Er musste allen dreien einen Pfahl durchs Herz treiben, jedem von ihnen ...

Die morschen Stufen lagen bereits in tiefem Schatten. Die untergehende Sonne war hinter Nebelschleiern verborgen, nur noch ein blutrotes Rund am Firmament. Er warf einen Blick zum Himmel – und verwünschte sich dafür, dass er so lange gewartet hatte. Nun musste er sich beeilen.

Es fiel ihm nicht leicht, in die pechschwarze Finsternis des Frachtraums hinabzusteigen, wo ihm nichts anderes übrig blieb, als tastend einen Fuß vor den anderen zu setzen und auf sein Glück zu vertrauen. Die Hände hielt er nach oben gestreckt, um sich an den Decksplanken festzuhalten. Die Stiege unter seinen Stiefeln knarrte bedenklich.

Und dann rutschte er aus.

Er blieb an der Kante einer der unteren Stufen hängen, verdrehte sich den Fuß und stürzte mit einem lauten Aufschrei. Der Marlspieker fiel ihm aus der Hand und landete polternd auf einer der Kisten unter ihm. Hilflos mit den Armen rudernd sackte Yancy zu Boden. Beim Aufprall wurde etwas aus seinem Gürtel geschleudert, und noch während sein Kopf auf der vordersten der länglichen Kisten aufschlug, wurde ihm klar, dass es sich um die Bibel handelte, die ihn bislang beschützt hatte. Und nun nicht mehr!

Er war zwar benommen, blieb aber bei Bewusstsein. Verzweifelt mühte er sich ab, auf die Knie zu gelangen, und tastete in der Düsternis nach dem schwarzen Buch. Seinen Lippen entrang sich ein ersticktes, klägliches Schluchzen.

Ein leises, triumphierendes Lachen erscholl aus der Dunkelheit, ganz dicht bei ihm. Er fuhr herum – so heftig, dass er abermals der Länge nach hinschlug.

Er kam zu spät. Sie war bereits erwacht. Da kniete sie vor ihm und funkelte ihn hungrig an. Ein sonderbar bläuliches Schimmern umgab ihr Gesicht. In den bleichen Fingern hielt sie etwas, das aussah wie ein weiches Stück Teer oder Pech. Sie war grauenhaft schön, als sie in den Sarg hinter sich langte und begann, damit einen Kreis um die Bibel zu ziehen.

Mit der Kraft der Verzweiflung wankte Yancy auf sie zu. Abwartend, die Lippen gebleckt, richtete sie sich auf. Er sah ihre weißen Zähne. Sie streckte die Arme aus. Sie umfingen ihn und erstickten seine Gegenwehr. Gott, war sie stark! Er hatte ihr nichts entgegenzusetzen. Abermals überkam ihn jenes unerklärliche Schwächegefühl. Er wäre gestürzt, hätte sie ihn nicht aufgefangen. Aber ihre Lippen berührten ihn nicht.

Er sah, wie sich hinter ihr zwei weitere Gestalten aus der Dunkelheit schälten. Papa Bocitos brutale Züge starrten ihm finster entgegen, und Seraphinos Rattenaugen bohrten sich wütend in ihn. In ihnen glomm eine unersättliche Gier. Offensichtlich hatte Stragella Angst vor den beiden.

Yancy fühlte sich hochgehoben. Jemand trug ihn hinaus an Deck und mit raschen Schritten mühelos den Niedergang hinab und unten durch wirbelnde Nebelschwaden und höllische Finsternis hindurch den Flur entlang in die Kajüte, in der der tote Miggs lag. Noch ehe sie ihn absetzten, verlor er das Bewusstsein.

Als er die Augen wieder aufschlug, vermochte er nicht zu sagen, wie lange er ohnmächtig gewesen war. Anscheinend aber sehr lange. Stragella saß neben ihm. Er lag auf einer Koje in der Kajüte. Auf dem Tisch brannte die Lampe und offenbarte ihm jede Einzelheit von Miggs' erschlafftem Leichnam.

Angsterfüllt griff Yancy sich an den Hals. Doch er fand dort keine Wunden. Noch nicht.

Er vernahm Stimmen. Papa Bocito und die Frau mit dem Wieselgesicht stritten mit dem Mädchen neben ihm. Ihr gelassenes eigentümliches Lächeln brachte vor allem den übellaunigen Alten auf die Palme.

»Wir treiben immer weiter von den Gefängnisinseln weg«, knurrte Papa Bocito, indem er Yancy mit einem Blick unverhüllten Hasses bedachte. »Und das ist sein Werk! Er hat den Anker hochgezogen. Wir müssen zugrunde gehen, es sei denn, du teilst ihn mit uns – so lange, bis wir wieder ans Ufer treiben!«

»Er gehört mir!«, entgegnete Stragella achselzuckend, die Stimme zu einem einschmeichelnden Flüstern gesenkt. »Ihr habt den anderen gehabt. Der hier ist meiner. Ich werde ihn behalten!«

»Er gehört uns allen miteinander!«

»Warum?« Stragella lächelte. »Weil er unsere Erweckungs-Vorstellung gesehen hat? Ah, dann ist er eben der Erste, der unser Geheimnis erfährt.«

Als Seraphino dies hörte, kniff sie die Augen zusammen, bis sie nur noch winzige Punkte waren. Sie schnellte vor und packte das Mädchen an der Schulter.

»Genug gezankt!«, fauchte sie. »Bald wird es hell. Er gehört uns allen gemeinsam, weil er uns von den Inseln weggebracht hat und jetzt unser Geheimnis kennt.«

Allmählich drangen die Worte in Yancys Bewusstsein vor. »Erweckungs-Vorstellung!« Irgendwie verhieß das nichts Gutes, und er glaubte zu wissen, was es bedeutete. Sein Blick oder sein Gesicht verrieten wohl seine Gedanken, denn Papa Bocito trat auf ihn zu und stieß ihm mit einem triumphierenden Knurren den langen knochigen Zeigefinger ins Gesicht.

»Du hast gesehen, was niemand sonst je erblickte«, brummte der Alte verbittert. »Darum musst du nun einer von uns werden. Stragella will dich für sich haben, und sie wird dich bekommen, und zwar für alle Ewigkeit. Du wirst ein Leben ohne Tod führen. Weißt du, was das heißt?«

Stumm, angsterfüllt, schüttelte Yancy den Kopf.

»Wir sind Untote«, meinte Bocito voller Gier. »Unsere Opfer werden zu blutsaugenden Kreaturen, so wie wir. Nachts sind wir frei. Doch tagsüber müssen wir in unseren Gräbern liegen. Dies ist auch der Grund« – in einer grausigen Geste hob er den Arm zum Oberdeck – »weshalb jene anderen, die uns zum Opfer fielen, noch nicht so sind wie wir. Sie wurden niemals begraben, folglich haben sie auch keine Gräber, in die sie zurückkehren können. Nacht für Nacht verleihen wir ihnen neues Leben – zu unserer Unterhaltung. Aber sie zählen nicht zur Bruderschaft. Noch nicht!«

Yancy fuhr sich mit der Zunge über die Lippen und erwiderte nichts. Er begriff. Es geschah jede Nacht. Ein nächtliches Schauspiel, bei dem die Toten wieder lebendig wurden, um die Geschehnisse jener Nacht, in der die *Golconda* zu einem Geisterschiff wurde, aufs Neue zu durchleben.

»Wir sind Zigeuner«, brüstete sich der Alte. »Einst waren wir Menschen und lebten in einem hübschen kleinen Lager im Schatten der schroffen Bergspitzen von Pobyezdin Potok im Tal der Morava in Serbien. Das war zu Milutins Zeiten, vor sechshundert Jahren. Damals kamen die Vampire aus den Bergen herunter und holten uns zu sich. Wir lebten so lange als Untote, bis es im ganzen Tal keinen Tropfen Blut mehr gab. Also zogen wir an die Küste, wir drei, und nahmen unsere Graberde mit. Dort lebten wir in den Dörfern am Schwarzen Meer, lebendig bei Nacht und tagsüber tot, bis eine Zeit kam, da es uns in ferne Länder zog.«

Seraphinos gutturale Stimme unterbrach ihn. »Beeil dich«, sagte sie barsch. »Die Dämmerung bricht gleich an!«

»Und wir erhielten eine Überfahrt hier auf der *Golconda*. Wir sorgten dafür, dass die Kisten mit unserer Graberde heimlich in den Laderaum geschafft wurden. Auf dem Schiff brach die Cholera aus. Wir hatten nichts mehr zu essen, und dann gerieten wir in einen Sturm. Sie lief auf Grund ... Und hier sind wir. Ah, aber auf den Inseln gibt es reichlich Blut, mein Hübscher, darum verankerten wir die *Golconda* an dem Riff, wo das Leben so nah war!«

Schaudernd schloss Yancy die Augen. Er verstand zwar nicht alles, was der Zigeuner sagte, weil dieser einen eigenartigen Dialekt sprach, aber genug, um entsetzt zu sein.

Schließlich beendete der Alte seine Prahlerei. Er verstummte und warf Stragella einen finsteren Blick zu. Das Mädchen lachte laut auf, ein irres, triumphierendes, besitzergreifendes Kichern. Sie beugte sich vor, und der schwache Schein der Lampe, die ihr Körper bislang verdeckt hatte, fiel direkt auf den lang gestreckt daliegenden Yancy.

Mit einem wütenden Knurren wich sie zurück und riss angewidert die Augen auf. Auf seiner Brust glomm das Kruzifix – das Kreuz mitsamt dem Erlöser, das unauslöschlich in seine Haut eintätowiert war. Stragella wandte das Gesicht ab und hielt sich die Hand vor die Augen, bedachte ihn mit grässlichen Flüchen. Im Zurückweichen ergriff sie die Arme ihrer Gefährten und deutete mit zitterndem Finger auf das Ding, das sie abstieß.

In der darauffolgenden Stille schien der Nebel tiefer und tiefer in die Kajüte zu dringen. Mühsam richtete Yancy sich in eine sitzende Position auf, presste sich an die Wand und wartete darauf, dass sie über ihn herfielen. Nur einen Augenblick, dann würde es vorüber sein, dies war ihm klar. Dann wären Stragellas Lippen rot von seinem Blut, und er hätte jene grässlichen Wundmale am Hals und wäre tot, genau wie Miggs.

Doch sie hielten weiterhin Abstand. Der Nebel hüllte sie ein, sodass sie kaum noch zu erkennen waren. Er sah lediglich drei funkelnde, leuchtende Augenpaare, die ihn anstarrten und größer und größer wurden, immer durchdringender, furchtbarer.

Er begrub das Gesicht in den Händen und wartete. Doch sie kamen nicht. Er hörte sie murmeln, flüstern. Undeutlich vernahm er noch einen weiteren Laut, in weiter Ferne, eher zu ahnen als zu hören. Das Geheul von Wölfen.

Das sanfte Wiegen der Koje unter ihm wurde zu einem heftigen Schaukeln. Die *Golconda* nahm Fahrt auf. Aus dem Nichts hatte sich ein Sturm erhoben, und der Wind rauschte um die verrotteten Spieren hoch oben am Mast. Yancy hörte ihn stöhnen und ächzen wie eine verlorene Seele.

Die drei glitzernden Augenpaare rückten näher. Das Flüstern verstummte, und ein verschlagenes Lächeln huschte über Stragellas Gesicht.

Mit einem Aufschrei drückte Yancy sich an die Wand. Wie gebannt sah er sie auf sich zukriechen. Mit dem einen Arm schirmte sie ihre Augen vor dem Kruzifix ab, während sie sich mit dem anderen immer näher tastete, in der Hand jenes verteufelte Stück Pech oder was es auch sein mochte, mit dem sie einen Kreis um die Bibel gezogen hatte!

Er wusste, was sie vorhatte. Der Gedanke durchfuhr ihn wie ein eisiger Windstoß. Stück für Stück würde sie näher rutschen, bis ihre Hand ihn berührte. Dann würde sie mit der schwarzen Substanz einen Kreis um das eintätowierte Kreuz ziehen, um dessen Macht zunichte zu machen. Er wäre ihr dann schutzlos ausgeliefert, und diese grausamen Lippen würden seinen Hals finden ...

Es gab keinen Ausweg mehr. Papa Bocito und die dickliche Alte hatten sich mit einem boshaften Grinsen verstohlen zwischen ihn und die Tür geschlichen, und Stragella schob sich unaufhaltsam auf ihn zu, den Alabasterarm tastend ausgestreckt ...

Jenseits der Wände seines nebelverhangenen Verlieses vernahm er, sehr laut und sehr nah, das Tosen der Wellen, die sich in einer Brandung brachen. Das Schiff schwankte und schlingerte und wurde von der Dünung hin und her geworfen. Es mussten Stunden vergangen sein. Endlose, dunkle, grauenerfüllte Stunden.

Sie berührte ihn. Das klebrige Zeug brannte auf seiner Brust und beschrieb ganz langsam einen Kreis. Er warf sich zurück, stolperte und fiel hin, und sie auf ihn.

Unter seinem gequälten Körper brach der Boden der Kajüte auseinander. Das Schiff bäumte sich auf, ein Knirschen ging durch das Wrack, krachend lief es irgendwo auf. Ein entsetzlicher Ruck erschütterte den betagten Rumpf und die verrotteten Planken.

Die Lampe wurde vom Tisch geschleudert und tauchte die Kajüte in Halbdunkel. Ein grauer Schimmer sickerte durch die Bullaugen. Dicht vor Yancy verzerrte sich Stragellas Gesicht zu einer wütenden Grimasse. In ihrem Zorn war sie wunderschön.

Wie erstarrt stand sie da und schrie Papa Bocito und der alten Hexe wutentbrannt zu: »Zurück! Zurück! Wir haben zu lange gewartet! Es wird bereits Tag!«

Sie rannte los, quer durch die Kajüte. Mit gebleckten Lippen, am ganzen Körper bebend, packte sie ihre Gefährten und stieß sie zur Tür. Ehe sie ihnen in die Düsternis des Ganges folgte, drehte sie sich noch einmal, vor Wut und Enttäuschung knurrend, zu Yancy um. Dann war sie verschwunden.

Reglos blieb Yancy liegen. Als er sich schließlich aufraffte und an Deck ging, stand die Sonne hoch am Himmel und suchte, rot und rund, die um das Schiff wabernde Nebelwand zu durchdringen.

Das Schiff krängte, es hatte starke Schlagseite. Keine hundert Meter hinter der Backbordreling war Land zu sehen, eine raue, urwaldbestandene Küstenlinie, die sich bis zum Horizont erstreckte – ein Anblick, den ihm der Himmel sandte.

Entschlossen machte er sich ans Werk. Er musste rasch handeln, denn falls ihn jemand vom Strand aus beobachtete, würde man ihn für völlig übergeschnappt halten. Er kehrte in die Kajüte zurück, griff nach der Petroleumlampe und nahm sie mit an den offenen

Laderaum. Dort angekommen, besprengte er das uralte Holz mit Öl und zündete es an.

Er wandte sich um und trat an die Reling. Hinter ihm erscholl ein lang gezogener, unirdischer Schmerzensschrei. Dann war er auch schon über Bord und kämpfte gegen die Brandung an.

Als er zwanzig Minuten später ans Ufer taumelte, war die *Golconda* nur noch ein tosender Glutofen. Rings um sie fauchten die Flammen zum Himmel, durchschlugen lodernd den Höllennebel. Grimmig wandte Yancy sich ab und trottete den Strand entlang.

Eine geschlagene Stunde lang stapfte er unentwegt weiter, erst dann blickte er sich wieder um. Die Lagune war leer, der Nebel verschwunden. Hell und warm schien die Sonne aufs Meer hinab, auf dem weit und breit nichts mehr zu sehen war.

Stunden später erreichte er eine Siedlung. Menschen kamen herbeigelaufen und redeten auf ihn ein, stellten neugierige Fragen. Sie deuteten auf sein Haar, das schlohweiß war, und erzählten ihm, er sei in Port Blair auf der südlichsten Insel der Andamanen gelandet.

Als sie daraufhin das eigenartige Funkeln in seinen blutunterlaufenen Augen wahrnahmen, brachten sie ihn zum Wohnsitz des Gouverneurs.

Dort erzählte er seine Geschichte – allerdings zögernd, weil er nicht davon ausging, dass man ihm Glauben schenken würde. Er rechnete eher damit, verspottet zu werden.

Der Gouverneur sah ihn missbilligend an.

»Sie glauben, ich verstehe das nicht?«, meinte er schließlich. »Da wäre ich mir an Ihrer Stelle nicht so sicher, mein Herr! Dies ist eine Strafkolonie, eine Gefängnisinsel. In den letzten paar Jahren starben über zweihundert unserer Sträflinge unter äußerst merkwürdigen Umständen. Zwei winzige Löcher am Hals und vollkommen blutleer.«

»Sie ... Sie müssen die Gräber vernichten«, murmelte Yancy.

Der Gouverneur nickte mit einem vielsagenden Schweigen.

Darauf kehrte Yancy in die Welt zurück. Allein. Immer allein. Die Menschen schauten ihm ins Gesicht und schreckten vor dem gehetzten Ausdruck in seinen Augen zurück. Sie erblickten das Kruzifix auf seiner Brust und fragten sich, weshalb er, ganz gleich ob

Tag oder Nacht, stets das Hemd offen trug, damit jeder sofort das leuchtende Kreuz sehen konnte.

Doch ihre Neugier wurde nicht gestillt. Nur Yancy kannte den Grund; und Yancy verlor nie ein Wort darüber.

Henry Kuttner
Ich, der Vampir

1. Der Ritter Futaine

Die Party war langweilig. Ich war zu früh gekommen. An diesem Abend fand eine Vorpremiere im Graumans Chinese Theater statt, und kaum jemand von den wichtigen Gästen würde eintreffen, bevor sie vorbei war. Selbst Jack Hardy, Starregisseur bei Summit Pictures, wo ich – noch! – als Regieassistent arbeitete, war noch nicht anwesend, obwohl er der Veranstalter war. Aber Hardy war nie für seine Pünktlichkeit bekannt gewesen.

Ich ging hinaus auf die Veranda, wo ich mich gegen einen Pfeiler lehnte, an einem Cocktail nippte und auf die Lichter von Hollywood hinunterblickte. Hardys Haus lag auf dem Gipfel eines Berges mit Blick auf die Filmhauptstadt, in der Nähe der Villa Falcon Lair, Valentinos berühmtem Schloss mit seinen Ecktürmen. Ich fröstelte ein wenig. Nebel wallte von Santa Monica herein und verschluckte die Lichter im Westen.

Jean Hubbard, sie spielte meist eine jugendliche Naive bei Summit, trat neben mich und nahm mir das Glas aus der Hand.

»Hallo, Mart«, sagte sie und nahm einen Schluck von dem alkoholischen Getränk. »Wo warst du in letzter Zeit?«

»An einem Drehort in der Mojave-Wüste, mit der *Murder Desert*-Truppe,«, antwortete ich. »Hast du mich vermisst, Süße?« Ich zog sie an mich.

Sie lächelte zu mir herauf, wobei ihre schräg zulaufenden Augenbrauen dem schönen gebräunten Gesicht etwas Diabolisches verliehen. Ich wollte Jean heiraten, aber ich war mir nicht sicher, wann genau.

»Hab dich unheimlich vermisst«, erwiderte sie und hielt mir ihre Lippen entgegen. Ich küsste sie.

»Und was macht dein Vampirmann?«

Sie kicherte. »Oh, dieser Ritter, der Chevalier Futaine. Hast du nicht Lolly Parsons Kolumne gelesen? Jack Hardy hat ihn letzten Monat in Europa aufgegabelt. Alberner Blödsinn. Aber es ist gute Reklame.«

»Ein dreifaches Hoch auf die Reklame«, meinte ich. »Denk nur daran, was sie bei *Die Geburt einer Nation* bewirkt hat, er ist jetzt der erfolgreichste Stummfilm aller Zeiten. Aber worin besteht das Vampirische?«

»Er ist ein geheimnisvoller Mann. Niemand kann von ihm ein Foto machen, und kaum jemand bekommt ihn zu Gesicht. Man erzählt sich seltsame Geschichten über sein früheres Leben in Paris. Er wird in Jacks *Red Thirst* mitspielen. Auf eine ganz ähnliche Weise hat Universal für Karloff in *Frankenstein* Werbung gemacht. Der Chevalier Futaine« – sie ließ die Worte genüsslich auf der Zunge zergehen – »ist wahrscheinlich ein singender Kellner aus einem Pariser Café. Ich habe ihn noch nicht gesehen – aber zum Teufel mit ihm. Mart, ich will, dass du etwas für mich tust. Für Deming.«

»Hess Deming?« Ich zog erstaunt die Augenbrauen hoch. Sandra Colter, die Frau von Hess Deming, Summits größtem Kassenmagneten, war zwei Tage zuvor gestorben. Sie hatte ebenfalls als Schauspielerin gearbeitet, auch wenn sie nie so ein großer Star gewesen war wie ihr Ehemann. Hess liebte sie, das wusste ich – und nun hatte ich eine Ahnung, worin das Problem lag. Ich sagte: »Mir ist aufgefallen, dass er ein bisschen zittrig war.«

»Er wird sich noch umbringen«, erklärte Jean, die besorgt aussah. »Ich ... ich fühle mich irgendwie verantwortlich für ihn, Mart. Schließlich hat er mir Starthilfe bei Summit gegeben. Und inzwischen kann das Delirium tremens bei ihm jederzeit eintreten.«

»Ich tue, was ich kann«, versicherte ich ihr. »Aber das ist keine große Sache. Schließlich ist sich zu betrinken vermutlich das Beste, was er tun konnte. Ich weiß, wenn ich dich verlieren würde, Jean ...« Ich hielt inne. An so etwas wollte ich nicht denken.

Jean nickte. »Sieh zu, dass du etwas für ihn tun kannst. Sandra auf diese Art zu verlieren war – ziemlich schrecklich.«

»Auf welche Art? Denk daran, ich war unterwegs. Ich habe zwar darüber gelesen, aber …«

»Sie starb einfach so«, antwortete Jean. »Es hieß, es sei perniziöse Anämie gewesen. Aber Hess hat mir erzählt, dass sie in Wahrheit überhaupt nicht wussten, woran es lag. Sie schien einfach immer schwächer zu werden, bis … sie einfach dahinschied.«

Ich nickte, gab Jean einen hastigen Kuss und ging wieder ins Haus.

Bald sah ich Hess Deming vorbeigehen, ein Glas in der Hand. Er drehte sich um, als ich ihm auf die Schulter klopfte.

»Oh, Mart«, sagte er. Seine Stimme klang ganz leicht verwaschen. Zwar vertrug er durchaus Alkohol, aber ich konnte an seinen blutunterlaufenen Augen erkennen, dass er fast am Ende seiner Kräfte war. Er war zweifellos ein attraktiver Teufelskerl, muskulös, mit markanten Gesichtszügen, ruhigen grauen Augen und einem breiten Mund, der üblicherweise lächelte. Jetzt lächelte er nicht, sondern die Mundwinkel hingen schlaff herab, und sein Gesicht war schweißüberströmt.

»Du weißt das von Sandra?«, fragte er.

»Ja«, antwortete ich. »Es tut mir so leid, Hess.«

Er nahm einen tiefen Schluck aus dem Glas und wischte sich mit einem angewiderten Gesicht den Mund ab. »Ich bin betrunken, Mart«, gestand er. »Ich musste mich einfach betrinken. Es war so furchtbar – diese vergangenen Tage. Ich muss sie verbrennen lassen.«

Ich schwieg.

»Sie verbrennen lassen. O mein Gott, Mart – dieser wunderschöne Körper wird zu Asche zerfallen – und ich muss dabei zusehen! Sie hat mir das Versprechen abgenommen, dass ich zusehe, um sicherzugehen, dass sie auch wirklich verbrannt wird.«

»Einäscherung ist doch ein sauberes Ende, Hess. Und Sandra war ein sauberes Mädchen und eine verdammt gute Schauspielerin.«

Er brachte sein gerötetes Gesicht nahe an meines. »Ja – aber ich *muss* sie verbrennen lassen. Es wird mich umbringen, Mart. O Gott!« Er stellte das leere Glas auf einem Tisch ab und blickte sich benommen um.

Ich fragte mich, warum Sandra auf einer Einäscherung bestanden hatte. Sie hatte irgendwann einmal in einem Interview ihre Angst vor dem Feuer betont. Die meisten Dinge, die Stars zugeschrieben werden, sind Blödsinn, aber ich wusste zufällig, dass Sandra wirklich Angst vor dem Feuer hatte. Einmal hatte ich am Drehort gesehen, wie sie einen hysterischen Anfall bekam, als ihr Partner sich die Pfeife zu nahe an ihrem Gesicht anzündete.

»Entschuldige mich, Mart«, sagte Hess. »Ich brauche noch einen Drink.«

»Einen Moment«, meinte ich und hielt ihn fest. »Du solltest dich vorsehen, Hess. Du hattest schon zu viel.«

»Es tut immer noch weh. Nur noch ein bisschen, dann tut es vielleicht nicht mehr so weh.« Aber er riss sich nicht los. Stattdessen starrte er mich mit dem Stumpfsinn des Rausches an. »Sauber«, wiederholte er. »Das hat sie auch gesagt, Mart. Sie sagte, verbrennen sei ein sauberer Tod. Aber, Gott, ihr wunderschöner weißer Körper … ich kann es nicht ertragen, Mart! Ich glaube, ich drehe durch. Besorg mir einen Drink, sei ein netter Kerl.«

Ich entgegnete: »Warte hier, Hess. Ich besorge dir einen.« Ich fügte nicht hinzu, dass dieser verdünnt sein würde – und zwar erheblich.

Er sank in einen Sessel und murmelte ein Dankeschön. Als ich mich auf den Weg machte, war mir elend zumute. Ich hatte zu viele Schauspieler gesehen, die am Ende waren, um Hess' Symptome zu missdeuten. Ich wusste, dass seine Zeit als Kassenmagnet vorbei war. Die Wartezeiten zwischen den einzelnen Filmen würden immer länger werden, und dann kämen Gastauftritte, und schließlich Billigfilme und Serien. Und am Ende würde vielleicht ein Toter in einem Schlafzimmer eines billigen Wohnheims an der Hauptstraße aufgefunden werden, in dem der Gashahn aufgedreht war.

Um die Bar drängte sich eine Menschenmenge. Irgendjemand sagte: »Da ist Mart. Hey, komm rüber und lerne den Vampir kennen!«

Ein Schock durchzuckte mich. Ich erblickte Jack Hardy, meinen Gastgeber, den Regisseur, mit dem ich an so manchem Erfolg gearbeitet hatte. Er sah wie eine Leiche aus. Und dabei hatte ich ihn schon gesehen, als er mehr als schlecht aussah. Ein Mann mit einem Kater oder einem Marihuanarausch ist kein schöner Anblick, aber ich hatte Hardy noch nie so gesehen. Er sah aus, als ob er auf dem Zahnfleisch ginge. Der Mann war vollkommen blutleer.

Als ich ihn zuletzt zu Gesicht bekommen hatte, war er ein kräftiger blonder Mann mit gesunder Gesichtsfarbe gewesen, der mit seinem riesigen Bizeps, seinem hässlichen, gutmütigen Gesicht und seinem flachsfarbenen Borstenhaar stark an einen Ringer erinnerte. Jetzt sah er wie ein Skelett aus, an dessen großer Gestalt die Haut schlaff herunterhing. Sein Gesicht war ein Netz aus hängenden Falten. Er hatte Tränensäcke unter den Augen, und diese Augen waren trüb und glasig. Um seinen Hals trug er ein eng geknotetes Halstuch.

»Großer Gott, Jack!«, rief ich aus. »Was ist denn mit dir passiert?«

Er wandte schnell den Blick ab. »Nichts«, erwiderte er schroff. »Es geht mir gut. Ich möchte, dass du den Chevalier Futaine kennenlernst – dies ist Mart Prescott.«

»Pierre«, erwiderte eine Stimme. »Hollywood ist kein Ort für Titel. Mart Prescott – ich freue mich, Sie kennenzulernen.«

Ich stand dem Chevalier Pierre Futaine gegenüber.

Wir schüttelten uns die Hände. Mein erster Eindruck war der von eisiger Kälte und einer glitschigen Art von Trockenheit – und ich ließ seine Hand zu schnell los, um höflich zu sein. Er lächelte mich an.

Ein charmanter Mann, der Chevalier. Zumindest hatte es den Anschein. Schlank, etwas kleiner als mittelgroß, und sein sanftes rundes Gesicht wirkte unpassend jugendlich. Blondes Haar war glatt über die Kopfhaut gekämmt. Ich erkannte, dass er Rouge aufgelegt hatte. Es war zwar sehr geschickt gemacht, aber ich kannte mich mit Make-up aus. Und unter dem Rouge entdeckte ich eine eigenartige Leichenblässe, die ihn zu einem gebrandmarkten Mann gemacht hätte, wenn er sie nicht kaschiert hätte. Vielleicht hatte irgendeine Krankheit seine Haut ausgebleicht – aber seine Lippen waren nicht geschminkt worden. Und diese waren so karmesinrot wie Blut.

Er war glatt rasiert, trug makellose Abendkleidung, und seine Augen wirkten schwarz wie Tinte.

»Sehr angenehm«, erwiderte ich. »Sie sind also der Vampir?«

Er lächelte. »So heißt es. Aber wir dienen alle dem dunklen Gott der Werbung, oder, Mr Prescott? Oder darf ich Sie Mart nennen?«

»Ja, sagen Sie Mart zu mir«, antwortete ich, indem ich ihn weiterhin anstarrte. Ich sah, wie sein Blick an mir vorbeiwanderte, und ein merkwürdiger Ausdruck zeigte sich auf seinem Gesicht – ein Ausdruck von Erstaunen, von Unglauben. Aber dieser war sofort wieder verschwunden.

Ich drehte mich um. Jean näherte sich uns, und als ich mich wieder umwandte, stand sie schon neben mir. Sie fragte: »Ist das der Chevalier?«

Pierre Futaine starrte sie an, die Lippen leicht geöffnet. Fast unhörbar murmelte er: »Sonya.« Und dann, mit einem fragenden Unterton, »Sonya?«

Ich stellte die beiden einander vor. Jean erklärte: »Nein, ich heiße nicht Sonya.«

Der Chevalier schüttelte mit einem eigenartigen Ausdruck in seinen schwarzen Augen den Kopf.

»Ich kannte einmal ein Mädchen wie Sie«, sagte er leise. »Sie war Ihnen sehr ähnlich. Es ist seltsam.«

»Wenn Sie mich jetzt entschuldigen würden?«, unterbrach ich ihn. Jack Hardy war im Begriff, die Bar zu verlassen. Schnell folgte ich ihm.

Ich berührte ihn an der Schulter, als er gerade die Verandatür durchqueren wollte. Erschrocken stieß er einen Fluch aus und wandte mir eine weiße Totenmaske von einem Gesicht zu.

»Geh zum Teufel, Mart!«, knurrte er. »Behalt deine Hände bei dir.«

Ich legte meine Hände auf seine Schultern und drehte ihn herum.

»Was zum Teufel ist mit dir passiert?«, fragte ich ihn. »Hör zu, Jack, du kannst mich nicht täuschen oder anlügen. Das weißt du. Ich habe dir in der Vergangenheit oft genug auf die Beine geholfen, und das kann ich wieder tun. Verrate es mir.«

Sein eingefallenes Gesicht nahm einen sanfteren Ausdruck an. Er griff nach oben und nahm meine Hände von seinen Schultern. Seine waren eiskalt, wie die Hände des Chevaliers Futaine.

»Nein«, sagte er. »Es hat keinen Zweck, Mart. Es gibt nichts, was du tun kannst. Es geht mir gut, wirklich. Nur – Überanstrengung. Ich habe es in Paris etwas übertrieben.«

Ich kam einfach nicht an ihn heran. Plötzlich kam mir ein Gedanke, der mir ganz unabsichtlich gleich über die Lippen sprudelte.

»Was ist mit deinem Hals los?«, fragte ich ihn unvermittelt.

Er antwortete nicht, sondern runzelte nur die Stirn und schüttelte den Kopf.

»Ich habe eine Halsentzündung«, behauptete er. »Die habe ich mir auf dem Dampfer eingefangen.« Seine Hand fuhr nach oben und berührte das schwarze Tuch.

Hinter uns ertönte ein krächzender, schriller Laut – ein Geräusch, das nicht ganz menschlich klang. Ich drehte mich um. Es war Hess Deming. Er stand schwankend in der Türöffnung, die blutunterlaufenen Augen funkelten wütend, und ein kleines Speichelrinnsal rieselte ihm das Kinn herunter.

Er sprach mit einer kalten, ausdruckslosen Stimme, die irgendwie entsetzlich klang. »Sandra ist an einer Halsentzündung gestorben, Hardy.«

Jack antwortete nicht. Er taumelte einen Schritt zurück.

Hess sprach mit dumpfer Stimme weiter. »Sie wurde immer bleicher und starb. Und der Arzt wusste nicht, was es war, auch wenn es auf der Sterbeurkunde ›Anämie‹ heißt. Haben Sie irgendeine widerliche Krankheit mitgebracht, Hardy? Denn wenn es so ist, werde ich Sie töten.«

»Moment mal«, sagte ich. »Eine Halsentzündung? Ich wusste nicht –«

»Da war eine Wunde an ihrem Hals, zwei kleine Male, dicht nebeneinander. Das kann nicht der Grund für ihren Tod sein, wenn nicht irgendeine abscheuliche Krankheit …«

»Du bist verrückt, Hess«, meinte ich. »Du weißt, dass du betrunken bist. Hör mir zu: Jack kann damit nichts zu tun haben.«

Hess sah mich nicht an. Er beobachtete Jack Hardy aus seinen blutunterlaufenen Augen. In dem gleichen gedämpften, tödlich monotonen Tonfall fuhr er fort: »Schwören Sie, dass Mart recht hat, Hardy? Schwören Sie es?«

Jacks Lippen waren verzerrt – er litt sichtlich Höllenqualen. Ich sagte: »Los, Jack. Sag ihm, dass er sich irrt.«

Hardy platzte heraus: »Ich bin Ihrer Frau nicht zu nahe gekommen! Ich habe sie nicht gesehen, seit ich zurück bin. Da gibt es …«

»Das ist nicht die Antwort, die ich hören will«, flüsterte Hess. Und er stürzte sich auf den anderen Mann – oder besser gesagt, er taumelte vorwärts.

Hess war zu betrunken und Jack zu schwach, als dass sie sich gegenseitig hätten Schaden zufügen können, aber es kam einen Augenblick lang zu einem scheußlichen Handgemenge, bevor ich die beiden trennte. Als ich sie auseinanderzog, umklammerte Hess' Hand das Tuch um Jacks Hals und riss es ab.

Und ich sah die Male an Jack Hardys Hals. Zwei rote, entzündete kleine Löcher mit weißem Rand, direkt über einer dicken Blutader.

2. Sandras Einäscherung

Am nächsten Tag rief mich Jean an.

»Mart«, sagte sie, »wir gehen heute Abend im Studio eine Szene für *Red Thirst* durch – Bühne 6. Du hast die Aufgabe des Regieassistenten bei dem Streifen, also solltest du dabei sein. Und – mir kam der Gedanke, dass Jack es dir vielleicht nicht erzählen würde. Er war in letzter Zeit so ... merkwürdig.«

»Danke, meine Süße«, erwiderte ich. »Ich werde da sein. Aber ich wusste nicht, dass du in dem Film mitspielst.«

»Ich auch nicht, aber da hat wohl jemand seine Beziehungen spielen lassen. Irgendjemand wollte, dass ich dabei bin – der Chevalier, nehme ich an – und der Oberboss hat mich heute Morgen angerufen und mich in das Geheimnis eingeweiht. Allerdings fühle ich mich der Sache nicht so ganz gewachsen. Ich habe schlecht geschlafen.«

»Das tut mir leid. Dir ging es doch gut, als ich gegangen bin.«

»Ich hatte einen – Albtraum«, sagte sie langsam. »Er war ziemlich entsetzlich, Mart. Aber seltsamerweise kann ich mich nicht erinnern, worum es ging. Also – bist du heute Abend da?«

Ich versicherte es ihr, aber der Zufall wollte es, dass ich mein Versprechen nicht halten konnte. Hess Deming rief mich an und fragte mich, ob ich zu ihm nach Malibu kommen und ihn in die Stadt fahren könne. Er war zu zittrig, um selbst zu fahren, wie er erklärte, und Sandras Einäscherung sollte an diesem Nachmittag stattfinden. Ich nahm meinen Sportwagen und brauste in Richtung Sunset Boulevard los. Nach zwanzig Minuten war ich an Demings Strandhaus angekommen.

Sein Hausdiener ließ mich herein. Als er mich erkannte, schüttelte er ernst den Kopf.

»Mister Deming geht ziemlich schlecht«, erklärte er. »Den ganzen Morgen trinken Gin pur …«

Von oben rief Hess: »Bist du's, Mart? Okay – bin gleich unten. Komm rauf zu mir, Jim!«

Der Japaner trippelte die Treppe hinauf, nachdem er mir einen bedeutsamen Blick zugeworfen hatte.

Ich schlenderte zu einem Tisch hinüber und blätterte die Zeitschriften durch, die darauf lagen. Ein kleiner Luftzug drang durch das halb geöffnete Fenster und brachte ein Stück Papier zum Flattern. Ein Wort darauf weckte meine Aufmerksamkeit, und ich hob die Nachricht auf. Denn darum handelte es sich. Die Mitteilung war an Hess gerichtet, und nach einem kurzen Blick darauf hatte ich keine Skrupel mehr, sie zu überfliegen.

»Liebster Hess«, lautete die Nachricht, »ich habe das Gefühl, dass ich sehr bald sterben werde. Und ich möchte, dass du etwas für mich tust. Ich weiß, dass ich nicht bei Verstand war und Dinge gesagt habe, die ich nicht so meinte. Lass mich nicht verbrennen, Hess. Selbst wenn ich tot bin, werde ich das Feuer spüren – das weiß ich. Lass mich in einer Gruft in Forest Lawn begraben – und lass mich nicht einbalsamieren. Ich werde tot sein, wenn du diese Nachricht findest, aber ich weiß, dass du mir meinen Wunsch erfüllen wirst, mein Liebster. Und, ob tot oder lebendig, ich werde dich immer lieben.«

Die Nachricht war von Sandra Colter, Hess' Ehefrau, unterschrieben. Das hier war seltsam. Ich fragte mich, ob Hess es schon gesehen hatte.

Hinter mir zog jemand leise die Luft ein. Es war Jim, der Hausdiener. Er sagte: »Mister Prescott finden die Nachricht gestern Abend. Mister Hess hat noch nicht gesehen. Miss Colters Schrift.«

Er zögerte, und ich erkannte Angst in seinen Augen – pure, unverhohlene Angst. Er legte einen braunen Zeigefinger auf die Nachricht. »Sehen das, Mister Prescott?«

Er deutete auf einen Tintenfleck, der die Unterschrift halb verdeckte. Ich entgegnete: »Nun?«

»Ich gemacht, Mister Prescott. Wenn Nachricht aufheben. Tinte war – nicht trocken.«

Ich starrte ihn an. Hastig drehte er sich um, da auf der Treppe

Schritte zu hören waren. Hess Deming kam, recht wacklig, die Treppe herunter.

Ich glaube, in diesem Moment wurde mir die furchtbare Wahrheit klar. Allerdings glaubte ich es nicht – da noch nicht. Es war zu absurd, zu unglaublich. Aber trotzdem musste etwas von der Wahrheit in meinen Verstand gesickert sein, denn es gab keine andere Erklärung für das, was ich daraufhin tat.

Hess fragte: »Was hast du da, Mart?«

»Nichts«, erwiderte ich leise. Ich zerknüllte den Zettel und steckte ihn in meine Tasche. »Jedenfalls nichts Wichtiges. Bist du fertig?«

Er nickte, und wir gingen zur Tür. Ich erhaschte einen Blick auf Jim, der uns nachblickte, einen Ausdruck von – war es Erleichterung? – auf seinem dunklen, runzligen Gesicht.

Das Krematorium befand sich in Pasadena, und ich ließ Hess dort allein zurück. Ich wäre gerne bei ihm geblieben, aber das wollte er nicht. Ich wusste, er wollte nicht, dass jemand ihn beobachtete, wenn Sandras Leichnam eingeäschert wurde. Und ich wusste, dass es auf diese Weise leichter für ihn sein würde. Ich nahm eine Abkürzung durch die Hollywood Hills, und da begannen die Probleme.

Mein Wagen erlitt einen Achsenbruch. Kurz zuvor hatten Regengüsse Furchen in die Straße gegraben, und es gelang mir gerade so, das Auto davor zu bewahren, sich zu überschlagen. Daraufhin musste ich mehrere Kilometer zum nächsten Telefon gehen, und dann vergeudete ich noch mehr Zeit damit, auf ein Taxi zu warten. Es war fast acht Uhr abends, als ich am Studio ankam.

Der Pförtner ließ mich herein, und ich eilte zur Bühne 6. Dort war es dunkel. Ich murmelte einen Fluch und stieß beinahe mit einer dunklen Gestalt zusammen. Es handelte sich um Forrest, einen der Kameramänner. Er stieß einen seltsamen Schrei aus und umklammerte meinen Arm.

»Bist du das, Mart? Hör mal, kannst du mir einen Gefallen tun? Ich möchte, dass du dir eine Kopie ansiehst …«

»Keine Zeit. Hast du Jean hier irgendwo gesehen? Ich sollte eigentlich …«

»Genau darum geht's«, erklärte Forrest. Er war ein verschrumpelter kleiner Kerl mit einem Affengesicht, aber ein sehr guter

Kameramann. »Sie sind verschwunden – Jean und Hardy und der Chevalier. Irgendwas ist eigenartig an diesem Typen.«

»Meinst du? Also, ich rufe Jean an. Ich werde morgen einen Blick auf deine Schnellkopie werfen.«

»Sie ist nicht zu Hause. Der Chevalier hat sie in den *Cocoanut Grove* mitgenommen. Hör zu, Mart, du *musst* dir das ansehen. Entweder habe ich keine Ahnung mehr davon, wie man mit den Geräten umgeht, oder dieser Franzose ist das Verrückteste, was ich je aufgenommen habe. Komm mit rüber ins Kino, Mart – ich habe die Filmrolle fertig, und wir können gleich loslegen. Hab die Rohfassung einfach selbst entwickelt.«

»Ach, in Ordnung«, stimmte ich zu und folgte Forrest ins Kino.

In dem kleinen dunklen Vorführraum suchte ich mir einen Platz und hörte zu, wie Forrest in der Filmkabine herumlief. Er schaltete den Beschallungsverstärker ein und sagte: »Hardy wollte nicht, dass irgendwelche Bilder gemacht würden – er bestand darauf, verstehst du. Aber der Boss hat mir gesagt, ich soll eine der automatischen Kameras laufen lassen – der Ton war egal – nur um einen Eindruck zu bekommen, wie der französische Kerl sich auf der Leinwand macht. Zum Glück war es keine der alten Klapperkisten, sonst hätte Hardy das mitgekriegt. Es geht los, Mart!«

Ich hörte ein Klicken, als der Beschallungsverstärker ausgeschaltet wurde. Weißes Licht strömte auf den Bildschirm. Es verblasste und machte einem Bild Platz – dem Interieur von Bühne 6. Der Szenenaufbau passte nicht zum Stil der Umgebung: ein Salon mitten aus dem viktorianischen Zeitalter mit zu üppig gepolsterten Plüschsesseln, Gemälden mit Goldrahmen und einer besonders scheußlichen dreistöckigen Obstschale.

Jack Hardy kam ins Bild. Sein Gesicht auf der Leinwand sprang mir ins Auge wie ein Totenkopf, bedeckt mit der herunterhängenden, faltigen Haut. Ihm folgte Jean auf den Fersen, die einen Maßanzug trug – niemand zieht sich für Proben um – und hinter ihr …

Ich blinzelte, weil ich dachte, dass meine Augen mich trügen würden. Etwas, das aussah wie glühender Nebel – oval und so groß wie ein Mann – bewegte sich über die Leinwand. Haben Sie schon einmal den leuchtenden Strahlenkranz auf der Leinwand gesehen, wenn ein Scheinwerfer direkt auf die Kamera gerichtet ist? Nun –

genauso sah es aus, abgesehen davon, dass sich die Quelle nicht zurückverfolgen ließ. Und entsetzlicherweise bewegte es sich in etwa mit dem Tempo vorwärts, das den Schritten eines Menschen entsprach.

Der Verstärker klickte wieder. Forrest sagte: »Als ich es auf der Negativkopie sah, dachte ich, ich wäre verrückt, Mart. Ich sah die Aufnahme und da gab es kein seltsames Licht. Sieh mal...« Der ovale glühende Nebel befand sich bewegungslos neben Jean, und sie sah ihn direkt an, ein Lächeln auf den Lippen. »Mart, als das aufgenommen wurde, hat Jean direkt den französischen Typen angeschaut!«

Ich sagte etwas heiser: »Halt an, Forrest. Genau da.«

Die Bilder liefen langsamer und hielten an. Jean war im Profil zu sehen. Ich beugte mich nach vorn und starrte etwas an, das ich an dem Hals des Mädchens entdeckt hatte. Es war kaum sichtbar, nur ein winziges verfärbtes Mal an Jeans Kehle, über der Drosselvene – aber unverkennbar die gleiche Wunde, wie ich sie in der vorigen Nacht an Jack Hardys Kehle gesehen hatte!

Ich hörte, wie der Verstärker ausgeschaltet wurde. Plötzlich erschien auf der Leinwand ein grelles weißes Licht. Dann wurde sie schwarz.

Ich wartete einen Augenblick, aber aus der Kabine kam kein Geräusch.

»Forrest!«, rief ich. »Alles in Ordnung?«

Nichts war zu hören. Das schwache Surren des Projektors war verstummt. Ich stand hastig auf und eilte in den hinteren Teil des Kinos. Da gab es zwei Eingänge zur Kabine: eine Tür, die sich zu einer Treppe hin öffnete, die zu der Gasse draußen hinunterführte, und ein Loch im Boden, das mit Hilfe einer Metallleiter erreicht werden konnte. Ich stieg hinauf, während eine unheilvolle Befürchtung in mir immer stärker wurde.

Forrest war noch immer da. Aber er lebte nicht mehr. Er lag ausgestreckt auf dem Rücken, sein verschrumpeltes Gesicht starrte blind ins Leere, und sein Kopf war in einem unmöglichen Winkel abgeknickt. Ganz offensichtlich war sein Genick gebrochen.

Ich sah zum Projektor; die Filmrolle war verschwunden! Und die Tür, die zur Treppe führte, stand einen Spalt offen.

Ich trat auf die Treppe hinaus, obwohl ich wusste, dass ich

niemanden sehen würde. Die hell erleuchtete breite Gasse zwischen den Bühnen 6 und 4 war still und leer.

Das Geräusch von rennenden Füßen kam auf mich zu und wurde kontinuierlich lauter. Ein laufender Mann kam in Sichtweite. Ich erkannte ihn als einen Mitarbeiter der Publicity-Truppe und rief ihn.

»Keine Zeit«, keuchte er, aber verlangsamte sein Tempo trotzdem.

Ich fragte: »Haben Sie gerade hier jemanden gesehen? Den … Chevalier Futaine?«

Er schüttelte den Kopf. »Nein, aber –« Sein Gesicht war bleich, als er zu mir heraufblickte. »Hess Deming ist verrückt geworden. Ich muss die Zeitungen anrufen.«

Ein eiskalter Schauder lief mir über den Rücken. Ich rannte die Treppe hinunter und packte ihn am Arm.

»Was meinen Sie damit?«, fuhr ich ihn an. »Es ging Hess gut, als ich ihn verlassen habe. Er war etwas angespannt, das ist alles.«

Auf seinem Gesicht glänzte Schweiß. »Es ist schrecklich … ich bin noch nicht sicher, was genau passiert ist. Seine Frau – Sandra Colter – erwachte wieder zum Leben, als sie sie einäscherten. Sie sahen sie durch das Fenster, wissen Sie, schreiend und gegen das Glas hämmernd, während sie bei lebendigem Leib verbrannte. Hess konnte sie nicht rechtzeitig herausholen. Er ist vollkommen durchgedreht. Scheintod, heißt es – ich muss zu einem Telefon, Mr Prescott!«

Er riss sich los und sprintete in Richtung der Verwaltungsgebäude.

Ich steckte meine Hand in die Tasche und zog einen Zettel heraus. Es handelte sich um die Nachricht, die ich in Hess Demings Haus gefunden hatte. Die Worte tanzten und flackerten vor meinen Augen. Ich sagte mir selbst wieder und wieder: »Das kann nicht wahr sein! Solche Dinge können nicht passieren!«

Ich meinte nicht Sandra Colters schreckliche Auferstehung während der Einäscherung. Das allein ließe sich wahrscheinlich glaubhaft erklären – vielleicht durch eine Katalepsie. Aber in Verbindung mit gewissen anderen Ereignissen führte das zu einer einzigen eindeutigen Schlussfolgerung. Und es handelte sich dabei um eine Schlussfolgerung, der ins Auge zu sehen ich nicht wagte.

Was hatte der arme Forrest gesagt? Dass der Chevalier Jean ins *Cocoanut Grove* mitgenommen hatte? Nun …

Das Taxi wartete immer noch. Ich stieg ein.

»Zum Ambassador Hotel, ins *Cocoanut Grove*«, sagte ich grimmig zu dem Fahrer. »Zwanzig Mäuse, wenn Sie auf der ganzen Strecke die grünen Ampeln erwischen.«

3. Der schwarze Sarg

Die ganze Nacht hatte ich Hollywood durchkämmt – ohne Erfolg. Weder der Chevalier Futaine noch Jean waren im *Cocoanut Grove* gewesen. Und niemand kannte die Adresse des Chevaliers. Ein Telefonanruf im Studio, in dem inzwischen große Aufregung über das Hess-Deming-Desaster und den Mord an Forrest herrschte, brachte mir gar nichts. Vergeblich drehte ich eine Runde durch das Hollywood-Nachtleben. *Trocadero, Sardi's,* alle drei der *Brown Derbies,* die schicken, berüchtigten Clubs am Sunset Boulevard – nirgendwo konnte ich sie finden. Ich rief Jack Hardy ein Dutzend Mal an, aber er ging nicht ans Telefon. Schließlich landete ich meinen ersten Glückstreffer in einem ›Privatclub‹ in Culver City.

»Mr Hardy ist oben«, teilte mir der Inhaber mit, der besorgt aussah. »Ich hoffe, es ist alles in Ordnung, Mr Prescott? Ich habe die Sache mit Deming gehört.«

»Alles in Ordnung«, antwortete ich. »Bringen Sie mich zu ihm.«

»Er schläft seinen Rausch aus«, gestand der Mann. »Versuchte den Laden leer zu trinken, und ich habe ihn nach oben in Sicherheit gebracht.«

»Ist wohl nicht das erste Mal?«, meinte ich mit gespielter Heiterkeit. »Bringen Sie bitte etwas Kaffee nach oben, ja? Schwarz. Ich muss mit ihm reden.«

Aber es dauerte eine halbe Stunde, bis Hardy in der Lage war, das zu verstehen, was ich zu ihm sagte. Schließlich setzte er sich auf der Couch auf, blinzelte, und ein Schimmer der Erkenntnis blitzte in seinen tief in den Höhlen liegenden Augen auf.

»Prescott, kannst du mich nicht in Ruhe lassen?«

Ich beugte mich zu ihm und sprach sehr deutlich, damit er mich ganz sicher verstand. »Ich weiß, was der Chevalier Futaine ist«, erklärte ich.

Und ich wartete auf die schreckliche, unmögliche Bestätigung, oder auf die Worte, die mich davon überzeugen würden, dass ich ein wahnsinniger Dummkopf war.

Hardy sah mich mit trübem Blick an. »Wie hast du es herausgefunden?«, flüsterte er.

Das Blut gefror mir in den Adern. Bis zu diesem Augenblick hatte ich es eigentlich nicht geglaubt, trotz all der Beweise. Aber nun bestätigte Hardy meinen Verdacht, an den zu glauben ich mir selbst nicht gestattet hatte.

Ich beantwortete ihm seine Frage nicht. Stattdessen fragte ich: »Weißt du das von Hess?«

Er nickte, und als ich die Qual in seinem Gesicht sah, hatte ich fast Mitleid mit ihm. Doch dann ließ mich der Gedanke an Jean fortfahren.

»Weißt du, wo er jetzt ist?«

»Nein. Worüber redest du da?«, brauste er plötzlich auf. »Bist du verrückt, Mart? Hast du –«

»Ich bin nicht verrückt. Aber Hess Deming.«

Er sah mich an wie ein eingeschüchterter, geprügelter Hund.

Ich fuhr grimmig fort: »Wirst du mir die Wahrheit erzählen? Darüber, wie du dir diese Wunden an deiner Kehle zugezogen hast? Wie du dieser – Kreatur begegnet bist? Und wohin der Kerl Jean gebracht hat?«

»Jean!« Er sah wirklich erschrocken aus. »Hat er … das wusste ich nicht, Mart, ich schwöre es. Du … du warst mir immer ein guter Freund, und … und ich werde dir die Wahrheit sagen – dir und Jean zuliebe … auch wenn es vielleicht schon zu spät ist.«

Ich zuckte unwillkürlich zusammen, was dazu führte, dass er mir einen schnellen Seitenblick zuwarf. Dann fuhr er fort. »Ich habe ihn in Paris kennengelernt. Ich war auf der Suche nach neuen Sensationen … aber ich erwartete nichts Derartiges. Ein Satanistenclub … Teufelsanbeter. Das übliche Zeug, billige, heimliche Blasphemie. Aber da begegnete ich … ihm. Er kann faszinierend sein, wenn er sich bemüht. Hat mich aus der Reserve gelockt, brachte mich dazu, ihm von Hollywood zu erzählen … von den Frauen, die wir hier haben. Ich habe ein bisschen angegeben. Er fragte mich über die Stars aus, fragte mich, ob sie wirklich so schön sind, wie sie wirken. In seinen Augen lag ein gieriger Ausdruck, als er mir zuhörte, Mart.

Dann hatte ich in einer Nacht einen furchtbaren Albtraum. Ich träumte – oder zumindest dachte ich, dass es sich um einen Traum handle – dass ein grässliches schwarzes Monster zum Fenster hereinkroch und mich angriff … mich in den Hals biss. Und danach … befand ich mich in seiner Gewalt. Er sagte mir die Wahrheit. Er machte mich zu seinem Sklaven, und ich konnte nichts dagegen tun. Seine Kräfte sind nicht menschlich.

Er brachte mich dazu, ihn herzubringen und als Neuentdeckung vorzustellen, die in *Red Thirst* die Hauptrolle spielen würde, bevor ich … es wusste. Wie er über mich gelacht haben muss! Er ließ sich von mir bedienen. Ich musste dafür sorgen, dass sich die Fotografen fernhielten, musste sicherstellen, dass keine Kameras und keine Spiegel in seiner Nähe waren. Und als Belohnung … ließ er mich am Leben.«

Ich wusste, ich sollte eigentlich Verachtung für Hardy empfinden, der so ein abscheuliches Übel begünstigt hatte. Aber irgendwie konnte ich es nicht. Leise fragte ich: »Was ist mit Jean? Wo lebt der Chevalier?«

Er sagte es mir. »Aber du kannst nichts tun, Mart. Da gibt es ein Gewölbe unter dem Haus, in dem er sich während des Tages aufhält. Es kann nicht geöffnet werden, nur mit einem Schlüssel, den er immer bei sich trägt – ein silberner Schlüssel. Er hat eigens eine Tür dafür anfertigen lassen und dann irgendwas damit gemacht, damit sie durch nichts geöffnet werden kann außer durch diesen Schlüssel. Sogar Dynamit würde es nicht schaffen, sie aufzusprengen, das hat er zu mir gesagt.«

»Solche Wesen … können getötet werden.«

»Aber das ist nicht leicht. Sandra Colter war eines seiner Opfer. Nach ihrem Tod wurde auch sie zu einem Vampir, hat am Tag geschlafen und nur nachts gelebt. Das Feuer hat sie vernichtet, aber es gibt keinen Weg, in das Gewölbe unter Futaines Haus zu gelangen.«

»Ich dachte nicht an Feuer … Ein Messer …«

»Durchs Herz gestoßen«, unterbrach mich Hardy fast eifrig. »Ja. Und Enthauptung. Ich habe selbst schon daran gedacht, aber ich kann nichts tun. Ich … bin sein Sklave, Mart.«

Ich schwieg, drückte aber die Klingel. Sofort erschien der Inhaber. »Können Sie mir ein Schlachtermesser besorgen?« Ich zeigte mit den Händen die Länge an. »Etwa in dieser Länge? Ein scharfes Messer?«

Der Mann, der an seltsame Bitten gewöhnt war, nickte. »Sofort, Mr Prescott.«

Als ich ihm aus dem Raum folgte, sagte Hardy schwach: »Mart.«

Ich drehte mich um.

»Viel Glück. Der Ausdruck auf seinem eingefallenen Gesicht beraubte die Worte ihres Pathos.

»Danke«, zwang ich mich selbst zu antworten. »Ich gebe dir keine Schuld für das, was passiert ist, Jack. Ich hätte das Gleiche getan.«

Ich ließ ihn zurück, auf der Couch zusammengesackt. Er starrte mit Augen hinter mir her, die die Hölle gesehen hatten.

Der Tag neigte sich bereits seinem Ende zu, als ich Culver City im Auto verließ, ein langes rasiermesserscharfes Messer sicher in meinem Mantel versteckt. Und die Zeit verging viel zu schnell. Durch einen Telefonanruf fand ich heraus, dass Jean noch nicht nach Hause zurückgekehrt war. Es dauerte mehr als eine Stunde, um einen bestimmten Mann ausfindig zu machen, nach dem ich suchte – einen Mann, der für das Studio schon gewisse delikate Aufgaben erledigt hatte. Er wusste fast alles über Schlösser, wie die Polizei schon diverse Male beschämt hatte zugeben müssen.

Sein Name war Axel Ferguson, und er war ein massiger, gutmütiger Schwede, dessen dicke Finger eher für den Umgang mit einer Schaufel als für den mit dem Mechanismus von Schlössern geeignet zu sein schienen. Trotzdem war er so geschickt wie Houdini – und tatsächlich war er früher einmal ein professioneller Zauberkünstler gewesen.

Die Vordertür zu Futaines abgeschiedenem Wohnhaus am Canon erwies sich als keinerlei Hindernis für Fergusons Finger und den winzigen Stahlstreifen, den er verwendete. Das Haus, ein moderner zweistöckiger Bau, schien verlassen zu sein. Aber Hardy hatte gesagt, *unter* dem Haus.

Wir gingen die Kellertreppe hinunter und fanden uns in einem mit Beton ausgekleideten Gang wieder, der in einem sacht abfallenden Winkel etwa zehn Meter nach unten führte. Dort endete der Gang in etwas, das wie eine kahle Wand aus bläulichem Stahl aussah. Die glänzende Oberfläche der Tür war unbeschädigt, abgesehen von einem einzelnen Schlüsselloch.

Ferguson machte sich an die Arbeit. Zuerst summte er leise vor sich hin, aber nach einer Weile verstummte er und arbeitete schweigend. Der Schweiß brach ihm aus. Ein beklommenes Gefühl beschlich mich beim Zusehen. Das Licht der Taschenlampe, die er unter sich hielt, wurde allmählich schwächer. Er legte eine neue Batterie ein und holte ein unvertraut aussehendes Gerät heraus. Dann setzte er eine Schutzbrille mit dunklen Gläsern auf und reichte mir eine andere. Eine blaue, intensiv leuchtende Flamme begann, an der Tür zu lecken.

Es war zwecklos. Die Lötlampe wurde nach einer Weile beiseite gelegt, und Ferguson kehrte zu seinen Werkzeugen zurück. Er benutzte ein Stethoskop und gab sich unendlich viel Mühe, mit seinen geschickten Händen die Tür zu öffnen.

Es war faszinierend, ihn zu beobachten. Aber die ganze Zeit war mir bewusst, dass die Nacht hereinbrach, dass bald die Sonne unterging und dass das Leben der Vampire von Sonnenuntergang bis Sonnenaufgang dauert.

Schließlich gab Ferguson auf. »Ich kann das nicht«, teilte er mir mit, keuchend wie von einem schnellen Rennen. »Und wenn ich es nicht kann, dann kann es niemand. Sogar Houdini hätte dieses Schloss nicht knacken können. Das Einzige, womit es geöffnet werden könnte, wäre der Schlüssel.«

»In Ordnung, Axel«, entgegnete ich matt. »Hier ist Ihr Geld.«

Er zögerte und beobachtete mich. »Bleiben Sie hier, Mr Prescott?«

»Ja«, antwortete ich. »Sie werden den Weg nach draußen finden. Ich warte noch eine Weile.«

»Dann lasse ich Ihnen die Lampe hier«, erklärte er. »Sie können sie mir ja irgendwann zurückgeben, ja?«

Er wartete, und als ich ihm keine Antwort gab, verließ er mich kopfschüttelnd.

Und dann senkte sich völlige Stille über mich. Ich nahm das Messer aus meinem Mantel, testete die Schneide mit meinem Daumen und lehnte mich gegen die Wand, um zu warten.

Weniger als eine halbe Stunde später öffnete sich die Stahltür. Ich stand auf. Durch den größer werdenden Spalt sah ich eine mit Stahl ausgekleidete Kammer, die bis auf einen länglichen, schwarzen Gegenstand, der auf dem Boden stand, leer war. Es handelte sich um einen Sarg.

Die Tür stand weit offen. Eine weiße schlanke Gestalt kam in Sicht – Jean, gekleidet in ein transparentes langes Gewand. Ihre Augen standen weit offen und hatten einen starren Ausdruck. Sie sah aus wie eine Schlafwandlerin.

Ein Mann folgte ihr – ein Mann, der makellose Abendkleidung trug. Jedes Haar auf seinem gepflegten blonden Kopf lag fein säuberlich an seinem Platz, und er betupfte seine Lippen vorsichtig mit einem Taschentuch, als er aus dem Gewölbe trat.

Da, wo seine Lippen das Tuch berührt hatten, war ein kleiner purpurroter Fleck auf dem weißen Leinen zu erkennen.

4. Ich, der Vampir

Jean ging an mir vorbei, als existierte ich nicht. Aber der Chevalier Futaine blieb mit hochgezogenen Augenbrauen stehen. Er durchbohrte mich mit schwarzen Augen.

Der Messergriff fühlte sich heiß in meiner Hand an. Ich machte einen Schritt zur Seite, um Futaine den Weg zu versperren. Hinter mir hörte ich das Rascheln von Seide, und aus dem Augenwinkel sah ich, wie Jean zögerte und anhielt.

Der Chevalier beäugte mich, wobei er lässig mit seinem Taschentuch spielte. »Mart«, sagte er langsam. »Mart Prescott.« Sein Blick zuckte zu dem Messer, und ein kleines Lächeln glitt über seine Lippen.

Ich fragte: »Sie wissen, warum ich hier bin, oder?«

»Ja. Ich habe Sie gehört. Aber ich war nicht beunruhigt. Es gibt nur einen einzigen Gegenstand, der diese Tür öffnen kann.«

Aus seiner Tasche zog er einen Schlüssel mit einem matten silbrigen Schimmer.

»Nur dieses Ding«, schloss er und steckte den Schlüssel wieder weg. »Ihr Messer ist nutzlos, Mart Prescott.«

»Vielleicht«, erwiderte ich und bewegte mich im Zeitlupentempo vorwärts. »Was haben Sie Jean angetan?«

Ein merkwürdiger, beinahe schmerzerfüllter Ausdruck blitzte in seinen Augen auf. »Sie gehört mir«, stieß er fast ärgerlich hervor. »Sie können nichts tun –«

Da machte ich einen Satz auf ihn zu, oder ich versuchte es zumindest. Die Messerklinge schoss geradewegs auf Futaines weiße Hemdbrust zu. Mitten in der Luft kam sie zum Stillstand. Aber er hatte sich nicht gerührt. Seine Augen durchbohrten mich, ganz plötzlich und auf eine schreckliche Art, und es schien, als ob eine Woge furchtbarer Energie auf mich eingewirkt hätte – mich gelähmt und hilflos gemacht hätte. Ich stand stocksteif da. Adern pochten in meinen Schläfen, als ich mich zu bewegen versuchte – das Messer zu senken versuchte. Es war zwecklos. Ich verharrte an Ort und Stelle, so unbeweglich wie eine Statue.

Der Chevalier eilte an mir vorbei.

»Folgen«, sagte er fast beiläufig, und wie ein Roboter drehte ich mich herum und begann, mich durch den Gang zu bewegen. Was für eine höllische Macht war es, die mich so hilflos machte?

Futaine ging voran, nach oben. Es war noch nicht völlig dunkel, obwohl die Sonne bereits untergegangen war. Ich folgte ihm in ein Zimmer und ließ mich auf seinen Wink hin in einen Sessel fallen. Neben mir stand ein kleiner Tisch. Der Chevalier berührte sanft meinen Arm, und etwas, das sich wie ein Stromschlag anfühlte, lief durch meinen Körper. Das Messer fiel mir aus den Fingern und landete scheppernd auf dem Tisch.

Jean stand bewegungslos in der Nähe, die Augen getrübt und reglos. Futaine trat neben sie und legte ihr einen Arm um die Taille. Mein Mund fühlte sich an, als sei er mit Schlamm gefüllt, aber irgendwie gelang es mir trotzdem, verständliche Worte zu krächzen.

»Zur Hölle mit Ihnen, Futaine! Lassen Sie sie in Ruhe!«

Er ließ sie los und trat zu mir, das Gesicht finster vor Zorn. »Sie Dummkopf, ich könnte Sie jetzt sehr leicht töten. Ich könnte Sie dazu bringen, sich zur belebtesten Ecke von Hollywood zu begeben und sich die Kehle mit diesem Messer aufzuschlitzen. Ich habe die Macht dazu. Sie haben offenbar eine Menge herausgefunden. Also werden Sie meine Macht kennen.«

»Ja«, murmelte ich undeutlich. »Ich kenne sie. Sie Teufel – Jean gehört mir!«

Das Gesicht einer Bestie blickte mich an, und Futaine knurrte:

»Sie gehört nicht Ihnen. Und sie ist auch nicht – *Jean*. Ihr Name ist Sonya.«

Ich erinnerte mich, was Futaine gemurmelt hatte, als er Jean zum ersten Mal gesehen hatte. Er las die Frage in meinen Augen.

»Ich kannte einst ein Mädchen wie sie, vor sehr langer Zeit. Sonya. Sie töteten sie – trieben ihr einen Pflock durch das Herz, vor langer Zeit in Thurn. Nun, da ich dieses Mädchen gefunden habe, vielleicht eine Reinkarnation von Sonya – sie sind sich so ähnlich –, werde ich sie nicht aufgeben. Und niemand kann mich dazu zwingen.«

»Sie haben sie zu einem Dämon gemacht, so wie Sie selbst einer sind«, keuchte ich durch meine halb betäubten Lippen. »Eher werde ich sie töten ...«

Futaine drehte sich um, um Jean anzusehen. »Noch nicht«, entgegnete er leise. »Sie gehört mir – ja. Sie trägt die Wundmale. Aber sie ist noch am Leben. Sie wird erst – *wampyr* – werden, wenn sie gestorben ist oder wenn sie die rote Milch gekostet hat. Und das wird sie heute Nacht tun.«

Ich verfluchte ihn bitterlich. Er berührte meine Lippen, und ich vermochte keinen Laut mehr hervorzubringen. Dann verließen sie mich – Jean und ihr Meister. Ich hörte, wie sich eine Tür leise schloss.

Die Nacht zog sich hin. Vergebliche Bemühungen hatten mich davon überzeugt, dass es zwecklos war, eine Flucht zu versuchen – ich konnte nicht einmal ein Flüstern über die Lippen bringen. Mehr als einmal spürte ich, dass ich am Rande des Wahnsinns stand, sobald ich an Jean dachte und mich an Futaines unheilvolle Worte erinnerte. Schließlich bescherte mir meine Qual eine Ruhepause, denn ich fiel in eine Art Koma. Obwohl ich keine Ahnung hatte, wie lange dieser Zustand andauerte, wusste ich, dass viele Stunden vergangen waren, als ich Schritte hörte, die auf mein Gefängnis zukamen.

Jean kam in Sichtweite. Ich erforschte ihr Gesicht und suchte nach irgendeinem Anzeichen für eine schreckliche Verwandlung. Aber ich entdeckte keinen Hinweis auf etwas Derartiges. Ihre Schönheit war unberührt, abgesehen von den entsetzlichen kleinen Wunden an ihrer Kehle. Sie ging zu einer Couch, legte sich still darauf und schloss die Augen.

Der Chevalier ging an mir vorbei und trat neben Jean. Er blieb stehen und blickte zu ihr hinunter. Ich erwähnte bereits die unpassende Jugendlichkeit seines Gesichtes. Diese war nun verschwunden. Er sah alt aus – alt jenseits aller Vorstellungskraft.

Schließlich zuckte er mit den Schultern und drehte sich zu mir um. Seine Finger strichen erneut über meine Lippen, und ich stellte fest, dass ich wieder sprechen konnte. Die Lebenskraft strömte wieder durch meine Adern, gütige stechende Schmerzen. Versuchsweise bewegte ich einen Arm. Die Lähmung verließ meinen Körper.

Der Chevalier sagte: »Sie ist noch immer – rein. Ich konnte es nicht tun.«

Erstaunen überkam mich. Meine Augen weiteten sich vor Unglauben.

Futaine lächelte bitter. »Das entspricht völlig der Wahrheit. Ich hätte sie so wie mich machen können – untot. Aber im letzten Moment bewahrte ich sie davor.« Er blickte in Richtung der Fenster. »Bald wird es dämmern.«

Ich warf einen Seitenblick auf das Messer auf dem Tisch neben mir. Der Chevalier streckte eine Hand aus und nahm es weg.

»Warten Sie. Da gibt es etwas, das ich Ihnen sagen muss, Mart Prescott. Sie behaupten zu wissen, wer und was ich bin.«

Ich nickte.

»Aber Sie können es nicht wissen«, fuhr er fort. »Sie wissen etwas, das Sie erfahren haben, und etwas, das Sie erraten haben, aber Sie können mich niemals kennen. Sie sind ein Mensch, und ich bin – untot.

Ich existiere seit Äonen, seit ich das Opfer eines anderen Vampirs wurde – denn auf diese Weise verbreitet sich das Böse. Unsterblich und ohne Leben, stets Furcht und Kummer bringend und in dem Wissen um die bitteren Qualen des Tantalus, durchwanderte ich, der Welt überdrüssig, die Jahrhunderte. Ich kannte Richard, Heinrich und Elisabeth von England, und stets brachte ich Schrecken und Vernichtung in der Nacht, denn ich bin ein fremdartiges Wesen, ich bin untot.«

Die leise Stimme fuhr fort und hielt mich regungslos in ihrem seltsamen Bann. »Ich, der Vampir. Ich, der Verfluchte, das leuchtende Böse, *negotium perambulans in tenebris,* das durch die Dunkelheit wandernde Ding ... Aber ich war nicht immer so. Vor langer Zeit in

Thurn, bevor der Schatten auf mich fiel, liebte ich ein Mädchen – Sonya. Aber der Vampir suchte mich heim, und ich erkrankte und starb ... und erwachte wieder. Dann erhob ich mich aus dem Grab. Es ist der Fluch der Untoten, Jagd auf diejenigen zu machen, die sie lieben. Ich suchte Sonya heim. Ich machte sie zu der Meinen. Auch sie starb, und kurze Zeit wandelten wir gemeinsam auf Erden, weder lebendig noch tot. Doch es war nicht Sonya. Es war ihr Körper, ja, aber ich hatte nicht nur ihren Körper geliebt. Zu spät wurde mir klar, dass ich sie ganz und gar vernichtet hatte.

Eines Tages wurde ihr Grab geöffnet, und der Priester trieb ihr einen Pflock durch das Herz und schenkte ihr Frieden. Mich fanden sie nicht, da mein Sarg zu gut versteckt war. Damals ließ ich die Liebe hinter mir, da ich wusste, dass es für einen von meiner Art niemanden gab.

Ich schöpfte wieder Hoffnung, als ich – Jean fand. Hunderte von Jahren sind vergangen, seit Sonya zu Staub zerfiel, aber ich dachte, ich hätte sie wieder gefunden. Und – ich nahm sie mir. Nichts Menschliches konnte mich davon abhalten.«

Der Chevalier hielt die Lider gesenkt. Er sah unendlich alt aus. »Nichts Menschliches. Aber schließlich stellte ich fest, dass ich sie nicht zu der Hölle verurteilen konnte, in der ich existiere. Ich dachte, ich hätte die Liebe aufgegeben. Aber vor sehr, sehr langer Zeit liebte ich Sonya. Und um ihretwillen, und da ich wusste, dass ich wieder vernichten würde, so wie ich es schon einmal getan hatte, werde ich diesem Mädchen meinen Willen nicht aufzwingen.«

Ich drehte mich um, um die stille Gestalt auf der Couch anzusehen.

Der Chevalier folgte meinem Blick und nickte langsam. »Ja, sie trägt die Wundmale. Sie wird sterben, außer wenn« – er begegnete meinem Blick unerschrocken – »außer wenn ich sterbe. Wenn Sie gestern in das Gewölbe eingebrochen wären, wenn Sie mir dieses Messer ins Herz gerammt hätten, so wäre sie jetzt frei.«

Er warf erneut einen Blick aus dem Fenster. »Die Sonne wird bald aufgehen.«

Daraufhin eilte er zu Jean und sah sie an. »Sie ist wunderschön«, murmelte er. »Zu schön für die Hölle.«

Der Chevalier drehte sich um und ging auf die Tür zu. Als er an mir vorbeiging, warf er lässig etwas auf den Tisch, etwas, das klirrte, als es die Tischplatte berührte. In der Türöffnung hielt er inne und verzog die scharlachroten Lippen zu einem kleinen Lächeln. So blieb er mir im Gedächtnis, wie er sich gegen den schwarzen Hintergrund der Türöffnung abhob, den Kopf mit dem glatten blonden Haar hoch erhoben und unerschrocken. Er hob den Arm in einer Geste, die eigentlich theatralisch hätte sein müssen, es aus irgendeinem Grund nicht war.

»So lebt denn wohl. Ich, den der Tod ereilen wird …«

Er beendete den Satz nicht. In dem schwachen grauen Licht der Morgendämmerung sah ich ihn davonschreiten, hörte seine Schritte auf den Stufen, deren Klang immer schwächer wurde – hörte gedämpft ein Geräusch, das nach einer großen Tür klang, die zugeschlagen wurde.

Mein Körper war nicht länger gelähmt. Ich zitterte ein wenig, da mir bewusst wurde, was ich bald tun musste. Aber ich wusste, dass ich nicht versagen würde.

Ich blickte auf den Tisch neben mir. Und noch bevor ich sah, was neben dem Messer lag, wusste ich es: ein silberner Schlüssel ...

Patricia N. Elrod

Spätvorstellung

Eine Jack-Fleming-Story

Chicago 1936

Der Geruch nach gebuttertem Popcorn störte mich etwas, aber nur so lange, bis ich es mir auf meinem Platz bequem gemacht hatte und nicht mehr so tat, als atme ich. Eine Limo konnte ich auch nicht mehr trinken, und selbst das Dunkel kam mir nicht mehr richtig dunkel vor; aber ein Film war immer noch ein Film, und meist suchte ich immer noch zwei- bis dreimal in der Woche die Chicagoer Kinos auf, um mir die Spätvorstellung anzusehen.

Der Film, den sie hier gerade zeigten, war nicht wirklich neu. *Der Held der Prärie* lief schon seit geraumer Weile, aber irgendwie hatte ich es bislang nicht geschafft, reinzugehen – ein trauriger Lapsus für einen Gary-Cooper-Fan. Natürlich mochte ich auch Jean Arthur; als Hollywood-Cowgirl zurechtgemacht, sah sie verdammt gut aus. Irgendwann konnte ich dem Dialog nicht mehr ganz folgen, weil ich mir überlegte, wie Bobbie, meine Freundin, wohl in solchen Wildleder-Klamotten aussehen würde. Wahrscheinlich ausnehmend gut, dachte ich mir; und weil meine Gedanken abschweiften, verlor ich auch noch den Faden und kriegte von der Handlung nichts mehr mit.

»Worum geht's gerade?«, flüsterte ich meinem Nebenmann zu.

Ohne den Blick von der Leinwand zu nehmen, beugte er sich zu mir und erklärte mir leise in unverkennbarem New Yorker Akzent, was sie da gerade machten. Bevor ich nach Chicago gekommen war, hatte ich lange in New York gelebt. Deshalb war ich doch ein bisschen neugierig und wollte zu gern wissen, was den Mann von dort weggetrieben hatte. Aber das konnte warten bis nach dem Film.

De Milles Epos flimmerte über die Leinwand und war so spannend, dass noch der verwöhnteste Western-Liebhaber, meine Wenigkeit eingeschlossen, nichts daran auszusetzen fand. Morgen Nacht hatte

Bobbie frei. Wenn der Film dann immer noch lief, würde ich sie wohl ins Kino einladen. Großer Überredungskunst bedurfte es dazu nicht; Gary Cooper gefiel ihr nämlich ebenfalls.

Als der Film zu Ende war, gingen die Lichter wieder an. Die Leute erhoben sich, um zu gehen. Uniformierte Platzanweiser erschienen, um den Müll wegzuräumen, und wir Übrigen blieben sitzen und warteten auf den nächsten Film. Ich hatte es nicht eilig. Es war noch ein paar Stunden hin bis zu der letzten Vorstellung in dem Nachtclub, in dem Bobbie auftrat. Das Gleiche traf anscheinend auf meinen Sitznachbarn zu, der eine zerknitterte Tüte Erdnüsse herausholte und anfing, die Dinger zu schälen und sich genüsslich in den Mund zu stopfen.

»Danke«, sagte ich.

Sein Blick umwölkte sich, während er angestrengt darüber nachdachte, wofür ich ihm dankte. Dann dämmerte es ihm. »Keine Ursache!«

»New York?«, wollte ich wissen.

»Dreiundneunzigste Straße«, erwiderte er wie aus der Pistole geschossen. Er hatte eine recht breite Hakennase, einen großen, ausdrucksvollen Mund, schütteres Haar und wirkte schalkhaft wie ein Kobold. Und irgendwie kam er mir bekannt vor, aber ich wusste nicht recht, wohin ich ihn stecken sollte. »Wohnen Sie auch dort?«, fragte er.

»Seit letztem August nicht mehr. Waren Sie mal im *Rosie's*? Gegenüber vom *Dispatch*?«

Feierlich schüttelte er den Kopf.

»Ich dachte nur. Mir war, als hätte ich Sie dort schon mal gesehen.«

»Wahrscheinlich haben Sie mich hier gesehen, das könnte ich mir eher vorstellen!« Er warf eine Erdnuss in die Luft und fing sie so geschickt mit dem Mund auf, als habe er lange dafür geübt. »Auch eine?« Raschelnd streckte er mir die Tüte entgegen.

»Nein, danke.« Vielleicht hatte ich ihn tatsächlich schon mal hier gesehen, und unter Hunderten von Kinobesuchern war er mir bloß nicht aufgefallen. »Sind Sie schon lange weg von New York?«

»Ziemlich lange. Zurzeit wohne ich in Kalifornien, das heißt, wenn wir nicht gerade unterwegs sind.«

»Handelsvertreter?« Das schien so gar nicht zu ihm zu passen.

Eine weitere Erdnuss flog in die Luft und landete in seinem Mund. Bedächtig kaute er darauf herum, während sein Blick, seine ganze Miene, auf einmal ernst wurde. Seriös.

»Ja, ich bin Handelsvertreter, so könnte man es durchaus nennen. Ich verkaufe Geld.«

»Sie verkaufen was?«

»Geld. Sagen Sie bloß, Sie haben noch nie etwas davon gehört?«

»Nein ...« Entweder war ich hier an einen Falschmünzer geraten oder der Kerl hatte sie nicht mehr alle. Jetzt schien der richtige Zeitpunkt, mich höflich aus der Affäre zu ziehen; aber er legte die Tüte mit den Erdnüssen weg und lachte über mein verblüfftes Gesicht.

»Ich kann mir vorstellen, was Sie jetzt denken, aber ich binde Ihnen keinen Bären auf. Ich handle wirklich mit Geld, und zwar vollkommen legal.«

Na gut! Er hatte mich am Haken. Nun wollte ich auch den Rest hören. »Okay, was machen Sie? So was wie Münzensammeln oder etwas in der Art?«

»Neeeiin, das hier.« Er zückte seine Brieftasche, fischte eine Fünfdollarnote heraus und hielt sie mir hin. »Sehen Sie sich den Schein an. Er ist echt, richtig?«

Soweit ich es beurteilen konnte, sah das Ding aus wie jeder andere gebrauchte Schein auch. »Ja ...«

»Okay. Ich verkaufe Ihnen diese fünf Dollar für vier fünfzig.«

Ich schüttelte den Kopf. »Ah? Nein, danke.«

»Keine Angst, ich lege Sie nicht rein. Überlegen Sie doch, was dabei für Sie rausspringt!«

»Was springt für Sie dabei raus?«

»Ein Deal.«

»Heute lieber nicht, trotzdem vielen Dank!«

»Sind Sie sicher? Ihnen entgeht ein gutes Geschäft!« Dabei blickte er so unschuldig drein, dass ich ihm nicht über den Weg traute. Er begriff, dass ich auf seinen Gag nicht reinfallen würde, ganz gleich was er anstellte, und steckte den Schein mitsamt Brieftasche mit einem gutmütigen Achselzucken weg. Dann kramte er wieder seine Erdnüsse hervor.

»Ich *kenne* Sie doch von irgendwoher.« Es ließ mir keine Ruhe.

»Gehen Sie oft ins Kino?«, wollte er wissen.

»Ständig!«

»Und Sie wissen nicht, woher Sie mich kennen?«

»Nein, Sie müssen es mir schon sagen.«

Er kicherte, dabei verzog er das ganze Gesicht.

»Warten Sie ...«

Er verharrte in einer übertrieben abwartenden Pose mit gesenktem Kopf und plötzlich schlaff herabhängender Unterlippe. Und da ging mir ein Licht auf. Bildlich gesprochen, versteht sich. »Mein Gott, Sie sind es ...«

Er zuckte zusammen. Von hinten senkte sich schwer eine Hand auf seine Schulter. Prompt ließ er die Pantomime bleiben und blickte sich leicht verärgert um, um festzustellen, wer ihn da belästigte.

Ich drehte ebenfalls den Kopf, und was ich sagen wollte, war auf einmal vergessen. Der Mann, der da vor uns aufragte, war – selbst nach Chicagoer Maßstäben – hünenhaft. Und er war nicht allein. Im Mittelgang warteten zwei gleichfalls sehr kräftige Freunde auf ihn. Die drei sahen aus, als könnten sie es mühelos mit dem ganzen Wrigley Building aufnehmen. Ihre Hundert-Dollar-Anzüge verbargen nicht die Ausbuchtungen, die sich jeweils bedrohlich unter der linken Achsel abzeichneten.

Die Hand des Mannes spannte sich, glitt nach oben, und mein Sitznachbar erhob sich wie eine Marionette.

»Oh, Scheiße!«, sagte er, und mit einem Mal war sein Ärger wie weggeblasen. Ich konnte seine Furcht förmlich riechen.

»Du steckst ganz schön tief drin«, meinte der andere.

»Moment mal ...«, entfuhr es mir. »Sind Sie nicht Machine Gun Thompson?«

Ich hatte gehört, dass er neuerdings die Drecksarbeit für eine Gang in der West Side erledigte.

Einer seiner Schwachköpfe glitt in die Reihe hinter mir und ließ seine fleischige Hand auf *meine* Schulter fallen. »Na ja, wohl eher nicht. Wahrscheinlich irre ich mich.«

»Pssst!«, ermahnte uns irgendjemand ein paar Plätze weiter.

»Raus hier!«, sagte Thompson, und schnell, gerade als die nächste Vorstellung anfing, waren wir unterwegs ins Foyer. Irgendwelche Einwände, die wir gegen diese Behandlung eventuell haben könnten, gingen in der nun einsetzenden Titelmelodie der Wochenschau unter. Ich hätte es ja darauf ankommen lassen, aber soweit ich wusste, sollte Thompson ein wirklich übler Bursche sein. Ihm war durchaus zuzutrauen, dass er mit seinem Schießeisen gleich hier, an Ort und Stelle, losballerte. Darum hielt ich es für besser, erst mal mit ihnen nach draußen zu gehen, damit den Leuten im Kino nicht plötzlich blaue Bohnen um die Ohren flogen.

Wir schlängelten uns an Platzanweisern vorbei, die den Zuspätgekommenen mit ihren Taschenlampen den Weg wiesen. Keinem fielen wir auf, und falls doch, dann zogen sie es wohl vor, sich um ihren eigenen Kram zu kümmern und den Film zu gucken. Wir wurden durch die offenen Türen gedrängt und in das üppige Foyer geschubst. Erneut schlug mir der Geruch nach Popcorn entgegen, und mir wurde beinahe schlecht; aber ich hatte anderes im Kopf, als sie uns an den ins Freie führenden Türen vorübertrieben. Ich hatte damit gerechnet, dass sie sofort mit uns rausgehen und womöglich in einen Wagen steigen würden, um uns an irgendeinen nicht besonders angenehmen Ort zu bringen. Doch stattdessen marschierte Thompson auf die Herrentoilette zu.

In Reih und Glied traten wir ein, als hätten wir dort etwas zu erledigen. Ein paar Typen wuschen sich gerade die Hände, aber ihr Instinkt sagte ihnen anscheinend, dass es besser sei, sich zu beeilen und zu verschwinden. Der Letzte nahm sich noch nicht mal die Zeit, seine Hände abzutrocknen, und machte, dass er rauskam.

Ich konnte es ihm nicht verdenken. Vor dem Hintergrund der grell gemusterten Fliesen sah Thompson wirklich hässlich aus. Trotz der großkotzigen Klamotten wirkten er und seine Kumpane hier in etwa so angebracht wie drei Affen bei einem Schulausflug. An ihren harten, ausdruckslosen Mienen und der Art, sich wie ein Bulldozer zu bewegen, erkannte man sofort den Schläger.

»Sie haben den Falschen erwischt«, protestierte mein Sitznachbar. »Sie sind hinter Chico her, oder?«

»Nicht mehr«, kicherte einer von Thompsons Trotteln. Er stellte sich vor die Tür und rammte den Fuß davor, damit wir ungestört blieben.

»Aber ich bin Harpo. Ich bin bloß sein Bruder, glauben Sie mir. Sie haben den Falschen!«

Aus zusammengekniffenen Augen blickte Thompson ihn ausdruckslos an.

Ich versuchte ihm zu helfen. »Es ist wahr«, warf ich ein. »Er ist Harpo Marx.«

»Ach ja? Und wie kommt es dann, dass er sprechen kann?«, wollte Thompson wissen.

»Yeah«, meinte der Typ an der Tür. Auf einmal kicherte er wie ein kleines Mädchen. »Du bist also Harpo! Und wo hast du deine Harfe?«

»Im Hotel«, kam es wie aus der Pistole geschossen. Das klang logisch, allerdings auch etwas schrill und nervös. Seine Hand hielt noch immer die Tüte mit den Erdnüssen umklammert, die nun vergessen schienen. Sie raschelten leise gegen das Papier, weil er anfing zu zittern.

»Jeder weiß, dass Harpo nicht sprechen kann.«

»Natürlich kann ich sprechen – das ist doch nur eine Rolle, die ich spiele!«

»Hör auf, meine Zeit zu verschwenden!«, brummte Thompson und zog eine Fünfundvierziger, die aussah, als reiche ein einziger Schuss daraus aus, um King Kong zu erledigen.

Im Moment richtete er sie noch auf niemand im Speziellen, deshalb dachte ich mir, ich sollte es noch mal versuchen. »Hören Sie, Machine Gun, sehen Sie sich den Mann doch mal genauer an, dann werden Sie feststellen, dass er nicht derjenige ist, den Sie suchen.«

Er sah ihn sich nochmals an, stellte aber keinen Unterschied fest. Dafür nahm er nun mich zum ersten Mal ernsthaft ins Visier, und das war der Augenblick, in dem er die Pistole hob. Anscheinend habe ich ein Gesicht, bei dessen Anblick bei Leuten seines Schlages sofort die Alarmglocken läuten. »Was bist du denn für einer? Woher kennst du meinen Namen?«

»Hey, jedes Kind in der Stadt kennt Machine Gun Thompson.« Man brauchte ja bloß auf die Post zu gehen und sich die Steckbriefe anzugucken, die dort hingen, weil das FBI es noch nicht fertiggebracht hatte, ihn zu schnappen. Aber das erwähnte ich im Moment lieber nicht. Er hatte sich seinen Spitznamen in den Bandenkriegen während der Prohibition erworben, weil er ein ausgesprochenes Talent dafür besaß, mit einem Thompson-Maschinengewehr umzugehen. Das war so ungefähr das Einzige, was er konnte; denn sein Hirn, selbst wenn man dasjenige seiner Freunde hinzunahm, reichte nicht aus, ein Schnapsglas zu füllen.

»Wer, zum Teufel, bist du überhaupt?«

»Mein Name ist Fleming, und ich bin nur zufällig hier, ehrlich.«

»Fleming?« Bei dem Versuch nachzudenken, verzog Thompson das Gesicht. »Woher kenne ich den nur, Higgs?«, fragte er den Kerl an der Tür.

Higgs schüttelte den Kopf.

»Rinky?« Dies galt dem Typ, der auf Harpo aufpasste. Rinky zuckte die Achseln.

Seit ich nach Chicago gekommen war, war ich hin und wieder, auch wenn es mir eher widerstrebte, mit den kriminellen Elementen der Stadt zusammengestoßen. Darum überraschte es mich nicht, dass Thompson von mir gehört hatte. Meist tue ich alles Nötige, um meine Spuren zu verwischen und im Hintergrund zu bleiben; diesmal allerdings dankte ich meinem Schöpfer für Thompsons armseliges Gedächtnis. Mit einem Brummen tat er mich ab. Ich war zwar ärgerlich, aber unwichtig, mehr nicht. Dafür wandte er seine Aufmerksamkeit jetzt Harpo zu und richtete die Waffe auf ihn.

»Okay, Marx, du hast eine Rechnung bei Big Joey offen, und sie ist überfällig. Entweder du holst jetzt das Geld aus deiner Brieftasche, oder ich ziehe dir die Haut ab.«

»Ist es hier nicht ein bisschen zu öffentlich für solche Spielchen«, warf ich ein. Ich war nicht unbedingt wild darauf, mich in den Vordergrund zu spielen; aber ich schätzte, meine Überlebenschancen standen besser als diejenigen Harpos.

Higgs kicherte erneut. »Big Joey *gehört* dieser Laden, Kumpel. Ihr könnt schreien, so viel ihr wollt. Kein Mensch wird hier reinkommen, um nachzusehen.«

Alles in allem befanden wir uns in einer ziemlich misslichen Lage, dachte ich mir, während die drei mich auslachten. Ich warf einen Blick zu Harpo, um nachzusehen, wie er sich hielt, aber er stand nur da wie ein Ölgötze und starrte auf einen Punkt irgendwo hinter mir. Der Mund stand ihm sperrangelweit offen, und diesmal nicht, weil er ein Komiker war. Meine Nackenhaare richteten sich auf, als mir klar wurde, was er da anstarrte. Verdammt, warum waren diese Idioten mit uns nicht einfach irgendwohin gefahren.

»Marx?«, sagte Thompson, indem er einen Schritt näher trat und die Pistole ein paar Zentimeter hob.

Harpo starrte weiter vor sich hin. Rinky musste ihn erst durchschütteln, ehe er den Blick abwesend auf Thompson richtete.

»Hör endlich auf, den Schwachkopf zu spielen. Rück das Geld raus, und wir lassen dich sofort wieder in deinen Film.«

»W... wie viel?«

»Fünf Riesen!«

Als Harpo die Summe hörte, war er auf der Stelle voll da. Er schluckte. »Mein Gott, wie lange hat er denn gespielt?«

»Wer?«

»Chico.«

»*Du* bist doch Chico, du Trottel!«

»Entschuldigung, ich vergaß.«

Thompson tippte ihm mit dem Lauf seiner Waffe leicht an die Schläfe, gerade fest genug, dass es wehtat. »Entweder du zahlst jetzt, oder es ist aus mit dir! Ich habe genug von deinem Schwachsinn! Es reicht, Itzig!«

Bislang war Harpo aschfahl gewesen, doch nun lief er puterrot an. Eine ganze Palette an Emotionen zeichnete sich auf seinem Gesicht ab – Ärger, Wut, Zorn. Sie unterschieden sich nur ganz fein voneinander, waren aber allesamt äußerst heftig. Und sie überlagerten seine Angst. Ich hatte das alles schon um ein Vielfaches übertrieben auf der Leinwand gesehen; aber da war es nur gespielt und komisch gewesen, harte Arbeit, um die Leute zum Lachen zu bringen, mich eingeschlossen. Dies hier dauerte nur eine Sekunde, höchstens, und dann explodierte er. Es war nicht sehr klug und geschah fast zu schnell, um es mitzubekommen. Harpos Faust kam hoch, traf, und Thompson wankte zurück, sich die blutige Nase haltend. Sie war gebrochen.

Der Geruch nach Blut überwältigte mich, so wie immer, aber dafür hatte ich im Augenblick keine Zeit. Denn Rinky stürzte sich auf Harpo und stieß ihn gegen die Tür einer Kabine. Eigentlich gingen die Dinger nach außen auf, aber bei dieser hier gaben die Angeln nach und sie krachte nach innen und wurde erst von der Kloschüssel aufgehalten. Harpo verlor das Gleichgewicht und knallte gegen das Klo. Dabei ließ er seine Tüte fallen, und die Erdnüsse kullerten raus.

Er sackte zusammen, war aber immer noch fuchsteufelswild und schlug wie ein Verrückter um sich. Noch am Boden liegend, trat er nach Rinky, doch Rinky wich geschickt aus und langte nach seiner Kanone.

Ehe er sie ziehen konnte, war ich auch schon über ihm. Ich kriegte mit beiden Händen sein Jackett zu fassen, wahrscheinlich auch die Haut darunter, jedenfalls jaulte er laut auf. Ein fester Ruck, eine Drehung, und er segelte quer durch den Raum. Er knallte gegen die geflieste Wand, prallte davon ab und ging zu Boden, wo er liegenblieb.

Auf einmal erscholl ein gewaltiges Donnern, eine fürchterliche, in der drangvollen Enge geradezu ohrenbetäubende Detonation. Der Knall hatte die Konsistenz einer Bowling-Kugel. Es erwischte mich ziemlich weit oben, mitten im Rücken. Ich sah noch einen Schwall Blut aus meiner Brust dringen, dann raste auch schon der Boden auf mich zu, so schnell, dass mir nicht die geringste Chance mehr blieb, auszuweichen.

Alles war still um mich. Ich konnte nicht sagen, ob es daran lag, weil alle vor Entsetzen den Mund hielten, oder einfach daran, dass ich nichts mehr hörte. Ich kam mir vor, als habe jemand meine Ohren in Watte gepackt, und als dieses Gefühl endlich verging, klingelten sie wie verrückt. Heiß. Unangenehm. Aber das war nichts, verglichen damit, wie mein Körper auf die Kugel reagierte, die ihn soeben zerfetzt hatte.

Ich konnte mich nicht bewegen. Der brennende Schmerz war mir zwar vertraut, aber das machte ihn auch nicht erträglicher. Normalerweise besteht meine erste unwillkürliche Reaktion auf eine Schusswunde darin, mich in Luft aufzulösen. Bin ich erst einmal körperlos, spüre ich keine Schmerzen mehr, sondern treibe einfach in einem einzigartigen Seinszustand dahin, in dem ich bislang noch stets Trost und Heilung gefunden habe.

Eine großartige Sache. Der einzige Haken daran besteht darin, dass ich den Umstehenden damit immer eine Heidenangst einjage. Die Lage war ohnehin schon schwierig genug. Ich wollte sie nicht noch schlimmer machen, indem ich diesen Mistkerlen meine wahre Natur offenbarte. Also biss ich die Zähne zusammen und klammerte mich an meinen stofflichen Körper, während sich Fleisch, Knochen,

Muskeln und zu guter Letzt auch meine gequälten Nervenstränge schmerzhaft wieder zusammenfügten.

»Oh, mein Gott«, flüsterte Harpo irgendwo hinter mir. Offensichtlich starrte er meine Leiche an. Ich rührte mich nicht. Wenn es nötig ist, kann ich in der Tat sehr, sehr ruhig daliegen. Und im Moment war es nötig, allerdings nur, weil ich eine Sekunde brauchte, um den Schock zu verdauen. Gott sei Dank ging sie vorüber. Dennoch blieb ich liegen und lauschte angestrengt, während ich krampfhaft überlegte, wie ich Harpo helfen konnte, ohne dass sie ihn gleich umlegten.

Jemand bewegte sich, trat auf die Erdnüsse, die überall auf dem Boden verstreut lagen, und zermalmte sie unter seinen Schuhen. Es war Higgs. Er kam her, um nach Rinky zu sehen.

»Der ist k.o., Machine Gun«, vermeldete er.

»Kipp ihm Wasser ins Gesicht«, näselte Thompson knurrend. Ich hoffte, dass seine Nase schlimmer schmerzte als meine Schusswunde. Zumindest hatte er länger daran zu kauen.

Higgs tat wie geheißen, drehte an einem der Becken das Wasser auf und schöpfte es mit den Händen, um es zu seinem Kumpan zu tragen. Mehr bekam ich aus dem Augenwinkel nicht mit, da ich in einem ungünstigen Winkel lag. Mich würdigte Higgs keines Blickes. Ich war lediglich ein weiterer Teil der Schweinerei auf dem Boden, wie die Erdnüsse auch.

Irgendjemand atmete schwer, wahrscheinlich Harpo. Ich hörte ihn ein paar Mal würgen, dann plötzlich Getrappel, und als Nächstes vernahm ich, wie er sich in einer der Kabinen übergab.

Thompson fand das lustig. »Unserem kleinen Itzig liegt irgendwas schwer im Magen, Higgs.«

Higgs grunzte zustimmend und rannte erneut los, um Wasser zu holen.

»Gott, stinkt das! Spül deine Kotze runter, Marx!«

Eine Sekunde später ging die Klospülung.

Allmählich gab Rinky wieder ein paar Lebenszeichen von sich. Er stöhnte, schlug nach der letzten Handvoll Wasser und wurde von Higgs auf die Beine gezerrt.

»Rinky, du wartest draußen im Wagen!«, befahl ihm Thompson.

Mit wackeligen Knien tapste Rinky zur Tür. Gerade als er dort ankam, steckte offenbar jemand den Kopf herein.

»He, was ist denn hier ...«

»Scher dich einfach nicht drum, Kumpel«, sagte Higgs. Er war Rinky gefolgt und ging nun mit ihm weiter, gleichzeitig ließ er ein paar Sprüche los, um den Neuankömmling davon zu überzeugen, dass es besser sei, sich rauszuhalten. Offensichtlich funktionierte es, denn es kam niemand mehr, um Fragen zu stellen. Damit war Thompson mit Harpo – und mir – allein.

»Mach, dass du da rauskommst, Itzig!«

Mit schleppenden Schritten kam Harpo widerstrebend aus der Kabine geschlurft.

»Hast du gesehen, was passiert, wenn ich mich aufrege? Und so langsam werde ich wirklich sauer, und zwar auf dich. Lass endlich das Geld rüberwachsen, oder dir geht's wie dem da!«

»Okay.« Harpo brachte kaum mehr ein Flüstern zustande. Wie es aussah, rang er immer noch um Atem.

»Also her damit!«

»Aber ich ...« Harpo verstummte.

»Erzähl mir bloß nicht, du hättest es nicht. Ihr Typen vom Film schleppt doch immer einen Haufen Kohle mit euch rum.«

Na gut, im Moment war er mit Harpo beschäftigt, eigentlich die beste Gelegenheit, jetzt meinen Zug zu machen, und umso besser, da Higgs und Rinky aus dem Weg waren. Für einen Sekundenbruchteil verließ ich meinen Körper und trat in jenes Zwischenreich ein, in dem ich schwerelos, körperlos, nichts als reiner Wille und Geist bin. Ich vermochte nichts zu sehen, aber ich spürte den harten Boden unter mir und konnte, während ich darüber hinweg auf die beiden zuglitt, ausmachen, wie nah sie einander gegenüberstanden.

Verdammt nah. Thompson hatte Harpo gegen eine Kabinentür gedrängt, und ich mal mir aus, wie er dem armen Kerl seine Kanone ins Gesicht hielt.

»Na komm schon, raus damit!«

Ich brauchte mir keine Illusionen zu machen. Sollte Harpo nicht genug Geld bei sich haben – und dies war anzunehmen –, war Thompson durchaus zuzutrauen, dass er ihn genauso beiläufig umlegen würde wie mich. Verrückt genug dazu war er jedenfalls. Ich musste rasch handeln und dem Ganzen ein Ende bereiten.

Anschließend konnte ich mir immer noch Gedanken darüber machen, wie ich am besten meine Spuren beseitigte.

Thompson zumindest sollte nie erfahren, was ihn so plötzlich traf. Als ich wieder Gestalt annahm, hatte ich die Hände bereits nach ihm ausgestreckt. Mit der einen stieß ich seine Waffe beiseite, mit der anderen verpasste ich ihm in einer fließenden Bewegung einen Kinnhaken, der sich gewaschen hatte. Er taumelte zurück, verdrehte die Augen und prallte auf einem Pissbecken auf, ehe er sich zu den Erdnüssen am Boden gesellte.

Ich fuhr herum, um nach Harpo zu sehen. Er stand da und rührte sich nicht. Hätte er nicht an der Kabinenwand gelehnt, wären ihm wahrscheinlich die Beine weggesackt. Seine Augen waren weit aufgerissen, weiter als je in einem seiner Filme. Sein Blick schweifte von mir zu Thompson und wieder zurück, um schließlich auf dem blutigen Loch in meinem Hemd zu verharren. Dies hier war kein Film. Keine Schminke, kein doppelter Boden. Es war eine Riesensauerei, und sie war echt.

Ratlosigkeit spiegelte sich auf seinem Gesicht, tausend Fragen, aber er stellte sie nicht. Dazu hatte er die Hosen zu voll.

Nicht, dass ich eine derartige Reaktion nicht schon erlebt hätte. Aber es war wie beim Erschossenwerden. Auch wenn man es kannte, tat es einem trotzdem fürchterlich weh. Ich wich zurück und gab irgendetwas Dummes von mir, er solle es leicht nehmen oder so ähnlich, und dass alles in Ordnung sei. Ich konnte regelrecht hören, wie ihm das Herz bis zum Hals schlug, und es versetzte mir einen Stich, dass er so blass war.

»Sind Sie okay?«, fragte ich ihn in der Hoffnung auf eine Antwort.

Er starrte mich lediglich an.

Ich wiederholte die Frage.

Er schluckte und verzog das Gesicht, vielleicht wegen dem Geschmack nach Kotze in seinem Mund. »Mir ... mir geht es gut«, erwiderte er mit schriller Stimme.

»Sicher? Allzu toll sehen Sie nicht gerade aus.«

Um seinen Mund lief ein Zucken. »Tot! Ich habe es gesehen. Sie sind tot!«

Behutsam blieb ich auf Abstand. »Ja, ich weiß. Tut mir leid!«

»Es tut Ihnen ... *was?*« Er bebte am ganzen Leib.

»Ich will Ihnen keine Angst einjagen. Wirklich nicht.« Ich war so weit wie möglich zurückgewichen. Wenn er wollte, konnte er jederzeit aus der Tür rennen. Ich hatte nicht vor, ihn aufzuhalten geschweige denn ihn zu hypnotisieren, damit er seine Angst vergaß und mich akzeptierte oder dergleichen. Derart im Verstand eines Menschen herumzupfuschen, ist ganz schön gefährlich und außerdem eine ziemliche Schweinerei. In letzter Zeit verzichtete ich ganz darauf, es sei denn, die Gefahr war größer, wenn ich es bleiben ließ. Aber das war im Augenblick nicht der Fall. Außerdem, wer würde ihm schon glauben?

»Ist das ein Trick oder so was?« Er wirkte völlig fertig und irgendwie verloren.

»Nein, kein Trick. Ich bin nicht Houdini und habe auch nichts im Ärmel.« Ich brachte es einfach nicht übers Herz, ihn zu belügen, auch wenn die Versuchung noch so groß war, das Ganze als Sinnestäuschung abzutun.

»Und wie funktioniert es dann?«

Es wurde ziemlich still, während ich überlegte, was ich darauf antworten sollte. Selbst ein kurzer Vortrag über rumänischen Volksglauben und den Unterschied zur Realität würde einige Zeit in Anspruch nehmen; und ich konnte nicht hier in der Herrentoilette inmitten der ringsum verstreuten Erdnüsse herumstehen und Reden schwingen, während Machine Gun Thompson bewusstlos am Boden lag. Darum sagte ich: »Haben Sie diesen Film mit Bela Lugosi gesehen, der vor ein paar Jahren rauskam?«

Vielleicht hatte Harpo ihn gesehen, vielleicht auch nicht, aber mit einem Mal begriff er.

»Bei mir verhält es sich ungefähr genauso, ... nur dass ich ... ein viel netterer Kerl bin.« Mit einem leichten Schulterzucken breitete ich die Arme aus. Wahrscheinlich wirkte ich gleichfalls ein bisschen verloren und am Ende meiner Kräfte.

»Das ist kein Witz?«

»Nein, ich mache keine Witze! Ein paar Sachen an mir sind vielleicht komisch« – ich langte an die Stelle, an der sich die Wunde befunden hatte – »aber abgesehen davon bin ich kein bisschen anders als Sie. Ich gehe auch gern ins Kino und kann Typen, die einen bloß rumschubsen, nicht ausstehen.«

Harpo stierte eine Zeit lang vor sich hin, dann wanderte sein Blick zu der Reihe von Spiegeln, die an der Wand über den Waschbecken hingen. Immerhin war es ihm darin zum ersten Mal aufgefallen. Noch vor wenigen Minuten hatte er vor lauter Überraschung sogar vergessen, was ihm von Thompson blühte. Von meinem Standpunkt aus konnte ich sein Spiegelbild sehen. Es starrte auf die Stelle, an der eigentlich ich mich hätte befinden müssen, aber da war natürlich nichts. Nach einer Weile blickte er auf den Boden zu Thompson hinab.

Schließlich straffte Harpo sich und sah mich direkt an. »Ja, das stimmt. Sie sind wirklich ein netter Kerl, netter als mancher andere, den ich kenne.«

Das Leben ist hart, verdammt hart, und hin und wieder kommt es vor, dass man sich etwas wünscht, mehr als alles andere auf der Welt. Man steigert sich in eine unmögliche Hoffnung hinein. Sie blitzt vor einem auf, so plötzlich und so gewaltig, dass man sie regelrecht sehen kann und ganz genau weiß, wie es sein würde, wäre sie auf einmal erfüllt. Ein, zwei Sekunden lang ist alles vollkommen wirklich, man fühlt sich toll, und es gibt nichts Besseres. Doch dann ist es vorüber, der Moment vergeht, und was bleibt, ist nichts als bittere Enttäuschung.

Doch diesmal blieb die Enttäuschung aus. Harpo Marx ersparte sie mir; stattdessen gab er mir etwas, worauf ich gehofft hatte, was ich ersehnt und gebraucht hatte.

Er akzeptierte mich! Einfach so, ohne Paukenschlag und ohne Fragen zu stellen.

Gott segne ihn.

»Danke«, flüsterte ich.

»Tut es weh?«, wollte er wissen. Dabei deutete er vorsichtig auf meine Brust.

Ich schüttelte den Kopf, für den Augenblick zu gerührt, um zu sprechen.

Er wies auf Thompson. »Was werden Sie mit ihm anstellen?«

Ich räusperte mich, um den Kloß in meinem Hals wegzubekommen. »Wenn ich das wüsste! Haben Sie einen Vorschlag?«

Allmählich wich die Anspannung aus seinen Zügen, und für einen Sekundenbruchteil wirkte er wieder wie ein boshafter Kobold. Er ging zu Thompson hinüber und musterte ihn von oben bis unten. Dann trat er an ein Waschbecken und drehte den Wasserhahn auf. Wie zuvor Higgs fing er das Wasser in der hohlen Hand auf und spritzte es Thompson ins Gesicht. Der fuhr erschreckt zusammen und protestierte knurrend mit einem obszönen Fluch.

Harpo beugte sich zu ihm hinab und half ihm auf die Beine. Thompson war noch ziemlich benommen und bekam nur am Rande mit, was geschah. Gerade wollte er seinen Wohltäter erneut anfahren, da unterbrach Harpo ihn, indem er ihm einen sauberen Fauststoß in die Magengrube pflanzte – wie aus dem Bilderbuch, und ich habe schon einige gesehen. Fast bis zum Ellenbogen rammte er Thompson den Arm in den Bauch. Zischend stieß dieser die Luft aus und sackte auf der Stelle zusammen. Um Atem ringend lag er am Boden.

Harpo stand über ihm, beobachtete ihn, wartete. Thompson war ein reichlich zäher Bursche, und nach einer Minute war er so weit, dass er sich wieder aufrichten konnte. Kaum stand er, verpasste Harpo ihm noch eine. Grunzend ging Thompson in die Knie. Es dauerte eine Weile, ehe sein Atem wieder regelmäßig ging, und noch länger, bis er erneut auf die Beine kam.

Harpo half ihm auf. Aber Thompson hätte es wissen müssen.

Diesmal folgte dem Schlag in die Magengrube ein harter kurzer Aufwärtshaken, gerade fest genug, um ihm den Rest zu geben. Thompson schnappte noch nicht einmal mehr nach Luft, sondern fiel einfach um. Bis Weihnachten waren es noch zehn Monate hin. Bis dahin war er vielleicht wieder wach.

Harpo schüttelte sich die Hand, pustete darauf und ging dann wieder ans Waschbecken und ließ sich kaltes Wasser über seine wehen Knöchel laufen. Er grinste. »Das hätte ich nicht tun dürfen. Ein bisschen härter, und ich könnte bei unseren Auftritten nicht mehr Harfe spielen. Wir« – damit meinte er sich und seine Brüder – »sind gerade auf Tournee, wissen Sie, und probieren ein paar Nummern aus, die wir in unserem nächsten Film verwenden wollen.«

»Wer hat Ihnen beigebracht, so zuzuschlagen?«

»Benny Leonard«, erwiderte er beiläufig, als sei dies nichts. Dabei sprach er von dem amtierenden Weltmeister im Leichtgewicht. »Wir waren einmal auf Tournee mit ihm und haben ein paar Sparringsrunden mit ihm gemacht. Ein großartiger Bursche.« Er drehte das Wasser ab und trocknete sich die Hände. »Ich wünschte, er wäre hier gewesen, um das mit anzusehen. Er wäre stolz auf mich.«

Ich hob Thompsons Fünfundvierziger auf. Er hatte sie fallen lassen, als ich ihn niederschlug. Ich kannte einen Cop bei der Mordkommission. Es würde wohl nicht schaden, wenn ich ihn anrief und fragte, ob er Interesse an einer Verhaftung habe. Lieutenant Blair konnte mich zwar nicht ausstehen und traute mir nicht über den Weg, aber wenn ich ihm einen Gefallen tat, würde er ihn kaum ausschlagen. Ich steckte die Waffe ein, um sie ihm nachher zu geben, und knöpfte meinen Mantel zu, damit niemand das Einschussloch in meinem blutigen Hemd sah. Ich durfte nicht vergessen, mich mit dem Rücken zur Wand zu halten, um das Austrittsloch auf der anderen Seite zu verbergen.

Allmählich machte sich in meinem Magen ein nagendes Gefühl bemerkbar. Ich musste schlucken. Hunger. Es war zwar noch nicht kritisch, aber heute Nacht nahm ich mir besser die Zeit, am Schlachthof vorbeizufahren, um etwas zu mir zu nehmen und den Blutverlust wieder auszugleichen. Mein Blut war immer noch auf dem Boden verschmiert. Stirnrunzelnd ging ich in eine Kabine und riss einen Streifen Toilettenpapier ab, um mein Blut von den Fliesen zu wischen. Das benutzte Papier warf ich ins Klo und zog die Spülung.

Harpo sah mir mit ernster Miene zu, ohne ein Wort zu sagen.

»Ich weiß«, meinte ich, »Sie haben einiges mitgemacht; aber würden Sie mir trotzdem einen Gefallen tun?«

»Was immer Sie wollen, Kumpel!«

Ich zückte mein Notizbuch, kritzelte einen Namen und eine Telefonnummer auf eine Seite und reichte es ihm. »Könnten Sie diesen Mann für mich anrufen? Sagen Sie ihm, Jack Fleming passt hier auf Machine Gun Thompson auf, und er soll doch so gut sein, sofort rüberzukommen.«

Er blickte mich zweifelnd an. »Ist er ein Cop?«

»Ja, aber Sie brauchen Ihren Namen nicht zu nennen, wenn Sie nicht möchten.« Damit war er zufrieden.

»Und was ist mit den anderen?«

Higgs und Rinky! Die beiden warteten draußen im Auto. »Die

werden abhauen, sobald ein Streifenwagen auftaucht. Die zwei sind zwar dämlich, aber so dämlich nun auch wieder nicht.«

»Sie haben was gut bei mir.«

»Geben Sie mir ein Autogramm, dann sind wir quitt!«

Harpo lachte lauthals auf und schüttelte den Kopf. »Ich habe eine bessere Idee. Wie wär's, wenn ich Sie mit in unser Hotel nehme und Ihnen dort meine Brüder vorstelle?«

Ich war beinahe so von den Socken wie vorher, als ich mir die Kugel einfing, nur dass es diesmal nicht wehtat. »Wirklich? Das würden Sie tun?«

»Yeah, ich möchte, dass sie den Mann kennenlernen, der mir das Leben gerettet hat.«

Das schwächte meine Begeisterung etwas ab. »Sie werden ihnen doch nicht erzählen, wie, oder?«

Nachdenklich kaute er auf der Unterlippe. »Nein, ich glaube, das wäre keine gute Idee. Aber das kriegen wir schon irgendwie hin.«

»Toll, das ist einfach großartig!« Mit einem Mal musste ich grinsen.

Er auch. »Groucho wird da sein, und er dürfte wissen, wo Chico sich rumtreibt. Ich glaube«, fügte er düster hinzu, »ich sollte mal ein ernstes Wörtchen mit ihm reden. Als wir noch Kinder waren, hielten die Leute uns immer für Zwillinge. Sie haben uns ständig miteinander verwechselt. Aber ich hätte mir nie träumen lassen, dass einmal so etwas passieren würde.«

»Vielleicht sollten Sie eine Perücke tragen und einen Regenmantel anziehen – zumindest solange Sie sich in Chicago aufhalten.«

Er nickte. »Gute Idee! Ich ziehe jetzt los und erledige diesen Anruf für Sie. Brauchen die Bullen dann noch lange?«

»Ich werde zusehen, dass es schnell geht.« Er machte Anstalten, zu gehen. »Halt, warten Sie einen Moment!«

Er blieb in der Tür stehen.

»Was Sie mir da vorhin erzählt haben über das Geldverkaufen – ist das eine neue Bühnennummer?«

Seine Augen fingen an zu funkeln, tatsächlich, ich schwöre es. »Neeeiiin, nur ein Gag, den Chico und ich uns ausgedacht haben, nur so zum Spaß. Die Leute rechnen wie verrückt herum, was für uns dabei rausspringt, dabei haben wir gar nichts davon. Es treibt sie zur Verzweiflung.«

»Und wie war ich vorhin? Verzweifelt genug?«

Abermals huschte ein breites Grinsen über sein Gesicht. »Mann, Sie waren mit Abstand die Krönung!«

Ich blickte auf die Tür, die sacht hinter ihm ins Schloss fiel, und dachte mir: So was passiert einem nur einmal im Leben! Die Marx Brothers rissen sich den Hintern auf, um Leute wie mich zum Lachen zu bringen, und der Zufall wollte es, dass ich eine Chance bekam, mich dafür erkenntlich zu zeigen.

Und ich fühlte mich verdammt gut dabei.

Lester del Rey

Feuerkreuz

Dieser Regen! Wird er nie wieder aufhören? Meine Kleidung ist durchnässt, mein Körper ganz kalt. Aber zumindest ist das Gewitter vorüber. Merkwürdig, ich habe keine Blitze gesehen seit ich aufgewacht bin. Da war ein Blitz, glaube ich. Ich kann mich an nichts genau erinnern, dennoch bin ich sicher, dass da eine gegabelte Figur aus Licht am Himmel war, nein, keine Gabel, es sah aus wie ein Kreuz.

Das ist natürlich Unsinn. Blitzstrahlen können kein Kreuz formen. Das muss ich geträumt haben, während ich hier im Morast lag. Ich erinnere mich auch nicht, wie ich hierhergeraten bin. Vielleicht hat man mich in einen Hinterhalt gelockt und beraubt, mich dann hier liegen gelassen bis der Regen mich weckte. Aber mein Kopf schmerzt nicht, stattdessen meine Schulter, ein scharfer, stechender Schmerz. Nein, ich kann nicht beraubt worden sein, ich trage noch meinen Ring, und in meinen Taschen ist Geld.

Ich wünschte, ich könnte mich erinnern, was geschehen ist. Wenn ich zu denken versuche, verweigert sich mein Hirn. Es gibt einen Teil meiner selbst, der sich nicht erinnern will. Aber warum nur? Jetzt ... Nein, es ist wieder vorüber. Es wird wieder ein Traum gewesen sein, es muss einfach. Entsetzlich!

Jetzt muss ich vor dem Regen Schutz suchen. Ich werde Feuer machen, wenn ich heimkomme, und aufhören zu grübeln, bis ich mich erholt habe. Ah, ich weiß, wo mein Zuhause ist. Es kann alles nicht so schrecklich sein, solange ich das noch weiß ...

So, das Feuer ist angefacht und meine Kleider trocknen davor. Ich hatte Recht, das hier ist mein Zuhause. Und ich bin Karl Hahrhöffer. Morgen werde ich mich im Dorf erkundigen, wie ich hierhergekommen bin. Die Menschen in Altdorf sind meine Freunde. Altdorf!

Wenn ich mich nicht bemühe nachzudenken, kommen die Erinnerungen ganz allmählich zurück. Ja, morgen gehe ich ins Dorf. Ich brauche ohnehin etwas zu essen und es sind keine Vorräte im Haus.

Aber das ist kein Wunder. Als ich hier ankam, war das Haus mit Brettern vernagelt und ich versuchte fast eine Stunde lang hineinzukommen. Dann führten mich meine Füße bis zur Kellertür, und sie war nicht verschlossen. Meine Muskeln wissen manchmal mehr als mein Verstand. Und manchmal spielen sie mir Streiche. Sie hätten mich weiter in den Keller hineingeführt statt die Treppe hinauf in dieses Zimmer.

Staub und Schmutz bedecken alles, und die Möbel fallen beinahe auseinander. Man könnte glauben, hier habe seit hundert Jahren niemand mehr gelebt. Vielleicht war ich lange aus Altdorf fort, aber so lange wie es hier den Anschein hat kann es nicht gewesen sein. Ich muss einen Spiegel finden. Hier drüben sollte einer sein, aber er ist nicht mehr da. Sei's drum, ein Blechtopf voll mit Wasser erfüllt denselben Zweck.

Kein einziger Spiegel im Haus. Ich mochte mein Gesicht immer und fand es edel und aristokratisch. Ich habe mich verändert. Ich bin nur wenig gealtert, aber die Augen sind hart, die Lippen dünn und rot geworden und mein Ausdruck hat etwas Unangenehmes. Wenn ich lächle, zucken die Muskeln verräterisch, bevor sie meine alte Großspurigkeit nachzuahmen versuchen. Flämmchen, meine Schwester, liebte mein Lächeln.

Auf meiner Schulter ist eine hellrote Wunde, wie eine Verbrennung. Es muss also doch ein Blitz gewesen sein. Vielleicht war es dieses Flammenkreuz am Himmel, an das ich mich zu erinnern glaube. Es hat meinem Kopf schlimm zugesetzt und mich in den Morast geworfen, wo ich liegen blieb bis die Kälte mich wiederbelebte.

Aber das erklärt weder den Zustand des Hauses noch wo der alte Fritz geblieben ist. Flämmchen könnte geheiratet haben und fortgezogen sein, aber Fritz würde mich nicht verlassen. Ich könnte ihn mit nach Amerika genommen haben, aber was geschah dann mit ihm? Ja, ich wollte nach Amerika, bevor ... bevor etwas geschah. Ich muss abgereist und länger fortgeblieben sein als mir anzusehen ist. In zehn Jahren kann sich ein verlassenes Haus sehr verändern. Und Fritz war alt. Habe ich ihn in Amerika begraben?

Vielleicht wissen sie in Altdorf etwas darüber. Der Regen hat aufgehört und am Himmel zeigt sich ein Hauch von Morgenröte. Ich will bald aufbrechen. Aber jetzt spüre ich die Müdigkeit. Kaum verwunderlich, nach allem, was ich durchgemacht habe. Ich werde mich oben ein wenig hinlegen, bevor ich ins Dorf hinuntergehe. Die Sonne wird in ein paar Minuten aufgehen.

Tückische Beine, nein, nach links! Dort rechts geht es in den Keller, nicht in das Schlafzimmer. Die Treppe hinauf! Das Bett wird vielleicht in keinem guten Zustand sein, aber die Bezüge sollten sich gut gehalten haben und ich müsste dort schlafen können. Ich kann meine Augen kaum lange genug offen halten, um es zu erreichen.

Ich muss viel müder gewesen sein, als ich dachte, denn es ist schon wieder dunkel. Und extreme Erschöpfung bringt immer Albträume mit sich. Sie sind verblasst, wie Träume es eben tun, aber nach dem Eindruck, der zurückgeblieben ist, müssen sie grauenhaft gewesen sein. Und ich bin mit einem mörderischen Hunger aufgewacht.

Es ist ein Glück, dass ich so viel Geld bei mir habe. Nach Eldeldorf zur Bank zu gehen, hätte mich viel Zeit gekostet. Jetzt wird es für eine Weile nicht nötig sein. Dies Geld sieht sonderbar aus, aber ich nehme an, dass sich die Währung geändert hat, während ich fort war. Wie lange war ich nicht hier?

Die Luft ist kühl und lieblich nach dem gestrigen Regen, aber der Mond verhüllt sich. Ich habe eine Abneigung gegen wolkenverhangene Nächte entwickelt. Und irgendetwas scheint mit dem Weg in das Dorf nicht zu stimmen. Natürlich musste er sich verändern, aber in zehn Jahren verändert er sich doch nicht so sehr.

Ah, Altdorf! Wo das Haus des Bürgermeisters stand, befindet sich jetzt eine Art Laden mit einer kuriosen Pumpe davor – Benzin. Vieles, das ich nach meiner Erinnerung noch nie gesehen habe, scheint mein Verstand doch zu erkennen, sogar zu erwarten. Ringsumher gibt es Veränderungen, und doch hat sich Altdorf nicht so sehr verändert wie ich befürchtete. Dort ist die Schenke, gegenüber der Kaufladen, und ein Stück die Straße hinunter sehe ich die Weinhandlung. Wundervoll!

Nein, ich habe mich geirrt: Nicht Altdorf hat sich geändert, sondern seine Bewohner. Ich erkenne keinen von ihnen wieder, und sie starren mich befremdlich an. Sie sollten doch meine Freunde sein, die Kinder sollten mir nachlaufen, um Süßigkeiten zu ergattern. Warum sollten sie sich vor mir fürchten? Warum schreit die alte Frau auf und zerrt ihre Kinder hastig ins Haus? Warum werden die Lichter gelöscht und warum läuft man vor mir davon, sobald ich mich nähere? Sollte ich in Amerika zum Verbrecher geworden sein? Ich hatte nie einen Hang zum Verbrechen. Sie müssen mich mit jemandem verwechseln – ich sehe ja auch wirklich sehr verändert aus.

Der Ladenbesitzer kommt mir vertraut vor, aber jünger und auf schwer fassliche Weise anders als derjenige, an den ich mich erinnere. Ein Bruder vielleicht.

»Laufen Sie doch nicht davon, Sie Narr! Ich werde Ihnen nichts tun. Ich möchte nur etwas Gemüse und Vorräte kaufen. Lassen Sie mal sehen – nein, kein Rindfleisch. Also, ich bin doch kein Räuber, ich bezahle Sie. Schauen Sie, ich habe Geld.«

Sein Gesicht ist kalkweiß, seine Hände zittern. Warum starrt er mich so an, während ich diese gewöhnlichen Dinge bestelle?

»Natürlich für mich selbst. Für wen sonst sollte ich diese Dinge kaufen? Meine Vorratskammer ist leer. Ja, das ist genau, was ich benötige.«

Wenn er nur zu zittern aufhören wollte; muss er so sprungbereit zu dieser Tür hinübersehen? Jetzt dreht er mir den Rücken zu und seine Hände bewegen sich tastend auf und ab, als bekreuzige er sich. Glaubt er denn, man verkaufe seine Seele an den Teufel, wenn man nach Amerika geht?

»Nein, das bitte nicht, guter Mann, dies Rot ist ja übelkeiterregend. Dann noch etwas Kaffee und Sahne, Zucker, etwas – ja, etwas Leberwurst und ein Stück von dieser braunen Wurst dort, etwas Speck, aber schneiden Sie das magere Fleisch ab, bitte sehr, ich möchte nur das fette. Blutwurst? Niemals, was für ein Gedanke! Nun, ich trage es selbst, wenn Ihr Laufbursche krank ist. Es ist allerdings ein langer Fußmarsch nach Hause. Wenn Sie mir diesen Handkarren leihen könnten, und ich brächte ihn morgen zurück ... nun gut, dann kaufe ich ihn.«

»Wie viel macht das? Nein, natürlich bezahle ich. Dies sollte genug sein, wenn Sie keinen Preis nennen wollen. Muss ich es nach Ihnen werfen? Hier, ich lasse es auf dem Tresen liegen. Ja, Sie dürfen gehen.«

Weshalb hastet dieser Narr davon, als hätte ich die Pest?

Das könnte es sein. Natürlich müssten sie mich meiden, wenn ich eine ansteckende Krankheit hätte. Aber sicherlich hätte ich als Kranker nicht allein hierher zurückkehren können. Nein, das erklärt es nicht.

Nun zu dem Weinhändler. Er ist ein junger Mann, sehr selbstzufrieden. Vielleicht wird er sich vernünftig verhalten. Zumindest läuft er nicht davon, wenn auch seine Haut fahl wird. »Ja, Wein bitte.«

Er ist nicht so überrascht wie der Ladenbesitzer, Wein scheint ein verständlicherer Wunsch zu sein als Lebensmittel. »Nein, weißen Portwein, nicht den roten. Schauen Sie doch nicht so verdattert, Mann. Weißen Portwein und einen hellen Tokajer. Ja, diese Sorte wird es tun, wenn Sie die andere nicht haben. Und etwas Cognac. Die Abende sind kühl heutzutage. Ihr Geld ... danke sehr.«

Er lehnt das Geld nicht ab, noch zögert er, mir für seine Waren den doppelten Preis zu berechnen. Aber er nimmt es mit einer stockenden Geste entgegen und lässt dann das Wechselgeld in meine Hand fallen, ohne es mir vorzuzählen. An meinem Äußeren muss etwas sein, das mir das Wasser letzte Nacht verschwiegen hat. Er blickt mir so starr nach, als ich meinen Karren davonziehe. Das nächste Mal werde ich mir einen guten Spiegel kaufen, aber zunächst einmal habe ich genug von diesem Dorf.

Wieder ist es Nacht. Heute Morgen legte ich mich vor Sonnenaufgang hin, um ein wenig zu schlafen, bevor ich das Haus erkunden wollte, und wieder war es dunkel, bevor ich erwachte. Nun, Kerzen habe ich genug, es macht wenig Unterschied, ob ich das Haus bei Tag oder bei Nacht erforsche.

So hungrig ich auch bin, kommt es mir anstrengend vor, das Essen hinunterzuschlucken, und der Geschmack ist eigenartig und unvertraut, als hätte ich lange nichts dergleichen gegessen. Dann wiederum wird natürlich das Essen in Amerika anders gewesen sein. Ich beginne zu glauben, dass ich länger fort gewesen sein muss als ich dachte. Der Wein aber tut mir gut. Er jagt wie neues Leben durch meine Adern.

Und der Wein vertreibt den lauernden krankhaften Nachhall der Albträume. Ich hatte auf einen traumlosen Schlaf gehofft, aber die Träume kamen wieder, stärker als zuvor. An einige erinnere ich mich verschwommen. Flämmchen kam nur in einem vor, Fritz in mehreren. Das kommt daher, dass ich in mein altes Haus zurückgekehrt bin. Und weil das Haus sich so unangenehm verändert hat, verwandelten sich Fritz und Flämmchen in die schauderhaften Karikaturen, die ich in meinen Träumen sehe.

Nun will ich mir das Haus ansehen. Erst den Dachspeicher, dann den Keller. Das Weitere habe ich schon gesehen, und bis auf den unzeitgemäßen Anschein hohen Alters fand ich es wenig verändert. Wahrscheinlich wird es mit dem Speicher dasselbe sein, aber Neugier und Untätigkeit treiben mich dazu, nachzusehen.

Diese Leiter braucht eine Reparatur; sie sieht gefährlich wackelig aus. Sie scheint aber doch solide genug zu sein. Jetzt die Falltür – ah, sie lässt sich leicht öffnen. Aber was ist das für ein Geruch? Knoblauch – oder der altersgebeugte Geist von Knoblauchgeruch. Der Speicher ist getränkt davon, kleine verwelkte Bündel hängen überall an Fäden herab.

Irgendjemand muss einmal hier gelebt haben. Ein Bett steht dort, und ein Tisch mit schmutzigem Geschirr darauf. Diese Überreste könnten etwas zu essen gewesen sein. Und diesen alten Hut hat Fritz immer getragen. Das Kreuz an der Wand und die Bibel gehörten Flämmchen. Meine Schwester und Fritz müssen sich hier verschanzt haben, nachdem ich fortging. Rätsel über Rätsel. Wenn dem aber so ist, könnten sie hier gestorben sein. Die Dorfbewohner wissen bestimmt etwas darüber. Vielleicht wird mir jemand Auskunft geben. Der Weinhändler etwa, gegen Bezahlung.

Hier hält mich nichts mehr, es sei denn, diese Schublade im Esstisch verbirgt ein Geheimnis, das sie preisgeben wird. Sie sitzt fest! Der Rost und das angefaulte Holz lassen keinen Zweifel mehr zu. Ich muss um Jahre länger fort gewesen sein, als ich dachte. Ah, sie bewegt sich. Ja, es ist etwas darin – ein Buch. *Tagebuch von Fritz August Schmidt*. Darin sollten sich Hinweise finden lassen, wenn ich die Schließe aufbrechen kann. Im Arbeitsraum müsste Werkzeug sein.

Aber zuerst muss ich mir den Keller ansehen. Es ist sonderbar, dass die Tür dort offen stand, während alles andere so sorgfältig vernagelt wurde. Wenn ich mich nur erinnerte, wie lange ich fort war!

Wie beschwingt mich meine Füße in den Keller tragen! Nun, dies eine Mal sollen sie ihren Willen haben. Vielleicht wissen sie mehr, als meine Erinnerung mir enthüllt. Sie haben mich zumindest schon früher hierhergeführt. Spuren im Staub! Der Fußabdruck eines Männerschuhs. Mal sehen ... Ja, sie stimmen genau überein, es sind meine. Dann war ich also schon vor dem Unfall hier unten. Ah, das erklärt die offene Tür. Ich kam hierher, öffnete sie und ging umher. Vielleicht war ich anschließend auf dem Weg in das Dorf, als das Gewitter heraufzog. Ja, so muss es gewesen sein.

Aber warum hätte ich so lange hierbleiben sollen? Die Spuren führen in alle Richtungen und bedecken den ganzen Boden. Es gibt hier gewiss nichts, das mich hätte interessieren können. Die Wände sind kahl, die verwitterten Regale leer und nirgends gibt es einen Hinweis auf irgendetwas Ungewöhnliches. Aber nein, da ist etwas: Dieses Brett dort, wo die Spuren alle zusammenlaufen, sollte nicht lose sein. Wie leicht es sich mit der Hand bewegen lässt!

Warum nur hat jemand hier einen Schacht ausgehoben, wo doch der Keller leer steht? Vielleicht ist etwas darin versteckt. In dem Schacht riecht die Luft faulig und übel. Irgendwo habe ich das schon einmal gerochen, und ich verbinde nichts Angenehmes damit. Ah, jetzt kann ich etwas erkennen. Dort ist ein Kasten, ein großer Kasten, und schwer. Und dann ... Ein Sarg, offen und leer!

Liegt da jemand begraben? Aber das ergibt doch keinen Sinn, der Sarg ist ja leer. Auch hätte man den Schacht mit Erde gefüllt. Nein, etwas stimmt hier nicht. Unbegreifliches hat sich in diesem Haus abgespielt, während ich fort war. Das Haus ist zu alt, die Dorfbewohner fürchten mich, Fritz hat sich auf dem Dachboden verbarrikadiert, dieser Sarg wurde hier versteckt; irgendwie müssen diese Dinge miteinander verbunden sein. Und ich werde diese Verbindung finden.

Dies muss vor Zeiten ein ungewöhnlich vornehmer Sarg gewesen sein; die Bespannung aus Satin ist noch fast makellos, bis auf diese seltsamen braunen Kleckse. Schimmel vielleicht, allerdings würde dieser den Stoff nicht so versteifen, es sieht eher aus wie Blut. Offenbar werde ich meine Verbindung hier nicht finden. Aber da ist noch das Tagebuch. Irgendwo muss es eine Erklärung geben. Ich werde sogleich die Schließe aufbrechen und herausfinden, ob darin die Antworten auf meine Fragen enthalten sind.

Dieses Mal haben mir die Lektüre und die Arbeit keine Gelegenheit gelassen, den ganzen Tag zu verschlafen. Es ist fast schon wieder Nacht, und ich bin noch immer wach.

Ja, das Tagebuch enthielt die Antwort. Ich habe es jetzt verbrannt, aber ich könnte alles aus meiner Erinnerung hersagen. Erinnerung! Wie ich dieses Wort hasse. Barmherzigerweise ist noch immer einiges unklar geblieben, ich hoffe nun, dass ich mich niemals ganz werde erinnern können. Wie ich überhaupt so lange bei Verstand bleiben konnte, ist ein unfassbares Wunder. Hätte ich das Tagebuch nicht gefunden, wären die Dinge ... aber es ist besser so.

Das Bild ist jetzt vollständig. Zuerst schien mir das, was ich in Fritz' Gekritzel entzifferte, fremd und unglaublich, aber die Namen und Ereignisse rüttelten mein Gedächtnis wach, bis ich den Albtraum, über den ich las, noch einmal durchlebte. Ich hätte es früher erraten müssen. Der Schlaf tagsüber, das Alter des Hauses, die fehlenden Spiegel, das Verhalten der Dorfbewohner, mein Aussehen – hunderte Kleinigkeiten – alles das hätte mir klar machen müssen, was ich gewesen war. Die Geschichte ergibt sich nur zu deutlich aus dem, was Fritz schrieb, bevor er den Speicher verließ.

Ich hatte meine Pläne gefasst und wollte binnen drei Tagen nach Amerika aufbrechen, als ich eine fremde Frau kennenlernte, die von den Dorfbewohnern die ›Dame der Nacht‹ genannt wurde. Teuflische Dinge wurden ihr flüsternd nachgesagt, und sie fürchteten und hassten sie, aber ich wollte von diesem Aberglauben nichts wissen. Auf mich übte sie eine unerklärliche Anziehungskraft aus. Meine Reise war sofort vergessen, und ich ließ mich nachts mit ihr ein, bis selbst mein Priester sich von mir abwandte. Nur Fritz und Flämmchen hielten zu mir.

Als ich »starb«, sprachen die Ärzte von einer Anämie, aber die Dorfbewohner wussten es besser. Sie rotteten sich zusammen und gingen auf die Jagd, bis sie den Körper der Frau fanden. Bei ihr setzten sie einen Pflock aus Hirschgeweih und Feuer ein. Mein Sarg aber war versteckt worden; sie wussten, dass ich ein Ungeheuer geworden war, konnten aber meine Leiche nicht finden.

Fritz wusste, was passieren würde. Der alte Hausdiener schloss sich mit Flämmchen auf dem Speicher außerhalb meiner Reichweite ein. Trotz allem wollte er die Hoffnung nicht aufgeben. Er hatte seine eigene Theorie über die Untoten.

»Es ist nicht der Tod«, schrieb er, »sondern Besessenheit. Die wahre Seele schläft, während ein Dämon von dem Körper Besitz ergreift. Es muss einen Weg geben, den Feind auszutreiben, ohne den wahren Menschen zu töten, wie unser Herr es mit dem Besessenen getan hat. Irgendwie muss ich diesen Weg finden.«

Das war, bevor ich wiederkehrte und Flämmchen zu mir lockte. Warum nur müssen wir – solche, wie ich es war – immer denen nachstellen, die wir lieben? Ist es nicht genug damit, sich unter Qualen in der Hölle zu winden, die der Eroberer aus unserem Körper gemacht hat? Weshalb noch die zusätzliche Pein, die Freunde als Opfer zu sehen?

Als Flämmchen mir in den Untod folgte, kam Fritz aus seinem Versteck herunter. Er schloss sich uns bereitwillig an, wenn nicht sogar gern. Solche Treue hätte einen besseren Lohn verdient. Elendes Flämmchen, unglücklicher Fritz!

Letzte Nacht waren sie hier, aber es war schon kurz vor Sonnenaufgang, und sie mussten umkehren. Wie sie ihre armseligen lüsternen Gesichter gegen die zerborstenen Fensterscheiben pressten und nach mir riefen! Da sie mich gefunden haben, werden sie sicher wiederkommen. Es ist wieder Nacht, und sie können jeden Moment hier sein. Sie sollen nur kommen. Meine Vorkehrungen sind getroffen, ich bin bereit. Wir sind immer zusammengeblieben, zusammen verschwinden wir heute.

Eine Fackel brennt in Reichweite, und der trockene alte Boden ist mit Lumpen und Öl bedeckt, damit er Feuer fängt. Auf dem Tisch liegt eine Waffe, die mit drei Kugeln geladen ist. Zwei davon sind silbern und tragen je ein tief eingeschnittenes Kreuz. Wenn Fritz nicht irrte, können nur solche Kugeln einen Vampir töten, und in allem sonst hat er recht behalten.

Einst hätte man auch für mich eine silberne Kugel gebraucht, jetzt aber wird dieses einfache Stück Blei seinen Zweck erfüllen. Fritz' Annahme war nämlich richtig. Dieses Kreuz aus den Strahlen des Blitzes, das den Dämon aus meinem Körper vertrieb, erweckte auch meine wahre Seele wieder zum Leben: Einst ein Vampir, wurde ich wieder zum Menschen. Doch fast ziehe ich das verfluchte Dasein den Erinnerungen vor, die es hinterlassen hat.

Ah, sie sind zurückgekommen. Sie betasten die Tür, die ich entriegelt habe, und sie ächzen vor ungestillter Blutlust.

»Herein, kommt nur herein. Die Tür ist offen. Seht, ich bin bereit für euch. Nein, schreckt nicht vor der Pistole zurück. Fritz, Flämmchen, ihr solltet sie willkommen heißen ...«

Wie friedlich sie jetzt aussehen! Der wahre Tod ist so rein. Aber ich werde die Fackel umstürzen, um ganz sicher zu gehen. Feuer ist das reinste aller Elemente. Dann werde ich mich ihnen anschließen ... Die Pistole an meinem Herzen kommt mir vor wie ein alter Freund, die Berührung des Abzugs wie eine Liebkosung.

Seltsam. Die Mündungsflamme sieht aus wie ein Kreuz ... Flämmchen ... das Kreuz ... so rein!

F. Paul Wilson
Mitternachtsmesse

1

Es war bereits mehr als eine Minute vergangen, seit er den Messingtürklopfer an der schweren Eichentür betätigt hatte. Allein das hätte sie schon überzeugen müssen. Schließlich bildete der Türklopfer die Form eines Kreuzes. Aber nein, sie mussten ihn auch noch durch den Spion und die schmalen Seitenfenster auf beiden Seiten der Tür gründlich in Augenschein nehmen.

Rabbi Zev Wolpin seufzte und ließ die Begutachtung über sich ergehen. Vorsicht war in diesen Zeiten bestimmt angeraten, aber das schien ihm doch übertrieben. Die Sonne stand im Westen und schien ihm direkt auf den Rücken, er warf einen langen Schatten. Was wollten die denn noch mehr?

Vielleicht sollte ich mich ausziehen und nackt einen Indianertanz aufführen?

Er tat den Gedanken ab und sog dankbar die feuchte Meeresluft ein. Wenigstens war es hier kühl. Er war mit dem Fahrrad aus Lakeside gekommen, was nur ungefähr fünfzehn Kilometer von dieser Küste entfernt lag. Aber dort herrschte eine mindestens zehn Grad wärmere Temperatur. Das klobige Hauptgebäude des spätgotischen Stifts ragte zwischen ihm und dem Meer auf, doch der Geruch nach Seetang und das rhythmische Anbranden der Wellen war allgegenwärtig.

Spring Lake. Ein unter irisch-katholischen Einwanderern beliebtes Feriendomizil seit dem Ende des neunzehnten Jahrhunderts. Er sah sich um: Sorgsam restaurierte viktorianische Häuser – die größten Anwesen erstreckten sich direkt am Strand entlang, während die kleineren Häuser sich in geraden Reihen vom Meer fort bewegten.

Viele davon waren auch jetzt noch bewohnt. Nicht wie in Lakewood. Lakewood war nur noch eine Ansammlung von leeren Gebäuden.

Gar keine so üble Gegend, um sich vor der Welt zu verstecken, fand er. Wie viele solcher Häuser die katholische Kirche wohl besaß?

Eine Reihe von klickenden Geräuschen lenkte seine Aufmerksamkeit wieder auf die Tür, an der diverse Riegel jetzt schnell hintereinander zurückgezogen wurden. Die Tür öffnete sich nach innen und gab den Blick auf einen nervös wirkenden jungen Mann in einer schwarzen Soutane frei. Als er Zev sah, zuckte es um seinen Mund, und er wischte sich mit dem Handrücken darüber, um ein Lächeln zu verbergen.

»Und was bitte ist so komisch?«, fragte Zev.

»Es tut mir leid. Es ist nur ...«

»Schon gut.« Zev verzichtete auf eine Erklärung und blickte auf das Holzkreuz hinunter, das er an einer Kordel um den Hals trug. »Ich weiß.«

Ein bärtiger Jude in einem schlecht sitzenden schwarzen Zwirn, der auf dem Kopf die Jarmulke trug – und um den Hals ein Kreuz. Was für ein Witz!

Na und? So waren nun einmal die Zeiten, und daran musste man sich halten, wenn man weiterleben wollte. Und Zev wollte weiterleben. Jemand musste überleben, um die Traditionen des Talmud und der Tora weiterzutragen, auch wenn es so gut wie keine Juden mehr auf der Welt gab.

Zev stand auf dem sonnenbeschienenen Treppenabsatz und wartete. Der Priester beobachtete ihn schweigend.

Schließlich brach Zev die Stille: »Und, darf ein wandernder Jude eintreten?«

»Ich werde Sie nicht daran hindern«, sagte der Priester, »aber Sie erwarten doch wohl nicht, dass ich Sie hereinbitte.«

Ach so. Noch eine Vorsichtsmaßnahme. Ein Vampir kann die Schwelle eines Hauses nicht überschreiten, wenn er nicht hereingebeten wird, also bittet man niemanden herein. Eine Sache, die man sich merken sollte!

Er trat ein und der Priester schloss hastig hinter ihm die Tür und schob die Riegel einen nach dem anderen wieder vor. Als er sich umdrehte, streckte Zev ihm die Hand entgegen.

»Ich bin Rabbi Zev Wolpin, Vater. Danke, dass Sie mich hereingelassen haben.«

»Ich bin Bruder Christopher.« Mit einem Lächeln schüttelte er Zev die Hand. Sein Misstrauen schien vollkommen vergessen. »Ich bin noch nicht zum Priester geweiht. Wir können Ihnen hier nicht viel anbieten, aber ...«

»Danke, aber ich werde auch nicht lange bleiben. Ich bin nur gekommen, um Vater Joseph Cahill zu sprechen.«

Bruder Christopher runzelte die Stirn. »Vater Cahill ist zurzeit nicht hier.«

»Wann wird er zurück sein?«

»Ich ... ich weiß es nicht genau. Wissen Sie ...«

»Vater Cahill ist wieder auf Sauftour«, erklang eine dröhnende Stimme hinter Zev.

Er drehte sich um und sah einen älteren Priester am anderen Ende der Eingangshalle. Ein weißhaariger fülliger Mann in einer schwarzen Soutane.

»Ich bin Rabbi Wolpin.«

»Vater Adams.« Der Mann trat näher und streckte ihm die Hand entgegen.

Zev ergriff sie und fragte: »Sagten Sie ›wieder auf Sauftour‹? Ich wusste nicht, dass Vater Cahill trinkt.«

»Offenbar gibt es eine Menge, was wir nicht über Vater Cahill wissen«, sagte der Priester grimmig.

Zev spürte, wie der alte Ärger wieder in ihm aufkam. »Wenn Sie auf die unschöne Angelegenheit vom letzten Jahr anspielen, so muss ich Ihnen sagen, dass ich nichts davon auch nur für eine Minute geglaubt habe. Es überrascht mich, dass überhaupt jemand das für möglich gehalten hat.«

»Schlussendlich war der Wahrheitsgehalt der Anschuldigungen völlig irrelevant. Der gute Ruf von Vater Cahill war unwiderruflich dahin. Vater Palmeri war gezwungen, zum Besten der Gemeinde von St. Anthony um seine Ablösung zu ersuchen.«

Zev war sicher, dass diese Art von Einstellung etwas damit zu tun hatte, wenn Vater Cahill ›mal wieder auf Sauftour‹ war.

»Wo kann ich Vater Cahill finden?«

»Ich schätze, er ist irgendwo in der Stadt und macht sich zum

Gespött der Leute. Wenn Sie ihn zur Vernunft bringen können, dann tun Sie das bitte. Er säuft sich nicht nur ins Grab, er ist auch zu einer Schande für das Priesteramt und die Kirche geworden.«

Und was davon stört Sie mehr?, wollte Zev fragen, aber er hielt sich zurück.

»Ich werde sehen, was ich tun kann.«

Er wartete, bis Bruder Christopher die Riegel wieder geöffnet hatte, dann trat er ins Sonnenlicht hinaus.

»Versuchen Sie es bei Morton's in der 71ten Straße«, flüsterte ihm der jüngere Mann zu, als Zev an ihm vorüberging.

Zev radelte mit seinem Fahrrad nach Süden auf die 71te Straße. Es war schon fast merkwürdig, Menschen auf den Straßen zu sehen. Nicht viele, aber mehr als er in Lakewood je wieder sehen würde. Doch je mehr die Vampire ihre Kontrolle festigten und damit in die katholischen Enklaven vordrangen, desto weniger Menschen würde man auch hier auf den Straßen sehen.

Er glaubte, er sei auf dem Hinweg an einem Laden namens Morton's vorbeigekommen, und dann sah er ihn auch, an einem Bahnübergang. Ein weiß getünchter einstöckiger Kasten, an dessen Seite mit großen schwarzen Buchstaben *Mortons's Spirituosen* gemalt stand.

Vater Adams Worte klangen in ihm nach ... *wieder auf Sauftour* ...

Zev schob das Fahrrad bis vor den Eingang und versuchte, die Tür zu öffnen. Fest verschlossen. Ein Blick ins Innere enthüllte einen überquellenden Mülleimer und leere Regale. Die Fenster waren verrammelt; die Hintertür bestand aus Stahl und war so fest verschlossen wie der Eingang. Wo also trieb sich Vater Joe herum?

Dann bemerkte er das Kellerfenster zu ebener Erde neben dem Müllcontainer. Es war nicht verriegelt. Zev ging auf die Knie und stieß es auf.

Kühle, feuchte, muffige Luft prallte ihm ins Gesicht, als er in die pechschwarze Finsternis linste. Ihm kam der Gedanke, dass er sich Ärger einhandeln konnte, wenn er einfach so seinen Kopf zum Fenster hereinsteckte, aber er musste es versuchen. Wenn Vater Cahill nicht hier war, dann würde er wieder nach Lakewood zurückradeln und die ganze Sache als Zeitverschwendung abhaken.

»Vater Joe?«, rief er. »Vater Cahill?«

»Bist du das schon wieder, Chris?«, antwortete eine leicht lallende Stimme. »Geh wieder nach Hause. Mir geht's gut. Ich komme später.«

»Ich bin es, Joe. Zev. Aus Lakewood.«

Er hörte Schuhe über den Boden scharren und dann sah er ein bekanntes Gesicht in dem Lichtstrahl, der durch das Fenster hineinfiel.

»Ach verdammt. Du bist es wirklich! Ich dachte, das wäre Bruder Chris, der mich wieder ins Stift zurückschleppen will. Er kriegt es immer mit der Angst, wenn ich nach Sonnenuntergang noch draußen bin. Und wie geht's dir, Reb? Freut mich zu sehen, dass du noch am Leben bist. Komm rein!«

Zev bemerkte, dass die Augen von Vater Cahill glasig waren und dass er leicht schwankte, wie ein Wolkenkratzer im Wind. Er trug verblichene Jeans und ein schwarzes T-Shirt von Bruce Springsteens *Tunnel of Love*-Tournee.

Zev schnürte es die Brust zusammen, seinen Freund in diesem Zustand zu sehen. Ein guter Mensch wie Vater Cahill sollte sich nicht wie ein Shikker aufführen. Vielleicht war es ein Fehler gewesen, hierherzukommen. Zev wollte ihn nicht so sehen.

»Ich habe nicht viel Zeit, Joe. Ich wollte dir nur erzählen ...«

»Beweg deinen haarigen Arsch hier runter und trink einen mit mir, oder ich komme hoch und hole dich runter.«

»Na gut. Ich komme rein, aber ich werde nichts trinken.«

Er versteckte sein Fahrrad hinter den Mülltonnen und zwängte sich durch das Fenster. Vater Joe half ihm auf den Boden herunter. Sie umarmten sich und klopften sich gegenseitig auf den Rücken. Vater Joe war groß, aus Zevs Perspektive ein Riese. Mit seinen fast zwei Metern überragte er den Rabbi um mehr als einen Kopf und mit seinen 35 Jahren war er ein gutes Vierteljahrhundert jünger. Er war muskulös, hatte dichtes braunes Haar und – an besseren Tagen – strahlend blaue Augen.

»Du bist grauer geworden, Zev, und du hast abgenommen.«

»Heutzutage ist es nicht mehr so einfach, koscher zu speisen.«

»Alle Sorten von Lebensmitteln werden langsam knapp.« Er berührte das Kreuz um Zevs Hals und lächelte. »Netter Einfall. Passt zu deinen Zizith.«

Zev betastete die Schaufäden an seinem kleinen Talit, die er offen trug. Alte Gewohnheiten ließen sich nicht so einfach ablegen.

»Es ist mir mittlerweile richtig ans Herz gewachsen.«

»Was kann ich dir anbieten?«, fragte der Priester und umfasste mit einer weitausholenden Geste die Kisten mit Spirituosen, die um sie herum aufgestapelt in die Höhe ragten. »Mein Privatvorrat. Du hast freie Auswahl.«

»Ich will nichts trinken.«

»Na komm schon, Reb. Ich habe hier absoluten Spitzenwodka. Du musst wenigstens mal probieren.«

»Warum? Weil du ein schlechtes Gewissen hast, dass du allein trinkst?«

Vater Joe lächelte. »Das saß.«

»Na gut. Ein bissel. Ich trinke ein Glas unter der Bedingung, dass du diesmal aussetzt. Ich will nämlich mit dir reden.«

Der Priester überlegte einen Moment, dann griff er nach der Wodka-Flasche.

»Abgemacht.« Er goss eine großzügige Portion in einen Pappbecher und reichte ihn Zev. Der Rabbi nippte daran. Er trank normalerweise nicht und wenn er doch einmal eine Ausnahme machte, dann hatte er seinen Wodka schon ganz gern eiskalt. Aber der hier schmeckte ihm. Vater Cahill setzte sich auf eine Kiste mit Jack Daniels und verschränkte die Arme vor der Brust.

»Nu?« Das Achselzucken war eine Jackie-Mason-Imitation.

Zev musste lachen. »Joe, ich bin immer noch davon überzeugt, dass du irgendwo in deinem Stammbaum einen Juden versteckst.«

Einen Augenblick lang fühlte er sich unbeschwert, fast glücklich. Wann hatte er das letzte Mal gelacht? Wahrscheinlich lag das schon mehr als ein Jahr zurück, wahrscheinlich war das an ihrem Tisch hinten in Horowitz' Imbiss gewesen, kurz vor der Sache in St. Anthonys und lange vor den Vampiren.

Zev erinnerte sich an ihre erste Begegnung. Er hatte bei Horowitz am Tresen gestanden und darauf gewartet, dass Yussel ihm die gefüllte Kishke einpackte, die er bestellt hatte. Dann trat dieser junge Riese ein. Er überragte die anwesenden Rabbis um Längen, wirkte so irisch wie nur etwas und trug einen Priesterkragen. Er erklärte, er habe gehört, dies sei der einzige Laden in ganz Jersey, wo man ein ordentliches Corned-Beef-Sandwich bekommen könnte. Er bestellte eines und fügte augenzwinkernd hinzu, dass das aber auch wirklich gut sein müsse. Yussel fragte ihn, wie er denn überhaupt beurteilen könne, was ein gutes Corned-Beef-Sandwich sei, und er antwortete, er stamme aus Bensonhurst. Na ja, die Hälfte der Leute in Horowitz' Laden an dem Tag – genau wie an jedem anderen Tag – stammte aus Bensonhurst und sofort wurde er von allen gefragt, ob er den und den Laden kannte und den und den Lebensmittelmarkt.

Zev wies den Priester dann darauf hin – mit allem gebührenden Respekt in bezug auf Yussel Horowitz hinter der Theke –, dass man das beste Corned-Beef-Sandwich der Welt in Shmuel Rosenbergs Jerusalem-Imbiss in Bensonhurst bekäme. Vater Cahill erklärte, er kenne den Laden und könne das nur bestätigen.

Und dann servierte ihm Yussel das Sandwich. Als der Priester herzhaft in das Corned Beef auf Roggenbrot hineinbiss, verebbte das übliche Mittagsgeraune und plötzlich war es in Horowitz' Imbiss so still wie in einer Toraschule. Jeder sah zu, wie Vater Cahill kaute, und dann, wie er schluckte. Dann warteten sie.

Plötzlich erstrahlte ein breites irisches Grinsen auf dem Gesicht von Vater Cahill: »Ich befürchte, ich muss mein Urteil revidieren. Das beste Corned-Beef-Sandwich der Welt gibt es bei Horowitz in Lakewood.«

Unter Jubel und freundlichem Gelächter geleitete Zev Vater Cahill zu dem Tisch am Ende des Raumes, der ihr Stammtisch werden sollte, und setzte sich zu diesem gewitzten und charmanten Nichtjuden, der so mühelos einen ganzen Laden voller Fremder für sich eingenommen und Yussel zu einem stolzen Mann gemacht hatte. Er erfuhr, dass der junge Priester der neue Vikar von Vater Palmeri war, dem Pfarrer der katholischen St.-Anthonys-Kirche im Nordteil von Lakewood. Vater Palmeri betreute diese Gemeinde seit Jahren, aber Zev hatte ihn noch nie gesehen, geschweige denn mit ihm gesprochen. Er erkundigte sich bei Vater Cahill – der Joe genannt werden wollte –, wie es inzwischen in Brooklyn aussah, und sie plauderten mehr als eine Stunde miteinander.

In den folgenden Monaten begegneten sie sich so häufig, dass sie beschlossen, sich an den Montagen und Donnerstagen regelmäßig bei Horowitz zum Mittagessen zu treffen. Und das taten sie dann auch jahrelang, und diskutierten dabei Religion – oje, diese vertrackten religiösen Diskussionen –, Politik, Wirtschaft, Philosophie, eben alles und jedes. Während dieser Mittagspausen lösten sie die meisten Probleme der Welt. Zev war sich sicher, sie hätten sie alle gelöst, wenn der Skandal in der St.-Anthony-Gemeinde nicht zu Vater Cahills Abberufung geführt hätte.

Aber das war zu einer anderen Zeit in einer anderen Welt gewesen. In einer Welt, bevor die Vampire die Macht übernahmen.

Zev schüttelte den Kopf angesichts von Vater Cahills augenblicklichem Zustand im dämmrigen Keller von Mortons Spirituosenladen.

»Es geht um die Vampire, Joe«, sagte er und nippte noch einmal an dem Stolichnaya. »Sie haben St. Anthonys übernommen.«

Vater Joe schnaubte und zuckte die Achseln. »Sie sind jetzt in der Überzahl, Zev. Sie haben alles übernommen. Warum sollte es St. Anthonys besser ergehen als anderen Gemeinden?«

»Ich meinte nicht die Gemeinde. Ich meinte die Kirche.«

Der Priester blickte leicht überrascht. »Die Kirche? Das Gebäude selbst?«

»Jede Nacht«, sagte Zev. »Sie sind dort jede Nacht.«

»Das ist ein heiliger Ort. Wie haben sie das geschafft?«

»Sie haben den Altar verwüstet und alle Kreuze zerstört. St. Anthonys ist kein heiliger Ort mehr.«

»Eine Schmach.« Vater Joe senkte den Blick und schüttelte bedauernd den Kopf. »Es war eine schöne alte Kirche.« Er hob wieder den Kopf und sah Zev an. »Woher weißt du, was in St. Anthonys vor sich geht? Das ist nicht unbedingt deine Ecke.«

»So etwas wie meine Ecke gibt es nicht mehr.«

Vater Joe streckte den Arm aus und legte dem Rabbi seine mächtige Pranke auf die Schulter.

»Es tut mir leid, Zev. Ich habe gehört, dass es deine Leute da drüben schwer getroffen hat. Sie waren ein gefundenes Fressen, nicht wahr? Es tut mir wirklich leid.«

Ein gefundenes Fressen. Das traf den Nagel auf den Kopf. Oh, sie waren clever, diese Blutsauger. Sie kannten ihre Pappenheimer. Immer wenn sie in einer Gegend einfielen, waren die Juden ihre ersten Opfer, vor allem die orthodoxen Juden. Wirklich clever. Da mussten sie nun wirklich nicht damit rechnen, auf Kreuze zu treffen.

In Brooklyn hatten sie damit Erfolg gehabt, und als sie sich dann wie eine Plage ausbreiteten und südwärts nach New Jersey vordrangen, da fielen sie als erstes über die Stadt her, in der es die meisten orthodoxen Schulen in Nordamerika gab.

Aber nach dem Holocaust in Bensonhurst dauerte es in den jüdischen Gemeinden von Lakewood nicht ganz so lange, bis die Leute begriffen, was passierte. Die reformierten und die konservativen Synagogen begannen, zu Shabbes Kruzifixe zu verteilen. Für viele kam das zu spät, aber es rettete zumindest einige wenige. Folgten die orthodoxen Gemeinden diesem Beispiel? Nein. Sie versteckten sich in ihren Häusern und Schulen und Yeshivas und lasen die Thora und beteten.

Und wurden vernichtet.

Ein Kreuz, ein Kruzifix – das hatte Macht über die Vampire und vertrieb sie. Seine Mitrabbis wollten diese einfache Tatsache nicht akzeptieren, weil sie sich den entsetzlichen Implikationen nicht stellen wollten. Ein Kreuz hochzuhalten bedeutete, zweitausend Jahre jüdische Geschichte mit Füßen zu treten; es war das Eingeständnis, dass der Messias gekommen war und sie ihn nicht erkannt hatten.

War es das wirklich? Zev wusste es nicht. Darüber konnte man später diskutieren. Im Augenblick starben die Menschen. Aber die Rabbis mussten das jetzt ausdiskutieren. Und während sie miteinander stritten, schlachtete man ihre Leute wie Vieh ab.

Wie sehr Zev getobt, wie sehr er sie angefleht hatte! Blinde, starrsinnige Dummköpfe! Wenn das Haus in Flammen stand, würde man sich dann weigern, es mit Wasser zu bekämpfen, weil einem immer gesagt worden war, man dürfe dazu kein Wasser benutzen? Zev war im Rat der Rabbiner mit einem Kreuz erschienen und war hinausgeworfen worden – im buchstäblichen Sinne. Aber wenigstens war es ihm gelungen, ein paar von seinen eigenen Leuten zu retten. Viel zu wenige!

Er erinnerte sich an die anderen orthodoxen Rabbiner. An die, die sich weigerten, einzusehen, dass die Vampire wirklich Angst vor Kruzifixen haben und die ihren Studenten und ihren Gemeinden verboten, Kreuze zu tragen, und die zusahen, wie ebendiese Studenten und Gemeinden niedergemetzelt wurden, nur um wieder aufzuerstehen und sich gegen sie zu wenden. Und kurz danach schlichen eben diese Rabbis durch ihre Gemeinden auf der Jagd nach Überlebenden, nach anderen Yeshivas aus anderen Gemeinden, bis die ganze jüdische Gemeinschaft vernichtet und in der Gemeinschaft der Vampire aufgegangen war. Ihre größte Angst war wahr geworden: Sie waren assimiliert worden.

Die Rabbis hätten sich und ihre Gemeinden retten können, aber sie waren blind für das, was um sie herum geschah. Was, wie Zev zugeben musste, typisch für sie war. Hatten sie nicht über Generationen hinweg gelernt, sich von der Welt abzuwenden?

Diese frühen Tage wahllosen Gemetzels waren inzwischen vorüber. Jetzt, wo die Vampire die Oberhand besaßen, lief das Blutsaugen organisierter ab. Aber der Schaden an Zevs Volk war geschehen und er war endgültig. Was Hitler mit seiner Endlösung in Jahren nicht geschafft hatte, gelang den Vampiren innerhalb weniger Monate.

Es sind nur noch so wenige von uns übrig. So wenige und so verstreut. Die endgültige Diaspora.

Einen Augenblick lang drohte der Kummer Zev zu übermannen, aber er drängte ihn zurück und verschloss ihn wieder an dem Ort, an den er seinen Schmerz verbannte. Er dachte daran, was für ein Glück es doch gewesen war, dass seine Frau Chana eines natürlichen Todes starb, bevor dieser Schrecken begann. Sie war viel zu sanft gewesen und hätte es nie ertragen, was mit der jüdischen Gemeinde passierte.

»Du kannst es gar nicht so sehr bedauern wie ich, Joe«, sagte er und konzentrierte sich wieder auf die Gegenwart. »Aber da meine Gemeinde zerstört ist und da mir kaum noch Freunde geblieben sind, streife ich am Tage herum. Jetzt bin ich der ewige Jude, der keinen Frieden findet und ruhelos umherwandert. Und dabei bin ich auch einigen deiner alten Gemeindemitglieder begegnet.«

Der Gesichtsausdruck des Priesters erstarrte. Seine Stimme wurde eisig. »Ach tatsächlich? Und wie geht es dem Rest meiner frommen Herde?«

»Sie haben alle Hoffnung verloren, Joe. Sie hätten dich gern zurück.«

Er lachte bitter. »Sicher. So wie sie zu mir gestanden haben, als mein Name und mein Ruf vor einem Jahr durch den Dreck gezogen wurden. Und jetzt wollen sie mich zurück? So ein Unsinn.«

»Du hegst eine solche Wut in dir, Joe. Das passt nicht zu dir.«

»Blödsinn. Das war der alte Joe Cahill, der naive Trottel, der geglaubt hat, seine treuen Gemeindemitglieder würden zu ihm stehen. Aber nein. Palmeri erklärt dem Bischof, dass der Skandal zu viel für ihn wird, ich werde abberufen, und die Leute, denen ich mit aller Kraft gedient habe, sehen schweigend zu, wie man mich aus meiner Gemeinde jagt.«

»Man kann von Laien schwerlich erwarten, gegen einen Bischof aufzubegehren.«

»Meinetwegen. Aber ich kann nicht vergessen, wie sie tatenlos zusahen, als man mir meine Stellung, meine Würde, meinen Stolz, alles, was ich je sein wollte ...«

Zev dachte, Joe breche in Tränen aus. Er wollte ihm gerade die Hand auf die Schulter legen, als der Priester sich räusperte und die Schultern straffte.

»Und jetzt bin ich ein Paria hier im Stift, ein verfluchter Aussätziger. Einige hier glauben sogar wirklich ...« Er schnaubte wütend. »Ach, was soll's? Es ist aus und vorbei. Ich schätze, die meisten der Leute sind jetzt sowieso tot. Und wäre ich geblieben, wäre ich das wahrscheinlich auch. Vielleicht war es so das Beste. Und außerdem, wen interessiert das schon?«

Er griff nach der Flasche Glenlivet, die neben ihm stand.

»Tu das nicht«, sagte Zev. »Du hast es versprochen.«

Vater Joe zog die Hand zurück und verschränkte die Arme.

»Rede weiter, bärtiger Meister, ich höre!«

Vater Joe hatte sich wirklich zu seinem Nachteil verändert: Grüblerisch, verbittert, teilnahmslos und zerfressen von Selbstmitleid. Zev begann, sich zu fragen, wieso er mit diesem Mann befreundet gewesen war.

»Sie haben deine Kirche übernommen und sie entweiht. Und jede Nacht wird sie durch Gräueltaten und Gotteslästerung weiter beschmutzt. Bedeutet dir das denn gar nichts?«

»Es ist Palmeris Gemeinde. Man hat mich entlassen. Soll er sich doch darum kümmern.«

»Vater Palmeri führt sie an.«

»Das sollte er auch. Er ist ihr Priester.«

»Nein. Er führt die Vampire an bei den Obszönitäten in der Kirche.«

Vater Joe erstarrte und seine Augen blickten plötzlich durchdringend.

»Palmeri? Er gehört zu – denen?«

Zev nickte. »Sogar noch schlimmer. Er ist der Anführer der dortigen Vampire. Er führt den Vorsitz bei ihren Ritualen.«

Zev sah die Wut in den Augen des Priesters aufblitzen und die Hände, die sich zu Fäusten ballten. Für einen Augenblick glaubte er, der alte Vater Joe breche wieder durch.

Na komm schon, Joe, zeig, dass das alte Feuer noch da ist.

Doch der Hüne sackte wieder auf seiner Kiste zusammen.

»Das ist es, was du mir erzählen wolltest?«

Zev verbarg seine Enttäuschung und nickte. »Ja.«

»Gut.« Der Priester griff nach der Whiskeyflasche. »Ich brauche jetzt nämlich was zu trinken.«

Zev wäre am liebsten gegangen, aber er musste bleiben. Er musste noch ein wenig tiefer bohren und sehen, wie viel von seinem alten Freund noch vorhanden war und wie viel von diesem fremden, neuen, verbitterten Joe Cahill vereinnahmt worden war. Vielleicht bestand doch noch Grund zur Hoffnung. Also redeten sie weiter.

Plötzlich bemerkte er, dass es dunkel geworden war.

»Gevalt! Ich habe nicht bemerkt, wie spät es schon ist.«

Auch Vater Joe schien überrascht. Er rannte zum Fenster und sah nach draußen.

»Verdammt! Die Sonne ist bereits untergegangen!« Er drehte sich zu Zev um. »Du kannst jetzt keinesfalls nach Lakewood zurück, Reb. Sogar das Stift ist zu weit weg, um das Risiko einzugehen. Sieht so aus, als würden wir hier die Nacht über festsitzen.«

»Ist es hier sicher?«

Joe zuckte mit den Achseln. »Wieso nicht? Meines Wissens bin ich der Einzige, der in den letzten Monaten hier gewesen ist, und auch das nur tagsüber. Es wäre schon sehr seltsam, wenn einer von diesen Blutegeln gerade heute hier hereinstolpern sollte.«

»Hoffentlich.«

»Mach dir keine Sorgen. Es wird schon nichts passieren, wenn wir kein Aufsehen erregen. Für den Fall, dass wir sie brauchen, habe ich eine Taschenlampe. Aber vorsichtshalber sollten wir es hier dunkel lassen und den Ball flach halten, bis die Sonne wieder aufgeht.«

Vater Joe grinste und hob ein großes, mindestens dreißig Zentimeter langes Kruzifix hoch, das auf einer der Kisten gelegen hatte. »Außerdem sind wir bewaffnet. Und ich kann mir ehrlich gesagt schlimmere Orte vorstellen, an denen man über Nacht stranden kann.«

Er ging zu der Kiste mit Glenlivet und öffnete eine neue Flasche. Er vertrug offenbar unglaubliche Mengen Alkohol.

Auch Zev konnte sich schlimmere Orte vorstellen. Seit dem Holocaust hatte er diverse Nächte an schlimmeren Orten verbracht. Er beschloss, die Zeit zu nutzen.

»Na gut, Joe. Vielleicht sollte ich noch ein bisschen mehr von Lakewood erzählen.«

Ein paar Stunden später waren sie beide zu müde, um noch zu reden. Vater Joe gab Zev die Taschenlampe und streckte sich dann auf einigen Schnapskisten zum Schlafen aus. Zev versuchte, eine Haltung zu finden, in der er zumindest dösen konnte, aber zu schlafen vermochte er so nicht. Also lauschte er dem Schnarchen seines Freundes im Dunkel des Kellers.

Der arme Joe. Er hatte so viel Wut in sich hereingefressen. Und mehr als das – er war tief verletzt. Er fühlte sich verraten und betrogen. Und er hatte allen Grund dazu. Aber da jetzt alles auseinanderfiel, würde das Unrecht, das ihm angetan worden war, nie wieder gut gemacht werden. Er sollte mittlerweile damit abgeschlossen haben und sein Leben weiterführen, aber offensichtlich konnte er das nicht. Das war unglaublich traurig. Er brauchte etwas, um sich aus diesem Morast zu ziehen. Zev hatte gehofft, die Nachricht von dem, was in seiner alten Gemeinde vor sich ging, könnte das bewirken, aber das schien ihn nur noch tiefer in die Arme des Alkohols zu treiben. Es stand zu befürchten, dass Vater Joe Cahill bereits ein hoffnungsloser Fall war.

Zev schloss die Augen und versuchte zu schlafen. Das Kruzifix auf seiner Brust war unbequem, daher nahm er es ab, legte es aber in Reichweite. Er döste gerade ein, als er draußen ein Geräusch hörte. Vom Müllcontainer her. Metall, das an Metall schabte.

Mein Fahrrad!

Er ließ sich auf den Boden gleiten und schlich auf Zehenspitzen zu Vater Joe hinüber. Er rüttelte an seiner Schulter und flüsterte.

»Jemand hat mein Fahrrad gefunden!«

Der Priester schnaubte, wachte aber nicht auf.

Ein lautes Klappern von draußen veranlasste Zev, sich umzudrehen, und dabei streifte er eine Flasche. Er versuchte, sie aufzufangen, verfehlte sie jedoch in der Dunkelheit. Das Scheppern zersplitternden Glases hallte durch den Keller wie ein Kanonenschuss. Während der Geruch von Scotch den muffigen Kellergeruch überlagerte, lauschte Zev nach weiteren Geräuschen von draußen. Da war nichts.

Vielleicht war es ein streunendes Tier gewesen. Früher bei ihm zu Hause hatten manchmal Waschbären seinen Müll durchwühlt ... als er noch ein Zuhause hatte ... als es noch Sachen gab, die man wegwerfen konnte ...

Zev trat zum Fenster und sah hinaus. Wahrscheinlich handelte es sich wirklich um ein Tier. Er öffnete das Fenster ein paar Zentimeter weit, und spürte die kühle Nachtluft auf seinem Gesicht. Er zog die Taschenlampe aus der Manteltasche und richtete sie nach draußen.

Ihm entfiel beinahe die Leuchte, als ihr Strahl eine bleiche Dämonenfratze erhellte, die ihn mit gebleckten Zähnen anfauchte. Er schreckte zurück, als der Kopf und die Schultern der Kreatur durch das Fenster schossen und die gekrümmten Finger nach ihm griffen. Sie verfehlten ihn nur ganz knapp. Dann sprang die Kreatur ganz durch das Fenster und stürzte sich auf den Rabbi.

Er versuchte, sich wegzuducken, aber er war viel zu langsam. Bei dem Aufprall verlor er die Taschenlampe, die über den Boden rollte. Zev schrie auf, als er unter dem Gewicht der fauchenden Bestie zu Boden ging. Er konnte dieser Wildheit nichts entgegensetzen. Die Kreatur hockte über ihm, hieb mit den Pranken nach ihm und stieß seine zur Abwehr erhobenen Arme zur Seite. Die Klauen zerrten an seinem Kragen, um die Kehle zu entblößen und drückten seinen Kopf nach hinten, um das weiche Fleisch freizulegen. Der faulige Mundgeruch nahm ihm den Atem, als die Fänge sich seinem Hals entgegensenkten. Zev kreischte in ohnmächtiger Angst.

2

Vater Joe wurde von panischem Gebrüll geweckt.

Er schüttelte den Kopf, um seine Gedanken zu sortieren, bereute das aber sofort wieder. Sein Kopf wog mindestens eine Tonne und der Mund schmeckte nach pappiger Baumwolle. Warum tat er sich das immer wieder an? Danach fühlte er sich nicht nur grauenhaft, er bekam auch Albträume davon. So wie jetzt.

Noch ein hysterischer Aufschrei, ganz dicht.

Er sah in die Richtung des Schreis. Im schwachen Licht der Taschenlampe, die über den Fußboden rollte, sah er Zev, der auf dem Rücken lag und um sein Leben kämpfte. Über ihm ...

Verdammt! Das war kein Traum! Einer von diesen Blutsaugern war hier eingedrungen!

Er sprang auf, als die Kreatur die Zähne Zevs Kehle entgegensenkte. Vater Jo ergriff den Blutsauger im Nacken und stemmte ihn hoch in die Luft. Er war überraschend schwer, aber das hielt ihn nicht auf. Er spürte, wie die Wut seine Muskeln mit Energie versorgte.

»Verdammtes Geschmeiß!«

Er hielt den Vampir am Nacken und schmetterte ihn gegen einen Zementblock. Der Aufprall hätte ihm alle Knochen brechen müssen, aber stattdessen prallte er gegen die Wand, rollte sich über den Fußboden ab und war in Sekundenschnelle wieder auf den Füßen und angriffsbereit. Joe wusste, dass er es trotz seiner Kraft nicht mit dem Vampir aufnahmen konnte. Er drehte sich um, griff nach seinem großen silbernen Kruzifix und stürmte auf die Kreatur zu.

»Du hast Hunger? Dann friss das!«

Als der Vampir die Zähne bleckte und ihn anfauchte, rammte ihm Joe das lange untere Ende des Kreuzes in den offenen Mund. Bläulich-weißes Licht zuckte über das Silber des Kruzifixes und spiegelte sich im Gesicht des überraschten, gepeinigten Geschöpfes, dessen Fleisch zischte und aufplatzte.

Der Vampir stieß einen würgenden Schrei hervor und versuchte zu entkommen, aber Joe war noch nicht fertig mit ihm. Er sah buchstäblich rot, als der Zorn sich aus einer verborgenen Kammer seinen Weg bahnte und über ihn hinwegspülte. Er stieß das Kreuz tiefer in den Rachen des Wesens. Lichtblitze zuckten in seiner Kehle und beleuchteten das blasse Zellgewebe im Innern. Es versuchte, nach dem Kreuz zu greifen und es herauszuziehen, aber jedes Mal, wenn seine Finger in Kontakt mit dem Metall kamen, zischten sie und fingen Feuer.

Schließlich trat Joe zurück und sah zu, wie sich die Kreatur wimmernd die Wand hinaufhangelte und durch das Fenster in die Nacht verschwand. Dann drehte er sich zu Zev um. Wenn dem etwas passiert war ...

»Hey, Reb«, sagte er und kniete neben dem älteren Mann. »Geht es dir gut?«

»Ja.« Zev rappelte sich auf die Füße. »Dank deiner Hilfe.«

Joe sackte auf einer Kiste zusammen. Er hatte einen plötzlichen Schwächeanfall, als die Wut abebbte. Das war nicht wirklich ich, dachte er. Aber es hatte sich so verdammt gut angefühlt, es diesem Vampir zu zeigen. Zu gut. Und das machte ihm Angst.

Mit mir geht es abwärts ... so wie mit dem Rest der Welt.

»Das war verdammt knapp«, sagte er und drückte liebevoll die Schulter des Rabbis.

»Dem Vampir hat es jedenfalls gereicht.« Zev setzte seine Jarmulke wieder auf. »Und erinnere mich daran, Vater Joe – falls in der Zukunft mal jemand mein Blut aussaugt und ich ein Vampir werde, sollte ich mich von dir fernhalten.«

Joe lachte zum ersten Mal seit langer Zeit. Das tat gut.

Beim ersten Tageslicht kletterten sie hinaus. Joe streckte seine verkrampften Muskeln in der frischen Luft, während Zev nach seinem Fahrrad sah.

»Ach weh«, sagte er, als er es hinter dem Müllcontainer hervorzog. Das Vorderrad war so stark verbogen, dass die Hälfte der Speichen gebrochen war. »Sieh dir an, was er gemacht hat. Sieht so aus, als müsste ich nach Lakewood zurücklaufen.«

Aber Joe war weniger an dem Fahrrad interessiert als vielmehr am Verbleib ihres nächtlichen Besuchers. Er wusste, der konnte nicht weit gekommen sein. Das war er auch nicht. Sie fanden den Vampir – oder das, was von ihm übrig war – auf der anderen Seite der Müllcontainer: ein verwesender verkrümmter Leichnam, der vom Sonnenlicht zusammengebacken war und noch dampfte. Das silberne Kruzifix steckte noch zwischen seinen Zähnen.

Joe ging zu ihm und zog sachte sein Kreuz aus den ekelerregenden Überresten heraus.

»Sieht so aus, als hättest du dein letztes Glas Blut getrunken«, sagte er und kam sich sofort albern vor.

Wen versuchte er mit dieser Macho-Tour zu beeindrucken? Zev würde ihm das bestimmt nicht abnehmen. Es passte nicht zu ihm. Aber was passte überhaupt noch zu ihm? Er war ein Gemeindevikar gewesen. Jetzt war er ein Nichts. Weniger als ein Nichts.

Er richtete sich auf und drehte sich zu Zev um.

»Komm mit ins Stift, Reb. Ich spendiere dir ein Frühstück.«

Aber als Joe sich umdrehte und davongehen wollte, blieb Zev stehen und blickte weiter auf den Leichnam hinunter.

»Es heißt, sie entfernen sich nicht weit von ihrem ehemaligen Lebensraum«, sagte er. »Das heißt, es ist unwahrscheinlich, dass der Kerl hier Jude gewesen ist. Wohl eher ein Katholik. Ein irischer Katholik, schätze ich.«

Joe blieb stehen und drehte sich um. Er starrte seinen langen Schatten an. Mit der aufgehenden Sonne im Rücken warf er im Morgendunst einen großen gedrungenen Schatten mit einem dunklen Kreuz in der einen Schattenhand und einem blassen Flecken in der anderen, wo die Sonne durch die ungeöffnete Whiskeyflasche schien.

»Worauf willst du hinaus?«

»Das jüdische Totengebet wäre wohl nicht so angebracht, daher habe ich mich gefragt, ob ihm nicht jemand die letzte Ölung geben sollte, oder was deine Leute sonst so tun.«

»Er war nicht einer meiner Leute.« Joe spürte, wie die Bitterkeit in ihm hochkam. »Er war nicht mal ein Mensch.«

»Ja, aber er war einer, bevor er getötet und zu einem von ihnen wurde. Also könnte er jetzt vielleicht ein bisschen Hilfe gebrauchen.«

Es gefiel Joe nicht, wie die Dinge hier liefen. Er spürte, dass er manipuliert wurde.

»Er verdient es nicht«, sagte er und wusste im gleichen Moment, dass er in die Falle getappt war.

»Ich dachte, selbst der schlimmste Sünder hat Anspruch auf Vergebung.«

Joe wusste, wann er geschlagen war. Zev hatte recht. Er schob Zev das Kreuz und die Flasche in die Hände – vielleicht ein bisschen heftiger als unbedingt nötig –, dann ging er und kniete neben dem verkrümmten Kadaver.

Er spendete das Sakrament, soweit es ihm unter diesen Umständen möglich war. Dann kam er zu Zev zurück und riss ihm seine Habseligkeiten wieder aus den Händen.

»Du bist ein besserer Mensch als ich, Gunga Din«, sagte er im Vorübergehen.

»Du tust so, als seien sie für das verantwortlich, was sie tun, nachdem sie zu Vampiren geworden sind.« Zev versuchte, mit ihm Schritt zu halten, keuchte aber bei dem Tempo.

»Sind sie das nicht?«

»Nein.«

»Bist du dir sicher?«

»Na ja, nicht wirklich. Aber sie sind sicherlich nicht mehr menschlich, also sollten wir vielleicht auch keine menschlichen Maßstäbe an sie anlegen.«

Zevs Argumentationsweise brachte die Erinnerung an die Diskussionen zurück, die sie in Horowitz' Imbiss geführt hatten.

»Aber Zev, wir wissen, dass ein Teil ihrer alten Persönlichkeit zurückbleibt. Ich meine, sie bleiben in ihrer Heimatstadt, meistens im Keller ihrer alten Häuser. Sie machen Jagd auf Menschen, die sie kannten, als sie noch am Leben waren. Das sind nicht nur hirnlose Bestien, Zev. Sie haben noch das Bewusstsein, das die in ihrem früheren Leben hatten. Warum können sie sich nicht gegen ihren neuen Status auflehnen? Warum können sie ... warum können sie nicht widerstehen?«

»Ich weiß es nicht. Um ehrlich zu sein: Ich habe mir noch nie darüber Gedanken gemacht. Eine faszinierende Idee – ein Untoter, der sich weigert, Blut zu trinken. Da braucht es schon Vater Joe, auf so eine Idee zu kommen. Wir sollten auf dem Weg zurück nach Lakewood darüber diskutieren.«

Joe musste lächeln. Darauf lief das also hinaus.

»Ich gehe nicht wieder nach Lakewood zurück.«

»Na gut. Dann diskutieren wir es jetzt aus. Vielleicht ist der Drang, Blut zu trinken, zu stark, um ihm zu widerstehen.«

»Vielleicht. Aber vielleicht versuchen sie es nur nicht wirklich.«

»Das ist eine ziemlich harte Sicht der Dinge, mein Freund.«

»Ich bin ein harter Mensch.«

»Nun, du bist einer geworden.«

Joe blickte ihn scharf an. »Du weißt gar nicht, was ich geworden bin.«

Zev zuckte mit den Achseln. »Vielleicht. Vielleicht auch nicht. Aber glaubst du wirklich, du könntest widerstehen?«

»Ganz bestimmt.« Joe wusste nicht, ob er das ernst meinte oder nicht. Vielleicht wollte er sich nur seelisch auf den Tag vorbereiten, an dem er tatsächlich vor dieser Wahl stehen würde.

»Interessant«, meinte Zev, als sie die Stufen des Stifts hochstiegen. »Nun, ich mache mich besser auf den Weg. Ich habe einen langen Weg vor mir. Einen langen einsamen Weg zurück nach Lakewood. Einen langen einsamen, möglicherweise gefährlichen Weg für einen armen alten Mann, der ...«

»Schon gut, Zev! Schon gut!« Joe musste ein Lachen unterdrücken. »Ich hab verstanden. Du willst, dass ich nach Lakewood zurückgehe. Warum?«

»Ich will nur Gesellschaft«, sagte Zev mit Unschuldsmiene.

»Nein, wirklich. Was geht da in deinem Talmudschädel vor? Was brütest du aus?«

»Nichts, Vater Joe. Wirklich nichts.«

Joe starrte ihn an. Verdammt, seine Neugier war tatsächlich angestachelt. Was hatte Zev vor? Und was konnte es schon schaden? Warum sollte er nicht gehen? Er hatte nichts Besseres vor.

»Na gut, Zev. Du hast gewonnen. Ich komme mit dir nach Lakewood. Aber nur für einen Tag. Nur, um dir Gesellschaft zu leisten. Und ich gehe nicht in die Nähe von St. Anthonys, ist das klar? Völlig klar?«

»Klar, Joe, glasklar.«

»Gut. Und jetzt hör auf zu grinsen und lass uns essen gehen.«

3

Die Sonne kletterte den Himmel hinauf und sie gingen nach Süden am verlassenen Strand entlang. Sie liefen barfuß durch den nassen Sand am Rand der Brandung. Zev hatte so etwas noch nie getan. Er mochte das Gefühl des Sandes zwischen seinen Zehen und das kalte Wasser, das um seine Knöchel spülte.

»Weißt du, was heute für ein Tag ist?« Vater Joe hatte sich seine

Schuhe über die Schulter gehängt. »Ob du es glaubst oder nicht, heute ist der 4. Juli.«

»Ach ja, euer Nationalfeiertag. Wir haben uns nie groß um eure weltlichen Feiertage gekümmert. Wir haben viel zu viele religiöse Feiertage, deren Gebote wir beachten müssen. Warum sollte ich nicht glauben, dass wir heute diesen Tag haben?«

Vater Joe schüttelte ungläubig den Kopf. »Das hier ist der Strand von Manasquan. Kannst du dir vorstellen, wie es hier früher am 4. Juli ausgesehen hat, bevor die Vampire die Macht übernahmen? Du wärst hier nicht durchgekommen.«

»Tatsächlich? Na ja, ich glaube, die Leute stehen nicht mehr so auf Sonnenbaden wie früher.«

»Ach Zev, immer noch der Meister der Untertreibung. Aber einen Vorteil hat die Sache. Der Strand ist sauberer, als ich ihn je gesehen habe. Keine Bierdosen und keine gebrauchten Injektionsspritzen.« Er deutete nach vorn. »Aber was ist das da?«

Als sie sich der Stelle näherten, auf die Joe gezeigt hatte, sah Zev zwei nackte Körper, die im Sand ausgestreckt lagen, ein Junge und ein Mädchen, beide jung und mit kurzgeschorenen Haaren. Ihre Haut war sonnengebräunt und glitzerte in der Sonne. Der Mann hob den Kopf und sah sie an. Ein blaues Kruzifix war auf seine Stirn tätowiert. Er griff in den Rucksack, der neben ihm lag, und zog einen großen glänzenden Revolver hervor.

»Geht bloß weiter.«

»Sicher«, sagte Vater Joe. »Wir sind nur auf der Durchreise.«

Als sie an dem Pärchen vorbeikamen, sah Zev auf der Stirn des Mädchens die gleiche Tätowierung. Er bemerkte auch den Rest von ihr und spürte eine fast vergessene Regung in seinen Lenden.

»Ein sehr beliebtes Motiv«, sagte er.

»Schlaue Idee. Das ist ein Kreuz, dass man nicht fallen lassen oder verlieren kann. Vielleicht hilft es nicht im Dunkeln, aber solange noch Licht herrscht, hat man damit vielleicht eine Chance.«

Sie wandten sich nach Westen vom Meer weg und folgten der Schnellstraße 70 über die Brielle-Brücke nach Ocean County.

»Ich erinnere mich an die ewig langen Staus hier jeden Sommer«, sagte Vater Joe, als sie über die verlassene Brücke trotteten. »Ich hätte nie gedacht, dass mir Verkehrsstaus mal fehlen würden.«

Sie bogen auf die Schnellstraße 80 ab, die sie direkt nach Lakewood führte. Auf dem Weg sahen sie ein paar Leute in Bricktown beim Beerensammeln im Ocean County Park, aber als sie ins Zentrum von Lakewood kamen ...

»Eine wirkliche Geisterstadt«, stellte der Priester fest, als sie ganz allein über die Forest Avenue liefen.

»Geister.« Zev nickte bekümmert. Es war ein langer Marsch gewesen und er war müde. »Ja, die Stadt ist voller Geister.«

Vor seinem inneren Auge sah er die Schatten seiner toten Rabbi-Kollegen und die vielen Talmud-Studenten mit ihren Bärten, ihren schwarzen Roben und den schwarzen Hüten, die gemessenen Schrittes an Werktagen die Straßen überquerten, und an Shabbes dort mit ihren Frauen flanierten, die Kinder wie Küken im Schlepptau.

Vorbei. Alle längst tot. Opfer der Vampire. Die meisten von ihnen waren jetzt selbst Vampire. Ihm wurde übel bei dem Gedanken, wie sich diese sanften, gutherzigen Männer, Frauen und Kinder jetzt in den Kellern ihrer Häuser verkrochen, um dem Tageslicht zu entgehen, und nur im Dunkel der Nacht herauskamen, um über andere herzufallen und die Seuche weiterzuverbreiten ...

Er hantierte mit dem Kreuz auf seiner Brust. Wenn Sie doch bloß zugehört hätten!

»Ich kenne einen Ort in der Nähe von St. Anthonys, wo wir uns verstecken können«, sagte er.

»Du bist heute weit genug gelaufen, Reb. Und ich habe dir doch gesagt, St. Anthonys interessiert mich nicht mehr.«

»Bleib über Nacht, Joe.« Zev griff nach dem Arm des jungen Priesters. Er hatte ihn jetzt so weit gebracht, er konnte ihn nicht einfach wieder gehen lassen. »Sieh dir wenigstens an, was Vater Palmeri getan hat.«

»Wenn er einer von denen ist, dann ist er kein Priester mehr. Nenn ihn nicht Vater.«

»Sie nennen ihn immer noch so.«

»Wer?«

»Die Vampire.«

Zev sah, dass sich Joes Kiefermuskeln verkrampften.

Joe murmelte: »Vielleicht werde ich doch mal kurz nach St. Anthonys rübergehen ...«

»Nein. Hier herrschen andere Verhältnisse. Es gibt sehr viele von ihnen, vielleicht zwanzigmal mehr als in Spring Lake. Wenn man zum falschen Zeitpunkt auftaucht, erwischen sie einen. Ich werde dich hinbringen.«

»Du musst ausruhen, Kumpel.«

Auf Vater Joes Gesicht zeigte sich ehrliche Besorgnis. Zev entdeckte immer mehr Gefühle in dem Mann seit ihrer Wiederbegegnung gestern Nacht. Vielleicht ein gutes Zeichen?

»Ich werde mich ausruhen, wenn wir da ankommen, wo ich dich hinbringen will.«

4

Vater Joe Cahill sah zu, wie der Mond über seiner alten Kirche aufging und fragte sich, ob es wirklich klug sei, zurückzukommen. Die beiläufige Entscheidung vom frühen Morgen im hellen Tageslicht schien jetzt kurz vor Mitternacht unverantwortlich und dumm.

Aber es gab kein Zurück mehr. Er war Zev in das oberste Geschoss des zweistöckigen Bürogebäudes gegenüber der Kirche gefolgt, und dort hatten sie auf die Dunkelheit gewartet. Die Büros hatten früher wohl zu einer Anwaltskanzlei gehört. Sie waren geplündert worden, man hatte die Fenster eingeschlagen und das Mobiliar zertrümmert, aber an der Wand hing noch ein altes Universitätsdiplom und die Couch war noch benutzbar. Während Zev jetzt lautstark Baumstämme zersägte, saß Joe da, nippte an einem Scotch und dachte nach.

Vor allem über seine Trinkerei. Er hatte in letzter Zeit viel zu viel getrunken, das wusste er. So viel, dass er Angst davor hatte, schlagartig damit aufzuhören. Deswegen trank er jetzt nur einen Schluck, gerade genug, um das Zittern zu unterdrücken. Er würde die Flasche später leeren, falls er aus der Kirche da drüben zurückkam.

Seit sie hier angekommen waren, hatte er unentwegt hinüber auf die Kirche gestarrt. Auch sie war dem Vandalismus zum Opfer gefallen. Einst war sie eine schmucke kleine Steinkirche gewesen; eine Art Kathedrale im Miniaturformat. Sehr gotisch mit all den Spitzbögen, dem Kreuzrippengewölbe, den Eichenlaubverzierungen und den kunstvollen farbigen Fensterbildern. Jetzt waren die Fenster eingeschlagen, die Kreuze, die den Kirchturm und die einzelnen

Giebel geziert hatten, waren verschwunden und alles, was in der Granitfassade einem Kreuz geähnelt hatte, war bis zur Unkenntlichkeit beschmiert worden.

Es war ihm klar gewesen, dass mit dem Anblick der Kirche auch die Erinnerung an Gloria Sullivan wieder zurückkommen musste, einer jungen hübschen Frau, die Gemeindearbeit geleistet hatte. Ihr Mann hatte für eine Chemiefirma in New York gearbeitet, sodass er tagtäglich hin- und herpendelte und zu häufig auf Dienstreisen unterwegs gewesen war. Joe und Gloria hatten sich bei der Gemeindearbeit sehr häufig gesehen und waren gute Freunde geworden. Aber Gloria war irgendwie auf die Idee gekommen, dass ihre Beziehung über bloße Freundschaft hinausging, daher war sie eines Nachts im Pfarrhaus aufgetaucht, als Joe dort allein war. Er hatte zu erklären versucht, dass sie, so anziehend sie auch war, nicht für ihn bestimmt sei. Er hatte sich zum Zölibat verpflichtet und wollte sich auch daran halten. Er tat sein Bestes, es ihr nicht zu schwer zu machen, aber er hatte sie verletzt. Und wütend gemacht.

Vielleicht wäre es dabei geblieben, aber dann kam ihr sechsjähriger Sohn Kevin vom Messdienerunterricht zurück und erzählte von einem Priester, der ihn aufgefordert hatte, die Hosen herunterzulassen und der ihn unsittlich berührt hatte. Kevin fand nie heraus, wer dieser Priester gewesen war, aber für Gloria Sullivan stand die Sache fest. Selbstverständlich handelte es sich um Vater Cahill – jeder Mann, der das mit aller Inbrunst dargebotene Angebot ihrer Liebe und ihres Körpers ablehnte, war entweder schwul oder etwas Schlimmeres. Und ein Kinderschänder gehörte definitiv zur letzteren Kategorie.

Sie ging zur Polizei und wandte sich an die Medien.

Joe stöhnte leise auf bei der Erinnerung daran, wie schnell sein Leben zu einem Martyrium geworden war. Aber er war entschlossen gewesen, sich der Angelegenheit zu stellen, im festen Glauben, dass der wahre Schuldige schließlich gefunden würde. Es gab keinen Beweis dafür, dass einer der Priester von St. Anthonys ein Pädophiler war – den gab es auch immer noch nicht – aber wenn es einen gab, dann war es nicht er. Damit blieb nur Vater Alberto Palmeri, der fünfundfünfzigjährige Pastor von St. Anthonys. Doch bevor Joe die Wahrheit herausfinden konnte, hatte Vater Palmeri Vater Cahills Versetzung beantragt und der Bischof hatte dem zugestimmt. Joe hatte den Ort mit dem Makel auf seinem Namen verlassen müssen, der ihm auch in das Stift folgte und immer noch an ihm klebte. Er fand nur dann kurzzeitig Ruhe und Vergessen vor der unterdrückten Wut und dem Gefühl der Kränkung, die fortwährend in ihm tobten, wenn er sich der Flasche hingab – und das war ganz sicher eine Sackgasse.

Warum hatte er sich dann darauf eingelassen, hierher zurückzukommen? Um sich zu quälen? Oder um einen Blick auf Palmeri zu werfen und zu sehen, wie weit der gesunken war?

Vielleicht war das der Grund. Vielleicht würde der Anblick von Palmeri in seinem wahren Element ihm die Kraft geben, die Geschichte in St. Anthonys zu vergessen und zu dem zurückzufinden, was von der menschlichen Rasse übrig geblieben war – und was seine Hilfe jetzt mehr brauchte als je zuvor.

Vielleicht aber auch nicht.

Wieder ein normales Leben zu führen war ein verlockender Gedanke, aber in den letzten Monaten fand Joe es immer schwieriger, überhaupt ein Interesse an etwas oder an jemandem aufzubringen.

Außer vielleicht an Zev. Er hatte auch in den schlimmsten Momenten zu ihm gehalten und ihn vor jedem verteidigt, der bereit war, zuzuhören. Aber das Leumundszeugnis eines orthodoxen jüdischen Rabbis zählte in St. Anthonys gar nichts. Und gestern war Zev sogar mit dem Fahrrad nach Spring Lake herausgeradelt, um ihn zu besuchen. Zev war wirklich in Ordnung.

Und er hatte auch recht gehabt mit der Anzahl der Vampire, die hier ihr Unwesen trieben. In Lakewood wimmelte es von ihnen. Fasziniert und angewidert hatte Joe zugesehen, wie sie sich kurz nach Sonnenuntergang auf den Straßen tummelten.

Aber was ihn viel mehr entsetzt hatte waren die Kreaturen, die vor Sonnenuntergang hervorkamen.

Die Menschen. Lebende Menschen.

Die Kollaborateure.

Wenn es etwas Verkommeneres gab als einen Vampir, etwas, das den wahren Tod noch mehr verdiente, dann waren es die lebenden Menschen, die für sie arbeiteten.

Jemand berührte ihn an der Schulter und er zuckte zusammen. Es war Zev. Er hielt ihm etwas entgegen. Joe nahm es und hielt es ins

Mondlicht: Ein winziger Halbmond, der an einer Kette von einem Ring baumelte.

»Was ist das?«

»Ein Ohrring. Die hiesigen Vichy tragen sie.«

»Vichy? So wie die französische Vichy-Regierung?«

»Ja. Sehr gut. Es freut mich, dass du nicht so ein Bildungsbanause bist wie der Rest deiner Generation. Vichy-Menschen – so nenne ich die Kollaborateure. Diese Ohrringe sind ihr Kennzeichen für die hiesigen Vampire. Sie werden verschont.«

»Wo hast du die her?«

Zevs Gesicht war im Dunkeln nicht zu sehen. »Die vorherigen Besitzer haben sie – sagen wir – verloren. Leg sie an.«

»Ich habe keine Löcher in den Ohrläppchen.«

Eine knorrige Hand bewegte sich ins Mondlicht. Joe sah eine lange Nadel zwischen dem Daumen und dem Zeigefinger.

»Dem kann man abhelfen.«

»Vielleicht solltest du dir das nicht ansehen«, flüsterte Zev, als sie sich in den tiefen Schatten hinter dem Westflügel von St. Anthonys versteckten.

Joe blinzelte ihn irritiert durch die Dunkelheit hindurch an.

»Erst machst du mir ein schlechtes Gewissen, um mich hierherzubringen, und jetzt bekommst du Skrupel?«

»Es ist so schrecklich, dass ich es dir nicht einmal erzählen kann.«

Joe dachte darüber nach. Die Welt außerhalb von St. Anthonys war schrecklich genug. Was für einen Sinn machte es, sich anzusehen, was im Innern passierte?

Weil es mal meine Kirche war.

Auch wenn er nur Vikar gewesen war und die Gemeinde nie geleitet hatte, und selbst wenn er unehrenhaft aus dem Amt entfernt worden war, so war St. Anthonys doch seine erste Stelle als Seelsorger gewesen. Und jetzt war er hier. Da konnte er sich auch davon überzeugen, was die da drinnen taten.

»Zeig es mir.«

Zev führte ihn zu einem Schutthaufen unter einem zerschlagenen Buntglasfenster. Er deutete hinauf, wo man schwach flackerndes Licht aus dem Innern erkannte.

»Sieh es dir von da aus an.«

»Du kommst nicht mit?«

»Nein danke, einmal hat mir gereicht.«

Joe stieg so vorsichtig und so leise wie möglich den Schutthaufen hoch. Er wurde sich immer stärker eines Gestankes bewusst, wie von überreifem, verwesendem Fleisch. Der Gestank kam aus dem Innern der Kirche und drang durch das Fenster heraus. Er nahm seine ganze Kraft zusammen, dann richtete er sich auf und spähte über die Fensterbank.

Einen Moment lang versagte seine Orientierung. Er kam sich vor wie ein Mensch, der aus seiner Großstadtwohnung blickt und plötzlich saftige Felder vor sich sieht. Das konnte nicht der Kirchenstuhl von St. Anthonys sein.

Im flackernden Licht Hunderter von Opferkerzen sah er nackte Wände, allen Schmucks beraubt. Die Holztafeln mit den Stationen des Kreuzwegs fehlten und wo früher etwas gewesen war, was auch nur entfernt an ein Kreuz erinnert hatte, sah Joe dunkle verkohlte und zerkratzte Stellen. Auch auf dem Kirchenboden erkannte er keine religiösen Motive mehr. Die Sitzbänke waren aus ihren Verankerungen gerissen und zerhackt. Die zersplitterten Überreste lagen im hinteren Teil unter einer Balustrade, auf einen Haufen geworfen.

Und das riesige Kruzifix, das den Bereich hinter dem Altar beherrscht hatte, war verstümmelt. Die Querbalken auf beiden Seiten waren abgesägt, und jetzt hing ein lebensgroßer armloser Christus verkehrt herum im hinteren Teil des Altarraumes.

Joe erfasste das alles in einem Augenblick, dann wurde seine Aufmerksamkeit von der unheiligen Kirchgängerschar in Anspruch genommen, die St. Anthonys in dieser Nacht heimsuchte. Die Kollaborateure – die Vichy-Menschen, wie Zev sie nannte – bildeten den äußeren Kreis der Gruppe. Sie sahen aus wie gewöhnliche, normale Menschen, aber jeder trug einen halbmondförmigen Ohrring.

Doch die anderen, die Gruppe, die sich im Altarraum versammelt hatte – Joe spürte, wie sich bei ihrem Anblick seine Nackenhaare aufrichteten –, sie standen dicht gedrängt um den Altar. Ihre bleichen Raubtiergesichter, bar jeder menschlichen Regung, Wärme, Mitleid oder Gewissen, blickten empor.

Vater Joes Kehle schnürte sich zusammen, als er das Objekt ihrer faszinierten Aufmerksamkeit bemerkte. Ein nackter halbwüchsiger Junge mit auf den Rücken gebundenen Händen hing an seinen Knöcheln über dem Altar. Er wimmerte und schluchzte, aber seine Augen wirkten starr. Er befand sich in einem Schockzustand und bekam kaum noch etwas mit. Man hatte ihm die Haut von der Stirn abgezogen – offenbar hatten die Vichys eine praktische Lösung für das Problem mit der Tätowierung gefunden – und von den frisch amputierten Genitalien lief ein langsamer Blutstrom über Bauch und Brust. Neben ihm auf dem Altar stand eine Gestalt, sie trug eine Soutane und rund um ihren Mund schimmerte verschmiertes Blut. Joe erkannte die schmalen Schultern, den grauen Haarkranz um den gelichteten Schädel; aber das blutige schlaue Grinsen, mit der die Kreatur die Gestalten um sich herum bedachte, entsetzte ihn.

»Jetzt«, sagte die Gestalt mit dem leichten Akzent, den Joe Hunderte Male von der Kanzel von St. Anthonys gehört hatte.

Vater Alberto Palmeri.

Und aus der Gruppe reckte sich eine Hand mit einem Rasiermesser hoch und fuhr dem Jungen über die Kehle. Als das Blut über sein Gesicht strömte, drängten sich die Kreaturen unter ihm voran wie junge Geier, um die herabfallenden Tropfen und Rinnsale mit ihren offenen Mündern aufzufangen.

Joe schreckte von dem Fenster zurück und übergab sich. Er fühlte, dass Zev nach seinem Arm griff und ihn wegführte. Er bekam nur vage mit, wie sie die Straße überquerten und zu dem geplünderten Anwaltsbüro zurückkehrten.

5

»Warum, um Gottes willen, wolltest du, dass ich das sehe?«

Zev blickte durch den Raum auf die Stelle, von wo die Stimme drang. Er sah den vagen Umriss von Vater Joe, der mit dem Rücken zur Wand auf dem Boden saß und die offene Whiskeyflasche in Händen hielt. Der Priester hatte seit ihrer Rückkehr einen Schluck getrunken, nicht mehr.

»Ich dachte, du solltest wissen, was sie mit deiner Kirche anstellen.«

»Das sagtest du bereits. Aber was bezweckst du damit?«

Zev zuckte in der Dunkelheit die Achseln. »Ich hatte gehört, es ginge dir nicht gut, dass du bereits mit allem abgeschlossen hättest, bevor die übrige Welt den Bach runterging. Als ich daher glaubte, ich könnte es riskieren, bin ich gekommen, um dich zu besuchen. Wie erwartet, fand ich einen Mann, der wütend auf alle und alles war und es in sich hineinfraß. Ich dachte, vielleicht sei es ganz gut, dem Zorn dieses Mannes eine Richtung zu geben.«

»Du Mistkerl!«, flüsterte Vater Joe. »Wer gab dir das Recht dazu?«

»Die Freundschaft gab mir das Recht, Joe. Soll ich mir etwa sagen lassen, dass du immer weiter herunterkommst, und gar nichts tun? Ich habe selbst keine Gemeinde mehr, also habe ich meine Aufmerksamkeit auf dich gelenkt. Ich war immer schon jemand, der sich einmischen musste.«

»Das bist du immer noch. Darauf aus, meine Seele zu retten, was?«

»Wir Rabbis retten keine Seelen. Wir leiten sie vielleicht, und führen sie hoffentlich auf den rechten Weg. Aber deine Seele kannst nur du retten, Joe.«

Sie schwiegen eine Weile. Plötzlich landete der halbmondförmige Ohrring, den Zev Vater Joe gegeben hatte, in einem Streifen Mondlicht auf dem Boden.

»Warum tun sie das?«, wollte der Priester wissen. »Die Vichys – warum helfen sie den Vampiren?«

»Die Ersten haben das nur unter Zwang getan, das kannst du mir glauben. Sie haben für die Vampire gearbeitet, weil die ihre Frauen und Kinder als Geiseln hielten. Aber nach kurzer Zeit kam der Abschaum der Menschheit aus seinen Löchern gekrochen und bot seine Dienste im Tausch gegen die Unsterblichkeit des Vampirs an.«

»Warum sollten sie dafür für sie arbeiten? Warum nicht einfach dem nächsten Blutsauger den Hals hinhalten?«

»Das habe ich zuerst auch gedacht. Aber als ich den Wahnsinn hier in Lakewood mit ansehen musste, bemerkte ich ein Muster im Verhalten der Vampire. Sie können sich aussuchen, wer zu ihnen gehören soll, daher ändern sie ihre Taktik, nachdem sie die Bevölkerung vollkommen unterwandert haben. Sie können es sich nicht leisten, wenn es zu viele von ihnen in einer Gegend gibt. Das ist wie mit zu vielen Raubtieren in einem Lebensraum – wenn die Beutetiere ausgerottet sind, verhungern die Räuber. Also töten sie auf andere

Weise. Denn nur wenn der Vampir mit seinen Fängen das Blut des Opfers aus der Halsschlagader saugt, wird das zu einem Vampir. Jeder, der so stirbt wie der Junge in der Kirche heute Nacht, stirbt den wahren Tod. Der Junge ist jetzt so tot, als wäre er von einem Laster überrollt worden. Er wird morgen Nacht nicht wieder auferstehen.«

»Du hast also doch in die Kirche geguckt … Hmm, so ist das. Die Vichy machen jetzt die Drecksarbeit und das, was bei Tage für die Vampire erledigt werden muss, im Austausch für die spätere Unsterblichkeit.«

»Richtig.«

Es war kein Humor in dem leisen Lachen, das aus Vater Joes Richtung kam.

»Toll. Unsere Mitmenschen überraschen mich immer wieder. Ihre Fähigkeit zum Guten wird nur von ihrem Drang übertroffen, sich zu erniedrigen.«

»Hoffnungslosigkeit zeigt seltsame Blüten, Joe. Die Vampire wissen das. Also nehmen sie uns die Hoffnung. So können sie uns besiegen. Sie machen unsere Freunde und Nachbarn und Führer zu ihresgleichen, und lassen uns mit dem Gefühl zurück, allein und völlig schutzlos zu sein. Einige von uns ertragen die Verzweiflung nicht und geben einfach auf.«

»Hoffnungslosigkeit«, meinte Joe. »Eine wirkungsvolle Waffe.«

Nach langer Zeit fragte Zev: »Und was wirst du jetzt tun, Vater Joe?«

Noch ein bitteres Lachen, das durch den Raum hallte.

»Ich schätze, das ist jetzt wohl der Zeitpunkt, an dem ich erklären sollte, dass ich einen neuen Sinn im Leben gefunden habe, und dass ich jetzt zukünftig als furchtloser Vampirkiller in die Welt hinausmarschieren werde.«

»Das wäre schön.«

»Vergiss das mal ganz schnell wieder. Ich gehe nur über die Straße.«

»Nach St. Anthonys?«

Zev sah, wie Vater Joe einen Schluck aus der Flasche nahm und dann den Deckel fest aufschraubte.

»Ja. Ich werde sehen, ob ich da etwas tun kann.«

»Vater Palmeri und seine Brut könnten etwas dagegen haben.«

»Ich sagte doch, du sollst ihn nicht Vater nennen. Und scheiß auf ihn. Niemand kann das tun, was er getan hat, und damit einfach davonkommen. Ich hole mir meine Kirche zurück.«

Im Dunkeln, versteckt unter seinem Bart, lächelte Zev.

6

Joe wachte den Rest der Nacht und ließ Zev schlafen. Der alte Knabe musste sich ausruhen. Und er selbst hätte sowieso nicht schlafen können. Er war zu sehr aufgebracht. Er setzte sich auf und beobachtete die Kirche.

Sie verschwanden vor Einbruch der Dämmerung, dunkle Gestalten, die aus der Tür hinaus und die Steinstufen hinunterschlurften wie Kirchgänger nach einer Morgenandacht. Joe spürte, wie seine Backenzähne mahlten, als er an Palmeri dachte, aber er konnte ihn im Dunkel nicht ausmachen. Als die Sonne über die ersten Häuser und durch die Bäume im Osten lugte, war die Straße verlassen.

Er weckte Zev und sie näherten sich der Kirche. Die schweren eisengefassten Eichentüren, die jeweils eine Hälfte eines Spitzbogens bildeten, waren geschlossen. Er zog sie auf und hängte sie an den entsprechenden Haken ein, um sie offen zu halten. Dann ging er durch das Vestibül ins Kirchenschiff.

Auch wenn er sich gedanklich davor gewappnet hatte, wich er ein paar Schritte vor dem Gestank zurück. Als sein Magen sich wieder beruhigte, zwang er sich, voranzuschreiten und folgte dem Pfad durch zwei Reihen zerschlagener und zersplitterter Kirchenbänke hindurch. Zev ging neben ihm, ein Taschentuch vor Mund und Nase gepresst.

Gestern Nacht hatte er gedacht, die Kirche sei ein Trümmerfeld. Jetzt sah er, dass es viel schlimmer war. Das Tageslicht enthüllte all das, was das Kerzenlicht gnädig verborgen hielt. Ein halbes Dutzend verwesender Leichen baumelte von der Decke – er hatte sie gestern nicht bemerkt – und andere lagen vor den Wänden auf dem Boden. Einige waren grausam verstümmelt. Hinter der Abtrennung zum Altarraum sah er einen kopflosen weiblichen Torso auf den Stufen zur Kanzel drapiert. Auf der linken Seite stand die Statue der Jungfrau Maria. Jemand hatte sie mit Schaumstoffbrüsten und einem riesigen Dildo verunstaltet. Und hinten im Altarraum hing der armlose Christus kopfüber am Längsbalken seines Kreuzes.

»Meine Kirche«, flüsterte er, als er dem Pfad folgte, der einst der Hauptgang gewesen war, der Gang, den Bräute am Arm ihres Vaters beschritten. »Sieh nur, was sie meiner Kirche angetan haben.«

Joe kam zu dem Altarblock. Früher hatte der an der Wand gestanden, aber er hatte ihn damals nach vorn schieben lassen, sodass er die Messe den Gläubigen zugewandt feiern konnte. Der Altar bestand aus massivem Carrara-Marmor, aber davon war jetzt nichts zu sehen. So beschmiert mit Blut, Sperma und Kot, wie er war, hätte er auch aus Styropor sein können.

Sein Abscheu ließ nach, schmolz in der steigenden Hitze seiner Wut und brachte dabei auch die Übelkeit zurück. Er hatte die Kirche säubern wollen, aber hier war so viel zu tun, zu viel für zwei Männer. Es war hoffnungslos.

»Vatter Joe?«

Er wirbelte herum, als er die fremde Stimme vernahm. Eine schmale Gestalt stand unschlüssig in der offenen Kirchentür. Ein Mann um die fünfzig kam furchtsam näher.

»Vatter Joe, sinn Sie das?«

Jetzt erkannte Joe ihn. Carl Edwards. Ein nervöser kleiner Mann, der früher beim Hochamt am Sonntag den Kollektenkorb herumgehen ließ. Es hatte ihn aus Jersey City hierher verschlagen – kaum einer in der Gemeinde stammte ursprünglich aus Lakewood. Er wirkte ausgemergelt und er starrte Joe mit fiebrigen Augen an.

»Ja, Carl. Ich bin es.«

»Oh, Gott sei Dank!« Er rannte vor und fiel vor Joe auf die Knie. Er schluchzte. »Sie sind zurückgekommen! Gott sei Dank, Sie sind wieder da!«

Joe zog ihn auf die Füße. »Aber, aber, Carl. Reiß dich zusammen.«

»Sie sind wieder da, um uns zu retten, nich waa? Gott hat Sie geschickt, damit Sie ihn strafen, nich waa?«

»Wen strafen?«

»Vatter Palmeri! Er iss einer von denen! Er iss der Schlimmste von allen. Er ...«

»Ich weiß«, sagte Joe. »Ich weiß.«

»Es iss so gut, dass Sie wieder da sind, Vatter Joe! Wir ham nich gewusst, was wer tun sollten, seit die Blutsauger da sind. Wir ham gebetet für jemand wie Sie und nu sind Sie da. Das iss'n Wunder!«

Joe wollte Carl am liebsten fragen, wo denn er und all diese anderen, die ihn jetzt offenbar so dringend brauchten, gewesen waren, als er mit Schimpf und Schande aus der Gemeinde gejagt wurde. Aber das war jetzt Schnee von gestern.

»Nein, das ist kein Wunder, Carl.« Joe warf einen Blick auf Zev. »Rabbi Wolpin hat mich zurückgeholt.« Als Carl und Zev sich die Hände schüttelten, fügte er hinzu: »Und ich bin auch nur auf der Durchreise.«

»Durchreise? Nein! Das geht nich! Sie müssen hierbleiben!«

Joe sah, wie der Hoffnungsstrahl in den Augen des kleinen Mannes erlosch. Etwas in ihm verknotete sich und es brach aus ihm heraus: »Was kann ich hier denn schon tun, Carl? Ich bin doch nur ein einzelner Mann.«

»Ich helf Ihnen! Ich tu alles, was Sie wollen! Sie müssen's nur sagen!«

»Willst du mir dabei helfen, hier sauberzumachen?«

Carl sah sich um und schien die Leichen zum ersten Mal zu bemerken. Er zuckte zusammen und wurde deutlich blasser.

»Äh ... 'türlich. Alles!«

Joe warf Zev einen Blick zu. »Nun, was meinst du?«

Zev hob die Achseln. »Ich soll dir sagen, was du tun sollst? Das ist doch nicht meine Gemeinde.«

»Meine ist es auch nicht.«

Zev deutete mit seinem bärtigen Kinn auf Carl. »Ich glaube, er würde dir vielleicht etwas anderes erzählen.«

Joe drehte sich langsam einmal um. Das gewölbte Kirchenschiff war völlig still bis auf das Summen der Fliegen über den Leichen.

Es war sehr viel zu tun. Aber wenn sie den ganzen Tag arbeiteten, dann konnten sie eine Menge schaffen. Und danach ...

Danach was?

Joe wusste es nicht. Er tat das gefühlsmäßig. Er würde abwarten und sehen, was die Nacht brachte.

»Kannst du uns etwas zu essen besorgen, Carl? Ich würde meine Seele für eine Tasse Kaffee geben.«

Carl sah ihn irritiert an.

»Nur eine Redensart, Carl. Wir müssen etwas essen, wenn wir das hier schaffen wollen.«

Die Augen des Mannes strahlten wieder. »Das heißt, Sie bleiben?«

»Für's erste.«

»Ich hol was zu essen«, sagte er aufgeregt und rannte zur Tür. »Und Kaffee. Ich weiß jemand, die noch Kaffee hat. Für Vatter Joe wird sie was davon locker machen.« Er blieb an der Tür stehen und drehte sich um. »Ja, und noch was, Vatter, ich hab auch nie was von dem ganzen Zeuch geglaubt, was die über Sie erzählt ham. Nie nich.«

Joe versuchte, es zu unterdrücken, aber es wollte einfach heraus: »Es hätte mir eine Menge bedeutet, wenn ich das letztes Jahr von dir gehört hätte, Carl.«

Der Mann senkte die Augen. »Ja. Ich schätze, das hätte es wohl. Abber ich mach's wieder gut, Vatter. Ganz bestimmt. Da können se sich drauf verlassen.«

Dann war er zur Tür hinaus. Joe blickte zu Zev herüber und sah, wie der alte Mann die Ärmel aufkrempelte.

»Und jetzt? Am Besten zuerst die Toten. Bevor wir etwas anderes tun, sollten wir zuerst die Leichen rausschaffen.«

7

Am frühen Nachmittag konnte Zev nicht mehr. Die Hitze und die schwere Arbeit forderten ihren Tribut. Er musste eine Pause machen und sich ausruhen. Er saß auf der Balustrade um den Altarraum und sah sich um. Seit acht Stunden hatten sie fast ununterbrochen gearbeitet und gerade mal die Oberfläche angekratzt. Aber der Gestank war nicht mehr so schlimm und es sah auch besser aus.

Die Beseitigung der aufgedunsenen Leichen und der verstreuten Körperteile war das Schlimmste gewesen. Eine ekel- und übelkeiterregende Aufgabe, die fast den ganzen Morgen gedauert hatte. Sie hatten die Leichen auf den kleinen Friedhof hinter der Kirche gebracht und sie dort gelassen. Diese Menschen verdienten ein anständiges Begräbnis, aber jetzt war noch nicht die Zeit dazu.

Sobald die Leichen fortgeschafft waren, hatte Vater Joe die blasphemischen Attribute der Jungfrau Maria beseitigt und dann hatten sie sich an die Wiederherstellung des großen Kruzifixes gemacht. Es dauerte eine Weile, aber schließlich fanden sie die Gipsarme der Christus-Statue in dem Wirrwarr zerschlagener Kirchenbänke. Sie waren immer noch an die abgesägten Querbalken des Kreuzes genagelt. Während Zev und Vater Joe versuchten, mit behelfsmäßigen Schienen die Arme wieder zu befestigen, fand Carl einen Eimer und einen Wischmopp und begann mit der mühseligen Aufgabe, den verschmierten Boden des Kirchenschiffes zu reinigen.

Jetzt war das Kruzifix wieder repariert – der lebensgroße Gips-Jesus hatte seine Arme zurück und war auch wieder an sein repariertes Kreuz genagelt. Vater Joe und Zev hatten dafür gesorgt, dass er die Kirche wieder überblicken konnte. Der arme Mann war in der richtigen Position und hing in all seinem gequälten Glanz im Mittelpunkt des Altarraumes.

Ein grausiger Anblick. Zev hatte nie verstanden, warum die Katholiken so an ihren gnadenlosen Statuen hingen. Aber wenn die Vampire von ihnen abgeschreckt wurden, dann stand Zev mit ganzem Herzen hinter dieser Tradition.

Sein Magen knurrte. Wenigstens hatten sie gut gefrühstückt. Carl war am Morgen mit Brot, Käse und zwei Thermoskannen voll Kaffee zurückgekommen. Jetzt wünschte er, sie hätten etwas davon aufgespart. Vielleicht war noch etwas Brot übrig. Er ging zurück zum Vestibül, um nachzusehen, und fand neben der Tür einen Aluminiumtopf und eine Papiertüte. Der Topf war mit Eintopf gefüllt und in der Tüte steckten drei Dosen Pepsi.

Er streckte den Kopf zur Tür hinaus, aber auf der Straße sah er niemanden. So war es schon den ganzen Tag gewesen – doch dann und wann linsten einen Moment lang ein oder zwei Gestalten zur Tür herein, standen einen Moment da, als wollten sie sich überzeugen, dass das, was sie gehört hatten, wirklich stimmte, und hasteten wieder davon. Er schaute auf das Essen, das man ihnen dagelassen hatte. Einige der Anwohner mussten aus ihrem wertvollen Bestand an Konservendosen und Softdrinks gespendet haben, um das zuzubereiten. Zev war gerührt.

Er rief nach Vater Joe und Carl.

»Schmeckt wie Erasco«, sagte Vater Joe mit vollem Mund.

»Isses auch«, sagte Carl. »Ich erkenn die kleinen Katoffeln. Die Frauen inner Gemeinde müssen richtig aus'm Häuschen sein, dass Sie wieder da sind, sonst hätten 'se solche Dosen nicht geopfert.«

Sie speisten in der Sakristei, dem kleinen Raum neben dem Altarraum, wo die Priester ihre Roben aufbewahrten – eine Art klerikales Vorzimmer. Zev fand den Eintopf essbar, aber viel zu salzig. Trotzdem würde er sich bestimmt nicht beschweren.

»Ich glaube, ich habe so etwas noch nie gegessen.«

»Das würde mich auch wundern«, sagte Vater Joe. »Ich kann mir nicht vorstellen, dass Konservendosen mit Eintopf koscher sind.«

Zev lächelte, aber innerlich überkam ihn plötzlich die Trauer. Koscher ... wie sinnlos erschienen jetzt die Vorschriften und Regeln, von denen sein Leben früher bestimmt war. Wie streng war er doch vor dem Lakewood-Holocaust für die Speiseregeln eingetreten. Aber diese Tage gehörten der Vergangenheit an, genauso wie die jüdische Gemeinde von Lakewood. Und Zev war jetzt ein anderer. Falls er sich nicht geändert hätte und weiter den Regeln gefolgt wäre, dann würde er nicht hier sitzen und mit diesen beiden Männern essen – stattdessen müsste er anderswo sein und gewisse, auf bestimmte Weise zubereitete Speisen von getrennten Tellern essen. Aber war die Abgrenzung von anderen Menschen nicht auch der eigentliche Grund für die Beibehaltung der Essensvorschriften in der heutigen Zeit? Sie waren nicht nur eine Form der Bewahrung von Tradition, sie dienten auch einem anderen Zweck. Sie markierten eine weitere Trennlinie zwischen orthodoxen Juden und Nichtjuden und trennten sie sogar von den Juden, die sich nicht an die Regeln hielten.

Zev zwang sich dazu, bei dem Eintopf richtig zuzulangen. Es war an der Zeit, diese Mauern zwischen den Menschen einzureißen ... solange sie noch die Zeit dazu hatten und solange noch genügend Menschen am Leben waren.

»Ist alles in Ordnung, Zev?«

Zev nickte, wagte es aber nicht, etwas zu sagen, aus Angst, er könne in Tränen ausbrechen. Trotz all seiner Anachronismen fehlte ihm sein Leben aus der guten alten Zeit von vor einem Jahr. Vorbei. Es gehörte alles der Vergangenheit an – die lange Tradition, die Kultur, die Freunde, die Gebete. Er fühlte sich heimatlos. Er gehörte nirgendwo hin.

»Bist du sicher?« Der junge Priester schien wirklich besorgt.

»Ja. Es geht schon. Es geht mir so gut wie man erwarten kann, nachdem ich den Tag damit verbracht habe, ein Kruzifix zu reparieren und nicht koschere Speisen zu essen. Und, ganz ehrlich gesagt, so gut ist das nicht.«

Er stellte seine Schüssel an die Seite und richtete sich auf.

»Na los, lasst uns weitermachen. Wir haben noch viel zu tun.«

8

»Die Sonne geht bald unter«, sagte Carl.

Joe unterbrach das Schrubben des Altars und starrte durch eines der zerbrochenen Fenster nach Westen. Hinter den Häusern sah er die Sonne schon nicht mehr.

»Du kannst jetzt gehen, Carl«, sagte er. »Danke für deine Hilfe.«

»Wo geh'n Sie hin, Vatter?«

»Ich bleibe hier.«

Carls gut ausgeprägter Adamsapfel zuckte, als er schluckte.

»Ja? Na, dann bleib ich auch. Ich hab doch gesagt, ich mach's wieder gut, oder? Und außerdem, ich glaub nich', dass die Blutsauger die neue, verbesserte St. Anthonys sonderlich mögen werden, was? Ich glaub nich' mal, dass die durch die Türen kommen.«

Joe lächelte den Mann an und sah sich um. Glücklicherweise war es Juli und die Tage somit länger. So hatten sie die Zeit gehabt, tatsächlich etwas zu verändern. Der Fußboden war sauber, das Kreuz war repariert und stand wieder an seinem rechtmäßigen Platz und ebenso die meisten Tafeln des Kreuzwegs. Zev hatte sie unter den Kirchenbänken gefunden, und die, die nicht vollständig zerstört waren, wieder an den richtigen Platz gehängt. Viele neue Kreuze schmückten die Wände. Carl hatte einen Hammer und Nägel gefunden und aus den Überresten der Bänke Kreuze zusammengenagelt.

»Nein, ich glaube nicht, dass sie die neue Einrichtung mögen werden, Carl. Aber es gibt etwas, was du uns besorgen kannst, Carl, falls das möglich ist: Gewehre, Pistolen, Schrotflinten, alles was schießt.«

Carl nickte langsam. »Ich kenn ein paar Jungs, die da aushelfen können.«

»Und etwas Wein. Ich brauche etwas Rotwein, wenn noch jemand welchen hat.«

»Besorg ich.«

Er eilte davon.

»Sehe ich das richtig, dass du eine Neuauflage von Custers letztem Gefecht planst?«, fragte Zev, der gerade dabei war, die letzten von Carls behelfsmäßigen Kreuzen an die Ostwand zu nageln.

»Eher die Schlacht von Alamo.«

»Der Ausgang war der Gleiche«, meinte Zev mit seinem üblichen Achselzucken.

Joe wandte sich wieder dem Altar zu. Er schrubbte schon seit über einer Stunde darauf herum. Er war schweißgebadet und er wusste, dass er stank wie ein Puma, aber er wollte nicht aufhören, bis der Altar wieder gereinigt war.

Eine Stunde später gab er auf. Es war sinnlos. Der Marmor ließ sich nicht säubern. Die Vampire mussten etwas in das Blut und die Fäkalien getan haben, dass sie sich so in den Stein fressen konnten.

Er setzte sich mit dem Rücken zum Altar auf den Fußboden und machte eine Pause. Es widerstrebte ihm, nichts zu tun, weil er dann zwangsläufig zu grübeln begann. Und dann wurde ihm übermächtig klar, dass seine Chancen, den nächsten Sonnenaufgang zu erleben, sehr schlecht standen.

Aber zumindest würde er mit vollem Magen sterben. Ihre anonymen Versorger hatte ihnen ein frisch gebratenes Hühnchen an der Kirchentür hinterlassen. Schon die Erinnerung daran machte ihm den Mund wässrig. Offenbar waren da einige wirklich glücklich, dass er wieder da war.

Aber wie schlecht es ihm auch ergangen war, er wollte noch nicht sterben. Nicht in dieser Nacht und auch in keiner anderen. Er legte es nicht auf eine Wiederholung der Schlacht von Alamo oder vom Little Big Horn an. Er wollte nur eines: Die Vampire bis zum Sonnenaufgang aufhalten. Er wollte sie eine Nacht lang aus St. Anthonys heraus haben. Das war alles. Damit würde er ein Zeichen setzen – sein Zeichen. Wenn er dabei eine Möglichkeit fand, Palmeri einen Pflock durch sein verderbtes Herz zu stoßen, umso besser, aber damit rechnete er gar nicht. Nur eine Nacht. Nur um ihnen klar zu machen, dass sie sich nicht immer und überall so aufführen konnten, wie es ihnen gerade gefiel. Das Überraschungsmoment war auf seiner Seite, also hatte er vielleicht sogar eine Chance. Eine Nacht. Dann wäre er weg.

»Verflucht noch mal, was habt ihr hier angerichtet?«

Joe sah auf. Ein stämmiger langhaariger Mann in Jeans und einem Holzfällerhemd stand im Vestibül der Kirche und starrte in das halbwegs restaurierte Kirchenschiff. Als er näher kam, bemerkte Joe den halbmondförmigen Ohrring.

Ein Vichy. Joe ballte die Fäuste, rührte sich aber nicht.

»Hey, du da, ich rede mit dir. Bist du hierfür verantwortlich?«

Als er von Joe nur einen eisigen Blick erntete, wandte er sich an Zev.

»Hey, du da, du Jude! Was glaubst du, was du hier machst?« Er ging auf Zev zu. »Hol die verdammten Kreuze da runter, sonst ...«

»Fass ihn einmal an und ich zerreiße dich in der Luft«, knurrte Joe leise.

Der Vichy blieb stehen und starrte ihn an. »Mensch, du Arschloch, bist du irre? Weißt du, was Vater Palmeri mit dir macht, wenn er kommt?«

»Vater Palmeri? Warum nennst du ihn immer noch so?«

»Weil er so genannt werden will. Und dich wird er zu Hundefutter verarbeiten, wenn er kommt.«

Joe richtete sich auf und sah den Vichy an. Der Mann wich zwei Schritte zurück. Plötzlich schien er sich seiner nicht mehr so sicher.

»Sag ihm, ich warte auf ihn. Sag ihm, Vater Cahill ist wieder da.«

»Du bist ein Priester? Du siehst nicht aus wie einer.«

»Halt's Maul und hör mir zu. Sag ihm, Vater Joe Cahill ist wieder da – und er ist stocksauer. Sag ihm das. Und jetzt verschwinde von hier, solange du noch die Gelegenheit dazu hast.«

Der Mann drehte sich um und rannte in die zunehmende Dunkelheit hinaus. Joe drehte sich zu Zev um, der in seinen Bart hineingrinste.

»*Vater Joe Cahill ist wieder da – und er ist stocksauer.* Das gefällt mir.«

»Na, du kannst dir ja einen Aufkleber damit machen lassen. Aber erstmal sollten wir jetzt die Türen schließen. Der Abschaum kriecht aus seinen Löchern. Ich werde mal sehen, ob ich noch irgendwo Kerzen finde. Es wird dunkel hier drin.«

9

Die Nacht kleidete ihn wie ein Maßanzug.

Angetan mit einer frischen Soutane bog Vater Alberto Palmeri von der Country Line Road ab und spazierte auf St. Anthonys zu. Die Nacht war liebreizend, vor allem, wenn sie einem gehörte. Und hier in dieser Gegend von Lakewood gehörte die Nacht ihm. Er liebte die Nacht. Er fühlte sich eins mit ihr, in Einklang mit ihren Harmonien und ihren Misstönen. In der Dunkelheit fühlte er sich lebendig. Schon komisch, dass man erst das Leben verlieren musste, bevor man sich wirklich lebendig fühlte. Aber er hatte seinen Platz gefunden. Das hier war seine Bestimmung, dafür existierte er.

Es war eine Schande, dass er so lange gebraucht hatte, das herauszufinden. All diese Jahre, in denen er versucht hatte, seine Gelüste zu unterdrücken, in denen er versucht hatte, zu den anderen zu gehören, und wo er sich immer wieder dafür verabscheut hatte, wenn er seine Begierden die Oberhand gewinnen ließ, wie es gegen Ende seines sterblichen Lebens immer häufiger vorgekommen war. Er hätte sich ihnen schon vor langer Zeit hingeben sollen.

Erst der Untod hatte ihm die Freiheit geschenkt.

Und dabei hatte er sich vor dem Untod gefürchtet und sich Nacht für Nacht voll Furcht im Keller seiner Kirche versteckt, umgeben von Kreuzen. Glücklicherweise war das nicht so sicher gewesen, wie er gedacht hatte, und einem der Wesen, die er jetzt Brüder nannte, war es gelungen, sich im Dunkeln an ihn heranzuschleichen, als er eingenickt war. Jetzt wusste er, dass er dabei nur sein Blut verloren hatte.

Und im Gegenzug hatte er eine Welt gewonnen.

Denn jetzt war das hier seine Welt, wenigstens dieser kleine Teil hier, eine Welt, in der er ohne jede Hemmung tun und lassen konnte, was ihm gefiel. Bis auf das Blut. Was das Blut anging, da hatte er keine Wahl. Das war eine neue Begierde, eine, die stärker war als alle anderen, und der man sich nicht entziehen konnte. Aber das wollte er auch gar nicht. Er fand immer wieder neue und interessante Möglichkeiten, diese Lust zu befriedigen.

Vor sich lag seine hochgeschätzte geschändete Kirche von St.

Anthonys. Er überlegte, was seine Diener wohl heute Nacht für ihn vorbereitet hatten. Sie waren ziemlich einfallsreich. Bisher war es ihnen noch nicht gelungen, ihn zu langweilen.

Aber als er sich der Kirche näherte, verlangsamte er seine Schritte. Irgendetwas irritierte ihn. Das Gebäude wirkte anders. Irgendwas stimmte da nicht, etwas in der Kirche. Irgendwas war falsch an dem Licht, das durch die Fenster strömte. Das war nicht das Kerzenlicht, das er gewohnt war, das war anders, heller. Etwas, das ihn innerlich erschauern ließ.

Gestalten rannten ihm entgegen. Lebende Menschen. Seine Nachtsicht enthüllte ihm die Ohrringe und die vertrauten Gesichter einiger seiner Diener. Als sie näher kamen, spürte er das warme Blut, das unter ihrer Haut dahinströmte. Die Gier erfasste ihn und er musste sich beherrschen, um nicht einem von ihnen die Kehle aufzureißen. Diesen Genuss durfte er sich nicht gönnen. Er musste die Diener bei Laune halten und sie dazu bewegen, weiter für ihn und seine Brut zu arbeiten. Sie brauchten die Dienste dieser armseligen Lebenden, um die Hindernisse aus dem Weg zu räumen, die das Schlachtvieh ihm in den Weg stellen mochte.

»Vater! Vater!«, riefen sie ihm zu.

Er genoss es, von ihnen Vater genannt zu werden, er genoss es, ein Untoter zu sein und sich wie der Feind zu kleiden.

»Ja, meine Kinder. Was habt ihr mir heute Nacht als Opfer zugedacht?«

»Kein Opfer, Vater – Probleme!«

Vater Palmeris Miene verdüsterte sich, als er von dem jungen Priester und dem Juden hörte, die versucht hatten, St. Anthonys wieder zu einem heiligen Ort zu machen. Als er den Namen des Priesters hörte, platzte er fast vor Wut.

»Cahill? Joseph Cahill ist wieder in meiner Kirche?«

»Er war dabei, den Altar zu säubern!«, sagte einer der Diener.

Palmeri hastete der Kirche entgegen und seine Diener folgten ihm. Er wusste, dass nicht mal der Papst selbst diesen Altar säubern konnte, geschweige denn Cahill. Palmeri hatte ihn selbst entweiht. Er hatte gelernt, wie man das machte, als er der Führer seiner Brut geworden war. Aber woran mochte sich der junge Dummkopf sonst noch vergriffen haben?

Was es auch war, er würde es rückgängig machen. Sofort!

Palmeri hastete die Stufen empor, riss die rechte Tür auf – und schrie gepeinigt auf.

Das Licht! Das verdammte Licht! Dieses unglaubliche Licht! Weißglühender Schmerz bohrte sich durch die Augen des gefallenen Priesters und versengte sein Hirn wie zwei glühende Stahlstangen. Er würgte und schlug die Arme vor das Gesicht, während er in die kühle, angenehme Dunkelheit zurücktaumelte.

Es dauerte ein paar Minuten, bis der Schmerz und die Übelkeit vergingen und er wieder etwas zu erkennen vermochte.

Er hatte es nie verstanden. Er hatte sein ganzes Leben in Gegenwart von Kreuzen und Kruzifixen verbracht. Sie waren immer um ihn herum gewesen. Aber kaum war er untot, konnte er den Anblick nicht mehr ertragen. Genau gesagt hatte er seitdem kein Kreuz mehr angesehen. Ein Kreuz war für ihn nicht länger ein Gegenstand. Es war ein Licht. Ein Licht so unglaublich hell, so schrecklich blendend, dass es unermesslich schmerzte, hineinzusehen. Als kleiner Junge in Neapel hatte seine Mutter ihm immer wieder gesagt, er solle nicht in die Sonne schauen, aber als alle von einer Sonnenfinsternis redeten, hatte er direkt hineingesehen. Der Schmerz, den ihm der Blick auf ein Kreuz bereitete, war hundertmal, nein tausendmal schlimmer. Und je größer das Kreuz oder das Kruzifix, desto heller das Licht.

Er hatte furchtbare Schmerzen erlitten, als er vorhin in die Kirche hineingesehen hatte. Das konnte nur bedeuten, dass Joseph, dieser junge Bastard, das Hauptkreuz wieder aufgestellt hatte. Es war die einzige Erklärung.

Er wandte sich zu seinen Dienern.

»Los, rein da! Reißt das Kruzifix herunter!«

»Sie sind bewaffnet!«

»Dann holt euch Hilfe! Aber reißt das Kruzifix herunter!«

»Wir besorgen uns auch Waffen. Wir können ...«

»Nein! Er gehört mir! Ich will diesen Priester lebend! Falls ihn jemand tötet, wird dieser jemand einen ganz langsamen, sehr langen und außerordentlich schmerzvollen wahren Tod erleiden. Habt ihr mich verstanden?«

Sie hatten verstanden. Sie hasteten schweigend davon.

Palmeri ging, um die anderen seiner Brut zu holen.

10

Im Messgewand kam Vater Cahill aus der Sakristei und ging zum Altar. Aus dem Augenwinkel sah er Zev, der an einem der Fenster Wache hielt. Er brachte es nicht übers Herz, ihm zu sagen, wie lächerlich er mit dem Schrotgewehr aussah, das Carl mitgebracht hatte. Er hielt es so zaghaft, als sei es mit Nitroglyzerin gefüllt und explodiere bei der geringsten heftigen Bewegung.

Zev drehte sich um und lächelte, als er ihn sah. »Jetzt siehst du so aus wie der alte Vater Joe, den wir alle kannten.«

Joe quittierte das mit einer leichten Verbeugung und schritt weiter zum Altar.

Na gut: Er hatte alles beisammen, was er brauchte. Das Messbuch hatten sie irgendwann im Laufe des Tages in einem der Müllhaufen in der Kirche gefunden. Und er hatte den Wein – Carl hatte einen kleinen Rest sauren Rotweins mitgebracht. Auf dem Boden eines der Schränke in der Sakristei hatte er eine schmutzige Stola und eine staubige Soutane gefunden, die er jetzt trug. Natürlich gab es keine Hostien. Eine Brotkante, die vom Frühstück übrig geblieben war, musste es auch tun. Und es gab keinen Kelch. Wenn er gewusst hätte, dass er eine Messe abhielt, hätte er diese Dinge mitgebracht. Als absoluten Notbehelf hatte er mit dem Dosenöffner aus dem Pfarrhaus den Deckel einer der Pepsi-Dosen entfernt. Das war zwar kein Vergleich zu dem goldenen Messkelch, den er seit seiner Priesterweihe verwendet hatte, aber wahrscheinlich kam es dem näher, was Jesus bei der ersten Messfeier benutzt hatte – dem heiligen Abendmahl.

Der Gedanke an die Waffen in der Kirche gefiel ihm nicht, aber er sah keine andere Möglichkeit. Er und Zev kannten sich überhaupt nicht mit Schusswaffen aus und Carl ging es wohl nicht besser. Falls sie die Waffen wirklich benutzen mussten, verletzten sie wahrscheinlich eher sich selbst als die Vichy. Aber vielleicht würde schon der Anblick die Vichy abschrecken oder sie zumindest zögern lassen. Er brauchte nur ein wenig Zeit, er musste bis zur Wandlung kommen.

Dies wird die ungewöhnlichste Messe der Kirchengeschichte.

Aber er würde sie abhalten, selbst wenn es ihn das Leben kostete. Und das war gar nicht so abwegig. Dies konnte sehr gut seine letzte Messfeier sein. Aber er spürte keine Angst. Er war zu aufgeregt, um Angst zu haben. Er hatte sich einen Schluck Scotch gegönnt – gerade genug, um das Zittern zu unterdrücken – aber der Adrenalinschub, der durch seine Adern pumpte, ließ sich damit nicht unterdrücken.

Er breitete alles auf dem weißen Tischtuch aus, das er aus dem Pfarrhaus geholt hatte, um den verschmierten Altar zu bedecken. Er sah Carl an. »Fertig?«

Carl nickte und schob den Revolver, den er zweifelnd angesehen hatte, in seinen Gürtel.

»Iss schon 'ne Weile her, Vatter. Damals, als ich noch'n Junge war, war die Messe auf Latein, aber ich krieg's schon hin.«

»Tu einfach dein Bestes und mach dir keine Gedanken über irgendwelche Fehler.«

Was für eine Messe. Ein geschändeter Altar, eine Brotkruste als Hostie, eine Pepsi-Dose als Messkelch, ein fünfzigjähriger, bewaffneter Messdiener und als Gemeinde ein einzelner orthodoxer Jude mit einer Schrotflinte.

Joe blickte zum Himmel.

Herr, du verstehst doch, dass wir das ganz kurzfristig arrangieren mussten?

Es wurde Zeit.

Er folgte dem Messablauf, verzichtete aber auf die Predigt. Er versuchte, sich an den alten Ablauf der Messe zu erinnern, damit Carl seine veralteten Stichworte nicht verpasste. Als er mit der Gabenbereitung begann, flogen die Türen auf und eine Gruppe von Personen strömte in die Kirche – zehn Männer, alle mit halbmondförmigen Anhängern in den Ohren. Aus dem Augenwinkel sah er, wie Zev sich von dem Fenster abwandte und die Schrotflinte auf sie richtete.

Sobald sie im Kirchenschiff an dem Stapel mit den zerbrochenen Bänken vorbei waren, fächerten sie zu beiden Seiten hin aus. Sie begannen, die Kreuzwegtafeln und die behelfsmäßigen Kreuze von den Wänden zu reißen und zu zerstören. Carl sah aus seiner knienden Position fragend zu Vater Joe hoch und tastete nach der Pistole in seinem Gürtel.

Joe schüttelte den Kopf und fuhr mit der Messe fort.

Als sie alle kleineren Kreuze abgerissen hatten, strömten die Vichy hinter den Altar. Joe warf einen kurzen Blick über die Schulter und sah, dass sie es auf das frisch reparierte Kreuz abgesehen hatten.

»Zev!«, sagte Joe mit leiser Stimme und deutete mit dem Kopf auf die Vichy. »Halt sie auf!«

Zev lud die Schrotflinte durch. Das Geräusch hallte durch die Kirche. Joe hörte, wie die Aktivitäten in seinem Rücken schlagartig aufhörten. Er bereitete sich auf den Schuss vor ...

Aber der kam nicht.

Er sah zu Zev hinüber. Der alte Mann begegnete seinem Blick und schüttelte traurig den Kopf. Er konnte es nicht tun. Hinter Joe begannen die Aktivitäten erneut und er hörte spöttisches Gelächter. Er nickte Zev kurz verständnisvoll zu, dann beeilte er sich, um zur Wandlung zu kommen.

Während er den Brotkanten hochhielt, zuckte er kurz zusammen, als das Kreuz hinter ihm auf den Boden schepperte. Es war fast ein körperlicher Schmerz, als er hörte, wie die gerade reparierten Arme und der Querbalken wieder auseinandergerissen wurden.

Als er den Wein in der Pepsi-Dose hochhielt, verteilten sich die grinsenden Vichy großspurig um den Altar und rissen ihm das Kreuz vom Hals. Zev und Carl versuchten Widerstand zu leisten, als ihnen die Kruzifixe abgenommen wurden, aber sie hatten keine Chance.

Und dann bekam Joe eine Gänsehaut, als eine neue Gruppe die Kirche betrat. Es waren mindestens vierzig, und alle waren Vampire.

Angeführt wurden sie von Palmeri.

11

Palmeri verbarg seine Unschlüssigkeit, als er auf den Altar zuschritt.

Das Kreuz und die unerträgliche Helligkeit waren verschwunden, aber hier stimmte etwas nicht. Da war etwas, was ihn abstieß; etwas, dass ihn dazu drängte, davonzulaufen. Was war das?

Vielleicht war es nur ein Nachhall des Kruzifixes und all der Kreuze, die die Wände gesäumt hatten. Das musste es sein. Dieser irritierende Nachklang würde im Laufe der Nacht vergehen. Oh ja. Seine Brüder und Schwestern der Nacht würden dafür sorgen.

Er konzentrierte sich auf den Mann hinter dem Altar und musste lachen, als er sah, was der in Händen hielt.

»Pepsi, Joseph? Du willst Pepsi in das Blut Christi verwandeln?«

Er wandte sich an die anderen Vampire. »Seht ihr das, meine Brüder und Schwestern? Ist das ein Mann, vor dem wir uns fürchten sollten? Und seht doch nur, wen er da im Schlepptau hat! Einen alten Juden und einen übrig gebliebenen Chorknaben.«

Er hörte ihr zischendes Gelächter, als sie sich um ihn herum verteilten und vor dem Altar eine breite Phalanx bildeten. Der Jude und Carl – er erkannte Carl wieder und fragte sich, wie der ihnen so lange entkommen konnte – zogen sich auf die andere Seite des Altars zurück, wo sie Joseph flankierten. Und Joseph ... Sein attraktives irisches Gesicht war so hager und so verhärmt, der Mund war zu einem schmalen, grimmigen Schlitz zusammengekniffen. Er sah aus, als stünde er Todesängste aus. Und dazu hatte er auch allen Grund.

Palmeri schob seine Wut über Josephs Frechheit beiseite. Er war froh, dass er zurückgekommen war. Er hatte den jungen Priester immer dafür gehasst, dass er so leicht Kontakt zu den Menschen fand, dass die Gemeindemitglieder mit ihren Problemen immer zu ihm kamen, obwohl er bei Weitem nicht die Erfahrung ihres älteren und weiseren Gemeindepfarrers hatte. Aber das war jetzt vorbei. Diese Welt war vergangen – und an ihre Stelle war eine Nachtwelt getreten – Palmeris Welt. Und niemand würde sich mehr um Vater Joe scharen, wenn er mit ihm fertig war. ›Vater Joe‹ – wie sehr er es verabscheut hatte, als die Gemeindemitglieder begannen, ihn so zu nennen. Nun, ihr Vater Joe würde heute Abend ein exquisites Unterhaltungsprogramm bieten. Das würde Spaß machen.

»Joseph, Joseph, Joseph.« Er blieb stehen und lächelte den jungen Mann auf der anderen Seite des Altars an. »Diese nutzlose Geste ist so typisch für deine Überheblichkeit.«

Aber Joseph erwiderte nur stumm seinen Blick, mit einem Gesichtsausdruck, in dem sich Trotz und Abscheu mischten. Und das stachelte Palmeris Zorn nur noch mehr an.

»Widere ich dich an, Joseph? Beleidigt meine neue Gestalt deine kostbaren, spießbürgerlich irischen Ansichten? Stößt mein Untod dich ab?«

»Du hast diese Gefühle schon in mir hervorgerufen, als du noch am Leben warst, Alberto.«

Palmeri gestattete sich ein Lächeln. Joseph dachte vielleicht, er könnte den tapferen Kerl markieren, aber das Zittern seiner Stimme verriet seine Angst.

»Du warst schon immer schlagfertig, ich erinnere mich, Joseph. Du hast immer schon geglaubt, du wärst etwas Besseres als ich, du stündest über mir.«

»Das ist keine großartige Leistung, wenn es um einen Kinderschänder geht.«

Palmeris Wut wuchs. »So überheblich. So selbstgerecht. Und was ist mit deinen Gelüsten, Joseph? Deine heimlichen Laster? Worin bestehen die? Kannst du sie immer kontrollieren? Stehst du so weit über uns, dass du nie einem ungehörigen Bedürfnis nachgibst? Ich wette, du glaubst, selbst wenn wir dich zu einem von uns machten, könntest du dem Blutdurst widerstehen.«

Durch den überraschten Blick erkannte er, dass er einen Nerv getroffen hatte. Er trat näher, bis er fast den Altar berührte.

»Das glaubst du wirklich, nicht wahr? Du glaubst tatsächlich, du könntest ihm widerstehen! Nun, wir werden sehen, Joseph. Morgen früh wirst du ausgesaugt sein – wir werden uns dabei abwechseln – und wenn die Sonne aufgeht, wirst du dich vor ihrem Licht verstecken müssen. Und kommt dann die Nacht, bist du einer von uns. Dann gelten die alten Regeln nicht mehr. Die Nacht gehört dann dir. Du kannst tun, was du willst. Aber auch die Blutlust wird da sein. Und dann trinkst du nicht mehr das Blut deines Gottes, wie du es so oft getan hast, sondern Menschenblut. Du wirst nach warmem menschlichem Blut gieren, Joseph. Und du musst diesen Durst stillen. Du hast keine Wahl. Und wenn es soweit ist, dann werde ich dabei zusehen, Joseph. Ich will dabei sein und dir ins Gesicht lachen, wenn du den roten Nektar in dich hineinschlürfst, und ich werde dir jede Nacht wieder ins Gesicht lachen, während der rote Durst dich in die Ewigkeit verfolgt.«

Genau so würde es sein. Palmeri wusste es so sicher, wie er seinen eigenen Durst verspürte. Er würde gierig darauf warten, dass er das arrogante Gesicht des lieben Joseph in den Dreck seiner Verzweiflung stoßen konnte.

»Ich war gerade dabei, die Messe zu beenden«, sagte Joseph kalt. »Ich würde gern fortfahren, wenn es dich nicht stört.«

Palmeri konnte sein Lachen jetzt nicht mehr unterdrücken.

»Hast du wirklich geglaubt, dieses Schmierentheater würde funktionieren? Hast du wirklich geglaubt, du könntest auf dem hier eine Messe abhalten?«

Er riss das Tischtuch vom Altar herunter. Das Messbuch und die Brotkante polterten zu Boden und die geschändete Oberfläche des Altars wurde sichtbar.

»Hast du wirklich geglaubt, du könntest hier die Wandlung vollziehen? Glaubst du irgendetwas von diesem ganzen Müll? Glaubst du wirklich, dass der Wein und das Brot zum Leib und zum Blut ...«, er versuchte den Namen auszusprechen, aber es gelang ihm nicht, » ... zum Leib und Blut des Sohnes werden?«

Einer seiner Mitvampire, Frederick, trat vor und lehnte sich grinsend über den Altar. »Wandlung?«, fragte er mit öliger Stimme und nahm Joseph die Pepsi-Dose aus den Fingern. »Heißt das, darin ist jetzt das Blut des Sohnes?«

Palmeri spürte plötzlich eine warnende Stimme in seinem Hinterkopf. Irgendetwas stimmte mit dieser Dose nicht. Da war etwas, das ihn daran hinderte, sie genau anzusehen ...

»Bruder Frederick, vielleicht solltest du nicht ...«

Fredericks Grinsen wurde noch breiter.

»Ich wollte schon immer mal das Blut einer Gottheit trinken.«

Die anderen Vampire lachten zischend, als Frederick die Dose an die Lippen hob und trank.

Palmeri wurde von der Explosion unerträglicher Helligkeit zurückgeschleudert, die aus Fredericks Mund herausbrach. Sein Schädel glühte von innen und strahlend weißes Licht schoss aus seinen Augen, seinen Ohren, seinem Mund, aus jeder Schädelöffnung. Das Glühen verbreitete sich, als es die Kehle hinunterrann, durch die Brust in die Bauchhöhle. Die Rippen zeichneten sich kurz vor diesem Licht ab, bevor es sich durch die Haut fraß. Frederick zerfloss vor ihren Augen, sein Fleisch dampfte und sackte in sich zusammen. Es rann auf den Boden hinunter wie flüssige Lava.

Nein! Das konnte nicht sein! Nicht jetzt, wo Joseph in seiner Gewalt war!

Dann fiel die Dose aus Fredericks zerfließenden Fingern auf den Altar. Der Inhalt ergoss sich über die geschändete Oberfläche und erzeugte eine weitere Lichtexplosion, noch stärker als die erste. Das Leuchten verbreitete sich, verteilte sich über die Oberfläche und rann an den Seiten hinunter. Es bewegte sich wie ein lebendes Wesen und umspannte den ganzen Altar, der glühte wie ein aus der Sonne gerissener Felsbrocken.

Und mit dem Leuchten kam ein Hitzeschwall wie aus einem Sinterofen, der Palmeri zurücktrieb, weiter und weiter zurück, bis er dem Rest seiner Brut in einer panischen Flucht aus St. Anthonys hinaus folgen musste, hinaus in die kühle gnädige Dunkelheit draußen.

12

Während die Vampire in die Nacht hinaus flüchteten, mit ihren Vichy-Sklaven im Schlepptau, starrte Zev mit entsetzter Faszination auf die faulige Pfütze, die alles war, was von dem Vampir übrig blieb, den Palmeri Frederick genannt hatte. Er blickte zu Carl hinüber und sah fassungslose Überraschung auf dessen Gesicht. Zev berührte den Altar – sauber und glänzend und jeder Wirbel der marmornen Oberfläche zeichnete sich deutlich ab.

Hier waren übermächtige Kräfte am Werk. Unerklärliche Kräfte. Aber anstatt dass es ihn freute, machte ihn diese Erkenntnis nur traurig. Wie lange ging das schon so? Passierte dies bei jeder Messe? Wie hatte er sein ganzes Leben lang die Augen davor verschließen können?

Er wandte sich an Vater Joe.

»Was ist passiert?«

»Ich ... ich weiß es nicht.«

»Ein Wunder!« Carl strich mit der Hand über den Altar.

»Ein Wunder und eine Offenbarung«, ergänzte Vater Joe. »Da geht man durch das Priesterseminar, erlebt seine Priesterweihe und hält unzählige Messen ab, in denen man an die Wandlung glaubt. Aber jetzt, nach all diesen Jahren ... tatsächlich einen Beweis zu bekommen ...«

Er fuhr mit dem Finger an der Innenseite der Dose entlang und leckte den Finger ab. Er zog eine Grimasse.

»Was ist los?« fragte Zev.

»Es schmeckt immer noch nach saurem Rotwein ... mit einem leichten Beigeschmack von Pepsi.«

»Es ist egal, wie es schmeckt. Solange es Palmeri und seinen Spießgesellen den Rest gibt.« »Es erleuchtet sie«, sagte der Priester.

Dann begannen sie zu lachen. Es war nicht wirklich komisch, aber Zev brüllte vor Lachen, genau wie die beiden anderen. Das Lachen diente in erster Linie dazu, die Spannung abzubauen. Ihm taten die Seiten weh. Er musste sich am Altar abstützen, um nicht umzufallen.

Erst die Rückkehr der Vichy ließ das Lachen verstummen. Sie stürmten mit einer schweren Brandschutzdecke herein. Diesmal sah Vater Joe nicht tatenlos zu, wie sie in seine Kirche einfielen. Er trat vor den Altar und stellte sich ihnen entgegen.

Groß und drohend ragte er vor ihnen auf. Seine Größe und die geballten Fäuste ließen sie einen Augenblick zögern. Aber dann fiel ihnen wohl wieder ein, dass das Kräfteverhältnis zwölf zu eins war, und griffen an. Joes Faust traf den ersten Vichy direkt auf den Unterkiefer. Der Schlag fegte ihn von den Füßen und schleuderte ihn gegen seinen Hintermann. Beide gingen zu Boden.

Zev ließ sich auf ein Knie fallen und griff nach der Schotflinte. Diesmal würde er sie benutzen! Er schwor sich, diesmal würde er dieses Ungeziefer erschießen!

Aber dann landete jemand auf seinem Rücken und drückte ihn auf den Boden. Als er versuchte, wieder auf die Füße zu kommen, sah er Vater Joe, umzingelt von den Vichy. Jedes Mal, wenn er seine Fäuste benutzte, brach ein Vichy zusammen. Aber es waren zu viele. Als der Priester unter dem Ansturm zu Boden ging, krachte ein schwerer Stiefel gegen Zevs Schläfe und alles um ihn herum wurde dunkel.

13

... ein Hämmern in seinem Schädel, ein stechender Schmerz an der Wange und eine Stimme, zischend, aber grimmig ...

»... komm schon, Joseph. Na komm. Wach auf. Du solltest das hier nicht verpassen.«

Palmeris blasse Gestalt nahm langsam Gestalt an, stand bedrohlich über ihm. Sein Grinsen schien zu einem Totenschädel zu gehören. Joe versuchte, sich zu rühren, musste aber feststellen, dass seine Arme und Hände gefesselt waren. Seine rechte Hand pochte und war zum Doppelten ihrer normalen Größe angeschwollen. Er hatte sie sich wohl am Kiefer eines Vichy gebrochen. Er hob den Kopf und sah, dass er mit ausgebreiteten Armen auf dem mit der Feuerwehrdecke verhüllten Altar gefesselt war.

»Ich gebe ja zu, das ist etwas melodramatisch«, sagte Palmeri, »aber doch sehr passend, findest du nicht auch? Ich meine, du und ich, wir haben hier an jedem Werktag und mehrfach jeden Sonntag symbolisch unserem Gott geopfert, warum sollte das also nicht auch dein Opferaltar sein?«

Joe schloss die Augen, um eine Welle der Übelkeit zu bekämpfen. Er wollte das alles nicht wahr haben.

»Du hast wohl wirklich geglaubt, du hättest gewonnen, was?« Als Joe ihm die Antwort schuldig blieb, fuhr Palmeri fort. »Aber selbst wenn? Selbst wenn du mich für immer aus diesem Gebäude verbannt hättest, was würde es dir nützen? Die Welt gehört uns, Joseph. Fressen und gefressen werden, so ist es nun mal. Und ihr werdet gefressen. Aber heute Nacht wirst du zu uns aufsteigen. Er jedoch wird das nicht. Voilà!«

Er trat zur Seite und machte eine großspurige Geste zur Empore hin. Joe durchforschte den düsteren, mit Kerzen schwach ausgeleuchteten Raum des Kirchenschiffs. Er hatte keine Ahnung, was er sehen sollte.

Dann erkannte er Zevs Gestalt und stöhnte auf. Der alte Mann war mit den Füßen an die Balustrade gebunden und hing mit dem Kopf nach unten. Sein gerötetes Gesicht und die schreckgeweiteten Augen waren auf ihn gerichtet. Joe ließ sich zurückfallen und bäumte sich gegen seine Fesseln auf, aber die gaben keinen Millimeter nach.

»Lasst ihn gehen!«

»Was? Und das ganze leckere Judenblut verschwenden? Diese Leute sind doch das von Gott erwählte Volk! Das ist eine Delikatesse!«

»Mistkerl!«

Wenn er Palmeri doch nur in die Finger bekommen könnte, nur für eine Minute!

»Aber, aber, Joseph. Doch nicht im Haus des Herrn. Der Jude hätte schlau sein und davonrennen sollen wie Carl.«

Carl war entkommen? Gut. Der arme Kerl würde sich wahrscheinlich selbst hassen und sich den Rest seines Lebens vorwerfen, ein Feigling zu sein, aber er hatte alles getan, was er tun konnte. Es war auf jeden Fall besser, weiterzuleben, als so wie Zev aufgehängt zu sein.

Wir sind quitt, Carl.

»Aber mach dir keine Sorgen um deinen Rabbi. Niemand von uns wird seine Zähne in ihn schlagen. Er hat sich nicht das Recht verdient, in unseren Kreis aufgenommen zu werden. Wir benutzen das Rasiermesser und lassen ihn ausbluten. Und wenn er dann tot ist, dann ist er für immer tot. Aber du nicht, Joseph. Nein, du nicht.« Sein Grinsen wurde breiter. »Du gehörst mir.«

Joe hätte Palmeri am liebsten ins Gesicht gespuckt – gar nicht mal so sehr, um seinen Trotz zu bekunden, als vielmehr, um die Furcht zu verbergen, die ihn durchtobte – aber in seinem ausgedörrten Mund war kein Speichel übrig. Der Gedanke daran, untot zu sein, versetzte ihn in Panik. In alle Ewigkeit so zu sein wie – er blickte auf die verzückten Gesichter von Palmeris Vampirsgenossen, die sich unter Zevs aufgehängter Gestalt drängten – so zu sein wie die?

So würde er nicht werden! Niemals!

Aber was, wenn es nun keine Wahl gab? Was, wenn der Untod ein ganzes Leben moralischer Bedenken zunichte machte, all die selbst auferlegten Beschränkungen fleischlicher Genüsse überwand und all die sterblichen Überzeugungen negierte, wie man sein Leben zu leben habe? Ehre, Gerechtigkeit, Integrität, Wahrheit, Anstand, Mitleid, Liebe – was, wenn das dann nur noch bedeutungslose Worte waren, statt der Stützpfeiler seines Lebens?

Ihm kam ein Gedanke.

»Ich schlage dir einen Handel vor, Alberto.«

»Du bist wohl kaum in einer Verhandlungsposition, Joseph.«

»Bin ich nicht? Dann beantworte mir doch eine Frage: Töten sich die Untoten jemals untereinander? Ich meine, hat einer von denen schon jemals einen anderen gepfählt?«

»Nein, natürlich nicht.«

»Bist du dir da sicher? Du solltest dir da verdammt sicher sein, bevor du deinen Plan in die Tat umsetzt. Denn wenn du mich dazu zwingst, zu einem von euch zu werden, dann werde ich danach nur einen einzigen Gedanken haben: Dich zu finden. Und wenn ich das tue, dann werde ich dir nicht einen Pflock durchs Herz rammen, sondern werde dich damit an Armen und Beinen an die Promenade von Point Pleasant nageln, wo du dir den Sonnenaufgang ansehen und langsam zusehen kannst, wie er dir die Haut zu Asche verbrennt.«

Palmeris Grinsen wurde unsicher. »Das ist unmöglich. Du bist dann verwandelt. Du wirst mir dankbar sein. Du wirst dich fragen, wie du dich je dagegen sträuben konntest.«

»Dessen solltest du dir wirklich sicher sein, Alberto ... um deinetwillen. Denn ich habe dann die ganze Ewigkeit, um dich zu finden. Und das werde ich, Alberto. Ich schwöre es bei meinem eigenen Grab. Überleg es dir gut!«

»Glaubst du, du kannst mich mit einer leeren Drohung einschüchtern?«

»Wir werden ja sehen, wie leer diese Drohung ist, nicht wahr? Aber hier ist mein Handel: Lass Zev gehen und ich lasse dich in Ruhe.«

»Ein alter Jude bedeutet dir so viel?«

»Er ist etwas, was du im Leben nie kennengelernt hast und nie kennenlernen wirst: Er ist ein Freund.«

Und er hat mir meine Seele zurückgegeben.

Palmeri beugte sich zu ihm herunter. Sein fauliger, abstoßender Atem stieß Joe ins Gesicht.

»Ein Freund? Wie kannst du mit einem Toten befreundet sein?« Er richtete sich auf und wandte sich der Empore zu. »Erledigt ihn! Sofort!«

Joe bettelte panisch und erhob Einwände, während einer der Vampire an dem Trümmerhaufen zu Zev hinaufkletterte. Der Rabbi wehrte sich nicht. Joe sah, wie er in Erwartung des Kommenden die Augen schloss. Als der Vampir die Hand mit dem Rasiermesser ausstreckte, unterdrückte Joe ein Schluchzen, in dem sich Wut, Trauer und Hilflosigkeit mischten. Er wollte gerade die Augen von der Szene abwenden, als er sah, wie durch eines der Fenster eine Flamme in die Kirche schoss. Sie prallte mit dem Geräusch zerplatzendes Glases auf dem Steinboden auf und fächerte zu einem Feuerball aus.

Joe hatte bisher nur von solchen Dingen gehört, aber er begriff augenblicklich, dass er hier gerade Zeuge seines ersten Molotow-Cocktails geworden war. Das verspritzte Benzin setzte die Kleidung eines Vampirs in Brand, der danebengestanden hatte, und der jetzt im Kreis herumrannte und nach den Flammen schlug.

Aber sein Geschrei wurde von anderen Stimmen übertönt, hundert, vielleicht auch mehr. Joe blickte sich um und sah Leute – Männer, Frauen und Kinder – zu den Fenstern hineinklettern und durch den Vordereingang stürmen. Die Frauen hielten Kreuze hoch erhoben, während die Männer mit langen hölzernen Piken angriffen – Besen-, Rechen- oder Schaufelstiele, die sie zugespitzt hatten. Joe erkannte die meisten Gesichter von den Sonntagsmessen, die er hier jahrelang abgehalten hatte.

Die Gemeindemitglieder von St. Anthonys kamen zurück, um ihre Kirche zurückzuerobern.

»Ja!«, schrie er auf und wusste nicht, ob er lachen oder weinen sollte. Doch als er die Wut in Palmeris Gesicht sah, entschied er sich für das Lachen. »Was für ein Pech, Alberto!«

Palmeri wollte ihm an die Kehle gehen, zuckte aber zurück, als eine Frau mit einem hocherhobenen Kreuz und ein Mann mit einem spitzen Pflock auf den Altar zustürmten – Carl und eine Frau, in der Joe Mary O'Hare erkannte.

»Ich hab doch gesacht, ich würd' Se nich' im Stich lassen, Vatter.« Carl grinste und zückte ein rotes Schweizermesser. Er begann, an dem Strick um Joes rechtem Handgelenk herumzusäbeln. »Und das hab ich auch nicht, oder?«

»Nein, Carl, das hast du nicht. Ich glaube, ich war noch nie in meinem Leben so glücklich, einen anderen Menschen zu sehen wie jetzt dich. Aber wie ...?«

»Ich hab allen Bescheid gesacht. Ich bin durch'de Gemeinde gelaufen, von Haus zu Haus. Ich hab allen gesacht, Vatter Joe hat Ärga und wir ham ihn beim letzten Mal hängenlassen und das werden wer nich' noch mal machen. Er ist zu uns zurückgekommen, und jetzt müssen wir zu ihm hin. So einfach war das. Und dann sind die von Haus zu Haus gelaufen, und – zack – da warn wir schon 'ne kleine Armee. Wir hau'n denen was auf die Schnauze, wenn Sie mir den Ausdruck verzeihen.«

»Hauen Sie denen richtig was auf die Schnauze, Carl.«

Joe sah Mary O'Hares schreckgeweitete Augen, die hektisch hin und her zuckten, und er sah, wie das Kruzifix in ihrer Hand zitterte. In diesem Zustand würde sie niemandem etwas tun, aber sie war hier, und das war sie seinetwegen und für St. Anthonys, trotz der schrecklichen Angst, die sie ganz offensichtlich hatte. Er empfand plötzlich eine innige Liebe für all diese Leute und war stolz auf ihren Mut.

Sobald seine Arme frei waren, setzte er sich auf und nahm Carl das Messer ab. Während er an seinen Fußfesseln sägte, sah er sich in der Kirche um.

Die ältesten und die jüngsten der Gemeindemitglieder standen an den Fenstern und hielten Kreuze hoch, womit den Vampiren dieser Fluchtweg abgeschnitten war. Ansonsten herrschte in der Kirche – Chaos. Schreie, Stöhnen und gelegentliche Schüssen hallten durch das Kirchenschiff. Die Vampire standen einer dreimal so großen Übermacht gegenüber und schienen durch die Vielzahl von Kreuzen geblendet und verwirrt. Trotz ihrer übermenschlichen Kräfte sah es tatsächlich so aus, als würden sie richtig Prügel beziehen. Einige von ihnen zuckten bereits am Boden, aufgespießt auf Pflöcke. Joe sah zu, wie einige der Frauen mit vor sich ausgestreckten Kruzifixen einen Vampir umringten. Als er die Hände vor das Gesicht schlug und sich in eine Ecke drückte, stürmte ein Mann mit einer wie eine Lanze gehaltenen Pike auf ihn zu und durchbohrte ihn.

Aber auch eine ganze Menge der Gemeindemitglieder lag in verkrümmten blutigen Haufen auf dem Boden. Auch die Vampire und ihre Vichy forderten Opfer.

Joe befreite seine Füße und sprang vom Altar. Er sah sich nach Palmeri um – er wollte Palmeri – aber der vampirische Priester war in dem Getümmel verschwunden. Joe sah hoch zur Empore: Zev hing noch immer dort und versuchte, loszukommen. Joe machte sich auf den Weg durch die Kirche, um ihn zu befreien.

14

Zev fand es unwürdig, da zu hängen wie eine Salami in einem Supermarkt. Er versuchte erneut, den Oberkörper so weit hochzuschwingen, dass er an seine Beinfesseln gelangen konnte, aber er schaffte es nicht. Er hatte nie etwas für Sport übrig gehabt. Ein Klappmesser auf ebenem Boden wäre für ihn schon ein Problem gewesen, wieso sollte er das dann kopfüber an den Füßen aufgehängt schaffen? Er ließ sich erschöpft wieder zurückfallen und spürte, wie ihm das Blut in den Kopf strömte. Die Dinge verschwammen vor seinen Augen, in seinen Ohren dröhnte es und er hatte das Gefühl, die Gesichtshaut sei zum Platzen gespannt. Wenn er noch länger so dahing, bekam er wahrscheinlich einen Schlaganfall oder so etwas.

Er beobachtete die auf dem Kopf stehende Schlacht unter sich und war froh, dass die Vampire den Kürzeren zogen. Diese Leute – da er Carl unter ihnen erkannt hatte, vermutete er, dass sie zur Gemeinde gehörten – kämpften mit einer Wildheit, die schon fast an Raserei grenzte. Monatelang aufgestaute Wut und Angst brach wie eine Flutwelle über ihre Peiniger herein. Man konnte fast Angst davor bekommen.

Plötzlich spürte er eine Hand an seinem Fuß. Jemand löste die Fesseln. *Ich danke dir, Herr.* In einigen Momenten würde er wieder auf den Füßen sein. Als sich die Knoten lösten, beschloss er, dass er zumindest versuchen sollte, bei seiner Rettung mitzuwirken.

Noch einmal, dachte Zev. Einmal versuche ich es noch.

Mit einem Grunzen hebelte er sich hoch, streckte sich und versuchte etwas, irgendetwas, zu erreichen. Eine Hand streckte sich ihm aus der Dunkelheit entgegen und er griff danach. Aber seine Erleichterung wich Schrecken, als er die klamme Kälte der Kreatur fühlte, die ihn gepackt hielt und ihn mit übermenschlicher Kraft über die Brüstung zog. Er hätte beinahe die Kontrolle über seinen Schließmuskel verloren, als er Palmeris grinsende Fratze nur Zentimeter vor seiner Nase erkannte.

»Es ist noch nicht vorbei, Jude«, zischte der leise und sein fauliger Mundgeruch nahm Zev den Atem. »Noch lange nicht!«

Er spürte, wie Palmeris freie Hand sich in seinen Bauch bohrte und die Schnalle seines Gürtels umfasste. Dann griff die andere in seine Hemdbrust. Bevor er sich wehren oder auch nur aufschreien konnte, wurde er hochgehoben und über die Brüstung gehalten.

Und dann erklang die Stimme des Dämons in seinem Ohr.

»Joseph hat behauptet, du wärst sein Freund, Jude. Sehen wir mal, wie ernst es ihm damit ist.«

15

Joe war auf halbem Weg durch das Kirchenschiff, als er Palmeris Stimme hörte, die das Chaos übertönte:

»Sag ihnen, sie sollen aufhören, Joseph! Sie sollen sofort aufhören, oder ich lasse deinen Freund fallen!«

Joe blickte nach oben und erstarrte. Palmeri stand über die Brüstung gebeugt, die Augen von dem Kirchenschiff und all den plötzlich aufgetauchten Kreuzen abgewandt. An seinen ausgestreckten Händen hing Zev mitten in der Luft über dem Trümmerhaufen aus zerschlagenen Kirchenbänken, direkt über einem besonders großen, zersplitterten Holzbalken, dessen Spitze direkt auf seinen Rücken zeigte. Zevs verängstigte Augen zuckten zwischen Joe und dem riesigen Holzspieß unter ihm hin und her.

Um sich herum hörte Joe, wie das Kampfgetümmel einen Moment leiser wurde, und dann fast ganz verstummte, als sich alle Augen dem Geschehen auf der Empore zuwandten.

»Ein Mensch kann genauso durch einen Pflock sterben wie ein Vampir!«, rief Palmeri. »Und genauso schnell, falls der Pflock sein Herz durchbohrt. Aber er kann auch stundenlange Todesqualen erleiden, wenn der Pflock die Eingeweide durchsticht.«

Es wurde still in St. Anthonys, als die Kämpfe abebbten und die beiden Parteien sich auf verschiedene Seiten der Kirche zurückzogen. Nur Joe blieb allein in der Mitte zurück.

»Was willst du, Alberto?«

»Als erstes sollen hier alle Kreuze verschwinden, damit ich wieder sehen kann.«

Joe sah nach rechts, wo die Gemeindemitglieder standen.

»Tut, was er sagt.« Als sich grummelnder Widerspruch erhob, fügte er hinzu: »Ihr sollt sie nicht ablegen, nur abdecken. Bitte.«

Langsam, zuerst nur vereinzelt, dann immer mehr, wurden die Kruzifixe und behelfsmäßigen Kreuze hinter dem Rücken oder in der Kleidung versteckt.

Links von ihm zischten die Vampire erleichtert auf und die Vichy triumphierten. Für Joe waren diese Triumphgeräusche die reinste Folter. Über ihm wandte Palmeri sich ihm zu und lächelte.

»Das ist schon besser.«

»Was willst du?«, fragte Joe erneut, wobei er aber mit einer übelkeiterregenden Vorahnung schon wusste, was das sein würde.

»Einen Tausch«, erklärte Palmeri.

»Ich vermute, ich für ihn?«

Palmeris Grinsen wurde breiter. »Natürlich.«

»Nein, auf keinen Fall«, schrie Zev.

Palmeri schüttelte den alten Mann brutal. »Halt's Maul, Jude, oder ich brech dir das Genick!« Dann blickte er wieder auf Joe hinunter. »Außerdem wirst du deinem Mob befehlen, meine Leute gehen zu lassen.« Er lachte und schüttelte Zev erneut. »Hörst du das, Jude? Eine biblische Anspielung – natürlich aus dem alten Testament.«

»Einverstanden«, sagte Joe, ohne zu zögern.

Die Gemeindemitglieder zu seiner Rechten keuchten entsetzt auf und Ausrufe wie »Nein!« und »Das geht nicht!« hallten durch St. Anthonys. Eine besonders laute Stimme neben ihm rief: »Das ist doch nur ein lausiger Drecksjude!«

Joe wirbelte zu dem Mann herum und erkannte Gene Harrington, einen Zimmermann.

Er deutete mit dem Daumen über seine Schulter auf die Vampire und deren Diener. »Du klingst, als ob du eher auf die Seite gehörst, Gene.«

Harrington trat einen Schritt zurück und blickte zu Boden.

»Verzeihung, Vater«, sagte er in einem Tonfall, der schon fast einem Schluchzen glich. »Aber wir haben Sie gerade erst zurückbekommen.«

»Mir wird schon nichts passieren«, sagte Joe sanft.

Und das meinte er auch so. Er hatte die feste Überzeugung, dass er das hier durchstehen würde, und dass – wenn es ihm gelang, sich gegen Zev auszutauschen und Palmeri von Angesicht zu Angesicht gegenüberzutreten – er ihn besiegen würde oder zumindest einen Waffenstillstand erreichen könnte. Jetzt, da er nicht mehr wie ein Opfertier gefesselt war, jetzt, da er seine Arme und Beine wieder zu gebrauchen vermochte, konnte er sich nicht vorstellen, durch die Hände von Palmeri oder seiner Spießgesellen zu sterben.

Außerdem hatte einer der Gemeindemitglieder ihm ein winziges Kruzifix gegeben, das er in der Handfläche verborgen hielt.

Aber zuerst musste er Zev aus seiner misslichen Lage befreien. Das kam vor allem anderen. Er sah zu Palmeri hoch.

»Na gut, Alberto. Ich komme jetzt rauf.«

»Warte!«, rief Palmeri. »Jemand soll ihn vorher durchsuchen.«

Joe biss die Zähne zusammen, als einer der Vichy, ein qualliger, ungewaschener Penner, vortrat und seine Taschen untersuchte. Joe hoffte schon, er würde mit dem Kreuz davonkommen, aber im letzten Moment wurde er gezwungen, die Hände zu öffnen. Der Vichy grinste ihm ins Gesicht, als er sich das Kruzifix schnappte und es in seiner Hosentasche verschwinden ließ.

»Er ist jetzt sauber!«, rief er und gab Joe einen Stoß zum Vestibül hin.

Joe zögerte. Er ging unbewaffnet in die Schlangengrube. Aber ein Blick auf seine Gemeindemitglieder verriet ihm, dass er nicht mehr zurück konnte.

Er schritt voran und ballte und öffnete seine angespannten schweißnassen Hände bei jedem Schritt. Er hatte immer noch eine Chance, dies zu überleben. Er war zu wütend, um zu sterben. Trotz allem hegte er noch die Hoffnung, dass die beißende Wut darüber, wie der ehemalige Priester ihn fälschlich beschuldigt und was er der Gemeinde seitdem angetan hatte, ihm die Kraft geben würde, ihn in Stücke zu reißen.

»Nein!«, rief Zev ihm von oben zu. »Lass mich! Du hast hier etwas begonnen und du musst es zu Ende führen!«

Joe ignorierte seinen Freund.

»Ich komme, Alberto«

Vater Joe kommt, Alberto. Und er ist sauer. Stinksauer.

16

Zev verdrehte den Hals und sah Vater Joe unter der Empore verschwinden.

»Joe! Komm zurück!«

Palmeri schüttelte ihn heftig. »Gib es auf, alter Jude. Joseph hat noch nie auf jemanden gehört und er wird auch nicht auf dich hören. Er glaubt noch immer an Tapferkeit und Treue und Ehrlichkeit, an die Macht des Guten und der Wahrheit über das, was in seinen

Augen böse ist. Er kommt jetzt und ist bereit, sich für dich zu opfern, aber im Grunde seines Herzens ist er sich sicher, er werde am Schluss obsiegen. Aber er irrt sich.«

»Nein!«, sagte Zev.

Doch eigentlich war ihm klar, dass Palmeri recht hatte. Wie konnte Joe gegen jemanden mit Palmeris Stärke bestehen, jemanden, der Zev eine so lange Zeit am ausgestreckten Arm in der Luft halten konnte? Erschöpfte der denn nie?

»Ja«, zischte Palmeri. »Er wird verlieren und wir werden gewinnen. Wir gewinnen aus dem gleichen Grund, aus dem wir immer wieder gewinnen werden: Wir lassen uns nicht durch etwas so Albernes und Vergängliches wie Gefühle aufhalten. Wenn wir da unten gesiegt hätten und die Lage jetzt umgekehrt wäre – wenn Joseph jetzt einen meiner Brüder über diesen hölzernen Spieß da halten würde – glaubst du, ich würde eine Sekunde lang zögern? Nur einen Augenblick lang? Niemals! Und das ist der Grund, warum diese ganze Scharade von Joseph und diesen Leuten da unten so sinnlos ist.«

Sinnlos ..., dachte Zev. So sinnlos, wie es offenbar der größte Teil seines Lebens war. Wie seine ganze Zukunft. Joe würde heute Nacht sterben und Zev würde weiterleben, ein Jude, der ein Kreuz trug und dessen Wurzeln gekappt waren, und dessen Zukunft nichts war als eine grenzenlose leere Wüstenei, die er allein durchwandern musste.

Auf der Treppe zur Empore erklang ein Geräusch und Palmeri wandte den Kopf.

»Hallo, Joseph.«

Zev konnte den Priester nicht sehen, aber er rief trotzdem.

»Kehr um, Joe! Lass dich von ihm nicht täuschen!«

»Da wir gerade von Täuschung reden«, sagte Palmeri und lehnte sich als zusätzliche Warnung an Joe mit seinem Opfer ein wenig weiter über die Brüstung. »Ich hoffe, du hast keine Dummheiten vor.«

»Nein«, sagte Joes müde Stimme irgendwo hinter Palmeri. »Keine Dummheiten. Stell ihn wieder auf die Füße und lass ihn gehen.«

Das konnte Zev nicht zulassen. Und plötzlich wusste er, was zu tun war. Er verkrümmte seinen Körper und griff nach der Hemdbrust von Palmeris Soutane, während er die Beine gegen eine der

Säulen der Balustrade stemmte. Als Palmeri ihm überrascht das Gesicht zuwandte, stemmte sich Zev schlagartig mit aller Kraft gegen die Brüstung und zog Palmeri mit sich. Der Vampirpriester verlor das Gleichgewicht. Selbst seine übermenschliche Stärke konnte nichts gegen die Schwerkraft ausrichten. Zev sah den plötzlichen Schrecken in seinen Augen, als sein Körper über das Geländer fiel. Im Fallen schlang Zev die Arme um ihn und presste sich an den kalten und überraschend mageren Körper.

»Was diesen alten Juden durchbohrt, wird auch dich durchbohren!«, brüllte er dem Vampir ins Ohr.

Für einen Sekundenbruchteil sah er Joes entsetztes Gesicht auf der Empore auftauchen und hörte seinen entsetzen Aufschrei, der sich mit Palmeris viel näherem Entsetzensschrei überschnitt, dann vernahm er ein widerliches Knacken und verspürte einen reißenden, zerrenden Schmerz jenseits aller Vorstellung in seiner Brust. Einen kurzen Augenblick lang spürte er, wie der spitze Holzbalken ihn und Palmeri durchbohrte.

Dann spürte er gar nichts mehr.

Als die tosende Dunkelheit über ihm zusammenschlug, überlegte er noch, ob er es geschafft hatte, ob diese letzte verzweifelte Tat erfolgreich gewesen war. Er wollte nicht sterben, ohne das zu wissen. Er wollte ...

Aber dann war da nichts mehr.

17

Joe schrie auf, als er über das Geländer gebeugt Zevs Fall beobachtete, und er verstummte, als er sah, wie die blutige Spitze der zertrümmerten Kirchenbank direkt unter ihm durch den Rücken von Palmeris Soutane hindurchstieß. Palmeri zappelte und wand sich wie ein aufgespießter Fisch, dann sackte er schlaff über Zevs regloser Gestalt zusammen.

Während sich die Jubelschreie mit Angstschreien mischten und das Kampfgetöse von unten erneut einsetzte, wandte sich Joe vom Geländer ab und fiel auf die Knie.

»Zev! Oh mein Gott, Zev!«

Er zwang sich auf die Füße und stolperte die Treppe hinunter, durch das Vestibül in das Kirchenschiff. Die Vichy und die Vampire waren auf der Flucht, verschreckt und demoralisiert durch den Tod ihres Anführers, der dafür aber den Gemeindemitgliedern umso mehr Auftrieb gegeben hatte. Langsam aber sicher wurden sie niedergemacht. Doch Joe kümmerte sich kaum darum. Er kämpfte sich dahin durch, wo Zev unter dem bereits verwesenden Körper Palmeris aufgespießt lag. Er suchte nach einem Lebenszeichen in den starren Augen seines Freundes, einem schwachen Puls an der Kehle unter dem Bart, aber da rührte sich nichts.

»Oh Zev, das hättest du nicht tun sollen. Das war nicht nötig.«

Plötzlich war er von einer jubelnden Traube von Gemeindemitgliedern umgeben.

»Wir ham's geschafft, Vatter Joe.« Carls Gesicht und seine Hände waren blutbespritzt. »Wir ham se alle gekillt! Wir ham unsere Kirche wieder!«

»Das habt ihr diesem Mann hier zu verdanken«, sagte Joe und zeigte auf Zev.

»Nein«, rief jemand. »Das verdanken wir Ihnen!«

Bei all dem Jubel schüttelte Joe den Kopf und schwieg. Sollten sie feiern. Sie verdienten es. Sie hatten sich einen kleinen Teil des Planeten zurückerobert, ein winziges Fleckchen, nicht mehr. Ein kleiner Sieg mit minimalen Auswirkungen in diesem Krieg, aber es war ein Sieg. Sie hatten ihre Kirche zurück, zumindest für eine Nacht. Und sie hatten vor, sie nicht wieder herzugeben. Gut. Aber es würde eine Veränderung geben. Wenn sie ihren Vater Joe behalten wollten, dann würden sie die Kirche umbenennen müssen.

St. Zevs.

Das klang doch gut.

Originaltitel- und Copyrightangaben

Bram Stoker: *Draculas Gast.* Originaltitel: ›Dracula's Guest‹
© 1914 by Routledge, London. Aus dem Englischen von Andreas Diesel

Wesley Rosenquist: *Rückkehr in den Tod.* Originaltitel: ›Return to Death‹
© 1936 by the Popular Fiction Company for *Weird Tales Magazine*
Aus dem Amerikanischen von Jutta Swietlinski

Graham Masterton: *Der Laird von Dunain.* Originaltitel: ›Laird of Dunain‹
© 1992 by Graham Masterton. Aus dem Englischen von Andreas Diesel

Simon Clark: *Vampir-Abschaum.* Originaltitel: ›Vampyrrhic Outcast‹
© 1992 by Simon Clark. Aus dem Englischen von Viviane Knerr

Edgar Allan Poe: *Ligeia.* Originaltitel: ›Ligeia‹
© 1838 by the Balimore American Museum
Aus dem Amerikanischen von Anonymus

Edmond Hamilton: *Das Vampirdorf.* Originaltitel: ›Vampire Village‹
© 1932 by the Popular Fiction Company for *Weird Tales Magazine*
Aus dem Amerikanischen von Jutta Swietlinski

F. Marion Crawford: *Denn das Blut ist Leben.*
Originaltitel: ›For the Blood ist the Life‹
© 1911 by F. Marion Crawford. Aus dem Amerikanischen von Viviane Knerr

Brian Hodge: *Die Alchemie der Stimme.*
Originaltitel: ›The Alchemy of the Throat‹
© 1994 by Brian Hodge. Aus dem Amerikanischen von Andreas Diesel

H. P. Lovecraft: *Das gemiedene Haus.* Originaltitel: ›The Shunned House‹
© 1928 by The Recluse Press. Aus dem Amerikanischen von A. F. Fischer

Simon Clark: *Hotel Midnight.* Originaltitel: ›Hotel Midnight‹
© 2005 by Simon Clark. Aus dem Englischen von Viviane Knerr

Théophile Gautier: *Die verliebte Tote.* Originaltitel: ›La morte amoureuse‹
© 1836 by Théophile Gautier. Aus dem Französischen von Gabrielle Betz

Alice Olsen: *Winternacht.* Originaltitel: ›Winter Night‹
© 1940 by the Popular Fiction Company for *Weird Tales Magazine*
Aus dem Amerikanischen von Alexander Amberg

Raymond Whetstone: *Die durstigen Toten.* Originaltitel: ›The Thirsty Dead‹
© 1935 by the Popular Fiction Company for *Terror Tales Magazine*
Aus dem Amerikanischen von Jutta Swietlinski

Clark Ashton Smith: *Ilalothas Tod.* Originaltitel: ›The Death of Ilalotha‹
© 1937 by the Popular Fiction Company for *Weird Tales Magazine*
Aus dem Amerikanischen von Heiko Langhans

Graham Masterton: *Verkehrstote.* Originaltitel: ›Roadkill‹
© 1997 by Graham Masterton. Aus dem Englischen von Andreas Diesel

Karl Hans Strobl: *Das Aderlassmännchen*
© 1909 by Karl Hans Strobl

Anonymus: *Die Vampirkatze von Nabèshima.* Originaltitel: ›The Vampire Cat‹
© 1972 by Michel Parry, nach Algernon Bertram Freeman-Mitfords *Tales of Old Japan,* 1910. Aus dem Englischen von Alexander Amberg

Hugh B. Cave: *Stragella.* Originaltitel: ›Stragella‹
© 1932 by The Clayton Magazine, Incorporated for *Strange Tales.*
Aus dem Amerikanischen von Alexander Amberg

Henry Kuttner: *Ich, der Vampir.* Originaltitel: ›I, the Vampire‹
© 1937 by the Popular Fiction Company for *Weird Tales Magazine*
Aus dem Amerikanischen von Jutta Swietlinski

P. N. Elrod: *Spätvorstellung.* Originaltitel: ›A Night at the (Horse) Opera‹
© 1995 by Patricia N. Elrod
Aus dem Amerikanischen von Alexander Amberg

Lester del Rey: *Feuerkreuz.* Originaltitel: ›Cross of Fire‹
© 1939 by the Popular Fiction Company for *Weird Tales Magazine*
Aus dem Amerikanischen von Gesine Schröder

F. Paul Wilson: *Mitternachtsmesse.* Originaltitel: ›Midnight Mass‹
© 1990 by F. Paul Wilson. Aus dem Amerikanischen von Michael Plogmann

FESTA

GRAHAM
MASTERTON

In den USA zählt Graham Masterton zu den Stars der Horrorszene.
Amazon.de

ISBN 978-3-935822-99-2
384 Seiten, Euro 9,90

David Williams hat den Auftrag angenommen eine verrufene Villa zu renovieren. Zusammen mit seinem kleinen Sohn Danny zieht er in das alte Gemäuer, doch bereits in der ersten Nacht werden sie von unheimlichen Geräuschen geweckt – etwas Großes und Ruheloses bewegt sich oben auf dem Dachboden.
Damit beginnt der Albtraum aber erst: Existiert das Haus tatsächlich, oder ist es nur eine Spiegelung aus der Vergangenheit oder der Zukunft? Und sind es wirklich Geister, die das Haus heimsuchen?
Bestsellerautor Graham Masterton verneigt sich mit diesem großartigen Albtraum in Prosa vor H. P. Lovecraft, dem modernen Meister des Schreckens.

Wer noch nie das Vergnügen hatte, einen Roman von Graham Masterton zu lesen, sollte mit diesem Albtraum beginnen, in dem die Toten ruhelos durch Granitehead, einem Fischerdorf an der Küste Neu-Englands, wandeln.

ISBN 978-3-935822-78-7
420 Seiten, Euro 9,90

Das Haus der Fantastik

FESTA

F. Paul Wilson

ISBN: 978-3-86552-037-1

Der Adversary-Zyklus

Der Adversary-Zyklus schildert den Kampf der Menschheit gegen die böse Macht Rasalom.
Während *Das Kastell, Die Gruft* und *Die Gabe* einzeln und in beliebiger Folge lesbar sind, sollte man *Erweckung, Angriff* und *Nightworld* anschließend und in dieser Reihenfolge lesen.

ISBN: 978-3-86552-039-5

Handyman Jack, der ›Mann für alle Fälle‹ und Held weiterer Bestseller des Amerikaners F. Paul Wilson, besteht sein erstes Abenteuer in *Die Gruft*. In *Nightworld* erlebt er den Untergang der menschlichen Zivilisation.

ISBN: 978-3-86552-081-4

Das Haus der Fantastik

NECROSCOPE
... die ultimative Vampirsaga!
BRIAN LUMLEY
NECROSCOPE
BRIAN LUMLEY
NECROSCOPE
NECROSCOPE
Millionen Leser weltweit!
Auch in Deutschland bereits
über 100.000 verkaufte Exemplare!
... denn der Tod ist nur der Anfang!
NECROSCOPE
DUELL DER VAMPIRE
BRIAN LUMLEY
NECROSCOPE
HÖLLENBRUT
21 x 13,5 cm
Euro 10,00
BRIAN LUMLEY
NECROSCOPE
WECHSELBALG
FESTA
Das Haus der Fantastik
www.Festa-Verlag.de

FESTA

Vampirdetektiv Jack Fleming

Ein Vampir sucht seinen Mörder!

Chicago, 1936: Die Stadt wird von Gangsterbanden beherrscht. Am Ufer des Michigan-Sees kommt Jack Fleming zu sich, ohne Erinnerung, was ihm zugestoßen ist. Wenig später findet er heraus, dass die Berichte über seinen Tod der Wahrheit entsprechen. Aber Jack wurde nicht nur von Gangstern ermordet, sondern er erwacht auch noch als Vampir!
Doch es hat durchaus Vorteile, ein Untoter zu sein: Man ist nahezu unsterblich und bleibt immer jung. Und das Beste – man kann seinen eigenen Killer zur Strecke bringen!

Publishers Weekly: »Neben Anklängen von Hammett and Chandler bietet der Roman unheimliche Unterhaltung der schwärzesten Art. Toll!«

Locus: »Jede Menge Action, Verwicklungen und Fallen, dazu schrullige Typen und viele Anspielungen auf die damalige Zeit – diese Mischung macht wirklich Spaß.«

Paperback, 256 Seiten
ISBN 978-3-935822-56-4
11,95 Euro

Paperback, 256 Seiten
ISBN 978-3-935822-80-9
12,95 Euro

Paperback, 256 Seiten
ISBN 978-3-935822-82-4
12,95 Euro

Das Haus der Fantastik